重返蜀山 上

张生全 著

SPM 南方出版传媒 广东人民出版社
·广州·

图书在版编目（CIP）数据

重返蜀山 / 张生全著. —— 广州：广东人民出版社，2019.12（2020.1重印）

ISBN 978-7-218-13830-5

Ⅰ.①重… Ⅱ.①张… Ⅲ.①长篇小说－中国－当代 Ⅳ.①I247.5

中国版本图书馆CIP数据核字（2019）第193103号

CHONGFAN SHUSHAN
重返蜀山
张生全著

版权所有 翻印必究

出 版 人：肖风华

策　　划：李　敏
责任编辑：李　敏　罗　丹　温玲玲　梁翠珊
装帧设计：WONDERLAND Book design 仙遇 QQ:344581934　刘焕文
责任技编：周　杰　易志华

出版发行：广东人民出版社
地　　址：广州市海珠区新港西路204号2号楼（邮政编码：510300）
电　　话：（020）85716809（总编室）
传　　真：（020）83780199
网　　址：http://www.gdpph.com
印　　刷：广东鹏腾宇文化创新有限公司
开　　本：787mm×1092mm　1/16
印　　张：31.5　　字　　数：500千
版　　次：2019年12月第1版
印　　次：2020年1月第2次印刷
定　　价：95.00 元

如发现印装质量问题，影响阅读，请与出版社（020-85716849）联系调换。
售书热线：（020-85716826）

目 录

第一章 阻路 001

第二章 代理书记 019

第三章 出菩萨 035

第四章 野味 052

第五章 穿"火鞋" 064

第六章 荒山 080

第七章 文化考察 092

第八章 醉话 111

第九章 赵书记的主意 125

第十章 开工典礼 137

第十一章 入驻农户 153

第十二章 取保候审 170

第十三章 谣言 185

第十四章 亲缘鉴定 200

第十五章 红头绳 217

第十六章　"小蜀山" 233

第十七章　母山 249

第十八章　恶魔降临 261

第十九章　重返蜀山 278

第二十章　维护队 294

第二十一章　打砸乡政府 311

第二十二章　产业 327

第二十三章　返乡 342

第二十四章　游街 359

第二十五章　文化专家 379

第二十六章　豆花饭 393

第二十七章　黄马褂 407

第二十八章　养蚕织锦 423

第二十九章　卧底 439

第三十章　邓通故里 455

第三十一章　发布会 470

第三十二章　开篇——"瞪眼"仪式 483

后记 489

第一章 阻路

前方公路旁，是一个乡村豪华车队。

十几辆车，头往一边甩，马达呼噜呼噜，车灯咔嗒咔嗒。领头的是一辆越野警车，牛高马大。接下来是一辆不停掉漆的黑色小轿车，俯趴在警车尾气口，一副受气小媳妇儿的样子。然后是大货车、农用车、皮卡车、叉车。还有一辆手扶式拖拉机，噗噗噗地喷着黑烟——数它最不值钱，但数它的声音最响。

车队的前面，齐齐整整排了一队人。

排头的是蜀山乡新上任的党委书记唐朗，精瘦精瘦的，戴小黑框眼镜，穿小黑西装；独独胸前那红领带又宽又长，格外显眼。

排在第二位的是蜀山乡乡长贾有伦，一张胖嘟嘟的红脸。因为胖，脸上的五官都鼓着，不甚分明。同样不分明的还有身材，夹克衫里裹了一大团，究竟裹的是胸，是腰，还是屁股，实在分不清。不过，肚子倒是很"鲜明"的，高高往前耸着。他的一双手还紧紧抱着肚子，怕掉了一样。

排在第三位的是乡党委副书记平和。他的头型像是在印证他的姓，平得很特别。仿佛被一个平底锅使劲往下拍了一下，连眉眼都被打压成了细细的线。

除了这三位，再接下来就奇怪了，各色人都有。有古铜脸的老农、扎辫子的姑娘、穿中山装的教师、一把白胡子的老者，还有挺着肚子抬着磨盘屁股的农妇。那磨盘屁股忽然墩了旁边的汉子一下，那汉子夸张地捧腰叫一声，抹一把口水，两手使劲擦。

路的另一边，则有两队人。一队是站成一条线的小学生，胸飘红领巾，手捧塑料假花，表情严肃，腰板挺直。另一队是一个乡村乐队，两杆唢呐，一面锣，两个鼓。这一队站得不整齐，唢呐夹在腋下，锣鼓搂在怀里，吸烟，闲聊，吱口痰，东张西望。

公路两旁这四队人车，形成一副夹道欢迎的样子。

偶尔有车从路上驶过。这一阵势，让那些车简直受宠若惊。司机把车窗摇下来，满脸幸福地往两边看，直到明白这一切都与他们没关系时，才不得不重新摇起车窗，尴尬地开过去。

大多数时候，前面就是一条坑坑洼洼的公路。偶尔有一阵风扬过来，卷起漫天沙尘。四队人车瞬间变得灰头土脸，让这庄严的迎候，一下失去了庄严的意义。

尘土又一次被风吹散的时候，两辆车已经抵拢众人眼皮子底下了。前面是一辆低矮的黑色本田，车头多处掉漆，一副低眉顺眼的样子。后一辆则是高大的红色路虎，喷着"哄哄的牛气"。

唐朗揉揉眼，忽然明白过来，赶紧大喊："严肃！严肃！都别笑了，站端正！来了来了……"

众人也都明白发生了啥，虽然还是站不端正，好歹闭了嘴。

小学生整齐地爆发出巨大的吼声："欢迎欢迎！热烈欢迎！"

紧接着，乡村乐队平地起惊雷。唢呐腾空，锣鼓滚地，铙钹上下翻飞。

在雄壮的欢呼声中，唐朗一挥手，众人冲进不同的车里。越野警车拉响警笛，打起双闪。大货车、农用车、皮卡车、叉车，按响喇叭，打起双闪。手扶式拖拉机没有双闪，就噗噗噗地喷黑烟，一下让"双闪们"脸面无光。

迎接的队伍走出好远了，那两辆车却还停在原地不动。唐朗有点尴尬，只得跳下车，吆喝其他车赶紧停下来。贾有伦抱着肚子嘟囔："咋不走呢？"

平和一拍平头，恍然大悟："嗨呀，拖拉机喷出那么多黑烟，他们咋敢走！"

唐朗赶紧走过去，双手乱轰，轰鸭子一样，把拖拉机轰出队伍。拖拉机不敢神气了，喷着灰心丧气的烟，退了出去。

唐朗来到那两辆车旁，满脸堆笑弓腰候着。

车门不打开，车窗不摇下，众人的目光没有着落，只得落在唐朗撅起的屁股上。唐朗感觉他的屁股火烧火燎的，比他的脸还发烫。

所有的人都小心翼翼地沉默着，唯独小学生不明白，还挥舞着塑料假花："欢迎欢迎！热烈欢迎！"

乡村乐队也还在吹吹打打。他们可是见过世面的，"我站在城头看风景，忽听得城外乱纷纷"。

平和朝小学生扬扬手。小学生却看成了鼓励，欢迎得更起劲。平和又朝乡村乐队扬扬手，乡村乐队看成了指挥，吹得更投入。

平和着急了，看贾有伦，让贾有伦拿主意。贾有伦不拿主意。贾有伦双手抱着肚子，贾有伦只对肚子的事情上心。

平和只得走过去，把小学生的塑料假花噼里啪啦往下按，又把乡村乐队的锣鼓铙钹噼里啪啦往下按，两个不和谐的声部，才被按"灭"了。

前面那辆车的车门终于开了，一条肥短的腿伸出来，然后是一坨肥粗的屁股，再然后是一个滚圆的身子和脑壳。话说成了三节，其实是合在一起的。而且那人一下车，一股猎猎劲风就朝唐朗吹过来："唐朗，你这又是刀枪剑戟，又是锣鼓铙钹，你是在唱大戏啊？"

"赵……赵书记，我们不是唱戏，我们是欢迎赵书记您……"

"国家已经明文规定，政府不准搞迎送这一套！好歹你也是乡党委书记，政治觉悟这样低？"

"赵书记，您听我解释，我们可不是欢迎您……"

唐朗要弄个噱头，又怕赵书记误会了，赶紧把包袱抖出来："赵书记，我的意思是说，我们是在欢迎邓总……"又觉得不对，赶紧解释："不是不是，也不是在欢迎邓总……"

赵书记皱皱眉："唐朗，你究竟想说啥？"

"看我这张破嘴！"唐朗在自己嘴上轻轻抽了下，"赵书记，我的意思是说，这些欢迎的群众，并不是咱们乡政府组织的，是蜀山乡的老百姓自发前来的。他们听说赵书记带着邓总回来搞铜矿项目，兴奋得很，非要来欢迎。我们说，赵书记向来轻车简从，你们这样搞，赵书记会不高兴。但是老百姓说，我们高兴啊，我们要表达我们的高兴啊。赵书记，我们阻止不了老百姓高兴啊……"

赵书记瞟了一眼小学生，瞟了一眼乡村乐队，又瞟了一眼排头那越野警车，瞟得唐朗心惊肉跳。但是赵书记也就瞟一眼，并没有追根究底："如此说来，蜀山的老百姓，上上下下都欢迎邓总回来投资啰？上次阻路的那种事，再也不会发生啰？"

唐朗冲周围的人挥动双手："乡亲们，响亮地告诉赵书记，你们欢不欢迎邓总回来投资？"

"欢迎欢迎！热烈欢迎！"

小学生再一次整齐划一地吼叫起来。

赵书记终于笑了，和蔼可亲地向小学生挥挥手，转身回到车上。

"欢迎欢迎！热烈欢迎！"小学生声如脆瓜，脸红比花。

唢呐腾空，锣鼓滚地，乡村乐队器宇轩昂，肃静，回避。

警笛，双闪，大货车，农用车，皮卡车，叉车，乡村拖拉车轰隆隆启动了。

然而，乡村拖拉车的速度还没提起来，却又停了……

唐朗再次从车上跳下来，毛了："老钟，你他妈娘们儿么？好歹搞到一部越野，吭哧吭哧半天启不动！"

越野警车副驾驶室里滚下一个警察，从人缝中一路摇摆过来。

这个警察是蜀山乡派出所所长钟成。钟成走路，任何时候都是这么摇摇摆摆的，所以村民们都说，这个钟成，立场不坚定，对党不忠诚。

其实，这是冤枉了钟成。他摇摆，是因为太胖，腿太粗短，要不摇摆，两条短腿就抬不动身体了。

钟成摇摆过来，把脑壳戳到唐朗耳边。他一直笑着，像在说一件极有趣的事情。唐朗忽然脸色大变，汗珠大颗大颗地从脸上滚下来。

唐朗擦一把汗，又擦一把汗。他眼中有一丝茫然之色，不自觉转头看了看贾有伦。看贾有伦干啥呢？他抱肚子也抱得太累，正愁找不到人换换手呢。

唐朗目光绕过去，盯在平和脸上。平和跑过来，唐朗的汗水滴落在平和的肩膀上，把那里濡湿了一大片。

平和点点头，又往前跑。

平和跑到前面去了，唐朗眼中依旧还是茫然，目光绕了一圈，绕到钟成脸上。钟成还在没心没肺地笑。唐朗勃然大怒："老钟，你还站在这里干啥？你的岗位在哪里？"

轰走钟成，唐朗跑回赵书记车前，弓着腰，笑着脸，等待赵书记将车窗摇下。

这次赵书记的车窗倒是落得很快："咋了？"

"赵书记，前面路上，出了点小麻烦，不过……"

"啥小麻烦？是不是又有人堵路？"

"有，有几个……不过很快就会好，很快就会好……"

咚一声，车门撞开，赵书记从车里冲出来，又砰一声，踢拢车门。赵书记踢车门的地方，刚好也是车掉漆最多的地方。

"你不是告诉我老百姓的工作都做通了吗?你不是向我展示了所有老百姓都热烈欢迎吗?你不是拍了胸脯啥事都没有只等项目入驻吗?我告诉你唐朗,这可是几十亿的项目!如果邓总不高兴,撤资了,就算把你的肉割去卖,十亿个你也填补不了这笔损失!"

赵书记出了一道数学题,这道题的答案可以很快算出来,唐朗若卖自己身上的肉,似乎还不到一块钱一斤。

唐朗表示不服,他的脸涨得通红。

后面红色路虎上,司机也从驾驶室冲下来。那是个留鸡冠头,穿窄小黑背心,戴墨镜的精壮小伙子。小伙子跑到车另一边,轻轻拉开车门,把一条健硕的手臂,护在车门上方。

一个穿白色长裙的窈窕女子,从车上款步下来。一头又浓又黑的长发,遮住了女子的大半张脸。剩下的部分,又被一副大大的墨镜遮着。这么一来,女子就"没脸"了。

当然了,脸"没"了,嘴唇在。又厚又红的大嘴唇,代替了她的脸。

赵书记朝女子跑过去。当赵书记朝女子跑过去的时候,他肥硕的身体,丝毫不影响他奔跑的速度。和钟成比,铜柱一般的赵书记,连奔跑起来都虎虎生威。

"赵书记,你是告诉我没问题了,我才回来的。你晓不晓得,我的时间很值钱的!"

"邓总,实在对不起,一点小麻烦、小麻烦……很快就会好,很快就会好……"

赵书记向邓总说话的模样,俨然就是唐朗向赵书记说话的模样。

"唐朗,听见没有?邓总的时间是很值钱的!"当赵书记转头对唐朗说话的时候,赵书记又变回了赵书记。

"是是是,邓总,确实有那么一点小麻烦,不会耽误邓总您太多时间的……要不,邓总,赵书记,你们先上车休息一会儿……"

唐朗向邓总打躬作揖,又向赵书记打躬作揖,最后把自己给躬乱了,对着小学生也打起了躬作起了揖。小学生嘻嘻笑起来,被他们老师喝一声,却又控制不住,就拿手按在嘴巴上止住笑。

邓总优雅地往旁边伸出手,她的袖口有一圈精致的蕾丝,一直笼到手掌,这让她五指葱白的手掌，仿佛一丛盛开的白兰花。

鸡冠头精壮小伙子立刻掏出个金盒子，从金盒子里弹出一支细白的烟，递到邓总手上，又给她打火点上。

邓总要抽烟，自然是不进车里了。邓总不进车里，赵书记自然也不好进车里。邓总、赵书记都不进车里，唐朗就只能陪在旁边，不可能去看现场。不可能去现场，唐朗心里就急，就忍不住想提醒邓总和赵书记上车。只有邓总和赵书记上车，唐朗才能放下心来离开。

唐朗不敢多说，只能接着打躬。只是他一打躬，小学生又忍不住了，就算用手使劲压住嘴巴，无奈手太小，那笑声还是要漏出来。

小学生把唐朗笑毛了。唐朗心里一毛，脑壳就眩晕了，一不注意，就偏偏倒倒往邓总身上凑。

邓总吃了一惊，身体往后退。但是穿高跟鞋的她，后退的速度显然赶不上唐朗脑壳眩晕的速度。眼看着唐朗的脑壳就要递进邓总的怀里，他还懂得关心别人，怕邓总跌倒，赶紧伸手去扶。没想到这样一来，他把自己搞成了一个搂抱邓总的姿势。

邓总尖叫一声，扬手给了唐朗一个嘴巴。

脸被打了，唐朗却依然不敢放手。因为邓总的身子已经严重倾斜，他一放手，邓总就可能后仰倒在地上。

赵书记不明白这个道理，怒不可遏："唐朗，你这是在干啥？"

"我……"唐朗没办法解释。

好在鸡冠头司机反应过来，及时站到邓总身后，扶住邓总。唐朗这才放手，邓总的身子靠在鸡冠头司机身上，安全着陆了。

邓总噔噔噔回到车上，鸡冠头司机砰砰砰冲进驾驶室。路虎发出真虎一样的咆哮，灰尘在公路上龙卷风般平地暴起。很快，公路上就只剩下一条往四周炸裂的烟尘。

唐朗呆了两三秒，突然反应过来，像战士抱着炸药包冲进硝烟弥漫的战场一样，细脚伶仃地只身冲进烟尘里。

"邓总，邓总您别走啊……邓总您听我解释啊……我不是故意的，刚才我是控制不住自己啊……"

"唐朗,你是畜生啊,你也不分时间、场合!"

路虎扬起的灰尘渐渐散尽。尘满面,鬓如霜,唐朗从遥远的地方慢慢往回走。他的身后是落日,他的身边是秋风,两间余一卒,荷戟独彷徨。

赵书记双眼赤红。

赵书记是有修养的,他也只是双眼赤红,啥话也没说,默默走到那辆破烂的本田旁边,拉开车门,坐了进去。

赵书记的司机也默默拧开油门,左转方向盘,右转方向盘,车在坑洼狭窄的路上,向前,向后,又向前,再向后。扭捏半天,车头终于反过来了,向前开去。

唐朗慢慢走到路边,深垂着头,深垂着手,等着赵书记的车过去。

本田车开到唐朗身边,停了下来,车窗打开。车窗开得很大,赵书记的眼睛却眯得很小,目光像两道薄薄的冰片。

"唐朗,好久没回过家了吧?"

但冰片很快就融化了,变成了一小团白汽,无声地消散到空中。暖风阵阵,桃花朵朵,赵书记的声音春光无限:"唐朗,听说你很想调回城里去,是吗?"

激动的唐朗双眼迷离:"赵书记,我刚来山上,不敢说调回去的话……"

"嗨,长短不是问题……这么给你说吧,如果你做好了群众工作,让这个项目顺利落户,那你就是为全县做出了大贡献。那时候,我就可以理直气壮把你调回去,提拔重用都没问题。总之,你要让我有理由,能说服大家,明白吗?可是,如果群众的事越闹越大,项目迟迟落不了地,甚至黄了。你说如果我还调你回去,别人还不戳断我的脊梁骨?所以,唐朗啊,能不能回去,不在于我,全在于你自己啊……"

"保证做好!赵书记,这次保证做好!"

"你的保证我已经不是第一次听到了……唐朗,话说得再好也没用,关键看行动。一周时间,我只能给你一周的时间!"

"一周?赵书记,一周太短了吧,能不能……"唐朗的声音慢慢小下来,小下来,然后他点点头,"好吧,一周就一周,一周之内,我保证完成任务……"

"唐朗,你要明白,这一周不是我给你的,是邓总给咱们的。这一次邓总回来,群众阻路,加上你又对她做了不雅的事——别打岔,听我把话说完——这两件事让邓总很生气。我现在得赶回去劝说她,多赔些笑脸,或许还可以暂时稳住她的心。但时间太长,邓总失去耐心,我这张老脸也没用了。这个项目不仅仅是县上的重点项目,也是全市、全省重点项目。这项目要是黄了,兄弟,几十个亿啊……"

赵书记捶胸顿足痛心疾首了。赵书记就在这种捶胸顿足痛心疾首中,扬起一路的烟尘,驶向远方。

其实那根本就不算堵路,几截烂木头而已。此外,就是几个村妇。

村妇们有的蹲在地上,有的坐在烂木头上。有些甚至扯开衣襟,给哭闹的娃儿喂奶。

十多个警察围在四周,垂手站成一圈。感觉不像清理路障,倒像在保护现场。

唯有一个穿青布的四十多岁的女子真正躺在地上。她那仰躺的,把扯乱的胸怀袒露在众人面前,连头发都揉在尘土中的样子,才像是真正阻路的姿势。

平和蹲在那仰躺的女子身边,细声细气地劝着。

唐朗的脸黑得像墨,是黑包公的那种黑。当唐朗的脸像黑包公那么黑的时候,他便显得威严了不少。但是没有用,路上的人并不因为他拥有一张包公般的黑脸,就挪一下位置。那青布村妇看见唐朗过来,动也不动,只把眼睛别向一边。

平和站起来,朝唐朗走过来。

贾有伦打趣平和:"老平,人家都躺下了,你咋还临阵脱逃?"

唐朗气不打一处来,顶了贾有伦一句:"老贾,你是本村人,你说话他们听,你去劝劝吧。"

贾有伦立刻又抱住他的肚子:"哎呀喂,唐书记,你不晓得,正因为我是本村人,我才不好开腔啊。别看这几个婆娘年纪不大,好多都是我的长辈呢。地方上的长辈,她骂你,你还只能埋起脑壳听呢。"

既然是你老辈子,咋刚才和平和说那种轻薄话?唐朗恨不得吐贾有伦两泡口水。但他刚从其他乡调到这里来,虽然看不惯,也不好就得罪贾有伦。闹不好,还被人说领导能力差,不团结人。

他不说贾有伦,说钟成:"他娘的,这个钟成当的啥子所长!几个娘们儿都搞不开,还好意思张着嘴笑!哼哼,看着吧,老子要把他这身蓝皮给剐了!"

偏偏贾有伦听不出唐朗的指桑骂槐，还满不在乎地帮钟成解释："唐书记，老钟那不是在笑，那家伙就长成那副怪模样……他就算哭，别人看起来，他也是一副笑的样子啊……"

"就算不是笑，那也不行。堂堂派出所所长，胆小懦弱，尸位素餐，对得起那身蓝皮么！"

贾有伦还在帮钟成推脱："唉，唐书记，你刚来，不太了解，蜀山这个地方，民风彪悍啊……"

"民风彪悍能彪悍过拿枪的？这也太滑稽了！"

唐朗简直愤怒了，愤怒得连远处的钟成都听见了。

钟成听见了，却装着没听见的样子，背过身，埋下头去——当然了，人家钟成埋头并不是躲唐书记，而是人家在打火点烟呢。

"钟所长！"唐朗声音变得细铁丝一样，在风中轻轻发颤。

钟成不敢装了，把没点燃的烟拔出来，捏在手心，跑过来，却又顺手把那支烟递给唐朗："唐书记，你抽烟么？要不要来一支？我儿子寄给我的，说是内部特供……"

唐朗一张黑脸气得出水，啪的一掌把钟成递过来的烟打到地上："好啊，你儿子很能，在省公安厅，能够给你带特供回来。我看你这个派出所所长当着也没啥意思，干脆脱掉那身蓝皮，回你儿子那儿养老算了！"

钟成躬身把烟从地上捡起来，使劲捋直，还嘻嘻笑："不行，我还没退休，不能回去养老。我还得继续战斗，做好群众工作。"

"做群众工作？你做了吗？"

"做了做了，唐书记，你看看我的嘴角，都长燎泡了。"钟成油乎乎的嘴角上，果然有颗大疔痘。

"就算你满嘴长的都是燎泡，又有啥用？群众工作不讲苦劳，只讲功劳。不用多说，赶紧去做！"

"遵命！立刻执行！"

钟成跑回青布村妇身边，二话不说，拉起她的手就往旁边拖。

青布村妇尖叫一声，伸出另一只手抓挠——奇怪的是，她不挠钟成，她挠自己。

一爪子下去，她的脸上就有了几道深深的血痕。挠过脸，她的手还不停歇，又扯胸，把胸衣撕下一大片。

钟成吓得丢开青布村妇的手，转身就跑。但已经慢了，青布村妇反手揪住钟成的警服。这一次，青布村妇不挠自己了，挠钟成，挠钟成的手，挠钟成的脚。挠得钟成手忙脚乱，像满身着了火。

"月英，这就是你的不是了，钟所长好歹是所长。再说了，就算不是所长，也是咱村里的人，低头不见抬头见，你咋这样挠他？"

说话的也是个村妇，和青布村妇年纪相仿。她穿了一身花衣。这一身花衣也没啥，夸张的是脖子上那串大金项链。但凡她一说话，那大金项链就叮叮当当地响。

"牛金秀，你指责我！"青布村妇生气了，把手收回来，叉在腰间，顺势就把钟成猛一放。钟成收刹不住，骨碌碌滚到一边。

"我不是指责，我也是为你好。月英，咱们是打小的好姐妹，你听姐姐一句话，别闹了，快起来吧……"

"你为我好？别假仁义了，你还不就是为了你娟姑儿！"

"我娟姑儿的事，我是不管的，她也不许我管。我劝你，是因为我们是好姐妹，我真的很想帮你……"

"别喊姐妹，我马月英高攀不起。不错，你娟姑儿了不得，嫁得好，还回来投资。不过，哼，我喜旺娃儿也并不是没出息！"

"哎哟，晓得你喜旺娃儿有出息，读大学嘛。这村里能读大学的可没几个。祝贺祝贺，祝贺你喜旺娃儿将来当市长、当省长！"

牛金秀尴尬地说了两句，不敢再开腔了。

马月英也不再理她，把脑壳放在灰土里，安然地闭上眼睛。

唐朗朝马月英走去。平和赶紧拉住他："唐书记，你去做啥？你最好别直接出面……"

"我不出面哪个出面？我是乡党委书记，我不能把困难推给别人！"唐朗的话，明显是说给贾有伦听的。贾有伦自然也听明白了，但他抱着他的肚皮，没吭声。

"话是这话，但你还是不忙出面，"平和细声细气地劝说，"唐书记，你是一把手，你出面要是搞不定的话，咱们可就没退路了。"

平和这话，让唐朗很感动，他反过来安慰平和："老平，你别担心，我肯定搞得定。看得出，马月英是很为他儿子骄傲的。"

唐朗来到马月英身边，蹲下来，静静看着她，不说话。

马月英眼皮动了半天，终于还是睁开了："你是哪个？"

"我是蜀山乡新来的党委书记唐朗。马月英，听说你儿子喜旺在读大学，还是省里的一所名牌大学，对不对？"

"你想干啥？"马月英脑壳忽地翘了起来。

"马月英，你为你儿子感到骄傲吗？"

马月英不需要回答，马月英只需要骄傲地把脑壳偏向一边。

"马月英，你觉得你儿子会为你感到骄傲吗？"

"你，啥意思？"马月英又把脑壳翘起来。

"你儿子是大学生，名牌大学的高材生。他现在是一个有知识、有文化的体面人。如果他晓得他娘像个泼妇一样，在地上滚来滚去，丑态百出。马月英，你觉得你儿子心里是啥感觉？"

马月英的脸往胸前缩了缩，果然不太有面子的样子。

"马月英，你还不快起来去洗干净你的脸，难道真想让你儿子看到吗？"唐朗把嘴凑上前去，悄悄说，"马月英，听说你儿子最近要回来……"

马月英两眼圆睁："你要把他喊回来？你……"

唐朗当然不清楚马月英的儿子是不是会回来，他只是顺嘴一说。但效果很明显，这是唐朗愿意看到的。唐朗不答，就微笑，一副神秘莫测的样子，他在等效果继续扩大。

却在这时，公路两边高坡上，传来一阵滚雷般的声响。唐朗还没明白是咋回事，一大群手拿锄头扁担的村民，已经拥到他面前了。

唐朗一惊，刚想站起来。这时马月英极快地伸出手，猛地拽住他胸前的领带，同时惊天动地哭号起来。

"救命啊，救命啊，书记大人调戏良家妇女了……"

随着马月英的哭号声，锄头扁担一时间都成了刀枪剑戟斧钺钩叉，密密地把唐朗围在中间。

"你说啥？我，我哪里调戏你……"毫无准备的唐朗慌了。

"你还没调戏？你嘴都凑过来了！"马月英扯起胸衣，"衣服都给你扯破了！"又指着脸上的血痕，"脸都给你抓伤了！"

"这不是你自己抓的吗？老钟过来劝你的时候，你自己抓的……老钟，老钟，是不是这样的？"唐朗确实慌了，不但急于表白，还急于找人求证。

"刚才，刚才……"钟成急切地要帮唐朗证明，但也是因为太急切，竟剧烈地咳嗽起来。一连串的咳，喘不过气来的咳，脸红脖子粗蹲在地上直不起腰来的咳。

"自己抓自己，这样的奇事，我还是第一次听说。哪个会自己抓自己？除非她疯了……"

说话的，是一个穿道士服的男人。不过，也可能不是道士服，大约就是一件黑长衫。头上有个髻，用半截筷子穿着。但因为头发太少，那个小小的潦草的髻，根本没办法抓住筷子。但见他脑壳稍一晃动，那筷子就掉到地上了。他不得不尴尬地埋下头，捡起筷子，重新插在髻上。

"李师公，你觉得不可能，但这是事实。马月英脸上的伤，确实是她自己抓的。这事我可以证明。"平和从外面挤进来。

有人证明，唐朗心定了不少，觉得自己可以堂堂正正站起来了。

可唐朗忘了，领带还拽在马月英手里，这使得他虽然站起来了，却形成一个撅臀俯头的姿势，仿佛在低头认罪。

唐朗当然不想让别人认为他在低头认罪，于是重新蹲下来。哪晓得，马月英恰在这时又站了起来。位置的改变，又形成了一种马月英牵狗的姿势。

唐朗尴尬地又站起来。这一上一下的动作，把唐朗的脑壳晃晕了。加上他身子单薄，马月英扯着领带稍一用力，他便直往马月英身上倒。

马月英推住唐朗，一扯一推，唐朗被固定成一个伸嘴向前的姿势。

"书记大人，看你这嘴脸。你还不承认调戏良家妇女，你都在现场直播了……"

"唐书记，你是不是好这口呀？先前往邓总身上凑，现在又往有德婆娘身上凑。"插上筷子的李师公，又神气活现了。

"臭流氓，还不快把你那臭嘴拿开！"从队伍里挤出一个猪鬃般头发的黑脸汉子，手持一柄大砍刀在唐朗脸前晃着。

"觉英娃儿，你吃了豹子胆！你晓得你的刀在哪个面前么？人家可是乡书记……"

"乡书记又咋样？乡书记就可以调戏良家妇女？"

"乡书记就是一乡之王，这蜀山乡的妇女都是他的三宫六院，他想睡哪个就睡哪个，用得着调戏？"

"啥？想，想睡哪个就睡哪个？难道就没人能管得住他？"

"有啊，县里的赵书记就能管住他。你敢去找赵书记告状不？"

"你看老子敢不敢！老子马上就去！"

"你一个人去不得行，你还没拢县政府大门，人家就把你抓起来了。要去，得所有人一起去。"

"为啥要一起去？"

"一起去他抓不完那么多嘛。就像网鱼一样，网住东边的，西边的就逃脱了。逃脱了，就可以进去找赵书记。"

"说得好，李师公你果然是狗头军师。"

李师公觉得这话不像在表扬他，生气地想反驳。可他一激动，筷子又从头上掉下来了。李师公想要捡起来，可众人潮水般往前拥过去。李师公的筷子，就这样被纷乱的脚踩进泥土里。

平和冲过来，拦在蜂拥向前的人面前："不要去啊，大家都不要去啊，有话好好说，好好说啊……"

"有啥好说的？啥时代了，当官的还敢想睡哪个女人就睡哪个女人！"觉英对于这种不公平，绝对不服。

"觉英娃儿，你别不服，人家是当官的。你有本事，你也去当官。当了官，你也可以想睡哪个睡哪个。"

"老子当不了官，可老子还是不服！"觉英不只是不服，简直就是义愤填膺。

唐朗炸裂了。

唐朗不说话，只一味地伸手猛掀。可因为他身体太轻，在掀别人的时候，别人没动,他自己反被碰得摔来倒去。

平和拦在唐朗和人群之间。唐朗脑袋晕了,没认出平和,把他当成了个村民,拽住他的衣服,使劲扯。

村民们见唐朗扯平和,觉得有趣,也跟着一起扯平和——不扯白不扯,你扯得,我们也扯得!

"冷静,大家都冷静,不要做过激的事⋯⋯"贾有伦终于说话了。当然了,他就算说话,手还抱着肚子。话说回来,他要不抱,又有哪个帮他抱呢。

就算是个面团,也有受不了的时候。何况他平和是人,不是面团。

平和张开嘴寻气。张开嘴的同时,也张大了眼。张大眼的同时,就看见了在一边嘻嘻笑的钟成。平和本来也是很理解钟成那种天生的面部表情的,现在不想再理解了:"老钟,你还笑得出来!赶紧帮我,帮我劝劝大家啊⋯⋯"

钟成嗖一声从腰间拔出枪来,对着天空放了一枪。

枪声太大,所有人一时都怔住了,不敢再动。

钟成望望这个,又望望那个,有点不好意思:"咳咳,我也没想到啊,我从来没打过枪,不晓得枪声竟然这么大⋯⋯"

"哇,好有能耐,竟敢拿枪打咱们这些手无寸铁的老百姓!"李师公太得意了,他没想到自己能够在这种恰当的时机里,说出如此恰当的话。

更让李师公得意的是,他的话果然在觉英身上起到了效果。"拿枪打?你以为提一杆铁壳子,老子就怕你了?来,有本事,这里,你冲老子这里打!"觉英指着自己胸口,舞着刀,朝钟成逼过来。

钟成吓得提起枪就逃。一个拿刀的紧追着一个拿枪的,冷兵器打得热兵器满天飞,这画面实在太滑稽了。

"看啥呢?趁这机会,冲出去,到县城找赵书记啊。此时不走,更待何时?"李师公趁热打铁。

人群又铺天盖地推拥起来。唐朗、平和没注意,被众人推得转了个身,仿佛此刻他们不是阻拦者,倒成了上访群众的带头大哥。

一阵惊天动地的尖啸声,忽地就从远处直撞过来。那声音实在太大,一瞬间,似乎世上的一切都淹没在了这种尖啸之中。

紧接着，一股浓烟，从公路尽头黄龙般滚滚而来。

声浪和黄龙在离众人十步开外的地方止住了。唐朗这下看清楚了，原来只是个骑摩托车的人。

"好了好了，老严来了，今天不会有啥事了。"贾有伦欢呼。

果然好了。身后那原本气势磅礴的浪潮，忽然就没了。刀枪剑戟又回到锄头扁担，血色鼓荡的勇士的脸，回到了村民们的脸。四周一下沉寂了，温度突然就降到零度以下，一切都冻住了一样。

贾有伦甩开手，大步往严庄走过去。现在他不抱肚子了，似乎也不怕肚子掉了。

贾有伦来到严庄身边，从衣袋里拿出一包烟，拉出一支，递过去。却在这时候，李谷一的《难忘今宵》在严庄的身上激情澎湃地响起来。严庄从口袋里摸出手机，按下接听键，放在耳边。同时顺手把贾有伦递过来的烟塞进嘴里，侧头伸嘴接上贾有伦递过来的火。

随着严庄的笑谈说话，那香烟在他嘴里活活泼泼地跳动着。让人惊讶的是，尽管那香烟跳来跳去，却依然磁铁一般吸在他嘴边，像一条荡秋千的小虫子。

"明晚给你留一桌？没问题没问题。哎呀，杜总，你别多心，这事嘛，都是小涂不懂事。她给我汇报过，她说后天的都订满了，没有空的包间了。当时我就把她臭骂了一顿，我说，小涂，你是不是脑壳被门夹瘪了？杜总是哪个啊，你就是把别人撵开，也得给杜总安排好！杜总，你放心，我要是把别人撵不开，我就把我的饭厅让出来，让给你杜总用！"

严庄嘻嘻哈哈大声笑闹，不过他脸上的那条刀疤却冷冷地扯着，这让他的表情显得非常怪异。

"这个老严是哪个？"

"他叫严庄，是复兴村的村主任，大家都喊他严主任。"

贾有伦一直在严庄身边赔着笑，等着严庄把电话打完。当严庄终于打完电话，把手机揣进口袋后，贾有伦赶紧把嘴巴凑到严庄耳边。他说的话没人听得见，不过他那张讨好的笑脸，大家倒是看得清清楚楚。

严庄面无表情地走过来，贾有伦赔着笑跟在他后面。严庄往人群前一戳，板着脸问："你们这是要到哪里去？"

"严主任，我们要去县里找赵书记。我们要告这个唐书记，告他调戏良家妇女！"

"唐书记是哪个？"

"老严，我给你介绍一下，这位就是咱们乡新来的党委书记唐朗唐书记。"贾有伦赶紧解释。

"唔……"严庄瞟了唐朗一眼，立刻把脸转向人群，刀疤一扯，就有了凶悍的样子："混账，书记咋可能调戏良家妇女！"

"老严，唐书记没调戏过哪个。"平和忙说。

"没调戏？这里所有人都看见了，月英嫂的脸都被那禽兽抓破了，这还叫没调戏？"觉英义愤填膺。

"无量寿佛，出家人不打诳语。有德婆娘被调戏一事，不只是觉英娃儿看见，这里所有人都看见。"李师公把一根筷子插在头发上，这就算出家了吗？

"老严，唐书记真没调戏过有德婆娘。有德婆娘脸上的伤，是她自己抓的……"平和反复解释。

"平书记，你不用解释了。你放心，就算唐书记真调戏了有德婆娘，今天有我在，就不会有哪个敢去县里。"严庄两眼望天。

"老严，我放心，有你出马，这村上哪有摆不平的事！"贾有伦抢先表态。

严庄两手叉腰，眯眼喊觉英："觉英娃儿，把你那破刀放下。今天的事情，就到此为止了。"

觉英立马把刀藏到背后："既然严主任发话，我觉英还有啥说的，一切听严主任指挥。"

严庄又眯眼喝斥马月英："有德婆娘，你今天受委屈了。你这个委屈受得大，我晓得，放在哪个身上，都讨不夫。但是，今天你听我一句，再大的委屈，你都把它忍了，听到没？"

马月英整理了一下她那一直乱着的胸衣。理着理着，她的眼泪忽然就滚滚而下。先前理直气壮的马月英，为啥变得这么悲戚？

"呵呵，呵呵，如此说来，我还真耍流氓了。你们去告呀，你们咋不去告？你们不去告，咋证明我的清白？"唐朗愤怒至极。

贾有伦拍拍唐朗的肩膀，劝道："唐书记，我看这事还是算了吧……老严已经出面摆平了，咱们就不用节外生枝了……"

唐朗晃了晃被贾有伦拍过的肩膀，他受不住贾有伦嘴里喷出来的酒气。

贾有伦尴尬地搓搓手："唉，我也是一番好心……"

严庄转过头，眯眼看贾有伦："贾乡长，你们乡政府是不是对我这样处理有意见？"

"没意见，没意见，老严，你处理得很公道。"贾乡长赶紧赔话。

"哦，要是有意见的话，我就不管了，你们自己看着办吧。我吃喝耍的事，多着呢。"

"没有没有，这事多亏了你，多亏了你。"

严庄这才把脸转向人群："你们还围在这儿干啥？散了散了！"

众人一哄而散，锄头扁担在地上有力地撞击着，发出叮叮当当的声音。这下，锄头扁担不再是刀枪剑戟，而是锣鼓铙钹。

一个裤脚高挽，腿上涂满泥巴的小伙子，从远处冲过来，大喊："月英婶，月英婶，喜旺哥回来了，喜旺哥回来了，他在你家屋外哭呢！"

"哭？"马月英大惊，"喜龙，你说啥？喜旺不是在学校读书么？"

"不晓得哇，他就蹲在那里哭。"喜龙觉得他有必要再讲得详细一点，又补充道，"月英婶，是这样的，我本来在地里栽'鸡眼睛'苗。地里缺水，周围没水源，要到很远的地方去取水。今天早上我带了一些水管去地里，但水管不够长，我只得转回来，准备从家里再带一些管子去……"

"喜旺究竟咋了？你啰里啰唆尽说那些没用的做啥？"马月英急了。

"咋会没用？没有水，我地里的'鸡眼睛'都会干死！"喜龙对马月英貌视他的事业很不满，大声争辩，随即又悲天悯人，"唉，咱村里的水渠都荒了，没人修。我一个人也修不了，我的地取不来水啊……"

马月英猛地转身，直视唐朗："唐书记，是你把喜旺喊回来的？"

"我？我喊他回来做啥？"唐朗已经忘了他刚给马月英说过的那个话了。

"卑鄙！"马月英拔腿就往家里跑去。她的乱发在风中飞，她身上的尘土在风中飞。

第二章 代理书记

"书记呢?"

"啥书记?"

"复兴村的村支部书记!"

"复兴村没有村支部书记,严庄主任书记一肩挑……"

"为啥不分开?选个年轻人来干书记嘛。"

"以前选过。要么年轻人干不好,要么年轻人出去打工干不了。最后贾乡长说,干脆不设书记,让严庄一并干了……"

"贾乡长咋能这样安排?这不是眉毛胡子一把抓吗?"

"唐书记,贾乡长这样安排,也不是没道理。复兴村的事,说起来,还真要严庄才摆得平。"

"我看这个严庄,就是复兴村的一霸。今天这个阻路事件,很可能就是他在暗中指使的!"

"不会,不会是他……"

"为啥不会?"

"村民阻路,无非是为了一样东西:钱。村民们觉得给的钱少了,他们想多捞一点。可是,严庄不缺钱啊。他开了一家非常气派的农家乐,叫'吃喝耍',生意火爆得很,赚的钱可不少。他根本不稀罕那点拆迁款,有啥必要在后面指使?"

"那,是哪个在后面指使……"唐朗疑惑了。

"唐书记,你认为一定有人指使吗?"

"老平,你没看出来啊?今天在公路上演的,简直就是一场大戏,有主角,有配角,有铺垫,有高潮,曲径通幽,峰回路转。如果没人编排,这戏能演得这般丝丝入扣?"

"不会吧……"

"老平,你再想想,还牵涉到哪个的利益?有没有大人物?"

"大人物?会不会是他……"

"哪个?"

"李先生。"

"李先生是哪个？"

"李先生叫李秉，原先是省环保厅副厅长，现在已经退休了。退休以后，他来蜀山向当地村民租了一块地，修了一栋房，打算在这里养老呢。"

"他老家是蜀山的？"

"不是。"

"不是他跑到这里来凑啥热闹？"

"他老家不在蜀山，但他年轻的时候，曾来复兴村下过乡，当过知青。后来国家恢复高考，他才考上大学走了。"

"就算这样吧，蜀山征地关他啥事，他又没土地在这里。"

"他是没有土地在这里，但他认为在蜀山建铜厂会破坏环境。你还没来蜀山之前，他就曾多次找过乡政府，找过我们，给我们讲建铜厂危害大。据说他还去找过赵书记，不晓得赵书记咋给他解释的……"

唐朗冒火了："这啥人啊，退休了，就该好好待在家里，安享晚年。跑到蜀山来做啥？唉，现在的老年人，真是不得了，占用公共区域跳广场舞噪音扰民，乱闯红绿灯扰乱交通，摔倒了有人扶他反讹人钱财……他们把好端端的城市搞得乌烟瘴气，现在他们又跑到乡下来闹了，难道他们想把乡下也搞乱吗？"

唐朗抬脚就往前走。

"唐书记，你去哪儿？"

"我要去把这个老头子赶走！"唐朗杀气腾腾。

"算了算了，唐书记，这些都是我的猜测，可能不是真的，你还是别去了……"平和劝道。

唐朗哪里听得进去，已经走好远了。

在一个深山谷里，两人找到一座小木屋。小青瓦，木板房，只左右三间，被一堵围墙围在里面。

围墙的门大打开着，唐朗与平和走了进去。但见里面有一块很大的院坝，院坝里摆着一张小木桌和几把椅子，桌上摆着一套茶具。地上干干净净的，墙上挂着一些农具和粮食。

旁边有一块小菜园。菜园虽小，里面菜的品类却不少，青菜成片，辣椒成串，蒜苗成行，丝瓜成架。

菜园里，一个短发的老太太正蹲在菜地里拔草。她高抬着脊背，旁边的杂草堆得小山一样。

"这老太太是哪个？精神这么好！"

"她是李先生的爱人成老师，成老师是一位退休的小学教师。"平和神秘一笑，"别看成老师只是个普通老师，李先生平常其实挺怕她的。她让李先生往东，李先生绝不敢往西。"

"李先生怕老婆啊？"唐朗眼睛一亮，他忽然就有了主意。他走过去，蹲在成老师身边，和她一同拔草："成老师，咋你一个人在这儿拔草？李先生呢？"

"唉，别提他了！跟我说好的，到这儿来，就是养个花，种个菜，安享晚年。可他呢，忙得像个生产队长。今天调解扯皮纠纷，明天联系种子化肥。你说他是来安享晚年，还是来折腾晚年？"成老师唠唠叨叨，却又不温不火，听不出她是在埋怨，还是在欣赏。

"哦，李先生精神很好啊。这会儿他又到哪儿调解去了？"

"去马月英家，帮她劝她儿子去了。说是马月英的儿子喜旺读大学，不晓得啥原因，都读到大学四年级，马上要毕业了，他却突然不读跑回来了。唉，现在的年轻人，他们脑壳里整天都在想啥……"

"马月英？你见过这个人吗？"

"没见过，我很少和那些村民打交道……"

"我见过。"唐朗把脑壳凑过去，"一个四十出头的女人，不算年轻，却也徐娘半老，还颇有些姿色。我听说她男人出去打工后，就没音信了，她独自养个娃儿，守了八年活寡了……"

成老师突然直起腰，双手举着，手上满是泥浆。

"你是哪个？"成老师把唐朗上上下下打量了一遍。

"我是新来的蜀山乡党委书记唐朗——嘿嘿，虽说是新来的，但我这人不官僚，来以后,很快就了解了不少情况。"唐朗笑盈盈地自我介绍,"成老师,我今天来,本来是想找李先生喝茶的。你说李先生去找马月英了,我估计他一时半会儿也不会回来。也好,趁这时间,我帮你把草拔完……"

"算了算了,你起来。"成老师摆摆手,气鼓鼓地说,"咱们都别干了,让老李回来干。这些事本来就该他干,咱们干完了,白让他闲着……你找得到马月英家吗?你带我去,咱们把老李找回来。"

"我找不到,老平找得到。"唐朗指了指平和,又朝平和挤挤眼。

"我也,找不到……"平和有些慌乱。

"胡说,老平,你都在蜀山干了十多年了,哪个旮旯你找不到!"唐朗大笑。

"那好那好,你在前面带路,我们赶紧走。"成老师手都来不及洗,就催促平和。

"你究竟要干啥?为啥不去?你一句'不去',就让我供你读书的那些钱,全部打水漂了?你这个败家子,败家子啊……"

马月英满脸通红,汗水使凌乱的头发湿漉漉地贴在脸颊上。

一个清瘦的小伙子蹲在地上,双手抱头,不停地扯头发。显然,他就是喜龙嘴里说的喜旺。

"我告诉你,你今天去也得去,不去也得去!你起来,赶紧起来,到学校去,赶紧去!"马月英使劲揪扯喜旺。扯他的衣服,扯他的耳朵,扯他的头发。可任随马月英咋扯,喜旺的双脚就是不挪地。他双手抱头,把头藏在两腿之间。

喜龙伸手拉马月英:"月英婶,喜旺哥不去就算了,也并不是只有读书一条路才能成功。在家种地,也是能赚钱的。我的野生'鸡眼睛',要是移栽成功,挂果了,肯定能卖钱。月英婶,要不,就让喜旺哥跟我种'鸡眼睛'吧……"

"放你娘的臭狗屁,哪个会像你这样没出息?把你那沾满污泥的爪子给老娘拿开!"马月英冲喜龙怒喝道,唾沫星子喷了喜龙一脸。

喜龙在脸上抹一把,埋头转身走了。他的手上果然有污泥,那么一抹,抹成了一张大花脸。

马月英从地上抓起一根竹枝,一竹枝打在喜旺脖子上。喜旺的脖子立刻出现一道带血的长痕。但是喜旺只是稍微动了动，并没有改变他蹲伏的姿势。

这让马月英更生气了，她将竹枝劈头盖脸朝喜旺打去，越打越生气。

旁边有个满脸皱纹的瘦老头，本来一直在抽烟，这时把烟杆从嘴里拔出来，往这边走。他深一脚浅一脚的，看得出，他的一条腿是瘸的。

瘸腿老头劝马月英："喜旺娘，你不要打了。你和喜旺好好说嘛，他还是个娃儿……"

瘸腿老头劝不动马月英，有些急了，伸手去护喜旺的头。马月英没注意，一竹枝打在瘸腿老头手上。瘸腿老头痛得直抽嘴，但他的手依然护着喜旺，并没有缩回来。

马月英生气地冲瘸腿老头吼："他老爷，你管得了，你就拿去管！反正是你贾家人，我不管了！"

"这个老头是哪个？"

"他是贾队长，喜旺的老爷。"

"他是村民小组长？"

"他现在不是了。集体生产那会儿，他一直是生产队长。后来土地到户，他还干过一段时间。只是这些年年纪太大了，才换给年轻人的。他在村里很有威望的，村里有啥扯皮纠纷，都会找他去解决。红白喜事，也都是他当知客司。大家都喊'贾队长'，他的真名叫啥，我也想不起来了。"

"他那样子算是有威望？"

"嘿嘿，在村里有威信，偏偏在他儿媳那里没有……"

贾队长冲他儿媳讨好地笑一笑，就把脸一板："喜旺，埋头做啥？把脑壳抬起来！"

喜旺动了动，但他脑壳还是埋在两腿间，没抬起来。

"喜旺，你奶奶传下来的那支笔呢？你是不是扔了？"

喜旺颤动了一下，但他还是没有开腔。

"喜旺奶奶是哪个？"唐朗又问。

"他奶奶还是姑娘的时候，原先是村里小学的代课老师。但是不晓得咋回事，她突然就辞职不当老师了。不久就嫁给了喜旺的老爷贾队长，但是她在生喜旺的爹贾有德的时候，难产死了。"

"喜旺，你把你奶奶传下来的笔扔了，你对得起你奶奶不？"

"我没扔，没有！"喜旺忽然站起来，猛地把一支笔从口袋里掏出来，递给贾队长。

贾队长接过笔，颤抖着摸了一阵，又还给喜旺："你没扔，就该记得你奶奶说过的话。你奶奶说，咱们贾家，今后无论如何要有人考上大学，给贾家人争口气。你老汉儿成绩不好，没读几年书就读不下去，已经给贾家丢脸了，难道你也想给贾家丢脸？"

喜旺双手抱着脑壳呜咽："我对不起奶奶，我对不起她……"

"你既然晓得对不起你奶奶，你就要争气。快起来，回学校去，继续读书吧。"

"不回去，我不读了，不读了，不读了……"

马月英又忍不住了，抡起竹枝打："你还在说你不读！你不读，我今天就打死你！"

"喜旺娘，你咋又打起来了，还是要说服教育啊……"

"你说了半天，说服了么？"马月英猛瞪贾队长一眼。

贾队长不好再说话了，把烟杆塞进嘴里，嘭嘭嘭地吸。

马月英的竹枝在空中带着风声。

喜旺痛极，手里的那支笔再也握不住，飞到一个老头的脚下。老头把笔捡起来，细细端详，又用衣袖使劲擦上面的泥土。老头有一头浓密的花白头发，带一副眼镜，一身白衣白裤，身子瘦削而笔挺。

好儒雅的一个老帅哥！

唐朗在心里暗自琢磨，自己也瘦，也戴眼镜，将来会不会也这么儒雅？唐朗自己忍不住笑了。

"他就是李先生。"

李秉走过来，微笑着劝马月英："月英啊，你不能这样打娃儿。你看，笔都打掉了。他没了笔，还拿啥来读书？"

马月英不听，不只是打，还猛扑上去，抓扯。

"我打死你！你既然不读了，留你还有啥用！我打死你这败家子！"

李秉一把拉住马月英的手。马月英要扯开，李秉不敢放，拽得更紧。两人就像拔河，都咬了牙，气喘吁吁。

"李先生咋连一个女人也拉不过啊？"唐朗意味深长地说着，瞟了成老师一眼。

平和不晓得唐朗话里有话，老老实实解释："李先生都快七十了……"

"就算七十了，毕竟是个男人，要拉开一个女人还不容易？李先生可能是没用全力吧……"唐朗再瞟成老师一眼。

马月英抽不出手，不抽了，一时悲从中来："李先生，你劝我有啥用？你不晓得，为了这败家子读书，我借了二十多万的债。现在他一句不读，我这钱全打水漂了不说，又到哪里找钱来还？"

李秉在马月英手上轻轻拍着，安慰她："月英啊，你不要太着急。不要太担心欠债的事，咱们一起来想办法。这样吧，我多少有点积蓄，你欠的这些债，我可以先帮你还上……"

成老师再也忍不住了，冷哼道："李大厅长，你的钱不是都交公了吗？咋还有积蓄？你私藏在哪里了？"

周围的人一阵哄笑。李秉没想到成老师突然出现，不禁脸色发红，赶紧把马月英的手放了。可这一放，却让他拉马月英手的动作更加显眼。

"李大厅长，你虽然当过厅长，却早就退休了。你得摆正自己的位置啊，不能退休了，还拽住不放。更不能把应该是人家小唐、小平干的事，给抢着干了。你要这么干，年轻人会很不高兴的。"

"没有没有，成老师，李先生能深入基层，关心群众，把群众家里的事当成他自己的事，这种精神，咱们后辈是学不来的！"唐朗十分快活地回答。

"把群众家里的事当成他自己的事。他自己家里的事呢？自己家里的杂草不除，却来除别人家的杂草，合适吗？"

唐朗和成老师一唱一和，李秉全听明白了。周围的人也都听明白了。听明白了，大家就嘻嘻哈哈笑。这笑让李秉羞惭："老成，你说啥呢，都是邻里乡亲的，遇到事情，帮帮忙也是应该的嘛……"

"你一退休老头，能帮啥忙？"成老师讽刺道，"才给你说了，手别伸长了，不该管的别管，不该摸的别摸。摸了不该摸的，要挨打的！你说你七老八十的人，头发胡子都白了，还挨打，你那张老脸往哪里搁……"

"胡说！胡说！"李秉听不下去了，双手往后一背，气呼呼地挤出人群，走了。

他本来挺得很直的腰，因为脸往前冲得太急，就弓了。成老师在后面走，腰身反而挺得笔直，大摇大摆的，仿佛李先生是她押送的犯人。

"成老师，这蜀山寒气重，医疗条件又差，你和李先生可得照顾好自己的身体啊……"唐朗在后面意味深长地说。

马月英浑身发抖，没地方发泄，又抓起竹枝打喜旺。喜旺抱在头上的手已经血迹斑斑，有一道伤口的血还弯弯曲曲往下流着。

牛金秀冲出来，抱住马月英。"月英，别打了。你这样打下去，娃儿真要被你打坏了！"牛金秀自己先动情，大哭起来。

马月英也动了情，转身伏在牛金秀的肩膀上："这败家子，打死算了……我养他容易吗？他这么不争气……都快毕业了，却说不读了……我前世做了啥孽，今生要受他这种折磨……"

牛金秀轻轻抚拍马月英："月英，我晓得，你是为欠债担心。你别急，咱俩是好姐妹，你的事，就是我的事。娟姑儿早就说过了，只要你点个头，你那些欠债，她立马就帮你还了……"

马月英忽地就从牛金秀的肩膀上抬起头，泪一下没了："不用了，这败家子既然不想读，他就自己去挣来还。他要还不了，我就拿他的命去抵！"

"看你，还在逼娃儿。不着急哈，我马上给娟姑儿打电话……"

马月英把脸扬起来："晓得你女儿能干，了不起，有钱！有钱是你家的，我不稀罕！别在我面前炫耀了！"

"月英，你这人太要强，一辈子都这样！算了，我比你大，不跟你计较……"牛金秀气鼓鼓地走了，金链子在她胸前叮叮当当地一路响过去。

马月英瞟了严庄一眼。严庄正在打电话，嘴角轻轻地笑着。

"月英嫂，我帮你还债！"突然间觉英脱口而出。

所有人都望着觉英笑。严庄不打电话了，抬眼瞪他："狗日的觉英，你娃儿在哪里发财了？"

"发狗屎财！他要是能发财，就不会连个婆娘都娶不上了！"李师公跟随严庄说。

觉英可以接受严庄的批评，但绝对不服李师公，直接顶了过去："你娶得上婆娘又咋样？你娶得上婆娘，为啥你婆娘一出去打工就不回来看你？你还不就是一个老鳏夫！"

"你……"李师公笨口拙舌了。

"吵啥？都把嘴巴闭上！"严庄把两人各瞪一眼，高声批评，"觉英娃儿，且别说你没钱，你就是有钱又咋的？想在我面前显摆？你要晓得，有德婆娘是借我的钱。你说你要帮她还，你这意思，是我在逼有德婆娘还债了？"

觉英本来有话，但他哪敢再说。

严庄喝住觉英，再对马月英说："有德婆娘，我再说一遍，你借的钱，有了，你就还。没有，随便你欠好久，我没追你。但我也不能说就给你免了，我既不能当官搞贪污，也不能傍大款，你晓得，我的钱，也都是一分一分挣来的。"

马月英赶紧双手合十，拜菩萨一样致谢："太感谢你了，严主任，我们会还的，一定会还的。"

严庄又继续说："有德婆娘，不要你感谢。这些钱，都是喜旺拿去读书了。要感谢，也该喜旺来。"

马月英赶紧推喜旺："听到没？快感谢严主任！你哑了？你的书读到牛屁眼里去了？感谢的话都说不来一句？"

原本一声不吭的喜旺，忽然站起来，梗着脖子粗声大吼："我不用感谢哪个，感谢的话已经说得够多了！欠了债，我还就是了。我不赖哪个的账，为啥要说那么多感谢！"

喜旺话音一出，全场一片寂静。贾队长皱皱眉："喜旺，知恩图报。别人给了咱恩惠，咱就要记得，明白吗？要不然，就是忘恩负义。快给严主任道个歉！"

喜旺依然脑壳高昂："我为啥要道歉？不错，我是欠他的，但只是欠他的钱。我说了，欠他钱，挣来还他就是。人格上，我们是平等的，我为啥要讨好他？"

"你这娃儿，你这娃儿，唉……"贾队长叹口气。

严庄盯着马月英怪笑。

"好心没好报啊……严主任，你这辈子，做了不少好事，但没人说你好。还是你严主任大气，要是我，早生气了。我就是把钱拿去丢火里，也不会给那种忘恩负义的人！"

严庄不说话，继续盯着马月英怪笑。

马月英受不住严庄的笑了，双手不停颤抖："你这败家子、忤逆子，竟说出这种话！我要打死你，我打死你算了！"

马月英冲上前，劈头盖脸打喜旺。打着打着，她把自己脑壳打昏了，没注意，一鞭子打在自己身上。

唐朗忍不住了，冲上前："马月英，你不能这样打娃儿了！"唐朗抓住马月英的手往外拉。他已经忘了，刚才李秉抓马月英的手，他嘲讽李秉的事了。

马月英被拉出去，又扑进来。

"马月英！"

马月英才看见原来是唐朗："真是你把他喊回来的？"

唐朗一愣，才想起来，忙否认："没有，真没有。"

"没有，你就别来管！"马月英怒喝一声。

严庄两手插进裤袋里，嘻嘻笑："唐书记，有德婆娘在教育他娃儿呢，我看你最好不要管……"

唐朗吼道："这是教育吗？这是十足的家暴！老严，你作为主任，家暴的事情，你怎能怂恿？"

"严主任，这事呀，我看是你错了……"李师公把一句悲天悯人的话，说得幸灾乐祸。

"是的，确实是我错了……"

"严主任错啥了？严主任咋会错呢？"觉英话说得怪怪的。

"还不是严主任的错？严主任要不借钱给有德婆娘，有德婆娘能这么生气？"

"哦哦，原来说这个，月英嫂生气，那确实是，确实是……"觉英有点左右为难了。

"跪下！听见没？赶紧跪下，向严主任道歉！"马月英朝喜旺的腿弯处猛踢一脚。

喜旺没注意，一下就跪在地上。但挣脱后，他又硬生生站了起来。

马月英又踢："跪下，赶紧跪下！你咋敢得罪严主任！快点给严主任磕头，请严主任原谅你！"

这一次，任凭马月英如何踢，喜旺就是不跪了。

喜旺不只是站直，他的脸上还现出一副微笑的表情。他目光直视前方，声音平静而温和："我为啥要跪？我仰不愧于天，俯不怍于地，人生天地间，我只做自己的王！我为啥要向权贵低头？我为啥要向金钱低头？"

全场再一次静默。

"咳咳。"严庄摇摇头，把手堵在嘴上，用力咳。

李师公煽风："听到没？他说他是王。难怪这么横，原来是王呢……"

觉英点火："不会吧，咱蜀山只有蚕丛王，又哪里跑出来一个王？"

"咋不可能，你说的那个蚕丛王，五千年前就死了。咱们这位大学生，正是蚕丛王转世投胎来的呢……"

"哈哈哈哈，"喜旺激动地大叫，"我就是蚕丛王转世投胎！咋了？当年蚕丛王和他的族人在蜀山这片荒野之地，搏虎豹，斗熊罴，打败外族入侵，住石室，聚蚕而养，最后克服了各种艰难险阻，创造出一个辉煌的蚕桑蜀锦文明。这是何等了不起的英雄气概！你们说得不错，我就是蚕丛王转世，我不会屈服于任何强权，我也会建立自己的强大帝国，强大帝国！"

喜旺脸色苍白如纸，但他眼睛睁得非常大，眼珠仿佛要从眼眶里全鼓出来。可是黑眼珠又特别小，黑眼珠周围，全是一片茫茫的白。

唐朗被喜旺激情澎湃的语言所打动，大声叫好："喜旺，我相信你！我相信你是蚕丛王转世，我相信你一定能建立自己的强大帝国！"

平和悄悄碰了碰唐朗，"唐书记……"

李师公大笑："唐书记，不能因为你是全乡的最高领导，你说啥就是啥吧？你要是说喜旺是皇帝，难道他就成皇帝了？"

"李师公，你可得小心，还好唐书记说喜旺是蚕丛王。唐书记要说喜旺是太上老君，你可就得跪下来给他磕头了！"

大家正笑闹，人群中跑出个老太婆，"扑通"一声跪在喜旺面前，不停地磕头念叨："蚕丛王菩萨，你终于显灵了！我给您磕头，磕头了……"

喜旺吓了一跳，赶紧往后退："三奶奶，你这是做啥？你别跪了，我可不是啥菩萨……"

喜旺往后退，老太婆就膝行往前挪："蚕丛王菩萨，别扔下我，我是你女儿，你女儿啊……"

老太婆忽然爬起来，直了腰，抬起头来看喜旺。

当这老太婆看喜旺的时候，她竟然做出喜旺刚才做过的那个动作，两个眼球，几乎从眼眶里全凸出来，黑眼球缩得非常小，周围的白眼球，是一片茫茫的白。

喜旺吓了一跳，他晓得自己不能看老太婆的眼球。老太婆的眼球是两块磁铁，看上一眼，目光就再也离不开了。可是已经迟了，他的目光已经牢牢地黏在老太婆眼球上，再咋使劲，也没办法把目光挪开。而且到最后，他的眼球也从眼眶里被扯了出来。是的，扯了出来……

"喜旺出菩萨了！黄昌婆说喜旺出菩萨了！"

"没错，是出菩萨了。看他的样子，看他的眼睛，确实出菩萨了！"

"嘿，你们只看见他的眼睛，你们没看见他脑后的金光，那是菩萨才有的金光！"

很快，喜旺的面前就跪了一大片老头老太，大家跟在那个叫"黄昌婆"的老太婆后面，嘴里胡乱喊着，脑壳胡乱磕着。

这是一种让人热血沸腾的场景，很多人都控制不住自己了。不仅仅是老头老太，连一些年轻小媳妇儿也跟在后面，跪拜起来。

但是有一个人表示不服，他就是李师公。李师公因为脸红，因为脖子粗，脑壳上的筷子掉了下来。他捡起筷子插上，又掉下来。他就这么不断地做着无效的动作。

"你们这是在干啥？你们别上当。这娃儿哪是啥蚕丛王菩萨，你们别被他给骗了！"

李师公这话仿佛在大火上洒油，火没被浇灭，反而燃得更旺，跑到喜旺前跪拜的人反而更多。李师公气急败坏了："骗局！分明是骗局！你们真愚昧，竟然相信一个逃学的娃儿是啥菩萨！你们的脑壳都是长在脚上的吗？你们也不想想，蚕丛王五千年前就死了，咋可能现在来转世投胎？再说了，就算转世投胎，也不可能转到一个逃学的娃儿身上……"

左一句"逃学的娃儿"，右一句"逃学的娃儿"，马月英忍不住了，顶了李师公一句："就允许大家拜你，拜别人就是骗局！"

"拜我是该拜的。大家不是拜我，是拜祖师爷太上老君。"

"大家也不是拜喜旺，是拜蚕丛王菩萨！"

严庄说话了。严庄晓得，既然他是村主任兼书记，重任在肩，他就不可能无视这种行为，无视就是失职："这是邪教嘛。老钟，你还站在那里笑啥？咱复兴村都出现邪教了，你还放任不管？"

"好啊，既然是邪教，那就抓。"钟成向身后的警察一挥手，警察大摇大摆走上来。

跪在地上的老头老太哪里见过这样的阵势，吓住了。除了黄昌婆，其他人都惊恐地爬起来，悄悄躲到一边。

马月英可不怕，她冲上来，拦在喜旺前面："啥邪教？我儿是邪教，李师公就不是邪教？要想抓我儿，你们先把李师公抓起来再说。"

黄昌婆不停磕头："罪过啊，罪过啊，你们是在亵渎神灵啊，你们这样搞，要遭天谴啊……"

李师公辩解："我啥邪教？我们道教是国家批准的，允许的，无害的。"

"你给别人算命，骗取钱财，这也是国家批准的？"

李师公辩不过马月英，干脆不辩了，回头冲钟成嚷："钟所长，你还等啥？抓人啊，咋还不抓人？"

钟成生气了："你命令我？你是啥东西？"

李师公闹了个大红脸，但也不敢再开腔，只得转头看严庄。严庄只是一个村主任，就算兼了书记，其实也不算"啥东西"，但他这时却理直气壮地命令："老钟，那么多废话！"

神奇的是，钟成果然不再废话，伸手就拨马月英。没想到马月英力气奇大，钟成没拨动她，自己差点摔了一跤。

钟成大丢颜面。大丢颜面的钟成，噌的一下拔出手铐，咔嗒一声搭在马月英手腕上。

"你们敢随便铐人！"喜旺大吼。

另外两个警察正没事干，看见喜旺吼，当然不会饶了他，一人抓住喜旺的一条胳膊。喜旺的两条胳膊，就这样轻易被扯起来，倒扣在背上。

"哪个让你们抓人？哪个让你们抓人？"

唐朗忽然想起来，作为乡党委书记，自己才是现场最大的官呢。最大的官没开腔，警察咋就敢轻举妄动？

警察们有些不知所措，转头看钟成。钟成有些不知所措，转头看严庄。严庄觉得他没有必要看哪个脸色，就抬头看天。

唐朗气炸了，脸色铁青："放了！赶紧把人给我放了！"

平和站出来当和事佬："老严，我看还是把人放了吧，都是一村的，大家抬头不见低头见的，放了好不好？"

严庄冷笑："我不是不放，咱们复兴村一向民风淳朴，如果允许邪教横行，把风气搞坏了，哪个负责？"

"邪教肯定是不允许的。但今天这个事，就算了吧，大家都不再计较了，如何？"平和反复"请示"，严庄不说话，埋头看手机。

平和揣摩严庄的意图，认为他是默认，便向人群挥手："散了散了，都散了，别在这里凑热闹了。"

"慢，我有话说！"唐朗喝道。

"是是是，下面请唐书记讲话，以唐书记讲的为准。"平和的脸有些发烫，赶紧补充。

唐朗把周围人群扫视了一圈，把众人的目光都扫到他脸上了，才转头问喜旺："喜旺，你确定不去读大学了？"

喜旺脑壳点下去，就再也没抬起来。

马月英怒吼："你敢不去！"

唐朗给马月英摆摆手："喜旺，你在大学学啥专业？"

"考古。"

"考古……"唐朗有些惊讶，不过随即他就微笑道，"喜旺，是不是因为你觉得这个专业不好找工作，你才弃学不读了？"

喜旺不开腔。

唐朗继续问："算了算了，不说这个了，回村里来，一样可以大有作为……我问你，你是党员吗？"

喜旺点点头，想了想，说道："大一的时候我就入党了。"

"很好很好！"唐朗高兴极了，"既然这样，你就来当咱们复兴村的支部书记。咱们复兴村正好没有支部书记，你当正合适。"

平和侧头问："唐书记，事关重大，咱们要不要回乡上开党委会讨论一下？"

"你的意思是，我说了不算？"唐朗拿出"书记"的架势。

平和涨红脸，低头不敢再开腔。

平和低头了，唐朗又觉得于心不忍。毕竟是愤恨那严庄，却把气撒在平和头上，平和是有些无辜。唐朗忙笑道："这样吧，喜旺，平书记说的话，也有道理。要不，你就先当个'代理书记'……"

"唐书记，你金口玉言，刚表了态，咋又变成代理了？"马月英不高兴了。

"马月英，我说话当然算话。但是能不能当正式的书记，还要靠喜旺自己。一星期，喜旺就代理一星期。如果一星期内，喜旺任务完成得好，他就不是代理书记，他就是贾书记了。"

有人笑着嘀咕："假书记，那还不如代理书记呢……"

唐朗拍拍喜旺的肩膀："贾书记，走，咱们去找个安静的地方，研究研究村里的工作。别让闲杂人等打扰。"

唐朗说"闲杂人等"的时候，意味深长地看了严庄一眼。

第三章　出菩萨

这些天，蜀山乡复兴村到处都在传喜旺"出菩萨"的事。有人不信，就立刻有人告诉他，那是自己亲眼看见的，还看见喜旺身上发出了金光，头上缭绕着祥云。

那人还是不信，喜旺一个大学生，咋会出菩萨？出菩萨这事，不是封建迷信吗？旁边的人立马就笑，这恰恰说明，喜旺不是故意装假。他是大学生，肯定不相信出菩萨这一套。不相信的人出了菩萨，恰恰说明出菩萨这事是千真万确的。

有人进一步分析，喜旺好不容易考上大学。考大学这种事，对于一个偏僻的穷山沟来说，那是十年难遇一次的幸运。而喜旺轻易就把这样的幸运给抛弃了。喜旺之所以抛弃，那是冥冥之中有神灵在召唤他，需要他回来出菩萨。

讨论更加热烈地往下进行着。

附在喜旺身上的是啥菩萨？

这还用说，当然是蚕丛王菩萨。蚕丛王菩萨是蜀山特有的菩萨，不是蚕丛王菩萨还会是哪个，难道是太上老君菩萨？

蚕丛王菩萨不是五千年前就升天了吗？咋还会回蜀山来？

讨论在这时候出现了分歧，有的说，菩萨显灵，那是有圣人面世。有的说不对，菩萨显灵，那是有恶魔横行，菩萨是为了惩治恶魔才下凡的。

有人紧张地小声阻止，大家别议论了，菩萨是能够议论的么？那不是亵渎神灵吗？菩萨要晓得了，那，那……

有人嘻嘻笑，怕啥？就算真是菩萨显灵，菩萨也早就走了。你们看看，喜旺后来就再没出过菩萨了。这说明啥？说明喜旺并非真神，菩萨不想待在他身上，走了，寻真神去了……

关于蚕丛王菩萨是不是还留在喜旺身上，仍然争论不休，不过，蜀山上的那座蚕王庙，香火却突然旺盛起来。

那蚕王庙，原本只是一座破庙，庙里仅有一尊泥塑的菩萨。没人管理，再加上村里的娃儿经常来庙里捣蛋，庙就早已破得不成样子了。

泥菩萨已经没在神龛上，而是倒在地上，脑壳和身子分了家。身子成了娃儿们过家家的餐桌。圆乎乎的脑壳，成了娃儿们的足球。

屋顶上的小青瓦，到处是破洞。这些破洞有的是被野猫掏老鼠窝掏坏的，有的是被娃儿们砸坏的，更多的是风吹日晒裂坏的。

不过，就算庙很破，就算有不少娃儿来庙里捣蛋，庙里也并非一片狼藉。地上经常打扫得干干净净。墙壁经常擦洗得不留灰尘。屋顶上漏雨的地方，下面扯了一些塑料薄膜片，一片接一片，把雨往外引。

默默地护理破庙的，是七十多岁的黄昌婆。

虽说黄昌婆很用心，无奈她能力有限。那些塑料薄膜片太弱，雨一大就淋垮了。就算没被雨淋垮，也会被娃儿们扯得到处都是。而且那倒在地上的菩萨像，黄昌婆也搬不起来。她最多把一个菩萨头，硬抱起来放在神龛上……

自从蚕丛王重返蜀山的传说在蜀山一带流传开来后，情况就变了。到庙里来朝拜的人越来越多。虽然大都是些老头老太，能力也不够，但人多力量大。倒在地上的菩萨身子，被捧了起来，放回原来的位置。那个菩萨头，也用水泥固定在菩萨身体上。屋顶的破洞，也不需要再用塑料薄膜片，就捡了些旧瓦来，好歹爬到房顶把破洞补上了。至于那些胡闹的娃儿，则被老头老太们一阵顿骂加恐吓，再也不敢到破庙里来闹了。

总之，由于蚕丛王菩萨重返蜀山，这座破庙就这样枯木逢春了。

唐朗和平和来到喜旺家。

这时候，喜旺刚从外面回来，垂头丧气地坐在屋檐口下的长条凳上。

"贾书记，效果是不是不大好？"唐朗微微一笑，不待喜旺回答，又接着说，"村民们为啥不同意签字？你搞清楚原因了吗？"

喜旺叹口气："唉，原因太多了。有的说给的钱太少，有的说挖铜矿把山掏空了，还有的啥也不说，就是不签字……更莫名其妙的是，村民们对签字一事避而不谈，却扯了我，让我给他算命……"

"找你算命？"唐朗大笑。

平和以为唐朗忘了，提醒他："唐书记，你忘了，那天不是有很多人跪拜喜旺，说喜旺出菩萨吗？"

"复兴村的人太愚昧了，只晓得拜菩萨，还拜到我的头上来了。"

马月英端了两杯茶出来，放在凳子上。唐朗接过来，呼呼呼吹浮沫，吱吱吱吸茶水,呸呸呸吐茶梗:"喜旺,村民们告诉了你这么多原因,你晓得不,其实没有一条是真实原因。"

"我晓得真实原因,"喜旺说,"真实原因,就是村民们都觉得这个项目严重污染环境……"

"村民们懂啥污染?你这完全是书生之见。"唐朗嘴一撇,"你别插话,让老平来讲。老平,你讲!"

平和见唐朗让他讲,有些小激动,说话也利索多了,还有了铺排:"喜旺,你听说过蜀山'钱窝子'的传说么?"

"听说过。"喜旺说,"小时候,我就听说蜀山上有个'钱窝子'。那时候我一心读书,没去看。后来我读大学的时候,看到一个'邓通造钱'的传说。说是汉文帝对他的男宠邓通很好,找了一座铜山,让邓通随便造钱。我看过一些历史资料,感觉从地理位置上来说,那座铜山,很可能就在蜀山上。再联想到小时候听说的蜀山上有'钱窝子'的说法,我就更觉得那'钱窝子'就是邓通造钱的地方!"

平和笑道:"喜旺,可能你一心读书,对家乡的情况还不太了解。其实,说蜀山上的'钱窝子'是邓通造钱的地方,这可不是你首先发现的。现在整个蜀山,整个严道县,乃至全省,大家都在这么说……"

"真的么?"喜旺不好意思了,不过他又辩解,"虽然有这个说法,但也不能随便说,得找到考古学证据。找不到考古学证据,就只能是一种猜测。"

"喜旺,你大学虽然没读完,也没白读啊。"唐朗赞道。

"喜旺说得对。"平和接着说,"不过,社会上的人不这么看,他们都信以为真了。因为有这种说法,突然之间,古币就在市场上四处流通起来。都说这些古币,是从'钱窝子'那里找到的……"

"真在'钱窝子'里发现了古币?"喜旺有些激动。

"哪个晓得是真是假。不过,假的可能性很大。公安机关查获过一批,据说都是假的。但奇怪的是,公安机关越查,假古币在市场上越流行。"

"为啥?"

"哪个晓得呢,"平和道,"有人说,其实古币是真的,公安机关的人说是假的，是公安机关没收后，揣进个人腰包里了。"

"不会吧……"

"当然不会。"平和道，"公安机关没收并处理假货，是有一整套制度的，只不过社会上的人不这么想。所以，那些假古币在市场上更流行。假古币一流行，本地的很多村民，就非常抵制这个铜矿项目了。"

喜旺不明白："假古币流行，与抵制铜矿项目有啥关系？'钱窝子'又挖不到真古币。"

"嘿嘿，喜旺你就不懂了。"唐朗笑道，"如果'钱窝子'那个地方被开发铜矿了，假古币在市场上还能流行吗？都没'钱窝子'了，你还说你这古币是从'钱窝子'找来的，别人会相信你吗？"

喜旺摇摇头："不过，我也觉得这里不该搞铜矿开发。如果'钱窝子'真是邓通造钱的地方，这么一开发，这一处遗迹遗址，可就给破坏了。文物一旦破坏，要想恢复，就完全不可能了。"

唐朗瞪了喜旺一眼："喜旺，我问你，你现在是想去继续读大学，还是要留在村里当贾书记？"

"我不会再读书了……"

"好，既然你不想再读那个考古专业了，你还关心考古的事情做啥？就算'钱窝子'真是邓通造钱的地方，和你又有啥关系？喜旺，我看你还是现实一点，脚踏实地干好眼下的工作，当好贾书记吧。"

喜旺不开腔。

"当了贾书记，你不但会成为村里的头面人物，还有一定的收入。如果今后你带着村民们致富了，你的收入增加了，就可还清欠债了。"

喜旺抬头望了唐朗一眼。

"喜旺，再告诉你一个好消息，昨天我给赵书记打了电话，汇报了你的情况。赵书记很高兴，亲口向我表态，如果你真能做通村民们的思想工作，让村民们签字，答应征地拆迁，他就让你当公务员！"

"喜旺，快感谢唐书记！"马月英急忙提醒喜旺。

平和再次提醒唐朗："唐书记，赵书记这个话可靠吗？现在当公务员，都是要考试的。考不上，就不可能获得编制。没有编制，就当不了公务员……"

马月英脸上的笑一下消失了，水瓶口侧向唐朗的茶杯，但悬着，没有一点儿水倒出来。唐朗急了，从她手中夺过水瓶，自己倒。

"老平，你只知其一，不知其二。你说的是一般情况。但是你忽略了两点：第一，赵书记可不同于其他的县委书记，其他县委书记办不到的事情，在赵书记那里，也就是一句话而已。第二，蜀山乡的铜矿项目，是全县的重特大项目，几十亿的投资。如果喜旺能够把群众工作做好，大家不闹事，让项目顺利落户。那么，贾书记就是做出了重特大贡献的人。对做出重特大贡献的人进行破格录用，制度上是允许的。"

"是这个道理，是这个道理！"马月英抢先回答，仿佛她晓得这个政策一样。

唐朗又盯住喜旺："贾书记，等你回话呢？明白吗？"

喜旺仍然犹疑不定："唐书记，我怕自己完不成任务啊……我跑了这几天，一无所获……"

"别怕，我有办法。"唐朗脑壳靠过去，眼睛发亮，"喜旺，不晓得你听没听到最近蜀山传得很热的一个话？说蚕丛王菩萨重回蜀山，而且降临到你身上了……"

喜旺愤怒地叫起来："胡说八道，哪有啥菩萨降临到我身上！那天我说自己是蚕丛王，只不过是打个比喻。那帮愚昧的老头老太听不懂，逮着我就一通猛拜，真是太愚昧了！太迷信了！"

唐朗一笑："喜旺，你别激动，听我说。你刚才的话，说到了一个重要的观点：迷信。对得很啊，迷才会信，不迷就不信。如果他们迷你，你想想，你说的话，他们信吗？"

喜旺睁大眼："啥，啥意思……"

唐朗直截了当地说："很简单，你干脆装成菩萨算了。你如果是菩萨，你说的话，他们还会不听吗？"

"不不不，我不是菩萨！"喜旺急忙争辩，"我也是读过大学的人，我咋可能搞这种迷信活动？"

平和也吃惊地瞪着唐朗。

马月英冲喜旺喝道："你现在还是大学生？"

喜旺不敢开腔了。

"你好端端的大学不读，逃学回来，现在还好意思说自己是大学生！书没读成气候你不怕别人嘲笑，倒怕别人嘲笑你出菩萨！"

马月英一通爆炒豆般的痛骂，喜旺的脑壳又回到两腿之间。

唐朗朝马月英摆摆手，又好言劝说喜旺："喜旺，所谓'出菩萨'，也就是这几天。只要这几天熬过去，让群众把字签了，你又恢复正常了。到时候，你就说，你不是'真命天子'，菩萨是来逛了一趟，结果又走了。这样，不就解释清楚了吗……"

唐朗对这个天衣无缝的逻辑，正暗自得意时，突然，他的手机铃声长声吆吆地响起来。唐朗拿起手机放在耳边："咋的了……又在网吧找到……拉不回去……我在村上……我马上就回来，马上就回来……"

唐朗一时脸色大变，手机往裤袋一揣，转头就往外走。走了好几步，他又回过头来说："贾书记，该说的，我都说完了，你自己考虑。如果觉得可行，今晚就开始干！"

"五天，你离当公务员的时间，只有五天了……"唐朗的声音从远处飘来。

自从喜旺老汉儿出去打工后，这个房间就没再住人。房间地上全是灰尘，角落里摆着一张床，床上丢了些乱蓬蓬的稻草。

房间闲置下来，母鸡就找到了空地。母鸡晃着脑壳，东一张，西一望，侧耳听一阵，脑壳小心翼翼钻进门缝，偷偷瞅瞅，发现房间里没住人，就理直气壮地挤开门，跳上床，抱窝生蛋。

当喜旺随他的母亲马月英走进这间屋子的时候，他看见凌乱的稻草被母鸡肥硕的腹部趴出一个又圆又平的窝。窝里有一个鸡蛋，窝旁还有一小堆干松的白鸡粪。

马月英双手一搂，便把乱草搂成一堆，连同鸡蛋和鸡粪一并往窗外扔去。稻草里的灰尘从窗外反涌进来，有一种战鼓声声的感觉。两人准备把床搬出房间。可门太窄，太矮，两人挪来挪去，那床就是过不去那道门。

门外传来沙沙的响声，由远及近，在经过堂屋门口时，声音停了。

好一会儿，才传来贾队长沙哑的声音："喜旺，你老汉儿回来了？"

马月英正焦躁着,听贾队长这么说,更不耐烦:"他老爷,你去做梦吧,看看梦中能不能见到你宝贝儿子!"

门外没声音了。马月英又嚷道:"他老爷,你还站在外面干啥?还不进来帮抬床!"

贾队长一颠一倒,抬起床的一角,高一点,矮一点,左一点,右一点。贾队长毕竟是贾队长,他没啥力气,但他能指挥。很快,一整张床就挪到外面院坝里了。

挪出来,贾队长才问:"那间屋子腾出来做啥?"

喜旺埋下了头。

马月英可没啥不好意思的,噼里啪啦就说了目的。说完,贾队长半天不开腔,末了,才小声嘀咕:"唉,喜旺娘,这是封建迷信,咱们可不能搞啊……"

马月英朝贾队长拖回来的泡柴踢了一脚。她早就不满意贾队长拖回来的这些泡柴,不熬火不说,枯叶还落得满屋都是。

贾队长也晓得马月英不满,但有啥办法,他只有这么点能力。除了拖些泡柴回来,他还能拖啥?

马月英高声武气问:"他老爷,你是生产队长,对吧?"

贾队长尴尬地笑笑:"没当队长都三十年了……"

"唐书记是乡上的书记,对吧?"

"他是乡上的书记……咋了?"

"他老爷,是唐书记乡上书记大,还是你这个过期生产队长大?"

"人家是书记……"

"人家比你大,那是你说了算,还是人家说了算?"

"啥,啥意思?"贾队长感觉进了儿媳妇的逻辑圈套。

"他老爷,明确给你说吧,是唐书记让喜旺出菩萨的,你难道想反对唐书记?"

"唐书记让喜旺做的?唐书记是书记,他能让喜旺做这种事?"

马月英懒得再和贾队长说,一转身,又进屋收拾去了。

贾队长把烟杆塞进嘴里,默默吸一阵,又拔出来,哼起了山歌:

    人事沧桑有代谢,

往来岁月成古今。

贾队长哼的山歌非常特别,细声细气,迂回跌宕。但又并不圆润,声音像砂纸一样,又干又燥,压得很紧,让人有一种想哭的感觉。

喜旺背过身去,夕阳从山坳里照过来,照在院坝的那堆泡茶上。泡柴上那些发白的碎叶,一时起了一层蒙蒙的灰雾。

算起来,喜旺差不多在蒲团上盘腿坐了一天一夜。

喜旺刚直起身,伸手在腰上捶了捶,马月英精神抖擞的声音就从堂屋大门口传了进来:"蚕丛王菩萨,你黄三奶奶来了!"

这话有语病,不过谁也没注意。

喜旺赶紧又盘腿坐回原位,双手拿起念珠数。他的身后,是一张太上老君的画像。手里的念珠和身后的画像,都是马月英不晓得从啥地方搞回来的。喜旺说,这是老君的。马月英说,将就吧,反正是神仙,找不到蚕丛王菩萨的神像。喜旺说,我又不是和尚,数啥念珠。马月英说,你出菩萨,手上总得有个东西,才像菩萨呀。喜旺说不过他娘,只得搞出这副不伦不类的样子。

喜旺还没数一圈,黄昌婆就进来了。她一跨过门槛,就四肢着地,一步一拜,朝喜旺爬过来。

喜旺身子朝前倾,想伸手扶黄昌婆。但他立刻停了手,自己现在是菩萨了,咋能伸手去扶一个信徒?

忽然,外面又传来马月英又低又急的声音:"喜旺,你涂三姑嫂子来看你了!"

喜旺赶紧收好念珠,从蒲团上起来,坐到旁边凳子上,拿一本书看。

进来的涂三姑是一个年轻女子,长发披肩,一件低胸的红衫,胸前挂一条细白的链子,一块巨大的碧玉垂在链子下,嵌进胸前的沟壑里。

"蚕丛王菩萨,求求你,救救我吧,我胸口难受死了!"黄昌婆的喉咙里,发出鸡鸣一样的尖啸声。

涂三姑走过来,站在喜旺面前,双手合十拜了拜。她的手上戴着一块大金表,这块大金表跟她合十的双手不是很协调。"蚕丛王菩萨,你救救我奶奶吧,她整天吵,说她胸口难受,我耳朵都快被她吵聋了。再这样下去,我要疯了。"

"喜欢婆娘,我,我不是故意的……"黄昌婆喉咙里的鸡鸣,像塞进了一块石头,硬生生把那种尖啸压住。

涂三姑拜喜旺的时候,碧玉在她莹白的胸上轻轻敲打着。喜旺呆了呆,有些发愣。

"蚕丛王菩萨,你咋了?"涂三姑嗤笑一声。

喜旺浑身一震,一时满脸通红,不好意思地埋下头。

"嘘,喜欢婆娘,别开腔,你没看出来么,蚕丛王菩萨要附体了!"黄昌婆满脸惊喜,又膝行到喜旺身前,磕头。

黄昌婆脑壳一着地,喜旺就像碰到火,往后猛跳:"三奶奶,你跪错了,我不是菩萨,我是喜旺啊,你赶紧起来吧。"

黄昌婆满脸凄惶:"蚕丛王菩萨,你为啥不救我啊?是不是我造了啥孽?"

喜旺忙摆手:"三奶奶,别多想了,不是你做了啥。我真不是菩萨,真救不了你啊……"

"哼,"涂三姑上前扯她奶奶,冷哼一声,"你别跪了,你就是跪死了,人家也不会救你。看来,那些人说的是真的,这个蚕丛王菩萨,也和李师公的太上老君一样,需要收钱才救人。咱们这种穷人家,人家咋会救!"

"我儿子哪里是为了钱?他收过哪个的钱?"马月英听不下去了,冲进来。

"没收过钱,那为啥别人来就出菩萨,我奶奶来,就出不了?"

"嘿嘿,不是他不出,是出不了!"随着话音,李师公闯进小屋来。

"你凭啥说我娃儿出不了?"马月英脱口而出。这一瞬间,她似乎忘记该隐藏了。

"很简单呀,那个啥子蚕丛王菩萨,根本就没停留在你娃儿体内。他转一圈就走了。他为啥走?因为看你娃儿不成器嘛……"李师公轻蔑地大笑。

"没有!菩萨一直在……"说到这里,马月英才猛然想起,赶紧警惕地闭了嘴。

"一直在,在哪里?说呀!"李师公得意洋洋。一得意,他头上的筷子又掉到地上了。他俯身要捡,涂三姑抓起来,一扬手,给他扔窗外去了:"咋的?你来踩场子?"说着,又猛推了李师公一把。

李师公身子弱,被推得噔噔噔往后退,停不下来,一直到被墙挡住,才稳住身子。李师公羞愧不已,气咻咻地说:"我不是踩场子,我是打假!对这种挂羊头卖狗肉装神弄鬼骗人钱财的骗子,我要揭发!"

"人家咋就挂羊头卖狗肉了?"

"不挂羊头卖狗肉,为啥把我们祖师爷的像贴在墙上?"

"哼,别说贴太上老君像,他就是啥也不贴,照样能把菩萨出出来,这是有目共睹的。见过他出菩萨的人,都可以证明。道理很简单,因为蚕丛王菩萨一直在他身上,根本就没离开过。不像有些人,烧了无数香,磕了无数头,连祖师爷影子都没看到。那才叫讹人钱财!那才叫假道士真骗子!"涂三姑一通连珠口水,喷得李师公直抹脸。

"我不是骗子!"李师公辩解。

"你不是骗子,那你为啥总治不好我奶奶的病?为啥从来没把你祖师爷请出来过?你不是说你祖师爷住在你身上吗?"

"他是住在我身上,但有时候他会离开我,到处去云游……现在连普通人都喜欢去旅游,何况是神仙……"

涂三姑冷笑:"一次是去云游,两次是去云游,三次四次也是去云游?你身上住的原来不是神仙,是驴友?"

李师公只得重新找理由:"我们祖师爷也不是天天都在外云游,他肯定也会上班嘛。只不过,你奶奶运气不好,每次都遇到他休假……"

"好吧好吧,算我们倒霉,那你把讹我们的钱,退给我们!"

"那些钱,都换成香火,烧给祖师爷了。我不过当个二传手,还拿啥子来还你……"李师公开始慢慢往门边移动。

"烧给你祖师爷了?拿人钱财,与人消灾,既然烧给你祖师爷了,你祖师爷就该帮我奶奶治病。你祖师爷那么了不起的一个神仙,他咋会言而无信?肯定是你贪污了,钱没到你祖师爷手里。老实交代,是不是?"涂三姑步步往前逼。

"我没贪污,真没有……"

李师公的脚终于移动到门槛边,接着准备跨出门,转身跑。哪晓得刚好有只母鸡

第三章 出菩萨

想跳上门槛进屋生蛋。李师公避让母鸡,被门槛一挡,一下就摔在地上。母鸡受惊,飞跳起来,落在李师公脸上。李师公双手乱刨,母鸡翅膀乱拍,一时间,满屋子鸡毛乱飞,灰土四起。李师公好不容易才爬起来,来不及擦干净身上的鸡粪,就没命地往远处逃去。

涂三姑冲马月英得意地大笑:"想踩咱们蚕丛王菩萨的场子,他李师公还没那个本事。"

马月英长舒一口气:"他三嫂,多亏你!"

"别谢我,这也是咱喜旺兄弟本事大,能把蚕丛王菩萨请出来。他要请不出来,我说话也没底气。"

随即,涂三姑对喜旺双手合十,把手腕上那只大金表露出来:"喜旺兄弟,你就帮帮忙,把蚕丛王菩萨请出来,救救我奶奶吧。"

涂三姑又转向马月英,把大金表露出来:"月英婶,你帮我求求喜旺兄弟吧,咱们得互相帮助嘛……"

马月英已经完全不怀疑了:"喜旺,你就请出蚕丛王菩萨,给你三奶奶看看吧。你三嫂不是外人。"

"是啊,菩萨,你救救我吧……"黄昌婆抬起头,直起腰身,盯着喜旺的眼睛看。

黄昌婆一看,喜旺的心里就喊一声"完了"。果然,喜旺的眼睛已经被黄昌婆那双凸出来的眼球给吸住了。

这一刻,喜旺想起小时候的事情。那时,他只要生病,他母亲马月英就带他去见黄昌婆,请黄昌婆治。黄昌婆治病,和别人不同,她既不把脉,也不开药方,她就是盯着你的眼睛看。

那时候,喜旺非常害怕黄昌婆那一对凸出来的眼球。他觉得黄昌婆凸出来的眼球,就像麻糖一样,只要粘上了,咋都扯不脱。只能被她粘住,随她看。

渐渐地,喜旺就觉得,他的眼中就只剩下黄昌婆的眼球,他的眼中就只剩下黄昌婆的黑眼球,他的眼中连黄昌婆的黑眼球也消失了……那时候,黄昌婆就会低声问他一句:"喜旺,你看见啥了?"

如果他说啥也没看见,黄昌婆就继续粘住他,让他再看。如果他说看见了高山、大树、房屋，黄昌婆还是粘住他，让他看。如果他说看见了牛羊、鸡鸭，黄昌婆依然粘住他让他看。如果他说看见的是一个人，黄昌婆就追着问："看见的是啥人？"

如果他说看见的是喜庆、喜欢、喜龙，黄昌婆还不放过他，还粘着。直到他最后说看到的是他自己时，黄昌婆才会把眼球收回去。这样，他的目光才会从黄昌婆眼球上掉下来。虽然往往这时候，他累得满头大汗，但是出过汗后，他一下又变得神清气爽，心里无比通泰，病也就很快好了。

后来读了书，再有病，马月英让他去见黄昌婆，他就坚决不干了。他义正词严地告诉马月英，老师说，这是"封建迷信"！

马月英一向对老师的话言听计从。既然老师说是封建迷信，那就是封建迷信，从此喜旺生了病，她不再找黄昌婆。

渐渐地，喜旺就把黄昌婆能把眼球凸出来的事给忘了。直到上次，黄昌婆跪拜他时，再一次把他目光吸住，才又勾起了他儿时的回忆。

喜旺忽然童心大发，他想看看，现在他在黄昌婆的黑眼球里，是不是还能看到他自己。

他失望了，没有他自己。不但没有他自己，连喜庆、喜欢、喜龙，连猪牛鸡鸭，连房屋树木，通通没有。

为啥黄昌婆的黑眼球里空空如也呢？是黄昌婆老了，眼珠混浊？还是他已经长大了？或者是别的他并不明白的原因？

这时候，马月英惊叫一声，打断了喜旺的思绪："菩萨降临了！黄三娘，看见了么？菩萨真的降临到喜旺身上了！"

黄昌婆赶紧埋头猛磕："蚕丛王菩萨，保佑我！蚕丛王菩萨，保佑我！"

涂三姑也竖起掌，一拜，二拜，三拜。她手腕上的大金表，晃来晃去。

喜旺只得进入角色，按照菩萨的方式说话："黄昌婆，你告诉我，你是不是在养蚕？"

"哇，蚕丛王菩萨，你太厉害了，你一眼就看出我奶奶在养蚕！"涂三姑像发现了新大陆，连声赞叹，却又不满地说，"还不就是在养蚕！养几条破蚕，却搞得整个屋子屎一样臭！"

"都是给你的蚊香、杀虫剂熏死的,还怨我……"黄昌婆小声嘟囔。

"啊哟,就为了你那几条破蚕,我连蚊香都不用,当原始人,给蚊虫咬死啊?再说了,你养死了那么多蚕,究竟和蚊香有没有关系,还很难说。不会撑船怪河弯,我看你,根本就是不会养蚕……"

"不会养蚕?"黄昌婆不服,"我咋不会养蚕了?咱们祖上是养蚕世家、织锦世家,你曾外婆还得到过老佛爷奖她的黄马褂呢!"

当黄昌婆说这个话的时候,她的腰板挺得直直的,额头扬得高高的,一时间,她就不喘了,鸡鸣也没了。她的脸上,微笑着,神气着。

涂三姑满脸都是鄙夷:"老佛爷赏赐的黄马褂?奶奶,你还真能吹!当年从你孙子去我家提亲开始,你们就吹嘘家里有黄马褂。但我嫁过来都两三年了,你这所谓的黄马褂,我连毛都没见到一根。你还准备把这个牛,继续往下吹多久?"

"哼哼,吹不吹牛,总有一天你会晓得的。不是我不给你看,是没到时候。"黄昌婆脑壳骄傲地别向一边。

"啥时候才是'到时候'?"

"你每天别去严庄那里,跟我养蚕,我就拿给你看。"

"跟你养蚕?"涂三姑大笑,"你是想让我也和你那样,臭成一个茅坑?"

黄昌婆的神情忽又暗淡下来,像一盏老油灯,闪一下就灭了。

"三奶……黄昌婆,你确实不该再养蚕了。"喜旺差点把黄昌婆喊成了"三奶奶",赶紧刹车。

"对对对,奶奶,听到没?菩萨发话了。"涂三姑醒悟过来,今天说话的重心不是"黄马褂",是"菩萨"。

黄昌婆满脸青灰:"菩萨,你不是一直保佑咱们养蚕人的吗?你咋让我不养蚕了?"

"你养死的那些烂蚕,它们,它们都堵在你喉咙里了。"

"烂蚕咋会堵在喉咙里?我不是都把它们好好地埋起来了吗?"

"阴蚕,我说的是阴蚕……蚕死后,就变成了阴蚕,阴蚕就去了你的喉咙里,吐一堆乱丝堵在那儿。乱丝堵在喉咙里了,你说你难不难受?"

喜旺又补充一句:"黄昌婆,你出一口长气,看看是不是有乱丝挡住的感觉?"

黄昌婆出一口长气,鸡鸣声惊抓抓飞逃出来。黄昌婆不好意思,脸红了。

喜旺也脸红了。本来因为黄昌婆喉间有痰,他判断黄昌婆发声的话,一定是喽喽声,没想到是这种效果。

喜旺毕竟是喜旺,读到大学的喜旺,哪会轻易就把自己搞乱了。他迅速做出一副大惊失色的样子:"糟了,黄昌婆,本来我以为阴蚕只是到你喉里堵一堵就算了,没想到,它们成精了!"

"成精了?啥,啥精?"黄昌婆果然被吓住了。

"鸡精。"

"鸡精,还是味精呢……"涂三姑忍不住了。

喜旺有些发窘,也是说顺口了,闹了笑话,急忙解释:"黄昌婆,你晓得蚕的天敌是啥吗?是鸡啊。因为你养死了很多蚕,蚕丛王菩萨生气了,派了一只鸡精下凡,到你喉咙里,啄那些阴蚕吃……"

"菩萨,鸡精吃了我婆婆喉咙里的阴蚕,我婆婆嗓子就该好一点了嘛,咋还那么不舒服?"涂三姑又忍不住了。

"这……"喜旺急得满头是汗,"涂三姑,你有所不知。不错,鸡精确实吃了阴蚕,阴蚕确实变少了。但是,吃了阴蚕的鸡精,它得有地方住啊。它住哪里呢?当然只能住在黄昌婆的喉咙里了。那么个大家伙住在黄昌婆的喉咙里,黄昌婆的喉咙能不挤吗?"

忽然,门被挤开了。

众人都吓一跳,仔细一看,不是"鸡精",而是原来那只一直想生蛋的母鸡。它的脸都憋红了,可是这些人,鸠占鹊巢霸占了它的窝,还在那里闹个不停,他们啥时候才离开呢?

"滚出去!"马月英朝鸡猛踢一脚。母鸡扑扇着翅膀飞奔而出,它嘴里发出的声音,竟和黄昌婆嘴里发出的声音是一样的。

黄昌婆脸上露出惊恐的表情,又跪下来:"蚕丛王菩萨,你快救救我吧,把那只鸡精从我喉咙里撵出来吧!"

喜旺朝他娘点点头。

马月英熟练地揭开旁边一只木桶的盖子，从桶里舀起一碗褐黄的有浓烈怪味的水，递给喜旺。喜旺把念珠放进碗里，划一划，再递给黄昌婆："黄昌婆，把它喝了吧。"

黄昌婆接过碗，一仰脖子，咕噜咕噜喝个精光。

涂三姑双手合十，站起来，不停地作揖施礼。她手上的大金表，此刻如此耀眼动人。

"黄昌婆，现在你再提口气，试一试。"

黄昌婆伸长脖子提气。那鸡声还在，不过明显变得小多了，而且也不再那么尖利，而是生涩得像一只刚闹嗓的半大鸡仔。仿佛时光倒流，一只老母鸡变回懵懂的小鸡仔了。

"黄昌婆，看到效果了吧？鸡精年岁变小了，变小了。"

"年岁变小是啥意思？"涂三姑再次忍不住。

"年岁变小了，就是道行变浅了。道行变浅了，对人体的危害就变轻了……"大学生喜旺，这点逻辑还是有的。

"菩萨，把神水再给我喝两碗，把这个可怕的鸡精全化掉吧！"

马月英揭开木桶盖子，又要舀，喜旺轻轻咳一声，马月英赶紧停手。

喜旺打了一个冷战，表明他已经回到"喜旺"了："三奶奶，你喉咙里的鸡精变弱，并不是喝了我的神水，而是刚才我请蚕丛王菩萨帮忙的结果。蚕丛王菩萨愿意帮忙，是看在我的面子上。但是蚕丛王菩萨愿不愿意继续帮忙，关键要看你的表现。如果你从此不养蚕了，蚕丛王菩萨可能就会继续帮你的忙。如果你执迷不悟，继续把蚕养死……"

"我现在好好地养，不再把蚕养死了好不好？"黄昌婆有些着急。

"你能保证不再养死蚕了吗？"

"我……"黄昌婆不敢保证。

"三奶奶，我明确告诉你吧，不管你用啥办法，你养的蚕都会死很多。不只是因为三嫂子用了蚊香这些东西，根本的原因，是现在的那些桑叶是有毒的。为啥呢？因为泥土早被各种农药污染了。在这种土里长出的桑叶，天生就有毒，你咋能不养死蚕呢？你只要养死蚕，蚕丛王菩萨必然怪罪，他当然就不会帮你。那样一来，你喉咙里的鸡精,就会越来越大。它尖利的长嘴,就会越来越硬。到时候,你就算不被鸡精挤破嗓子,鸡精的长嘴也会啄你嗓子,啄得你鲜血淋淋……"

黄昌婆脸色惨白一片:"我不养蚕了,那些桑地空着呢……"

"空不着。不养蚕,就把桑地拿出来,给县上建铜厂。"喜旺指一指旁边那张桌子,"去吧,那里有一张表,你在上面摁个手指印——这是蚕丛王菩萨让我转告你的,你赶紧去吧!"

"多谢蚕丛王菩萨!多谢蚕丛王菩萨!"涂三姑不待黄昌婆回答,就代她连连感谢,合十鞠躬。

黄昌婆身子动了动,但她最终还是没有起身。马月英拿起表,走过来,拿起黄昌婆的手指头,在印泥里沾了一下,再把她的手指头摁在表上。

"多谢蚕丛王菩萨!多谢蚕丛王菩萨!"涂三姑太激动了,她的礼敬得更勤,她的腰弯得更厉害,她手腕的大金表闪得更耀眼。

第四章　野味

喜旺把一叠厚厚的签了字摁了手印的表格，整整齐齐放在唐朗办公桌上。唐朗拿起来，哗啦啦翻着，翻一阵才问："严庄签字了吗？"

"签了，严主任是第一个签的。"

唐朗又哗啦啦翻表："李师公、觉英这些人签了吗？"

"签了签了。觉英不签，严主任喝他一声，他就签了。"

唐朗再哗啦啦翻表："你的意思是，全部都签了，无一遗漏？"

"全部都签了，无一遗漏。"

唐朗继续哗啦啦翻表，翻着翻着，他的手就有些抖。后来他没翻表了，他的手还是继续抖。喜旺搞不清楚唐朗的手在抖啥："唐书记，全都签了，而且还在规定的时间内，还有啥不对吗？"

唐朗突然把表往桌上猛一甩，走到门口大喊："老平！老平！"

平和跑过来。唐朗把表抓起来，拍到他手上："看到没？全部都签了，无一遗漏！你马上进城去，把表交给赵书记，向他汇报。今天是赵书记给咱们规定的最后一天。很好，咱们终于在最后一天完成任务了！"

平和也是满脸高兴，拿了表要走，又转过身对唐朗说："唐书记，你要不要亲自去向赵书记汇报，这可是你的功劳。赵书记晓得了，肯定会很高兴的……"

"你去，"唐朗大手一挥，"我不空，今天我还有重要工作！"

平和走后，喜旺也很是兴奋，搓手问唐朗："唐书记，还有啥工作比向赵书记汇报更重要啊？"

"当然有！"唐朗一把捏住喜旺的手，"喜旺，告诉你吧，我今天的重要工作，就是隆重地给你办一顿招待！"

"不用了，不用了，唐书记，我怎么受得起……"喜旺想摆手，但手被唐朗握得紧，摆不动。

"不，你受得起。一定要办，而且是，本人力所能及的，最隆重的招待！"唐朗拉着喜旺的手往外走，哈哈大笑。

唐朗、喜旺两人来到街上的一家饭馆前。

饭馆没有名字，因店老板姓鲍，大家就称作"鲍娃儿饭馆"。饭馆店面非常破旧，桌椅板凳油黑发亮，地上还满是擦得红红润润的，又被踩上脏脚印的餐巾纸。

不过，这家餐馆的生意，却是蜀山乡街上最好的。镇上有点头面的人，都会把这里作为请客吃饭的第一选择。

喜旺以为唐朗要在这里请他吃饭。没想到唐朗带着他，沿着窄窄的巷子，七弯八拐，掏出钥匙打开一道门，绕到"鲍娃儿饭馆"后院去了。

更没想到的是，"鲍娃儿饭馆"的后院，竟是另一番景象。那里有一个很大的花园，花园周围砌着高高的围墙，上面还有一圈带倒刺的铁丝网。花园里应有尽有，假山池沼，亭台楼阁。不过奇怪的是，这里到处积满尘垢和落叶，似乎好久没人来过了。

唐朗拍开路上飘绕着的蜘蛛网，带着喜旺，走进一栋别墅似的小房子里。唐朗再次掏出钥匙，打开门，摁开墙上的一排开关。

这个小房间，却又有不同。这是一个金碧辉煌的屋间，四面八方都闪着金色耀眼的光芒。不过，这种光芒中，有一种陈年的浓重阴影。仿佛他们走进的，是富贵人家那种多年未住的老屋子。

唐朗掏出电话，一连声地喊"鲍娃儿"。很快，又矮又胖、满身油渍的鲍娃儿跑了进来，肉脸上都是笑："唐书记，今天有重要领导要接待？"

"当然！"

"哪里来的大领导？"鲍娃儿殷勤地擦桌子擦凳子，空气中有一股浓重的呛人味道。

"这不是？"唐朗指指旁边的喜旺，"给你介绍一下，这是咱们蜀山乡复兴村新任的党支部书记，贾喜旺贾书记。"

鲍娃儿的手停在空中，瞪圆眼睛，张大嘴巴，半天不说话。

唐朗不高兴了："鲍娃儿，你做起那副鬼样子干啥？你看不起贾书记？"

"不，不是的，"鲍娃儿皱皱鼻子，又拿手在鼻子脸上使劲揉了揉，"唐，唐书记，你不晓得，有个喷嚏，打不出来……"

"啥打不出的喷嚏？"唐朗鄙夷地说，"我又不白吃你的！"

"不是不是，唐书记你误会了。"鲍娃儿赶紧解释，"开玩笑啊，堂堂一级乡政府，我咋会担心这个……"

"鲍娃儿，我告诉你，"唐朗正色道，"今天不花乡政府的钱，今天是我本人请客，你记在我本人的账上！"

鲍娃儿话里有话："唐书记放心，我晓得咋记账……"

"你真不晓得！"唐朗再次严肃地说，"我说记在我的账上，就是记在我的账上，你可别乱记。你要不听，我现在就掏钱！"

鲍娃儿再一次皱皱鼻子，瞪唐朗。

唐朗呵呵一笑："你又有打不出的喷嚏？"

"没有……"鲍娃儿抱怨道，"唐书记，你们好久没到这里来过了，你看，灰尘都这么厚了……"

"我这不是来了吗？"唐朗笑笑。

"来是来了，但是……"

"你是不是担心我请不起？"唐朗在胸口上猛拍，"我告诉你，今天的安排，以前县委书记来是啥标准，今天就是啥标准！"

鲍娃儿终于高兴起来，点头弓腰，满脸堆笑走了。

喜旺过意不去："唐书记，不破费了吧，咱们不在这里，咱们找个便宜的地方……"

唐朗把手按在喜旺手上："喜旺，咱不假打。在这间屋子吃饭，确实很破费。但是，我愿意。于公于私，我都要真诚感谢你！就算破费一次，也是值得的。你啥也别说了，兄弟，今天你就安安心心陪哥子我喝两杯！"

喜旺不安地四处看："唐书记，这里咋会有一间如此豪华的屋间？是你的吗？"

"你咋会觉得是我的？"唐朗笑起来。

"我看见你有这房间的钥匙……"

"嘿，喜旺，你不晓得，"唐朗道，"这房间，以前是乡政府修的。在外面怕招摇，所以才修在鲍娃儿的后院子里。包括这个花园，也是以前乡政府搞的。"

喜旺笑道："没想到，乡政府还挺有钱的嘛……"

"不是我来当书记才修的，是我前任的前任修的。"唐朗叹口气，"当然了，也不怪他们，就算那时候我在这里当书记，也得修。没办法呀，上面要求抓项目，抓投资。咱们这种穷乡僻壤，鬼大爷瞧得起。不说老板瞧不起，领导也难得光顾一次。要不修个好的接待餐厅，没点吸引力，哪个愿意来？"

"好像修了餐厅，也很少有人来啊，看这灰尘，这么厚。"

"很少来，是现在。国家规定了不准公款吃喝，来的人才变少的。以前可不是这样，以前领导一打电话，乡政府就哆嗦……"

"唐书记，你不是说修餐厅吸引领导来吗？为何还哆嗦？"

"问题是领导一拨接一拨来，项目没带来啊……"

"唉，这种吃喝风，也是早就该刹刹了！"

唐朗摇摇头："是该刹刹，可刹住吃喝风，上级领导和投资老板都不来了，咱们这里成了真正的穷乡僻壤……"

两人说着，一盘盘菜已经陆续端上桌来。

唐朗给喜旺倒满一杯酒，给自己也倒满一杯，端起，朝喜旺一举："兄弟，来，哥子敬你！"

喜旺赶紧捧起酒，和唐朗碰了一下。

喝过酒，唐朗拿筷子在一个菜上指了指："喜旺，这个菜你认得不？"

"是鸽子和带鱼么？"

"嘿，兄弟，这就是你的不是了，"唐朗大笑，"我是城里出生的，只认得鸽子和带鱼，倒也罢了。你山里娃，却也不认得你们山上东西！这是乌梢蛇，这是竹鸡。"

"乌梢蛇？竹鸡？我小时候听大人讲过，但从来没见过，我以为早就绝迹了呢……"

"就算没有绝迹，确实也不多了。我听鲍娃儿讲过，他都是派人到蜀山的深山老林去找的。还要碰运气，十天半月还不一定能找到一只。"

"其实……"

唐朗兴奋起来："喜旺，你晓得这菜有个啥名么？龙凤呈祥。哈，你觉得这名字好不好？"

"这名字……"

"我听老平讲过，这名字还是赵书记取的。有一次，赵书记到咱们乡来视察，看到这个菜,就高兴地取了这个名字。可惜那时候,我还在另一个乡,无福亲眼见证这一盛况。"

唐朗又指着另一道菜说:"再看看这道菜,你认得么?"

一块块切得四四方方的肉,给烹得金红油亮,整整齐齐码在同样红通通的干辣椒丝中,上面撒了几粒葱花,成万红丛中一点绿了。

"是烤乳猪么……"

"嘿,你还真是都认不得你们的山货了。你们这里叫'围子'呢。"

"围子?你说的是果子狸吧?那不是携带非典病毒的吗?"喜旺大惊。

"是携带非典病毒的。不过,那是广东的果子狸,不是咱们蜀山上的果子狸。咱们蜀山上的果子狸,是受蚕丛王菩萨保佑的,咋会有毒?"

"还有这种说法?"

"咋没有?我告诉你,这个话,也是赵书记说的!"

唐朗又举起酒瓶斟酒。他在倒出来的一瞬间,把酒瓶看了一眼,接着往桌上猛一顿:"这种酒,咱们今天不喝。咱们哥俩今天也来一瓶高档的酒,68度的五粮液!"

唐朗摸出手机给鲍娃儿打。还没打,满脸通红的他先皱眉缩腮:"一千多块一瓶啊!这种酒,喝一瓶,就得小半个月的工资,太他娘咬肉了!"

"不喝吧唐书记,太贵了!再说了,我也不喜欢喝酒。喝起酒来,像喉咙里下刀子,何必花钱买罪受……"喜旺赶紧推辞。

"要喝!再贵今天哥子都要请你喝!"唐朗巴掌往前一推,生生把喜旺的话推回去,"你觉得喉咙下刀子,那是你没喝过真正的好酒。我今天就要让你懂得,啥才叫真正的好酒!"

酒很快送上来。唐朗启开封,满满斟上一杯。和喜旺碰杯后,唐朗嘴一吸,几乎不抬杯,杯中的酒已是精光。

吸完酒,唐朗拿起酒瓶转着看:"好酒就是好酒,68度,差不多也就是酒精了吧,但是,喝到嘴里,却纯得像水一样,太他娘神奇了!"

唐朗又神秘地说:"喜旺,我告诉你,这话可不是我说的,是赵书记说的。赵书记只爱68度的五粮液,别的酒他都不喝,他说别的酒,辣嘴,伤胃。"

唐朗见喜旺还在发木,瞪他一眼:"喜旺,你连赵书记的话都不信?我告诉你,你能不能当公务员,也就是赵书记一句话。你咋能不信他的话?"

"我信。"

"信你还说啥?一口拿下!"

喜旺喝下去了一点点,立刻耳根子像在滴血。他把酒杯移离嘴唇,看唐朗。唐朗不看他,唐朗的脸很严肃。喜旺只得一仰脖子,把杯中的酒全泼进喉咙里。

没错,他是泼的。不泼,酒就下不去。

立刻,他的脖子变得脸一样粗大。腮帮和脖子比谁更粗,也猛往外鼓。喜旺拼命把腮帮往里缩。腮帮能缩回去了,脖子却缩不回去。

唐朗大笑,再把酒斟满:"喜旺,赵书记和我唐书记,没有骗你吧?这酒,是不是很好喝?"

喜旺不敢张嘴,只能拼命点头,点得泪花直流。

"喜旺,我乡党委书记让你享受县委书记的待遇,你感激我吧?"

喜旺的眼泪滚滚而下,喜旺这是"感激涕零"了……

唐朗见喜旺流泪,呆了呆,他自己的眼泪竟也下来了:"兄弟,你感激我,你不晓得,其实我也很感激你……我参加工作就在山上,从一个山区转移到另一个山区,一直想回城里,可不但没能回去,却被调到这个更偏远的山上来。赵书记对我说,这是在锻炼我。其实我心里明白,如果你是赵书记的人,锻不锻炼,都能得到提拔。像我这种,和赵书记啥关系都没有的,那就是发配充军,一辈子都别想回去了……当然了,也并不是说,在这里就不能活人。可我娃儿在城里读初中,成绩不好,还狂热地迷上游戏。我不在城里,他可能三天两头都在网吧。兄弟啊,我就这么个娃儿,你说我这娃儿,是不是从此就废了啊……"

喜旺端起酒喝:"唐书记,你别太伤心。成绩好又咋样?我成绩就好,考的大学也很有名。结果,有啥用呢……"

唐朗很好奇:"喜旺,你是不是受了啥挫折啊?我一直没搞明白,你为啥不读完就回来了?"

"不是挫折,是绝望!没有用的,啥也不会有,最后还被人瞧不起,像屎一样臭……"

喜旺猛摇头,这让他的眼泪飞了起来,仿佛他的脑壳是个甩干机,一甩,体内的水就猛往外溅。

唐朗拍拍喜旺的肩膀:"喜旺,别伤心了,咱们也都别绝望。刚才我话没说完,不错,我不是赵书记的人,不受他待见。但如果咱们把赵书记十分重视的这个项目搞好,我相信,总有一天,赵书记会把我调回城里去的。而你呢?你不读书了,也不用绝望。你现在当村支部书记是没有问题的了。再努把力,你就能当公务员。当了公务员,你就有了前途,就再也没人瞧不起你了。喜旺,咱们俩都是有希望的。明白吗?有希望的!"

喜旺点点头,却又埋下头。

"来来来,咱们继续喝酒,啥也不说了,今天就四个字:一醉方休!"

当平和推门闯进来的时候,唐朗和喜旺还趴在桌上,你一杯我一杯猛灌着。地上吐得一片狼藉,桌上也是碗碟交错,杯盘杂乱。

满头大汗的平和揪住唐朗的肩背猛摇:"唐书记,快醒醒!唐书记,快醒醒啊!"

唐朗反手扯住平和的衣袖,脑壳却还耷拉在桌上:"老平,你上辈子是狗来投胎的?鼻子这么灵,我躲起来吃,你都闻得到。好嘛好嘛,既然寻来了,就给你喝一杯,喝一杯……"

"唐书记,不能再喝了,大事不好了,你快看看这个!"平和把一张折叠的纸往唐朗手上塞。

"啥纸啊,我唐书记醉了,看不清楚。你直接念,直接念。"唐朗拿不稳,那纸掉地上了。

平和捡起来,展开。那是一张很大的纸,平和两只手不能完全撑开,还有一部分卷着。

喜旺晃着脑壳往纸上凑:"咦,这上面咋有我的照片?我这是在哪里?我手里拿的是啥?"

平和念:"蜀山乡政府利用邪教骗取老百姓土地。近日,蜀山乡政府为实现强征老百姓土地的目的……"

"你说啥？"本来软得像面条的唐朗，忽然坐得笔直，一把夺过平和手中的纸，"这是哪来的？"

"城里满大街都是，这一张，是赵书记给我的……"

"啊？赵书记给你的？赵书记都晓得了？"唐朗呆呆地望着平和，脸上的汗水像一条条从容不迫的蚯蚓，曲曲绕绕往下爬。

"唉，我本来是兴高采烈去向赵书记汇报工作。没想到刚进去，赵书记就把这张纸摔到我脸上，对我劈头盖脸一通臭骂，手指都要把我的眼睛戳瞎了……"

喜旺哇一声大哭起来："太丢脸了……我这个样子，竟然满大街都是……这得有多少人看到我装神弄鬼的丑样子，将来我咋出去见人……"

唐朗气不打一处来，恶狠狠骂喜旺："闭嘴！你还好意思哭！让你小心点小心点，你这么蠢，让别人拍了照都不晓得！"

喜旺抬手捂嘴。一只手不行，他又添了一只手。

唐朗又转头冲平和嚷："你跑回来干啥？这种情况，你应该立刻找城管局，把那些纸全揭下来销毁！"

"现在街上已经没了。"

"这样才好，幸亏没扩散。"

"街上是没了，但早就扩散了。赵书记都是接到舆情中心的报告才晓得的。舆情中心说，现在连网上都铺天盖地了……"

"啊！"

"赵书记还说，不但网上铺天盖地，还有大批外地记者打电话来咨询，更有一些记者直接赶到严道县，说要实地采访。"

"啊……"

"赵书记非常生气，赵书记说事情很严重，他第一时间给你打电话，你居然一直不接……"

唐朗从口袋里摸出电话看，上面果然有很多未接电话。

喜旺两只手捂紧嘴，声音还在往外漏，哼哼唧唧的，牙痛一样。

唐朗拳头在桌上猛砸:"你哼啥?闭嘴!别发出声音,我要给赵书记打电话!"

喜旺把脑壳埋在桌上,用整张桌子来压嘴。

唐朗把手机紧贴在耳边的那一瞬间,他脸上的肌肉一道一道的,像干裂的牛肉干。牛肉干已经很硬了,却又扯得紧紧的,露出里面白森森的筋腱。

最后,唐朗默默地把手机拿下来,发呆。

"咋样?赵书记批评你了?"

半天,唐朗才说:"赵书记没接我的电话……"

"也许,赵书记正忙着吧……"

喜旺觉得他不能光是用桌子压嘴,他得说点啥:"唐书记,真对不起,让你惹赵书记生气了。我也没想到,没有想到会这样……"

唐朗眼睛大张着,瞪着地上。

"真的,我是很谨慎了,不晓得哪里出了问题……我想不起来,究竟是哪个拍的……唯一只有李师公来捣乱过,但他也没拍啊,而且很快被涂三姑撵走了……"

平和盯着唐朗,唐朗盯着地面。

"唐书记,都是我的错……"喜旺忽地站起来,猛拍胸脯,像个视死如归的英雄,"唐书记,要不,你去给赵书记说,这一切都是我喜旺自作主张干的,跟你没关系。这样,赵书记就不会生你的气了。"

平和点点头:"唐书记,我看这也算一个办法。喜旺毕竟只是个大学生,工作经验不足。为了尽快做通群众工作,利用复兴村民迷信菩萨的心理,引诱村民们签字。这样解释,就合乎情理了。外界听到,也觉得可信度高……"

唐朗猛一拍桌子,吓得平和以为平底锅拍来了,赶紧闭了嘴。

"老平!这样的话你也说得出来?你想过没有,如果把一切都推给喜旺,喜旺还能干村支书吗?他连村支书都干不了,将来还能干公务员吗?"

喜旺瞬间泪水横飞:"唐书记,我不干村支书了,我不干公务员了,我没脸干啊……"

"啥也别说了,"唐朗大手一挥,"喜旺出菩萨,就是我让他干的。而且是我个人的主意,与蜀山乡政府也没有任何关系!"

突然，门又被撞开了，钟成摇摇摆摆地跑进来，双脚一并，站直了，手举到眉心："报告唐书记，复兴村村民把村公所包围了！"

钟成是站直了，可依然立场不坚定，前后晃动。这让他的敬礼，不像在敬礼，像逗乐。

"咋回事？"唐朗按住他，让他别晃。

钟成不答，忽又转向喜旺，向喜旺敬礼："原来喜旺菩萨也在这里啊，失敬失敬！"

"老钟，你可真没文化，见到菩萨是敬礼吗？"平和忍不住纠正。

"平书记，我没错，"钟成又盯上了桌上杯中的残酒，端起来，一口倒进嘴里。还把杯子抖一抖，把最后一滴也抖进嘴里，"当喜旺在村里那帮老头老太面前时，他是菩萨。但现在他在你们乡领导面前，他就是宗教界人士，属于统战对象，我当然只能敬礼了……"

"快说，咋回事？"唐朗把钟成强行扳过来。

"是是是，马上汇报。唐书记，事情嘛，跟喜旺菩萨有关……"

"直接说！"

"是是是，唐书记，我就是在直接说。"钟成义愤填膺起来，"那些人太不像话了！本来，他们已经签了字，同意征地拆迁的。因为听说喜旺是假菩萨，是乡政府为了骗他们签字，故意让喜旺假扮的。然后他们就说自己受骗了，围攻村公所，让喜旺出来，把已经签字的表，全部退给他们！没有找到喜旺，他们就说，要去乡政府，要找唐书记你……太不像话了，你唐书记是他们随便找的么？"

喜旺又流泪了："唐书记，让我回去，让我回去给村民们说，让我给他们道歉……"

唐朗见钟成偷偷把瓶中的剩酒倒在杯里，一杯一杯偷喝，很生气，猛一把夺过瓶子，往桌上一顿："你就晓得喝！好歹你还穿一身蓝皮，你就不晓得去劝阻那些村民们吗？"

钟成满脸委屈："唐书记，我可没那本事。我是警察，可我又不敢随便开枪。不敢随便开枪的警察，还有啥用？何况都是些老头子老太婆、大姑娘小媳妇。我上前阻止她们，她们反抓住我，告我调戏良家妇女，我可就连这蓝皮也穿不成了……"

钟成偷看唐朗一眼，试探着问道："唐书记，我不行，可有人行，要不把他请出来？"

"哪个？"

"严主任……"

唐朗大手一挥："离了严庄这个红萝卜尖尖，酒席就拿不出来了是不是？走，去现场，看看那些村民究竟要闹啥！"

唐朗转身往屋外走。但其实他还是醉的，走起来东倒西歪，一没注意撞在桌上，撞翻一大片碗碗碟碟。那小半瓶剩酒也被撞倒在桌上，酒直往外倒。

钟成赶紧把酒瓶竖起来，又拿起瓶子，想再倒一些在杯子里喝。但是平和却已在催他。钟成没法，只好寻了盖子拧上，放回桌上。向前跨出一步，他又停下了，转回来，把酒瓶揣进裤子口袋里，拉开上衣盖住。远远看去，仿佛这位派出所所长兜里揣了颗手榴弹。

第五章 穿"火鞋"

四人开车赶到复兴村村公所时,围堵村公所的人,刚好也从那里出来,通过一座桥,往公路上涌来。

唐朗拉开车门,正要下车。平和拉住他,向他努了努嘴。

原来桥头上突然跑出一个人来,拦在众人前面。

"我娘!"喜旺小声惊呼。他把脸贴在窗玻璃上,窗玻璃把他的五官压成了一个平面。

马月英双手大幅度挥舞,激动地和村民们说着啥。隔得远,听不清。起先村民都安静地听她说,似乎还有人点头。后来,李师公从人群中走出来,也对众人说着啥。人群就躁动起来,伸手掀马月英。马月英连连往后退,一下没注意,摔倒在地了。

喜旺猛冲下车,往人群冲去,拉起他娘,又把他娘护在身后,大声咆哮:"不准推我娘!"

他的声音太大,一下把众人吓住了。本来很激动的人群,忽然有些不知所措。

"喜旺菩萨来了,喜旺菩萨来了……"

黄昌婆从人群中走出来,慢慢跪在喜旺面前,伏地磕头。接着,好几个老头老太,也走出来,伏地磕头。

马月英着急了,李师公也着急了,他们几乎同时冲地上的老头老太大喊起来。

"你们跪啥?刚告诉你们了,我家喜旺是村书记,不是菩萨,你们为啥还跪他?你们跪他不是为他好,是害他!你们晓得不?"

"你们跪啥?刚告诉你们了,这个喜旺是假菩萨,是骗子,他搞的是邪教,是通过装菩萨,来骗你们签字的。他身上早就没菩萨了,他的欺骗行为,已经在网上四处传开了,全国人民都晓得了。你们还甘心被骗,太愚昧了!"

"胡说八道!你说喜旺是骗子,他骗哪个了?喜旺是村书记,他让大家签字,不是应该的吗?喜旺啥时候说过自己是菩萨?那些人迷信,自己要跪,关喜旺啥事?"

"迷信?你的意思是跪喜旺的人,都是傻子?"李师公抓到马月英话中的漏洞,挑拨起来了,"听到没?马月英说你们是傻子呢,你们还跪着做啥?"

"亵渎神灵啊……"黄昌婆满脸蜡黄。

唐朗赶紧也下车,快步来到众人面前,叉开两腿,大声喊:"都安静一下,听我说，我是本乡的党委书记唐朗……"

李师公吆喝："嘿，唐书记，你是乡书记，你告诉大家，决不允许搞邪教。有人利用邪教让群众签字，你该把他抓起来！"

马月英也吆喝："嘿，唐书记，你是乡书记，你给大家证明一下，喜旺是你让他当的村书记，可有人非要说他是菩萨，这是对咱喜旺的污蔑。你该把污蔑喜旺的那些人抓起来！"

黄昌婆也小声嘟囔："唐书记，你是说过喜旺是菩萨啊，那天你是这样说的啊……"

众人的眼睛热辣辣地看唐朗，等他回话。

唐朗双手往下按一按，再按一按："你们听我说，我告诉你们，大家别怀疑了，喜旺出菩萨这事，是真的。"

"啊……"

这可能是史上声调最丰富，变化最多的"啊"声了。

"乡书记竟然说出菩萨是真的，哈，这可真是天下奇闻啊……"

"唐书记，你不是说喜旺是村书记吗？咋又说喜旺是菩萨？"

"我的话你们不信也罢了，现在连唐书记都说喜旺是菩萨，你们还不信么？"

"咋没记者在这里采访呢？不是说大批记者赶来了吗？"

"菩萨，书记，有趣，哈哈，太有趣了……"

"都别议论了，听我说，"唐朗爬上一个桥墩，用了一种居高临下的姿势，"你们听我讲理由嘛！我问你们，咱们蜀山是不是神山？"

"当然是神山。"

"我再问你们，蜀山上是不是曾经有一位蚕丛王，后来他升天当菩萨了？"

"当然有一位蚕丛王，后来升天当菩萨了。"

"你们有没有听说，蚕丛王菩萨近期要重返蜀山？"

"当然听说了他老人家要重返蜀山。"

"是不是刚好喜旺不读书，从学校回来，出过菩萨后，大家才听到这个传说的？"

"当然是喜旺从学校回来，出过菩萨后，才有这个传说的……"

"这不结了！蚕丛王菩萨重返蜀山，喜旺重返蜀山，蚕丛王菩萨不降临在喜旺身上降临到哪个身上？"唐朗做了个一锤定音的动作，接着便准备从桥墩上跳下来。

"慢！"李师公双手往前一推，就像他会气功，要把准备跳下桥墩的唐朗推回去，"不错，蚕丛王菩萨重返蜀山，确实先降临在喜旺身上。但是，后来看到喜旺没有啥本事，很快又走了呢。"

"他走了？走哪里了？去你的身上了？"唐朗似笑非笑。

"李师公身上住的是太上老君，蚕丛王菩萨要是去李师公身上，神仙就要打架了。"有人哄笑。

"神仙打架，李师公就遭殃了。少说也要把李师公的肠子打来绞起。"

唐朗怕众人把话扯到一边去了，赶紧拨乱反正："就是嘛，李师公又不是喜旺，他凭啥说蚕丛王菩萨没住在喜旺身上？大家想想啊，喜旺读过大学，有知识有文化，明白道理。蚕丛王菩萨不到喜旺身上，难道会到那种不学无术的人身上？"

"对呀，喜旺有知识有文化，明白道理，蚕丛王菩萨肯定只能到他身上了……"

"对对对，喜旺是真菩萨，是活佛！"

唐朗觉得，这下真的可以从桥墩上跳下来了。他不理李师公的气功，"砰"一声跳下来，在地上站得稳稳当当。

李师公的气功没发挥作用，只得自己爬到桥墩上："大家听我说，听我说，我来问你们，咱们这座蜀山是不是神山？"

人群哄笑起来。

"我再问你们，咱们蜀山上是不是有一位太上老君，后来他升天了？"

人群笑声更大，有人问："太上老君升天当啥？当太上老君？"

李师公头上的筷子要掉了，一头耷拉到他脸上了，只有一点儿还插在头发里。李师公赶紧把它推正，接着说："祖师爷太上老君是不是一直住在山上，从没离开过？"

"当然没离开过，他不是一直住在你李师公体内吗？你李师公在蜀山，太上老君自然在蜀山喽。"

人群笑得前仰后合，但李师公面不改色："你们说对了，祖师爷太上老君就是住在我体内!"

"他说太上老君真在他体内,他真敢这么说!"有人笑得猛拍胸脯,有人笑得蹲在地上。

李师公不笑。李师公从容不迫地把半截筷子取下来,把头发挽了挽,再把筷子插上去。那个髻太小,他就用头发把筷子绑牢——原本是筷子固定头发,现在成了头发固定筷子。

做好这一切,李师公才慢条斯理地说:"你们别笑,我一会儿就让你们明白,究竟哪个体内,住的才是真神仙!"

接着,他两眼直视喜旺:"喜旺,喜旺菩萨,今天你敢不敢用你体内的蚕丛王菩萨,跟我体内的祖师爷太上老君比试比试?"

"神仙真要打架了!"人群一片叫好,有这种好戏看,太过瘾了。

"拿两根筷子,再舀一盆水来!"李师公冲人群吆喝。

"比啥比?菩萨都是大法术,哪有搞这种旁门左道的?你下来!"唐朗觉得有些不对,想把李师公轰下来。

但众人可不愿放过这种好戏,挤挤挨挨把唐朗挡在外面,护住李师公。

两个娃儿飞奔出去。很快,一人拿筷子,一人端水,波翻浪涌跑到李师公面前。

李师公把两根筷子丢进水里,拈起指头,在空中画了画,嘴里一阵念念有词。又把手往盆里一指,感觉像是有一道指风划过去,那筷子竟然在水面上旋转起来。接着,李师公用两根指头夹起筷子,往桥墩上一放。两根筷子竟然就并得拢拢的,端端立住。桥上的风很大,众人的衣服都给吹得飘了起来,但那筷子竟然稳如泰山,屹立不倒。

众人一阵惊呼。唐朗慌了,赶紧问喜旺:"这是咋回事?你懂么?"

"我懂。"

"懂你就赶紧给大家说明呀!快去呀!"

喜旺上前,高声说道:"大家听我说,这没啥神奇的,筷子能够旋转、并拢、直立,无非都是依靠水的表面张力。风大而筷子不倒,那是李师公把风给挡住了。在筷子那里,其实一点风也没有。这些知识,是我在高中时就学过的。"

李师公一把收起筷子,转向人群:"啥力,你们听得懂不?"

"听不懂。"众人都摇头。

李师公撇撇嘴:"你们听不懂,不是因为你们无知,是因为他在胡说八道。筷子能并拢立起,确实有个力。不是他说的那个啥力,是祖师爷太上老君的神力!好呀,喜旺不是说他体内有蚕丛王菩萨吗?也请他给咱们露一手,看看他是不是也能表现个啥'力'出来。"

"露一手!露一手!"众人尖叫起哄。

"哼哼,雕虫小技……"喜旺满脸不屑。

李师公大声嘲笑:"看到没?喜旺菩萨做不出来!好,他做不出来,我继续做。我再向大家展示一个,让大家见识见识我们祖师爷的神力有多大。"

李师公命令觉英:"觉英娃儿,去我家提一桶油来!"

又指挥其他人:"你们,回去拿一口小锅出来!你们,搬一些石头来垒灶!你们,捡柴生火!"

觉英娃儿不想去:"我哪晓得你的油放在哪里?喊个小娃儿去……"

"觉英娃儿,你想挨打么?你敢不去!"李师公拿钥匙砸觉英。

觉英只好接住钥匙,唠唠叨叨地走了。

灶架起,锅放上,火升起来。觉英娃儿也把一瓶褐黑的菜油提来,倒进锅里。很快,锅里的油就咕噜咕噜翻滚起来。

李师公拿一把勺子,嘿嘿一笑:"看到没,我要借祖师爷的神力,把这锅里的滚油喝进嘴里!"

众人脸色大变。

"我以前只是听说过。据说村里出过一个老师公,他有这种法力。没想到李师公也会。"

"是啊,咱们平常都小瞧李师公了,以为他只会骗吃骗喝,没想到他还真有本事。"

觉英摇头晃脑翻白眼:"人家李师公,是得了太上老君真传的,只是人家平常为人低调罢了。"

喜旺不屑:"这有啥稀奇的?不过就是在油中掺了醋。醋的比重大,沉到锅底了。同时醋的沸点低,看起来滚开成这样,其实温度不高。哼哼,这也依然是雕虫小技!"

"温度低？好呀好呀，咱们不争，来来来，你喝一口。"李师公把咕噜翻滚着的一瓢油递给喜旺。

"喜旺喝一口！喜旺喝一口！"

"喜旺，你有没有把握？有把握你就喝一口。"唐朗说。

"别喝，万一是真油呢？"马月英不想冒险。

"哼哼，不敢喝吧？"李师公舀起油，递向众人，"喜旺不信，但他又不敢喝。你们有没有不信的？不信的，喝一口。"

众人都惊得脸上失色，直往后退。

"喜旺菩萨不敢喝，我来喝。"李师公把油勺递到唇边，却又摇头道，"不行，这油的温度已经变低了，体现不出我李师公的神力，重新舀一勺。"他把油倒进锅里，重新舀起。那油在勺里咕嘟咕嘟冒着泡，李师公递到唇边，哧溜哧溜往嘴里吸。那泡在他唇边爆裂，一缕缕白白的热气从泡里冒出来，消失在空中。

众人都不敢看，把眼睛朝怀里藏。李师公寡白的脸上顿时满面通红，油汗一滴一滴从脸上滚落下来。接着，李师公把嘴里的油往地上的草叶上一喷。顿时，草叶焦卷，泥土嗞嗞作响。

众人睁大了眼，愣盯着草叶不动。

"化学变化，化学变化……"喜旺喃喃说。

李师公用袖子在嘴上擦了一把，得意地看着喜旺。

唐朗把嘴巴凑到喜旺耳边："喜旺，你赶紧也想一个化学变化出来，和李师公比一比，把他比下去。"

喜旺把眉头皱起来："唐书记，你觉得我和山野村夫玩这种骗人的把戏，有意思吗？"

"不是有没有意思，是今天你要不玩，咱们就玩完了……"

"咋了？不敢比？喜旺菩萨，你体内的蚕丛王菩萨睡着了？嘿嘿，为了让你心服口服，本师公今天再给你来一招！"李师公狂笑。

人群中发出疯狂的尖啸，那是影视明星来了才有的氛围啊。李师公已经感受到了这种氛围。李师公已经意识到他成了明星。李师公微笑着，慢慢举起手，向人群挥一挥:"大家静一静,现在我需要一个道具,征集一名志愿者,哪个来配合我?"

"我来!"

"我来!"

十几只手同时从人群中高举起来。李师公的目光在人群中扫来扫去,他不着急选择,似乎在等有更多的手举起来。果然,雨后春笋般的手不断拔节而起,拔得最高的,还是一些小娃儿的手。李师公咳一声:"这样的荣誉嘛,咱们得给小娃儿。小娃儿是祖国的花朵,获得这样的荣耀,能够激励他在今后的人生道路上,快速成长!"

李师公再咳一声:"重要意义嘛,我就不多说了。明娃儿,你家有破犁铧吗?你回去搬来用用。"

那个叫"明娃儿"的娃儿被选上,兴奋得满脸通红。他正要往家里跑,才跑出一步又退回来,问他老爷:"老爷,我家破犁铧在哪里?"

他老爷摇摇头。明娃儿急了,又问旁边另一个老头:"舅公,你家有破犁铧吗?"

那老头也摇摇头。

不晓得哪个叹息一声:"唉,咱们这里,早十多年就不种田了,连牛都要绝种了,哪里还有啥破犁铧……"

明娃儿失望了,好不容易获得的荣誉,眼看就要失去,忍不住"哇"的一声哭起来。

却在这时,喜龙高挽裤脚,扛着犁铧,牵着牛,从远处走过来。

觉英大笑:"谁说咱村没破犁铧了,喜龙扛的不就是破犁铧么?"又低声怂恿明娃儿:"明娃儿,去让你喜龙表叔把破犁铧给你。"

明娃儿跑过去,拦住喜龙:"喜龙表叔,可以把你的破犁铧借给我用用吗?"

"啥破犁铧?我刚买的新犁铧!"喜龙很不高兴。

"他们说是破犁铧……"

"哪个说的?"喜龙瞪了明娃儿一眼。

明娃儿转头看觉英。觉英满不在乎:"新犁铧往地上一摔,摔破了,不就变成破犁铧了?"觉英觉得他这话实在是俏皮,得意不已:"喜龙,现在哪个还用你这种破玩意儿?赶紧拿给我摔一摔,摔坏了,还多多少少发挥点作用。"

"你敢!"喜龙脸涨得通红。

明娃儿也觉得这样好像不对，说道："觉英叔叔，确实不能摔，摔坏别人东西，要赔的。"

"不就一块破犁铧吗？"觉英轻蔑地说，"拿过来我摔，摔坏了，我十倍赔你。"

"哼哼，晓得你有钱。但是你那钱，脏得很，我不稀罕！"喜龙傲然说，"我告诉你，总有一天，我的犁铧会给我犁出金矿来，金光闪闪干干净净的金矿！"

喜龙鞭子一甩，赶着牛，往远方走去。他一边走，一边吹起口哨，他的口哨声里有一种骄傲，又有一种忧伤。

李师公不高兴了。本来他是主角，一通锣鼓铙钹丝竹管弦，已经酝酿出一种好氛围，只等他开场了。却是那觉英插科打诨，把气氛搞得乱糟糟的。李师公怒骂道："觉英娃儿，让你找破犁铧，你瞎掰啥？你是猪脑子？快去找！"

觉英剜了李师公一眼，但还是只能忍住，不满地冲人群吼："哪个家里有破犁铧，赶紧拿出来！你们不想看把戏了？"

"把戏？你他妈会不会说话？祖师爷的大法力，你说是把戏！"李师公气得脸发黑。

终于，角落里有个老头说："我有一块，不晓得能不能用……"众人一看，原来是黑得像墨的戚铁匠。众人恍然大悟："戚铁匠以前收破铜烂铁，还真是只有他那里才找得到。"戚铁匠的孙子高兴地跑回去拿。明娃儿很失望，冲他老爷和舅公不满地说："你们真没用，连块破犁铧都没有！"

破犁铧拿了来，果然很破，上面灰尘密布，锈迹斑斑，还缺了一块角。

李师公吆喝觉英把破犁铧丢进火里烧。犁铧哔嘣作响，干裂的尘土和铁锈被烧得飞跳起来。有一小块火星跳到觉英手臂上，觉英惨叫一声，咧嘴缩腮地惊跳。

有人忍不住好奇："李师公，烧犁铧做啥？"

李师公不回答。他在桥墩上坐下来，慢腾腾跷起二郎腿，露出油黑的布鞋。接着，他脱下布鞋，露出白布袜子。不过那白布袜子却是黑得像在锅灰里踩过一样，袜底显出了一双黑脚印。再接着，他把袜子脱下来，露出里面那几乎只有骨头的白森森的脚，只是脚趾甲盖黑得发亮，仿佛涂上了黑墨。

"李师公不会是要穿火鞋吧？"一老头惊叹。

"啊，穿火鞋？我只是小时候听老辈子们讲过，可活了这么大年纪，从来没见过呢！都以为这门绝技失传了，难道今天还能看到？"另一老头也惊叹。

"啥叫穿火鞋？"旁边的娃儿着急了。

"就是把光脚板伸进烧红的犁铧里，穿着往前走。"

"啊！"这下不只是两个老头惊叹，全场都惊叹了。

"李师公，变红了，行了么？"有人在一旁喊。

"红亮透没？"李师公微眯眼，不转头，气定神闲捏他下巴上几根干焦焦的黄胡子。

"还要烧红亮！"

"当然了，继续烧。"

毕竟在野外，不管添再多的柴，犁铧都无法烧到又红又亮的效果。下面烧红了，上面又变得有些黑。觉英在脸上抹一把黑汗："莫法，只能烧成这样……"

"风箱，搬一口风箱来。戚铁匠，把你家的风箱搬来，鼓风烧。"

"我家是有一口风箱，不过十多年没用了，不晓得有没有虫子钻漏气。钻漏气，就用不成了。"

"搬来！"李师公不容置疑，想了想又说，"让所有的小娃儿都去搬，让所有的小娃儿都接受教育！"

能接受教育，娃儿们果然很高兴。很快，娃儿们就蚂蚁搬虫子那样，七手八脚地把风箱搬来了。尽管每个娃儿的脸上都被灰土抹得又脏又黑，但接受教育后的他们，很有幸福感。

觉英搬过风箱，架在石头上，风口对准火。娃儿们觉得新奇，争着去扯风箱。觉英大声吼，想把娃儿们撵开。娃儿们不怕觉英，死攥住风箱杆不放。觉英使劲往回拉，娃儿们拉不过，一丢手，觉英抱着个风箱，在地上滚了一大圈。

众人一阵哄笑。觉英爬起来，拍拍屁股上的泥，转头偷瞄马月英。

马月英的目光都集中在唐朗脸上。唐朗的脸很红，唐朗连眼睛都是红的，不晓得是不是因为喝了酒的缘故。

风箱一扯，火舌突然腾空而起，直扑觉英脑门，一时火光四射。

"觉英娃儿才是真菩萨，看他脑门上都冒金光了。"

破犁铧终于烧红亮了。觉英用两块木棍夹起来，对着众人照。众人的眼睛仿佛被太阳照着了一样,都有些睁不开。

觉英又往另一边照。那夹破犁铧的木棍燃起来了,很快烧成了木炭。

"扶我下来!"李师公气派地指挥。

娃儿们冲过来,扶皇帝一样把李师公扶下来。

李师公站到犁铧前,手指比画一阵,嘴里念叨一阵,接着把一张黄表纸丢在犁铧上,黄表纸火光一闪,瞬间成为灰烬。

李师公慢慢抬起光脚,慢慢伸进红亮的犁铧里。

众人挤过来,伸长脖子,眼睛瞪得要掉出来。

但见犁铧里一阵细白的青烟冒起,李师公已抬起腿,穿着火红的犁铧,在地上走起来。每走一步,地面就被烫得吱吱作响,草叶枯烂,虫蚁炸焦。

李师公除了额头上冒汗外,整个人像没事一样。转了一圈,留下一个个焦黑的犁铧印,再走回来。

"神仙啊!这才是真的神仙啊!"

一大片人黑压压地跪倒在李师公面前。娃儿们左看右看,也跟着跪倒在李师公面前。

"喜旺!"唐朗猛摇喜旺。

喜旺眉头紧锁,有些慌乱:"我不确定……很可能,李师公的脚上涂了一层防烫的液体。要不,脚踩在犁铧上,虽在冒烟,为啥却没有肉被烙伤的焦臭?"

"你们别跪了!听到没有?喜旺说了,李师公是脚上涂了一层防烫油。不是的话,他的脚为啥没有被烫出焦臭?"马月英焦急地大喊。

"嘿嘿嘿,我确实涂了一层防烫油!"李师公狂笑。

"看嘛,他自己都承认了!"马月英惊喜不已。

"我是涂了一层防烫油,这层防烫油,就是祖师爷给我的神力。正是因为有祖师爷保佑,我才敢穿'火鞋'。明白吗?万能的祖师爷!"

"万能的祖师爷!"

"救苦救难的太上老君祖师爷!"

黄昌婆绝望地看了看喜旺,犹豫了一下,最后还是跟着众人,跪在李师公面前。

李师公把脚从犁铧里拿出来，穿上袜子鞋子，接着站起来，抖一抖衣服，劈手朝喜旺一指："乡亲们，你们都听着，这个人，喜旺，他不过就是一个逃学生！现在却装神弄鬼，说自己是蚕丛王菩萨。你们都看见了，他啥也不会，却骗取了你们的信任，让你们在征地表上签了字。乡亲们，我们祖师爷让这个骗子现了原形，该你们出手，让他还回你们被骗去的土地！"

"还我们的表！"

"还我们的土地！"

村民们从四面八方冲喜旺大吼。

马月英冲到喜旺面前，叉着手，披头散发，唾沫乱飞，和村民们对吼。

唐朗不安地转了转脑壳，这时他发现，不晓得啥时候，贾有伦站在了他身边。当然了，贾有伦依然抱着肚皮，红着脸，半睁着眼睛。

唐朗没好气地问："贾乡长，你咋来了？"

"我咋不来？这里出现了群体性事件，我是乡长，应该站在第一线嘛。"贾有伦打了一个浓浓的嗝。

这嗝的味道太难闻了。唐朗从第一天到这个乡当党委书记开始，就不断闻到贾有伦嘴里发出的这种酒肉腐烂的浓重臭味。直到今天，依然如此。

唐朗愤怒了，自己刚才也喝了酒吃了肉，而且是喝了醉酒吃了大肉，为啥就没把食物搞得这么恶心！愤怒的唐朗冲贾有伦吼道："贾乡长，你也是复兴村人。你看看你们村，像个啥样子？你赶紧劝劝他们吧。"

贾有伦拿出手机，不慌不忙地说："唐书记，你别着急，我先打个电话，很快就没事了……"

打电话的时候，唐朗看见贾有伦出现了一张讨好的笑脸。接着，他就听到贾有伦语气柔软地喊"严主任"。

唐朗恨不得把贾有伦的电话夺过来，猛摔在地上。等贾有伦收起电话，唐朗咆哮道："贾乡长，难道咱们不找严庄，就不能把村民的事情解决好吗？那严庄明显……"

贾有伦又一个嗝打过来，唐朗生生把一种想吐的感觉，把话吞了回去。

很快，摩托车的轰鸣声自远而近飞扑而来。众人来不及转头，严庄已飞抵面前。贾有伦快步跑过去，赔笑说："严主任，你可来了！给村民们说一下，让他们都散了吧……"

"啥事呀这又是？"严庄很不耐烦，把头盔取下来，挂在摩托车龙头上，从裤袋里摸出手机，"唉，又是这么多未接电话……"

贾有伦一手按住严庄准备回电话的手，一手从口袋里掏出一支烟，塞进严庄嘴里："严主任，再重要的电话，也一会儿再打。现在村民们正闹事呢，没有你，就要出大事了。"

严庄瞥了喜旺一眼："贾乡长，咱们复兴村，现在的一把手是贾书记。村里的事情，该他说了算，我可不敢随便表态……"

贾有伦打火点燃严庄嘴里的烟："严主任，贾书记虽然是书记，但他没经验啊。你是老革命，村里这种情况，只有你出面，才摆得平呢！"

严庄吐了一大口烟，烟雾从他脸上滑过："贾乡长，你不用劝我，我倒要劝劝你。你和我一样，只不过是乡上的二把手。有些事情，你也不能随便做主啊……"

贾有伦嘿嘿笑："严主任，听你这意思，我请不动你，要唐书记来，才请得动你，对吧？"

唐朗咬牙切齿地对身边的钟成说："老钟，去把那妖言惑众的李师公铐起来！"

"铐李师公？"钟成转头看严庄，"唐书记，这事是不是……"

唐朗瞪眼怒吼："还要我再说第二遍？"

钟成迟疑了一阵，还是摇摇摆摆走过去，将李师公从桥墩上拉下来，手铐啪的一声打在李师公手腕上。

李师公尖叫道："乡亲们，看见没有，这个警察居然敢铐祖师爷，铐太上老君！他这是在侮辱你们的神灵啊！你们难道就心甘情愿让他侮辱？"

"放开李师公！"

"钟成，你侮辱神灵，你要遭天谴！"

钟成脸色惊惶，冲唐朗大喊："唐书记，扛不住了，扛不住了，还是把手铐解开吧！"

"钟成，你他娘就这点出息！"

平和在后面焦急地喊："唐书记，赵书记来了！"

果然，赵书记那辆破破烂烂的黑色本田，和一辆警车已经停在路边。

赵书记从车上走下来，满脸怒气地盯着闹成一团的人群。他的身后，站了两个警察和一个随行的小伙子，此外，还有两个背牛仔包的年轻女子。

唐朗跑上前去。赵书记劈头吼道："唐朗，这是咋回事？警察咋可以随便拿手铐铐老百姓？"

唐朗忙解释："赵书记，这个假道士妖言惑众，散布迷信，煽动闹事！我让老钟把他铐起来，带回派出所，教育一下……"

"我没有妖言惑众！我不是假道士！"李师公又叫起来。

"乱弹琴！唐朗，你赶紧把人放了！"赵书记满脸严肃。

"可是，放了李师公……"

钟成却已高高兴兴掏出钥匙，解开手铐。解开后，还摇摇摆摆跑过来，邀功似的，把手铐亮给赵书记看："报告赵书记，手铐已经解下来了！"

赵书记把钟成上上下下扫了一遍："你是哪个？"

"报告赵书记，我是蜀山乡派出所所长钟成！"钟成本想立正敬礼，一是太胖，二是被裤兜里的酒瓶子绷着，结果双脚合不拢，不像敬礼，像寻人打架。

"你裤兜里是啥？拿出来看看。"赵书记皱皱眉。

钟成慌了，张口结舌，不自觉用双手去护裤兜。手上的手铐，在酒瓶上敲出噗噗噗的闷响。

"拿出来！"赵书记不怒而威。

钟成藏不住了，只得哆哆嗦嗦地把酒瓶取出来。

"好哇，钟所长，你不但知法犯法，随便动用手铐铐老百姓，还上班时间喝酒。上班时间喝酒，就已经够严重的了，你却还把酒瓶子揣在裤兜里，这成何体统？你还像个警察吗？"赵书记随即向身后的两个警察扬扬手，"抓起来！"

钟成手里的酒瓶子一下就掉在地上。瓶摔破了，瓶里的酒，在路面蚯蚓一样往前淌去。浓郁的酒香弥漫开来，贾有伦忍不住吸了吸鼻子，他的喉结上下动了动。他努力不去看地上的酒，埋头望肚子，又悄悄叹口气。不晓得这口气，是不是为肚子叹的。

两个警察过来，一左一右捏住钟成的手臂，把他拉到一边。钟成嗷嗷叫着，脑壳转来转去，身子扭来扭去。

"赵书记，你不要抓老钟，要抓就抓我吧，都是我的错、我的错！"唐朗赶紧替钟成辩解。

"对对，不是我的错，都是唐书记的错！"钟成赶紧表示赞同。

赵书记瞪唐朗："你哪里错了？"

"赵书记，酒是我请老钟喝的，李师公也是我让老钟铐的。这两件事，都与老钟没关系。抓我，把老钟放了吧。"

"对对对，两件事都是唐书记让我干的，和我没关系，把我放了吧。"

平和忍不住了，低声怒喝："老钟！"

赵书记笑一笑，朝唐朗摆摆手。"小唐，你能认识到自己的错误，这很好，说明你还有救。今天，我给你一次改正的机会，你把你犯的那些错误，通通改过来吧。"

唐朗有些不知所措，但还是点点头。

赵书记表情变得严肃起来，把声音提到所有人都能听见的高度："唐书记，你要改的第一个错误，就是把你通过不正当手段，从老百姓那里骗来签字的表，全部撕掉！"

"全部撕掉？可是……"唐朗大吃一惊。

"没有啥可是！"赵书记喝断唐朗，"既然老百姓并不是心甘情愿的，而是认为咱们欺骗了他们，那么，就算签了字，也不算数。咱们政府做事，必须让老百姓心服口服，必须让他们心甘情愿！"

掌声在人群中响起来。

赵书记朝众人摆摆手："唐朗，据说你用一个大学都未读完的年轻人，取代了本村德高望重的严主任，担任村支部书记，是吧？"

"赵书记，这个……"唐朗想说，我不是已经向你汇报过，你也是同意的吗？咋又说这个话？但他也晓得，不能把这个话说出来。

"当然了，你这想法是好的。人年轻，又读过大学，有文化。但是，既然读过大学，为啥又搞封建迷信，出起菩萨来了？搞迷信出菩萨，还能当支部书记吗？"

赵书记继续说："所以，唐朗，你今天需要做的第二件事，就是撤销你刚给这年轻人任命的村支部书记的职务，把村支部书记还给严主任，让严主任继续带领复兴村的人,搞好征地拆迁工作,促进铜矿项目顺利落户!"

唐朗有些呆了。

严庄也有些呆了。但随即,严庄就快活地大笑:"赵书记,我看还是让喜旺继续当村书记吧,我年纪大了,事情又多……"

"不准推辞!你年纪大,有我大?你事情多,有我多?我都还在继续干革命工作,你还有啥理由推辞?"

严庄咧嘴挠脖子,最后做出无可奈何的样子:"好吧,赵书记你一定要让我干,我也没有办法,只好接受……唉,一个人不能劈成两个人,真是忙不过来啊……"

喜旺忽然转身往远处跑去。马月英在后面猛追,她大喊着喜旺的名字,她的声音像撕破了一样。

"不行,赵书记,不能撤喜旺的职。喜旺所做的一切,都是我让他做的,要撤,就撤我的职!"

"我的话,也就是县委的决定。"赵书记打断唐朗,"今天就到此为止,县上还有重要的会议,我还得马上赶回去主持。唐朗同志,你要明白,县委三番五次保护你,容忍你的错误,你不要辜负了县委的一番苦心!"

赵书记对身边两个年轻女子笑笑:"两位记者,我这样处理,你们满意吗?"

两个年轻女记者满脸笑容,冲赵书记伸出大拇指。

赵书记哈哈一笑,对严庄说:"严书记,忘了给你介绍。这两位记者,一位是北京来的,一位是省上来的。她们听了你们村里的新闻,很感兴趣,来做一个调查。希望你组织好村民,配合她们的调查。更重要的是,你要做好她们的接待工作。如果出了半点差错,我唯你是问!"

严庄猛拍胸脯:"赵书记,你就放心吧。我的农家乐别的不行,接待,绝对是一流的!"

赵书记和两个年轻女记者握握手,转身朝他的车走去。

两个警察把软成稀泥的钟成拉上警车。钟成哀号:"我冤枉啊,我真是冤枉啊,都是唐朗害了我,大吃大喝的是唐朗,知法犯法的是唐朗,为啥不抓他,反而要抓我……"

第六章　荒山

桥头人群散尽。李秉从角落走出来，捡起丢在地上的破犁铧，又捡起那个四面漏风的破风箱，翻来覆去，看看破犁铧，又看看旧风箱，喃喃叹息："好东西啊，真是好东西啊……丢在这里，可惜了，太可惜了……"

"确实是好东西。不过，如果一座山都可以丢的话，这些破烂小玩意儿，又算得了啥？"

身后站了个年轻女子，扎着冲天马尾辫，背个帆布牛仔包，腰挎一部相机。

年轻女子向李秉一伸手，自我介绍："施西西，《西南晚报》记者。"

"哦，原来你就是《西南晚报》大名鼎鼎的施大记者啊？久仰久仰！你是和赵书记一同上山来的吧？你们不是跟严主任走了吗？"

施西西哼一声，马尾巴一甩："我咋可能跟赵书记一起来。我要跟他一起来，我还能了解到啥真相？"

李秉呵呵一笑："会有啥真相？你想了解啥真相？"

"哈，能不能得到真相，关键在您，李先生。"施西西两手在胸前一抱，"我可是久仰您的大名哦。"

"我有啥大名……"

"李先生，我是学历史的，但毕业后，阴差阳错去了报社。咱们今天就来聊聊历史吧。在我国古代，有一类人，他们年轻的时候寒窗苦读，考中进士后就一直在外面当官。等到他们退休以后，他们一般都会回到早年生活的家乡去住。虽说他们退休了，但其实他们并不是颐养天年，他们依然在发挥着作用，而且他们发挥的这个作用，还不小。"

李秉晓得施西西在说自己，自嘲道："是么？一个退休的糟老头子，还能发挥啥作用？"

"作用大着呢。在古代，政府机构其实只到县一级就结束了。不像现在，县以下还有乡，还有村，还有社。而且古代的人主要集中在乡村，也不像现在，大部分劳动力都出外打工去了。但是，就算古代政府机构只到县为止，就算古代的人主要集中在乡下，但是乡下依然没有天下大乱，反而治理得井井有条，这是啥原因呢？"

"啥原因？"

"原因就在于那些退休回乡下住的官员，他们在发挥作用。他们德高望重，见识不凡，学识渊博，在乡下一言九鼎。由他们来主事，乡下没有人不服。所以，那时候的乡村，都给治理得非常好。这种人，在古代有个名字，叫'士绅'。"

施西西说到这里，笑盈盈地望着李秉说："李先生，您就是古代那种士绅啊！"

李秉呆望着远方，半天才叹口气说："西西啊，我虽然不是啥大官，不能和古代那些朝廷命官相比。但是退休以后，确实也想如你说的那些古代士绅一样，发挥点余热。但是，时代不一样了，如今，咱们真只是个糟老头，起不到啥作用了……"

"能起作用。李先生，只要咱们努力，就一定会有希望的，一定会有希望的！"施西西抓住李秉的手用力摇，像鼓励小学生。

李秉笑笑道："西西，看你这意思，是想在蜀山做一番事情啰？"

"当然了，不做事情，天遥地远的，我躲过严道县各种围追堵截，冒着生命危险，跑到这山上来做啥？"

"勇气可嘉……不过，西西啊，我还是要提醒你，这件事很复杂，咱们还是要小心行事……"

李秉话还没说完，后面就传来"啧啧"的声音。李秉太熟悉这个声音了，不自觉地赶紧把手从施西西紧握的掌心抽出来。

"不是说要小心行事吗？可为啥如此不小心，一下就被我发现了？"

不远处，成老师抱着手，歪着脑壳，怪有趣地盯着李秉和施西西。

施西西虽然认不得成老师，但从李秉用力抽手这个动作，施西西似乎也明白了些啥。她赶紧走过去，把手伸向成老师："伯母。"

"咋喊伯母？不是应该喊姐吗？你既然是学历史的，古代的那些礼仪，你应该懂得嘛。"成老师依然抱着臂，不和施西西握手。

"老成！"李秉满脸发红又发黑，"你说的啥话，咋为老不尊啊？你晓得不，这是喜旺的同学！"

"喜旺……"施西西刚疑惑地嘀咕一句，见李秉偷偷给她使眼色，忙呵呵笑着应承，"是啊，伯母，我是喜旺的同学施西西，我是专程来这里看喜旺的……"

"大学同学？"成老师把施西西上下打量着，将信将疑。

"对对对，大学同学。来，看看，这是我的介绍信。"

说着，施西西从包里拿出一封信，递给成老师。

这下，李秉也好奇了，把脑壳伸过去看。还真是一封介绍信，上面还盖着省里那所名牌大学的公章呢。

成老师看完介绍信，信了。

信了，成老师依然还有话："你这个同学，好好的大学不念，回这山上来当啥村支部书记！现在的年轻人，真让人操心。小施啊，你既然是喜旺的同学，你就好好劝劝他，把他劝回大学，继续读书。"

"是是是，伯母，我努力完成任务！"施西西不晓得劝啥，依然一通乱点头。

施西西态度端正，成老师很满意。她满意了施西西，就更不满意李秉："老李，我早就告诉你了，我胸很闷，让你跟我回城去检查一下，你啥时候跟我回去啊？"

"马上就可以跟你回去。不过，现在喜旺的同学来了，找不到喜旺的家，我得带她去找。等见到喜旺后，立刻就跟你回去。"

成老师一时心情大好："好吧，那我先回家收拾东西，你把这位小施姑娘带去见了喜旺后，就赶紧回来。"

喜旺跑回家，冲进他那间暗室里。

马月英跑着爬着喊着，好歹跟上喜旺，追拢喜旺房门前。不过她还没进去，喜旺就"砰"一声关上门，从里面反扣上，把她拦在外面。

马月英张开嘴巴想说点啥，但最终啥也没说。

不一会儿，马月英就听到屋里传来蚊子一样的哼哼声。马月英晓得喜旺在哭，但哭声被他努力压着，压得细成了蜘蛛网那样的乱丝。

马月英心里难受，曲起手指，想敲门，但最终又把手放下了。

门上有一条裂开的细缝。马月英把脑壳横过来，通过细缝往里看，隐约可以看见喜旺坐在桌前，肩膀不停地耸动。

过了一会儿，喜旺打开抽屉，从里面拿出一个戒指盒，摸了一阵，慢慢打开，从里面取出一圈圆弧形的黑色东西。

马月英看到喜旺把那圆弧形的东西慢慢捋直了,还一遍一遍地捋。马月英觉得,那应该是一撮长头发。

喜旺的手里为啥有个戒指盒?盒子里为啥又有一撮长头发?

喜旺究竟在学校里发生了啥事?从学校回来后,喜旺一直闭口不谈,究竟为啥不读书了,到现在为止,马月英都不清楚。现在喜旺手里多了一撮长头发,马月英突然有些愤怒。

这时候,一阵鸡鸣声从屋角传来。鸡鸣声不是很大,但很特别,一抽一抽的,仿佛那鸡被捏住喉咙,跳着往前走。

一伸一缩的声音,跳到堂屋大门口。一个脑壳从门口伸进来,又缩回去。不过,并不是鸡的脑壳,而是黄昌婆。

一看见黄昌婆,马月英就来气:"三娘,你来干啥?"

黄昌婆讨好地笑笑:"月英啊,我实在是难受得很……想请喜旺出个菩萨,给我看看……"

马月英炸了:"三娘,你还在说让喜旺出菩萨!要不是因为你跪在喜旺面前,说喜旺是菩萨,喜旺现在还是村书记呢!你还好意思说这个!"

黄昌婆低眉顺眼说道:"月英啊,确实是我跪在喜旺面前。但我没说错啊,喜旺真是菩萨啊……真的,我亲眼看见蚕丛王菩萨降临到喜旺身上的呢……"

马月英丧气地说:"就算蚕丛王菩萨真降临到他身上,又有啥用?"

"蚕丛王菩萨降临到喜旺身上,他就是菩萨啊!菩萨啊!"黄昌婆从怀里摸出一个红纸包,往马月英的怀里塞,"月英,让菩萨给我看看吧,我实在太难受了……"

马月英心里一动,把红纸包紧紧捏住。不过,她又把红纸包递给黄昌婆。虽说递了回去,但递出去的只是个拳头,那红纸包依旧紧紧攥在她手心:"三娘,你要让喜旺给你看病,我去给喜旺说说就是了,咋可能要你钱呢?"

黄昌婆把马月英的拳头推回去:"月英啊,我不是给你的,也不是给喜旺的,是给蚕丛王菩萨的。心诚才灵,不施点香火钱,咋可能请到真神呢?"

马月英赶紧把拳头揣进自己口袋里,快步走到喜旺门口,高喊:"喜旺,你黄三奶奶过来了,让你给她看看病。开门!"

过了半天，才听到喜旺嘟囔一句："我又不是医生，看啥病……"

"你黄三奶奶说，你可以出菩萨，你出菩萨比医生还灵。"

"说了我不是菩萨，为啥还要我出菩萨？"喜旺尖叫起来。

马月英不敢再说了。黄昌婆走过去，跪在门前，磕头："喜旺菩萨，求你饶恕我吧！都是我糊涂，我不应该，不应该啊……"

马月英有些不忍，又喊喜旺："喜旺，不管你是不是菩萨，你先打开门。你三奶奶来了，她是老辈子，你总不能让她一直跪在地上嘛！"

喜旺终于打开门，伸手扶黄昌婆："三奶奶，你别跪在地上，你站起来说话。"

黄昌婆不站起来，还在磕头："喜旺菩萨，都是我鬼迷心窍，听了李师公鬼吹，转过去信他……我现在才晓得，他那些都是在耍把戏，哄人的，太上老君根本不在他身上……都是我的错，都是我老糊涂！喜旺菩萨，求你原谅我，求你给蚕丛王菩萨说个情，请他原谅……我不会再听李师公鬼吹了，我以后都一直信菩萨，一直信！"

喜旺苦笑一下："三奶奶，李师公那些装神弄鬼的东西，你确实信不得。只是菩萨也确实不在我身上，我请不出来啊……"

黄昌婆眼中满是失望和惊恐："喜旺菩萨，你不想原谅我吗？"

喜旺有些不耐烦了，转到一边："说了我不是啥菩萨，你还反复纠缠啥？好好好，你喜欢跪你就跪。跪不跪，跟我有啥相干！"

黄昌婆低声哭起来。

马月英骂道："喜旺，你这样说话，像啥样子？好歹你三奶奶是看着你长大的，你小时候，她帮你还少吗？你生了病，哪一次不是她把你治好的？现在她生了病，让你看看，你就推三阻四。你那书真是读到牛屁眼里去了！"

喜旺不敢和他娘顶嘴，但也不愿意承认自己是菩萨。他走到窗前，把手伸出窗外，从外墙上捞一把干叶子进来，递给黄昌婆："三奶奶，上次给你喝的，就是这种叶子泡的水。你拿回去泡水当茶喝，对你的哮喘会有一定的缓解……"

"蚕丛王菩萨告诉喜旺的，这种是神叶……"马月英忙插嘴。

"啥神叶，就是山上的紫苏叶。"喜旺把一切谜底都揭穿，"三奶奶，我身上的确没有啥菩萨，你找我真的没用。这种叶子，对你的哮喘有一定缓解，但要根治，你还只能去医院,别无他法。"

"去医院,哪来的钱。就是有钱,医院又哪能治好我的病……"黄昌婆摇摇头,"喜旺菩萨,我晓得你今天心情不好,我就不打扰了,等你心情好了,我再来……"

"是的是的,三娘,喜旺今天心情确实不太好,等他心情好了,你再来,你再来哈。"马月英扶着黄昌婆走出喜旺房间,同时把红纸包从口袋里掏出来,悄悄塞进黄昌婆的口袋里。

马月英送走黄昌婆,回到屋檐下,在椅子上坐了一会儿,又站起身,默默清洗泡在木盆里的脏衣服。

一阵口哨声响起,满头猪鬃毛的觉英,大踏步跨进屋里来。他看见马月英,立刻亲热地大喊:"月英嫂,在洗衣裳啊?来来来,我帮你洗,我帮你洗。"

马月英瞪他一眼:"滚开,我自己会洗!"

觉英站在马月英身后,转来转去,盯着马月英看,嬉皮笑脸地说:"月英嫂,你看,你有个英字,我也有个英字,我们是一家人啊,你还跟我客气啥?"

马月英没理他,继续洗。

水用完了,马月英拿盆子进屋端水。觉英一把夺过盆子,转身往屋里跑去:"月英嫂,我帮你端水。"

马月英喝道:"你干啥?别人没同意,你咋能随便进别人的屋?"

"月英嫂,你同意,不就也是我的屋了吗?"觉英乒乒乓乓撞开几道门,很快端出水,放在檐坎石上。

马月英叹口气:"觉英娃儿,你赶紧走吧。我早就给你说过,我是有男人的,你咋还往我家跑!"

"你男人在哪里?八年没音信了,外面那么乱,他又不是很机灵,你觉得他还可能活着吗?"

"就算他死了,我也不会跟你。我几十岁的人了,儿子都成年了,咋还说这样的话……走吧走吧,赶紧走!"

觉英神秘地说:"月英嫂,我不能走,我今天来,事情还没做呢……"

"你来做啥子？"

"是严主任喊我来的。严主任说，他最近遇到点事，急用钱……他也没说让你一次性还清，你多多少少还一点嘛……"

马月英衣服没拿稳，滑到地上，跌进灰尘里。她弯腰把衣服捡起来，丢进木盆里，拼命揉搓。

"月英嫂，你别担心，你欠严主任的钱，我替你还！"

觉英靠上来一步，把猪鬃毛脑壳凑到马月英脸前。马月英闻到一股发馊的臭味。

觉英从裤袋里掏出一摞钱，拍在檐坎石上，又掏出一摞钱，拍在先前那摞钱上。他第三次掏出钱，还没有拍，喜旺的声音就从后面传来："把钱拿开，我们不需要！"

"哟哟哟，贾书记，贾菩萨，你说这话，就见外了。"觉英咧咧嘴，"我是好心好意帮你们呢。晓得你们困难，我专门替你们排忧解难，你咋狗咬吕洞宾，不识好人心呢……"

"不用你操心。我欠的钱，我自己还。"

"你倒是说说，你咋还？"觉英一脸鄙夷，"你要是大学读完，找到工作。或者说，你回村里当书记。再或者说，你出菩萨。这三种情况，你都能挣到点钱。但是呢，你现在啥也不是，到哪里去挣钱？"

觉英又威胁："听着，我可告诉你们，严主任虽然说得很客气，其实就是要求你们马上把钱还他，一分不少，听明白了么？"

喜旺身子有些抖，但他冷笑道："听得很明白。回去告诉严主任，我们很快就会有钱的。有了钱，立刻就还他。也请拿上你的钱，赶紧离开。"

觉英威胁利诱都不成，没辙了："唉，你这娃儿，真是犟啊……"

觉英话木说完，后面就传来"嘭"的一声响。一棍子飞过来，差点砸到觉英的腿上。

身后是满脸怒容的贾队长："觉英娃儿，你又跑来干啥？赶紧滚，再不滚，老子砸断你的腿！"

觉英忙赔笑："贾队长，贾队长，你听我说，你冤枉我了。严主仟讣月英嫂还钱呢……我晓得月英嫂困难，还不了，专门给月英嫂送钱来呢。"

觉英拿起檐坎石上的三摞钱，用一摞拍另一摞，拍得啪啪响："贾队长，你看，这是三万，刚从信用社取出来的。你们先拿去还，不够，我再去信用社取……"

觉英又拿钱在手上拍:"这三万块钱,是给的订金。贾队长,我给你露个底吧,只要你同意我当上门女婿,我立刻就把钱取出来,帮你们把债全部还清。"

喜旺冲过去,夺过钱,便朝屋外扔去:"我最后再说一遍,请拿着你的钱,赶紧走。"

贾队长又拿棍子朝觉英打。觉英跳着躲着,抓起地上的钱,揣进口袋就跑,跑了几步,转回头,恨恨地说:"我好心好意帮你们,你们却这样对待我……我告诉你们,你们会后悔的……严主任说了,限你们在一个月内把钱还清。要是还不清,他就拆你家的房子!"

喜旺回到房间,在里面搞得乒乒乓乓响。

贾队长站在屋檐口下,默默地吸了一阵烟,从墙根下提了一把锄头扛在肩上,一瘸一拐往外走去。一阵低沉压抑的山歌,长长地拖在他身后。

人有三灾八难不到老,
年有四季轮回又是春。

马月英忽然有一种流泪的感觉。她没有想到,平日里她呼来喝去的公爹,唱出的山歌,居然有一种让她流泪的感觉。

牛金秀又摇摇摆摆走进来了。

马月英极快地扯围腰帕擦把脸,走到屋角,把一个背篼提起来,半挎在背上,又从窗格上取下镰刀,扔进背篼里。

牛金秀满脸笑:"月英,你是要上山割猪草么?"

马月英酸溜溜地说:"我不割猪草,我的猪就得饿肚子。哪能像你,坐着就有人把饭递到你嘴边来。"

牛金秀把背篼从马月英背上摘下来,往地上一蹾,马起一张脸:"月英,你太不像话了!"

马月英不知所措:"你说啥?我咋了?"

"你还算是我的好姐妹么?你把我比喻成猪!"

马月英"扑哧"笑了。

这一笑,气氛就缓和了。牛金秀抓住马月英的手,把她拉到一张凳子上坐下来。

马月英却又绷起脸,给牛金秀"打预防针":"咱们今天先说好,如果你是来说帮咱们还债的事,你还是趁早走,免得搞得大家都不愉快。"

牛金秀大笑:"哈,我今天可不是来帮你们还债的,是娟姑儿让我来,给喜旺付工钱的……"

马月英警惕起来:"付啥工钱?"

"娟姑儿在蜀山建铜厂,喜旺不是帮娟姑儿让村里人签字吗?娟姑儿说,喜旺付出了劳动,她要付喜旺工钱。"

"这样啊……"马月英有些心动,又犹豫地说,"问题是,喜旺没做通工作啊……本来都签了字,后来大家闹事,赵书记不是说签字不算,让重来吗?喜旺没做通工作,咋好意思领钱……"

"哪有啥关系,"牛金秀满不在乎,"娟姑儿说了,通没通,事情做了,就该给钱。没做通,还可以继续做做嘛。"

马月英摇摇头:"赵书记都不让喜旺当村书记了,喜旺还能做啥……"

牛金秀哼一声:"那还不简单,娟姑儿说了,她给赵书记打个电话,喜旺的村书记,立马就恢复!"

马月英睁大眼:"娟姑儿真的能让喜旺再做村支书?"

"一句话的事情!"牛金秀得意洋洋,"哼哼,别看那赵书记人五人六的,在咱们娟姑儿面前,他比娃儿还乖……"

喜旺房间的门"砰"一声被推开了。

喜旺把墙角一个装过化肥的蛇皮口袋拿在手里,冷笑道:"金秀婶,回去告诉邓总,她的好意我领了。她不用付我工钱,我没帮她做成事情,无功不受禄。她也不用给哪个打招呼,我不需要……"

牛金秀赶紧劝说:"你这娃儿,别说赌气话!你放心,娟姑儿有能力帮你恢复村书记的,多大个事啊,也就是一句话而已……"

"不用了。我不想干这个书记了,明天就去深圳打工。"喜旺把蛇皮口袋抖一抖，拿回他的房间里。

这块山坡上荒草丛生。荒草中间，有一块别样的土地。

地上长着一排排桑树。桑树排得不整齐，桑枝偏来倒去，桑叶也被摘得七零八落。桑林的旁边，靠坎的地方，有一堆干枯的茅草。仔细一看又不像茅草，而是一座茅屋的模样。有一个房屋那样的方形，但顶上却并不是一个完整的人字形屋脊。一些新的旧的沾着泥土和黑垢的塑料薄膜，横七竖八搭在屋子上面。

这时候，山下的荒草丛一阵摇晃，不像是风，而像一只笨拙的兽，从山下往上缓慢地爬着，爬到荒草丛的边缘，从草里伸出一颗花白蓬乱的脑壳，接着再伸出一个破烂歪斜的背篼。

那颗花白蓬乱的脑壳，以及那个破烂歪斜的背篼，并不能组接成一个确定的人的模样。不过，当一声嘹亮的鸡鸣从那人身上升起来的时候，如果山上有人，他一定就能判断出，那从荒草丛中走出来的，其实是一个人，她叫黄昌婆。

当然了，这样的山上，是很少有人来的。那堆破烂能不能组接成一个人的样子，其实并没有人关心。

黄昌婆在桑林里摘了好一阵，已近中午的时候，才只摘得半背篼桑叶。她轻轻叹口气，背起桑叶，慢慢往那方形的茅草堆爬去。破烂歪斜的背篼，压在黄昌婆背上，像一个蜗牛破碎的壳。

扒开一捆干茅草，黄昌婆钻了进去。

屋里高高矮矮地摆放着几竹笆蚕。所有的蚕，此刻都高昂着头，用一种无声的尖叫，冲黄昌婆呐喊。

黄昌婆慌忙放下背篼，抓起背篼里瘦小的桑叶，一片片均匀地盖在蚕儿高昂着的头顶上。一阵清脆悦耳的沙沙声响过，很快，桑叶上就出现了一个个细细巧巧的小圆洞，仿佛微雨打在湖面上现出的涟漪。

黄昌婆还没把所有竹笆盖满，最早放桑叶的那块竹笆上，就已经吃得只剩下一条条瘦弱的叶脉。还没吃饱的蚕儿，除了少许还在顽强地啃着叶脉上剩余的残渣，大部分都把脑壳抬起来，朝黄昌婆不停地摇晃尖叫。

黄昌婆看了看空空如也的背篼，艰难地在脸上抹了一把。

叶子实在有限，尽管蚕儿都没有吃饱，但她也没办法了。

黄昌婆把脑壳凑到竹笆上，一块挨一块，向蚕儿们絮絮叨叨地道歉。她蓬乱的头发丝撩在一些蚕儿身上，蚕儿恼怒地缩一缩脖子，或者把脑壳偏到一边，冲黄昌婆翻一个白眼。

黄昌婆叹口气，坐下来，想喘一会儿。忽然，一阵浓密的踢踏声，从远处飞奔而来。黄昌婆吓得赶紧站起来，伸长脖子，一阵惊慌失措的鸣叫声，从她喉咙里惊跳出来。

黄昌婆还没回过神来，成片的大雨点，已经穿过薄膜的缝隙，直接打在蚕儿身上了。

蚕儿慌张地抬起头来，左右摇摆，仿佛要避开那雨水的痛击一样。但这显然是徒劳的，雨实在太大，蚕儿们被雨滴打得蹦跳起来，四处滚落，这里堆一堆，那里堆一堆。

黄昌婆赶紧去扯那塑料薄膜片。薄膜片太窄，扯过这边，雨滴又从另一边冲进来。薄膜片又太软，轻轻一扯，就扯破一个大洞。同时，薄膜片上已经堆了积水，稍不注意，积水就倒灌下来，冲在竹笆上。雨水冲过的地方，竹笆就像被清洗过一样，干净得触目惊心。

黄昌婆头发上、脸上、脖颈窝里，到处都是横冲直撞的雨水。不过她顾不上自己了，她得继续和那些碎薄窄小的薄膜片战斗，她得赶紧把冲进泥水中的蚕儿捡起来。

最后一块塑料片被黄昌婆拾掇好，虽然雨水依然在茅屋里滴答不已，好在竹笆不再被雨直接淋到了。黄昌婆长舒一口气，解下湿漉漉的头巾，搂起头发拧水。

刚拧了一下，就听到一阵滚地的呼噜声从高处直扑下来。黄昌婆来不及反应，腐烂的茅草、湿答答的薄膜片、浑浊的雨水、碎裂的柱子、爆出绿色汁液的蚕儿、低垂着头的竹笆，便已经和长伸着脖子的黄昌婆一起，像倒进桶里的潲水一样，混杂在一起。

好在，黄昌婆的脑壳还露在外面。除了脑壳，还有一截用力往外挣的脖子。除了脖子，还有一双用力往外瞪的眼球。她的眼球几乎已经凸到了眼眶之外，露出了那宽阔无边的眼白。严格地说，她那已经不叫眼白，上面已经布满了泥沙，布满了波涛汹涌的浊浪。里面那缩得极小极小的黑眼球，则仿佛是浊浪中间漂浮的若隐若现的死尸。

"蚕丛王菩萨，你惩罚我吧，我晓得你在惩罚我！是我的罪过，是我背叛了你！你惩罚我吧，你惩罚我是应该的，我就是死一万次，也无法洗脱我的罪孽……"

第七章 文化考察

喜旺背着一个鼓鼓囊囊的牛仔包,提着一条同样鼓鼓囊囊的蛇皮口袋,埋着头,大步往屋外走去。

贾队长站在屋角,手紧紧抓在柱子上,默默地看着喜旺。马月英抹着脸,紧紧跟在喜旺后面。

"喜旺,到深圳后,你要多往家里打电话。别像你老汉儿那样,一去就没了音信……"

"我晓得。"

"喜旺,到深圳后,你要注意身体,别太拼命。你打小就没干过啥重活,身子骨不经累的……"

"我晓得。"

"喜旺,不要太担心家里的事情。严主任那里的欠债,我再去求求他,请他宽限一些时日……"

"别去求他,我会挣钱来还清他的!"

"喜旺……"

马月英心中有千言万语,但是真让她说的时候,她又不晓得该说哪一句了。最后她干脆不说,只陪着喜旺默默地走。

喜旺说:"娘,你回去吧。"

马月英说:"我再陪你走一会儿。"

马月英和喜旺又走了一会儿。

喜旺说:"娘,不走了,你回去吧。"

马月英有了哭声:"喜旺,你这一去,我就一年半载看不见你了,我再陪你走一会儿……"

两人又默默往前走。

这时,前面的路被人挡住了。喜旺抬头一看,原来是一身白衣白裤站得直直的李秉。他的旁边,是一个背双肩包的姑娘。姑娘两手拇指勒在双肩包的背带上,马尾辫在头上高高耸起。

"喜旺,你这是要到哪里去?"

喜旺不敢开腔。姑娘笑道:"李先生啊,他这大包小包的,不会是来给咱们送礼的吧?哎哟,这礼可送得太大了,咱们承受不起啊!"

李秉笑笑,对喜旺说:"喜旺,你同学来看你了,你咋一声不吭?赶紧把你同学招呼到家里去啊。"

"同学?"喜旺满脸疑惑,不过他没有出声。

"同学?"马月英满脸疑惑,她可憋不住,出了声。

"是啊,"李秉呵呵地介绍道,"月英啊,来,给你介绍介绍。这位姑娘叫施西西,是喜旺的大学同学。专程从省城赶来看喜旺呢。"

施西西附和:"是啊伯母,我是喜旺同学,喜旺虽然不读书了,不过同学们都很惦记他,所以派我来看他。"

"哦,原来是喜旺的同学,稀客啊,稀客啊……"马月英嘴上说得很热情洋溢,话中却一点温度也没有。

喜旺一埋头,想从李秉身边钻过去。

李秉一把揪住他:"喜旺,你想溜?你同学千里迢迢来看你,你却一声不吭就溜?好歹同学一场,你就这般薄情寡义?"

喜旺苦笑:"别说笑了,李先生,我赶时间呢……"

"是啊,李先生,喜旺要赶火车去深圳。火车都是准点就开,不等人的啊……"马月英帮喜旺解释。

李秉盯着马月英问:"月英,我只问你一句,你想不想让你儿子出去打工?"

马月英一时悲从中来:"哪个想他出去打工啊,他老汉儿出去打工,一去就没了消息……现在他又出去,还不晓得……"

"既然不想,为啥又要让他出去?"

"没法子啊,家里欠着别人的钱呢……"

"月英,如果找到解决你家困难的办法,喜旺是不是就不用出去了?"

马月英惊喜道:"真有法子?"

喜旺摇摇头:"李先生,不用再说了,有没有人帮我,我都要出去打工。我已经决定了,让我走吧。"

"你这娃儿，啥态度！"马月英喝住喜旺。

李秉笑笑："月英，这样吧，我和你先到你家去，我还想见见我几十年前的老朋友贾队长呢。这边，就让西西和喜旺他们同学俩聊聊。这件事，让西西给喜旺说吧。"

"好好好，让他们聊，咱们走，咱们走！"马月英眉开眼笑。

李秉和马月英走后，施西西在喜旺肩上拍了一下："走，咱们找个地方，坐下聊。"

喜旺把牛仔包从背上放下来，往地上一蹾，一屁股坐在牛仔包上。

施西西哈哈一笑，也顺手拉过喜旺鼓鼓囊囊的蛇皮口袋，提起来往下一蹾，也夸张地坐了上去："这个墩子不错，有弹性！"施西西还故意在蛇皮口袋上颠了颠。

喜旺把脑壳别到一边。

施西西不在意，大度地说："来，认识一下，我是《西南晚报》的记者，去年才大学毕业参加工作的。刚才当着你娘的面，我说是你的同学。这个话，可以说我在撒谎，也可以说，我没撒谎。"

喜旺脑壳还是别在一边。

"为啥说我没撒谎呢？因为我和你读的是同一所大学，不过我读的是历史专业，你读的是考古专业。这也算同学吧？"

喜旺脑壳依然还是别在一边。

"喜旺，前不久，你以出菩萨的方式，做群众工作。这件事，可以说引起了全国关注，很多记者都慕名到严道县来了解情况，想上山采访你。县上派出了大批警力，对上山来的人严加盘查，防止有记者偷偷溜上来。我为了躲避盘查，当然不敢说是记者，只能说是你的同学。"接着，施西西从包里拿出那封介绍信，"看见没？这是我回母校开的介绍信。遇到盘查，我就把这介绍信拿出来，然后就没人怀疑我了，我就这样一路畅通走到这里……"

喜旺忽然脸色大变，站起来，把牛仔包背在背上，冷脸对施西西说："请你站起来，把口袋给我。"

"你又咋了？"

喜旺只是向施西西伸着手，不开腔。

施西西火了，猛站起来，冲喜旺大吼："你这娃儿也太情绪化了嘛！两三句话不合适，你就走，你还算个成年人吗？"

喜旺涨红脸："你这个记者，不就是来看我笑话的吗？不就是想把我出菩萨的丑陋样子，展示在天下人面前吗？好啊，你想问啥，就赶紧问。我全部满足你，让你的报道成全国头条，成世界头条！"

施西西大笑起来："哈哈，你原来是担心这个？喜旺，你完全误会了。其实，我根本就不是来采访你的。"

喜旺不信："你不是来采访我的，何须躲避严道县的围追堵截？"

施西西神秘地说："严道县害怕事件继续曝光，对我们记者进行围追堵截。呵呵，我告诉你，你这件事其实根本就算不了啥。如果严道县晓得我另外的目的，岂止是堵截，说不定他们要把我关起来！"

"你啥目的？"

"喜旺，我问你，你对在蜀山搞铜矿项目这件事，咋看？"不等喜旺回答，施西西又说，"其实不用问，答案就是现成的。出菩萨做思想工作，这样的奇招你都想得出来，自然是很支持的喽……"

喜旺急了："你错了，我并不支持。我认为，在蜀山搞铜矿项目，是对蜀山的破坏！"

施西西目光灼灼："那你说说看，为啥是破坏？"

"因为那个建铜厂的地方，很可能有一处遗址……"

"啥遗址？"

喜旺滔滔不绝地讲起来："汉朝的时候，汉文帝有个男宠叫邓通。邓通的嘴巴很甜，很讨汉文帝的喜爱。汉文帝生了个疔疮，他都多次伸舌头舔。汉文帝一刻也离不开他。有一次，汉文帝找算命先生给邓通算命。算命先生说，邓通命不太好，将来会穷困饿死。汉文帝大怒，我是皇帝，想让他有钱，还不就是一句话，他咋会穷困饿死！于是把蜀郡严道县的铜山赏给了邓通，让他随便开矿造钱，想铸好多钱就铸好多钱。咱们的蜀山，原先就属于蜀郡的严道县……"

"你的意思是说，蜀山建铜矿的地方，就是邓通造钱的地方？"

"对，不只是我说，大家都在说，因为那个地方叫'钱窝子'。而且还有很多古币流到市场上。不过，公安局已经做过调查，流入市场的，都是假古币……"

"既然公安局查过是假古币，你咋又说这'钱窝子'是邓通造钱的地方？"

"古币是假的，并不表示遗迹遗址是假的。"喜旺摇摇头，"何况，很可能县上为了让铜矿项目尽快落户，故意让公安局说是假的……"

"喜旺，你有这样的思考，太了不起了！"施西西激动地在喜旺的肩膀上猛击一掌。

喜旺有些兴奋："我只是一种感觉，也许不对。再说了，严道县好歹是一级政府，我不该怀疑他们……"

"为啥不该怀疑？你怀疑得好！"施西西道，"再说了，就算那个'钱窝子'并不是遗迹遗址，咱们这座蜀地母山，也不该随便搞铜矿开发。蜀山有秀美的自然风光，有众多的历史遗迹和文化传说，难得一见的双遗产。在这样的双遗产上搞铜矿开发，难道不是一个严重的破坏吗？难道咱们还不该怀疑吗？所以，咱们不但该怀疑，还要想办法阻止！"

喜旺不敢相信："阻止铜矿项目？这可是严道县天字第一号的工程！我听唐书记讲过，这个项目在省上都是挂了号的，属于全省的一个重点项目。你说阻止，阻止得了吗？"

"确实很难……"施西西皱了皱眉，但随即坚定地说，"但是，如果我们不阻止，让这个项目继续搞下去，美丽的蜀山，就会在咱们这一代人手里毁掉！"

"你一个人……"

"我不是一个人！喜旺，我告诉你，李先生也和我一样，坚决反对这个项目！"施西西握了握拳头，"喜旺，你晓得李先生退休后，为何会到这蜀山来住吗？"

"他对大家说，他是来养老的。"

"哈哈，喜旺，你被他骗了。"施西西扬扬手中的介绍信，大笑，"介绍信！养老这个理由，是李先生的介绍信！"

喜旺也笑了："我还以为，因为李先生年轻时在咱们村当过知青，对这里有感情呢。说实话，咱们这里环境好，确实适合养老。"

"对这里有感情没错，"施西西道，"李先生在蜀山当过知青，对这里自然有感情，但也不仅仅是这些。李先生告诉我，他当知青的时候，就发现蜀山被破坏得很厉害，想要做一些拯救蜀山的工作。可那个年月，谁会听他的呢。后来离开这里，上大学参加工作。那时候，国家还没有专门保护环境的部门。后来有了这种环保部门，而且他好不容易调到了环保部门，本来以为可以大有作为的。哪晓得恰恰相反，很多事情他都力不从心，只能接受，只能生闷气。没办法，他就慢慢存钱，慢慢筹钱，搞了一笔基金。他想以后退休，可以做自己的主的时候，就利用这笔基金，为保护蜀山做一些事情。"

"李先生想咋做？"

"这就要说到你了……"施西西瞟了喜旺一眼。

"说到我？说我啥？"

"李先生听说你因为家里欠了账，想出去打工挣钱还债，于是他就让我告诉你，让你别去了，你欠的钱他来帮你还……"

"不不不，我咋能让李先生帮我还债？我欠的钱，我自己还！"喜旺赶紧摇头。

"哈哈哈哈……"施西西大笑。

"你笑啥？"

"李先生真厉害，他预料得太准了！李先生说，他料定你不会要。他让我告诉你，他这不是白给你的，他是想在你身上投资，让你帮他搞文化考察，对蜀山的文化考察。帮你还的欠债，就是投资的本钱。他还说，不但会帮你还欠债，还会从基金中拿一部分钱出来，按月给你支付工资。让你把这个事，持续做下去。"

喜旺身子有些抖。但是他不想让施西西看到他在抖，就不停地走来走去，做出一副思考的样子。

施西西其实已经看出了喜旺身子在抖，但她也不想让喜旺晓得她看见了，也装着等着等喜旺决定的样子："喜旺，你还在顾虑啥呢？"

"不顾虑了，干！"喜旺一握拳。这一握，把他的抖甩掉了。

"很好很好！"施西西一高兴，又在喜旺肩上拍了一掌。随即她凑过去，低声说："不过，李先生吩咐了，你搞文化调查，对外千万别说是李先生他资助了你……"

"为啥？那我说哪个资助了我？"

"李先生说，你就告诉别人，是你大学老师司马昔教授资助了你……"

"他才不会资助我！"喜旺情绪有些激动。

"会不会，也就一句话，借他的名号而已……"

"借他的名号也不行，我不想跟他有任何牵连！"

"为啥？"

喜旺憋红脸，不说理由。

施西西叹口气："唉，喜旺，你也得为李先生考虑考虑。李先生一生都想做保护蜀山的工作。但那时候他身不由己。现在虽然退休了，但他毕竟曾经是官员，而且还是厅级官员，有许多纪律约束。如果别人晓得他在阻止省重点工程铜矿项目，对他可不好啊……"

喜旺有些出神。

"除了这个原因外，其实李先生隐瞒他给你提供资助，还有一个更重要的原因。其实这个原因，也算是咱们蜀地男人的一个优秀品质吧……"施西西笑得直不起腰了。

"啥优秀品质？"喜旺莫名其妙。

"怕老婆呗。李先生这笔基金，是背着他老婆成老师一分一分存起来的。你想啊，一个怕老婆的男人，要是让老婆晓得他存有私房钱，会是一个啥结果？"

喜旺也忍不住笑了。

"所以嘛，喜旺啊，你要是不按李先生的话来说，让成老师知道了，你这是在害李先生啊。"

喜旺挠挠头皮，点点头。

施西西把事情办得很圆满，高兴起来，从包里掏出一支笔，递给喜旺："喜旺，这是你的笔吧？"

"是我的。咦，咋在你这里？"

"李先生让我转交给你的。李先生说，那天你丢在村头了。李先生还说，他晓得这是你的传家宝，他让你不要随便丢了。"

喜旺轻轻抚摸着手中的笔。

李秉跟着马月英到家时，贾队长扛着一把锄头，正要上山。

马月英高兴地大声吆喝："他老爷，你要到哪儿去？快，李先生来了，赶紧给李先生抬个凳子过来。"

李秉自己抬个凳子坐下："老哥，哪有你给我抬的？我自己来。"

马月英不高兴了："他老爷，你还捏着那把锄头干啥？李先生来了，你该在家陪他摆摆龙门阵，你们不是几十年的朋友吗？"

贾队长只得抬个凳子，坐到李秉身边，但又似乎没啥说的，摸出烟杆，放进嘴里，一口一口吸。

李秉笑笑，把脑壳凑过来，低声问："老哥，听说你家里的地，也在征地范围内，你咋还要去种？"

贾队长取出烟杆，咳嗽一声："签了字的表，不都退给咱了吗……"

"是退了。但县上只是希望你们心甘情愿把土地拿出来，迟早还是要征的。"

"现在还没征嘛，做一季算一季啰……"

李秉又问："老哥，你会不会心甘情愿把土地拿出来征呢？"

贾队长苦笑一下："李先生，你是晓得我的。上面让我做啥，我哪会反对。我不是干部了，但还是党员呢。"

"这也不一定嘛……"

这时，屋外刮过一阵狂风，大团大团的乌云涌过来，罩住了屋外大半个山头。贾队长扭来扭去，脑壳不停地往外转，像身上有跳蚤，不好意思挠的样子。一时又伸手去拿锄把，他拳头捏得紧紧的，青筋都凸出来了。

恰好马月英端茶出来，看见贾队长扭来扭去，不高兴了："他老爷，你陪李先生就好好陪，你去拿锄头干啥？"

李秉忙问："老哥，你是不是要上山去？"

贾队长艰难地说道："李先生，实在不好意思，其实也没啥大事，就是山上那片玉米还没培土。这夏天风烈，玉米要是没培土，风一吹就倒了……"

"倒了就倒了，你那点玉米，能卖几个钱？"马月英不屑。

贾队长反驳马月英："喜旺娘，你咋这样说。卖不了几个钱，好歹卖一点是一点。咱家欠着债呢，搁起手耍，能还债么……"

"哈哈，"马月英高兴起来，"他老爷，你还不晓得吧，李先生刚告诉了我一个好消息，喜旺的大学老师愿意帮咱们还债，资助喜旺搞……"她又说不清楚，忙问李秉："搞啥呢？李先生，我记不住那新词儿……"

"搞文化考察。"李秉笑盈盈地说。

"对对对，就是这个文化考察，说以后，还要按月给喜旺发工资呢。"

贾队长愕然问道："喜旺的老师？他为啥资助喜旺？文化考察是啥？"

"嘿，文化考察你都不晓得哦！"马月英嘲笑贾队长，嘲笑完才发现，原来自己也不晓得是啥，忙问李秉："李先生，文化考察是啥？"

李秉耐心解释："老哥，你是蜀山脚下土生土长的人，你应该晓得，蜀山有非常多的神话传说、历史遗迹。喜旺的老师让喜旺进行的文化考察，就是考察这些。比如说，为啥会有这样的神话传说？那些历史遗迹还有没有啥遗存？还有……"

"考察这些来做啥？不都是些封建迷信吗？"

李秉不解释还好，一解释，贾队长更不明白。

李秉笑："老哥，这些东西，可不是封建迷信，而是老祖宗留下来的宝贝，价值大着呢。咱们的蜀山，现在已经被破坏得非常厉害了，必须赶紧保护起来。只要把这些东西考察出来，告诉世人，引起相关部门重视，就没人敢随便破坏了。"

贾队长嘭嘭嘭吸几口烟："我算听明白了，李先生，你的意思是不是说，喜旺的老师也和你一样，反对在蜀山建铜厂啊……可是，这建铜厂，是上级的政策，咱们哪能反对呢？"

贾队长又转头对马月英说："喜旺娘，咱们可不能收别人的钱，这违反上级政策的事，咱们不能做。"

马月英有些心虚，但她依然不服气："啥上级政策，上级政策能帮咱们还债？"

贾队长黑着脸："再穷，违法乱纪的事，咱们不能干！"

"这不叫违法乱纪，老哥……"

"他老爷，李先生都说不叫违法乱纪，"有李秉的支持，马月英气壮了，"喜旺老师都说不叫违法乱纪，他们都是有见识的人，难道你一个乡巴佬，比他们的水平还高？"

/第七章 文化考察/

贾队长自认实在没有李秉和喜旺老师的水平高。没有他们水平高，自然说不过。说不过，又不服气，于是他抓了锄头，扛在肩上，气呼呼地撞进大风里。

"唉，老哥啊，你等一等我！"

马月英一把拉住李秉的手："李先生，别理他，他就是一个老古董、老封建，跟他有啥好说的！"

"月英，你不能这样看你公公，"李秉转过身，拍拍马月英抓住他的那只手，"你公公可是个了不起的人……"

话未说完，屋角突然传来一阵"啧啧"声。两人转头一看，原来又是成老师。她手里拿着两把雨伞，脸上全是怪怪的笑。

"嗨！"李秉叹一口气，松开马月英的手，埋着头，背着手，往前走去，也不接成老师扔过来的伞。

瓦屋顶和树叶上一阵响，雨跟在风的后面，撵过来了。

马月英把一个马鞍形的竹篮子挎在手腕上，往屋外走去。竹篮子上盖着一张洁白的螺纹帕。马月英的步子轻灵而快捷，虽然山路崎岖不平，但马月英的身体却保持着一种极好的节奏和韵律。这让她走路不像走路，像跳舞。

要是在路上碰到人，马月英必定要站住，和那人摆一通龙门阵。马月英站住了，那人也不好不站住。他们的龙门阵，通常是这样摆的：

"给喜旺送饭去呢。"

"喜旺到哪儿去了？"

"没到哪儿去，就在蜀山呢。"

"在蜀山？挖地啊？"

"挖地？喜旺做不来这种事的。他在搞文化考察呢。"

"文化考察？这是啥活路？"

"文化考察你都不懂啊？文化考察就是他大学老师给他按月发工资，他考察就是了。这种事，只有他们文化人才搞得来的。"

"啊啊，文化人才搞得来，喜旺了不起啊……"

"还过得去嘛，反正比挖地强。"

不过，山路上的人实在太少了。这让马月英觉得很不过瘾，而且还有点生气，人不在路上走，搞啥去了呢？

刚说没人，喜龙就从远处匆匆走过来了。

喜龙穿一件白大褂，戴一顶白帽子，嘴上还捂一张白口罩。他的样子像是一位赤脚医生。说他是赤脚医生，却并没有挎药箱，而是背了一个喷雾器。

这装束！马月英忍不住就笑出声来了。

显然喜龙不明白马月英为啥笑，还是热情地招呼马月英："月英婶，你要到哪儿去？"

"给喜旺送饭去呢。"

"喜旺到哪儿去了？"

"没到哪儿去，就在蜀山呢。"

"月英婶，你让喜旺和我一起种'鸡眼睛'吧。种得好，是能赚钱的。咱们兄弟俩在一起，大干一场，肯定能干出一番大事业！"

喜龙说话不按套路出牌，让马月英准备好的台词都没机会说出来。马月英很不高兴。不过，马月英有种精神，叫"愈挫愈勇"。她重新调整思路，把话往自己的方向上绕过来："种啥'鸡眼睛'，咱们喜旺搞的是文化考察，文化考察你懂吗……"

喜龙也是牛犟，偏偏不朝她思路上走："月英婶，你可别小看我种'鸡眼睛'。告诉你，这种'鸡眼睛'，其实就是城里的洋果子蓝莓的野生品种。蓝莓味道并不咋样，大量洒农药，还卖得那么贵。'鸡眼睛'的味道比蓝莓好多了，又是野生的，不打农药。我要是把'鸡眼睛'种成功了，一定卖得比蓝莓好。"

结果马月英忘了自己的方向，走到喜龙的方向上了，鄙夷地说："你说人家城里的蓝莓大量用农药，你不用农药，背个喷雾器干啥？"

喜龙涨红脸，小声说："就一次，只用这一次，以后挂果了，我就不用了……唉，月英婶，你不晓得，这种苗子，在蜀山上不用农药，长得好好的，一移栽到山下，就满身长虫，不晓得咋回事……"

随即他就热切地劝马月英："月英婶，你让喜旺和我一起干吧，他读过书，有文化，他一定晓得是咋回事。"

"放你娘的屁，喜旺才不会跟你搞那些莫名其妙的东西呢！"马月英大怒，又得意地说，"我告诉你，喜旺现在搞的是文化考察，文化考察你懂吗？发工资呢。"

马月英是要把喜龙引上"发工资"的话题，但喜龙被骂了，心里很不服气，不上马月英的道："月英婶，你别瞧不起我，总有一天，你会对我刮目相看的！"

喜龙一挥拳，气鼓鼓地走了。

马月英挎着篮子，从吃喝耍农家乐旁边走过。

吃喝耍农家乐不在马月英家去蜀山的路上。但马月英因为在路上没遇到几个人，最后遇到个喜龙，又扫了她的兴，因此心里堵着，很不痛快，必须要多找点人，吐一吐，才能把心中的东西抖出来。

要找人多的地方，必然只能去吃喝耍。

马月英来到吃喝耍那高大气派的大门前。拱门上方，是烫金的"吃喝耍"三个大字，两边大柱子上，又有一副烫金的对联。

好吃好喝好耍
吃好喝好耍好

马月英平常很少到这里来，竟然不晓得农家乐门口有这么一副对联。她朝对联呆看了一会儿。

门口没遇到人。马月英又不能进去。她是去山上送饭，走进农家乐干啥呢？人家问到，咋解释呢？

最好是有人从农家乐里出来，她刚好从门口走过，看见来人，上前攀谈。只要摆起龙门阵，就可以摆"文化考察"，摆"领工资"，就可以叹口气，说忙着给喜旺送饭呢，哪有空闲进去玩啊……

农家乐里，虽然每天都堆积着村里九成以上的人，可这会儿却偏偏一个从大门里走出来的人都没有。

有小车在大门口进进出出，还不少。那些小车都很气派，从马月英面前开过去时，总要扬她一身灰，但就是没人出来。

总在这里站着，也不像话啊。为了表示她只是偶尔路过，马月英已经多次快速走回去，又慢慢走过来。来来回回好几趟了，依然没人。

马月英不得不偷偷把脑壳伸进门口，打探情况。这次终于没落空，有人从屋里走出来了。

那个人，马月英喊她"袁幺娘"。袁幺娘有个儿子叫贾喜庆，三十好几了，才娶到个婆娘，叫柳金花。不过，柳金花生了娃儿饼儿不久，就跟贾喜庆离婚跑了。贾喜庆也不养饼儿，把饼儿丢给袁幺娘，跑出去打工了，也是出去就没回来过，长年累月就袁幺娘一个人带着饼儿。贾喜庆偶尔会往家里打个电话。

饼儿喜欢打电子游戏，整天都泡在吃喝耍里打，书读得三天打鱼两天晒网。老师带信来说孩子逃学，让家长把孩子送去，袁幺娘就一趟一趟往吃喝耍跑。可今天拉到学校去，明天又跑了。拉着拉着，袁幺娘拉不动了，就任由饼儿在吃喝耍打游戏，她就在吃喝耍守着他。

袁幺娘在吃喝耍没事干，就靠在老头老太身边，看他们打牌。久而久之，她也心痒了，也会上桌摸两把。

马月英退回原处，重新往农家乐门口走了一趟。她根据袁幺娘的速度，计算好袁幺娘走出来的时间，以便能恰到好处地遇上她。

奇怪的是，马月英已经到门口了，却依然没有看见袁幺娘出来。等了半天，还是没人，马月英只好又把脑壳往门里探。马月英这才发现，袁幺娘确实是在往外走，不过一边走，一边回头往里看，速度明显上不来。

马月英决定重新走一遍。她站在远处，等着袁幺娘走出大门，她再迎上去。可袁幺娘一直不出来，不得已，马月英只好又走到门边，脑壳伸进去看。不看还好，一看，马月英就生气了。原来，袁幺娘竟然在台阶上坐了下来，嘴里一直絮絮叨叨说着啥。

不能再这么走了，但怎么把袁幺娘引出来呢？

马月英在门口徘徊一阵，忽然灵机一动。她整理了下衣服，穿过大门口时，顿住，冲袁幺娘大声喊："袁幺娘，是你在喊我么？我可没空陪你啊，我得给喜旺送饭呢。喜旺在蜀山搞文化考察，他大学老师让他考察的，每个月要给他发工资的呢！"

袁幺娘却只是嘟囔一句："我没喊你啊……"

马月英装着没听见这句话，继续大声说："你别再喊我了，我没你那个福气，不可能像你那样坐起，抄手抱手耍，我得给喜旺送饭呢。喜旺领了人家的工资，就要对得起这份活路。他忙啊，中午都没时间回来吃饭，我只能给他送到山上去呢……"

马月英没有引起袁幺娘注意，却把穿一身红旗袍的涂三姑从屋里引出来了。涂三姑人还在屋里，红艳艳的声音就已经软软地淌到面前："是哪里来的客人啊，快进来坐吧。"

看见只是穿青布的马月英，涂三姑的脸上不禁露出失望的神色。

这神色被马月英察觉了，马月英很不高兴，用嘲讽的语气说："喜欢婆娘，好提劲儿啊，你这是当女主人的感觉哦……"

涂三姑面不改色："当啥女主人啊，我还不就是打工的，招呼一下客人而已。月英婶，你也别太忙了，进来喝杯茶，打个牌嘛。你说你挣了那么多钱，屋里堆金叠银，可你一个子儿也舍不得花，你这辈子，值得么？"

涂三姑明显是含沙射影，嘲笑马月英欠着账。

要在往常，马月英心里一定很急。但这会儿她不急，李先生把钱给她，她就抱去还给严庄了，估计涂三姑还不晓得。哼，你不晓得，我马上就让你晓得："喜欢婆娘，咱家现在可不欠债，已经还清了呢。现在喜旺他大学老师看得起他，让他搞文化考察，按月给他发工资呢。发工资，不是一年两年，是十年八年一辈子。到时候，咱家虽说还不至于堆金叠银，也不会挨饿了……"

涂三姑心里不痛快，不理马月英了，就对坐在台阶上的袁幺娘板起脸："不就几块钱吗？用得着生这么大的气？你进来，我把这几块钱给你补起，你接着打。外面太阳这么烈，又不是吃不起饭，为啥要在太阳坝下走来走去的……"

不理马月英了，话里却还在含沙射影说马月英。

袁幺娘一听涂三姑要帮她还欠账，立刻站起身，屁股一拍，高高兴兴随涂三姑进去了。

马月英有些无趣。看来，不会再有人出来了。没人出来，马月英就不可能再站在门口了。

她正要离开,却发现严庄和李师公又出来了。严庄两手插在裤兜里,大步走着,脸上没啥表情。李师公则在严庄旁边偏后一点的地方,脑壳伸到严庄耳边,满脸凑着笑,脚下则是细碎的,小跑的那种步子。

马月英本能地往门柱后躲开。但立刻她就生气了,欠账已经还清了,还躲啥?马月英扯扯衣服,大摇大摆往门口一走,大声招呼严庄:"严主任你好啊!唉,喜旺读书,借了你那么多钱,又拖了那么久,实在是不好意思。好在喜旺的大学老师看得上他,帮他还了钱,又给他发工资,让他进行文化考察。我这心里啊,现在多多少少要好过一些了。"

严庄立定,两手依然插在裤袋里,望着马月英笑,不说话。

马月英才不管严庄啥表情,说完就准备走:"严主任,我先走了,我得给喜旺送饭去呢。喜旺搞文化考察,太忙了,根本没时间回来吃饭,我要赶着给他送饭去呢……"

严庄满嘴都是和蔼:"有德婆娘,喜旺能够找到工作,自食其力,也不枉你辛苦一场。我借钱给你,现在看来也是值得的。若是喜旺今后能够好好珍惜,走正道,还是有前途的。"

严庄这话,咋有一股怪怪的味道?马月英答:"严主任,多谢你关心,咱们喜旺,才不会走歪门邪道呢。"

"不走歪门邪道就好。"李师公扯扯山羊小胡子,"可别像以前,屁本事没有,却装神弄鬼出菩萨。再这样搞,就丢脸了。"

"丢脸,哼,才不晓得哪个丢脸!"马月英把腰挺了起来,"咱们喜旺现在是领工资吃饭的人,挣的钱光明正大!不像有些人,装神弄鬼,骗吃骗喝……"

又是一阵吵闹声从屋里传出来。只见觉英光着一只脚,没命地往外跑,一根棍子在他后面追打着。提棍子的,是刚在外省打工回来的伍老大。

两人一路追打着,沿坝子跑起圈来。

觉英长得五大三粗,加上长年不洗澡,又拉着猪鬃毛一样的头发,更显得武蛮凛人。那伍老大虽然名字叫"老大",其实生得矮小瘦弱。一个矮小瘦弱的人,追打一个武蛮凛人的人,这一幕,实在有趣。

伍老大的脚步比觉英慢，他在后面追，却离觉英越来越远。后来觉英多跑了一圈，跑到伍老大的后面，反而感觉像是觉英在追赶伍老大。伍老大追不上，只得折转身，迎面打觉英。觉英也折转身，这样两人又朝着反方向做环跑运动。

屋里的人不打牌了，都跑出来，挤在一边，大声喝彩。

觉英看见严庄在外面，赶紧跑过去，躲到严庄身后。

伍老大冲过来，他就像没看见严庄一样，呼一棍就朝觉英打去。可是这一棍没打中觉英，却擦着严庄的衣角打了下去。严庄往旁边猛一跳，脸上的刀疤扯了扯，怒道："你干啥？"

伍老大直愣愣说道："我打淫棍！"

"哪个，哪个是淫棍？"严庄脸上的刀疤又一扯。

"就是他，觉英！"伍老大拿棍子往前指。

觉英嘻嘻笑："伍老大，你那棍子究竟指的是哪个？指的是我？还是指严主任？"

严庄转身就给觉英一脚，怒气勃勃地骂道："指你就指你，你他娘的躲到老子后面干啥，赶紧给老子滚出来！"

觉英吃不住痛，只得跳出来。这一跳，把另一只鞋也跳掉了。

觉英一跳出来，伍老大又拿着棍子跟着他撵。觉英跑了几圈，又故伎重施，躲到严庄身后。

伍老大的棍子呼的一声迎头砸下来。这一次，棍子擦上了严庄另一边衣角。严庄大怒："你敢打我？"

"你是主任，我不敢打你……我打淫棍！"伍老大回答。

"你有啥证据？"李师公把脖子伸出来。

"我在外头打工，有人告诉我，说我婆娘跟人勾勾搭搭，我还不信，回来一看……"

"我跟哪个勾勾搭搭？你把嘴巴放干净点！"站在一边的伍老大婆娘潘洁莲，穿着个时尚的低胸装，冲伍老大骂。

旁边有人高声起哄："是啊，伍老大，你刚才说你婆娘跟人勾勾搭搭，又没说跟哪个勾勾搭搭，你凭啥就断定你婆娘是跟觉英勾勾搭搭？"

"是啊，你凭啥说你婆娘跟我勾勾搭搭？我长得帅点？"觉英理直气壮了。

"帅你娘！"潘洁莲呸了觉英一口。

旁边人又起哄："伍老大，觉英娃儿这个样子，你婆娘哪会瞧得上，你是不是搞错了？"

"搞错？哼哼，别以为我是憨的，刚才我亲眼看见了……"

"你看见啥了？"众人欢呼。

"搓麻将的时候，觉英的手没有搓麻将，一直在我婆娘的手上搓……"

众人哄一声大笑起来。

严庄又把双手插进裤袋，昂起头，训斥觉英："觉英娃儿，伍老大说的，是不是事实？"

觉英赶紧申辩："我冤枉了，刚才我确实碰到了他婆娘的手……但只是碰过一下，还是无意中碰到的……"

"你敢乱碰！"严庄瞪了觉英一眼。

"是是是，严主任，以后不敢了，我也是，我也是无意的……"觉英赶紧道歉。

当然了，觉英是向严庄道歉，不是向伍老大道歉。

觉英不向伍老大道歉，让伍老大愤愤不已："你还无意？你的手一直在我婆娘手背上搓，起码搓了十几秒，你还说无意！"

众人再一次大笑："伍老大，你还看了时间的么？居然算出十几秒。"

"他是在心中默数呢，数完了，才上前的。"

"觉英娃儿，你这次没法狡辩了吧……"

觉英被众人一起哄，急得抓耳挠腮。却在这时，他的目光无意中看见站在门口往里瞧热闹的马月英，立马大声辩解："不是的，真不是的，我就是无意中碰了一下……"

见马月英似乎露出鄙夷的眼神，他更急了，眼睛转过去，又看见潘洁莲，忙向潘洁莲求救："伍老大婆娘，你说一说，我是不是只碰了你一下？你说一句话，证明一下。"

潘洁莲又呸了觉英一口。

觉英悲哀地抹着脸："唉，我不过就是摸了一下，可是有些人……"

/ 第七章 文化考察 / 109

"还有哪个？"伍老大又把棍子提起来，指向觉英。巧的是，他的棍子还是指在了严庄身上。

"还有哪个？"严庄一脚把觉英踢得远远的。伍老大的棍子，不得不从严庄身上，转移到觉英身上。

"还有哪个？"潘洁莲冲上来，劈手给觉英一耳光。

"还有哪个？"周围的人群兴高采烈，像看一场大戏。

马月英觉得无趣，不想再看下去，提了篮子转身走。

觉英发现了，大声喊："月英，你别走！我是背的黑锅！真的，我是背的黑锅！"

一阵急促的警笛声从公路上传了过来。众人面面相觑，都不晓得发生了啥事。因为外面是盘山公路，这使得警笛声时大时小，回环往复，像一双揉面的手一样，揉搓着村民们的心。

警车终于爬上山，开进吃喝耍大门，停在严庄的停车场里。

接着，从警车里下来四五个全副武装的警察。长枪在他们肩膀上，亮闪闪的，格外耀眼。

围观的村民纷纷往后退。

人退完了，只剩下严庄还站在那里，感觉就像是警察来抓严庄一样。严庄有些不自然，赔笑问："警察兄弟，你们这是……"

觉英从严庄身后把脑壳伸出来，嘻嘻笑："你们要抓哪个？"

警察粗声粗气问："哪个是觉英？"

严庄赶紧闪开身子，把觉英从背后亮出来。

伍老大高兴地指着觉英大叫："警察，他就是觉英！他是个淫棍，抓他！抓他！"

觉英想跑，却抬不动腿，一跤就跌倒在地。警察上前，掏出手铐，"咔嚓"一声扣在觉英手腕上，提起觉英，往警车拉去。

严庄跟上前，递一根烟给警察，又赔笑问："警察兄弟，你们为啥抓觉英娃儿？觉英娃儿究竟犯了啥事啊？"

警车门关上的一瞬间，警察丢下一句话："贩卖假古币！"

第八章　醉话

唐朗的桌上摆着一叠表，那些表上的签字栏都是白的。唐朗就为这些干干净净的白，十指在脑顶皮上划过来，又划过去，就仿佛那十根指头，是怎么擦也擦不燃的火柴头。

唐朗擦不燃，于是拿了表，去找贾有伦。

贾有伦的门虚掩着。唐朗刚走到贾有伦门外，就听到滚雷似的鼾声。唐朗不高兴地撞开门。贾有伦果然仰躺在靠背椅上，满脸油红。鼾声从他大张的嘴里，炸弹一样掉出来，在地上轰然爆响。

唐朗到蜀山乡的第一天，他就晓得贾有伦有两大绰号：一个叫"三五牌"，一个叫"滚地雷"。"滚地雷"说的是他的鼾声。他几乎可以随时随地就睡过去，随时随地就能发出这种滚雷似的鼾声。"三五牌"则说的是他一日三餐都要喝半斤酒，雷打不动。就算没人和他喝，就算没下酒菜，他站着喝白开水那样，也要把酒喝下去。

这才是上午，贾有伦就已经掩上办公室门睡着了，还睡得这么沉，连唐朗猛烈的撞门声，都没能惊醒他。

唐朗把表往贾有伦办公桌上一甩，手在桌上猛拍："老贾，你咋还睡得着？看看这些表上的空白，你难道不着急？"

贾有伦并没有睁眼，只是嘴巴吧唧一下，似乎还在品尝美味的食物。不过吧唧一下后，倒是有话从他嘴里出来了："着啥急，这个问题，很快就会解决的……"

他说话，却并没有干涉到他打鼾。那鼾声夹在他话的缝隙间，清清楚楚分离出来。

唐朗冷笑："哼哼，你想说的，无非就是靠严庄嘛！"

"不是，这次，不靠他，靠……"说到这里，鼾声突然大起，把贾有伦的话挤到一边，挤掉了。

唐朗猛推贾有伦一把："老贾，你能不能清醒一会儿！"

贾有伦不得不坐起来，擦了一把嘴角的口水："唐书记，你能不能让人舒舒服服睡个午觉，一到中午，人好犯困嘛……"贾有伦用力揉眼睛，用力搓脸，要像搓污垢那样，把瞌睡搓掉。

"老贾，好着急啊！这又一个星期过去了，却一点进展也没有。你说，村民们可能再签字吗？"

"会的，别着急，肯定会的。"贾有伦抽一支烟叼在嘴里，又递一支给唐朗，"要不要来一支？"

唐朗挡开贾有伦的烟："老贾，你晓得不，你刚才睡梦中竟然说，村民签字不靠严庄。呵呵，这可不像你说的话……"

"为啥不像我说的？我告诉你，真不靠他。他马上就要被抓起来了，咱们到哪里去靠他？到监狱里去靠他？"

"严庄马上要被抓起来了？你听哪个说的？为啥？"唐朗大吃一惊。

贾有伦深吸一口，慢慢吐出来。吐完，他又把手舒开，靠在办公桌上，那支香烟直起来，像烧了一炷香："我分析的。"

"嗨！"唐朗哭笑不得。贾有伦摆了半天姿势，居然是分析的。

"老贾，我可没空和你开玩笑，咱们还是来说说，有啥办法让村民们签字吧。"

"不是开玩笑。"贾有伦依然不慌不忙，"唐书记，前几天你在上班时间跑去喝酒，而且还是跑到鲍娃儿那里去喝酒。当时赵书记晓得这件事，没有惩罚你，却把钟成抓起来了，你晓得为啥吗？"

唐朗不高兴了。你个贾有伦，天天喝酒不说，我喝一次酒，你倒提起了，还强调是到鲍娃儿那里去喝，到鲍娃儿那里去喝又咋样，我自己掏的钱，于是没好气地说："你的意思，赵书记是为了保护我，才避重就轻处理老钟的是吧？"

"难道不是？"

"我可不喜欢这样！我要去找赵书记，给他解释一下，那天上班喝酒的是我，让赵书记把老钟放了，要处分，就处分我！"

"别，你千万别去。"贾有伦笑道，"赵书记抓钟成，固然是为了保护你，却还有更重要的原因。晓得不，赵书记这是一箭双雕。"

"一箭双雕？"

"对呀。你想啊，赵书记把钟成抓起来不久，又派警察来把觉英抓起来了，你晓得这是为啥吗？"

"为啥？"

"因为钟成把觉英给供出来了……"

"供出来？供出来啥？老贾，你说的究竟是啥意思？"

"唐书记，你咋还不明白？"贾有伦把烟屁股往烟灰缸里一按，按灭火头，站起来，走来走去，他不抱肚子了，他此刻是一副大将风度，"咱们蜀山上不是有人盗采铜矿制假古币吗？公安机关调查了很久，都没查出来。为啥查不出来？因为山上这些制假古币的，是一个严密的组织，有人挖铜矿，有人冶炼，有人制假币，有人卖，还有人站岗放哨、通风报信。每次公安局来，山上的人……"

唐朗眼睛一亮："你的意思，钟成就是那个通风报信的人？"

"对，他就是那个通风报信的人。"贾有伦点点头，"这次公安局把他抓起来后，他也来了一招避重就轻，把觉英供了出来。所以，公安局又把觉英给抓起来了……"

"你的意思，觉英只是小虾，并不是大鱼，大鱼是严庄？"

"聪明人就是聪明人，一点就通。"贾有伦嘿嘿笑。

"所以你说严庄即将被抓到监狱里去？"

"觉英娃儿被抓起来了，那家伙从来没有是非观，他还会不把严庄供出来？"

"你的意思，只要严庄被抓起来，没人承头了，群众的工作做起来就迎刃而解了？"

"所以嘛，唐书记，你着啥急？你还是让我再眯一会儿吧……"贾有伦说着，一屁股坐在椅子上，打了个大大的哈欠，又双手举起来，长伸了一个懒腰。

"好好好，那你就再睡会儿，再睡会儿。"唐朗心里高兴，贾有伦睡不睡都无所谓了。

还没走到门口，贾有伦就发出悠长的鼾声。唐朗苦笑一下，这个老贾，看来是有些小瞧他了，他也不是整天就只晓得喝酒啊……

马月英兴高采烈地给喜旺送了十多天饭。每次送饭，她必定要走许多弯路，必定要走不同的路，以便与更多的人分享喜旺的"文化调查"。

这一天，马月英参加完一系列的路上分享会后，重返蜀山。

走到半山腰，却发现喜旺垂头丧气歪歪斜斜地从山上走了下来。

马月英顿时心里充满自责，太不应该了，忙于"文山会海"，竟然耽搁了喜旺吃饭的时间，让喜旺饿得自己跑下山来取！

马月英赶紧招呼喜旺过来。她把篮子放在一片平整的地面，铺上一块塑料薄膜，再揭开螺纹布，把篮子里的饭菜一碗碗端出来，摆在薄膜上。

"喜旺啊，娘今天确实是有点迟了。唉，对不起了，以后娘会准点来的。你饿了吧，来来来，赶紧吃。今天娘做的菜比较多，你放开肚子吃，吃饱了，再去文化考察。"

喜旺却并没有接碗筷，而是一屁股坐在地上，脑壳垂在两腿间。

"咋了喜旺？你不是饿了么？咋不吃？"马月英发现了异样。

"吃不下，没胃口……"

"咋了？喜旺，咋垂头丧气的？遇到啥事了？"

"没希望了，啥希望也没有了……"喜旺喃喃说。

马月英的心往深渊里坠："你大学的老师，不给你发工资了？"

喜旺摇摇头："娘，你想错了。不是不发工资，是没希望了……我都考察十多天了，来来回回地搜寻，依然一无所获……"

"要是考察不出结果，你老师是不是就不给你发工资了？"

喜旺看他娘紧张，忙安慰她："不会的，娘，这你放心，有没有结果，我老师都会发工资的。"

"那你还担心啥！"马月英的心"啪嗒"一声落了下来。她把饭碗硬塞进喜旺手里，"先吃先吃，着啥急？今天考察不出来，就明天；一个月考察不出来，就两个月；一年半载考察不出来，就十年八年……"

喜旺摇摇头："不行啊，不能搞那么久，我必须尽快把结果给我老师拿出来。"

马月英也感到，拖那么长，确实显得有些不厚道，忙笑道："你为啥考察不出来呢？你学的就是这门手艺啊。虽说没毕业，没出师，好歹也学了四年，多多少少晓得一点嘛！"

"娘，你没去看，'钱窝子'那个地方，被破坏得太厉害了。就算邓通真的曾经在那里铸过钱，现在也找不到任何一点痕迹了……"

"十多天前，县公安局来抓觉英娃儿，说他搞假古币，是不是就与这个有关？"马月英想起来，"觉英娃儿这个人，早该抓起来了！"

"是与这个有关……不过，从'钱窝子'破坏的程度来看，可不是觉英一个人干的，肯定有好多人。"

"呵呵，抓到觉英娃儿，顺藤摸瓜，就把其他人给摸出来了。只要摸出了那些人，他们搞回家的东西，就拿出来了。"马月英快活起来，"哼哼，不是不报，时候未到。吃进去的，必须吐出来。"

喜旺把碗端起来，慢慢靠近嘴边。

却在这时，一阵密集的脚步声从山下传来。紧接着，四五个全副武装的警察冲上山来，拥到喜旺身边，不由分说，把喜旺双手往身后一扭，抓起来便往山下推去。

马月英呆了："你们，你们为啥抓喜旺？"

马月英爬起来要追，却浑身没劲，又跌坐在地上："你们，你们为啥抓喜旺？"

马月英跌跌撞撞跟着追，她不断被路上的草茎、高低不平的小石子、路旁伸过来的藤蔓绊倒在地，又爬起来跑。也不晓得摔了多少跤，她才在吃喝耍农家乐，追上正把喜旺往警车上推的警察。

马月英抓住一个警察，嘶声吼道："你们，你们为啥抓喜旺？"

"请你把手拿开，不准妨碍我们执行公务！"警察严肃地警告。

"你们，你们为啥抓喜旺？"

"马月英，请你冷静点，"一个警官模样的人走上前，"我告诉你，我们怀疑喜旺有制造和贩卖假古币的行为。"

"卖假古币……"

"马月英，我们也不愿意相信。但是，这一堆假古币，都是从你家搜出来的。"

"我家……"

严庄走过来，向马月英叹口气道："有德婆娘，你冷静一点，别着急。警察虽然抓了喜旺，但我们都相信喜旺是无辜的。到公安局说清楚，他就会被放回来的。你先把警察放了吧……"

"我不放！喜旺没有犯罪！你们不准抓他！"马月英反而把警察抓得更紧。

警官冷笑："马月英，我们让你心服口服！你说你儿子没犯罪，为啥这段时间，他一直在'钱窝子'活动？"

"呵呵，你们原来说这个啊……"马月英突然笑起来，她的声音变得温柔而迷人，"喜旺在'钱窝子'，可不是造假古币啥的，人家是在搞文化考察呢。他大学老师让他考察的，每个月还要给他发工资呢！"

警官微微一笑，继续问："马月英，我再问你，你家本来欠了严主任二十多万块钱。这钱也不是小数目。你家的经济状况，我们都清楚，还起来还是很恼火的，但为啥突然就有钱还清严主任了？不靠卖假古币，能挣那么多钱吗？"

严庄赶紧插嘴解释："有德婆娘，警察问我你们还我的钱没有，我只好老实说还了，我也不晓得他们是啥意思。要是晓得……"

马月英哈哈一笑，把头高高昂起："哈哈，你们不晓得，不怪你们。我告诉你们吧，这个钱，也是喜旺的大学老师帮他还的！他的大学老师叫做司，司啥呢，名字我没记住……"

"司马昔教授对吧？"

"对对对，就是这个名字！你们去大学打听打听，就晓得了嘛！"

"娘！"喜旺一直没开腔，第一次吐了一个字。

"嘿嘿，"警官大笑，"马月英，不瞒你说，我们已经打听过了。但我想告诉你的是，司马昔教授根本就没让喜旺搞过啥文化考察，也没给过喜旺啥钱还债，更没有你说的发啥工资！你明白了吧？"

马月英大惊，转头问喜旺："喜旺，你老师没给过你钱？也没让你文化考察？"

喜旺不开腔。

马月英似乎明白过来了。不过明白过来后，她反而更疑惑："喜旺，你那些钱，是从哪里来的？"

"娘，你就别问了，反正不是偷的抢的。"

"不是偷的抢的，是从哪里来的？"

喜旺咬着嘴唇，又不开腔。

警官得意地一招手，他们把喜旺猛推上车。车门砰一声关上，警车扬起一蓬铺天的灰尘，飞驰而去。

马月英一下蹲在地上，蒙住脸。她头发上的几根草茎，在风中瑟瑟地颤抖着。

唐朗再一次冲进贾有伦办公室，冲贾有伦喊："老贾，你说严庄要被抓起来，你说严庄要到监狱去，为啥抓起来的不是严庄，反而是喜旺？"

唐朗的唾沫星子喷得贾有伦睁不开眼。贾有伦在脸上抹一把，抱着肚子垂下头，不看唐朗："唐书记，那天我喝醉了，说的话不算数。"

唐朗看见贾有伦红通通的脸，怒道："你今天没喝醉？你今天说的话算不算数？"

"今天喝得少一点……"

平和走进来，把一叠表递给唐朗："唐书记，村民们全部签字了。"

唐朗满脸疑惑："咋回事？村民这次咋这么爽快？前些时候还集体闹事。一转眼，又全部签了，这唱的是哪一出？"

"因为喜旺被抓起来了……"贾有伦在旁边蹦一句。

唐朗猛转过头，冲贾有伦吼："那天你说只要严庄被抓起来了，村民就会签字。为啥现在严庄没被抓起来，喜旺被抓起来，村民反而签字了？"

"我说了的嘛，那天我喝醉了……"

"今天呢？明天你又会不会说你喝醉了？"

贾有伦嘻嘻笑："今朝有酒今朝醉，明日愁来明日忧。"

"除了酒，还有啥子在你那里是重要的事？"

平和见两人越说脸越红，赶紧穿到两人中间去，把两人隔开："唐书记，贾乡长，你们冷静一点，小声一点。外面的人听见了，还以为乡上的两位主要领导在打架呢。"

"我没法冷静，我心里很不痛快！"唐朗依然大喊大叫。

"村民们都签字了，还有啥不痛快的？唐书记，你该高兴才对啊。"平和继续劝说唐朗。

"我就是不高兴！"唐朗怒气冲冲走出贾有伦办公室。

唐朗摸出电话，给公安局长陶高打。他告诉陶高，喜旺是冤枉的，都是觉英诬告他的。他请陶高赶紧把喜旺放了，别冤枉了好人。

陶高只是笑，不说放，也不说不放。唐朗生气了："陶局长，你笑啥？你究竟放还是不放？"

陶高还是笑："唐书记，你好歹也是个书记，你觉得这件事，就凭你我关系好，你给我打声招呼，我就放人了？"

"那你要咋样才放人？"唐朗控制不住情绪，火冒三丈。

"兄弟，我理解你的心情。这样吧，电话里不好说。你要有时间，你下来，咱们坐下来慢慢谈这个事，如何？"

陶高说到这个份上了，唐朗也不好再说下去了。但他实在又抽不出时间进城找陶高。村民们签字了，但工作并没有完。征地拆迁，修房建屋，基础设施，场平准备，一桩接一桩，一波接一波，冲涌着乡政府这条船往前直冲，他这个船长，根本停不下来。

这天，唐朗得到个消息，钟成和觉英都放回来了。钟成挨了个警告处分，但依然是蜀山乡的派出所所长。

钟成和觉英被放回来，让唐朗大为震惊。

按照贾有伦的说法，钟成应该是制贩假古币的内鬼。虽然后来贾有伦又说他说的是醉话，但唐朗明白，贾有伦的话其实很有道理。既然是内鬼，抓到后，就该顺藤摸瓜，为啥却放回来呢？

还有觉英，明显就是制贩假古币的犯罪嫌疑人，为啥也放了回来？

反而是无辜的喜旺，被抓起来后，一直不放！

唐朗急于进城去找陶高理论，可事情实在太多，别说空闲了，也没有周末，甚至连晚上睡觉的时间都很少。有时他一边和村民们说着话，一边很可能就睡过去了，一眨眼醒来，都忘了自己刚才说了些啥。

好不容易回到单身宿舍，躺到床上，可疲惫不堪的他，却反而睡不着了。脑壳里的东西，像乱马冲撞，理不清头绪。若是起来做事情，又头重脚轻，站不稳。滚了半夜，终于睡着了，又噩梦不断。

梦中，他总是看见一双眼睛，一双完全从眼眶里凸出来的眼睛。不晓得这双眼睛是哪个的，只是感觉那极小的黑眼球，像两粒灼亮的火焰，朝他冷笑不止，多次把他从梦中吓醒过来。

这天晚上，他做的梦，和其他晚上不太一样。他听到从蜀山方向传来了山体崩裂的声音。这声音太大,一下把他从梦中惊醒了。他赶紧爬起来,去敲贾有伦的房门。可是,敲了半天,贾有伦依然是那种滚雷似的鼾声。

唐朗急了,用力一推,想强行推开门。却没料到,贾有伦其实并没有关死。唐朗刚一用力,一下就冲了进去,噔噔噔冲到贾有伦床前,倒在贾有伦身上。

贾有伦睁开眼,看见唐朗压在自己身上,迷迷糊糊地笑着说:"唐书记,这么久没回去,想弟妹了么?半夜三更摸到我床上来了……"

"胡说八道!"唐朗赶紧爬起来,叫道,"老贾,你还有心情开玩笑,听到没?蜀山垮了!"

"蜀山咋会垮?你听到啥了?"贾有伦依然迷迷瞪瞪的。

"声音好大,把我都吵醒了。从蜀山方向传来的,你难道没听见?"

贾有伦瞟了唐朗一眼:"不好意思啊……"

"你啥意思?啥不好意思?"唐朗不解。

"可能是刚才我的呼噜声太大了,吵着你了……"

唐朗仔细一想,好像确实是这么回事,但又有些不确定:"真是你的鼾声?"

"真是我的鼾声!唐书记,你还是赶紧回去睡吧,每天都累散架,你还不困么?我看你啊,就是太紧张……"贾有伦翻了个身,又咕哝一句,"唉,每晚不能回去搂婆娘睡,还被你这样吵……"

"好好好,我去睡。"唐朗也觉得自己确实是太紧张了,说不定又是做的噩梦,于是回到自己房间,脱衣重新躺上床睡觉。

这一次,唐朗竟然很快沉入梦乡,以至于后来平和摇了他好几次,他才从睡梦中醒来。

"唐书记,快起来,蜀山垮了!"

唐朗看了平和一眼,笑道:"老平,你是不是也被老贾的呼噜声吵醒了?不瞒你说,刚才我就被老贾的呼噜声骗了,还真以为是蜀山垮了呢。"

"不是的,唐书记,真是蜀山垮了。刚才我接到复兴村那边打来的电话,说有房子被埋在下面了……"

唐朗一翻身坐起来:"有房子埋在下面了?"

唐朗跳下床，一边套裤筒，一边喊："赶紧去把老贾打起来！他要再说是他的鼾声，你就打他的嘴巴！"

三个人拿着电筒，朝蜀山一路小跑而去。谁也不说话，除了噼噼啪啪的脚步声，就是路两边叽叽咕咕的虫鸣声。但是没过多久，唐朗听到身后传来均匀悠长的鼾声。唐朗大喊："老贾，你又睡着了？"

"没有啊……"贾有伦咕哝一句。

确实也不像睡着的样子。这是山路，路面高低不平，有些地方是尖尖的石头，有些地方又是大水坑，贾有伦稳健地走着，走得一步不差。

可没过一会儿，唐朗又听见了他悠长均匀的鼾声。

终于来到蜀山垮塌的地方。

天色已微明，薄薄的晨雾中，唐朗抬眼一望，一下惊呆了。垮塌的，正是之前蜀山铜矿项目前期施工过的地方。

那时候，虽然村民还没有签字同意征地拆迁，不过，项目已经在开始前期准备了，推了很大一块平地出来，建了两排工棚。不过，后来由于村民们闹得很严重，这两排工棚就闲置在那里。

那两排工棚，这会儿全消失不见了。平地上堆满了泥浆，成了一片缓坡，泥水稀稀落落往下流。

山前聚集了一大群人，大家指指点点，议论纷纷。

"以前看见过蜀山垮山，但垮了这么大一片，还是第一次看见。"

"是啊，以前就算垮山，也是在大风大雨之后。像这种天气晴得起灰，居然也垮山，真是怪事！"

唐朗看见严庄，把他喊过来，问："农户的房子有几座埋进去了？"

"就一座，袁幺娘的房子。"

"袁幺娘人呢？埋在下面了？"

"没有。"

"咋会没有？半夜三更的，她不是应该在屋里睡觉吗？你究竟搞清楚没有？她人呢？"

觉英上前，晃动他的猪鬃毛，得意地解释："嘿，这得感谢严主任。昨晚，刚好袁幺娘和她的孙子饼儿都在吃喝耍，一个打牌，一个打游戏，没有回来睡觉。要不是严主任开了个农家乐，袁幺娘和她孙子可能真的不用棺材了。"

唐朗虽然觉得这话听起来不是味儿，不过也大大地松了一口气。

人群里传来一阵悠长的哭声。唐朗心里一紧："哪个在哭？会不会有人埋在下面了，你们没发现？"

"就是袁幺娘在哭呢……"

"嘿，这个袁幺娘也真是，我都给她说了，房子埋了就埋了。埋了，国家会赔她的嘛。赔她一座更漂亮的洋房，用得着哭么？"

唐朗见觉英如此自以为是，很不高兴，冷冷地说道："觉英娃儿，你凭啥说国家要赔她？"

"咋不赔？这垮山，不就是因为建铜厂，把山挖松了么……"觉英理直气壮。

"胡说八道！"唐朗黑着脸骂道，"觉英娃儿，你这是造谣！你是不是还想进监狱？"

"我又没犯罪，为啥要进监狱？那个假币都是喜旺在搞！"

"你凭啥说喜旺在搞？公安局都没说，你凭啥说？你这是造谣！"

"觉英娃儿，滚到一边去！"严庄满脸怒容。

觉英赶紧滚到一边。

唐朗又呵斥严庄："严主任，你也别在这里站着，赶紧去安抚一下袁幺娘。虽说垮山是天灾人祸，并不是哪个造成的，但政府也不会坐视不管，一定会帮她重建家园的。现在当务之急，是要先给她找一个住的地方，把她和她孙子安顿下来。"

"这个你别管，他们祖孙俩，就住我的吃喝耍好了。"严庄一副用不着唐朗安排的样子。

贾有伦赶紧说："唐书记，这个你确实不用担心。严主任是村里的顶梁柱，这些事你就交给他好了，他都能安排得妥妥帖帖。"

唐朗想起贾有伦曾说过严庄会被抓，现在又极力夸赞他，忍不住挖苦道："贾乡长说得好啊,我也觉得严主任是咱复兴的定海神针。严主任要是哪天被抓起来,咱复兴村就会像这蜀山垮塌一样,一塌糊涂了……"

严庄脸红一阵白一阵,脸上的刀疤直扯。

贾有伦抱着他的肚子,嘿嘿笑:"唐书记你说梦话吧,严主任咋会被抓起来……"

"不是梦话,是酒话。"

"酒话酒话,确实是酒话。严主任可是赵书记任命的。我说错了,应该叫严书记。放眼全县,由县委书记任命的书记,可没几个啊。"

严庄不理贾有伦的讨好,昂着头走了。

贾有伦只得自己找台阶下:"严主任去处理袁幺娘的事了。"

处理完事情,往回走的时候,唐朗心里意想不到的轻松,自己笑起来:"哈哈,蜀山发生了这么大一个塌方事件,是不是这个项目就会停下来呢?要是停下来了,咱们是不是就可以休息一下呢?嘿嘿,老贾,你也可以回去搂着你婆娘睡觉了,免得整晚在我旁边,吵得我睡不着!"

"不行,我回去睡不着。"

"你回去咋还睡不着呢?"

"我回去我婆娘就折腾我,当然睡不着……"贾有伦嘻嘻笑。

"得意吧你!"唐朗笑骂一句。

这时候,平和提醒道:"唐书记,你得赶紧给赵书记汇报啊。"

唐朗不在意,说:"不用这么早吧,赵书记恐怕还没起床呢,打扰他,不太好吧?再说了,也没死人。只不过可能项目会停下来,天亮了再告诉他,免得他心烦。"

"赵书记不是说过,发生了任何突发事件,都要第一时间向他汇报吗?咱们要不说,他晓得了,会批评咱们的。"

"那好吧,他不怕打扰,我就不客气了。"

唐朗掏出电话给赵书记打,果然一打就通。唐朗才说了几句,就闭了嘴,不停地点头,嘴里"嗯嗯"回答。"嗯嗯"一阵,那边就挂了。挂了后,唐朗一阵发呆。

平和忙问:"唐书记,赵书记有啥指示?"

"完了完了，我还说，利用这时间进个城，看来又没机会了……"

"唐书记，你进城，也是想让弟媳妇折腾你一下是吧？"贾有伦嬉皮笑脸地问。

平和着急了："唐书记，赵书记究竟说啥？"

"赵书记说，有点滑坡算啥，只要没压死人，就不算个问题。项目不但不能停下来，还要加快推进！他说，省上的重点项目推进领导小组对咱们的工作十分不满意，咱们要是再没啥进展，就要被点名批评了！"

众人都不开腔，平和挠挠头皮，皱着鼻子说："有啥办法？咱们只能接着干……"

… 第九章 赵书记的主意

村里人在蜀山滑坡的地方议论一阵后，也陆陆续续散了。

袁幺娘先还在哭，但当有人告诉她，政府要帮她修一座更大更漂亮的新房子后，她也停止了抹泪，高高兴兴地跟严庄走了。

最兴奋的还是袁幺娘的孙子饼儿。以后他可以理直气壮地待在吃喝耍电玩城，再也不怕别人说了。因此他跟在后面，整个小身子蹦得像一只小青蛙。

当所有人都离开后，贾队长才从树丛后慢腾腾地走出来。其实他也是很早就来了，不过他一直躲在树丛后，没露面。

他不愿意露面，是因为他一直在流泪。他也试图用围腰帕擦干眼泪，可整张围腰帕都擦湿了，泪水依然还在流。

前些时候，他在狂风暴雨中整整干了十天，终于给他的玉米全培上土，让他的玉米不至于被风雨吹折。因为这个，他又连续咳了好多天，头晕目眩，躺在床上起不来。

马月英让他去抓点药，他说睡一下就好的。这是他的经验，以前每次生病，都是在床上躺一躺就好的。不过这一次，经验似乎不灵了，他躺了很多天，身上依然还是使不上劲。

昨天晚上，那声轰隆隆的巨响，吓得他就算站不稳，也晓得必须起来。

不过，看了又有啥用呢？他的玉米地，已经随同那片大滑坡，全滑到山谷中了。

当村里人惊叹着，呼喝着，嬉闹着，赶场一样来到滑坡前时，躲在树丛后面的贾队长，泪水就像崩漏的湖水，怎么擦也擦不干了……

滑坡前只剩下一片被踩得稀烂的泥地。贾队长走出来，他想他可以痛痛快快哭一嗓子的。可奇怪的是，声音怎么也发不出来。他想唱一支山歌，然而试了好几次，刚一张嘴，就像破了的竹筒一样，整个身体都在漏风。

贾队长一阵阵出汗，他觉得热得要虚脱，只得找一块石头坐下来。他拿出烟杆，点火打上，抽了好一阵烟，才感到稍微有点力气了。

有了一点力气的贾队长，把烟杆插在腰际，挽起裤脚，走到塌方边。那里有个玉米棒子，刚好被冲到了最边沿的地方。贾队长从泥里捞出棒子，撕开满是泥浆的皮，"啪"的一声脆响，那个玉米棒子被摘了下来。

棒子上的玉米粒，一排排，细细密密的，仿佛是婴儿的乳牙，透明得能看见里面嫩黄的汁液。贾队长用指甲轻轻掐一下，汁液一下就炸裂出来，溅在他手指上。贾队长伸出舌头舔了舔，那细小的香甜，像一根尖锐的针，一下就把他的舌头刺痛了。

贾队长拉起围腰帕，挽成一个兜。那围腰帕湿漉漉的，上面全是他的泪水。现在，他用装满泪水的围腰帕，装这个玉米棒子。

贾队长沿着塌方走了一圈，把够得着的玉米棒子全部摘下剥出来，放进兜里。

塌方里面还有不少。贾队长把脚伸进塌方里，踩了踩。那塌方太软，踩不透。上游来的山水，还和塌方混在一起，形成泥石流，往下涌动。

要进去摘，显然是一件危险的事情。可是，露在塌方表面的，那些依然青翠的玉米叶，像是在向他招手一样，让他忍不住又把脚再次踩了进去。

"危险，不能去！"后面有人大喊一声。

贾队长转头一看，原来是喜旺的同学施西西。

贾队长有些脸红："我没想踩进去，脚有点脏，想洗一洗。"

这是个拙劣的谎言。那些浑浊的泥水，咋可能把脚洗干净呢。施西西动情地说："爷爷，这一片玉米地是你的吧？唉，实在太可惜了，再过半个月就可以收成了。可这么一滑坡，你大半年的辛苦，算是白费了……"

贾队长的泪水又涌了出来。他赶紧猛咳一阵，趁机抬袖子擦掉泪水。接着，他笑了笑："姑娘，看不出来，你很熟悉种玉米啊。"

"咋会不熟悉，我家就在农村啊。"施西西见贾队长忍得难受，劝道，"爷爷，你想哭就哭吧，喜旺被公安局抓起来了，你这一片玉米地又被滑坡埋了，我晓得你心里肯定不好受……要是我，我也会哭的……"

施西西真就大颗大颗流下泪来。施西西一哭，贾队长的眼泪就再也收不住了。

施西西眼泪流得快，收得也快，转眼她又是满脸灿烂的笑："爷爷，我今天来找你，是想告诉你，喜旺是被冤枉的。他用来还债的那些钱，他做文化考察的工资，虽然并不是司马教授给的，但也来得正正当当。因为那些钱，是我给他的……"

"你给他的？"贾队长不信，"你一个学生，哪来那么多钱？"

"我没钱，我家里有嘛！我了解到喜旺的情况后，给我娘老汉儿讲了，我娘老汉儿非常支持我，让我给喜旺的。"

/第九章 赵书记的主意/

施西西见贾队长还是不信,又强调:"放心吧爷爷,虽说我家里也不是很有钱,但他们做生意,这点钱在他们手里,真的不算啥。"

贾队长信了,但他摇摇头:"姑娘,你为啥要给喜旺钱?喜旺可不能平白无故要别人的钱啊……"

"不是平白无故,"施西西解释道,"我也不是白给喜旺,我的目的,是让他在蜀山搞文化考察。喜旺做的这个文化考察,是一件非常了不起的事情,对保护蜀山免遭破坏,有很重要的意义。只要调查有了结果,就可以阻止铜矿项目在蜀山落户……"

"咋你们都反对在蜀山建铜厂呢?这不是上面要求建的吗?"

"爷爷,你的意思是,还有人反对?哪个反对呀?"

"李先生就给我说过,他反对在蜀山建铜厂。"

施西西当然晓得李秉也反对,但她不点破:"爷爷,我只问你,是不是因为建铜厂,把山挖松了,才造成垮山,毁了你的庄稼?"

"大家是这样在议论,我琢磨着也有点道理……"贾队长谨慎地回答。

"既然建铜厂把你心爱的庄稼都毁了,你咋还支持?"

"我确实很心疼……可是,也不能因为毁了我的庄稼,我就反对啊,我的觉悟不能这么低啊……"

"如果建铜厂不只是毁你的庄稼,而是会毁掉整座蜀山,这样你也支持?"

"上面既然要求建铜厂,就是考虑过这些的,咋可能把整座蜀山都毁掉呢……"

"爷爷,你觉得上面说的,都是对的么?照你这样说来,上面把喜旺抓起来,也抓得对啰?"

"喜旺没犯错误,上面肯定是抓错了。"贾队长脸红了,但他还在坚持,"等上面查清楚喜旺的问题后,就会放了他的……"

"爷爷,我明确告诉你,上面绝对不会放喜旺!"

"为啥?喜旺又没犯错误……"

"上面如果真放喜旺,早就放了。这都一个多月了,为啥还没放?要说是因为搞假古币,觉英的可能性最大。觉英都放了,喜旺为啥不放?很简单,因为上面根本就没打算放喜旺!"

贾队长睁大眼。

施西西继续说："爷爷，你晓得上面为啥要抓清白的喜旺，反而放了有嫌疑的觉英吗？因为觉英身后有个庞大的犯罪团伙，如果判罚觉英，势必引起犯罪团伙的恐慌。那样一来，复兴村就会动荡不安。复兴村一动荡，铜厂建起来就会不顺。而喜旺没这个背景，抓了他，也不会引起啥麻烦，反而会起到杀鸡吓猴的作用，让那犯罪团伙收敛一下。所以，喜旺就背了这个黑锅……"

贾队长笑起来："不可能不可能，这又不是旧社会，咋可能这样乱搞？你一个学生娃儿，你晓得啥？都是你胡乱猜的！"

贾队长其实说得没错，这些话，当然不是施西西想出来的，而是李秉告诉她的。李秉说，这也是他的一种猜测，但愿他的猜测是错的。

"爷爷，你要不相信我的话，我跟你打个赌。接下来，喜旺不但不会被放出来，还会遭受更大的打击！你信不信？"

贾队长身上一阵颤抖："遭受啥打击？"

"话我先说到这里，如果喜旺真遭受打击了，我再来找你谈。"

"不会的。现在是啥子社会，不会做这些的。"贾队长虽然还在抖，但他还是笑着摇摇头。

这时候，从山那边传来了一阵嘤嘤的哭声。两人循声过去，刚转过一个山头，一股香烛的气味迎面扑来。山坳处，几个老太婆在滑坡前跪着，对着滑坡不停地跪拜。她们面前有不少香烛，香烛散发出一缕缕淡蓝色的香烟，又慢慢在空中消散不见。

"这几个老婆婆在干啥？"

"姑娘，咱们走，别搭理这些人，她们在拜菩萨呢。都是些经常搞封建迷信的落后分子。"贾队长满脸鄙夷。

"拜菩萨那也得到庙里去拜呀，为啥对着这片滑坡拜？"

"原来这里有一座庙，被埋在滑坡中了……"

"唉，虽说拜菩萨是迷信，却也是这几个老太太的精神支柱。滑坡把她们的支柱毁灭了，也实在很可怜……"

"滑坡把庙子给埋了，是大好事！"贾队长嘭嘭嘭地吸了几口烟，"可怜的不是滑坡埋了庙子，是另外的事。这几个老太婆，和我一样，是村里少数几个种地的人。我们这批人，没力气了，也没人帮咱们。好不容易种出来的庄稼，这么一滑坡，全完了……刚才那哭的人，是贾喜欢的奶奶黄昌婆。黄昌婆给喜欢娶婆娘，和我家一样，也欠了很多账。结婚后，喜欢为了还账，到外面打工去了。别人打工都能挣到钱，喜欢比较笨，挣不到啥钱。喜欢婆娘涂三姑又不干活，整天在严庄那麻将馆里鬼混。说是给严庄当领班，我看哪……算了算了，不说她，还是说喜欢奶奶。喜欢奶奶有病，可她还在养蚕。她养蚕，是想挣点钱来帮忙还债。这坡一滑下来，把她的桑树全滑进去了……可是呢，这老太婆，不哭她的桑树，却在这儿哭那破庙，也真是够愚昧的！"

贾队长这番话，让施西西又逮到了机会："爷爷，既然你们这些老人家种庄稼这么不容易，好不容易种出来的庄稼，都被垮山埋了，你为啥还要支持在蜀山建铜厂呢？"

贾队长苦笑一下："姑娘，我晓得，你一直想让我抵制铜厂。但是，就算我和上面唱反调，抵制也没用啊……村里的那些年轻人，其实是支持的。在他们看来，土地闲着也是闲着，能卖两个钱，那是意外之喜。他们前一段时间不支持，其实是想多捞几个钱。要是这个铜厂不搞了，啥钱也得不到了，他们肯定又不高兴了……唉，我们这些老头老太，也都活不了几年了，拼死把土地护下来，等我们死后，那些娃儿们，还不照样给败了。那时候，他们还会埋怨说，都是因为咱们这些老不死的不同意，他们才没卖到大价钱……"

施西西一时也不晓得该说啥了。

忽然，一阵大骂声传过来。原来滑坡前还站着一个年轻男子，他大声咒骂着。他在骂铜厂，骂铜厂毁了他的一切！

施西西笑道："爷爷，你说村里年轻人都不爱土地，这个年轻人，不是很在乎吗？"

贾队长一脸鄙夷："那是喜龙，他在乎啥，他在瞎胡闹！"

"他咋就瞎胡闹了？"

"你不晓得，这娃儿不好好种庄稼，却把山上的'鸡眼睛'挖下来种。搞这种名堂，还是个农民的样子么……"

"鸡眼睛？啥东西？"施西西疑惑不解。

"一种野果子。小娃儿上山捡柴割猪草的时候，摘来吃耍的野果子。你说这种玩意儿，小娃儿吃耍的，他居然挖下来种，还说能卖钱。这种东西咋可能卖钱！"

"真的呀？好好好，太好了，咱们去看看，去看看。"

贾队长大为不解，看来这姑娘也有瞎胡闹的脾性。他摇摇头："姑娘，我就不陪你了……"

贾队长一瘸一拐地往远处走去，接着，一句苍凉的山歌从他嘴里飘出来：

——一文钱难倒英雄好汉……

但只唱了一句，后面就是一连串的咳声，连那点苍凉也咳没了。

唐朗不但没时间进城，甚至连睡觉的时间也没有了。

事情越来越多，都堆在那儿，县上一天一个电话催他。起初是县委办催，后来就是赵书记亲自打电话催。赵书记用非常软和的语气说："小唐啊，不是我催你，是省上在催咱们！省上要求每天都要填报重点项目进度表，我要不催你，这表就没法填报了……"

可是，催得越厉害，事情就越多。

那天，唐朗正在一村民家跟村民磨嘴皮，钟成摇摇摆摆跑进来，上气不接下气地说："唐书记，总算找到你了，你原来在这里呀……"

唐朗一看到钟成就没好脸色："找我，不晓得打我电话？就你这么个大肥鸭，摇摇摆摆跑来，得耽误多长时间！"

钟成急了："唐书记，我是打过电话的！我打了好几个，你都没接！"

唐朗摸出电话一看，果然有好多未接电话。显然，他是冤枉钟成了。

不过，就算冤枉钟成了，他依然不想给钟成好脸色："有啥事你不晓得处理，找我干啥？离了我，蜀山乡这部机器就不转了？"

"我处理不了啊，唐书记。"钟成嘻嘻笑，"这个人我可不敢惹，在咱们蜀山，也只有你能够制服她……"

唐朗一脸雾水："你说的是哪个？"

/第九章 赵书记的主意/ 131

"马月英啊……除了马月英,还有哪个需要你亲自出面……"

唐朗一股怒气涌上心头。这个钟成明显是绕着弯子嘲笑他,他恨不得给钟成一脚。他恶狠狠地吼道:"你他娘说了半天,究竟想说啥?马月英咋了,你能不能一次性把话说完?"

钟成也晓得自己玩笑开大了,不敢再多说,赶紧哈腰解释:"唐书记,是这样的。这不是蜀山垮山了吗?不晓得哪个传谣,说蜀山无缘无故垮山,是因为喜旺出假菩萨,还有,他又盗挖铜矿搞古币,把蚕丛王菩萨得罪了。蚕丛王菩萨发脾气,用垮山来惩罚复兴村人。这个谣言后来让马月英听到了。马月英听到就不干了,跑到吃喝耍叫骂。哪个劝她,她就骂哪个,搞得哪个都不敢劝她。她那样子,简直像一条疯狗,见人就咬。本来,我想把她铐起来的,又害怕犯错误,就只能来请你出面……"

唐朗大吃一惊,没等钟成说完,他已跑出农家,往吃喝耍冲去。

唐朗来到吃喝耍,那时候,马月英正站在吃喝耍大门口破口大骂。她头发凌乱,脸上除了一片片污泥,还有一道道血痕。

听得出,她的叫骂是缺乏目标性的。因为缺乏目标性,所以尽管骂得很厉害,却打不到实处。吃喝耍的人,都出来围观,但也只是围观,没人接话。显然,大家都害怕惹火烧身。

唐朗其实心里也害怕。但就算害怕,他也只得硬着头皮上。

所有人的目光都集中在唐朗身上,大家甚至屏住呼吸,等着那炸裂声响起。有些人,甚至为此激动得满脸通红,有一种喘不过气来的感觉。

马月英没料到唐朗会朝她走来,一时间,她竟有些不知所措。

这是唐朗喜欢的,趁这个空当,唐朗已经走到马月英身边:"马月英,你别骂了。看你嗓子都撕破了,你要再这样骂下去,会失声的。"

马月英眼中都是惊讶。唐朗搞不清楚马月英为何会有惊讶的表情,他心里没底,不自觉地朝马月英笑一笑。

唐朗一笑,马月英也笑起来。马月英的笑有些怪异,这让唐朗心慌了,寻思着是不是走开,至少离马月英远点。哪晓得,马月英突然一伸手,稳稳地揪住了唐朗的领带。

唐朗一下就后悔了。其实来之前，他已经提醒过自己，千万别被马月英揪住领带。路上，他还一度想把领带取下来。不过因为钟成一直跟着他，他实在不好意思取。领带平常不算个啥，但和马月英联系起来，就太打眼了。他要是取下来，一定又会成为钟成的笑话。

马月英那破锣似的惊人嗓音，立刻就在他脸前爆裂开来："都是你！要不是你让喜旺当啥村书记，要不是你让喜旺出啥菩萨，要不是你让喜旺喝酒，喜旺能被抓起来？能被人冤枉搞啥假古币？能被人怀疑把蜀山搞垮了……"

马月英本来说得理直气壮，义愤填膺，忽然又长声幺么地痛哭起来。

唐朗被马月英揪住痛骂，还只能反过去安慰她："马月英，你放心，喜旺的问题，一定会得到解决的。我一定会想办法救他，你不要在这里闹了，你先回去吧……"

马月英本来哭得肝肠寸断，忽然把脸一抹，又厉声叫喊："你想办法？你想啥办法？你要真想办法，早就想了，你这个骗子！"

马月英为了让她的话具有说服力，扯着唐朗的领带，就猛往下一拽。唐朗立刻弯腰鞠躬，一副对马月英的话表示完全同意的样子。

马月英被自己这番英雄气概所折服，一手扯唐朗，一手叉腰，双眼瞪前面的人群："你们想整我儿子，你们想害我一家人，你们都是黑心肠！我告诉你们，我不怕你们！哪个有本事，就上来！站在一边看啥，上来呀！"

人群都往后退，哪个也不敢上来。

马月英更得意，正想说出更加惊世骇俗的话。却在这时，她隐约感觉有个人从斜后方向她走来。那人还走得摇摇摆摆的，一副完全不把她放在眼里的样子。

马月英大怒。她不想转头去看，她觉得要是转头看，就是露怯。她保持原先的姿势，昂然吼道："哼哼，还真有敢来挑战的？好啊，来呀！老娘一手就能把这个唐朗屎壳郎制服，还剩一只手呢。你要有胆量，就过来试一试！"

周围的人哄然大笑起来，还挤眉弄眼。

马月英心慌了，只得放弃立场，转头去看。一看她便臊得脸通红，原来那走过来的，竟然是她的公公贾队长。

贾队长皱着眉头低声说道："喜旺娘，赶紧把唐书记放了吧。唐书记可是乡上的书记，你这样扯着他，像啥话……"

公公又咋样，平常都不怕他，何况这个时候。马月英硬邦邦地说："乡书记又咋样？要不是他害了喜旺，喜旺能被抓起来受欺负？"

"喜旺娘，回去吧，在这儿闹，不嫌丢人？"贾队长严肃起来。

贾队长平常难得严肃，一严肃起来，马月英还是有点怕的。但这会儿她豁出去了："我丢啥人？你好歹也当过两天生产队长，自己孙子平白无故被冤枉，你没出息，不为他申辩就算了，还说我丢人！"

突然，马月英剩下的那只手被人捉住，拥在怀里："马阿姨，我们都晓得喜旺是被冤枉的。你放心好了，他很快就会回来的。"

那人是施西西。施西西摇着马月英的手，还冲她甜甜地笑。

马月英的身子一下被施西西摇软了，手有些无力。趁这机会，唐朗猛地把领带从马月英手中拖出来，跳到一边。

马月英大为着急，想伸手再去抓。但施西西把她另一只手也拥住了："马阿姨，我晓得你惦记着喜旺。你放心好了，已经有人答应救喜旺出来。过不了多久，喜旺就会回来的。咱们不在这里了，咱们回去吧。"

施西西半推半拖，拥着马月英往前走。

马月英对所有人都强硬无比，唯独对施西西，竟是一副百依百顺的样子，仿佛施西西扣住了她手上的穴位一样。

施西西又喊贾队长："爷爷，你也跟上来，咱们一起回家。"

马月英被施西西拥着走了一段路，忍不住问道："姑娘，你说有人答应把喜旺救出来，哪个答应了？能救出来吗？"

施西西转头看了一眼身边默默吸烟的贾队长，笑道："马阿姨，答应救喜旺的不是别人，是爷爷呢。"

"爷爷？哪个爷爷？"

施西西朝贾队长笑："爷爷，难道你不想救喜旺？"

贾队长有些惊讶："姑娘，你说的是我？我当然想救喜旺，可我咋救？我也没，没答应过你呀……"

"你救得出来，爷爷。"施西西又笑，"我说个办法，你照这个办法去做，就一定能把喜旺救出来。"

"啥办法？"马月英问。

"很简单。咱们复兴村的人不是都签了字，同意征地拆迁了吗？接下来，县上将搞项目开工奠基仪式。爷爷，你只要召集大家，在开工仪式的那天阻路，拒绝施工队进场施工。那样的话，县上自然会征求你的意见。那时候，你就提要求，让县上把喜旺放了……"

"让我阻路？"贾队长断然拒绝，"让我违反政策，和上面唱外调？我一辈子……"

马月英劈头盖脸冲贾队长吼道："你一辈子啥？你不就是为了你的所谓名誉，不去救喜旺么？你一个糟老头子、破老头子，有啥名誉？你以为你是赵书记！"

贾队长有些气馁，但他依然推辞："就算我答应了阻路，我也就一个人，我可把别人召集不起来……"

"你咋召集不起来？年轻人喊不动，那些老头老太，哪个不听你的？你骗得了人家姑娘，你骗得了我？"

"也骗不了我。"施西西调皮地眨眨眼，"这一点，我是做过调查的。爷爷在村里一言九鼎，他要开口说话，没人敢不听！"

贾队长脸色潮红，眼露亮光，看得出他有点自得。不过他还是摇摇头，再次推脱："姑娘，就算我能把人召集起来，你说，一帮老头老太，能起啥作用？现在村里的老头老太，都是一些没用的老古董了……"

"爷爷，只要你把村里的老人家组织起来，就一定能把工程阻下来，就一定能把喜旺救出来！爷爷，我告诉你，这件事，不是你一个人在做，很多人都在帮你呢。"

"哪个在帮？"马月英问。

"帮的人可多了，不过现在我还不能说。"

贾队长默默地吸烟。

施西西见贾队长还在迟疑，干脆挑明了说："爷爷，马阿姨，我可以告诉你们，但你们得答应我，这个话不能随便说出去。其实啊，出主意让你们阻路挡工程的，不是别人，就是赵书记自己……"

"赵书记？"贾队长大惊，"姑娘，你可不能瞎说，赵书记咋会说这样的话？"

"是啊，赵书记咋会说这样的话？"马月英刚说完，随即想起来，她应该和施西西立场一致，立刻改口，"赵书记就会说这样的话！"

施西西解释道："爷爷，你不晓得，其实连赵书记也是反对这个项目的。他也觉得，在蜀山建铜厂，对蜀山是一种很大的破坏。但是没办法，赵书记上面还有领导呢。上面压他，他也没办法，只能执行。甚至连上面也没有办法，任务压在那里，目标定在那里，不搞不行啊……不过，虽然赵书记不得不那样做，但从良心上讲，他是不愿意的。所以，他才出了这个主意，希望下面的人反对。只要下面的人反对了，从确保稳定的角度来讲，他就可以宣布暂缓这个项目的实施了。"

"姑娘，你讲的是真的？"

"爷爷，你觉得我这么个乖乖女，会瞎说？"施西西嘻嘻笑，"爷爷，你说赵书记有没有良心？"

"赵书记当然有良心了……"

"赵书记既然有良心，他当然就不忍心看着蜀山受破坏，对不？"

"赵书记当然不忍心！"马月英当然认同。

施西西趁热打铁："爷爷，我晓得你还是不相信我。但我把道理讲给你听，你自己去分析。你看看，本来你们已经签字同意了，赵书记为啥还要作废，重新做你们的思想工作？而且，这已经不是一次两次了，有这个必要吗？"

贾队长笑笑："不是说，稳定压倒一切吗……"

"稳定是重要，但是，就你们村里一帮老老少少，能闹个啥事？再说了，你们都签字了，又不是哪个拉着你们的手签的，是你们心甘情愿签的。就凭这一点，赵书记就可以理直气壮地推进施工！他手里有警察，他又代表政府，还怕你们不成！"

贾队长默默地吸烟。

"所以说，所谓怕群众闹事，只是赵书记的一个借口。根本的原因，就是他本人也不想搞这工程。"

"对头，赵书记不想搞这工程！他老爷，你究竟还想干啥？"马月英很不满意贾队长的态度。

贾队长有些悲凉地说："唉，现在的干部，跟我们那个时候的干部，不一样啊……"

第十章　开工典礼

在项目开工典礼举行的前一天，唐朗把贾有伦和平和找来，告诉他们，自己要进城去一趟。

贾有伦很猥琐地笑："唐书记，实在熬不住了吧……"

唐朗也开玩笑："是啊，都几个月了，哪个熬得住啊……比不得你，隔得那么近，柴方水便。"

"我隔得近，可我也是熬着啊。"贾有伦委屈地说。

平和则一脸担忧："唐书记，明天项目搞奠基典礼，你不在，恐怕不行啊……"

"有啥不行的？还有啥事没准备好？"唐朗反问。

"没有，都准备好了。"

"对呀，都准备好了，还担心啥？"

"你是一把手啊……"

"一把手？哼，哪个做不来一把手？"唐朗满不在乎，"老贾，你做不来一把手？"

"做不来做不来，我这辈子，就好一口酒。做了一把手，酒就喝不痛快了……"贾有伦赶紧摆手。

"老平，你做不来一把手？"

"唐书记，你别开玩笑了。你是想让我犯错误？我从来没有要做一把手的想法哈……"平和的脸涨得通红。

"你就做一回又咋的？"唐朗大大咧咧地说，"明天老贾代理书记，老平代理乡长，就这么定了！你们别再拦我，哪个再拦我，我和哪个翻脸！"

唐朗一通安排后，不由分说便启程进城了。

路上，唐朗虽然困极，但他还是努力集中精力，想着要和公安局长陶高讲些啥。他必须要有足够的理由打动陶高，要让陶高很干脆地把喜旺放了。

啥理由呢？

第一，喜旺刚回来，没有作案时间。

第二，喜旺家里人老的老弱的弱，没有作案能力。

第三，喜旺确实很快就有钱还严庄了，但是，这钱并不是盗挖铜矿制卖假币得来的，而是他的同学施西西给他的。

有这三个理由，陶高还有啥借口扣押喜旺？

唐朗进城后，马不停蹄，直奔公安局。在陶高办公室，唐朗双手叉腰，把脑壳伸过去，眼睛逼视陶高："有这三个理由，局长大人，你还有啥借口扣押喜旺？"

"我确实没有借口扣押喜旺。"陶高笑盈盈地说。

"好啊，那就把喜旺交给我，让我带回去。"

"我没有借口扣押喜旺，但我也不能把喜旺交给你。"

"为啥？"

"因为我们并没有关押喜旺？"

"没有关押喜旺？那喜旺到哪儿去了？"

"喜旺在我这里。"

唐朗大怒："陶局长，你耍兄弟？喜旺在你这里，你却又说没关押！喜旺在你这里，难道是你给他安排了工作不成？"

"喜旺在我这里，确实就是在完成一项工作。"

"他完成啥工作？"

"啥工作我不能告诉你。你晓得咱们公安局的规矩多，我要是告诉你，我就犯错误了。"

唐朗气得发笑："陶局长，你这样绕来绕去，有意思吗？你别给我扯那么多废话！我也不管你啥工作不工作，你啥也不用说，赶紧把喜旺交给我带回去。否则，我就在你办公室，不走了。你要有本事，也把我抓起来，让我在你这里'工作'！"

说着，唐朗一屁股坐到陶高的办公桌上，双手抱胸，两眼望天。

陶高说："哎呀喂，我的书记大人，你还是饶了我吧。你就是在这里坐三天，我也没办法把那小伙子交给你，我没这个权力啊……"

"哪个有这个权力？"

陶高一把按住自己的嘴巴，一副后悔不迭的样子："哎呀，你看我这张破嘴，不该说的，又说了……"

"好，我明白了，我去找那下令抓喜旺的人！" 唐朗从陶高办公桌上跳下来，大步往外走。

陶高在后面喊："兄弟，你别把我出卖了哈，我啥都没说哈。"

唐朗准备去找赵书记。

他觉得如果喜旺不是陶高下令抓起来的，就一定是赵书记下的命令。陶高曾经当过赵书记的秘书，他很听赵书记的话，而且只听赵书记的话。

不过，唐朗又犹豫了。说老实话，他有点害怕赵书记。虽然赵书记平常和他说话，基本上是笑眯眯的，虽然赵书记前些时，才一天一个电话打给他。但一想到赵书记，他就怕得不得了。还有，赵书记下令抓喜旺，他只是猜测，万一猜错了呢？再说了，就算真是赵书记下的命令，他也不好直接去问赵书记。总不可能说是陶高告诉他的吧。何况陶高确实没有告诉过他，都是他自己猜的。

犹豫了一阵，唐朗决定先问问杨县长。

杨县长这个人，平常其实不怎么和他说话，又经常秋风黑脸的。但奇怪的是，唐朗反而不怕他。

唐朗晓得，蜀山铜矿项目，是赵书记亲手抓的，杨县长过问得不多。但不管怎么着，杨县长是县委第一副书记、县长，肯定是晓得内情的。

唐朗给杨县长打了个电话。杨县长说他在乡下，要晚上才能回来。他让唐朗第二天一早去他办公室。

既然要明天才能见到杨县长，唐朗决定先回家去一趟。毕竟两三个月没回家了，唐朗想到贾有伦开玩笑的话，忽然感到浑身燥热。

不过，当唐朗跨进家门时，热腾腾的身子一下就僵了。这时段，正该是晚饭时分，可家里空空如也，一地凌乱。

唐朗掏出电话打给他妻子楚秀。

电话接通，刚问了一句，楚秀就在电话那边惊天动地叫嚷起来，从电话里传来的，不是声音，而是一场龙卷风。这龙卷风一下把唐朗的脸吹歪了，把他的问话吹得七零八落，把他热腾腾的身体吹得瑟瑟发抖。

龙卷风又突然消失了。龙卷风消失了，但被龙卷风吹得七零八落的话语零件，在地上滚得到处都是。唐朗把这些话语零件捡起来，拼拼凑凑，终于凑成了两句还算完整的话:一是他们的娃儿唐小楚又跑到网吧去了,找不到;二是他要再不赶紧调回来,不照顾家,楚秀就和他离婚。

唐朗从家里出来,走进小城里一个又一个灯光昏暗、空气污浊的网吧,从一排排忽明忽暗尖啸怪叫的计算机前穿过去。也不晓得搜寻了多少网吧,唐朗终于在一个狭窄阴暗的角落里,找到头发蓬乱、眼睛赤红、脖子长伸、四肢僵曲的唐小楚。

唐朗心中刮起了一股龙卷风,他一把扯住唐小楚的后衣领,转身就往外大步走去。

唐朗身体精瘦,但是在更细更瘦的唐小楚面前,他依然显得孔武有力。唐小楚被他拽住衣服后领,整个身体像一截带枝条的树干,在网吧的过道里,乒乒乓乓,碰来撞去。网吧的人和凳子,被撞得前仰后合。

唐朗不搭理那些声音,他左手拎着唐小楚的衣领,右手揣进裤袋里,面无表情,一直走到网吧门口。

到了网吧门口,唐朗才松开唐小楚的衣领,随即从裤袋里抽出右手,顺手朝唐小楚的脸上抽去。接着他又飞起一脚,结结实实踢在唐小楚身上。这一抽一踢,唐小楚再也站不住,像泥一样瘫软在地上了。

唐朗心中升起一股恶意的快感,他几乎想从儿子身上跨过去,丢下他,头也不回地离开。也就在这一刻,唐朗看见了唐小楚的眼睛。唐小楚慌乱地朝网吧里攒动的人头瞟了一眼,又迅即埋下头,紧紧闭上。

唐朗忽然感到一阵痛楚,他拉住儿子瘦弱的小手,把他提起来,拉直,转身穿过曲里拐弯的巷弄,向家里走去。

唐朗拉着儿子回到家的时候,楚秀也已经回来,正疲惫地靠在沙发上,两眼望天,目光空空。但是,当她看见唐朗父子进来的时候,她的身体忽然就像一部机器,猛地轰鸣起来。龙卷风又从她的体内冲出,这龙卷风不是撞向唐小楚的,全都是撞向唐朗的。

唐朗坐在沙发上,抱着手,低垂着头,紧紧闭上眼。这个姿势,让他的抗压性显得强了一些。但是唐朗没有想到的是,因为这个姿势,他竟然在狂风呼啸中呼呼睡着了。

唐朗醒来的时候,天已经大亮,楚秀和唐小楚都不在家了。餐桌上空空如也,没有那种意料中的早餐。不过,身上却盖着一床毯子。显然,应该是他昨晚在沙发上睡着了的时候，楚秀或者唐小楚拿来盖在他身上的。这让他冷得发凉的身体，一下又有了一丝暖意。

唐朗从沙发上站起来，揉了揉发麻疼痛的身子，把毯子叠整齐，放回床上。面前是拖了一半的地，看得出，楚秀来不及拖完，时间一到，又赶紧上班去了。

唐朗心里升起一股愧疚，他捡起拖把，认真地拖起来。

阳台上，花盆里的植物都是残枝败叶。这些植物，还是他和妻子刚结婚那会儿，从楼下一盆一盆抬上来的。因为他长得瘦，力气不大，妻子便显得特别能干，抬花盆，抬泥土。唐朗还想得起来妻子满脸汗水，头发湿漉漉地贴在脸上的样子。当他伸过手去，把妻子的头发捋到一边的时候，兴致勃勃的妻子在他手上打了一下："磨叽啥？干活干活！"

此后，无论早晨还是黄昏，妻子都会埋首在花叶丛中，捏把小剪子，拎个小喷壶。那时候，妻子就像枝叶间一只飞来飞去的蝴蝶。唐朗可能从未想过，多年以后，妻子在他心中的形象，就只剩一场龙卷风了。

唐朗拿起架子上那把生锈的小剪子，刚蹲下来，手机就响了。原来是政府办梁主任打来的。梁主任告诉他，杨县长已在办公室等他了，让他赶紧去。

唐朗看了下时间，还不到八点钟。他把小剪子往地上一扔，用水扑了一把脸，便往楼下冲去。

冲进杨县长办公室时，杨县长正把脑壳埋在一座文件山里。其实不该叫一座文件山，而应该叫两座文件山。杨县长正把一座文件山上的文件，一份一份拿下来，批阅过，又堆在另一座文件山上。

杨县长也不抬头，直截了当地问："唐朗，啥事？说。"

唐朗垂着手，把事情的前因后果，把喜旺不可能作案的三条理由，向杨县长详详细细说了一遍。最后，他义正词严，义愤填膺："杨县长，我想问问，究竟是哪个下令把喜旺抓起来的？为啥明明喜旺没犯啥错，几个月了，还把喜旺关押着。这对喜旺太不公正！"

杨县长没开腔，笔继续在文件上划拉着。等他写完那一长段话，把文件堆到另一座文件山上后，才抬起头，瞟了唐朗一眼："你今天来，就是要问哪个下令抓的喜旺？"

"对。"

"没别的事？"

"没有。"

"不对啊，你明显对某件事有意见，咋说没有？"杨县长难得一笑。

"我对啥有意见？我没有啊。"唐朗一脸雾水。

"你对铜矿项目有意见啊……"杨县长笑完，黑回那张脸，"今天是铜矿项目在蜀山举行开工典礼的日子，赵书记亲自到现场指挥，全县各相关职能部门都在山上，紧锣密鼓，严阵以待。你作为蜀山乡党委书记、开工典礼秩序维护的直接责任人，理应在工作的第一现场。可你却跑到我的办公室来，让我出面救一个人，难道你能说，你对这个项目没意见？"

"你说这个啊……"唐朗拍拍胸脯，"杨县长，你大可放心。所有的工作我们都已经准备好，又经过反复检查，不会出任何纰漏的了。再说了，我给老严和老平反复交代过，肯定不会出问题！"

"不是会不会出问题，而是你不在现场！"杨县长喝道，"唐朗，你也当了多年干部，政治觉悟自然是没问题的。你既然政治觉悟没问题，却还离开现场跑到我这里来，那只能说明一点，你内心深处对这个项目有意见！你承不承认？"

"是，我有意见，很大的意见！"

说完，唐朗自己都愕然了，他不晓得自己为啥忽然会说出这个话。这话可不是他想说的，咋就突然冒出来了呢？

"杨县长，刚才……"唐朗似乎想解释一下。

杨县长摆摆手，不给他解释的机会："有意见，你也保留。这个项目是县委常委会集体研究决定，获得市委批准，在省上备了案的全省重点项目。啥叫'集体研究决定'？你应该明白，就是肯定也有人不同意搞这个。但一旦定案了，任何个人意见都得保留，都必须服从组织决定。你唐朗也不例外！你现在唯一应该做的，就是立刻上山，回到你的岗位上去。明白不？"

唐朗有些慌，又有些不甘："杨县长，你批评得对，我立马就回去。不过，能不能麻烦你给公安局陶局长打声招呼，让他把喜旺放了。那个娃儿，真的很无辜……"

杨县长冷冷地说:"唐朗,我最后再提醒你一句,如果你不赶紧回到工作岗位,你非但救不了你想救的那个人,你可能连你自己也救不了了!"

唐朗还没到复兴村村口,就不得不下车走路了。各种挖掘机、推土机、装载车、运输车,一辆接一辆,摆在狭窄的路中间,轰隆轰隆地响着。只是,没有一辆车在往前开。

唐朗跑到复兴村口,看见前面人山人海,人声鼎沸。

出啥事了?难道又有人阻挡工程?

唐朗心里狂跳不已,跑过去,从人缝里往里看。人太密,看不清楚。不过他很快看见了贾有伦和平和。贾有伦依然红着脸,依然双手抱肚子。看来,就算今天项目进场,他也没打算打破他"三五牌"的节奏。只是隔得远,不晓得他是否发出了鼾声。平和则双手垂在两侧,缩着脖子,眯着眼。他的平头更加平了,好像又被人用平底锅拍了几下。

唐朗在人群外转来转去,通过不同缝隙,搜索赵书记是否在现场。如果赵书记在,他就得从某个巧妙的角度钻进去,避免被赵书记发现。不过,连转了两圈,他都没看见赵书记的身影。

没看见赵书记,但看见了陶高。陶高站在人群中,手里拿着一个扩音喇叭,对着人群大声喊。陶高喊得满脸大汗,汗水把他衬衣领口濡湿了一大片。不过他两眼熠熠闪光,中气十足,显得很兴奋的样子。

"严主任!严主任!"陶高左左右右晃动着扩音喇叭,像喊自己的宠物。很快,严庄也真像宠物一样,从人群中挤出来,快步小跑到陶高身边。

"严主任,这是咋回事?"陶高一副恨铁不成钢的表情。

"你们究竟是咋回事?"严庄转过身来,冲前面吼。

唐朗踮起脚,看见前面公路上有一群老头老太,有的躺着,有的坐着。因为隔着人,唐朗就算踮起脚,也只能看见一些花白蓬乱的脑壳,看不清楚是哪些人。

"严主任,人是要讲信用的。你不是说全村人都签字了,没问题了吗?为啥还有人阻挡工程?"

"人是要讲信用的！你们每个人都签了字，为啥还要阻止工程？"严庄像传声筒一样，把陶高的话向老头老太们传了一遍。

"严主任，我的耐心是有限度的，如果再继续阻挡，我是要抓人的！"

"听到没？陶局长的耐心是有限度的！你们要是再赖在地上不起来，把陶局长惹毛了，他下个令，你们通通都会被抓起来！"

"哼哼，严主任，我不抓老头老太，我要抓那带头的人！"陶高对严庄的传话方式很不满，"严主任，你不是不清楚，贾喜旺就因为盗挖铜矿、制售假古币，被公安局抓起来了！"

这一次，严庄对陶高的话进行了丰富完善："你们哪个是带头的人？哪个是？贾喜旺已经被抓起来了，至今还没放出来，据说至少得判十年，你们居然还敢带头！哪个带的头？站出来！是好汉就站出来！敢做敢当！"

唐朗见陶高竟然和严庄一唱一和，贬损喜旺，肺都气炸了，准备挤进去，和陶高理论。不过，地上似乎有人站了起来。前面的人头晃动得很厉害，唐朗看不清楚。但一阵青烟冒起来的时候，唐朗确定了，那人是贾队长。

确定是贾队长后，唐朗反而大吃一惊。

他没想到贾队长竟然也会参与阻路！他到蜀山乡后，就听人说，贾队长是复兴村的老干部，是最拥护上级政策的人。最拥护上级政策的人，现在怎么会参与阻路呢？

贾队长走到严庄前面，两眼盯着严庄，默默抽烟。

严庄被贾队长盯得有些不安，结结巴巴地说："贾，贾队长，喜旺要判十年这话，不是我说的，我是听别人说的……"

"不是你说的就好，你说了也没用。"贾队长把烟杆取出来，向地上啐了一口。

"那是，我说了没用……"严庄有些尴尬，但随即提高声音，严肃地说，"贾队长，虽说喜旺会判刑的话，是我听来的。但据可靠消息，不管多少年徒刑，喜旺肯定是要判的。"

严庄又冲地上的老头老太说："所以嘛，久走黑路必撞鬼。现在陶局长在查带头的人，奉劝你们赶紧把他供出来，千万别替他背黑锅。背了黑锅，那就太不划算了。"

围观的人群一阵骚动，地上的人也有些不安，都去看贾队长。贾队长轻蔑一笑：

"要想不背黑锅，严主任，他们就只能把你供出来了……"

"胡说八道！"严庄瞬间一脸冷汗，瞟了陶高一眼。

"你看我干啥？严主任，你想说这位贾队长是冤枉你的？"

"陶局长，他真是冤枉我了，我是冤枉的！"严庄不仅仅脸冒汗，说话也慌乱了。这样的严庄，蜀山村民们可从来就没见过。

陶高冷笑一声，下了命令："钟成，把他铐起来！"

钟成从腰间取出手铐。严庄脸涨得通红，怒喝："你敢铐我？"

钟成吓得赶紧把手铐藏在身后，委屈地说："严主任，不是我要铐你，是陶局长下令让我铐你……"

"钟成！"陶高很不满。

钟成只得朝严庄慢慢移动过去。不过，他一直把手铐背在身后，不敢现出来。

贾队长把烟杆从嘴里取出来，哈哈一笑："算了，不冤枉他，是我带的头。钟所长，要铐，你铐我吧。"

严庄高兴起来，很不服气地说："看嘛看嘛，我说不是我吧，你们还不信。现在有人承认了，承认了。哼哼，要铐，就铐那真正带头的，别铐错了……"说着，赶紧溜到一边。

钟成拿不定主意，问陶高："陶局长，铐不铐？"

满脸笑容的贾队长，主动把手向钟成伸过去。钟成反而吓得往后退，差点就转身逃跑了。

陶高一下感到了问题的严重性。他可不能像对待严庄那样铐贾队长，他谨慎地问："贾队长，我听说你当了三十多年的生产队长，是老共产党员、老革命，你为啥还要带头阻工？"

贾队长迷惑了，这不是赵书记让阻工的吗？难道让阻工这件事，赵书记没给陶局长讲过？不可能啊，既然是演戏，哪会不先给陶高准备台词？难道是戏还没演到位，还要继续往下演？

贾队长脸上的疑惑不定，被陶高捕捉到了。陶高不晓得贾队长为何会疑惑，但贾队长一疑惑，陶高一下就有底气了，他朝钟成一挥手："铐！"

"真铐?"钟成还是不确定。

"真铐。"贾队长反而真诚地朝钟成点点头。看来,确实是戏没演到位,还得继续往下演。

钟成把眼睛一闭,像上刑场一样,"啪啪"两声,把贾队长铐上。

贾队长举起双手,把手铐碰得叮当响:"乡亲们,看见了么?他们不但要霸占我们的蜀山,还要无缘无故铐我。你们还等啥呢?赶紧让他们回去啊!"

按照剧情,当贾队长举起双手,把手铐碰得叮当响,并发表这一番演讲后,老头老太们必然要站起来,义愤填膺地找钟成扯皮,找陶高扯皮。只要老头老太们一扯皮,工程队就可以顺水推舟地撤退了。

但让贾队长没有想到的是,手铐撞击的叮当声,却仿佛惊天震雷,把地上的老头老太们吓住了。他们不是上前扯皮,反而一个个溜出公路,躲到一边。

"你们躲啥呀?回来,赶快回来!"

更让贾队长想不到的是,老头老太们不按剧情走戏,陶高也不按剧情走戏,竟然兴奋地大声招呼路上的工程车:"出发!出发!"

工程车就轰隆轰隆往前拱过来。

这时候,有个声音在围观的人群后面大喊起来:"把贾队长放了!你们凭啥抓他?乡亲们,蜀山是咱们祖祖辈辈生活的地方,咱们的祖坟都在这山上。可这些人,竟然开着这些奇形怪状的机器来,想把咱们的蜀山掏空。前一段时间,他们把山挖垮了。现在又开了这么多机器来挖,那山还不倒塌啊?叔爷老辈们,眼看蜀山要倒塌,你们竟然无动于衷?蜀山要是垮了,咱们到哪里去住?他们还抓贾队长,你们就眼睁睁看着贾队长被抓走吗?"

唐朗仔细分辨,这应该是一个年轻男子的声音。不过,说话的人显然捏着嗓子,听不出是哪个。

这个话明显是一种煽动,而且煽动的效果相当不错。

"对呀,咱们家在蜀山,蜀山垮了,咱们就无家可归了。"

"蜀山上有蚕丛王菩萨,有太上老君,把山挖空了,菩萨和老君肯定会降罪,又会有更多灾难了。"

"挖不空也会把地脉挖断。就算蜀山不垮,挖断地脉,蜀山也废了。"

"是啊是啊,让他们赶紧把机器开走,把贾队长放了。"

"把机器开走!把贾队长放了!"

钟成有点发虚,苦着脸抱怨:"顶不住了,陶局长,把贾队长放了吧?"

陶高其实也心虚。但再心虚,他也不能在钟成面前表现出来。他大手一挥:"带走!"

钟成背过身,拉着手铐把贾队长往前拖。

"钟成,你娃儿算老几?你以为穿一身蓝皮子就抖起来了?竟敢铐贾队长!贾队长不长你的辈数长你的岁数,何况他在村里还德高望重!"人群中那个捏着嗓子的声音又叫起来。

"又不是我要抓,我也是吃官家饭,身不由己嘛……"钟成小声嘟囔。

"叔爷老辈们,你们再不动手,咱们德高望重的贾队长就要被抓走了!"

老头老太们受到鼓动,都拥上来,拖住贾队长,揪住钟成。甚至有个老头上前,一巴掌呼在钟成脸上:"你娃儿有出息了,竟敢抓贾队长!打开,赶紧把手铐打开!"

老头的一掌,其实打得不厉害。不过钟成还是满脸委屈,泪眼婆娑:"你们打我做啥?你们也看见了,又不是我要抓……"

陶高对钟成简直是恨铁不成钢。这种时候,咋能软下来!他给后面的一排警察一扬手:"通通给我铐起来!"

警察拥上前,咔嚓咔嚓,秋风扫落叶。那些老头老太,人生第一次尝到了手铐冰凉的滋味。

"不准随便抓人!谁给你们的权力,你们凭啥想抓哪个就抓哪个!"唐朗又听到那个年轻男子在喊叫。唐朗觉得这个话说得特别解气,他忍不住举起拳头挥了挥。这么挥着,不知不觉,他已经钻进人群,走到贾有伦与平和的身边。

这时候,大家都转过头来看他,满脸诧异又兴奋的样子。

"听到没有?唐书记说了,不准随便抓人!"

"对呀,唐书记刚才就是这么说的,不准随便抓人!"

"唐书记是蜀山最大的官,他说了不准抓人,你们咋还敢抓,你们吃了豹子胆了!"

"我说的？"唐书记大为奇怪，他转头看平和。平和不看他，平和埋着脑壳，就像自己做了啥羞耻的事。唐朗又转头看贾有伦，贾有伦则抱着个肚子，一副事不关己的样子："唐书记，说了就说了……"

"不行，我是书记，我怎能说这个话？"唐朗正想给大家解释一下。不过，他没料到，场面一下就失控了。不只老头老太，围观的人群也冲过来，抓住警察乱扯。有的扯警察的衣服，有的把警察帽子揭下来，戴在自己头上，一副沐猴而冠的样子。

警察当然得维护警服的尊严，一顶帽子扯来扯去，结果就被扯得稀烂。

警察冒火了，把警棍打开。警棍"咻咻"冒着蓝火，警察举着咻咻冒蓝火的警棍四处扫。蓝火威力强大，吓得村民们四处乱躲。但人太多，咋也躲不开。有人不注意，一下碰在蓝火上，瞬间发出恐怖的惨叫。

一些村民转移目标，朝路上的工程车冲去。有的爬到工程车那些奇形怪状的机械手上，有的钻进驾驶室，还有的直接往工程车上扔石头。哗啦哗啦，驾驶室的司机赶紧从车上跳下来，跑到另一边。

唐朗急了，他没想到他无意中的一句话，事态就失控了。他大声劝大家住手，但他的声音淹没在村民嘈杂的呼叫声中。他看见陶高拿着扩音喇叭发呆，忍不住提醒道："陶局长，你咋拿着个喇叭不说话？你快招呼大家停手呀，这样砸下去，咋得了！"

陶高气不打一处来："还不都是你！你要不煽动，村民们的情绪能起来？你把村民煽动起来了，却让我来扑火。要扑你自己扑。再说了，本来就是你的事。"

陶高把扩音喇叭往唐朗怀里一塞，挤到人群后面去了。

唐朗满头大汗，把扩音喇叭放在嘴边喊话。但还是不起作用，没人晓得是他唐书记在喊。也许前面的人看见，安静下来了，后面的人又拼命往前拥，拼命抓起能找到的东西，胡乱往车上砸。

"唐书记，快，赶紧到我身上来！"平和蹲下去，把脑壳往唐朗胯下拱，试图把唐朗拱起来。可惜大约站累了，他力气不够，腰没直起来，自己反而被压趴在地上了。

贾有伦走过来，一屁股把平和撞开："老平，你就这么点出息。唐书记瘦得猴似的，你都顶不起。走开，让我来。"

说着，贾有伦就往下蹲。可他肚子实在太大，蹲不下去，只能微微有个蹲的动作。唐朗不愧是"瘦得猴似的"，扯着贾有伦的衣服，三两下爬上贾有伦的腰，爬上贾有伦的背，跨坐到他肩膀上。

这样一来，所有人都看得见唐朗了。唐朗举起话筒喊："听着！不要扔石头！不要砸车！我是唐朗，你们听我说，站在原地别动！别挤！把手里的石头放下，别再砸了！"

唐朗的扩音喇叭像灭火器，这里扫一下，那里扫一下。渐渐地，火势小了，人群不再往前挤，也不再砸车了。当然，也可能实在没啥砸的了，因为地上的东西，全都堆在破烂不堪的车上了。

"我们可以不砸。但是，警察得把手铐打开，把贾队长放了，把叔爷老辈们都放了。"

"是啊，唐书记，你是好书记，替我们说话，我们都听你的，不砸。但警察要不放人，那就怪不着我们了。"

"我们可以不砸，但是那些机器必须运回去。要是不运回去，还想往前开，这里没石头了，前面还有石头。"

唐朗又听到那个年轻男子捏着嗓子的声音。唐朗生气了，怒视那个声音发出的方向："哪个在煽动？是哪个？"

没人回答他。只见声音传来的方向人头攒动，唐朗根本看不清楚。

这时候，唐朗看见从另一个方向上，一小股人流往这边拥来，仿佛是几条游得极快的水蛇。

唐朗把扩音喇叭对准那人流，大声命令："你们想干啥？让你们别往前挤，你们为啥不听？"

那人流不但不听，还拱得更快。唐朗正想骂娘，不过，他硬生生把就要出口的话吞了回去。因为他已经发现，那过来的人，竟然是赵书记。

"赵书记……"

贾有伦被唐朗夹在胯下，本来脖子就短，这么夹着，整个脑壳都藏在唐朗的西服里。贾有伦有些后悔，一开始就不该逞能扛唐朗。不过既然扛了，也不好把唐朗扔下来，只能眯眼挨着。听到唐朗喊"赵书记"，贾有伦不高兴地说："唐书记，你是病急乱投医么？这么乱的场面，就算赵书记真的来了，又有啥用？"

"赵书记真的来了。"唐朗喃喃说道。

"曹操还真的来了呢!"贾有伦喘着粗气,"你要是劝不住村民,你就赶紧下来,我可受不住了。"

"下来下来,我来!"陶高走过来,一把将唐朗从贾有伦身上扯下来,接着,扳着贾有伦的脖子,往他身上爬。但陶高毕竟不是"瘦得猴似的",没有猴儿的身手,爬了半天,把贾有伦腿弯子踩痛了,他的脚还在地面上。

赵书记皱了皱眉:"陶高,你咋也往贾有伦身上爬?你跟唐朗一样,有病啊?"

陶高一时搞不清楚赵书记话里的意思,回答得也就不太干脆:"赵书记,我是想,这样站得高一点,老百姓看得见我……"

赵书记没再搭理陶高,走过来,拍了拍唐朗的肩膀,和蔼可亲地说:"小唐,咱们不能讳疾忌医。生病了,就要及时治疗。回去吧,先去医院,治好了,再来接着工作。"

唐朗有些莫名其妙:"赵书记,我没啥病啊……"

其他人也望着赵书记,莫名其妙。

赵书记满脸慈祥:"小唐,带病坚持工作,精神可嘉。但是,咱们不提倡。身体是革命的本钱,别着急,先把身体养好了,有你干革命工作的时候。"

陶高最先反应过来,跟着劝唐朗:"是啊,唐书记,赵书记关心你,给你放几天假呢,你咋不领情?回去吧回去吧。"

"我也想回去啊,可我真没生病啊……"唐朗挠头皮。也许他就算挠破头皮,也不明白赵书记在说啥。

赵书记朝警察招手:"来,你们把唐书记扶上车,送下山。"

钟成快步冲上前,一把抓住唐朗的膀子,就往人群外拉:"对不起,唐书记,赵书记让我们抓你下山,我们也是没办法……"

赵书记勃然大怒:"你胡说啥?我说过抓吗?我是让你们送唐书记下山治病,你为啥曲解我的意思?"

钟成吓得一伸舌头,不敢开腔了,只能埋头拉。不过,他一个人似乎并不能把唐朗拉走。唐朗的手都被他拉直了,但他就是没办法让唐朗的身体移动。

"赵书记,我真没病啊!我不回去,我要在这里工作。"

赵书记满含关爱地说道："小唐，你担心啥呢？你走了，还有老贾和老平呢。他们干了几十年的基层工作，难道你还不放心他们？不要再多说了，去吧，安心养病。我会给你配备全县最好的医疗团队，一定会把你的病完完全全治好的。"

平和眼睛眨巴了半天，终于眨巴出个所以然，也劝唐朗："唐书记，赵书记让你下去你就下去吧，你放心好了，有我和贾乡长呢。"

"老平，你也这么说？"唐朗的身子有些发软了。

平和看着赵书记，没看唐朗。

陶高向其他警察一使眼色，这次一下来了五六个，他们像捡一片树叶一样，轻易就把唐朗抬起来，放到警车上。接着，门一关，警车呼啸着就往山下冲去。

第十一章　入驻农户

那天傍晚，平和给唐朗回电话。

一接通电话，平和就迫不及待解释："唐书记，你打的那些电话我都看见了。但我不敢接啊，赵书记一直都在。我的电话一响，赵书记就批评我，我只得把电话按成静音。现在赵书记走了，我才回你的。"

"老平，赵书记有没有跟你们说过，我生的是啥病啊？"这个问题让唐朗焦急一天了。

"唐书记，你啥都别管了，赵书记让你调养，你就安心调养吧。你不是一直说累，没有休息时间吗……"

"问题是，这很莫名其妙啊，赵书记总得说个理由吧……"

"具体的，我也不晓得……唐书记，你也别多想了，赵书记让你养病，你就养病好了……"

平和不再听唐朗说，匆匆忙忙就挂断了电话。等唐朗再打过去时，平和的电话却显示已关机。

事实上，平和并不是不晓得赵书记说的啥，他很清楚。警察把唐朗一带走，赵书记就告诉在场所有人，唐朗由于工作压力太大，精神出了问题。赵书记说，今天本来是项目进场，多重要的事情啊，唐朗作为一乡的党委书记，不在工作现场，竟然进城去了。你们说，反不反常？赵书记又说，唐朗一向都很拥护县委的正确决定，支持项目进场，可是今天却怂恿大家阻工。你们说，反不反常？赵书记再说，唐朗刚才竟然爬到贾有伦的肩膀上骑"马马凳"，这是娃儿才会做的事情，唐朗一个成年人，也这样做。你们说，反不反常？赵书记最后总结说，唐朗为啥这么反常，因为他精神出问题了。

陶高吓出一身冷汗。刚才自己正准备往贾有伦的肩膀上爬，要不是自己太笨，就爬上去了……

赵书记这三条理由讲出来，周围的人都觉得好有道理，都有一种恍然大悟的感觉。不过，也有人表示怀疑，唐书记精神一向正常啊，为啥突然这样了？是不是中邪了？

又有人说，可能不是中邪，而是蚕丛王菩萨降罪在他身上了。因为前一段时间他让喜旺出假菩萨，蚕丛王菩萨生气了。

众人又点点头。

这时候，那个捏着嗓子的年轻男子的声音，从人群后冒出来："啥叫精神异常？唐书记进城，是去救喜旺的。喜旺被你们无缘无故抓起来，唐书记一直想去救他，但没时间。这次他终于挤出时间进城去，咋突然就变得精神异常了？"

"又是这个声音！"陶高义愤填膺地对赵书记说，"赵书记，这人太坏了，一直在这里煽动。我现在就派警察过去，把他找出来，抓起来！"

赵书记摇摇头，不理陶高，微笑着冲那个声音说道："小伙子，你说得可不对。你说的这个喜旺，涉及盗挖铜矿和贩卖假古币的问题。因为有人告发他，公安局自然要让他去协助调查。这件事我先不晓得，昨天才听到陶局长汇报。是不是这样的，陶局长？"

"是是是，确实，确实……"

"当时我就跟陶局长讲了，咱们不能放过一个坏人，但也不准冤枉一个好人。是不是这样的，陶局长？"

"是是是，确实确实。"

"陶局长，你们现在是不是已经调查清楚了？调查清楚以后是不是该把喜旺放了？"赵书记盯住陶高问。

"调查……清楚了吗？赵书记，你说调查清楚了吗……"陶高结结巴巴地说。

"陶局长，你是不是不想当公安局长了？你职责范围内的事情，竟然来问我！"赵书记大怒。

"那就，那就……已经调查清楚了，这件事，与喜旺无关吧……"

赵书记微笑起来："既然与喜旺无关，那就把他放了吧，今天就放。"

"是是是，今天就放，今天就放！"陶高出了一身冷汗。

"赵书记，喜旺真的会放回来？"贾队长激动起来。

"调查清楚了，没他啥事，当然要放回来。我刚才不是说过吗？咱们不能放过一个坏人，也不能冤枉一个好人。"赵书记微笑道，"不但立刻就可以把他放回来，放回来后，他还会继续担任村支部书记。"

"别上当，贾队长！"人群中那声音喊起来，"他这样做，无非是想收买你，让你离开，让你别阻路，好让机器进去挖山！"

大家都有些不安地看着赵书记，赵书记摆摆手，又笑道："小伙子，我告诉你，你说错了。我马上就会命令机器开回去，不再进场施工了。所以你说的收买啥的，是不成立的。"

赵书记此话一出，在场的人都大吃一惊："蜀山不建铜厂了？"

赵书记微微一笑："我曾经对你们说过一句话，只要你们不是心服口服，咱们县上就不会轻易动工。虽然说，你们几次三番的阻路，已经给投资方、给全县造成了极大的损失，和难以估量的恶劣影响。但是，咱们的政府是人民的政府，咱们人民政府要对人民诚信。只要人民不满意，咱们就不会干。"

赵书记又说，接下来，他会把全县各大部门的一把手都调到山上来，住进农户的家里，和农户同吃同住，和群众交心谈心，帮老百姓解决实际困难，直到群众完全答应，直到这个铜矿项目真正落地后，县上各部门的一把手，才能回到城里办公。

"这件事，我会带头的。我上山来，想住在贾队长的家里。贾队长，你欢不欢迎我啊？"

贾队长一呆，忙说："欢迎啊，当然欢迎，非常欢迎……"

贾队长不晓得该怎么表达自己的心情，反反复复就这句话。

唐朗给平和打完电话后，尽管躺在病床上，尽管满心疑问，但他竟然呼呼睡着了。当他再次醒过来的时候，看看手机，一下就已经是第二天中午了。

唐朗长长地伸了个懒腰，才发现床边竟然站了一排白大褂，差不多有七八个。这些医生，唐朗大都认得，都是全县各大医院的头牌医生，或者干脆是院长。

唐朗突然想起赵书记曾说过的，要给他配备全县最好的医疗团队。当时他还以为赵书记是在讽刺他，没想到，等他一觉醒来，全县最好的医疗团队，果然就排在他面前了。

唐朗强装满不在乎的样子，开玩笑地问道："专家们，辛苦你们了，我生的啥病啊？"

医生们都把目光盯在人民医院的院长华院长脸上。华院长走上前，把拳头支在嘴上，咳一声："唐书记，你这个病生得很蹊跷，时有时无。据我们几个医生反复分析论证，应该属于间歇性精神分裂症一类，很复杂……"

这太好笑了吧？唐朗忍不住讽刺道："那你们说，我现在是精神分裂期，还是精神复合期？"

"这会儿你确实没有分裂。但这会儿没有分裂，并不表明你就是健康的。实际上，当你分裂的时候，症状是异常强烈的，一般的药物根本无法控制……"

"异常强烈？我啥时候发作过？"

"据我们了解，之前你就发作过好几次。只不过间隔比较长，你也没有引起重视。昨天你在山上发过一次，回城后又发了一次。这说明，你发病的频率越来越高了，病情在加重……"

唐朗见医生越说越真，更加觉得好笑。不过，他依然非常耐心地问："今天我没发病吧？我不是一直舒舒服服在睡觉吗？这哪像精神分裂的样子？"

"你这样更反常啊！你安静的时间越久，发作时症状会越严重，所以我们才很担心啊……"华院长摇摇头，"唐书记，你这个情况，我们已经请示了赵书记……"

"赵书记咋说？"

"赵书记高度重视你的病情，同意我们专家组的意见，给你转院。"

"转院？转到哪里去？"

"我们这里的医疗和药物对你没有任何用处，我们决定把你转到精神病院去……"

唐朗全身发抖，从床上一跃跳到地上，指着华院长吼道："你说啥？把我转到精神病院去？我是神经病？你们这是在干吗？有这么欺负人的吗？"

"发作了！终于发作了！"华院长脸色惨白，随即命令身边身强力壮的医生，"快，你们快控制住他！这种病，一旦发作起来，其攻击性是非常强的！"

华院长又吆喝惊慌失措的护士："赶紧准备救护车，送他去精神病院，越快越好，不能耽误病情！"

当救护车在门外响起令人心悸的尖啸声时，唐朗身体不再抖了。他心平气和地解释："华院长，我想你可能有些误会了。赵书记说我生病让我休息，其实是他生气说

/ 第十一章 入驻农户 /

的话,并不是我真的得了啥病。我晓得我做得有些过分,身为乡党委书记,不该鼓动村民闹事。我是嘴贱,管不住自己。赵书记生我的气,也是应该的。不过,只要过了这一段时间,赵书记就会消气的,对不对?唉,我晓得,书记的话,自然一言九鼎。你们执行书记的指示,一点儿也没错。可是,如果你们把书记生气时说的话,也当成真的来执行,这可就荒唐了……"

唐朗温和迷人的话,让那些按住他的医生疑惑了,他们不知不觉松开了手。这样的人,真的有病吗?

华院长一看不对,严肃地呵斥:"你们在搞啥子?赶紧摁住!他这也是精神分裂症的一种病征,你们明不明白?"

"是啊是啊,华院长说得对,赶紧摁住!"其他头牌纷纷附和华院长。

医生们重新压住唐朗,扯他的手和头,就像扯犯罪嫌疑人那样。唐朗的身体严重变形,但是他并没有感到疼痛,他只是有一种巨大的屈辱,以及无法表达的无奈。当医生把他扯上救护车的时候,唐朗竟然发现,他的眼中非常不争气地滑出了两滴眼泪。

严道县各大部门的一把手,很快就背上铺盖卷儿,住进了蜀山乡复兴村需要征地拆迁的农户家里。

公安局长陶高住的是主任严庄的吃喝耍农家乐。吃喝耍的宾馆,无疑是复兴村最漂亮最舒适的地方,其气派程度,丝毫不亚于城里的星级宾馆。很多局长不服气,抱怨陶高"近水楼台先得月"。陶高两眼望天:"要不我跟你们换?你们哪个能做通严庄工作,哪个就到这里来住。"

此话一出,哪个也不敢接腔了。大家都明白,严庄是复兴村最复杂的人物,哪个都没有搞定他的把握。

农业局副局长白土是个一把年纪的老局长,再过一年他就退休了。他也是所有上山来的各大局领导中,唯一的副局长。不过,因为农业局的一把手没到位,因此他就暂时主持农业局工作。

他这个年纪,升局长是无望了。不过赵书记要他好好干,赵书记说,干出了成绩,退休前,给他解决一个正科待遇。

白土住在黄昌婆家里。

虽然他大半生都在乡镇工作，住在农户家里的时候也不少。但是，住进黄昌婆家的第一晚，他就受不了了。

刚睡下，一阵惊天动地的鸡鸣声就响起来。他以为天亮了，赶紧爬起来穿好衣服，可推开房门一看，天上还是满天星斗。

白土返回去睡，才眯眼，又被鸡叫声给吵醒。

白土受不住了，他决定去惩治一下那只鸡，让它闭嘴。

白土以前在乡下工作的时候，听别人讲过偷鸡贼。说偷鸡贼厉害，晚上鸡遇到他，一般都不会叫。为啥不叫呢？因为偷鸡贼有一手绝活，他一下把鸡脑壳塞进它翅膀下，这样一来，鸡便乖乖地受他摆布了。

白土以前听到，只是觉得神奇，不晓得真假。他决定亲自验证一下。

他寻声往鸡笼摸去。不过，很快他就发现，那鸡叫声竟然是从黄昌婆睡觉的房间里发出来的。咋回事，难道黄昌婆晚上和鸡一起睡觉？

既然鸡在黄昌婆睡房里，他就不好进去捉了，只得熬着。

第二天，一脸疲倦的白土，正准备问黄昌婆，为啥会和鸡同住的时候，忽然听到了黄昌婆喉咙里，那个悠长的鸡叫声。不用问，白土已经晓得答案了。

白土立刻决定送黄昌婆去县医院住院。然而，黄昌婆却死活不同意。问她为啥，她不说。

白土没办法，只得去吃喝耍把涂三姑喊回来。涂三姑一回来，就对她奶奶一通抱怨。抱怨的时候，黄昌婆像个小脚媳妇，不停点头。但点头归点头，点完头，涂三姑说让她进城治病，她还是不去。

白土劝不动黄昌婆，便给县医院华院长打电话，请他派个医生上山来。

华院长一接电话就来气："白局长，你晓得医生有多紧张吗？每个医生的面前，每天都排着长长的队伍。有些患者，早上来挂个号，到下午下班时，都不一定能看上病。你倒好，居然让我专门派医生上山！哪个有这么大的面子？"

"面子不大，事情不小。"白土耐心地讲，"华院长，你晓得的，蜀山铜矿项目是全县的一号工程。为了完成这项工程，全县各大局的一把手都住进了老百姓家里，连赵书记都亲自上山来了。搞这么强的阵容，花这么大的精力，还不就是为了把群众工作做实、做彻底嘛。所以嘛，华院长，请你配合一下，做点牺牲，派个医生上山来吧……"

华院长嘿嘿笑了："既然是全县一号工程，既然是赵书记亲手抓的工程，我华某就不敢不配合。只是现在实在派不出人来，这也确实是个难题。这样吧，白局长，你就再等一等。等忙过了这一阵，人手稍微松一点的时候，我立刻派人上山来，说到做到！"

华院长说到这份上，白土自然无话可说了，只能等着。

国土局长范武晨负责的农户是喜龙家。

当范武晨带着铺盖卷儿，来到喜龙家的时候，刚跨进喜龙的院坝，就看见喜龙拿着一把长柄砍刀，站在门口，凶神恶煞地看着他。

范武晨虽然是局长，不过比较年轻，没见过这阵势，有点心虚。但就算心虚，他也不可能退回去，只能正视有可能出现的淋漓的鲜血。他讨好地笑道："喜龙，你拿着一件武器站在门口，你这是在当门神啊？"

"是又咋样？"喜旺的话硬邦邦的。

"门神是挡鬼的，这大白天的，也不可能有鬼来啊……"

"哼，不但有鬼，还有棒客！"

范武晨装出不明白的样子："啥？棒客？你说的棒客是不是就是土匪？我小时候确实听大人讲过，这蜀山上住过棒客。但那也是1949年前的事了。现在国泰民安，哪有啥子棒客……"

喜龙轻哼一声："现在山上确实没有棒客，棒客都跑到城里去了。这不，他们正从城里跑到山上来抢劫呢。"

"不会吧？从城里跑到山上来抢劫，我咋不晓得？在哪儿，你指给我看看……"

"别装憨了，就是你！"喜龙把刀往前一挥，亮闪闪的刀尖指向范武晨。

范武晨本能地后退了两步。不过，他很快就为他后退的这两步感到羞愧。好在只退了两步就及时刹住脚，也不算特别丢脸。

喜龙的奶奶陈盛婆刚好割猪草回来，看到这一幕，吓了一跳。她把猪草背篼往地上一丢，就赶紧冲过去，抱住喜龙的刀柄："喜龙娃儿，你这是在干啥？可不能乱来啊，砍了人，要敷汤药的哦！"

陈盛婆又给范武晨赔笑："大领导，你别多心，我们喜龙娃儿没读过啥书，懂得的道理不多。他拿刀是好耍的，你千万别跟他计较。"

"你才没读过书！我好歹把小学读完了，你才是一天书都没读过！"喜龙不服。

范武晨见他们争论这个，觉得好笑。一觉得好笑，他就不那么害怕了，赶紧自我介绍："奶奶，你别喊我大领导，我不是大领导，我是县国土局长范武晨。"

"哦，范，范国土……"陈盛婆毕竟没读过书，不晓得该咋喊，"范国土，我们家喜龙也就是模样做得吓人，他没有害人之心，你原谅他哈。唉，我们家喜龙娃儿可怜啊……"

喜龙不耐烦了。他想把刀从他奶奶手中抽出来，但他奶奶抱得死死的，抽了半天抽不动。他干脆撒开手，生气地说："奶奶，你不会说话就别说，我哪里可怜了？我不可怜！"

范武晨大拇指一伸："是啊，喜龙很有志气的！这一点，我早就了解了。你看，村里的年轻男子大都出去打工了，可喜龙不出去，而是留在家里发展……"

"他留在家里，还不是为了我这个瞎眼老婆子！他晓得我一个人在家，寻不来吃，才没出去的……唉，都是我委屈了娃儿……"

范武晨这才发现，陈盛婆确实有一只眼睛是瞎的。而另一只，虽然没瞎，却有明显的白内障。范武晨把另一个大拇指也翘起来："好啊，喜龙不但有志气，还孝道，这太了不起了！"

看得出来，范武晨这个话还是起了点作用，喜龙不再像刚才那样敌视了。但他也没有配合，抱着手交叉在胸前，倚靠在一根柱子上，满脸冰冷。

范武晨继续和蔼可亲："喜龙，听说你在培育一种叫'鸡眼睛'的野浆果，培育得咋样了？"

"你还说！要不是你们搞啥子铜厂，我的那一块地能被埋起来吗？"一提起这事，喜龙情绪又来了，"现在全部都喂给阎王吃了，你还好意思问！"

范武晨万分委屈，那山又不是他把它搞垮的，凭啥埋怨他啊。不过，范武晨是久经考验的好干部，绝不会因为受点委屈就抱怨。不但不抱怨，范武晨还有智慧。他神秘一笑:"我看嘛,这山倒是垮得很好,垮得很及时……"

"啥?你还敢幸灾乐祸?"喜龙又去扯他奶奶怀里的刀,把她奶奶扯得偏来倒去。

范武晨不敢再弄噱头,赶紧说:"喜龙,你别激动,听我说嘛。我的意思是,你现在搞'鸡眼睛'还没成功,其实是一件好事。你想呀,一旦你培育成功,形成规模了,这山上又没市场,交通又不方便,你咋卖啊?"

喜龙满不在乎:"有啥了不起的,背进城里去卖。"

"背进城?可以。但你考虑过运费吗?运费高,成本就高。还有,你这种野果,口感上肯定比不过平坝地区的洋果子,会有多少人买?成本又高,买的人又不多,你还赚啥钱?"

喜旺一怔:"现在的人,不都喜欢吃原生态的东西吗?我这野果,就是原生态的,买的人应该不少吧……"

"应该不少?你这种没做过市场调查的预测,有点悬哦……"范武晨意味深长地说道,"再说了,你从山上移栽到山下来,还叫野生的?而且,据我所知,你其实也在给'鸡眼睛'打农药。都打过农药了,还能叫原生态的?"

"就打过一次,以后就不会打了……"喜龙有些慌乱。

"打过,哪怕只有一次,也不能叫原生态!农药是有残留性的,它会一直留在植株上,然后进入果子里,消不掉的。"

喜龙一下蹲在地上,双手抱住头。

陈盛婆叹口气,有些伤感:"喜龙啊,先前你说你要种'鸡眼睛',我就不赞成。村里的老辈子们都让我劝劝你,让你别瞎搞。我想跟你说,又怕你不高兴。今天范国土领导说了,你这个搞不出名堂,我才敢和你说真心话啊……"

"陈婆婆,我也不是说喜龙就搞不出名堂。搞也搞得出名堂,只是喜龙搞的地方不对。目前这山上交通不便,人口不多,还不具备野生果类植物种植的条件。除非解决了这两个问题,喜龙才搞得成功。"

"能搞成功就好,我就想我们喜龙搞成功。"陈盛婆眉开眼笑。

喜龙提醒他奶奶:"人家说的是现在搞不成功!"

"咋又搞不成功了呢?刚才不是说能搞成功吗?"陈盛婆大惑不解。

"陈婆婆，我是说现在条件还不具备。不过，条件很快就会具备的，只要这个铜矿项目落户了……"

"说来说去，你就是为了动员我签字嘛。哼，我告诉你，如果今天你是来说这个的，那你可以走了。"

喜龙忽地站起来。陈盛婆以为喜龙又要扯刀，赶紧把刀背到身后去。喜龙却并没去扯刀，而是双手交叉在胸前，斜视范武晨。

范武晨搓搓手："呵呵，我可不能走啊，按县上的指示，我得在你家住下来……"

"县上的指示又咋了，县上的指示管得到你，管不到我。我不同意，你敢强行住到我家来？走走走，赶紧走！"

范武晨晓得今天失败了，只得往屋外走，一边走，一边尴尬地说："好，我走。喜龙，看来你今天有些忙，我改日再来，改日再来。"

一早起来，李秉就在屋里走来走去。从客厅走到阳台，又从阳台走到厨房。别以为他这么走，是很忙的样子。恰恰相反，他什么也不做，他只是一会儿把双手抱在胸前叹口气，一会儿又把双手背在身后叹口气。

成老师在厨房里做早餐。她胸前系一张白围裙，揉面、擀面、剁馅、包馄饨，忙得满头大汗。时不时，她还把那口噗噗冒气的锅揭开，用汤勺舀一点起来，尝尝汤味。她侧过脸，透过厨房门看李秉："老李，要不你下楼到公园里做个操，打个太极啥的。和你一起退下来的老张老刘，天天都在公园晨练呢。"

"不去。"

"那你看看新闻吧。你以前不是每天都要看新闻的吗？那时候一边穿衣服去上班，一边眼睛还盯在电视上，就怕漏了一句似的。"

"不看。"

"那你浇浇花吧。阳台上那些花，你已经好几天没浇过，都快干死了。你看人家老何家的阳台，那是春风浩荡、花舞人间。咱们的阳台，则是山河破碎、满目疮痍啊。"

"不浇。"

成老师受不住了，举起两只湿答答的手，高叫："这也不干，那也不干，你要干啥？我就晓得，你坐卧不安，无非是惦记着蜀山那小寡妇了！"

李秉哈哈一笑："你还真说对了，我差不多一个多月没见过它了，说老实话，挺想它的……"

"那你去看呀赶紧去看呀！"

"我是该去看看，迟了，它成别人的了。"

"你去你赶紧去！你最好去了就别回来！"

"那好，你既然答应了，咱们就走吧。"李秉伸手去拉成老师。

成老师像碰到火一样，惊跳起来，随即她就捂脸大哭："你欺负我也就够了，还要带我去，让那小寡妇也羞辱我……"

"老成，你说啥呢？我说的是咱们在蜀山的房子啊。"李秉嘿嘿一笑，显然，他是故意惹成老师生气的，"我听说，严道县的赵书记都带队上山，驻扎在村民家了。看这阵势，要不把铜厂建起来，他是不会罢休的。"

成老师悄悄松了口气，语气也变得软和了些："关你啥事？建铜厂又影响不到咱们的房子。闲事少管，走路伸展。"

李秉晓得，给成老师讲保护蜀山的问题，她肯定又要说自己多管闲事。所以他换了一种说法："哪个说影响不到？一期工程影响不到，二期、三期工程呢？就算一直影响不到，难道空气不影响？饮水不影响？"

"咱们又不是长年累月住那里，就算有点影响，又有啥关系？"

"好歹那房是咱们积攒了大半辈子钱修的，你舍得那些辛苦钱打水漂？"

成老师当然舍不得，她皱眉嘟囔着："当初就不该在那里修房子。"

"修都修了，还说啥当初。"李秉又故意激成老师，"你究竟去不去？你要不去，我可自己去了。到时候，你别又拿闲话出来说。"

"要去你就去。闲话我肯定要说。"

成老师蛮不讲理，李秉没辙了，只得又改为温言软语："老成，你说你胸闷，我陪你回来检查，各种项目都做了，都没查出啥大问题。医生也说了，关键是养，是放宽胸怀。养身体，还能找得到比蜀山更好的地方吗？咱们还是赶紧回去吧，好不好？"

"我就晓得,你静不下来,你就想折腾。"成老师把拉杆箱从衣柜里提出来,"走吧。"

"咋这么快就收拾好了?"李秉大为惊奇。

"晓得你想走,早就收拾好放在那儿了。"

其实,整个复兴村,除了喜龙等极少数几个人不欢迎局长进驻外,绝大多数是兴高采烈的。毕竟县上的大领导们进他们家,这还是人生头一遭。要不遇到这个事,别说住,就是见一面,也比登天还难啊。

当村民们在吃喝耍聚拢时,他们都是眉飞色舞的。大领导们吃啥、穿啥,甚至大领导们说话的腔调、走路的姿势,都成了村民们津津乐道的话题,让他们激动不已。

到后来,就比哪个家里的领导官大。你说你家的领导官大,我说我家的领导官大,然后就争论起来,争得面红耳赤,仿佛那当官的,不是领导,是他家儿子一样。

觉英是个例外,没有领导住到他家里,这让觉英很失落。但听到那些人争论,他一下又有优越感了,觉得那些人实在没见识:"你们争啥?都是局长,都是正局长,哪有官大官小?没见识!"

众人一想,对呀,白争论了。

严庄走了过来,冷笑一声:"觉英娃儿,你是泥鳅戴眼镜,假装鱼先生。都是正局长,腰带和奶罩,位置不一样,官大官小能一样?"

自从觉英被公安局抓去又放回来后,严庄就一直不待见他。以前严庄每次出行,都是觉英、李师公当哼哈二将,一左一右,一刻不离。现在严庄身边就只有李师公了。

觉英受了严庄的鄙薄,心里不满,却也不敢开腔。

严庄把觉英压下去了,又严肃地对众人说:"都是县上的大领导,你们少在背后议论,没事回去打牌!"

众人一哄而散,回去打牌。

只剩下觉英一个人,没人听他的,他就对着那些空凳子发牢骚:"局长再大,也是个局长。人家月英嫂家住的,是书记!"

赵书记住进来,贾队长不是兴奋,而是惶恐不安。

很显然，是因为他带头阻路，赵书记把他当"硬骨头"了。领导都是要带头啃"硬骨头"的。骨头越硬，越是有重要的领导去啃。

但说实话，他根本就不是啥"硬骨头"，他完全是被施西西那丫头给骗了！

施西西那个丫头说，赵书记暗中指示他带头阻路。如果真是赵书记暗中指示的，赵书记咋又会把全县各大局的局长派上山？咋还会把他当"硬骨头"来啃呢？

贾队长肠子都悔青了，觉得给国家添了麻烦，他自己也深以为耻。一辈子都忠实执行国家政策，为啥到老了，反而成"硬骨头"了？

贾队长想告诉赵书记，他不是"硬骨头"，不用到他家来做工作。但是，这个话，咋给赵书记讲呢？

无法向赵书记讲，也无法向村里的老头老太们讲。

刚刚组织他们阻路，反对建铜厂，突然又告诉他们，自己是被骗了，阻路是错的。好歹也当过几十年生产队长，还要不要脸？

赵书记还没住进来，贾队长的心中已经千回百转。他坐在屋檐口下，一口接一口地抽烟。他抽了差不多一下午，抽得整个屋子都装满烟雾了，他依然没有理出一个头绪。

这时候，赵书记的随行秘书小高来了。

小高带了一大帮人，还有一辆小货车跟在后面。货车上面不晓得装的是啥。小高说，他要考察一下赵书记住的地方。

小高这么说，贾队长又被另一种不安折磨着。自己这样的屋子，咋好意思让人家赵书记来住啊……

要是以前，别说县领导，就是地委领导都住过他家。但那个时候的县领导，跟现在的县领导咋会一样呢？那个时候的县领导，穿得和他也差不多，头戴一顶草帽，脚蹬一双草鞋。衣服虽然有四个兜，不过也是补丁叠补丁。现在的县领导，穿的都是笔挺的西装，打着鲜艳的领带。那个皮鞋，亮得苍蝇停在上面都会滑一跤。而且他还听说，城里人现在住的都是小洋房，地板上都是刮了蜡的，照得见人影子。他这四十年前修的老房子，又黑又矮，泥巴墙，泥巴地面，人家县委书记咋下得了脚呢……

小高打开贾队长家每一间房，反复察看比对。最后，他选择了堂屋旁边，那间喜旺曾出过菩萨的小屋子。

小高一声令下，那一大帮人就提着斧头锯子，乒乒乓乓敲打起来。又从货车上抬下一张张板材、一根根木条，送进那间小屋子里。显然，他们是要把那间屋子装修一下。

看到这些人装修屋子，贾队长一口气松下去，一口气又提起来。

经过装修，那房子肯定好多了，不用担心赵书记住不下来了。可是，以前的领导，他们住进来的时候，可不这样。他们经常摸到他床上，和他睡在一个被窝里，一人坐一头，呱啦呱啦说话。黑夜里，只看得见两个烟头，一闪一闪的。

马月英没这些纠结。马月英异常兴奋。马月英甚至凑上前，讨好地问，能不能把另外几个屋子也装修一下？就算不能装修，好歹把屋顶上的瓦翻盖一下。那些瓦，破碎松动的不少，一遇上雨，整个屋子就像水帘洞。"虽然赵书记住的屋子和我们住的屋子不同，但赵书记住的屋顶和我们住的屋顶是一样的。我们的屋顶漏，赵书记的屋顶也漏，你们不能让赵书记住在水帘洞吧？那样的话，赵书记可就成猴儿了……"

小高只是笑笑。小高懂得马月英的这种狡黠。但他不是猴，绝不会轻易被马月英耍。再说了，小高的思想觉悟很高，就算答应，那也应该由赵书记来答应。这种功劳，应该记在赵书记头上。

赵书记随即就来了。

但是赵书记一来，立马喝止了装修这件事。赵书记脸黑得像一口锅："你们在干啥？你们是想让我来住别墅吗？你们是故意要拉开我和人民群众的距离吗？"

别停啊！马月英在心里喊，要想缩短和人民群众的距离，很简单嘛，把我每间屋子都装修了，不就缩短了这个距离吗？

但是马月英终究不好意思说，只能眼睁睁地看着那些花纹漂亮、气味芬芳的板材，又被嗨哟嗨哟抬离她的屋子，轰隆轰隆运走。

不过，贾队长的感觉不一样。赵书记说的这些话、做的这件事，让他一下感觉亲切了不少。

赵书记来到屋檐口下，抬个凳子坐在贾队长前面，膝盖和贾队长的膝盖碰在一起。贾队长不明白"促膝谈心"这个词，把膝盖往旁边挪了挪。赵书记又把凳子往前移了移，又让两人的膝盖碰在一起。贾队长本来想往后面移，但后面是一根柱子，贾队长移不动，又不好意思移凳子，只得退而求其次，尽力把腿往后缩。

赵书记笑了，对贾队长说："贾队长，把你那'黑武器'给我也来一支。"

贾队长赶紧从荷包里摸出一支裹好的叶子烟，递给赵书记，又摸出打火机，要给赵书记点燃。赵书记把叶子烟衔在嘴里，把嘴巴伸过来："就用你的烟点火。"

贾队长只得把嘴巴也伸过来，把燃烧的烟头抵在赵书记的烟上，两人一起用力吸，于是，贾队长的烟，就点燃了赵书记的烟。

贾队长把烟从嘴里取出来，揉揉眼睛："赵书记，没想到你抽得动这种'黑武器'！"

赵书记嗙嗙地吸，吸得云遮雾绕："我现在很少抽了，小时候抽得多。我老汉儿抽这个，我小时候就经常偷偷搞来抽。"

"你老汉儿也抽'黑武器'？"

"抽啊，抽起来可厉害了！"赵书记也像贾队长一样，一边说话，一边烟雾还在牙齿间悠悠荡荡地绕，"贾队长，我老汉儿，你应该认识吧，他说他还在你家住过呢。"

贾队长吃了一惊："真的么？你老汉儿是哪个？"

"赵佑华啊，他曾经当过严道县的革委会副主任呢。"

"啊，赵主任啊？啊哟哟……"贾队长激动起来，使劲搓手，"原来你是赵主任的娃儿啊！啊哟哟，赵书记啊，你老汉儿不但在我家住过，那一年，全县举行农业学大寨标兵表彰大会，我的奖状还是你老汉儿给我颁的呢……"

"是啊，贾队长，现在我又住到你家来了，这是缘分啊！"

赵书记向贾队长伸出手，贾队长双手在围腰帕上使劲擦了两下，递给赵书记。很快，他的双手就陷入一片温暖柔软的包围之中。

赵书记随即放开贾队长的手，一手叉腰，一手在前面挥舞着说话。贾队长认得，这也是赵主任当年经常用的姿势。不过，那时候赵主任一般是站着叉腰，赵书记这种坐着叉腰的方式，看起来多少有些别扭。

"贾队长，咱们现在连夜开个村民大会。我晓得大家对这个铜矿项目有看法。我来收集一下，然后我连夜赶回去，召集县委常委们研究，希望能尽快提出一个让村民们满意的方案。"

连夜开会？连夜赶回去？连夜研究？如此三个"连夜"，这作风，那更活脱脱是赵主任的翻版了。

"好，我马上就去！"贾队长像当年回答赵主任一样，猛地站起来，腰杆挺得笔直，响亮地回答，转身就大步走。

"他老爷，你早就不是队长了。你去通知，人家听你的么？"马月英还耿耿于怀，讽刺道。

贾队长停住脚步。是啊，他已经不是贾队长了，现在村里的年轻人还听他的么？

"这有啥好担心的，"赵书记大手一挥，"他不是队长，我给他封一个'名誉队长'的职务，不就成了。"

"队长还是名誉的……哎呀喂，他不是队长了，却去通知开会，人家笑话他，那才没名誉呢……"

小高忍不住了："马大娘，你不晓得就别乱说嘛。贾队长不管是啥身份，他代表的是赵书记。以赵书记的名义去通知，哪个敢不来？"

马月英不屑地哼一声："咱这里的，都是些乡巴佬，认不得赵书记是哪个……"

"你……"

小高脸憋得通红，正要发火。赵书记瞪了他一眼，笑呵呵地说："月英啊，贾队长可不是代表我，是代表喜旺呢。喜旺是咱们复兴村的书记，可他还在回来的路上。你说，该不该他老爷替他去通知开会？"

马月英一愣，随即就转变态度："应该应该，完全应该！"又叫贾队长："他老爷，你还愣在那里干啥？快点去呀！人家赵书记的时间多宝贵，你磨磨叽叽的，把人家的宝贵时间耽搁了！"

第十二章 取保候审

喜旺回到家的时候，头发蓬乱，脸色青灰。

马月英没有注意到这个，她满脸喜色，抓住喜旺的手猛摇："喜旺，贾书记，你可回来了，你终于回来了！"

贾队长在屋檐口下，裂开嘴嘿嘿直笑，露出几颗长长短短的黄焦牙。

喜旺一屁股坐在破竹椅上，垂头丧气地不开腔。

马月英终于看到喜旺脸上的青灰，赶紧端来一盆热水，拧了热毛巾，递给喜旺："快洗洗，快洗洗。你是贾书记，一脸的灰，可与身份不配。洗了脸，去换套干净衣裳。鞋也得擦一擦，不要有泥巴……"

喜旺把热毛巾往旁边一推："哪个是书记？"

"嘿嘿，"马月英好不得意，"喜旺，你还不晓得吧，赵书记又恢复你的书记了！那天抓唐朗的时候，他就说过。昨天晚上，赵书记当着全村人的面，又说了一次，还拿出红头文件念给大家听呢。"

喜旺皱起眉："唐书记咋回事？他的事，我也听别人在讲，说是被抓起来，关进精神病院了。唐书记咋会疯？"

马月英摆摆手："唐书记跟你没关系，你别管，咱们说贾书记……"

"咋跟我没关系呢？他要不是为了救我，能被当疯子抓起来？一切都是为了我，是我害了他！"喜旺脸红筋凸。

"你闹啥？你究竟想闹啥？"马月英冒火了。

"我不是闹，唐书记不是疯子，我要告诉赵书记……"喜旺很委屈。

"唐朗咋可能不是疯子？唐朗不是疯子，你一个村书记，他会让你出菩萨？唐朗不是疯子，他一个乡书记，会反过来鼓动大家阻路？唐朗不是疯子，他是第一责任人，在项目开工时朝城里跑？"

喜旺愣了一下，笑道："娘，这不是你的话吧？有些句子，可能你自己都不懂。"

"确实不是我说的，是赵书记说的，赵书记跟全村人说的。"马月英得意洋洋，"赵书记都拨乱反正了，喜旺，你还是乱的。"

"我没乱。"

"唐朗让你出菩萨，把你的村书记抹脱了，你还没乱？要不是赵书记又封了你，你能再当村书记？"

"要不是赵书记，我的村支书能抹脱？"喜旺顶了一句。

马月英不耐烦讲道理了，直接发火："你究竟想干啥？"

"我要找赵书记，我要告诉他，唐书记是冤枉的。"喜旺还是这句。

马月英在没办法的时候，又想到她百试不爽的老办法。她忽然蹲在地上，长声吆吆地痛哭起来："蚕丛王菩萨，你为啥要这样整治我？我都走了八年霉运了，好不容易有一点转机，你又开始整治我！我前世究竟造了啥子孽哦……"

喜旺目瞪口呆。

小高满头大汗跑进来，焦急地冲马月英大喊："马大娘，你在做啥？快点起来，把眼泪擦了，笑起来。赵书记马上就过来，他要来接见贾书记，市县两级电视台要进行现场采访呢。"

擦眼泪对于马月英来说，太简单了，何况原本就没有眼泪。不过，眼泪虽然擦了，马月英还是有些蒙："赵书记要接见哪个贾书记？"

"贾喜旺呀！"

马月英终于大笑起来："好好好，喜旺，你快点进去换衣裳、换衣裳！"

小高赶紧摆手："不能换。"

"为啥不能换？喜旺这个样子好狼狈哦……"

小高跟这种农村妇女真正是无言以对，所以他懒得解释。

"要不，让喜旺去打盆水洗个头吧……"

"不能洗。"

马月英不明白了。不过她想，小高是大领导，也许大领导做事，就是有些与众不同吧。与众相同，还叫大领导吗！

马月英悄悄吐了泡口水，在自己头上抹了抹。

一阵噼噼啪啪的脚步声从屋外传来。

马月英紧张地捏住喜旺。喜旺有些吃不住痛，皱了皱眉："娘。"

马月英猛然想起来，把嘴巴伸到喜旺耳边，低声吩咐："喜旺，不该说的话，不准说！听到没？"

就在喜旺愣神间，赵书记肥厚温暖的手，已经把喜旺那双细手全方位无死角地包裹起来了。

镁光灯噼啪噼啪闪，照相机咔嚓咔嚓响，贾喜旺脑壳发晕，脸上现出了一阵任人摆布的憨子表情。

马月英对喜旺的表现很不满意，忍不住把那抹过口水的光亮脑壳伸上前，帮喜旺说。但赵书记又不搭理她，只和喜旺说话。那些记者的长枪短炮，也都指着喜旺。马月英恨铁不成钢，悄悄伸出手，在喜旺的屁股上用力揪了一把。

喜旺痛得龇牙咧嘴，脸上的肉直抖。赵书记高兴地拍拍喜旺的肩膀："很好很好，年轻人就应该这样，这样才有朝气！"

赵书记又在一帮人的前呼后拥下离开了。赵书记离去后，马月英转到喜旺面前，又叫又跳，像个小姑娘："喜旺，喜旺啊，你晓得不，你上电视了！电视一放出来，全村人都看得见呢。嘿嘿，不是全村人，是全乡人；不是全乡人，是全县人；也不是全县人，是全市人。喜旺，全市人都看见你了啊。"

然后她不无遗憾地抹了抹喜旺的头发："只可惜头发有点乱，要是洗一洗就好了。都是那个小高领导，不让洗。"

然后又抓住喜旺的手："不过也没啥，咱们喜旺长得帅，就是头发乱点，也是好看的。"

然后就催喜旺，让他赶紧去村里各处转一转。

喜旺不想去。喜旺说他不晓得去哪里转。马月英急了："咋不晓得？巡视！你是村书记，你是受到赵书记亲切接见的村书记，你该巡视你的村。明白吗？到吃喝耍去，朝人多的地方去，巡视！"

喜旺被他娘说烦了，抬脚往外走去。

喜旺漫无目的地走。但就算漫无目的，他也没去吃喝耍。

喜旺在山上走累了，正想找个地方坐下来，猛然间，旁边荒草丛中，有一大堆荒草"长"起来。喜旺吓了一跳。定睛一看，才发现不是荒草，是一个蓬乱的脑壳，黄昌婆的脑壳。

黄昌婆背着个破背筐，背筐里是薄薄的一层桑叶。看到喜旺，她就像做错事的小学生，眼神闪闪烁烁，不敢抬头。

"三奶奶。"喜旺喊了一声。

黄昌婆赶紧赔笑脸："喜旺菩萨，不怪你，都是那个唐书记，是他害了你！喜旺菩萨，我晓得，你是冤枉的……现在好了，喜旺菩萨，那个唐书记被抓起来了，他害不到你了。喜旺菩萨，他咋能害你呢，你是受菩萨保佑的呢……"

黄昌婆絮絮叨叨，逻辑混乱。喊喜旺是"菩萨"，又说喜旺是"菩萨保佑"的。喜旺这算不算自己保佑自己啊？

不过，喜旺没有心思计较这个。黄昌婆提到唐朗，让他好一阵发呆。因为被赵书记接见，因为上电视，他发现自己竟然把唐朗给忘了。咋能够把唐朗忘掉呢？

喜旺一发呆，他的眼睛就鼓起来，直视着一个地方不动。

"喜旺菩萨，你，你出菩萨了？"黄昌婆突然就矮下去，跪在地上，对喜旺一阵乱磕头。

喜旺真有点烦躁了。本来就不高兴，这个黄昌婆偏偏见到他就下跪，横竖说他是菩萨！他是个毛鬼菩萨！

忽然，涂三姑在旁边怒气冲冲地叫起来："奶奶，你这是干啥？人家白局长说了，让你进城去看病，医药费全报。你不去，又跑到这里来信迷信！"又阴阳怪气抢白喜旺："贾书记，你现在是书记了，都上电视了，为啥还要搞封建迷信欺骗我奶奶？你这样搞，像个书记的样子吗？"

涂三姑吆喝着黄昌婆往山下走去。黄昌婆顶着蓬乱的头发，背着大大的背筐，跟在涂三姑后面，慢慢走在荒草覆盖的山路上。

喜旺哇一声吐起来，就像喝醉的人，吐得天昏地暗。

喜旺被马月英撑出去后，一直坐在屋檐口下默默吸烟的贾队长也站起身，扛起一把锄头，准备上山去。

李秉大踏步走进来，大声喊："老哥，又去山上？你可真是一辈子不改英雄本色啊！"

贾队长叹口气："唉，李先生，我还有啥英雄本色……人老了，不中用了，都是瞎胡闹，打发时间的……"

"你可不老，"李秉大拇指一伸，"你还是四十多年前的样子，老当益壮。"

马月英听到人声，喜滋滋地从屋里出来。看见原来是李秉，她的脸色立刻往下垮："李先生，你又来了啊……"

马月英实在是太直接了，李秉的脸色再好，也有些撑不住："月英啊，你这是不欢迎我啊……"

"不是不欢迎，是欢迎不起。你有退休工资，吃穿不愁，想咋耍咋耍。咱农民不行，除非双眼一闭。嘴巴随时都在问咱们要吃的，咱们得想办法填它。"

马月英已经下了逐客令，李秉本来应该没脸再留下来的，但是李秉毕竟是李秉，他有办法。他也从墙根下提起一把锄头扛在肩上，笑呵呵地对贾队长说："老哥，我不耽误你，走，我陪你上山干活。"

马月英没料到李秉来这一招，一时不晓得该咋说："你想怎样……"

李秉故意误会马月英的意思："月英啊，你不用担心我干不来，我告诉你，四十多年前我就是老把式了。不是我托大，那时候还没你呢。是不是啊老哥？你说一句。"

"是啊是啊。"贾队长憨憨地笑笑，一摇一摆地往前走。李秉怕节外生枝，不再多说，赶紧跟上。

两人到了山上，李秉兴奋地指着那些坡坡坎坎，一一报出它们的名字。

贾队长大为惊讶："李先生，真没想到，四十多年了，这些地方你还全部记得。"

"当然记得，"李秉动情地说，"老哥啊，我虽说只在这里待了一年多，但那段日子，却给我的生命刻下了深深的印记。很多年后，我做的梦，都还在这片山水中呢……"

贾队长的思绪也进入了岁月的沧桑："是啊，当年这些地方，还都是荒地。我们砍了杂树，掘了树根，烧了荒草，把荒山开垦出来，种上庄稼。我还记得，那一年，漫山遍野都是玉米。入秋的时候，满眼都是玉米的红缨子，好看呢！"

"战天斗地的岁月！激情燃烧的岁月！"

"李先生啊，那时候，咱们都好年轻。整天光着膀子，在荒地里钻来钻去，也不觉得累。我还记得,你来咱们这里的时候,也跟着光膀子晒太阳。几天下来,你背上的皮就大块大块地掉。你用手一扯,扯下簸箕大一块,蛇皮一样。我们都吓呆了,你却满不在乎。"

"嘿嘿,那时候不懂,扯起好玩。"李秉苦笑道,"你不晓得,后来,扯过皮的地方,肿了一大块,又红又痛。后来结痂了,像背了一口黑锅。现在那里还留有伤疤呢。"

"唉,为了开垦这片荒地,咱们真是没少吃苦。可惜啊,咱们那些年流的汗,都白流了。晒脱的皮,也白脱了。李先生,你看啊,这些本来很肥沃的熟地,现在都成了啥样子!村里人都不种庄稼了,都让它荒着。地荒了,就天天塌方,这儿垮一溜,那儿垮一溜,蜀山都成癞痢头了……"

李秉也叹气:"是啊,本来四处都在垮山,现在又还要建铜厂,把山掏空了,垮得就更厉害了。到时候不只是癞痢头,简直就是开花脑壳。"

贾队长本来在说山荒了,但李秉说到建铜厂,贾队长就有些警觉。施西西骗他,让他耿耿于怀,现在李秉又提这一茬,他就提防起来,悠悠地说:"李先生,在蜀山建铜厂,是上面的决定。上面既然要干这件事,肯定是调查过的,应该不会把蜀山挖垮吧?"

"咋不会挖垮?"李秉急了,"老哥你想嘛,那铜矿在蜀山中,相当于蜀山的骨架。骨架都给抽了,蜀山就只剩下一堆碎肉,咋还立得起来?"

"既然要垮,上面咋还要建铜厂呢?"

"老哥,很多事情,上面也是身不由己啊……"

这个话,咋和施西西说的一样呢?贾队长不再多说,走到地中间,呸一泡口水在手心,搓了搓,挥锄挖起来。

李秉不晓得贾队长心里在想啥,也来到他身边,呸一泡口水在手心,搓了搓,挥锄挖起来。

挖了一阵,贾队长忽然直起腰,把话往明里说:"李先生,不怕你笑话,前几天,我还被喜旺的那个同学施西西给骗了呢……那丫头说,赵书记并不是真心拥护在蜀山建铜厂,他也是身不由己。她还说,赵书记让我组织一帮人阻路,这样,赵书记就能够找到理由撤销这个项目。我信以为真,就组织人阻了路。可是,从后来赵书记把全县一把手都喊到山上来就可看出，赵书记对这个项目有多重视，根本不是施西西那丫头说的那样。唉，看我给上级添了多大的麻烦啊……"贾队长满脸痛苦，"唉，我一把年纪了，还被一个小丫头骗，给国家造成了那么大损失，我真白活了……"

李秉擦了一把额头上的汗，笑笑："老哥啊，我看，施西西并没有骗你，她说的很可能是真的。赵书记真的是反对这个项目的，但他确实是身不由己。他把全县一把手派到山上来，也是因为身不由己，才这样做啊……"

"不会吧？"贾队长睁大眼，"赵书记也是堂堂的县委书记，他咋会这样做？不同意就不同意嘛，不同意却昧着良心做，这不是给国家造成更大的损失吗？他爹赵主任，当年可不是这样做事情的。"

"时代不一样了啊……"李秉摇摇头，"现在的干部，心眼要多得多，和你年轻时候看到过的那些干部，已经很不同了……"

"我不信……"贾队长还是摇头。

两人又挖了一阵，说了些闲话。不知不觉，已是暮色沉沉。各种各样的鸟儿，在枝头上蹦来跳去，叽叽喳喳，啄食树皮果籽。蝉声从四面八方涨起来，潮水一样，涨到树梢，在叶芽间荡漾。在经历了一整天恹恹欲睡的炎热后，乡村的傍晚，突然变得异乎寻常的活跃和热闹。

贾队长把锄头在石头上一敲，对满脸大汗的李秉说道："李先生，天黑了，咱们回家吧。"

"不着急。我晓得的，这个时间，不热了，在乡下正是最适合干活的时候。"李秉笑道，"古书上说，披星戴月。读书人没干过农活，不明白道理，以为说的是农民辛苦。当然了，农民确实辛苦，但之所以要这个时候干活，根本原因还在于这时候不热。没干过活的人，根本不懂。"

贾队长呵呵笑："李先生，你确实很懂咱们农民啊。不过今天不行，你从中午很热的时候就开始干了，太累了。我要是把你累出病了，成老师肯定会埋怨我的。走走走……"

贾队长不由分说，上前拉住李秉就走。李秉只得跟在贾队长身后。刚起步，李秉又说，他想去喜旺奶奶小菊的墓前看看。

/ 第十二章 取保候审

喜旺奶奶的墓，在庄稼地的最上面。到达墓前，李秉看见喜旺奶奶墓上的草剪得整整齐齐，一丝不乱。李秉呆立了一阵，又默默地走到一边，采了一束野菊花，轻轻放到墓前，接着弯下腰，深深鞠了一躬。

贾队长有些感动，搓着手说："李先生，喜旺奶奶要是在另一个世界还看得见，她一定会感激你的。"

李秉叹息道："喜旺奶奶当年可是个好老师，她英年早逝，太可惜了……"

贾队长情绪低沉地说道："都是我，都是我害了她……"

李秉摇摇头："老哥，你也不要太自责。我晓得喜旺奶奶是生喜旺老汉儿的时候，难产去世的。但这也不是你的错，那个时代的医疗条件，实在是太差了。"

"不是的，不是这样的……"贾队长猛摇头，"那时候如果我能阻止她整天整夜在地里开荒，她也不会早产。"

李秉有些疑惑："喜旺奶奶那时候不是老师吗？她应该在学堂嘛，你咋说她整天整天开荒？"

"她早就没教书了。你离开村子不久，她就没教书了。"

"为啥？她虽然是代课教师，不是教得很好吗？娃儿们都喜欢她，家长也称赞她，校长对她更是赞不绝口啊！"

"哪个晓得呢，那一学期完了，她忽然就从学校回来，不教了。校长来动员过她，大家也劝过她，可她就是不回学校去。问她为啥？她说，你们知青走了，队里忙不过来，她要回来帮忙，把荒山变成良地，让家乡变得美丽富饶，再也没人轻视……"

"她这么说？"李秉眼睛瞪得溜圆。

"是啊，她就这么说，我们都不晓得她说的是啥意思。反正她就像拼命一样，整天整夜都在山上开荒。我怜惜她，陪她开荒。她没日没夜，我也没日没夜。虽然那时候我很困，但我看到她一个弱女子都能坚持，我也决不能落后。"

"后来，喜旺奶奶就嫁给你了？"

"她嫁给我了。"贾队长悲哀地说道，"她嫁给我了，但是我却并没有给她带来幸福。后来她怀上了喜旺的老汉儿，我让她多在家里休息，开荒的事，由我来干。可她还是不听，跟没怀孕时候一样拼命。结果，劳累过度，喜旺老汉儿早产，她又大出血，就没抢救过来……"

贾队长的眼中潮潮的。看得出来，虽说都过去四十多年了，贾队长依然心潮难平。

李秉也很激动。不过他忍住了，安慰贾队长："老哥，你也不要太伤心。这一切都是命。是命，它就没法改过来……"

喜旺东倒西歪地赶回家。

马月英并没有发现喜旺的情绪不对，还热情地问他："咋样？大家是不是都在议论你上电视的事？"

喜旺不开腔，闷头往屋里走。

马月英见喜旺不搭理她，猛然醒悟："是了是了，你今天也是累得够呛，先进屋去睡一觉吧。我做好饭，喊你起来吃。"

喜旺刚进屋，觉英就大踏步跑了进来。

马月英虽然很讨厌觉英，但是觉英一来，至少可以和他聊聊喜旺上电视的事情："觉英娃儿，喜旺上电视了，你在电视里看到没有？"

觉英嘿嘿笑："我没在电视里看到喜旺，我只看到一个天仙。"

马月英很不高兴："我说的是喜旺上电视，你看天仙干啥？"

"咋能不看呢？喜旺上了电视，天仙也上了电视呀。电视里的那个天仙，就是你啊。"

马月英脸一红，晓得觉英是信口开河，不过也很高兴："你胡说啥？你家里根本没电视，你在哪里看得见……"

贾队长刚好扛着锄头从外面回来，看见是觉英，一锄头就向他扔过去。觉英跳着脚躲开，不敢再开玩笑，赶紧说正事："别打，别打，我不是来找月英嫂的，我是来找贾书记的！"

"你找喜旺做啥？"马月英忙问。

"公安局陶局长说，请贾书记去吃喝耍，他要和贾书记商量工作。"

"陶局长没人派了，派你来！"贾队长不信。

"陶局长当然有人派，但派哪个有派我好呢？我轻车熟路……"

"轻车熟路"一词，又让贾队长的火气冲起来了。他捡起锄头，在地上一蹾："喜旺已经晓得了，你还磨蹭啥？赶紧走！"

"那可不行，陶局长特别交代过，让贾书记立刻跟我去，不得迟疑！"觉英把腰板挺得笔直。

马月英赶紧把喜旺喊出来，让他跟觉英走了。

很快，两人就到了吃喝耍。觉英把喜旺带到吃喝耍会客厅的大门前，不敢进去，让喜旺自己进去。

严庄坐在沙发上，并没有站起来迎接。喜旺也不计较，昂首挺胸走过去，一屁股坐在沙发上。

严庄会客厅的沙发，柔软而舒适。人一坐上去，力量就从四面八方包裹过来，让人不得不采用全身放松的仰躺姿势，甚至需要把二郎腿高高跷起来。

喜旺也想把二郎腿跷起来，但他又没那个勇气。

严庄一直仰躺在沙发上，双手随意地搭在扶手上，脸朝着房顶。他嘴里咬着一支烟，向上竖得直直的，像一根点燃的香烛，偶尔把烟拿下来，弹一弹烟灰，又拿过去插在嘴上。

喜旺坐了半天，忍不住了："严主任，陶局长到哪儿去了。"

"陶局长说，今晚月色很好看，他赏月去了。"严庄说这话的时候，他的烟一直插在嘴里。话说完了，那烟居然一动不动。

喜旺不高兴了："这陶局长也真是，请我来研究工作，他自己出去赏月了！"

严庄眼珠往这边转了转，一副似笑非笑的样子，朝茶几上努努嘴："抽支烟吧……"

喜旺拿起烟盒，弹出一支，打火点燃，随即把打火机往茶几上一扔。打火机在茶几玻璃上砸出"当"的一声响。

喜旺要表现出老练的样子，但他却是个"假老练"。他实在不会吸烟，刚吸一口，就被烟雾呛得眼泪花直往外滚。这眼泪花可不能滚出来，滚出来给严庄看见了，那不是"假老练"，那是真丢脸。喜旺把头仰起来，脸朝天花板，这样可以让眼角的泪花顺畅地流回去。

这时候,陶高提着一部相机进来了。他一边往里走,一边还在滚动看相机里的照片,嘴里啧啧称赞:"美,太美了,乡村的月色就是美!"

本来松软坐着的严庄,立刻弹起来,笑着高声招呼陶高。

陶高也没咋理他,自己走过去,一屁股坐到沙发上,放下相机,仰躺身子,用指头梳头。

严庄赶紧递上一支烟。他递烟的姿势恰到好处,让陶高始终仰躺着,不换姿势,便能叼住烟。同时,他的另一只手已经把打火机捏在手里,拇指做出打火的准备。

陶高把他的手往旁边一掀:"茶!口干舌燥的,抽啥烟,泡茶!"

严庄回头大喊:"泡茶!你们死人哦,赶紧给陶局长泡茶!"

一个穿工作服的年轻女子,惊慌失措地端茶进来,放在陶高面前。

严庄又嚷:"你们死人哦,贾书记来半天了,你们也不上茶!"

喜旺赶紧客气:"不麻烦不麻烦。"

说了这话,喜旺忍不住想抽自己一嘴巴。

陶高却一副没看见喜旺的样子,问严庄:"贾喜旺呢?我让觉英娃儿去喊贾喜旺,他喊的人呢?"

明明在眼前,却说没看见,这不是欺负人吗?

"陶局长,我就是。"

严庄俯过身来,想给陶高介绍。陶高挥挥手:"去去去,忙你的事去,我要单独和贾喜旺谈谈。"

严庄脸上尴尬地笑着,低头出去了。

"把门关上。"陶高又冲严庄背影喝一声。

门关上后,陶高斜着眼上下打量喜旺:"你就是贾喜旺?"

喜旺不开腔。这次他已经有所注意了,不但没开腔,还往沙发上靠了靠。他必须拿出一副"威武不能屈"的样子。

"贾喜旺,今天找你来,是关于你盗挖铜矿制售假币的事情。希望你能配合咱们公安机关,调查清楚。"

喜旺吓得猛坐起来:"你说啥?我不是,我不是已经放出来了吗?"

/ 第十二章 取保候审 /

陶高冷笑："啥叫放出来了？问题都没搞清楚咋会放出来？贾喜旺，我告诉你，你只不过是取保候审而已。"

"可是，赵书记都说我没有问题了呀……"

"你吼啥？"喜旺其实并没有吼，只是声音有点急，但是陶高连这点都不允许。他猛一拍茶几，拍出一种威风，茶几上的打火机、烟盒很配合地跳了跳："就是因为赵书记亲自出面打的招呼，咱们公安部门才同意对你取保候审，否则，你现在还待在监狱里。"

"可是，可是……"喜旺真急了，他翻来覆去，也只能说出这两个字。

"有啥可是的？赵书记是县委书记，但他不是法律，他不能对你有罪无罪做出判断。他要做出判断，他就违法了，明白不？赵书记好心好意把你保释出来，难道你想忘恩负义，让他犯错误？"

"陶局长，你说我盗挖铜矿还有搞啥假币，可是我没干过啊……没有干过我咋承认？你们不能冤枉我啊……"喜旺完全泄气了，全身发软，垂头丧气，眼泪又一次进了眼眶。这一次，他连咽回去的力气都没有，任由它大颗大颗往下滚落。

"贾喜旺，我没有说你犯罪，我只是说你有嫌疑。"陶高的语气柔软一些了，"你有没有罪，不是由我说了算，得你自己说。你要能解释清楚，哪个也不敢说你犯罪，明白吗？"

喜旺似乎又看到了希望，急切地辩解："我身上还有啥疑点嘛？我在看守所的时候，不是已经把所有的事情都说清楚了吗？还有啥子事情需要再说嘛……"

"多着呢。"陶高哼一声，"我今天只给你点一件事。你说你没搞假古币，那你还严庄的那些钱，究竟是咋来的？"

"哦，这个啊……"喜旺一阵轻松，"在看守所的时候，我确实说错了。因为这个话是我的同学施西西告诉我的，她说是司马教授赞助我的文化考察经费，我也信以为真。这次回来我才晓得，其实是她自己给我的。她怕我不接受，才借司马教授的名义……"

"你撒谎！"陶高喝道，"既不是司马教授给你的，也不是施西西给你的。第一，施西西并不是你的同学，最多谈得上校友。她现在是《西南晚报》的记者，一年前从你读过的那所大学毕业的。第二，施西西出生在乡下，她家里很穷，她又是个刚参加工作的记者，不可能有钱，也不可能给你钱。贾喜旺，所有这一切，我们都调查得很清楚。要不要我们把施西西也抓起来审问？"

"你们不能抓她！"喜旺急了，"她一片好心，你们不能伤害她！"

"如此说来，确实不是施西西给你的钱啰？"陶高再次猛拍桌子，打火机、烟盒再次很配合地蹦了蹦，"说，你那些钱究竟从哪里来的？"

喜旺脸色黄灰，但他努力压住嘴巴。无论如何，今天都不能把李先生供出来。李先生帮他还清债务，他决不能忘恩负义，给李先生添麻烦。

"贾喜旺，我严肃地告诉你，关于你钱的来历，你已经撒了两次谎。先说是你大学老师司马昔教授给的，又说是你校友施西西给的。道德上你这叫撒谎，法律上你这就叫作伪证。别的不说，仅凭你两次作伪证，我们就可以把你重新抓起来，投到监狱里去。"

喜旺死死咬住嘴唇，就是不出声。

"喜旺，你要晓得，赵书记是冒着违法的风险，把你放出来的。"陶高第一次称呼喜旺为"喜旺"，而不是"贾喜旺"，这表明他在苦口婆心，"你出来后，赵书记立马又让你官复原职，还让你上电视。你想想，你现在在村人面前，多有脸面，多光鲜！要是你又被重新投进监狱，你害了赵书记不说，你所获得的那些尊重，你支部书记的职位，又全都没了。喜旺，你好好想一想，你真的愿意这样吗？"

喜旺因为一条腿挨着茶几，因此茶几上的打火机、烟盒随着喜旺身体的颤动，很配合地发出一连串嗒嗒嗒的欢叫。

陶高微微一笑。他不着急了，他把打火机和烟盒从茶几上拿起来。这个动作，仿佛在帮喜旺掩饰。陶高从烟盒里掏出一支烟，打火点上，长长吐了一口烟雾，又把烟盒和打火机递给喜旺："你要不要再来一支？"

喜旺这才发现，他手上的烟都快要烧完了，烟灰撒得地上像起了一层白霜。喜旺把残烟按进烟灰缸里，接过陶高手里的烟盒和打火机。但他也就是接住，他接住了却不晓得如何处理陶高硬塞进他手里的这两样东西。

"说吧。"陶高斜眼瞟喜旺。

但是，喜旺仍然还是摇头。

陶高这次不拍茶几了。可能是茶几上已经没有烟盒和打火机，就算拍，也拍不出个啥名堂。陶高轻轻说："你不说，我们也已经调查得很清楚了。借钱给你的人，是李秉。对不对？"

喜旺大惊。这个秘密他死守了半天，没想到人家早就晓得了。喜旺着急起来："陶局长，你们晓得了就晓得了，可千万别到处说啊。这个钱是李先生的私房钱，是他从参加工作，就开始积攒，攒到退休，才攒起来的，成老师不晓得。要是让成老师晓得了，成老师肯定不高兴。这样一来，必然会惹得两位老人家闹。那样我的罪过就大了。"

"哈哈，原来是这样。"陶高把半支烟在烟灰缸里一摁，"喜旺，你早说嘛。这有啥呢？存个私房钱，还不都是男人的通病？理解理解。"

喜旺又强调："我之所以一直不说，就是李先生让我不要说，我得信守这个诺言。没想到其实你们早就晓得了。你们晓得了，也没啥，只是请你们一定要给李先生保密啊！"

陶高站起来，伸了个懒腰："喜旺，你放心，我们公安部门也就是了解下真实情况。该保密的，一定会保密。我们不只是要对这件事保密，你只是被保释出来，并不是无罪释放这件事，我们也会保密。你呢，就安心当你的贾书记，该咋工作咋工作。只要工作干得好，你再次进看守所的可能性就会很小，明白不？"

喜旺尴尬地点点头。

陶高又说："喜旺，听说你奶奶以前是村里的代课老师。她去世前，留下一支钢笔，让你老爷传下来给你，有没有这回事？这支笔你带在身上吗？给我看看。"

喜旺从口袋里掏出钢笔，递给陶高。

陶高接过笔，翻来覆去地看，赞叹道："这种派克钢笔，是那个年代最高档的钢笔。一般要有知识的人，才有资格拥有。喜旺，这可是你的传家宝。你这笔，要发挥作用哦。"

第十三章 谣言

突然之间，一个谣言在复兴村四处流传。称它为"谣言"，是因为所有讲这个谣言的人，都明确告诉别人：这是谣言，不能信，不能传！但转过头去，只要遇到个人，这谣言就又传过去了。传过去后，肯定还会叮嘱：这是谣言，不能信，不能传！

到了最后，当传谣的人正准备叮嘱的时候，听谣的人满脸不屑，你才晓得啊，我早就听说过了。这是谣言，不能信，不能传！

这个谣言与李秉有关，还与喜旺家有关。

说当年李秉在复兴村插队的时候，曾和喜旺的奶奶小菊谈过恋爱。不仅谈过恋爱，还有了娃儿。但是不久，李秉就参加高考走了，抛弃了喜旺奶奶。有孕在身的喜旺奶奶没办法，李秉又不承认，只得嫁给当时是生产队长的喜旺爷爷贾队长，后来就生了喜旺的老汉儿贾有德。

传谣的人说，你不信么？你不信那我问你，喜旺要不是李秉的亲孙子，李秉咋会给他那么一大笔钱还债？你还不信？你算一算，喜旺老汉儿贾有德是喜旺奶奶嫁给他老爷后第几个月生的？才七个月吧？才七个月喜旺老汉儿咋就会生出来？早产？嗨，喜旺老爷就是被一句早产给骗了，你竟然也信？

还是不信？我再说一个证据。喜旺是不是有一支笔，说是喜旺奶奶传下来的。那是一支外国钢笔。你想想，喜旺奶奶那时候就是一山妹子、一代课老师，她咋会有这种外国钢笔？肯定就是李秉送她的啰……

不对不对，喜旺奶奶四十多年前就死了，现在连骨头渣子都没有了，李秉对她还有啥情义？

是。李秉现在对喜旺奶奶没情意了，但李秉现在又看上喜旺娘了呢。喜旺娘四十来岁，风韵犹存呢。

不会吧，那可是公公啊……

咋不会？公公与儿媳妇，自古以来，不都是很正常的吗？

这是谣言，不能信，不能传啊……

因为是谣言，所以李秉虽然经常在村里走家串户，但没有一个人把这个谣言传给他听。不但没传给李秉听，也没有人传给贾队长、马月英和喜旺听。看来，传谣言的人，还是有职业操守的。

这件事在当时虽然刮起了一阵狂风，但来得快，去得也快。不久，村里又出了一件让大家更兴奋的事情：各大局的局长们，都在动员自己所负责的村民尽快签字。

动员村民签字，并不是一件让人兴奋的事情，兴奋的是局长们只要动员村民签约，就会帮助村民们解决很多困难，给予村民们很多资助——兴奋就兴奋在这里。

当然了，帮村民们解决困难，给村民们资助，目的是为了村民们能够签字。正所谓"拿人家的手软，吃人家的嘴短"，接受了资助，人家提出签字要求后，就不好不答应了。当然，也可以找点借口往后推。但是，推一次两次可以，推三次四次，大家的脸就都有些挂不住。所以最终越来越多的人把字签了。

但签了字后，村民们又迅速后悔了。因为签了字，再向局长们要资助，局长们就推三阻四，讲各种困难。而那些没签的，却继续得着丰厚的资助。那签了字的村民心里自然就很不平衡，很后悔。

于是就有人想到了好主意。不错，是签了字，但只是自己一个人签了字，不是全家人都签了字。签了字，只能代表自己，代表不了全家啊。女的说，我家里是男人做主。男的说，我家是婆娘做主，我是耙耳朵。儿媳说，我怕婆婆。婆婆说，啥子年代了，现在的年轻人哪会听老年人的？总之，就是一句话，签了字还是不算。

这样一来，局长们又得分别找男人、婆娘，找婆婆、儿媳妇做工作。找一个人做工作，就得答应他的一个要求，解决他的一个困难，给一个资助。

局长们冒火了。局长们也是人，反反复复，哪能不烦。再说了，局里还有一大堆事等着他们回去处理呢。天天在山上，被一帮村民算计来算计去，还得强装笑脸，不敢把火气表现在脸上。表现在脸上，前面签的那些字，全都白签了。

有些局长就想办法了，不能一个人使蛮劲，得把村干部们发动起来，一起想办法。于是就有局长来找喜旺。

喜旺却不愿意去。

从吃喝耍回来后，喜旺就一直心神不宁。虽然陶高向他保证了，不会把李秉资助他的事说出去，但他总有些不踏实。万一走漏了风声，成老师晓得李先生把积攒了一辈子的血汗钱拿来资助了他，不晓得会闹成啥样子！

他害怕见人，想找一个安静的角落，一个人躲起来。

但是，局长们不让他躲。喜旺找借口，我不会做思想工作啊，以前一直在学校读书，从来没学过这个。现在也刚回来，完全没经验啊……局长们说，不让你做，你跟着就行了。跟着干啥？没意义嘛……

马月英听不下去了，冲喜旺一阵暴吼："你躲在屋里干啥？大白天的，你还像个村书记吗？"

又说："你好大的面子，局长亲自来请，你还推三阻四！"

又说："赶紧出来！你再窝起不动，看我咋收拾你！"

喜旺只得跟局长们走。倒不是害怕他娘收拾，主要是他娘说话太不留情面。再让她说下去，不晓得还要说出啥伤脸的话来。

喜旺的话也不完全是借口，他确实不会做群众的思想工作。大多数时间里，他确实像一尊菩萨，坐在那里一动不动。当然了，局长们让喜旺去，也没有指望他能做思想工作。局长们是拿他来当"样品"的。

"看看你们贾书记，他家原先也是反对的，还带头阻路呢。可是现在，你们看看吧，他们都带头签字了。晓得不，这就是转变。书记都带头这样做了，你们应该向书记学习嘛……"

"样品"的意义，让喜旺很不好受，喜旺红了脸，两只手夹在两条腿之间，搓来搓去。

村民瞧着喜旺，嘴角扬起一丝讥笑："咱们咋能跟人家贾书记比呢？人家贾书记是省城的人，端的是金饭碗，要不要土地无所谓的。咱们不行啊，咱们要靠这些土地吃饭呢……"

喜旺不晓得村民们是拿谣言来说事，还以为大家是讽刺他曾经在省城里读过大学呢。读过大学，没读成气候，被人嘲笑，于是更加羞愧。那夹在两腿之间的手，已经不是搓来搓去，而是捏来捏去。

再有局长来喊，喜旺就不愿意出去了。任随马月英暴吼，任随马月英在他脸面上横三刀竖三刀，砍得血肉模糊，就是不出门。说急了，他干脆把脑壳钻进被子里，像一只鸵鸟。

马月英实在拿喜旺没法了，就吼贾队长："你孙子不去，你去！"

贾队长挠头皮："局长们是让书记去，我又不是书记……"

"你不是书记，你是名誉队长，赵书记亲口封的名誉队长！"

马月英又换一种说法："你不去，把你儿子喊回来，让你儿子去！"

一提贾有德，贾队长就气短，但还是不情不愿，又找借口："我替喜旺去也没啥，但人家局长不同意啊……"

"完全同意！"局长们眉开眼笑，"贾队长你在村里德高望重，你老人家要出面，还有啥搞不掂的！"

这一天，贾队长随交通局长孙路通去做袁幺娘的工作。

袁幺娘的房子已经被垮山埋在地下了，新房子还没修起来。袁幺娘和饼儿就住在严庄的吃喝耍。孙路通要做袁幺娘的工作，就只能去吃喝耍。

贾队长和孙路通走进一间大厅。大厅里挨挨挤挤放了十多张麻将桌，每一桌都挤得水泄不通。哗啦哗啦搓麻将的声音，像垮山一样。贾队长黑着脸，站在门口，看了半天，终于找到袁幺娘。他走过去，二话不说，直接就把袁幺娘从麻将桌上拉了出来。

那时候，袁幺娘正输红了眼，一看见孙路通，就伸手要钱："孙局长，借我一百块钱吧。我没钱了，还倒欠别人五十呢。你借我，我把本捞回来，就还你。"

孙路通哭笑不得，他可不愿意当这样的冤大头，他要说正事："袁幺娘，咱们还是先谈谈你家征地的事吧。这赌博嘛，可不是一件好事，咱们以后还是少赌为好。"

袁幺娘不高兴了："孙局长，你好吝啬，一点同情心都没有。向你借钱，你就说签字。一百块钱都不愿意借，还签字，签个头啊！"

贾队长听不下去了，骂道："饼儿奶奶，你好意思吗？赌输了，让人家孙局长帮你还赌债。你把咱复兴村人的脸丢干净了。"

孙路通怕贾队长把话说僵了，笑着打圆场："袁幺娘，帮你还点赌债也没啥。你别担心，我一会儿就给你。我只是觉得，这赌博嘛，实在不是件好事。你看看人家贾队长，他可是咱们村的老领导，年纪也不比你小，人家还在劳动呢。再比如征地这事，贾队长之前也是不理解，但是现在理解了，所以人家就爽快地签字了。你呀，应该向老革命看齐……"

孙路通这么说，也就是把贾队长当"样品"了。但袁幺娘是赌红了眼的人，听不得这个话，一听就忍不住抱怨："孙局长，我是啥子人，人家是啥子人，我哪能和人家比？人家福气好啊，有人帮生儿，帮养媳，帮供孙！咱们有儿像没儿一样，有媳也跑了，孙子也没人管……"

"你说啥？哪个帮哪个生儿？还养媳供孙，你这话啥意思？"贾队长吃了一惊。

袁幺娘晓得自己是慌不择言，急忙争辩："不是我说的，真不是我说的，我也是听别人说的……"

"你听哪个说的？说的啥？"

外面大声的吵嚷，一下惊动了屋里搓麻将的人，大家都拥出来看热闹。

觉英决定站出来帮贾队长说话，大声吼袁幺娘："袁幺娘，你乱说啥？哪有啥养媳的事？人家月英嫂自力更生汗流浃背把儿子供到读大学，这都是有目共睹的，你咋能胡说八道？"

别人吼袁幺娘，袁幺娘可以接受。觉英是啥东西，也敢来吼？袁幺娘毛刺刺地叫起来："有没有人养月英，关你啥事？你想养，人家给你养不？你是癞蛤蟆想吃天鹅肉！"

别人被戳，一下就蔫了，觉英不蔫，还自信满满："哼哼，别瞧不起人，我就要把天鹅肉吃下来！"

"你想吃，哼哼，还得先问问人家贾队长同不同意！"

觉英讨好贾队长，袁幺娘也讨好贾队长。觉英讨好贾队长是为了马月英，袁幺娘讨好贾队长，是希望贾队长别再纠缠她。但贾队长并不放过她，一把揪住她的胳膊："饼儿奶奶，你究竟听哪个说的？说了啥？讲出来。我老汉儿这一生，坦坦荡荡，还从来没人在背后说过我的瞎话！"

袁幺娘急得满脸冒汗。幸亏涂三姑挤进人群，马着脸责备袁幺娘："袁幺娘，你咋又跑出来了？输了钱，我给你贴上就是了。你究竟输了好多钱嘛，闹啥闹，喝了二两酒，耍八两的酒疯！"

又给贾队长赔笑："贾队长，算了，你老人家别和袁幺娘计较。你又不是不晓得，袁幺娘这个人，打牌输了就爱张嘴胡说。你要是把她胡说的话当真，生的气，就是牛肚子也不够装！"

贾队长放了袁幺娘，转身一瘸一拐地走了。

大家都走了，只剩下孙局长一个人站在那里。他挠挠头皮，不满地嘀咕道："这不是来做思想工作的吗？咋乱成一锅粥了！"

贾队长心事重重地离开吃喝耍。袁幺娘说的那几句话，每一句都像一个扭缠的结，把他整个胸膛绑得紧紧的。

"生儿"是啥意思？还有"养媳供孙"又是啥意思？

"养媳"这话，显然说的是他的儿媳马月英。但是，根据他的观察，马月英应该和任何男人都没有不清不白的关系呀。

老实说，一提到这个，贾队长就从内心深处对他儿媳充满敬重。村里这样的事可不少，不过他儿媳马月英却没有。

他儿子贾有德出去打工，八年没消息，又联系不上，不晓得是死是活。虽说只是"失联"，但贾队长心里有一种不祥的预感，他这个儿子，很可能已经不在人世了……

这种情况村里经常发生，好多人出去都出事了，有些挖煤被压死了，有些在工地上给砸死了，有些在路上被碾死了。留在村里的女子，只要遇到这种情况，大都把孩子丢给老人，转身就跑了。有些不但跑了，还把钱席卷一空，也不管老的少的在家里是不是找得到饭吃。

马月英是个非凡的女子，她不但没跑，还一个人把养老人、供儿子的重担挑在肩上。不但供儿子，还一直把儿子供到上大学。为了供儿子上大学，她向严庄借了不少钱，受了不少委屈。严庄让她做啥，她就做啥。前些时严庄让她去阻路，她就不管不顾，敞胸露怀躺在地上。

不过，她却绝不做那种没脸皮的事情。她缺钱，但是老光棍觉英多次表示要给她钱，她却理都不理他。

所以说，"养媳"这样的话，断然是没有的。

既然没有，这个话又从何说起呢？

不行，必须把这个谣言搞清楚，必须还儿媳一个清白！

这么好的一个儿媳，能留在他贾家，已经让他感激涕零了。咋能让她再受委屈受侮辱！

贾队长在路上来来回回走了很久，一时想到了觉英。从觉英今天的话中，可以看出，他是晓得实情的。去问问他是咋回事。

觉英家真是破烂得看不下去。两间破瓦房，还是他老汉儿在世的时候修的。他老汉儿去世后，他就一直由着它烂。瓦面上破洞好多，可以望见好多处亮光，就像看夜空里的星星。地上到处都是雨淋过的水痕。

贾队长正想转身走，忽然发现觉英屋角盖着一大块脏兮兮的塑料薄膜，鼓鼓囊囊的，特别显眼。

贾队长很好奇，走过去，拉起塑料薄膜看。

这一看，贾队长一下就惊呆了，原来里面摆着很多铁疙瘩机器，旁边还存了一大堆矿石。看得出，这些矿石应该就是从蜀山上挖下来的铜矿。那些机器像是一些炼炉，上面烧得黑乎乎的。

觉英娃儿这是在干啥？

贾队长又看见地上散落着一些圆圆的东西。他蹲下来，捡起一个仔细看，原来是一块变形的铜钱。

贾队长忽然明白了，原来造假钱的，是觉英。

明白这个后，贾队长就有点生气了。这公安局也是，明明造假币的是觉英，只要深入调查一下就会发现，偏偏冤枉喜旺，把喜旺抓起来。这官僚作风，实在太严重了！

贾队长抬脚就往外走，他决定去告诉公安局长陶高，同时也还喜旺一个清白。

但是，只走了几步，贾队长就停住了。他忽然想起来，在喜旺被抓之前，觉英其实是先被抓的，不过不久就放出来了。放出来后，才抓的喜旺。公安局既然放了他，肯定是经过调查。如果公安局调查了，却还把觉英给放了，这件事就太蹊跷了。

当初抓喜旺的时候，莫名其妙从他们家里搜出一袋假古币。这一袋假古币从哪里来的？为啥会放在他家里？这一切都是谜团。但正因为这样，也说明，公安局在抓人之前，是进屋搜查过的。既然进屋搜查过，觉英这些东西几乎堂而皇之地摆在外面，难道公安局会看不见？

既然看见了，却把真正的罪犯放了，没犯罪的反而抓了起来，这究竟搞的啥子名堂？

贾队长忽然有些不寒而栗。他一时只感到全身没劲，又走回来，坐在觉英屋檐口下的一把破椅子上，掏出烟杆，一口一口吸烟。很快，贾队长喷出的烟雾，就在觉英低矮破旧的房子里飘散开来。

觉英回家，远远望见屋檐口下飘起的袅袅烟雾，不觉一阵惊喜。难道是马月英到他家，来给他做饭了？

"月英，是你在家吗？月英，是你在给我做饭吗？"

觉英激动得已经不喊"月英嫂"，而亲切地改称"月英"了。既然马月英已经到他家来做饭了，那就是一家人，称呼"月英嫂"，显然是不合适的了。

觉英在跨进家门的那一刻，一下就尴尬了。坐在他家的并不是月英，而是拉着脸大口大口吸烟的贾队长。觉英赶紧讨饶："贾队长，我错了……我以为是月英嫂……"

贾队长把烟杆在地上敲一敲，吱一口痰，严肃地说："觉英娃儿，我晓得你一直喜欢我们喜旺娘。但是喜旺他老汉儿只是联系不上，他要是还活着，你喜欢又有啥用？"

觉英没想到贾队长这么直接，他讷讷地说："有德哥……都八年了……"

"八年又咋了？只要没有得到有德不在了的消息，就不能说他过世了，对不对？觉英娃儿，你是不是巴不得有德过世啊？"

觉英赶紧摆手："贾队长，你误会了，我不是那个意思……"

"不是那个意思就好。"贾队长又说，"你以后说话，还是要注意点分寸。就说今天，在吃喝耍，你当着那么多人的面，维护你月英嫂。你这样做，固然是好心，但别人又咋看呢。这种事，以后你就不要做了。"

觉英一下理直气壮了："袁幺娘侮辱月英嫂，我都不该说呀？"

"有啥严重的侮辱，要你来维护？"

"还不严重！"觉英为了证明他的正义性，一下子和盘托出，"袁幺娘说月英嫂和那个城里来的李先生有乱七八糟的关系，说月英嫂是李先生养起来的！这话还不严重？"

"李先生？咋可能？简直乱弹琴！"

"他们就是乱弹琴嘛，"惊住了贾队长，觉英很得意，"他们还说，李先生给了月英嫂钱，让他还严主任的债。月英嫂感激李先生，就和李先生好上了……"

"胡说，咱喜旺读书欠的钱，都是喜旺同学帮他还的！"

"你说的是那个施西西么？"觉英怪笑，"贾队长，你还蒙在鼓里啊。公安局已经查了，根本就不是施西西帮喜旺还的。施西西家在农村，穷得跟我差不多，哪有钱帮喜旺还债。"

贾队长脸色凝重，一口一口吸烟，吸一阵，才摇摇头："不可能。觉英娃儿，喜旺娘是啥性子，你比哪个都清楚，她从来不会跟哪个勾勾搭搭。就算钱确实是李先生帮喜旺还的，也不会有你说的这些事。"

"肯定没有！"喜旺赶紧认同，"本来就是谣言嘛。他们传月英嫂的谣言，跟传你的一样……"

觉英说了半截子话，赶紧打住。但越是半截子话，越引人注意。贾队长直瞪觉英："他们又传我啥？"

"没啥没啥，"觉英猛摇头，抬脚朝外面走，"贾队长，我不陪你耍了，我还有事，先回去了……"

"回来！"贾队长大喊，"这里就是你的家，你回哪里去？"

觉英不好意思地挠挠头，又不敢回来，站在原地不动。

"觉英娃儿，那些人传我啥？"

"真没啥，真的……"

贾队长指了指屋角的塑料薄膜，黑着脸威胁道："觉英娃儿，你搞假古币的事情，要不要我讲给陶局长听？"

"陶局长才不会……"

又是半截子话。不过这次，贾队长听偏了："不会？你想不想试试？"

觉英想了想，觉得这事还真没把握，算了，干脆说了吧："贾队长，我不说，是因为我认为他们完全在胡说八道。你一定要问，我就说，说了你别生气……他们说，李先生当年在咱们村插队当知青的时候，跟喜旺奶奶好上了……"

"胡说八道！"贾队长大怒。

"我本来就说他们在胡说八道嘛，你偏要我说，我不说了……"觉英觉得自己很委屈。

贾队长也觉得自己有点急了："你接着说，就算喜旺奶奶跟李先生好过，那又咋样？"

"他们说，有德哥是喜旺奶奶跟李先生好过以后，带在肚子里，到你家来的……"

"胡说八道！"贾队长骂过后，又吼觉英，"你接着说！"

"他们说，喜旺奶奶把李先生的娃儿带到你家来，怕你晓得是李先生的，所以骗你说娃儿早产，其实根本不是早产……"

贾队长呼的一巴掌朝觉英打去。觉英毫无防备，脸上结结实实地挨了一击。

觉英揉着被打得发烫的脸："又不是我说的……"

贾队长也不管觉英委不委屈，气呼呼的一瘸一拐地走了。

走出很远了，觉英才发现贾队长把烟杆落下了。觉英捡起烟杆，张嘴要喊贾队长回来拿，但想了想，不服气，提了烟杆扔到屋外的荒地里去了。

放下电话，李秉心里有些沉重。他站在小院里，望着屋前的满目青山，久久不语。

刚才施西西在电话中告诉他，反映蜀山乱搞铜矿项目的文章，没能在《西南晚报》上刊登出来。

施西西说，她问领导，为啥发不出来？领导告诉她，上面打了招呼的，凡是关于重点项目的文章，都要先交给上级有关部门审查。结果上级有关部门一审查，就把这篇文章给压下了。

施西西问，上级有关部门是哪个部门？领导不说。

施西西的情绪非常激动。其实李秉自己的情绪也激动，当他还是省环保厅副厅长的时候，遇到过很多这种事情。尽管遇到过很多，每次听说，他还是忍不住情绪激动。

施西西又说，她不想在这样的报社干了，这样的报社完全不敢讲真话，完全传递不出真实的声音。施西西说，她要辞职，她要做一个自由撰稿人，把稿子发在敢讲真话的刊物上。

　　李秉控制住自己，细声细气地安慰施西西，劝她冷静，劝她好好想想再做决定……

　　忽然间，李秉就觉得身边有异样。转头一看，原来成老师偏着头，怪模怪样地看着他。见李秉把电话收了，成老师又怪模怪样地笑："又在给哪个小姑娘打电话呀？看你温言细语地安慰，真是个暖男啊……"

　　李秉心里正冒黑烟，成老师的几句话就像吹了股风，那火一下冲到脑门："你整天都在想些啥？能不能关心点有意义的事？几十岁的人了，连个小姑娘也比不上！"

　　"你说对了，我几十岁了，咋比得过小姑娘！"成老师酸溜溜地说。

　　完全说不到一块儿，李秉转身就往外走。

　　成老师不依不饶："你到哪里去？是不是又要去找那姓马的小寡妇？"

　　"你还说对了，我就是去找她！"

　　成老师慌了："你回来，你给我回来！"

　　李秉不听她的，大踏步往马月英家里走。

　　当然了，李秉虽说真往马月英家走，但他并不是去找马月英，他找贾队长。

　　在严道县各大局局长的努力下，村民们大多数签了字。当然了，没签字的也不少。签了的，又在反悔。

　　这是一场拉锯战，此刻，正处在拉锯的紧要关头。

　　从长远来看，村民们肯定都会签的。毕竟由严道县各大局局长组成的工作组，阵容太豪华，攻击力太强。

　　唯有两个变数可能改变这一切。一个变数李秉当然是不会用的。另一个变数，就是贾队长。

　　当贾队长答应施西西组织村民阻工的时候，李秉算是见识了贾队长在村民，尤其是老一辈村民中的强大影响力。只要贾队长愿意继续组织村民拒绝签字，这个项目就不可能开工。

　　不过，因为贾队长认为自己受了施西西的骗，要让他再次组织村民阻路，难度是很大的。但是难度再大，李秉也必须去试一试。

　　天气晴好，秋阳暖照。这样一个晴朗的日子，像贾队长这样的老农民，肯定是在山上劳作的。

李秉决定先去贾队长的庄稼地。不过让李秉吃惊的是，贾队长并不在地里。那地只挖了一半，就闲在那里。从杂草萎蔫的状态来看，这地还是好几天前翻挖过的。

贾队长几天都没到地里来，他在干啥呢？

李秉从山上回来，又去贾队长家。

贾队长真在家里，一个人坐在屋檐口下，默默地大口大口吸烟。他显然已经吸了很长时间，屋里烟雾缭绕，面前一地白霜。

李秉打了个哈哈："偷得浮生半日闲啊。贾队长，难得你今天这么空闲。正好正好，咱老哥俩可以好好儿地摆摆龙门阵了。"

贾队长像没看见李秉一样，依然不停地吸烟，连头也不转一下。

李秉有些尴尬。看来这个头没开好，得重新开一个："贾队长，听说赵书记住在你家啊？"

贾队长冲屋里吆喝："喜旺，收拾好没？赶紧出来！"

喜旺垂头丧气地从屋里出来，背着一个鼓鼓囊囊的牛仔包，手里又提着一个鼓鼓囊囊的蛇皮口袋。

贾队长大声喝道："把脑壳抬起来！把腰杆挺直！"

喜旺在原地站住不动，略略抬了抬头。但是，他显然不敢挺腰杆。他要挺直了，那沉重的牛仔包就把他往后拗倒了。

贾队长再次大吼喜旺："对李先生说说你的承诺！"

"李先生，对不起……"喜旺的声音小得谁也听不见。

"大声说！"贾队长猛站起来，扯喜旺。

李秉不晓得贾队长要喜旺说啥，忙笑道："唉，老哥，你咋了，你让喜旺给我说啥？这么严厉，吓住娃儿了……"

喜旺走到李秉面前，埋着头，他的话中有泪声："李先生，谢谢您帮我还债！您放心，这笔钱，我会挣来还您的！"

李秉哈哈一笑："看来你们是晓得这件事了。喜旺，我可没想过让你们还啊。你这么说，就见外了……"

贾队长打断李秉："李先生，你让喜旺别见外，是想说让他见内吧？我给你讲，喜旺对你来说，就是外人！他差你钱，他是必须要还的！"

贾队长又厉声喝喜旺："喜旺，还不走？"

李秉拉住喜旺："喜旺，你要去哪里？"

"我要去深圳打工，李先生，您放了我吧……"

喜旺满脸灰白，垂头丧气。李秉叹口气，把喜旺给放了。

"喜旺你站住！不准去！"

马月英背着一背筐猪草回来了。马月英把背筐往地上一放，冲贾队长吼："他老爷，你有骨气，一定要马上还人家李先生的钱，那好，你自己出去打工挣呀，为啥要把喜旺撵出去？"

李秉赶紧帮腔："是啊是啊，老哥，我已经说了，这钱是我心甘情愿给的，你一定要还，我也尊重你。但是，你别着急嘛。再说了，这个钱，虽然不是司马教授给的，也不是西西给的，但目的一样，都是为了支持喜旺搞文化调查……"

"李先生，别说啥子文化调查，你那个话，不过是个借口而已，三岁娃儿都看得出来。你心甘情愿，我们不愿意！"贾队长又说马月英，"喜旺娘，我很敬重你，你是个了不起的女人！有德那小子太混，出去这么久，连一个音信都没有。换作别人，早跑了。你没这样，你一个人苦累苦磨，还把喜旺供到了大学，还养活我这无用的老头子……你这样的女人，是咱贾家烧了高香才得来的。"

贾队长几句话，让马月英一时泪雨纷纷。但马月英柔软的感情还没抒发完，贾队长的语气就又变了："喜旺娘，虽然我很敬重你，但这件事情没商量，喜旺必须出去！你问我为啥不自己出去打工？我也问过我自己。没办法，我没那个能力。我有能力，出去别人也不要我。我问过很多在外地打工的人，他们都说，像我这种快七十岁的老头子，在外面根本找不到工作。我本来想说出去能不能找个地方看门，但是人家说，现在看门的都是精壮小伙子，不要老头……"

"是啊是啊，老哥，老有所养，哪有老头子还出去打工的？老哥你可不能去……"

贾队长不搭理李秉，继续说："喜旺不一样，他年轻，只要吃得苦，在外面啥活都能找到。喜旺已经不小了，他对这个家应该有责任了。再说，咱家的欠款，主要还是为了他读书借的。每个人都必须为自己做的事情负责，更何况是一个大男人。"

喜旺拿衣袖在脸上抹了一把，提起地上的蛇皮口袋，快步往外走去。马月英在后面大声喊他，他也没停顿一下。

第十四章　亲缘鉴定

施西西一接到李秉的电话，就急急忙忙赶到火车站，守在售票口。

喜旺没手机，施西西没办法和喜旺取得联系。她唯一确定的是，喜旺要赶火车，必然要先到售票窗口买票。

从早上一直守到下午，都没看见喜旺的影子。施西西百无聊赖，坐在售票窗口门外的石墩上，不知不觉就睡着了。

施西西又猛地醒过来了。醒过来后，施西西后悔不迭，她不晓得自己睡了多久，也不晓得喜旺是不是在这段时间里买票走了。

着急的施西西猛地往候车大厅冲。但检票员却说她没票，不能进去。施西西急切解释，说进去找人。但是检票员懒得和她说，白她一眼，喊下一个。

施西西决定返回去随便买张票进来找人。她走得急迫，刚到门口，便猛撞在一个人身上，把那人手中的蛇皮口袋撞落在地上。施西西赶紧说"对不起"，埋头去捡蛇皮袋口。那人也说"对不起"，也埋头捡。这下，两人的脑壳砰一声撞在一起，然后又都抬头再次说"对不起"。

也就是这一抬头，两人都呆了。原来那提蛇皮口袋的，正是喜旺。

施西西不由分说，抓住喜旺的手就往外扯。喜旺被拉了个趔趄，问："学姐，你要把我拉到哪里去？我的时间到了，我还要赶车呢……"

"赶啥车！走，跟我回你老家去。"施西西拉喜旺的样子，像江边的女纤夫。

喜旺站住。这下，任凭施西西拉纤的姿势再充满力道，也拉不动了。仿佛这个女纤夫拉的不是船，而是江里的一块石头。

施西西生气了，把喜旺的手一甩："你究竟想干啥？"

喜旺不回答，提起蛇皮口袋，转身又往进站口走。

施西西大喊："喜旺，你是懦夫！你是缩头乌龟！你是笨鸵鸟！遇到困难，你就把脑壳往肚皮里缩，往沙子里钻！"

喜旺不停，继续走。

施西西又喊："喜旺，你是冷血动物！你毫无人性！那么多人关心你，你却不晓得感恩！唐书记为救你，都被关进精神病院了，到现在还没出来，可你从来没想过要救他。李先生资助你钱，帮你还债。你却害他，让他被撵出复兴村，有家不能回……"

喜旺猛站住，转过身，声音颤抖："你说啥？李先生被撵出复兴村了？咋回事？我离开的时候，他不是还好好地在村里吗？"

"喜旺，我只想告诉你，如果你想救李先生，救唐书记，你就别出去。如果你依然那么冷血无情，你就去你的，我不拦你。话已至此，你好自为之。"

施西西转身大踏步往车站外走。

施西西一直来到大街上，才停住脚步，转头看。让她高兴的是，喜旺果然一直默默跟在她身后。施西西又故意板着脸："你不是要出去打工吗？跟着我干啥？"

"学姐，李先生到底咋了？"喜旺焦急万分。

施西西瞟喜旺一眼："喜旺，我问你，你是好奇想知道答案，还是想救李先生？"

"如果李先生有难，我当然要救他。李先生、唐书记，他们都是我的恩人，也是好人，我咋会不救。只是……"喜旺叹息一声，"我一无是处，能力低微，想救，也救不了他们啊……"

"喜旺，你只要想，你就有这个能力。"施西西一扬手，"走，咱们找个咖啡厅，喝咖啡，慢慢聊这事。"

喜旺有些局促："学姐，咱们还是在这里说吧，我不习惯喝咖啡……"

施西西哈哈一笑，把手搭在喜旺肩膀上："喜旺，你这人心地善良，也很实诚。就是太紧巴了，太放不开了。这样可不好。你要一直这样，别说帮别人，恐怕你连自己都捋不直啊。"

这话一下触动了喜旺。他把施西西的手从肩膀上摘下来，拉在手心里，扯着往前走："好呀好呀，咱们喝咖啡去，你给我当女朋友！"

施西西一笑："让我给你当女朋友，也可以。但你得把你这大包小包都放下，找个地方寄了。你要这么一直带在身上，人家不会以为我在和你谈恋爱，会以为我遇到劫匪，被你绑架了。"

喜旺不好意思地笑了，赶紧在车站找寄存的地方，寄了包裹。

两人进了咖啡店，施西西点了一杯泡沫牛奶，喜旺点了一杯浓缩咖啡。

喜旺是第一次进咖啡厅。咖啡端上桌，喜旺才发现他的浓缩咖啡实在太少。一小块焦褐色液体，可怜巴巴地躺在一个深红的小杯子里，真正喝，一口就完了。

喜旺用两根指头拈起杯子，摇一摇，又放在桌上。

施西西笑道："嫌少是吧？要不要和我换？我的比较多。"

施西西的咖啡确实比较多，堆云叠雾般，装在一个鲜黄的大瓷缸里，还冒了个尖儿。不过，一眼就看得出来，那不过是泡沫而已。若那泡沫散尽，估计纯粹的咖啡比喜旺的还少。施西西抱起瓷缸，啜饮一口。那雪似的泡沫，沾了一些在她多皱褶的唇上。她伸出尖尖的舌头，在唇上轻轻舔了一下。

喜旺赶紧埋下头，慌忙问道："学姐，你快告诉我，李先生被撵出复兴村，是咋回事？"

施西西放下瓷缸，叹口气："李先生告诉我，他从你家里返回他家后，发现成老师竟然拿着一根绳子，要上吊……"

"是不是成老师晓得李先生帮我还债，她生气，才想不开呀……"

"确实是因为帮你还债，引得成老师不高兴……"

"我就晓得，一切都是因为我！要不是我，两位老人家也不会这么闹！学姐，都这样了，你为啥还要阻止我出去打工？我不打工，哪来的钱还李先生！"喜旺嚯一下站起来，他的声音有些大，引得咖啡馆里的人，纷纷往这边侧目。

施西西示意喜旺放低声音，招呼他重新坐下来："喜旺，你晓得我为啥要选择在咖啡厅和你聊天吗？我可不是要和你找情调，我是想，只有在这样的地方，你才不会太冲动，才会冷静地思考问题。有些事情，只有冷静，才能找到真相。"

喜旺不开腔了，悄悄调匀自己的呼吸。

"喜旺，接下来我要说的事情，也许你听了会更有情绪。但我还是希望你无论如何保持冷静。你要做不到，咱们趁早离开，免得打扰别人。"

"我做得到。"

"好，你听着。不错，成老师确实是因为李先生私自把家里的钱给了你而生气。但是，这还不至于让她寻短见，成老师不是那样小气的人。她生那么大的气，是因为她听到了一个谣言，这个谣言与你家有关。"施西西瞟了喜旺一眼，确信他没有冲动后,才接着说,"这个谣言说的是,当年李先生在复兴村插队的时候,曾和你奶奶谈过恋爱。后来,李先生离开复兴村考上大学走了,你奶奶和李先生就分开了。不过,那时候你奶奶已经怀上了你老汉儿。后来,你奶奶嫁给了你老爷。也就是说,她是在怀上你老汉儿的情况下,嫁给你老爷的……"

喜旺又猛地站起来。施西西也站起来,把手放在喜旺肩上:"喜旺,能控制住自己吗?"

喜旺站了半天,重新坐下来,他腮帮上的肌肉一扯一扯的。

"很好。"施西西赞许地点点头,"喜旺,我刚才说了,这其实是一个谣言。李先生告诉过我,那时候他虽然在村里一年多,和你奶奶接触不少。但他只是对你奶奶有好感,没有也不敢和你奶奶谈恋爱。毕竟那个时代的人,都比较单纯,'爱'这样的字眼说不出口。而且他也不晓得你奶奶是咋想的,更不敢乱说。后来,李先生就回城里参加高考了。那时候刚刚恢复高考,大家都很紧张,又没有系统地读过书,所以,李先生就没日没夜地复习。其他一切事情,李先生都没有在意。后来,李先生考上了大学。一年后,李先生从大学回来,他娘老汉儿才告诉他,在他离开村子不久,你奶奶就给他去过一封信。不过,李先生的娘老汉儿怕李先生受影响,没把信交给李先生。李先生晓得这个信息的时候,已经是两年后了。李先生赶紧往村里赶。不过他得到的消息,是你奶奶已经嫁给了你老爷,并且在生你老汉儿的时候,大出血去世了。李先生说他晓得这个消息后,非常痛苦。他没有惊动你老爷,只是悄悄到你奶奶墓前献了一束花,就又回城里去了。"

施西西的讲述,让喜旺平静多了。他扯了扯嘴角:"既然是谣言,那就不用去管他吧。"

施西西摇摇头:"我们可以不管,但是,有两个人不会不在乎啊。一个是你老爷,还有一个是成老师。你晓得不,你之所以被你老爷勒令出去打工挣钱还李先生,就是你老爷要平息这个谣言啊。还有,成老师为啥一定要李先生回省城,甚至以上吊相威胁,就是她把这个谣言听进去了。"

喜旺搓搓手,把头垂下来。

施西西又说:"喜旺,你想过没有?这个谣言,早不出迟不出,为啥在全县各大局局长进驻复兴村的时候出现?难道仅仅是巧合?"

"为啥?"

"要搞清楚为啥,我们来分析一下受这个谣言所害的两个人。一个是李先生,一个是你老爷。李先生这段时间,莫名其妙地连续受到两次诬害。先是有人告他,说他资助你的钱,是他以前工作的时候贪污来的……"

"李先生咋会贪污,他绝不是这样的人!"

"当然不会。当省纪委让他说明匿名举报信上的事实后,李先生把一本笔记本交给了省纪委。可以说,李先生做事是相当细致的。笔记本上详细地记载了李先生积攒的这笔钱每一笔款项的来源,清清楚楚,明明白白,没有一笔来源不正当。这笔资金搞清楚了,省纪委也没再说啥。但是,接着就有你老汉儿是李先生儿子的谣言出现。然后成老师生气,李先生不得不离开蜀山,回到省城。"

"究竟是哪个在诬害李先生?太无耻了!"

"再说另一个受害者,你老爷。你老爷在村里是最有威信的。严庄看起来很厉害,但是大家对他其实口服心不服。口服心服的是你老爷。如果你老爷带头抵制铜矿项目,铜矿项目肯定建不成。前段时间,李先生让我动员你老爷抵制。你老爷听了我的话,组织阻路,那个项目果然就停了下来,严道县不得不把各大局局长派上山,安营扎寨做群众工作。各大局长上了山,有的做通了群众工作,有的没做通。做通了的,又开始反悔。就算反悔,各大局长也并不怕,怕的是你老爷。如果你老爷再组织大家闹一次,可能所有工作都前功尽弃了……"

喜旺赶紧说:"其实我老爷根本不会再组织大家闹了。之前组织了一次,他已经很后悔了。"

"对呀,你老爷这一代干部,他是忠实执行上级指示的。上级说让咋干,他就会咋干。哪怕是错的,他心里不同意,还是会执行。"施西西道,"但是县上的那些局长们不相信啊,他们觉得你老爷是一个定时炸弹,不把你老爷打垮,他们心里任何时候都不安。所以,这个阴谋就出现了。这个阴谋有一箭双雕的效果,既把李先生撵出蜀山,又让你老爷再也不会听李先生的鼓动了。"

"好可怕!学姐,你的意思是说,这个阴谋是那些局长策划的?"

"我们仅仅是猜测,没有任何证据,所以也不能乱说。"施西西道,"不过,喜旺啊,就算晓得是哪个策划的,又有啥意义呢?我们现在唯一需要做的,就是证明这是一个谣言。向成老师证明,向你老爷证明,向所有的蜀山村民们证明。只要证明了这是一个谣言,李先生就又可以重返蜀山,你老爷心里没隔阂,给他讲明道理,相信他又会参与进来,阻止这个项目的。"

"我们有啥办法证明这是一个谣言呢?"

尽管李秉向成老师解释了他和喜旺奶奶之间的事情,但成老师只是不信。不信,李秉也就懒得解释了。回城里后,他就整天不说话,从早到晚就坐在沙发上,把报纸拿起来,一张一张翻来覆去地看,连报缝都不放过。也不晓得他真在看报纸,还是在想其他的事。

起先,成老师觉得自己理直气壮,做任何事情都气势汹汹的样子。任何东西拿在手里,都可以让它发出嘭嘭嘭的响声。但是,渐渐地,她心里就开始没底气了。尽管她觉得自己理由充足,底气依然一点点往外泄,她自己都不晓得是咋回事。

这一天,李秉终于没再看报纸,一大早就起来往外走。成老师问他去哪里?他没有开腔。成老师又问,他就冷冷地说:"我出去走一走,散个步,可以不?"

成老师冒火了,你对不起我,还在我面前摆脸色,凭啥?于是吼道:"要散步就去散,散了别回来!"

但李秉走了,成老师又不放心。她也不晓得她不放心啥,就是心里很不安,忍不住,就悄悄跟在李秉后面。到了街上,发现李秉向一辆出租车招手。成老师心里的火一下又冒了起来,说去散步,有坐出租车去散步的吗?

幸好,也有一辆空出租车过来,成老师赶紧打车坐上。

上了车,出租车司机问去哪里,成老师说,跟着前面那辆出租车走,但是别让它发现了。司机本来懒懒的,听了这个话,马上来了精神,兴奋地说:"阿姨,你放心好了,干这种活,我最在行了!"

成老师觉得司机话中有话,不过她也没在意。她的注意力,一直在前面那辆出租车上。

出租车司机是个胖胖的中年男子,他一边不慌不忙扳着车上各种机械,一边意味深长地说:"嗨,这样的事,我见得多了。我们开出租的,每年也少不了上百次这种跟踪。不过嘛,阿姨呀,这种事情,你也不能太放在心上。这个社会,稍微有一点钱、有一点地位的成功男人,都会这样。你不放宽心,就有得气生了。所以呢,我劝你还是不要太在乎,过好自己的日子,才是正经……"

成老师听不下去了,转头瞪了胖司机一眼:"你说啥?"

胖司机嘲讽道:"阿姨,刚才我也说了,这个是社会正常现象,你也用不着刻意掩饰。总之呢,我也是为你好,希望你能保持一个平和的心态,别把自己搞得很难受……"

"你要是把嘴巴闭上,认真开车,我可能就不难受了,明白不?"成老师吼道。

胖司机摇摇头,苦笑一下,一副"好心当作驴肝肺"的表情,也不再说啥,只一意开车。很快,前面的出租车就在一所医院门口停下来。

李秉从车上走下来。接着,一个年轻女子朝李秉走过来,和他说笑着,两人一同往医院走去。

胖司机满脸坏笑,嘀咕一句:"咋了?要去堕胎?"

那个年轻女子是施西西。本来,看见是施西西,成老师就心下大疑。胖司机又不早不迟补这一句,成老师瞬间就炸了,颤抖着手指着胖司机的鼻子,低吼:"我要投诉你!"

胖司机赶紧把双手举起来,一副投降的样子:"别呀,好阿姨,我错了,我不该说,你饶了我吧,我错了还不行吗?"

成老师拿出一张钱,朝胖司机扔过去,就冲下车。胖司机把脑壳从车窗里伸出来,神气活现地喊:"阿姨,你别着急啊,我还没找你钱呢?你这么着急,会打草惊蛇的……"

成老师冲进医院。她把一张从医院门口小药贩手里得来的报纸拿起来,挡在脸上,避免被人发现。她心里咚咚跳着,径直走到住院部妇产科旁,守候在一个角落里。她晓得,施西西如果想堕胎,肯定会来这里的。

不过,在妇产科旁站了一会儿,她心里却犹豫了。如果他们真是来这里堕胎,她该咋办？哭闹？上前和施西西厮打？

这种事情，她做不出来。她看到过别人做这样的事，以前她觉得这简直有辱斯文，丢尽了脸。没想到有一天，这样的事情，竟然会发生在她自己身上！

成老师的身体又一次抖起来。她一度想离开这个阴暗的角落，重新回到阳光下。但她又不甘心，她的步子咋也挪不开。

妇产科门外的座椅上，坐着好几对男女。这些男女，看起来都是一些年纪不大的男孩女孩。如果是往常看到这些娃儿，成老师可能会非常心痛。但是今天她却觉得心里怪怪的。涉世未深干柴烈火的男孩女孩，犯这样的错误，还情有可原。可李秉一大把年纪了，竟然还做这种事，与一个可以做他孙女的女娃儿闹在一起，实在是太丢脸了。

年轻时候下乡与村妇恋爱，有了娃儿却又把人家抛弃。现在几十岁了，还在勾搭小姑娘。成老师心里翻江倒海，如地火涌动。

时间已经是中午。奇怪的是，成老师一直没看见李秉和施西西。不可能啊，如果李秉和施西西真是来堕胎，必然要到这里来。难道是自己误解他们了，他们并不是来堕胎的？

妇产科医生纷纷脱下白大褂，从屋里走出来，砰一声关上门，回家了。

坐在条凳上休息的女孩，也在男孩的搀扶下慢慢离去。整个医院过道变得空空如也。成老师一下有些害怕，她从角落里出来，往过道外跑去。她慌乱的脚步声，在过道里发出咚咚的巨大声响。

成老师一口气跑到医院门口，终于站直身子，长舒一口气。

忽然，她的肩膀被拍了一下，吓得她一哆嗦，转头一看，竟是李秉。

"你到医院来干啥？"李秉笑嘻嘻问。

成老师看见李秉，长长地松了一口气。不过随即，她心里的怒火又起来了，这老东西，肯定是发现了她，故意躲起来了。但她也毫无办法，只得掩饰地说："我胃有些不舒服，来看看……"

"是不是吃了啥硬东西，不消化？"李秉依然嬉皮笑脸地问。

成老师恨得牙痒："吃多了，咋会消化！"

成老师又反唇相讥："你呢？你又到医院来干啥？"

"我也是心里搁起了，来买消食片吃。"李秉又意味深长地补充，"到医院来了，我又有些后悔，既然吃多了搁的，走一走就化了，何必要吃药？算了，你也别吃药了，咱们都走一走。"

李秉和成老师走出医院，施西西和喜旺才从角落转出来。

喜旺很担心："学姐，李先生和成老师回去后，老两口会不会吵架？"

施西西摇摇头："不会的，你要相信李先生的智慧。再说了，就算吵，又能出啥事？李先生给我讲过，他们老两口，一辈子都是这样吵吵嚷嚷过来的，但从来没出过啥大事。"

"他们为啥要吵啊？"

"我看是李先生长得太帅了，又有能力，又有成就，成老师不自信。当然了，也是因为她太爱李先生，所以才时时提防着。"

"唉，这么复杂……"喜旺感叹。

"喜旺，你谈过恋爱吗？"

喜旺脸一红，有些慌乱。不过他迅速转移话题："学姐，你呢？你谈过恋爱吗？"

"我？哈，我不晓得这辈子会不会谈恋爱。到目前为止，我还没遇到过一个让我心动的男人。"

"连一个都没有？"

"如果一定要找一个的话，我倒觉得李先生够条件。李先生是我喜欢的那种男人。"

喜旺大惊，结结巴巴地说："学姐，你说的不会是真的吧？成老师本来就很担心你和李先生……"

"我咋会说假话！"施西西满不在乎，"不过，你一点都不用担心，李先生太老了，老得只能当我老爷。这实在是太遗憾了，太遗憾了……"

喜旺发了一阵呆，又问道："学姐，等医院出结果，还有一段时间。要不，你先回报社，我呢，到街上去找点啥事做。"

"我不回报社，我已经辞职了。"

"啊，你辞职了？为啥？"喜旺大惊。

"那是一张腐朽的报纸，连一句真话都不敢讲。我不想在那样的地方呆了，我要做一个自由撰稿人，写自己想写的东西，寻敢说真话的地方发表。"

喜旺惋惜道："学姐，你奋斗了那么多年，好不容易考上大学，而且有一份这么好的工作，又在省城，轻易就丢了，不可惜吗？"

施西西笑着反问："你不也是已经读到大学四年级，还跑回去了吗？你难道就不可惜？"

"我哪能和你比呢……"喜旺沮丧地说。

"有啥不可比的？我们都是敢于放弃的。我们放弃，是因为那个东西虽然很美好，但它对我们来说，是没价值的，不适合的。我们需要寻找更有价值、更适合我们的东西。喜旺，你离开对大家来说梦寐以求的大学，回到你的小山村里，相信你也就是在寻找对你来说更有价值、更适合你的东西啊。"

喜旺默默不语。

施西西转了话题："喜旺，你也不用去街上找啥活做了，咱们现在赶紧回严道县，有一件重要的事，需要咱们立刻去做。"

"啥重要事？"

"你想不想救唐书记？"

"那还用说！"

"咱们走吧。"

严道县各大局局长住进蜀山老百姓家已经有一段时间了，虽然经历了一个很艰难的过程，好歹绝大多数村民都签字了。中间也有反复，但没有一起群体性事件。工作组的工作，正平稳有序地往前推进。

依然有例外。有两个人坚决不同意签字。倒也不是反复，自始至终都是这个态度。这两个人，一个是黄昌婆，一个是喜龙。

这两个人与其他村民不一样，他们不是嫌给的拆迁补助款少了，他们压根儿就不要钱。喜龙要留地种"鸡眼睛"，黄昌婆要留地栽桑树。

县农业局副局长白土，本想把黄昌婆送进县城治她的老哮喘，以此感化黄昌婆。

但黄昌婆不去，不受感化。后来，白土又试图请人民医院华院长派医生上山，华院长倒是答应了，但答应是答应，没有行动。

白土学其他局长的，通过黄昌婆家人来做通黄昌婆的工作。黄昌婆有两个家人，一个是孙媳涂三姑，一个是孙子贾喜欢。白土倒是得到了贾喜欢的电话，打电话给贾喜欢讲了这个事。但贾喜欢说，他也无能为力，家里的事，要他婆娘涂三姑说了才算，让白土找涂三姑。

涂三姑倒是干脆，满口答应，答应了，却又说："白局长，我没有意见，我也乐意你们把土地征了去。你们征去，我奶奶就不会养蚕了，我也免得天天闻那股烂蚕屎臭味了。可是，我答应你没用啊，她是我奶奶，是长辈，我是孙媳妇，是晚辈。我说的话，她不听。"

白土在基层干了大半生，了解这种农民似的狡黠，他笑笑说："不会吧，涂三姑，咱村里远远近近的人，哪个不晓得，你把你奶奶管得服服帖帖的？"

"白局长，你可不能这样说。我哪敢管我奶奶？这是要遭雷劈的！"涂三姑做出一副严肃的样子，"再说了，你真不了解我奶奶，你让她不干啥她都听你的，唯独在养蚕这件事上，你让她不干，比要命还严重。你不晓得，我婆婆是最信菩萨的。蚕丛王菩萨说的话，她绝对服从。以前喜旺装扮成蚕丛王菩萨，让她不准再养蚕了，她当时也是服从。可过了一段时间，她又偷偷养。不敢在家里养，就跑到山上去搭棚子养，像个野人。结果，一垮山，把她的桑树地和养蚕的棚子都埋了。可就算这样，她依然还养。没有桑叶，她就跑到蜀山上找野桑叶来喂蚕。你说，她这样的一个人，我管得了吗？"

白土明白，涂三姑狡黠归狡黠，她说的这个话，还真没有胡说。看来，要做通黄昌婆的思想工作，还只能直接和她说。

但咋和她说呢？

却又发生了一件事。

因为黄昌婆与喜龙的工作没做通，结果好多签了字的人又摇摆了。倒不是说他们签了字不认账，而是签了字后，又都跑到地里，种起了庄稼。

那些庄稼地，原本很多年没人种了，四处荒草连天、藤蔓遍地，现在倒成宝了。

村民们精心砍挖出来，栽树、种豆、点麦，绣花一样。连田边地角，都要栽一畦韭菜，撒两把芫荽。四处叮当作响，热火朝天，仿佛又回到四十多年前开荒种地那种战天斗地的岁月。

连从来不种庄稼，混天度日的觉英，也提着一把锈迹斑斑的锄头，走进荆棘丛生的地里，装模作样干起来。

这是一种很让人担忧的现象。一旦村里人种上庄稼，栽上树，他们又会重新以地里有青苗农作物为理由，再次拒绝征地拆迁。这样一来，之前做的那些工作，又都白做了。

局长们赶紧前往劝说。但村民们不听。村民们有村民们的理由，铜厂不是还没开建吗？土地荒着也是荒着，能种一季是一季。到时候铜厂开建，不再种就是了嘛。

话是这么说，哪个又能保证到时候村民们不扯皮呢？

所以局长们还得劝。但怎么劝，村民们依然我行我素，不配合。

不过，有个局长，一句话就让他所负责的村民灰溜溜地回来了。这个局长便是陶高，他所负责的村民是觉英。

这段时间，陶高都很少住在山上了。据说他晓得后，从城里上山来，慢腾腾走到觉英的地边，把腰一叉，大喝一声："觉英娃儿，你在干啥？赶紧回去！"

此话一出口，神奇的效果立马出现了。觉英只愣了一下，就乖乖地拖着锄头，垂头丧气地跟在陶高屁股后面回去了。

这件事轰动了全县。为此，赵书记还组织召开了一次专题研讨会，让陶高在会上向局长们传授经验。

不过，会开完了，局长们却感觉毫无收获。因为陶高在会上讲的，都是"一切为了群众，一切依靠群众""群众的利益高于一切""从群众中来，到群众中去"这样的空话套话。不过，局长们都晓得，会上也只能讲这些。要想取得真经，还只能私底下找陶高。

白土也想找陶高讨点经验，但是他拉不下那个脸。自己一个快退休的老头子，陶高不过是个三十出头的毛小伙。要拜一个比自己儿子还小的小伙子为师，实在开不了那个口。

不过，当不少局长找陶高讨经验，最终让所负责的村民放弃种地，回到麻将馆的时候，白土还是决定丢掉那张无用的面子，虚心向陶高请教。

陶高接到白土的电话时，非常客气地推辞："白局长，你是前辈，有啥指示，你直接安排，我陶高敢不从命，吃饭就算了……"

白土讲了半天，陶高都一直在推托。白土自尊心受到极大伤害，忍不住讽刺道："陶局长，你是不是害怕那个不准请吃请喝的规定呀？放心，不准的是公款请吃。我请你，是个人掏腰包，绝对不会让你犯错！"

话说到这份上，陶高不好再推辞了，他哈哈一笑："白局长，这样吧，你工作忙，也没时间下山。等我上山来，在蜀山哪个餐馆点两个菜，我敬你老人家两杯！"

白土晓得，陶高不愿意到城里，是怕被人发现。山上似乎又没有合适的馆子，该咋办呢？思来想去，白土选了以前乡政府请客的鲍娃儿后花园里那间豪华包间。

当陶高跟白土走到那间豪华包间门口时，陶高愣了，站在门口不动。

白土笑笑。其实他也很不习惯这种地方，他搓着手解释："陶局长，这里原来是蜀山乡政府用来接待上级领导及来往客商的专用包间。我听贾有伦说，以前这里可是车水马龙，热闹非凡。这个小包间，没有一天空闲过。只是现在，上面不准公款请吃请喝，这才闲了……"

陶高"哦"一声，露出恍然大悟的样子："啊？赵书记处罚唐朗，说他神经错乱，上班时间公然请吃请喝的地方，就在这里呀？"

陶高说完，还倒退了两步。

白土才意识到，不会请客的他，一开始就把地点选错了。

既然来了，白土就不想走，他哈哈一笑："不错，确实是这里。唐朗那是神经错乱，咱们可清醒着呢。而且咱们也是在下班时间，又没有用公款，怕啥子？进去！"

不由分说，白土抓住陶高的衣裳就往里面拉。

陶高脸色难看，感觉白土不是拉他进去吃大餐，倒像拉他去刑场。

胖墩墩的鲍娃儿听说两大局长来到他餐厅，大为兴奋，穿着白大褂，戴上厨师帽，捏张白帕子，一路小跑进来。尽管餐厅早已擦得窗明几净，他还是殷勤地在两大局长的桌上擦着，一边点头哈腰、笑容可掬："两位大领导，今天想用点啥？不瞒领导们说，咱这个餐厅虽然简陋，但山珍野味，应有尽有，而且味道绝对正宗，你们放心点餐，品质绝对一流！"

白土还没开腔，陶高已毫不客气地点起来："来一份回锅肉，一份炒土豆丝，再来一个白菜豆腐汤。不喝酒，给我们上一些茶水就可以了。"

鲍娃儿愣在那里："就这些？"

"就这些。"

鲍娃儿的脸有点发红，但他还是把笑容挤了出来："两位大领导，要不要来个咱们这里的特色菜，比如'龙凤呈祥'。这可是大补，滋阴壮阳的，咱这道菜，全县闻名啊，名字都是赵书记……"

"不要。"陶高打断鲍娃儿。

"要不，来一份香辣果子狸？刚在蜀山上逮到的果子狸，又肥又嫩，还没杀呢……"

"不要，让你做啥就做啥！"陶高不耐烦了。

鲍娃儿毫不掩饰他满脸的失望，以及满脸的不屑。他转身往外走的时候，腰再也没弯着，摇摇摆摆，还大大咧咧地哼起了小曲。

白土感到实在有些对不起鲍娃儿，赶紧小声提醒陶高："陶局长，要不咱们点一个啥子山珍吧？也不枉人家把这包间打扫了半天……"

"好吧好吧，就来一盘炸蚕蛹吧。"

"炸蚕蛹？"虽然只是一盘炸蚕蛹，好歹也算个野味，白土觉得多少对鲍娃儿算一个交代，于是冲他的背影理直气壮大声喊："鲍娃儿，再来一盘炸蚕蛹！"

鲍娃儿耸了耸肩。鲍娃儿可是见过大世面的人，一盘炸蚕蛹，岂能让他吭声回应。

鲍娃儿出去后，陶高怪笑道："这个鲍娃儿，还以为逮到两只大肥兔呢。"

白土帮鲍娃儿叹口气："唉，我听贾有伦讲过，鲍娃儿这里的野味，以前可是排着队也难吃上一次。现在他没生意了。"

"不明摆着没生意吗，果子狸都养得那么肥了。"陶高促狭地说。

白土开玩笑："陶局长，我真心请你吃饭，拜你为师，希望你能传授我点经验。你呢，就点一盘回锅肉，是不是不想把好经验传给我啊？"

陶高赶紧说:"白局长,你说笑话了,哪能呢?我告诉你吧,范武晨可是连回锅肉都没请我吃一盘,直接夹个包包进我办公室,四仰八叉往沙发上一坐,我还不照样对他知无不言,言无不尽。"

菜很快端上来了,两人说笑一阵,白土又叹息:"陶局长,还是你们年轻人厉害。你平常都不咋上山,工作却做得最好,多次得到赵书记表扬。我呢,几乎天天待在山上,周末都没有回去,却毫无效果。看来我真是老不中用了……"

陶高把一块肥腻的回锅肉往嘴里一塞,吃得满嘴冒油:"工作能不能做好,与是不是天天住在山上,没有必然联系。"

白土奉承陶高,但陶高不谦虚,白土心里也不舒服,不舒服,说话就带了钩子:"可让住农家,是赵书记说的呀,总不能说赵书记搞错了吧。"

有钩子的话,果然厉害,一下就钩进了陶高的肉里。陶高急忙更正:"赵书记确实倡导大家住农家。但住农家只是一种形式,不是目的。目的是要做通群众工作。如果群众工作已经做通,为啥还要住农家呢?"

陶高又补充:"你看赵书记,也在贾队长家铺了床,他啥时候在贾队长家住过?不是说赵书记自己不带头,他用不着。贾队长先前是带头阻路,但他现在完全转变了态度,不但不带头,还主动帮着做动员。你说,赵书记还用得着住山上吗?"

白土无言以对,只得老老实实请教:"陶局长,你究竟用啥办法做通村民工作的啊?你就那么一声吼,一个横得哪个也不敢惹的觉英娃儿,就乖乖跟你在你屁股后面走了。你这是啥魔力啊?"

陶高哈哈一笑,冲门口大喊:"炸蚕蛹来了没有?"

"来了。"鲍娃儿那胖墩墩的老婆,端着一盘炸得酥黄,散发着浓浓焦香的蚕蛹进屋来。当她往桌上放盘子的时候,一只炸蚕蛹跌落在桌上。她赶紧捡起来,对陶高和白土笑着说:"搞脏了,你们肯定不会吃,我吃了。"随即往自己嘴里一扔,一路咔嚓咔嚓脆响着,大摇大摆出去了。

陶高嘴角扯出一丝冷笑:"上面这个政策还真不错,你看,鲍娃儿他老婆现在也缺这一口了。"

白土举起筷子向陶高示意:"陶局长,来,咱们尝尝。"

陶高摇摇头："我不吃这个,我对蛋白质过敏。"

"陶局长,咋了,这不是你刚才点的吗?难道你纯粹为了照顾鲍娃儿的生意?"白土大惑不解。

"是我点的。"陶高指着炸蚕蛹,意味深长地说,"我点这个,可不是用来吃的。白局长,你不是让我告诉你做群众工作的办法吗?秘诀就在这盘炸蚕蛹里。"

"炸蚕蛹?"

第十五章　红头绳

施西西和喜旺来到严道县精神病院，找到唐朗的主治医生孙医生，以家属的名义，要求见一见唐朗。

孙医生一听说是唐朗的家属，立刻大声武气抱怨起来："哎哟喂，你们可终于来了！你们这个病人，太麻烦。从入院那天起，就没一刻消停。天天嚷自己没病，拒绝治疗。他这种情况，其实是病得很严重的表现。我在精神病院工作了几十年，接触过成千上万的病人。再严重的病人，只要治一治，就有缓解。你们这个病人，不晓得为啥子，竟然越治越严重。"

"我哥本来就没病，你们治他，只能越治越病！"喜旺愤怒地叫道。

孙医生狐疑地看喜旺："你这话是啥意思？没病，你们把人送到我们医院来干啥？"

"你以为我们想把我哥送来啊？都是那些权贵，那些当权者！"喜旺接着又把语气放软了，"求求你们，赶紧把我哥放了吧！"

"病人这么严重，我咋能让他出院……"

"说了我哥哥没病！"喜旺猛站起来。

施西西赶紧给喜旺使眼色："弟弟，你先到那边去等一会儿，让姐姐和医生讲。"

喜旺走后，施西西悄悄对孙医生说："我弟弟也有轻度精神疾病，现在还不算太严重，正在自我修复调理。孙医生，你千万别和他计较。"

"咋你们家的人都有精神病？"

"祖传！我们家祖先都有好多这样的人。从蚕丛开始，这种病一直延续到咱们这一代。"

孙医生疑惑地看了施西西一眼，忽然感到脊梁骨有些发冷，这个女的，不会也有精神病吧？他不想再和施西西多说，赶紧问道："你们来，是想做啥？把病人带走？"

"我们就是想看看我哥的病情。如果好了，就让他出院。"

"刚才我不是说过了吗？你哥的病情，越来越严重了，咋会好？"孙医生不满地说，"要想你哥的病转好，你们当家属的，必须配合医院治疗，不要刺激他！"

"我们没刺激我哥呀……"

"你们没刺激，但是你嫂子在刺激他呀。"孙医生道，"这么久了，你嫂子来医院，总共就两次。第一次，来给你哥说，要和他离婚。第二次，又说这个，还下了最后通牒，说不离婚就上法院。我不是说你嫂子不该和你们哥离婚，婚姻是自己的，旁人无权干涉。但是，要离婚，也等你哥病情好一点再说。这样做，你哥的病，只会越来越重。"

"结果离了吗？"施西西急了。

"最后通牒都下了，你哥还有啥办法？你嫂子说了，明天还要来，到时候要把离婚协议带来，让你哥签字。"

施西西站起来就往外走。

"咦，你们不是来看病人的吗？咋不看就走了？"孙医生不解，见施西西和喜旺头也不回，随即嘟囔了一句，"果然都有精神病。"

喜旺被施西西拉着走出来，焦急地问道："学姐，问过医生没有，能不能把唐书记救出来？"

施西西："走，咱们去唐书记家，见见他老婆。"

很快，两人就来到唐朗家门前。

施西西正在气头上，二话不说，上前就猛敲门。

开门的正是唐朗的妻子楚秀。她手里捏把铲子，头发蓬乱，带来一大股油烟味。

客厅里传出阵阵电子游戏尖锐的叫声，一个身形单薄的少年，窝在沙发上，肩膀剧烈抖动，嘴里激烈地大呼小叫。

"嫂子，我们可以进去吗？"

不等楚秀回答，施西西已经挤了进去，吓得楚秀大叫："你们是哪个？你们想干啥？"

"嫂子，你看我们这样子，像坏人吗？"

施西西满不在乎，不等楚秀同意，径直走过去，坐在沙发上，抓过少年身边的一块手柄，兴致勃勃地说道："小楚，打游戏么？来来来，阿姨和你打一盘，看哪个赢。"

唐小楚满脸鄙夷："你也会打游戏？"

施西西嘿嘿一笑："我告诉你，打游戏我是有段位的。你是不是怕了，不敢和我比？"

唐小楚冷哼一声，抓起手柄就打起来。施西西也不客气，十个指头在手柄上蹦跳翻飞，像十只俊俏矫健的兔子。

一盘很快就结束了，施西西赢了唐小楚。

唐小楚不服："这盘你是侥幸，不算，咱们再来！"

结果施西西又赢了。

唐小楚满脸通红，还是不服，还要再来一盘。然而再来一盘，施西西还是赢了。

唐小楚把手柄一丢，一脸沮丧："阿姨你厉害，我打不过你……"

施西西得意地向喜旺扬扬手柄："喜旺，你要不要也来比一盘？"

喜旺从来没接触过游戏，他甚至连手柄都看不懂，忙摇摇头："学姐，我不行。你太厉害了，不但学习厉害，游戏竟然也玩得这么好。你是读书的时候学的，还是参加工作后才学的？"

"嘿，我玩游戏可早了，读初中就开始玩了。"

"读初中就开始玩？不耽误你学习啊？"

"哪个说玩游戏耽误学习？游戏其实是可以促进学习的。"

喜旺听出施西西话里有话，看到唐小楚满脸放光的样子，配合地做出惊奇的样子："玩游戏竟然还能促进学习，我是头一次听说。怎么讲？"

"很简单，因为学习和游戏，都有一个共同的原理，就是争胜。学习要考好，名次才能排在前面。排在前面，将来才能考上好高中，考上好大学。游戏也是一样的，只有克服困难，打赢别人，才会晋级。而且，游戏不但和学习道理一样，游戏还会促进人的思维，让人变得更聪明，学习也因此会更好。"施西西随即转头问唐小楚，"小楚，你觉得阿姨说得对不对？"

唐小楚激动地点点头："可他们都说，打游戏影响学习……"

喜旺看见楚秀满脸怒火，赶紧向她递了个眼色。

施西西做出一副不解的样子："奇怪了，以前我读初中的时候，也经常打游戏，咋就没人批评我呢？"

唐小楚叹口气，露出羡慕的目光："你太幸运了……"

喜旺恰到好处地补了一句："学姐，没人干涉你打游戏，那是因为你成绩好。你既然成绩好，哪个又批评你呢？"

施西西转头问唐小楚："小楚，你成绩好不好？"

唐小楚不好意思地埋下头。

"奇怪了，我认为我学习好，就是打游戏锻炼了我思维的缘故。你的思维为啥没得到锻炼呢？"

唐小楚把脑壳埋得更深，差不多埋到膝盖上了。施西西拍拍唐小楚肩膀，大声鼓励他："小楚，咱们可不能被别人把游戏看低了，咱们这些游戏迷，得给游戏讨一个说法！小楚，你必须想办法把学习搞上去。你只有把学习搞上去了，才能给游戏正名，晓得不？"

唐小楚摇摇头："阿姨，你说的都是对的，但是，我的学习已经落下好多了，跟不上了……"

施西西挥挥拳："小楚，咱们打游戏的人都晓得，游戏里的英雄，他们要取得成功，从来不会一帆风顺，必须付出艰辛的努力，必须打那些最可怕的妖魔鬼怪。有时候，甚至英雄都死掉了，又重新来，从零开始。老游戏迷都懂得，这是英雄们必然要走的路。再说了，只有打这样的游戏，玩起来才过瘾。要是没点难度，几下就把妖怪打死了，那也没啥意思了，对不对？"

唐小楚皱着眉，看得出，他在思考。

"所以嘛，我觉得学习也是一样。要是没难度就学明白了，那也实在没啥意思。对于你小楚来说，游戏都能够起死回生，学习难道不能够补起来？小楚，咱们不但要做一个游戏的英雄，还要做一个学习的英雄！你说好不好？"

唐小楚使劲点点头。

喜旺看见楚秀的脸上露出了笑容，甚至眼中还现出闪闪的泪花。

喜旺对施西西佩服不已，三言两语，就让一个顽劣的孩子相信了她的话。他一激动，忍不住也像唐小楚一样，使劲点头。

施西西拍拍唐小楚的肩膀："小楚，先到你房间里去，我们想和你娘谈一点事情。"

唐小楚自觉地收好游戏机，进房间里去了。喜旺从门缝里看见，他坐在了桌前，打开了书本。

"嫂子,过来这里坐。"施西西这时候才自我介绍道,"嫂子,实话告诉你吧,我们是唐朗大哥的朋友。"

楚秀立刻面色严峻,声音尖利:"呵呵,你们今天,是来给唐朗当说客的吧?"

"我们不是当说客,我们是特地来向你赔罪的……"

"赔啥罪?"楚秀莫名其妙。

"因为唐朗大哥遭受这样的苦难,都是我害了他!"

"我也害了唐书记!唐书记若不是为了救我,也不会被人说成发了疯。唐书记根本就没疯,完全是被人陷害的!"

楚秀哼一声,再次冷笑:"呵呵,唐朗是真疯,还是装疯,跟我都没关系,我也没兴趣听这些。明天,我就把离婚协议书送到精神病院去,他已答应签字了。"

施西西瞟了一眼唐小楚的门缝,声音压低了些:"不错,你们离婚了,唐朗大哥的确就和你没关系了。不过,他还和你儿子有关系呢。你儿子还姓唐,他还叫唐小楚。如果我猜得不错的话,你们儿子这个名字,正是你们爱情结晶的表现……"

"我明天就让我儿子改名字,和那个'唐'字彻底断绝关系!"

"你儿子可以不姓唐,你也有权给他改名字。但是,你改不了他脉管里的血。无论你怎么改,他都是唐朗的儿子。他一出去,别人都会对他指指点点,说他是一个疯子的儿子!他还是个娃儿,刚上初中,难道你想让他从现在开始,背上就背这么一块耻辱的招牌吗?他背着这么一块耻辱的招牌,在人生道路上负重前行,今后,他还抬得起头来吗?"

楚秀突然哭起来:"我就是为了让我儿子能抬起头,不被人嘲笑,才一定要和姓唐的撇清关系的呀……"

施西西拍拍楚秀的肩膀,笑着说:"嫂子,你不要太激动,也不要太悲观。你为啥不换一个角度想问题呢?比如说,你想过唐朗大哥是冤枉的吗?如果他真是被冤枉的,你又和他离婚,对他公平吗?"

楚秀摇摇头,灰心丧气:"所有人都说他疯了,连赵书记都说他疯了,还把他送进精神病院。哪个会相信他是被冤枉的?"

"我就相信他是被冤枉的!"施西西肯定地说。

"我也相信他是被冤枉的！"喜旺也肯定地说。

"我也相信我老汉儿是被冤枉的！"屋里传出唐小楚的声音。

"去去去，哪有你说话的份，赶紧把门关上，做作业！"楚秀吼唐小楚。

施西西朝楚秀摆手："嫂子，我倒觉得，小楚有权发表意见。毕竟唐朗大哥是小楚的老汉儿。唐朗大哥被冤枉，受影响最大的，就是小楚。"施西西朝唐小楚招招手，"小楚，你出来。你是你们家的重要成员，在重大问题上，你有表达意见的权力。"

唐小楚高兴地跑出来，坐在施西西身边。施西西揽住唐小楚的肩膀，热情地说："小楚，咱们这种老游戏迷都晓得，游戏里有一种角色，他被敌人污蔑，被朋友背叛，被亲人误解。但是，所有的打击都吓不倒他，打不垮他，他坚持不懈，努力拼搏，最后战胜一切困难，取得胜利，走向成功。到了后来，甚至整个世界，都要依靠他来拯救。他由此成为万人敬仰的大英雄！小楚，游戏里是不是有这样的角色？"

唐小楚激动地点点头。

"晓得不？你老汉儿就是这样的大英雄！"

"我老汉儿是大英雄？他也能拯救世界？"唐小楚两眼放光。

"当然，他要拯救的是蜀山。你是初中生了，你应该晓得，蜀山是咱们蜀地的母山。整个蜀地文明，都是蜀山孕育的。可咱们这座母山，却即将被沾污、被毁坏。你的老汉儿，他做的，正是拯救蜀山的英雄行动！也正是因为他做了这样的行动，他才会被人污蔑，被关进疯人院。小楚，你的老汉儿是大英雄，你应该为你有这样的老汉儿感到骄傲！"

"我为我的老汉儿感到骄傲！"唐小楚噘着嘴，满脸通红。

施西西点点头："和所有的英雄一样，他现在被污蔑、被冤枉、被误解。他的人生进入了黑暗，看不见天光。小楚，这个时候，作为他的亲人，我们应该坚定地站在他身边，给他温暖，给他力量，让他从黑暗中走出来，继续拿起勇士的宝剑，战斗下去！"

唐小楚突然冲楚秀喊："娘，不许你跟老汉儿离婚！"

楚秀一愣，随即挥挥手："去去去，大人的事，你娃儿少掺和……"

"我不是娃儿了，我不是！"唐小楚大喊。

"你不是，你为啥成天只晓得打游戏，还经常逃学不去读书？"

唐小楚一时开不得腔。

施西西一把抓住楚秀的手，又一把抓住唐小楚的手，郑重地说："小楚，嫂子，你们看这样好不好？从今天开始，小楚尽量控制游戏时间，不准逃学，先想办法把成绩搞上去。嫂子也不准再提离婚的事，尽量给唐朗大哥以鼓励。你们定个君子协议，互相遵守契约，哪个也不准违反，如何？"

楚秀哼一声："只要他唐小楚做得到，我就不提离婚的事。"

"我做得到！"唐小楚响亮地表态。

站在一旁的喜旺，大大地松了一口气。

施西西和喜旺从唐朗家出来，两人的心情都轻松又愉快。施西西说："喜旺，你现在赶回省城拿结果，我得回家一趟。我辞职后，家里人非常担心，我得回去说服他们。事情办完后，我赶回来，与你会合一同回蜀山。"

喜旺有些担心："学姐，我退学回家的时候，天摇地动，起了一场大地震。你回去，能说服你娘老汉儿吗？"

施西西哈哈一笑："没事没事，我娘老汉儿确实很担心。但是，只要我回去给他们一吹，保证让他们把心妥妥地放回肚子里。"

喜旺像崇拜英雄一样："学姐，你真自信！"

"喜旺，你只要目标明确，并朝着这个目标大步走下去，绝不回头，你也会很自信的。"施西西在喜旺的肩膀上拍了拍，转身大步走了。

喜旺坐上公交车，晕头转向到达省城。

说他晕头转向，是因为他一坐公交车就出虚汗，就吐——晕车。这个毛病，从高中到城里读书就有了。所以，整个高中期间，他每次去县城学校，基本上都选择走路。家里到县城有一百多里，早上天麻麻亮出发，不到傍晚就到了。

老师和同学问他为啥不赶车，他就说，晕车。他说得理直气壮。

其实，这事说起来是有一些复杂的。

最初他之所以走路去上学，实在是他出不起那个路费。那些路费节约下来，够他十天半月的生活费了。那时候他说晕车，也不晓得真假，毕竟他没坐过车。

后来，在路上碰上好心的司机，一定要拉他免费坐车。他拗不过，就坐上去。哪晓得，他还真的晕车。而且还没忍住，把人家的车吐得一塌糊涂。最后实在受不了，下来了。

一下来，他高兴了。不只是呼吸了新鲜空气，更重要的是，这证实了他没有胡说。

喜旺从医院取出报告，邮寄了一份给李秉，自己留了一份。又从车站取回他的行李，把牛仔包背在背上，把蛇皮口袋拎在手里。

直到那会儿，他的头脑依然还是晕乎乎的，走在大街上，仿佛一个半身不遂练习走路的人。

一不小心，蛇皮口袋就撞在一个穿着时髦的年轻女子身上。女子很生气，抬脚把喜旺的蛇皮口袋往旁边一蹬，嘟囔道："啥臭东西，不拿好，到处碰！"

喜旺一听就冒火，转头怒视年轻女子。没想到，这个人竟然是林蝉！他的大学同班同学林蝉！

林蝉也发现是喜旺，说话结巴了："喜，喜旺……是你啊？你这是，要到哪里去……"

林蝉手里拎了两个布袋子，一个布袋子装的是纸巾洗衣液这种日常用品，另一个布袋子装的是蔬菜水果。

喜旺冷笑一声："林蝉同学，你这是咋了？你不是应该跟着司马教授读研吗？咋研究起家政服务来了？司马教授除了教你考古，还教你这种人间烟火啊？"

林蝉一愣，随即做出满不在乎的样子："嗨，书也不能整天读嘛，偶尔出来放松一下，也算是生活的调剂嘛。"

"生活的调剂？"喜旺得理不饶人，"现在好像是上课时间啊，哪有上课时间出来调剂的？"

喜旺步步紧逼，就是要让林蝉说出她已经没有读书，而沦为家庭主妇的事实。并且，喜旺希望在他的紧逼之下，林蝉全身发抖、满脸发白，在他面前垂下头，最好再垂两滴清泪。

但是林蝉并没有。林蝉依然高高地昂着头，还取笑喜旺："喜旺，你可能不太了解，读研和读大学是不一样的，读研要自由得多呢。"

喜旺脸有些发热。这太要命了，要是被林蝉看出他的羞愧的话，也太丢脸了。喜旺把蛇皮口袋往上提了提，试图通过表现他在使力来掩盖脸红。

在把蛇皮口袋提起来的时候，喜旺又有了主意。他把口袋从一只手换到另一只手，在换的过程中，有意碰了林蝉一下。他这是想引起林蝉的注意。如果林蝉问他为啥提个蛇皮口袋，是不是要出去打工？他立马就可以骄傲地告诉林蝉，本来是要去打工，都已经到省城了，但有个省上的大干部不让他去，还专门派省报的一个大记者来拦他。这时候，林蝉自然要追问，省上的大领导拦你干啥？他就会告诉林蝉，省上的大领导是让他回蜀山搞文化调查，还给了他一大笔文化基金，还按时给他发工资……

遗憾的是，林蝉并没有问。

蛇皮口袋确实碰在林蝉身上了，但林蝉并没有躲，仿佛她压根就没有看见喜旺提着个脏兮兮的蛇皮口袋一样。仿佛她之前说的"臭东西"，与喜旺手里的这个蛇皮口袋无关。

林蝉不提，喜旺就主动引话题："唉，这个东西太累赘了，我真想把它给扔了。"

"你要是拿不动的话，我帮你喊个车吧。"

"问题是这东西已经没用了，再说，我也不出去了，喊车有啥用？"

"你要回去我也可以帮你喊车，车可以一直把你载回老家。"

喜旺忽然想到，林蝉是不是以为他刚打工回来，才说这个话呀，于是干脆挑明："唉，我真是命苦，刚到省城，又得回去。省上有个大领导让我必须赶回去。他让我回去做一件重要的事情。"

喜旺的话已经说得很明白了，而且留下悬念，只等林蝉问他。

可林蝉还是不问。林蝉还好脾气地说："你如果实在很着急的话，我把包裹给你拎回去，放在我家里。等你空了再来拿。你也别担心我拿不动，我喊个车，啥子事都搞定了。"

喜旺忽然觉得无聊至极。这是在干啥呢？就算把省上大领导的名字说出来，就算把文化考察的事说出来，也许这些东西在林蝉面前，根本就不值一提，搞不好还会被人家嘲笑。

更何况，现在他喜旺都没搞文化考察了。扯个谎装门面，不仅仅无聊，简直就是无耻。

喜旺啥也不说，埋着头就往前走。他像个从战场上败阵下来的残兵，遍体鳞伤，形容憔悴。

就算喜旺不辞而别，林蝉也没有喊他。林蝉对他的任何事情，既不在意，也无兴趣。

喜旺踉踉跄跄地走到一个十字路口，刚把脚往公路上一踩，一阵震耳欲聋的车喇叭声就在他耳边爆响，一辆红色路虎的车头，已经重重地抵在他屁股上。

喜旺怒火冲天，把蛇皮口袋往车头上用力一蹾，叉腰大骂："开个路虎就了不起了？这是人行道！人行道上，汽车应该礼让行人，懂不懂？"

路虎车很高大，一道强烈的阳光打在挡风玻璃上，反弹过来，乱箭一样刺入喜旺的眼帘。喜旺眯了眯眼睛，他辨不清车里的情况，不过他可以确定里面坐的是一个女司机。女司机两手撑在方向盘上，衣袖拢住大半个手掌，脑壳转向另一边，一头黑发飞垂下来，把她的脸几乎遮完了。

女司机这种漠视的态度，让喜旺更生气。他愤怒地叫道："也许在你们这些有钱人眼里，人的生命就不算啥，就算撞死了人，你们都可以用钱摆平！但是，你们只不过有点臭钱而已，身上包裹着一些名牌而已。要是把这些东西拿掉，你们的样子比我还猥琐，比我还丑陋！"

这时候，路虎车的后窗玻璃打开了，一个脑壳从车里伸出来。

这个脑壳一伸出来，喜旺就吓了一跳。这是一个女人的脑壳，涂着口红，扑着眼影，描着眉线，烫着红发，挂着耳环，戴着项链。但是，这个脑壳的颧骨又非常高，脸孔非常糙，感觉那人的脖颈上，还有个喉结。这些特征，似乎又显示出，这应该是个男人。

就在喜旺纠结应该用"他"还是用"她"时，那人红唇一掀，说话了："贾书记，咋了？咋这么大火气？来，上车来，咱们谈谈。"

话一出口，喜旺一下就确定了，这么粗的嗓音，应该用"他"。但是，很快喜旺又不确定，真是"他"，咋可能涂唇画眉呢？

既是"他"，又是"她"，难道是个"阴阳人"？

喜旺又想起另一个问题，这人刚才喊他"贾书记"。在省城里遇到一个喊他"贾书记"的人，显然是认得他的。这人究竟是哪个？

"娟，把车靠边，让贾书记上车来，我和他聊聊。"阴阳人招呼前面的女司机。

喜旺不好再挡在车前，他把蛇皮口袋从车头上拎下来，走到路虎车一旁，等车停靠。

路虎车里面是啥样的？坐在路虎车上会晕车吗？不晓得为啥，喜旺莫名其妙地想到了这些问题。

路虎车发动了，但并没有停下来，而是忽然加速，轰的一声，朝前方飞驰而去。

"娟！你要干啥？你为啥……"阴阳人的声音从远处传过来，然后消失不见。

在车飞出去的一瞬间，女司机的头发往后一飘。虽然那脸只是闪了一下，但喜旺已经看清楚了，那是邓娟的脸！

红色的路虎，阴阳人嘴里的"娟"，如瀑的黑发，拢了半个手掌的衣袖，还有，"阴阳人"晓得他是"贾书记"。所有这一切，都在验证着这个人就是邓娟。

但是，越多证据证明这个人是邓娟，喜旺越糊涂。如果司机是邓娟，"阴阳人"又是哪个？大家都在称呼邓娟为"邓总"，而她现在却给"阴阳人"当司机，显然，这个"阴阳人"应该是邓娟的领导。不过又不像领导，领导可以称呼部下"小娟""小邓"，哪有称呼"娟"的？

还有，如果"阴阳人"真是邓娟的领导，邓娟为啥敢不听领导的话？领导让她停车，她却开着就跑。

还有，邓娟之所以要开着就跑，显然是不想让他上车与"阴阳人"见面。邓娟为啥不想他与阴阳人见面？邓娟害怕啥？

喜旺沿着街道慢慢往前走，他想起了他和邓娟，以及喜龙小时候的一些事情。

那时候，喜旺、邓娟、喜龙三个人总是形影不离。整个小学期间，上午一起去读书，下午回来一起去割猪草，放牛，捡柴。

三人原本两小无猜，但初中的时候，三人的关系发生了一些变化。准确地说，是喜龙发生了变化。

喜龙喜欢上了邓娟。他不敢直接向邓娟表白，就央求喜旺帮他转达爱意。有啥好吃的，有啥好玩的，就通过喜旺的手，转给邓娟。

那时候，喜旺一门心思都在学习上，他觉得帮喜龙干这些事，太浪费时间。再加上东西递过去，邓娟偶尔收一次，大部分时候不收。不收的话，他还得拿回来，重新还给喜龙，这实在是件麻烦事。所以有一次，当喜龙让他送一根红头绳时，喜旺不耐烦了："你可不可以自己送？这种事情，总得自己干才对嘛，不可能让别人帮你娶婆娘嘛！"

喜龙赶紧赔话："最后一次。这一次很重要。如果她接受了，我就再也不找你了。"

没法，喜旺只好又拿去送邓娟。

邓娟红着脸，把红头绳拿在手心里，翻来覆去地看。她看了半天，最后歪着头，咬着嘴唇问他："是哪个送我的？不会又是喜龙那小子送我的吧？"

喜旺想告诉邓娟是喜龙送她的，但是又想，如果告诉她，她一定不肯要。回去退给喜龙的话，喜龙还得继续找他的麻烦，于是含糊其辞说："管他是哪个送的，送你，你就收着。这个东西，用来扎头发也好啊。"

邓娟低头摆弄一阵，转身跑了。

东西送出去了，喜龙果然很长一段时间没再来找喜旺，喜旺得以安静地读书。

但是，有个星期天，喜旺正坐在屋子后面的一块大石头上念书，肩膀突然被猛击了一拳。回头一看，原来是喜龙。喜龙满脸怒容，冲他大吼："喜旺，你个卑鄙小人！"

喜旺吃了一惊："喜龙你说啥？我咋成卑鄙小人了？"

"你对邓娟说，那红头绳是哪个送她的？"

喜旺才想起来，当时他没有明说，于是笑道："我没说，但邓娟应该猜得到呀。除了你找过我送东西给她，就没人找过我了呀。"

"你还骗人！明明你告诉她是你送她的！哼哼，朋友妻，不可欺，你是我朋友，居然对我横刀夺爱！"

喜旺觉得喜龙实在是词不达意，忍不住开玩笑："哎哟，邓娟答应你了么？啥时候成为你的妻了？"

"你的意思是，因为她还不是我的妻，你就要和我争，是不是？"

喜旺想了想，他其实有点喜欢邓娟。每次看到邓娟，他心里还是有些异样。不过，那时候他一门心思都在学习上，才不去想那些事情呢。于是他解释："哪个跟你争……"

"你不跟我争,那你去告诉邓娟,红头绳是我送给她的。"

喜旺冒火了:"我才不去呢,说好了是最后一次!"

"问题是,你没讲清楚,她误会了。"

喜旺想说,我讲清楚了,她还会收吗?但又觉得这样说的话,会伤了喜龙的自尊心,于是含糊地说了句:"她误会是她的事,与我有啥相干?"

说完,喜旺不想再和喜龙废话,拿起书本就回去了。

"喜旺,你是小人!"喜龙在后面冲喜旺大声喊。

喜旺不屑地哼了一声,心中无冷病,哪怕吃西瓜。随你咋说,自己问心无愧。

后来,喜旺再不和喜龙、邓娟往来了,只一心一意读书。

喜龙没读完初中,就辍学不读了。邓娟把初中读完,但她没考上高中,也回到村里。喜旺则考上了县城里的重点高中,轰动一时。

高中期间,喜旺偶尔回家,有时候会见到喜龙和邓娟。喜龙对他冷冷的,一副充满敌意的样子。喜旺只是淡淡一笑,不予计较。

看到邓娟,邓娟每次都会脸红。说话的时候,可以感觉到她呼吸急促。不过,喜旺也一样淡淡一笑,便擦肩而过。

喜旺的心思都在学习上,连走路都在背单词、背课文。单词和课文都枯燥乏味,但是喜旺心中充满骄傲,他让单词和课文塞满他的心。

再后来,喜旺又考上了省里的重点大学。这样,他不只是轰动一时,而是在蜀山引起了一场"地震"。

也就在喜旺读大二的时候,那个暑假,喜旺从省城回来。路上,他又一次遇到了邓娟。两人照例聊了两句。不过那天,邓娟似乎与往常大不一样,她的脸显得特别红,她的身上有一股特殊的香味。喜旺虽然心里有些颤抖,但他依然只是淡淡一笑,便擦肩而过。

就在擦肩而过的瞬间,邓娟头发一甩,一根红头绳从她又滑又密的头发上掉了下来,落在喜旺面前。

邓娟似乎并没有注意,还在往前走。喜旺捡起红头绳,他突然想到,这根红头绳，会不会就是喜龙让他送邓娟的呢？还有，喜龙和邓娟后来咋样了呢？喜旺忙喊："邓娟，你的头绳掉地上了。"

邓娟转回身，蹦过来，从喜旺手里接过红头绳。喜旺笑道："这根红头绳，是当年喜龙送给你的吧？"

"才不是呢，那根，我早就还给他了。"

如此说来，喜龙应该和邓娟没有再发生故事了。喜旺莫名地心里一阵轻松。不过他随即在心里笑自己，你轻松啥呢？这关你啥事？

邓娟把红头绳拿到胸前，翻来覆去看了一会儿，一下就递到喜旺面前，笑靥如花："如果我把这根红头绳送给你，你要不要……"

喜旺只感觉邓娟把一团浓浓的幽香递了过来。这幽香是迷人的，喜旺一下就变得晕头转向，不知不觉便伸手去接。

不过，在绳子到达喜旺手里的瞬间，喜旺的手仿佛被啥东西轻轻硌了一下，绳子随即掉在地上。

喜旺赶紧捡起来，红头绳上已经沾了泥巴，还有草屑。

喜旺拍掉泥巴和草屑，把红头绳还给邓娟："我不要，我又没有长头发，拿来没用。"

邓娟偏着脑壳，咬着红唇，不接："没有长头发，可以捆书嘛。"

"不用捆，我有书包呢。"

"那就用这根红头绳，捆你的手脚……"

这话太明显不过了，喜旺当然明白邓娟说的捆手脚是啥意思。他的心狂跳不已。但是，当他想到红头绳上沾着泥巴和草屑时，立刻继续装出不明白的样子："捆手脚干啥？我又不是犯人。再说了，我的手是需要继续写字的，脚是需要继续往前走路的。我读了大学，还要读研究生，读博士呢，要是被捆住了，这些事都做不成了。"

邓娟长长的睫毛往下一扑闪，眼睛不见了，同时脸上的血色也褪尽，变得苍白。她猛地抓过喜旺手中的红头绳，埋下头，也不再和喜旺说话，极快地往远处跑去。

又半年后，喜旺从大学回来，他娘告诉他，邓娟进城打工去了。

大三的时候，喜旺从大学回来，邓娟已经把她家那低矮的青瓦房拆了，修起了一座九层高的楼房，又大又气派。她还给楼房取了个名字，叫"小蜀山"。

大四的时候，喜旺退学回到乡下。那时候，邓娟已经成为邓总，带着几十个亿的项目，回蜀山来建铜厂……

第十六章 "小蜀山"

黄昌婆背上背篼，准备出去。白土也从角落里提起个背篼，拍拍上面的灰土，背在背上，跟在黄昌婆后面。

黄昌婆摆手说："白局长，你别跟我去，我去割猪草。这种女人做的活，你做不来的。"

白土嘿嘿一笑："黄婆婆，你小看我了。我是从农村出来的娃儿，放牛，捡柴，哪样没干过？割猪草，那更是家常便饭。那时候，我每天都要割两背篼。一背篼猪草盘在另一背篼猪草上面，方方正正的，中间插根竹棍，像垒了一座高高的塔。"

"白局长，看来你确实是割过猪草的，你说的都是内行话。"黄昌婆很兴奋，但还是劝白土，"你好久没割过了，山上石头多，你走不稳。"

"走得稳，我早就走习惯了。"

"山上很荒，蛇多。"

"黄婆婆，你骗不了我。"白土大笑，"山上的蛇，要不是被农药毒死了，就是被捉去吃了，现在山上哪里还有蛇。"

黄婆婆没话说了，只好往前走。她在山路上走得很不稳，仿佛不会走山路的不是白土，倒是她。

白土在心里发笑，但是他稳住不笑，装出一副疑惑的样子："哎呀，黄婆婆，你去割猪草，咋连镰刀也不拿一把，这咋割呀？"

"唉，年纪大了，记不住事呢……"黄昌婆瞟了白土一眼，扑哧一笑，"白局长，你也没拿呀，你还说自己是割猪草的老手……"

"是啊，黄婆婆，要不我们转回去拿吧。"

黄昌婆喘起来了，而且还喘出了嘹亮的鸡鸣声："白局长，我老婆子走不动了。要不，你回去拿一下，我在这里等你，好不好？"

"嘿嘿，不好，我要是转回去，你就跑了……"白土意味深长地笑。

"我不会跑，我肯定等你。"黄昌婆保证。

"你才不会等我呢。你等得，你的蚕儿等不得。它们都昂着头，望着你要吃的呢。"白土一下把谜底揭穿了。

黄昌婆呆了，满脸发白，结结巴巴地解释："白，白局长，你原来晓得我去摘野桑叶喂蚕啊？唉，没办法啊，我那片桑树地给垮山埋了，我的蚕儿每天都要吃。不去找野桑叶，它们就只能饿死……白局长，这个事，你别给我说出去哦……"

白土使劲点头："放心，黄婆婆，我给你保密。"

黄昌婆松了一口气："我就晓得白局长是好人。"

白土笑笑："黄婆婆，其实养蚕也不是坏事，用不着怕被别人晓得嘛。咱们蜀山，养蚕的历史可太悠久了。五千年前有个人，名叫蚕丛，他从山上把野蚕一只一只捉回来，堆成一堆，放在竹笆上养。这样慢慢训练，最后野蚕就变成家蚕了……"

"你说的是蚕丛王菩萨吧？"黄昌婆眼睛发亮。

"后来我们是叫他蚕丛王菩萨。那个时候他还不是，那个时候他只能把野蚕聚在一起取丝，还没掌握缫丝技术，更不懂得织锦。缫丝呀织锦呀，都是后人在蚕丛王的基础上，进行技术改进，发展起来的。比如咱们蜀地漂亮的蜀锦，就是后来的养蚕织锦人，经过一代代不懈的努力织出来的。"白土瞟了黄昌婆一眼，问道，"黄婆婆，我听说在清末的时候，咱们蜀山还出过一个绰号叫'金梭子'的织锦能手。据说她织出的蜀锦，连慈禧太后都喜欢。慈禧太后做衣服的料子，指名道姓要'金梭子'织。为此，慈禧太后还专门赏了'金梭子'一件黄马褂呢！黄婆婆，你听说过'金梭子'的事情吗？"

"听说过。"黄昌婆淡淡地说。

"嗨，'金梭子'太了不起了！咱们这种偏僻的山乡，能出一位这样的人，可真是不容易啊！"

白土又叹口气："可惜这位了不起的人，她的后人却受到了侮辱。我听人讲，'文革'的时候，造反派向'金梭子'的孙女儿要这件黄马褂。他们说，慈禧太后是卖国贼，因而这件黄马褂就是'封资修大毒草'。既然是'封资修大毒草'，就必须交出来，烧掉！'金梭子'的孙女儿不交，于是，造反派就把'金梭子'的孙女儿关在一间水牢里，关了十多天。直到'金梭子'的孙女儿奄奄一息的时候，他们才把她放出来。不过，就算这样，'金梭子'的孙女儿依然没交出黄马褂，让那些造反派空手而归。黄婆婆，'金梭子'的这位孙女儿，应该还健在吧？"

"还活着，不过已经没啥用了……"黄昌婆的脸颊有些潮红。

"黄婆婆,你别说她没用。如果说,'金梭子'是一位了不起的英雄的话,'金梭子'的这位孙女儿,同样是一位了不起的英雄。慈禧太后御赐的这件黄马褂,那可是一件了不起的国宝。正是因为有她的誓死护卫,这件国宝才能够完好无损地保留下来啊!"

"就算保留下来了,又有啥用呢?她把她祖先人传下来的手艺弄丢了。将来她死了,有啥脸去见她奶奶?"

黄昌婆悲凉的几句话,让白土浑身一震。沉默了一会儿,白土才安慰道:"黄婆婆,你别这么悲观,你现在不是还在养蚕吗?你只要还在养蚕,你就没有弄丢你奶奶传下来的手艺。将来你百年后去见你奶奶,你也问心无愧了。"

白土说出这段话,显然已经表明,他晓得"金梭子"的孙女儿,就是黄昌婆。

黄昌婆摇摇头,更加凄然:"我还在养蚕,可是我不能织锦啊。不能织锦,能叫把奶奶的手艺传下来吗?幸好街上的鲍娃儿还在收蚕茧,他要不收蚕茧了,连养蚕这门手艺,我也要丢了。"

黄昌婆这样说的时候,白土心里咚咚直跳。那天他请陶高吃饭,陶高当时就用筷子点着桌上的那盘炸蚕蛹,对白土说:"白局长,秘诀就在这盘炸蚕蛹身上。你晓得鲍娃儿的蚕蛹从哪里来的吗?都是从黄昌婆那里收来的。鲍娃儿的这道菜,卖得相当好。原因就在于,黄昌婆养蚕,从来不用药,所以她的蚕蛹非常健康生态。但是,鲍娃儿去向黄昌婆收蚕茧的时候,他一点儿也不敢说他是拿去做炸蚕蛹。他给黄昌婆说,蚕茧收起来,是拿到省城的缫丝厂去的。现在只有省城才有几家缫丝厂,县城早就没有了。一旦黄昌婆晓得鲍娃儿是把他的蚕茧剥来做了炸蚕蛹,那是啥后果?黄昌婆肯定坚决不会再把蚕茧卖给鲍娃儿了。不卖给鲍娃儿,黄昌婆的蚕茧就没用了,那样的话,她就不会再养蚕了。所以,白局长,如果你想做通黄昌婆的工作,就只有让她不养蚕。要让她不养蚕,你只有告诉她,鲍娃儿原来把蚕茧拿去做炸蚕蛹了!"

白土心里不忍:"可是,这样做,对黄昌婆来说,是不是很残忍啊?她可是把养蚕看得比她的命还重要的。"

"并没有啥残忍的,这都是事实。你只不过把真相告诉她而已。你这样做,是让她正视现实。你不告诉她,反而是对她的欺骗,对她不公平。"

白土晓得，陶高的话一点儿也没错，这确实是做通黄昌婆思想工作的最好办法。

所以他一回到黄昌婆家，看到黄昌婆背着背篼上山摘野桑叶，就暗自高兴。这一路走来，他一直在等着，等黄昌婆说出把蚕茧卖给鲍娃儿的话。只要黄昌婆把这个话说出来，他就可以顺理成章地讲鲍娃儿炸蚕蛹的事。

可是，现在黄昌婆真说出这件事的时候，白土的嘴巴却像有千钧石头压着，咋也张不开。

两人翻山越岭，走出一身汗水，寻了半天，一棵野桑树也没找到。最后，黄昌婆叹口气："要不，咱们去昨天摘过的那棵树下看看，看有没有新长出来的叶子。"

一天咋会长新叶子？白土心里不信。不过他没说出来，还是随黄昌婆又转来转去，翻山越岭，来到那棵桑树下。

看得出，那是一棵很古老的桑树，地上有一个巨大的根头，根须在地里盘根错节，又从很远的地方冒了出来。不过，树干却并不大。看得出，桑树曾遭到多次砍削。

"哪个把这棵桑树砍成这样啊？"

"那些挨千刀的，砍去当柴烧呢。"

桑树上只有光光的几根枝条，枝条的顶端，仅有稀稀拉拉的几片叶子。黄昌婆一到树下，便脱掉鞋，双手攀着树干往上爬。白土没想到，黄昌婆这么大年纪了，居然还敢爬树。

白土忙阻止她："黄婆婆，不用往树上爬吧，这样好危险啊。咱们扎个钩子，把树枝钩下来，就可以摘到桑叶了。"

黄昌婆四肢攀在树上，喘着气回应："不行啊，把桑枝折断了，下次就再没叶子摘了……"

白土心里一阵发酸。在热热的雾气中，白土看见黄昌婆整个身体已经趴在桑树干上。她的身体瘦得像一只猴，但是她的动作，却又慢得像树懒，半天也没往上挪一步……

同样找陶高学过经验的范武晨，刚开始实施陶高教他的办法，就出事了。

陶高和范武晨，是赵书记前后两任的秘书，现在一个当公安局长，一个当国土局长，都在县上重要的职能部门。赵书记倡导全县各大局长进驻蜀山老百姓家，心贴心做群众思想工作。陶高和范武晨就是局长中最积极的两个人。不仅仅因为他们当过赵书记的秘书，是赵书记的嫡系大将，更重要的，是县政府近期要提拔一个副县长。大家都在议论，这个副县长的人选，将在陶高和范武晨中产生。

到山上后，陶高很快就做出了成绩，而且一骑绝尘，把其他局长远远甩到后面。为此，赵书记开了专题会，让陶高介绍经验。

这一轮比拼，陶高占了明显的优势。这让范武晨很不爽，他把自己关在办公室，抽了一屋子的烟。最后，烟雾差不多把他整个人笼罩进去的时候，他豁然开朗，有办法了。

范武晨的办法，就是去向陶高讨经验。不过，他和其他局长私底下请陶高吃饭的做法不同，他拿着笔记本，大张旗鼓去陶高的办公室，谦虚谨慎地向陶高同志学习。学完后，他赶紧向赵书记汇报，说自己从陶局长那里学到了好多有用的东西，现在做起工作来，更加有信心了。

赵书记很高兴，表扬他虚心好学。赵书记还把范武晨虚心好学这件事，拿到大会上去讲。讲得其他局长后悔不迭。同样是学习，自己又掏腰包又赔笑脸，却没得到赵书记一句好。范武晨装模作样去陶高办公室，咋就成了虚心好学的好榜样了呢？

范武晨兴奋不已，这一轮，他算是扳回了一局。

不过，范武晨可不是只满足于平局的人，他得乘势追击，反败为胜。如果能够一举攻克喜龙这个堡垒，那他就算是后来居上了。

范武晨在陶高办公室坐了好半天，陶高告诉他的全部秘诀，就只有三个字：牛金秀。

范武晨是个脑袋瓜极灵光的人，陶高告诉他的这三个字，让他一下就豁然开朗。一回到蜀山，他立刻赶到牛金秀家的"小蜀山"前，敲开牛金秀家的朱漆大铁门，对她说："牛大婶，这件事恐怕你得出个面啊。既然你女儿已经把蜀山这片地买下来了，这片地就是你女儿的。喜龙种'鸡眼睛'，就是在你女儿的地上种。他那样做，就是侵占。你得去给他讲讲道理才行呢……"

"我们娟姑儿买了，真就是我家的了？"牛金秀不太确定。

"不是你家的是哪个的？我是国土局长，难道还跟你说瞎话？"

国土局长说的关于土地的话,那自然是真的。牛金秀理直气壮了:"这个喜龙太可恶,竟然欺占我家的地!哼哼,要不是我们娟姑儿给我交代过,让我别管这些事,我早就……"

"你女儿怕你劳累,当然会这样说。牛大婶,你想想看,你女儿这钱来得容易吗?几十个亿,那得流好多汗?再说了,这个钱也不完全是她的钱,大部分还是贷的款。银行里的利息,每天都在涨。耽搁一天,就损失几十万。几十万啊!喜龙这样拖着,那得损失多少……"

牛金秀吃不住范武晨一激,蹦起来:"这个喜龙,凭啥这么霸道?我娟姑儿凭啥要被他欺负?我这就去找他!"

牛金秀咚咚咚就往外走。

范武晨只高兴了一小会儿,他就有点担心,冲牛金秀的背影喊:"牛大婶,你去给喜龙讲讲道理就是了,千万别和他发生矛盾啊!"

牛金秀脖颈上那条大金项链,在太阳下闪现出一片杀气腾腾的光芒。转过一个弯,她就没影了。

范武晨的预感成了现实。牛金秀走出去了,但她并不是去找喜龙讲道理,她是直接走进喜龙地里,把喜龙那些"鸡眼睛"一把一把拔得精光。

喜龙闻讯赶到时,牛金秀刚好从地里走出来,还在拍手上的灰土。

喜龙血往脑壳里冲,他冲上前,抓住牛金秀。牛金秀是哪个,咋会轻易让他抓,伸出手就在喜龙脸上来了两下。喜龙更生气了,抓住牛金秀往旁边一掼,牛金秀就被掼倒在地,大金项链扯断了,撒得满地都是金豆子。

牛金秀可不是一般人,她是九层楼高的"小蜀山"的主人,是家缠万贯的邓总的娘!她居然被掼倒,得有好多人为她打抱不平。很快,喜龙就被暴打了一顿,鼻青脸肿,躺在地上爬不起来。

喜龙是个孤儿,娘老汉儿死得早,除了奶奶陈盛婆,再没有其他亲人。

但是,世上有很多事说不清楚。喜龙势单力薄,村里很多人反而站出来,为喜龙打抱不平。他们冲到牛金秀的"小蜀山"前,帮喜龙讨说法。

牛金秀没有料到会是这个结果,吓得赶紧把大铁门关上,用一根钢钎顶住。又把那两头大狼狗拴在门后防护，严密防守。

然而，狼狗洪亮的吼叫声、低沉的喘息声，让村民们更加愤怒。他们不但用力撞门、踢门，还有人往院子里扔石块。石块翻过高高的围墙，在院子的地砖上、阳台上、窗玻璃上，砸出巨大的碎裂声。

恰好这时候，邓娟开着她那辆火红的路虎车回来了。

邓娟本来就很不高兴，看到居然有那么多人围攻她的"小蜀山"，心情更加郁闷，冲下车，朝那些围攻的人破口大骂。

那个蓄鸡冠头穿窄背心戴墨镜的司机，也冲下来助拳，上前就对那些扔石头的村民一阵乱揉。他体格强壮，力气惊人，很快，就揉倒了一大片，又揉倒了一片。

村民们不服气。但是他们不是鸡冠头司机的对手，不敢上前。肉搏不行，便实施远距离投射。鸡冠头司机身手敏捷，躲过了那些投射过来的石块。但邓娟不敏捷，一块石头不偏不倚，就砸在她的脸颊上。邓娟的脸上顿时血流如注。

鸡冠头司机吓坏了，没心思再和村民们理论，掏出手绢缠住邓娟的脸，把邓娟扶上车，倒转车头。路虎咆哮着，像一只受伤的残虎，扬起一路灰尘，向远方逃去。

范武晨听说牛金秀房前出事的时候，他的脑壳起码蒙了一分钟。他忽然有一种强烈的上当的感觉，这主意是陶高给他出的，会不会是陶高挖的一个陷阱？也就是说，陶高也许事先就料到会是这种结局，才专门挖了陷阱，让他往里跳。

而且，就算他掉进陷阱里，还只能吃哑巴亏，默默承受，不敢说出去。一旦说出去，只会被别人当个笑话。这不仅仅是政治上不成熟的表现，简直就是智力有问题。

陶高为啥要给他挖这个陷阱？很简单，无非就是要让他丢脸，让他倒霉，让他闹笑话，让他在副县长职位的竞争中主动退下来。

况且，他的分数在往下减的同时，陶高的分数则还在往上加。

事情发生后，陶高并没有派警察抓捕闹事的村民，而是请来贾队长，进行调解劝说。这一招的效果非常好，虽然牛金秀和村民们双方都有些愤愤不平，但鉴于贾队长在村里的威望，大家也都听从他的劝说，各自散了。

陶高找贾队长，仿佛提前就给贾队长说了，让贾队长非常及时地赶到了。

这场危机，最终在他陶高的巧妙安排下，轻易地化解了。

陶高厉害的杀招还在后面！

他把牛金秀以及那几个扔石头的村民带到房间里，进行了审问。

陶高这样做的目的是什么？很简单，就是让牛金秀等人供出他范武晨才是始作俑者。

陶高得到这条信息后，他会做啥呢？不用说，肯定会迅速报告给赵书记，让赵书记明白，他范武晨有多么无能，还多么添乱。

陶高打出这一套组合拳后，他范武晨基本上可以宣布倒地不起了……

范武晨在自己的办公室里默默吸着烟。像上次一样，烟雾很快装满了他的办公室。不过这一次，他没有再豁然开朗，他的口鼻里充满苦涩的窒息的味道。

这时候，范武晨的电话铃声响了。

范武晨拿起一看，竟是陶高打来的。陶高在这时候给他打电话说啥？幸灾乐祸？讽刺挖苦？或者再给他挖个新的陷阱，让他不仅仅倒地不起，而且灰飞烟灭？

陶局长，陶县长，你都赢了，还打电话羞辱我，你这是打死蛇啊！

范武晨懒懒地接起电话。陶高在电话里，用一种压得非常低的声音对他说道："范局长，刚才我审问牛金秀的时候，得到一个消息。她竟然诬陷你，说她去拔喜龙'鸡眼睛'苗子这件事，是你唆使她干的……"

"我唆使她干的？呵呵，陶局长，既然是我唆使的，你就直接向赵书记报告好了……"

"范局长，你咋这样说？我要是想向赵书记报告，还用得着告诉你吗？你这样说话，把兄弟我看成啥子人了？"

啥子人？专下烂药的奸邪小人！

不过，咱们范局长毕竟也是在官场上历练了很多年的，他断然不会把心里话直接说出来。

"那好，陶局长，你既然这么说，我也用我的人格向你做个担保，这样的话，我是绝对说不出来的。"

范武晨没想过，他这话说出，就意味着他的人格，是说假话的人格。

"我当然晓得你说不出这个话，是牛金秀污蔑你的，所以才赶紧告诉你呢。范局长,你放心,我已经给牛金秀打过招呼了,让她坚决不准把这样的话说出去。我吓唬她说,她要是把这个话说出去,她女儿在蜀山投资项目的事情,就黄了。牛金秀要维护她女儿,自然不敢乱说。"

"那我真要感谢你啊,陶局长!"

挂了电话,范武晨依然疑惑不已。陶高为啥不直接把牛金秀招供的案宗交给赵书记,反而要告诉他呢?

就在范武晨百思不得其解的时候,赵书记上山来了。

赵书记一上山,就把所有局长召集起来,开了一次会。

"同事们啊,事情已经很紧急了,咱们可不能再像以前那样慢条斯理地做工作了。再那样,可能就没有工作可做了。为啥这么说呢?因为投资方已经有撤资的想法了……"

赵书记在这时候停顿下来,他在等局长们的反应。果然,局长们的反应很强烈,有的甚至愤愤不平地叫起来:"赵书记,是不是因为村民扔石块,误伤了邓总的脸,邓总才想撤资啊?这也太儿戏了嘛!"

"你们猜错了,不是邓总想撤资。邓总告诉我,是她先生提出来的。邓总说,蜀山铜矿项目原本就是她极力要求投资的,她先生其实并不太支持。现在工程延误了这么久,邓总的先生更有理由撤资了。"

局长们不高兴了:"邓总的先生是何方神圣?直到现在,咱们都没见到过他本尊。咱们这样累死累活,究竟是在为哪个服务?"

"为人民服务!"赵书记把眉头皱起来,"同志们,我告诉你们,你们要是只会发牢骚,说丧气话,不想办法尽快把群众工作做通,邓总的先生真要撤资的话,咱们可就前功尽弃了!"

这一次,没人敢再说啥,都赶紧把脑壳埋下去。

"同志们啊,这次真的很危急啊!以前邓总说要撤资,我虽然表面上做出很着急的样子,其实并没当回事。因为我晓得,邓总是咱蜀山人,她投资蜀山的愿望是很强烈的。她那样说,是吓唬咱们的,是想让咱们把事情推进得快一点。可这次不一样,邓总说这个话，绝不是开玩笑了。因为市领导刚给我打了电话，说蜀山铜矿项目，投资方有撤资的危险，要咱们加快进度。市领导说，这是省领导传下来的话。这说明啥？说明投资方已经向省政府提出抗议了！邓总的先生直接向省领导打招呼，一方面说明他的背景相当可怕，另一方面也说明，这个项目确实到了生死存亡的关头了！"

说到这里，赵书记用力往空中一挥拳。赵书记平常说话做事，都不疾不徐，轻言细语。如此又皱眉又挥拳，还唠叨得像个婆婆，看来，他确实是很着急了。

"既然形势严峻，咱们现在就必须改变计划，加快推进速度，不能像以前那样，等所有人思想都做通了，项目才开始搞。咱们要让邓总马上就进场施工，咱们要给她传递一个信息，咱们在给她保驾护航，她的进场绝对不会再受到任何打扰！只要邓总和她的先生真的干起来了，把钱砸进去了，他们撤资的可能性就小了。"

看到局长们都露出不知所措的表情，赵书记笑了笑，语气变得和蔼起来："大家别担心。这件事，看起来有风险，但可操作性还是很大的。毕竟绝大多数村民都签字了。村里一些有影响力的人物，比如严庄、贾队长等，也都签字了。而且他们还在帮咱们做工作，这就是非常好的势头。剩下没签字的，已经是极少的一部分。这部分人，如果咱们能尽快做通他们的工作，当然好。一时半会儿做不通，那就想办法先把他们控制住。只要他们不跳出来闹事，就没啥大问题了。"

忽然间，仿佛风云骤变，赵书记的眼睛眯缝起来，眯得只剩下两个小小的瞳孔，可这芝麻粒一样的瞳孔，却射出了凌厉无比的光。那光像两把锋利的冰刀，但凡碰到的人，都忍不住全身一激灵："我最后说一句，如果哪个不控制好自己负责的农户，农户出来闹事，让这个项目的推进再生波折，哪个就自觉地把官帽子摘下来，放在我的办公桌上，自己回去种田！"

现场会一开完，很多局长都慌张起来。

最慌张的，自然是白土和范武晨了。

其实在现场会之前，白土的日子可以说过得逍遥快活。本来，他是要劝黄昌婆签字的。但是，在他随黄昌婆上蜀山摘野桑叶的过程中，他渐渐地就把这件事忘了。他越来越喜欢这种山野里的生活，每天进山呼吸两口新鲜空气，听雀鸣蝉闹，赏青山碧水，实在是一件非常愉快的事情。他心里想，眼看就要退休了，退休后，他也要像李秉一样，搬到这山上来住。养几竹笆蚕，种一小片庄稼，与山水为伴，那日子一定非常舒心。

也就在这时候，赵书记上山来开了现场会，特别强调，必须要控制好自己负责的那些村民，决不能让村民闹事！

白土所负责的村民，主要就是黄昌婆。他怎么控制黄昌婆呢？

黄昌婆这个人，向来逆来顺受，还十分相信宿命。项目占了她的土地，她大哭一场，烧一炷香。垮山埋了她的桑树，她大哭一场，烧一炷香。她这样一个人，会出来闹啥事吗？用得着控制吗？

但是，正因为是这样一个人，让白土对她不敢小觑。

她就算被造反派泡在水牢里，差点死过去，就算染上了严重的哮喘，她依然没把黄马褂交给那些破坏分子。

还有，就算村里都没人养蚕了，就算乡上、县上都没有收蚕茧的地方了，就算她孙媳妇坚决反对她，就算垮山把她的桑树全部埋在地下，就算每天只能上蜀山寻野桑叶，她依然没有放弃养蚕这件事。

这样一个瘦弱年迈的老太婆，她身上有一种多么强大的意志力！

正是这种意志力，感动了白土。让白土完全忘记了他上山来，是做老太婆思想工作的，他甚至悄悄打电话咨询农业技术专家，询问他们该怎样栽种桑树。他甚至想派个农业专家上山来，帮助这个老太婆种出一片桑地，免得她整天上山去摘野桑叶。

幸亏他没这样做。要是赵书记晓得他有这样的举动，赵书记那凌厉的目光，还不得把他"杀掉"。

但是，不给黄昌婆请技术专家也就罢了，现在却要把她控制起来，该怎么控制呢……

范武晨不一样，他没有白土那样的犹豫。现场会一开完，他立马就想到了控制喜龙的最佳办法。

喜龙被牛金秀的亲戚朋友打得躺在床上，动不得身。因此，范武晨决定把喜龙送到城里的医院去住院。这样一来,既对喜龙进行了实际的帮助,让喜龙心存感激,又把喜龙支开,免得他参与闹事。

不过,当范武晨拎着一大堆慰问品来到喜龙家的时候,喜龙奶奶陈盛婆却告诉范武晨,喜龙虽然受伤很重,但只在床上躺了一天,就爬起来,拄一根拐杖,一瘸一拐地去地里了。"他说牛金秀拔掉的那些'鸡眼睛'苗子可能还活得过来,他要赶快重新栽起来。"

范武晨只得跟到山上。

远远地,范武晨就看见喜龙坐在地里。他坐着,显然是受伤的腿,让他没法站起来。他的旁边,是一大堆萎蔫的"鸡眼睛"苗,软得像煮烂的面条一样。

范武晨高声喊:"喜龙啊,实在对不起,本来我该早点来看你的,因为赵书记上山来开会,我脱不开身。来迟了,请你原谅啊……"

喜龙瞟了范武晨一样,不冷不热地说:"用不着看我,我好着呢。你以为那些人仗着人多,仗着家里有钱,就能打倒我吗?永远办不到!"

范武晨大拇指一竖:"喜龙,你是好样的,了不起!"顿一顿,又说,"不过,受伤了可不能硬撑着。你现在还年轻,如果不及时治疗,落下病根,将来就不好治了。走,我今天来,就是带你去医院的。咱们去医院把伤治好了,再回来种地,好不好?"

喜龙语气软了一些:"范局长,谢谢你的好意。我没事,皮外伤。我的骨头硬得很,他们根本就打不断!我得赶紧把这些苗子重新补上。再耽误了时间,就救不活了。"

范武晨劝了半天,喜龙就是不随他去医院。

范武晨没办法,只得给人民医院华院长打电话:"华院长,你派个骨科医生上山来,帮我看个病人吧。"

华院长叹气:"范局长,实在对不起,我真派不出人来啊。尤其是骨科,更加紧张。前些时候,农业局的白局长让我派个医生上山去,我到现在还没腾出人来呢。"

"你要是派不出骨科医生,你就派个其他医生吧。"

"你的人究竟是啥病啊,咋让我随便派人看病?"

"我的人得的是一种必须要到医院来住院的病。你只要派个医生上山来,对我的病人说，必须马上去医院住院治疗，否则，就可能终身残废。他只需要说这几句话，就可以了。"

"呵呵，这样啊……可我所有医生都紧张啊，没有空闲的。"

"那你就派个在医院扫地的人上山来吧。只要他穿上白大褂就行了。"

"扫地的啊，嘿嘿，扫地的也没有，扫地的也紧张着呢。"

范武晨骂道："华院长，你这思想觉悟可太低了。对全县的一号工程，你太不支持了！"

"别扣帽子。"华院长怪笑，"范局长，我派不出人来，但我可以送你一套白大褂。你拿着白大褂，找你们单位会演戏的人穿上，装成医生的样子，不就解决你说的问题了吗？"

"对呀！"

范武晨恍然大悟，立说立行。很快，县国土局一个演技一流的职工，就穿着白大褂上山来了。

不过，他依然没能把喜龙搞下山。没有搞下山的原因，不是那个职工的演技不行，而是喜龙简直油盐不进。他说，就算得"骨癌"，他也要先把"鸡眼睛"栽下去再说。而且喜龙还表现出一种英雄主义的气概，他说自己的骨头永远都会坚硬无比，绝不向金钱和权势弯曲！

范武晨哭笑不得。

这天晚上，喜龙挂着拐杖，拖着沉重的身子往家里走。那时候，天已经黑尽。陈盛婆放在屋檐口下石板上的洗脸水，冷了，又端进去重新热。热了，又再次变冷。

就在陈盛婆准备再次把洗脸水端进去热的时候，喜龙终于回来了。

喜龙把拐杖放在一边，倚住石板站稳身子，拧起帕子洗脸。不过，帕子刚一接触脸，那被打肿的地方，就让他痛得直抽。陈盛婆看着心痛，叹口气："唉，喜龙啊，人家范国土好心好意送你去城里治病，你就去吧。你那些苗子，我去帮你栽嘛。"

"奶奶，'鸡眼睛'苗不比别的，你栽不好。再说了，你都几十岁的人了，我喜龙没有能力让你老人家享清福，已经很惭愧了，咋还让你帮我干活呢。"

陈盛婆感动得直抹泪："喜龙啊，都是我害了你，要不是有我这个拖油瓶，你早就远走高飞了……"

正说着，觉英嘴里吹着口哨，摇摇摆摆地进来了。

喜龙最看不起觉英，看见他进来，把头转向一边，用帕子使劲擦脸，像要把啥肮脏的东西擦掉一样。没想到一下就擦在肿起的伤口上，他忍不住尖叫一声。

觉英幸灾乐祸地调笑："喜龙你叫啥？我又没说要在你家吃饭，看你心痛成这样……"

"觉英啊，你不晓得，牛金秀那家人，好霸道啊，把我家喜龙打成这个样子……"陈盛婆向觉英寻找同情。

觉英做出老于世故的样子："喜龙，你也真是的。那邓家人有钱有势，你去跟人家争啥？你这叫鸡蛋碰石头，晓得不？你听我觉英叔一句话，以后遇到这种事，你就绕到一边，千万别去自讨苦吃……"

喜龙本来就瞧不上觉英，觉英反而来教训他，还自称"叔"。喜龙恨不得跳起来扇觉英两耳光："哼，这次就算了，下次他们再敢打我，我就白刀子进，红刀子出！"

觉英满是轻蔑："那可不一定，喜龙，大话你别随便说。我刚从你地边过来的时候，好像就看见有人又在拔你的苗子呢。你说你现在这个样子，咋去白刀子进，红刀子出？"

"你说啥？哪个在拔我的苗子？"

"我没说啥，我啥也没看见……"觉英故意在自己嘴上抽了两下，"你看我这张破嘴，总是关不住话……"

说着，觉英双手堵住自己的嘴，往外面快步跑去。

"你回来，说清楚，哪个拔我的苗子？"

喜龙拄起拐杖，从墙角提起那把吓唬过范武晨的大砍刀，跳着往屋外冲去。陈盛婆急了，大喊："喜龙，你要干啥？大晚上的，快回来！"

喜龙不听他奶奶的，一根拐一只脚，竟然跳得飞快，三两下就消失在夜色之中。

当喜龙醒过来的时候，他已经躺在县人民医院的病床上了。

喜龙猛坐起来,想翻身下床。随即他就发现,他的一条腿被固定在床上的钢架子上,腿上还打着厚厚的石膏。

"我的腿咋了?"喜龙尖叫。

坐在床边的范武晨轻轻拍喜龙的肩膀,微微笑:"喜龙,我们在山上发现你摔断了腿,人也昏迷了,连夜把你从山上送到医院来,医生刚给你接上断腿,绑上夹板呢。"

"不,我的腿不是摔断的,是被人打断的!"喜龙争辩道,"我记得当时我正往我的地里走,突然腿上就挨了一棒,痛得我一下倒在地上,接着脑壳上又挨了一棒,然后我就晕过去了。"

"你是不是记错了?"范武晨摇摇头,"我们是在一个高坎下发现你的,医生也说,你这腿像是摔断的。你会不会当时把脑壳摔晕了?黑灯瞎火的,哪个会打你?"

"牛金秀,肯定是她打我!肯定是因为我不签字,她要打死我。打死了我,就没人阻挡她家建铜厂了!"

范武晨笑笑:"喜龙,你别胡思乱想。前天牛金秀才到省城看她女儿去了。难道她有分身术,又从省城跑回来,还半夜三更去打你?"

"她真在省城?"

"真在省城,这个咋能有假?"

"那是哪个打我呢?"喜龙迷惑了。

"可能你真是摔晕了呢……"

重返蜀山 下

张生全 著

SPM 南方出版传媒 广东人民出版社
·广州·

第十七章　母山

由于局长们都把各自负责的农户安排得很好，因此，这次项目进场的时候，非常顺利，基本没有受到啥阻碍。

唯一的意外，是觉英忽然从人群中冲出来，叉腰站在路中央。吓得那些工程车赶紧停下来。工程车一停，觉英就冲上去，像猴子一样，吊在工程车的挖斗里。

陶高也在现场，但是他没料到，唯一的阻碍，竟然来自于他负责的觉英！

陶高先是大吃一惊，接着愤怒不已。这个觉英娃儿，竟让他如此丢脸！

陶高冲出人群，冲觉英威严一喝："觉英娃儿，你这是干啥？下来！走开！"

本来，陶高以为只需要这么一喝，就可以让有一头猪鬃毛的愣头觉英，乖乖从挖斗上下来，埋头走到一边，就像上次一样。没想到，觉英竟然嬉皮笑脸地说："不行，我不能让他们过去。土地是我的，我要是让他们过去，把土地给我挖了，我就只有饿肚皮了。"

说着，他的手还从一根铁齿攀到另一根铁齿上，甩来甩去，露出腰上一截黑黑的肚皮。

觉英的表现，完全出乎陶高的意料，陶高有些慌了。一慌张，他就露出了底牌："觉英娃儿，你记性是不是不好？你就不怕我再把你抓进监狱？你再不下来，我和你新账老账一起算！"

"嘿嘿，要算账，可不是只和我一个人算，这笔账大呢……陶局长，你算得过来么？"

严庄从人群中走出来，冲觉英喊："觉英娃儿，你吃了豹子胆？竟敢顶撞陶局长！快下来，赶紧给陶局长道歉！"

觉英还真是吃了豹子胆，他敢顶撞陶高，也敢顶撞严庄："我才不给哪个道歉呢。要道歉也可以，把这些铁疙瘩都开回去，我再道歉。"

周围的人都嗡嗡闹起来，脸上露出激动的样子，甚至有一些村民已经走到路中间。更有一些村民学觉英的样子，往工程车上爬。

就在这危急的时刻，范武晨从人群中大步流星走出来，径直走到觉英身边，一把抓住觉英，把他从挖掘机上扯了下来，同时，一手叉腰，一手指着他的鼻子大骂："觉英娃儿，你是不是吃多了，在这里胡闹啥？啥土地是你的？土地都是国家的，都是集体的。你不过是承包一下而已。再说了,你都签字了,你还闹?再闹,你就是犯法,你犯法就要被抓起来,晓得不?"

这会儿,觉英竟好脾气地站在范武晨面前,低垂下头,挠着他的猪鬃毛,咧着嘴,不好意思地说:"范局长,之前我是不了解,现在你给我讲清楚了,我了解了,我就不会再阻路了。"

随即,觉英还大声吆喝众人:"大家赶紧到边上去。不懂法,你来阻路,情有可原。现在范局长苦口婆心给咱们讲了,你还来阻路,那就是知法犯法。知法犯法,罪加一等,晓得不?"

众人看看搞不成事,也纷纷跳下工程车,散了。

独独陶高站在那里,目瞪口呆。

范武晨走上前,不好意思地对陶高说:"陶局长,这个觉英娃儿不是我负责的农户,本来我不该插嘴。但是他出现了关于包产地的错误认识,我这个国土局长,就有责任帮他纠正一下。你可别多心啊……"

"哪里哪里,范局长,你说得很好啊。今天你帮我把这件棘手的事情解决了,我感谢你还来不及呢,咋可能多心。"

"那就好,那就好。"范武晨拍拍陶高的肩膀,昂首挺胸大踏步往远处走去。

工程车轰隆轰隆发动起来,迅速往工地开去。

进了工地,施工队像发了疯一般,所有的机器都开足马力,摆出了一番移山倒海的阵势,让人热血沸腾。

工程队进场的时候,黄昌婆一度也显得惶恐不安。白土安慰她说,虽然她的土地全部被占了,不过,他会想办法给她重新搞一块地,让她把桑树栽起来的。

经过许多天的接触,黄昌婆已经非常相信白土,因此又高兴起来。这天和白土进山摘野桑叶的时候,她的话明显多了起来。

白土其实也就是顺嘴一说,安慰黄昌婆的。没想到黄昌婆这么相信他,倒让他心里惴惴不安了。

蜀山是一座非常奇特的山。

别的山，山顶都是尖的，形成那种刚直挺拔的山峰。蜀山山顶则是平的，平得宽阔而浩荡。严道县把蜀山称为"桌山"，意思是说，这座山又平又方，像桌子一样。

黄昌婆对蜀山的理解却出人意料，她对白土说："别的山都是公的，咱们的蜀山是母的。"

白土大为惊奇，向黄昌婆连伸大拇指："黄婆婆，你这个说法太准确了，太形象了！不错，蜀山就是一座母山，咱们蜀地灿烂辉煌的文明，都是蜀山孕育的。她不正是一位伟大的母亲吗？"

黄昌婆不好意思了："白局长，你们有文化的人，说话就不一样。我只晓得蜀山是母的，可没你说得么好……"

白土好奇地问："黄婆婆，你说蜀山是母的，是你想出来的吗？"

"不是，我是小时候听我奶奶讲的。我奶奶说，山下的那些小山呀平地呀，还有那些小溪呀大河呀，全都是蜀山老母的子子孙孙。"

白土点点头："黄婆婆，你奶奶'金梭子'才是真正的文化人！"

黄昌婆高兴了："我奶奶还说，蚕丛王菩萨是蜀山老母的大儿子。当年，人们穿棕索子编的衣裳，一穿到身上，皮就擦破了，痛得流黄水。蜀山老母心疼，就派她大儿子蚕丛王菩萨下山来，教大家栽桑树，养蚕子，织绸子。这以后，人们就穿上了用绸子布做的衣服，又柔软又暖和，皮肤再也不会被擦破了。后来，蚕丛王菩萨就回山上升天了……小时候，我奶奶反复给我讲，咱们养蚕织锦的人，要世世代代供奉蚕丛王菩萨。"

黄昌婆说着，就虔诚地跪下来，对着蜀山连连磕头。白土一时肃然起敬，也跟着黄昌婆跪下来，磕了一个头。

黄昌婆感动不已："白局长，你和我见过的那些领导都不一样啊，你这样的领导，我们不害怕，敢和你说话呢。"

白土笑笑："黄婆婆，我不是啥领导，而且马上就要退休了，你把我看成是你的老弟好了。"

"哪敢呢？白局长，哪敢呢？"

白土想把黄昌婆带到更远的地方，就说："黄婆婆，现在半山腰的野桑叶都给我们摘光了，要不，今天咱们上山顶看看好不好？"

黄昌婆赶紧摇头："不能去山顶！"

"为啥不能去？山顶海拔是比较高，但上面也有凹陷的地方，那里气候暖和，说不定有桑叶呢，咱们去看看吧。"

"就算有桑叶，咱们也不能碰！"黄昌婆脸色发白，"我奶奶给我讲过，山顶是蜀山老母的怀，不能随便碰的。要是碰了，就会受到蜀山老母的惩罚。我奶奶还讲过，不晓得是哪一个朝代，有一个姓张的土匪，他自封为'大西王'，带了一帮人打进山来，追杀我们这里的老百姓。老百姓打不过他，就躲上山顶。那些土匪也追上山顶。但是他们在山顶却一个老百姓都没找到。不但没找到，还转不出去，一直在山顶转呀转，最后就全部转死在山顶了。"

"我听人讲，说山顶有个'迷魂凼'，那些人是不是都追进'迷魂凼'里去了？"

"是有'迷魂凼'，但老百姓为啥就没有遇到'迷魂凼'呢？老百姓都毫毛无损地从山上下来了呢。"

"那是咋回事呢？"

"因为那个'迷魂凼'并不是啥子'迷魂凼'，那是蜀山老母的怀呢。咱们蜀山的老百姓，从小在蜀山老母的怀里长大，熟悉那个怀，蜀山老母也保护她的娃儿们，老百姓当然就没事了。那些强盗就不一样了，他们乱闯蜀山老母的怀里，蜀山老母哪能容许这伙强盗呢？所以就设了'迷魂凼'，把他们困死在里面了。"

白土听得发呆。忽然响起一阵轰隆隆的雷声。黄昌婆脸色大变，惊恐地说道："白局长，你看，蜀山老母晓得我们要上山顶摘野桑叶，生气了，打雷警告我们呢！"

"她咋就晓得了呢？我们也就是在心里想想而已。"白土觉得好笑。

"蜀山老母灵着呢，我们想啥，她全晓得。"

"这样啊……好吧好吧，黄婆婆，你说山顶不能去，咱们就不去了。咱们再往后山上转，去得远一点，那些地方可能还找得到野桑树。"

白土和黄昌婆转到蜀山后山，还真找到了不少野桑树。

本来，摘个桑叶其实是简单的，但黄昌婆的仪式太多。遇到没摘过的桑树，摘之前，她不但要跪地磕头，还要站起来，盯着桑树看，看得两个眼珠都凸出来了。

白土已经好多次看见黄昌婆做这个仪式了，他不晓得黄昌婆这是在干啥。问黄昌婆，黄昌婆说她也不晓得，这是她奶奶教她的。那时候，每年开始养蚕，从桑园里摘第一片桑叶之前，她奶奶都会召集全村人，搞一个这样的大型仪式。只不过隔了许多年，那些仪式好多她都忘了，只能简单做个动作。

当两人终于摘了满满两背篼，一人背一背篼往回走的时候，虽说背篼有点沉，但两人心里都很兴奋。尤其是黄昌婆，她喉咙里发出极有节奏的鸡鸣声，也掩不住她的兴高采烈："好多桑叶啊，够我的蚕吃一个星期了！"

白土打趣道："放一个星期，桑叶会不会都干了？"

黄昌婆倒蛮有信心："不会，我拿回去露起来，干不了。"

正说着，又一阵巨大的轰隆声传来。那声音绵延不绝，震得地皮都有些抖动。

黄昌婆吓得全身发软，整个人像泥一样委顿在地上，背篼里的桑叶撒得满地都是。她两眼翻白，嘴里喃喃自语："坏了坏了，蜀山老母发怒了！"

"不会吧，我们又没有去山顶摘，蜀山老母咋会发怒？"

"蜀山老母没发怒，就是蚕丛王菩萨发怒了。"

"咋又成了蚕丛王菩萨发怒呢？"白土发笑。

"蚕丛王菩萨是孝子，我们去后山摘桑叶，蜀山老母不计较，蚕丛王菩萨计较呢。"

"黄婆婆，你怕是听错了吧，这个声音好像是从山下传来的，不是从山上传来的啊。"

"正是从山下传来的，我才晓得是蚕丛王菩萨生气呢。"

"为啥呢？"

"这声音是垮山的声音呢。上次蚕丛王菩萨就用垮山来惩罚过我们，这次肯定垮得更厉害了……"

"垮山？"白土担心起来，"真是垮山啊？哪里垮了？这么大的声音，那得垮多大一片啊！"

"真是垮山呢……"

白土和黄昌婆急急忙忙往山下跑。黄昌婆七十多岁了，没想到她跑起来竟然还那么快速。而且看得出，她只顾着跑，背篼里很多野桑叶撒到外面去了，她也不管。

两人很快来到铜矿项目的施工现场。白土一下就惊呆了，眼前是一大片红通通的塌方，仿佛在蜀山上撕下了一大块皮肉。

真的垮山了！黄昌婆说得不错，真的垮了！这黄昌婆，真是神了！

塌方前早已堆满了人。当地的村民、派出所的警察、蜀山乡政府的干部、县上各大局的局长都在现场。大家手忙脚乱，闹成一团。

李秉也在现场，他站在塌方的最前面。他两只眼睛木呆呆的，一动不动，花白的头发被风吹得很乱，在他头顶上瑟瑟发抖。

一阵喇叭的轰鸣声响过，赵书记也已经赶到现场。

赵书记一出现，局长们都赶紧从四面八方走过去，围在赵书记身边，向他热烈反映着。

赵书记没有搭理那些局长，他快步走到塌方前面。

塌方现场非常混乱，有几个人试图冲进塌方里。但还没靠近，上面就又滚了几块大石头下来，飞旋着，裹挟着泥浆。塌方前的人赶紧往后跑，后面的人躲不及，被压倒了一大片。

赵书记本来不想跑，但很多局长一下冲到他身边，他几乎被抬着往后退了好几步。

白土看见，塌方的边缘，还露出了一台挖掘机大大的挖斗和一小段黄色的机械臂，仿佛一个被活埋在泥土下面的人，伸出无助的手掌。

白土忍不住打了一个寒战。

人群中忽然传来一阵凄厉的哭声。众人还没搞清楚哪个在哭，众多哭声已像暗火一样四处传递，烟尘四起。

局长们原本簇拥着赵书记，这些哭声就像一道命令，他们立刻散开，冲到各自负责的村民身边，手忙脚乱，踩灭那些即将燃起来的火种。

哭泣的人群中，有一个娃儿的声音显得特别刺耳。白土认出来，那是袁幺娘的孙子饼儿。他一手拿着一个破破烂烂的游戏机，另一只手不停在脸上抹着。他的脸被抹得横一道竖一道，已经看不出原本的五官。

交通局长孙路通蹲在他旁边，轻言细语安慰他。但明显看得出来，孙路通不是一个好的安慰者，他的话对饼儿一点儿作用也不起。

赵书记的秘书小高跑到孙路通面前，不晓得跟他说了啥，孙路通丢下饼儿，朝赵书记跑去。

赵书记冷脸看着他："孙局长，你负责的人呢？"

"在，在那里……"孙路通指着饼儿，声音有点哆嗦。

"我问你还有一个人呢？"赵书记提高声音。

孙路通垂下头，脸色青灰，不敢开腔。

"孙局长，所有局长都看好了自己的人，你是咋看的？告诉我，你是咋看的？"愤怒让赵书记只能吼出这一句，而且这一句就像把他给噎住了一样，此后他竟是脸红脖子粗，半天没有说出一句话来。最后他才轻哼道："孙局长，你这个称呼就到此为止。以后你就叫孙路通了。你现在就回去，把工作交给唐副局长，等候组织处理吧。"

孙路通一句话没有，脸色青灰着，脑壳低垂着，默默地向远处走去。

局长们都转头看孙路通佝偻的背影。局长们都晓得，孙路通的前途已经断了，此路不通了。

白土心下不安，问身边的村民："咋回事？饼儿奶奶袁幺娘呢？咋没看见她？"

"她被埋在塌方下面了……"

"这个袁幺娘也是鬼迷心窍。往天她都在吃喝耍打牌，这几天却要到地里去种庄稼。"

"你们不晓得，她打牌把钱输光了。听人说，地里有青苗的话，可以获得赔偿，她就去地里种庄稼，想的是等工程队过来的时候，好问工程队要钱呢。"

"怪哪个呢？都怪她贪心……"

"你这是咋说话的？邓家人给了你啥好处，你舔邓家的肥屁股！"

"我舔啥肥屁股？我只是实话实说。你不舔屁股，你咋满嘴屎味？你把嘴巴擦干净再说话！"

"你才是满嘴屎味！"

两个人抓在一起，滚在地上，扭打起来。一时间地上泥浆飞起来，溅得白土身上到处都是。

白土本来应该躲开的，但他觉得这事是他惹起来的，也顾不得泥浆，赶紧上前劝架。但是他力气实在太小，没劝动别人，连带他还被揉倒在地上，坐了一屁股稀泥巴。

白土顾不得擦屁股上的泥巴，又上前劝说。这时候，小高走到他身边，喊他："白局长，你在这里干啥？赵书记喊你呢。"

白土心里咯噔了一下，他想起了孙路通。

不过随即，他心中反而一阵轻松。要是赵书记把他的常务副局长也给免了，那正好，他就到蜀山来，修一座小房子，像李秉那样。所以，他的动作与孙路通完全不一样，他几乎大摇大摆地走到赵书记面前，大大咧咧地问道："赵书记，你找我么？"

赵书记只是轻轻笑："白局长，你屁股上是咋回事？自己屁股上的稀泥巴，自己可要擦干净哦……"

白土哈哈一笑，忙掏出纸来擦上面的泥巴。

小高不耐烦了，高声喝道："白局长，你没领会赵书记的指示精神么？还只是在自己的屁股上擦！你看你负责的那个人在干啥？赵书记刚指示了，要控制村民的情绪，你看看你是咋控制的？"

小高一个小年轻，这样对白土说话，白土心里很不舒服。不过他也顾不得了，忙转头找黄昌婆。原来，黄昌婆在塌方前插了一排香烛。但见她在袅袅的香烟中，跪在地上，不停地磕头。磕一阵，又抓起背篼里的桑叶，往塌方里撒，嘴里大声呼喊着，也不晓得她说的是啥。

忽而她又直起腰来，不撒桑叶了，只是垂着手，瞪着塌方看。她的眼球在这时候又全部鼓出来了，中间一点黑芝麻，周围是无边无际的白。

当黄昌婆露出这个表情的时候，周围的老太婆老头子们都围了过来，纷纷跪在黄昌婆身边，直着腰，不说话，像黄昌婆那样，把一个眼珠子鼓出来，死死地盯着还在稀稀拉拉往下滚落的土块。

这情景把白土震撼了，他在这时候感受到了一种神秘的庄严。他有些发呆，心里莫名地感动着。不过这时候，小高却又冲他吼叫起来："白局长，你的人都搞出这么大的事情来了，你为啥还不动？"

众目睽睽之下，白土没法，只得走过去，蹲在黄昌婆身边，轻轻说道："黄婆婆，你这是在做啥呀？咱们别再跪了，赶紧起来，回去吧。"

黄昌婆没有理白土，她依然跪着，还抓起背篼里的桑叶，往塌方里撒去，嘴里大声哭号着、嘶叫着。黄昌婆嘶叫的声音又高又哑，白土听得不是很清楚。不过他依然听明白了一句，黄昌婆一直在喊"蚕丛王菩萨"。

白土觉得他的眼泪都要流下来了。但是这时候他咋能流泪呢？他低下头，掏出一张纸，用力擤鼻涕。

赵书记、小高以及局长们的目光都集中在白土的脸上。白土也不能老是这么擤鼻涕啊。鼻涕已经擤完了，再擤的话，就要把鼻黏膜擤破，该淌鼻血了。但他又实在不想再劝黄昌婆。再说了，一看黄昌婆，他就会流泪。不是他在劝说黄昌婆，倒是黄昌婆把他劝服了。

局长们看见白土擤鼻涕，都有些不安，眼睛看着白土，眼角却在偷偷瞟赵书记。小高忍不住了，要走过去。这时，陶高轻轻拍了拍小高的肩膀，示意让他来。他大步走到黄昌婆身边，冲黄昌婆大吼："黄昌婆，你这是在干啥？你这是聚众搞封建迷信活动！你晓不晓得，搞封建迷信是犯法的！再不走开，你就要坐牢了！"

一些老头老太被吓住了，赶紧爬起来离开。但这对黄昌婆没有任何作用，她嘶吼着，撒着桑叶。

白土干脆站起来，走到一边。

黄昌婆不理陶高，让陶高丢了脸。他气急败坏地嚷道："好啊，你不起来，你不起来我就喊警察来抓你！"

范武晨冷笑一声，也走过来，蹲到黄昌婆身边，悄声说："黄婆婆，你这样做，无非是想要有块地来栽桑树对不对？这个事，太简单了嘛。你晓得，我是国土局长，专门管分土地的。你别在这里闹了，赶紧走开。你要多少土地，我给你就是了。不过这件事你千万别声张，你快离开，你离开后，我立马就把土地发给你。"

黄昌婆转头看范武晨，虽然还是没开腔，但她的眼球缩回去了。

陶高急了。要是范武晨把黄昌婆劝走的话，他陶高又输给范武晨了。当着赵书记的面，咋能这么直截了当输给范武晨呢？他来不及喊警察了，一下把手铐掏出来，喝道："黄昌婆，我已经给你讲了，搞封建迷信活动是犯法的。你要是再不听，我可要执法了！"手铐"咔嗒"一声，就扣在黄昌婆的手腕上，他拖起黄昌婆就走。

黄昌婆本来跪在地上，没等她站起来，被陶高一带，一下就扑倒在地，滚得全身都是泥水。陶高就拖着满身泥水的黄昌婆，像拖一截烂木头。

本来李秉只是站在一边，一直没说话。这时候，他忍不住走上前，拦在陶高面前，大喝道："陶局长，你这是在干啥？谁给你这么大的权力，让你随便抓人？"

范武晨走上前，把黄昌婆从泥水里扶起来，剥下黄昌婆的脏衣服，把自己的外衣脱下来，给黄昌婆穿在身上。

陶高气炸了。气炸的陶高，就有些气急败坏。他气急败坏却又不敢针对范武晨，只好冲李秉吼："李先生，你别管得太宽了，这不是你的管辖范围。我这是在执法，执国法，执国法你也管？"

"执国法？你执的是哪个国家的法？哪部法律允许你这样干？"李秉控制不住自己了，"这位黄婆婆只不过想表达一下她对蜀山的敬畏，她咋就在搞封建迷信了？你难道看不懂她在干啥吗？她是很后悔从山上摘了野桑叶，她觉得自己太贪婪，不应该向蜀山攫取太多。她现在正在把向蜀山攫取的这些东西，还给蜀山呢。有这样一种觉悟的人，难道不值得我们尊敬吗？反而是有些人，不顾百姓死活，为了所谓的政绩，盲目开工，抢工期抢进度，大肆向蜀山攫取，从而造成了如此悲剧性的后果。对比一下这位没知识、没文化的老太婆，难道我们不该反省一下、忏悔一下吗？"

李秉话音一落，人群中顿时爆发出一股叫好声。

陶高被李秉如此抢白，已经不只是气急败坏，而是满脸紫红。他不自觉地转头看了赵书记一眼，赵书记的脸色依然平静如常，不过，他的眼睛却眯得只剩下一条线。陶高太清楚不过了，当赵书记眼睛眯得只剩下一条线的时候，往往就是他最生气的时候。

陶高一下又有底气了，冲李秉吼道："李秉同志，请你别在这里哗众取宠！这个铜矿项目，是省里的重点项目，是省上要求必须保质保量完成的项目，啥叫某些人为了政绩？哪个为了政绩？说清楚！"

"这不仅是省上的重点项目，也是利国利民，帮助咱们蜀山老百姓脱贫致富的好项目！"范武晨这一次和陶高的观点出奇地一致。

"对呀对呀，我正要说，正要说呢！"陶高忙强调这话本来是他的，只不过被范武晨抢去了，"李秉同志，你也是干了几十年革命工作的老干部、老领导了，难道你不晓得，说话是要负责任的吗？"

"陶高、范武晨，闭上你们的臭嘴，赶紧把这位婆婆放了！"

陶高和范武晨大吃一惊。他们没有料到，赵书记这时候竟然冲他们骂起来。在两人愣神的时候，赵书记继续批评道："你们要认真领会李先生对你们的教导！李先生说得真是太好了，这位婆婆哪里在搞啥封建迷信，她不过是表达对蜀山的敬畏罢了。不只是这位婆婆，包括我们在场的所有人，都应该对蜀山充满敬畏，表达我们的敬畏。蜀山给了我们粮食，给了我们矿产，给了我们家园。她是我们的母亲，我们是她的子孙，我们应该敬她、爱她！"

说着，赵书记大踏步走过来，牵着黄昌婆的手，走到塌方前，也跪倒在地上，磕了个头，同时直起腰，两眼瞪着塌方。虽然他无法把深眯在胖脸中的眼珠瞪出来，但是他的眼珠，这时候也显示出了前所未有的突出。

"亲爱的蜀山，敬爱的母亲，感谢你赐予我们粮食、矿产和家园！请保佑我们，让灾难消失，让恶魔离去，让幸福到来！"

赵书记用苍凉、悲壮又沙哑的声音，对着红通通的塌方嘶吼起来。

局长们以及所有的公职人员看见了，赶紧纷纷跪倒在赵书记身后，用一片片高高矮矮，但会合在一起依然宏大无比的声音，对着塌方，瞪着眼睛，跟着赵书记吼起来。

"亲爱的蜀山，敬爱的母亲，感谢你赐予我们粮食、矿产和家园！请保佑我们，让灾难消失，让恶魔离去，让幸福到来！"

现场的那些老头老太，那些村民，相互看了一眼，也纷纷跪了下来。包括年轻人，也包括那些娃儿们，也都跪在地上，用含糊不清又欢乐无比的声音，冲塌方嘻嘻地喊。

"让灾难消失，让恶魔离去，让幸福到来……"

只有饼儿还站在那里发呆。后来，不晓得哪个拉了他一把，饼儿也一起跪倒在地上，跟着喊起来。

李秉摇摇头，转过身，朝相反的方向走去。这时候，他的腰板不再那么挺直了。他身形佝偻，步履蹒跚，白发在风中瑟瑟发抖。很快，他的身影就消失了。此刻的蜀山，显出了异乎寻常的幸福、祥和与安宁。

第十八章　恶魔降临

蜀山垮塌，铜矿项目施工不得不又暂停下来。

铜矿项目停了，但山里并没有平静。蜀山人惶恐不安，大家都在议论一个话题：为啥会垮山伤人？原因是有恶魔降临蜀山了……

上次蜀山垮塌的时候，有人说，是因为喜旺冒充蚕丛王菩萨，蚕丛王菩萨生气，降祸下来。当时就有人不信，蚕丛王菩萨是菩萨，他咋会给人间降祸呢？

这次垮山再次证明，这场灾难与蚕丛王菩萨没有关系，而是有恶魔降临蜀山了。

大家已经确定，确实是恶魔。但恶魔在哪里呢？

没过几天，又有人把嘴巴凑到别人耳边，悄悄说，我告诉你，你可别告诉别人……我也是听他们说的，那个降临在咱们蜀山的恶魔，就是李先生呢……

李先生？不可能吧，李先生好歹曾经是省上的大领导，省上的大领导，咋可能是恶魔？

咋不可能是恶魔？你想啊，他本来是大人物，又住在省城。省城的生活条件多好啊，他为啥会跑到咱们这种穷山旮旯来？他要不是恶魔，他要不是别有用心，他来干啥？

人家说了，人家是来养老呢，城里住着不安逸，要到咱们这种空气好的地方来住，心里才舒坦呢。

养老？哼哼，那不过是个借口。我再讲个道理给你听，你就明白了。前几天，在垮山现场，赵书记带领大家跪拜蚕丛王菩萨，所有人都跪下了，全场就只有一个人没跪，你晓得是哪个不？

晓得晓得，是李先生，当时他转身就走了……

你晓得为啥单单是他不跪吗？你晓得当时他为啥要赶紧离开吗？

为啥？

因为他是恶魔呀！你听说过恶魔拜菩萨的么？

他为啥又要赶紧离开呢？

因为他是恶魔呀！他要不走，大家把菩萨拜出来了，他还能活命吗？

哦……这个李先生果然是恶魔！深藏不露，太可怕了……

哼哼，咱们得想办法把他撵走，不能让他在咱们这里住。他要是继续在咱们这里住下去，就不仅仅是垮山，更大的灾难都会发生的……

但他是恶魔啊，哪个敢撵他？撵他不是自寻死路么？

别怕，李先生这个恶魔，还不敢现形，他还要伪装下去。他要伪装成人，伪装成领导的样子。所以，他还不敢公开出来吃人。只要咱们蜀山的人同心协力，就一定能够把他撵走！

这天早上，天刚蒙蒙亮，成老师就把李秉摇醒："老李，快起来，外面好吵啊，好大的声音啊！"

李秉其实早就听到了，但他装作一副没听到，刚睡醒的样子，迷迷糊糊地说："是鸟鸣吧？山上的鸟就是多，这会儿是鸟儿一天中最闹的时刻。过了这一段时间，它们就飞回林子找吃的去了。老成，躺着，咱们安安静静地听会儿，多美好的早晨……"

"哪里是啥鸟鸣？"成老师惊恐地坐起来，"明明是人在吵闹……老李，你听出来没有，好像有人在砸咱们的门！"

李秉装不下去了，只得也下床去。

"老李，会不会有强盗来抢东西？"

"光天化日，朗朗乾坤，哪有啥强盗？"

李秉往外走，成老师紧紧贴在他身后。他走一步，成老师就跟一步，一副寸步不离的样子。

李秉心里一动，满满都是柔情。他想到那天，当他把他和喜旺没有血缘关系的医学鉴定书交到成老师手里的时候，成老师先是满脸通红，接着便一把搂住他，哭得稀里哗啦，仿佛一下回到了少女时代。

从此后，成老师就对他非常依恋了。

李秉晓得，其实成老师一直都很依恋他。只不过，以前是另外一种形式的依恋，一种用怀疑和不信任来表达的依恋，一种用吵架和拘管来宣泄的依恋。

李秉把成老师的手挽在自己臂弯里，和她并排着，往院里走去。

虽然还隔着围墙，但可以感觉到，围墙外聚了不少人。围墙的木门被撞得像鼓面一样，不断地往里凹陷。门上那把小小的锁，惊慌失措地跳动着。围墙上的泥沙簌簌地往下落。

"恶魔，赶紧出来！你搞垮了蜀山，压死了人，我们要血债血还！"

"恶魔，我们不怕你，我们要和你决一死战！"

"恶魔，你躲在里面干啥？你不是很厉害吗？现在怕了？"

下台阶的时候，成老师腿一软，跌倒在地。李秉慌忙蹲下来，想把成老师扶起来。成老师抱着一只脚，满脑壳的汗，虚弱地笑："老李，别管我，我是脚崴了，站不起来了。你赶紧去看看咋回事。"

李秉嘿嘿一笑："还能是咋回事，你没听见他们喊我是恶魔吗？他们说我把蜀山搞垮的呢。"随即，李秉捋了一下浓密花白的头发，"老成，我像恶魔吗？"

李秉的玩笑话，一下就让成老师轻松了，她扑哧一笑："不像，还是那副迷死人的老帅样子！"

成老师还打趣李秉："老帅小伙子，赶紧出去看看。迟了，他们就把咱们的墙推倒了。"

李秉找来一张报纸，垫在台阶上，让成老师坐在报纸上，这才拍拍手，笑道："好，老成，你就在这里看着我，看我老李如何用这副老帅样子，把这些气势汹汹的村民震住！"

李秉取下锁，轻轻打开门。

挤在外面掀门的人没注意，门一打开，有两个竟冲了进来，跌倒在院坝里。没冲进来的人，看见李秉走出去，赶紧往后退，像害怕李秉一样，在他前面让出一块空阔的地方。

倒在院子里的人，也赶紧爬起来，从李秉后面悄悄绕过去，仿佛李秉是一团火，他们怕被点着了一样。

所有人都沉默不语，甚至都埋下了头，不敢开腔，不敢看李秉。

李秉笑了笑，温和地说："乡亲们，你们还真是早啊。走，都进来坐坐，喝茶摆龙门阵。"

李秉侧过身，躬身做了个"请"的姿势。

一旁的李师公赶紧大声吆喝："你们信不得，他是恶魔。你们进去，他就把你们抓起来吃了！"

人群又一次往后退。李师公很满意，冲觉英大喊："泼呀，觉英娃儿，赶紧泼！再不泼，恶魔就要吃人了。"

觉英手里拎着一只粪桶，粪桶里装着粪便。一阵阵恶臭从粪桶里飘出来，身边的人不敢掩鼻，鼻子都扭歪了。

李秉哈哈大笑："觉英娃儿，你觉得，我这个样子，像恶魔吗？你看见过有我这么老帅的恶魔吗？"

李秉抬起手，又潇洒地在头发上捋了一把。

"太帅了老李！你晓得不，就你这个动作，迷了我老成一辈子！"成老师坐在台阶上，冲李秉竖起拇指。

众人都噘嘴一笑。觉英似乎也被李秉老帅的动作迷住了，悄悄伸出手，也捋了捋自己的猪鬃毛。

李师公气急败坏，骂道："觉英娃儿，你他妈臭美啥？你就是把那几根猪鬃毛全捋掉了，也捋不成帅的样子。赶紧泼粪，赶紧泼粪呀！"

觉英听不得李师公的呼喝，干脆把粪桶放在地上，脑壳别到一边，双手交叉抱在胸前，不动了。

李师公指挥不动觉英，很生气，就从人群中走了出来。李秉发现，李师公今天可以说是"全副武装"：身上一件脏兮兮的白布长衫，肩膀上披一块白色塑料薄膜，头上半截筷子插在头发里。虽然还是半截筷子，但换成了新的。他手里则拿着一支秃头毛笔——大约这就是他的"拂尘"了。

李秉微微一笑："李师公，我咋突然就变成恶魔了？恶魔是干坏事的，我干了啥坏事？"

"你还没干坏事？你都让蜀山垮两次了，还压死了袁幺娘，这还不是坏事？"李师公把饼儿从身后揪出来，扯着他的衣领，就像扯一只脱毛鸡。饼儿光着脚，耸着肩，又拉着头发。那个破破烂烂的游戏机，依然拿在他的手里。

李秉心疼极了，走过去，把饼儿揽在怀里，轻轻地抚摸他的头，眼含泪水，说："娃儿，你别担心，爷爷会帮助你的……"

李秉还没说完，李师公就猛地把饼儿从他怀里扯出来，张大嘴巴，做出一副惊恐的样子，大声喊："大家赶紧动手啊，再不动手，恶魔就要吃人了。你们没看见么？他都把饼儿捉住了！"

众人被李师公一鼓动，一拥而上，七手八脚地把李秉扭住。李秉的身体，瞬间就成了一张弓。

李秉身体成了一张弓，但他依然转头冲成老师开玩笑："老成，惭愧啊，本来想在你面前表现得帅一点，没想到变成了这副样子，实在有些对不住你……"

成老师吓得扶着柱子单腿站起来，颤声大喊："你们别抓老李，别伤害他，他不是恶魔，他只是傻子。"

"老成，你说啥呢？我啥时候又变成傻子了？我就算不帅了，也不该被称作'傻'呀。"李秉表示不服。

"你不是傻子，为啥在城里舒服的日子不过，天遥地远跑到山上来受侮辱？你不是傻子，退休了，就该过一些清闲日子，却来保护啥蜀山？蜀山关你啥事？哎哟，你是天底下的大傻子、真傻瓜！"

成老师试图过来解救李秉，但是她那只疼痛的脚没踩稳，又跌倒在地。

李秉急了，再也没心思开玩笑，冲抓住他的人粗声喊："你们赶紧放了我，我老伴儿摔伤了，我得进去看看。"

李师公洋洋得意："别放，抓紧！你们也不想想，他是一个恶魔啊，你们放了他，还抓得到他么？那时候，就等着他一个个收拾你们吧！"

众人吓得又去扯李秉。李秉的脑壳这次彻底埋了下去，白发从头顶垂下来，像荒败的枯草。

李师公对他的指挥能力相当满意，忍不住就摇头晃脑。摇头晃脑之间，他看见觉英还提着粪桶站在门边，于是很不高兴，冲觉英嚷道："你咋不上前？你站在那里干啥？"

"我提着粪呢。"

"你提着粪，叫你泼，你咋不泼出去？"

"往哪里泼？往这里泼么？"

觉英作势往李秉头上一扬，吓得抓李秉的人尖叫着，有一些就松开跑了。

李师公急了，怒吼觉英："滚开！成事不足，败事有余。"冲上前，从怀里掏出一张画了符的黄纸,吐一口唾沫在上面,啪一声拍在李秉头上,又往李秉嘴里塞了一个布团,再扯出一条装化肥的蛇皮口袋,兜头往下一套,三缠两绕,就把李秉扎得像捆细柴,只留一双腿在外面。

李师公油腻的脸上飞满红霞,兴奋地喊:"快,咱们赶紧把这个恶魔送出村外,不准他再到咱们村子里来,不准他再来害咱们。"

众人兴高采烈,大声吆喝着,推着李秉往外走去。成老师趴在地上,往外爬着,嘴里大声喊着。

饼儿站在那里,看着成老师,迟疑着往外走了两步,又跑进院子,把一个凳子抬过来,放在成老师身边,接着,撒开脚丫往外跑去。

人群没走多远,就停下来了。

原来,贾队长站在路中间,手里拿着长柄烟杆,一口一口地吸着烟。烟雾笼罩下来,贾队长的脸像要下雨的天空。

所有人都有些不知所措。

贾队长把烟杆从嘴里取出来,沉声喝道:"你们这是在干啥?你们抓的是哪个?"

觉英见是贾队长,讨好地说:"贾队长,咱们抓的是李秉,他是个恶魔,把蜀山整垮两次了,还整死了人,咱们现在要把他撵下山。"

贾队长瞥了觉英一眼:"觉英娃儿,你手里提的是啥?"

"稀粪,用来镇恶魔的。"觉英得意洋洋。

"为啥不泼上去?"

"没地方泼啊……"

"咋没地方泼?交给我,我来泼。"

贾队长也不等觉英答应,就一把夺过觉英手里的粪桶。

这个时候,施西西和喜旺恰好也拿着那张医学鉴定书回到了蜀山。他们本来准备先来拜访李秉,刚走到这个岔道口,恰好看见贾队长拦在路中间。当时喜旺就想冲出去,但是施西西拉住了他。施西西笑着说:"咱们别出去,看看你爷爷怎么把李先生救出来。"

"你觉得爷爷有办法救出李先生？"

"当然有办法，你爷爷是哪个！"

贾队长把粪桶从觉英手里夺过来，拎在手里，不由分说，提起来就朝觉英兜头泼下。一时间，觉英满脸满身都是黄白之物，而且还垮山一样直往下掉。

觉英猛蹿起来，尖声狂叫："贾队长，你这是干啥？哎呀哎呀，好臭，好臭啊……"

蹿跳着，觉英直往旁边的水沟里冲过去，仿佛有火烧在屁股上。一旁的人都哄笑起来。

贾队长不笑。他拍拍手，叹口气："看来，这觉英娃儿并不是恶魔嘛，连一桶稀粪都躲不开。"

众人以为贾队长搞错了："贾队长，你泼错了，恶魔在这里呢，你咋泼到觉英娃儿身上了。"

"没错，我是想试验一下，看看这觉英娃儿是不是恶魔。如果是恶魔，这稀粪一泼，就一定会现出原形。现在没有现出原形，说明不是恶魔。"贾队长又看着其他人，"你们呢？你们是不是恶魔？要不要我都试验一下？"

"不是不是，我们不是恶魔。"众人赶紧申辩。

李师公晓得贾队长是故意整治大家，忍不住了。毕竟他是"首领"，他虽然也有些怕贾队长，但是此刻如果他不站出来，大家可能就一哄而散了。他站出来，拿秃毛笔指着贾队长，厉声说："贾队长，你别在这里倚老卖老。我们在抓恶魔呢，这个恶魔，已经把蜀山害垮两次了。要不把他撵走，可能整个蜀山都要被他搞垮。到那时候，我们全部都会没命了。"

"李师公，你几岁了？"

"你问这个干啥？"李师公有点心虚。

"你回答！"

李师公不敢回答，众人看着着急，帮他回答："他四十好几了。"

"四十好几了，也就是到这个世上来四十多年了。在这四十年里，蜀山垮了多少次？反而人家李先生到蜀山来，才垮了两次。我只问你，相比来说，哪个让蜀山垮的次数多？"

"自然是李师公让蜀山垮的次数多。"众人又帮李师公回答。

"既然你李师公让蜀山垮的次数多，很显然，你李师公才是恶魔，应该抓的，是你李师公！"

这个结论太荒唐，却又合情合理，众人大笑起来。喜旺和施西西也笑。施西西蹲在地上，手捂住肚子。她努力憋住笑，把肚子憋痛了。

李师公恼羞成怒。一恼羞成怒，他说话就不利索了："你，你……"

说不清楚话，李师公就拿秃笔指向贾队长。贾队长一把夺过那支秃毛笔，远远地扔到荒草丛中。不等李师公反应过来，贾队长又极快地扯住他身上的塑料片、纸片以及插在头上的半截筷子，剥笋子一样，一股脑儿剥下来，全扔到荒草丛中："你这个假道士，完全是胡说八道！人家李先生是省上的大干部，能到咱们这里来住，是看得起咱们。你李师公居然说人家是恶魔。你这假道士天天装神弄鬼，搞封建迷信骗人钱财，你才是真正的恶魔。我今天把你的这些伪装都给你拆了，看你还敢骗哪个。"

现在，李师公身上只剩下一件脏兮兮的长衫，还有稀稀疏疏几根头发胡乱耷拉在他脑壳上，有一缕把他眼睛都遮住了。这个样子，虽然还不像恶魔，却也没有人样了。

贾队长提起烟杆指着那些抓住李秉的人，命令道："你们，赶紧把李先生放了！"

众人不敢反对，七手八脚解掉李秉身上的绳子，把罩在李秉头上的蛇皮口袋揭下来。李师公脸红一阵白一阵，他当然不能这样就算了，他把遮住眼睛的那一缕头发理到脑后，不阴不阳地说："贾队长，我晓得你为啥要帮这个恶魔。还不是这个恶魔帮你生了个儿子，让你没有绝后……然后又帮你孙子还读书欠下的债，你感激他……"

贾队长满脸黑得吓人。

李师公看见有效果，得意非凡："恭喜你啊贾队长，不用劳动，你就白捡了一个儿子。不用劳动，你孙子的债务就被他亲爷爷还了……"

李秉正色说道："李师公，你胡说啥？我和喜旺，根本没有血缘关系。你这不是造谣吗？"

"没有血缘关系？李先生，这件事你可做得不厚道啊。好歹人家贾队长把亲儿子帮你养到四十多岁，没有功劳也有苦劳，你咋能耍赖？"

所有人的眼睛，都极快地在李秉和贾队长脸上转来转去，显然是想看看，他俩这个时候，应该是啥表情。

施西西猛地从岔道口冲出去，冲到李师公面前，把那张医学鉴定书展开，在李师公面前一抖，大声喝道："李师公，睁开你的狗眼看看，这是啥？看清楚了吗？"

李师公不懂，施西西手中的那张纸逼得他脑壳往后靠："你这是啥？啥东西？"

"啥东西？不懂了吧？"施西西把那张纸在李师公眼前抖两抖，拿过来，指着上面说，"李师公，你识字不？这是医学鉴定书，省城最权威的医院做的医学鉴定书！上面写得很清楚，喜旺和李先生没有任何一点亲缘关系。所以说，你刚才说的那番话，纯粹是造谣！"

施西西又把医院鉴定书举到众人面前："李先生听说了这个谣言，为了还自己清白，也还贾爷爷和喜旺的清白，特地和喜旺到省城里做了这个医学鉴定书。这个医学鉴定书，证明了李师公刚才说的，完全是一派胡言！"

施西西又怒视李师公："李师公，你竟然当众散布李先生的谣言，信不信，我立马把警察喊来，把你抓起来！"

恰好在这时候，陶高带着几个警察往这边跑过来。李师公吓得拔腿就跑，一边跑一边辩解："我没有散布谣言，我也是听人说的……我错了，以后我再也不敢说这个话了……"

其他人也一哄而散了。

陶高和几个警察跑过来，气喘吁吁地问李秉："李先生，听说有人在你门前闹事？哼，光天化日之下，竟敢做出这种违法的事来。闹事的人在哪里？交给我！"

李先生淡淡一笑："不用了，戏已经演完了。"

陶高跟着李秉走进院子，众人把成老师扶起来。陶高说："李先生，成老师这摔得不轻啊。来，咱们赶紧把她送进城里去看看。这可耽误不得，耽误了，病就拖大了……"

李秉还没表态，成老师却抢先说："没事，陶局长，我就是扭了一下，没啥大碍。过几天就好了，不用回城。"

陶高劝道："成老师，你可别大意，年纪大了，万一有骨折，会酿成大患的。咱们还是进城拍个片，看看放心。"

"我的病，我自己晓得。"成老师冲陶高扬扬手，"陶局长，我们得进去休息一会儿，没空陪你们了……"

成老师下了逐客令，陶高只得带着几个警察走了。

喜旺走到贾队长面前，轻轻招呼："老爷。"

贾队长满脸笑容："喜旺，你回来了？回来得好，回来得好啊！"

"老爷，我不想出去了，我以后就在这山上挣钱。在咱们山上，也是能挣来钱还李先生的。"

"好，老爷不强迫你……"贾队长脸有些发红，埋下头，支支吾吾，"喜旺，把包裹给我，我先帮你拿回去。"

喜旺心里一阵轻松，把牛仔包与蛇皮口袋递给贾队长。

李秉担心地问成老师："老成，咱们还是进城去看看吧。"

"老李，我真没事。"成老师说，"再说了，咱们现在是绝对不能离开这里的。"

"为啥？"

"老李，你那么聪明的一个人，这会儿咋糊涂了？"成老师说，"咱们现在咋能离开蜀山？你一离开，不是坐实了别人说你是恶魔，害怕留在山上的谣言了吗？"

李秉呆了一下，一时感觉眼中热热的，一把将成老师搂在怀里，拍着她的背，激动地说道："老成啊，我让你受苦了……"

成老师赶紧从李秉怀里钻出来，满脸通红："老李，你干啥呀，当着这么多小辈的面，你也不害臊！"

"我们都没看见。"施西西嘿嘿一笑，又把傻呆呆看着的喜旺转过身，嚷嚷道："看啥看，小儿不宜的东西，赶紧转过头去！"

李秉被逗笑了，开玩笑："老成，你不下山，不怕被村民们当恶魔给打死啊？"

成老师叹口气："老李，莫名其妙的，你就被人当成了恶魔，你不觉得这事很蹊跷吗？"

李秉并没有露出惊讶的样子，只是笑着问："这事有啥蹊跷的？"

成老师说："这个关于'恶魔'的谣言，莫名其妙就在蜀山传起来了，莫名其妙就安到你头上,真有这么巧合？我觉得,这件事很可能是人为的。那些传谣人的目的,就是要把你撵下山。咱们要是真下山,就中他们的奸计了。"

"谣言是哪个传出来的？"喜旺疑惑地问。

"这我就不晓得了……"成老师摇摇头,"我和老李上山来,也算是与世无争吧,唯有一点,就是老李想保护蜀山,反对在蜀山建铜厂。会不会就是这事,惹别人不高兴了？"

"没错,肯定是这样。"施西西点点头,"他们想的是,只要把李先生撵下山,没人干涉他们,他们就可以堂而皇之建铜厂了！哼哼,他们的阴谋,是绝不会得逞的！"

李秉没有说话,他的表情非常严肃,目光深邃,双眼似乎望着极远的地方。过了好一会儿,他才说:"西西、喜旺,不管是哪个在幕后主使,不管他们是不是想把我撵下山。总之,咱们都不要害怕,而且要朝着咱们既定的目标,坚定地走下去！咱们绝对不允许蜀山被破坏！"

"对,决不允许他们胡搞！咱们和他们战斗到底！"施西西挥挥拳,一副奔赴战场的样子。

"对,战斗到底！"喜旺也朝战场奔去。

"老李,我老成也坚决支持你！"成老师也老骥伏枥。

"谢谢大家……"李秉再次抬头看天。这一次,他是强忍住涌进眼眶的泪水,"老成、西西、喜旺,你们有这个决心,我非常高兴。不过,你们也要有足够的,能承受打击的心理准备。因为咱们是走在一条艰苦的路上。咱们反对在蜀山建铜矿项目,并不是一件容易的事情。因为这毕竟是省上的重点项目。很多官员,就算对这个项目有意见,他也不敢反对。何况咱们只是一些普通人。不过,哪怕有百分之一的希望,咱们也要做百分之百的努力。就算一点希望也没有,咱们依然要坚持下去。如果所有人都人云亦云,连一个坚持的人都没有,蜀山就真的没希望了。"

大家都认真地点点头。

李秉吁了一口气,吩咐道:"来,咱们做一个分工。西西,你继续撰写关于蜀山的报道,争取在报刊上发出来,引起社会更大的关注……"

施西西高兴地说:"李先生,我那篇关于蜀山建铜厂的稿子,终于有一家报纸答应刊登了。虽然那家报纸只是外省的一张地方报纸，影响力有限。但他们说，他们的报纸不景气，为了订阅量，他们也愿意赌一把。"

"很好，西西，你这个方向是对的。"李秉点点头，"大报发不了，就找那种地方小报。地方小报虽然小，只要报道出来了，还是会引起一定的社会关注的。"

李秉接着又对喜旺说："喜旺，你迅速把你之前中断的工作接续起来，搞一个调研报告出来。铜矿项目能不能最终被阻止，你的调研报告很重要。咱们必须让决策者清楚，铜矿项目对蜀山这座世界级名山的危害，究竟有多大！"

"好，李先生，我接着搞。"

"至于我，我会动员我的老领导、老同事、老朋友、老部下，以及一些志同道合的人，通过各种渠道一起呼吁……我不晓得会不会有效果，但是我想，只要能动员一个人，就多一份力量。"

"李先生，咱们的队伍肯定会越来越庞大的。"施西西又挥起拳头。

"好，那咱们就分头行动吧……"

李秉还没说完，成老师就不满地叫起来："老李，你说了半天，我呢？你咋把我撇开了？"

"咋会把你撇开？"李秉笑笑，"老成，其实我想把一个最艰巨的任务交给你，但我又不放心……"

"有啥不放心的？你吩咐就是了，保证完成任务！"成老师像个小学生一样，拍胸脯。

李秉还是摇摇头。

成老师急了："老李，你小看我。你再这样，我跟你翻脸！"

李秉忙说："好，老成，听我说。我刚才说了，我得赶回省城，去找我那些老同事、老部下、老朋友，寻求他们的支持。因此，这个留驻蜀山的任务，就交给你。我不放心，是因为你的脚崴了，那些村民对咱们又充满敌意，你要住在这里，太危险了……"

"原来你说这个啊，这算啥艰巨任务？老李，你放心地走，你的大本营，就让我来坚守。"

"成老师，你太帅了！"施西西揽着成老师的肩膀直摇晃，"难怪李先生一直那么帅，原来他身后还有一位帅到骨子里的夫人。"

"哈哈，你这丫头。"李秉用指头点了点施西西，"咱们现在书归正传，各就各位，开始行动。"

李秉虽然已经回省城跑了很多天，但始终一无所获。

其实，在返回省城之前，他就有预感。那时候，他想的是，能动员一个算一个。只要有一个人愿意参与到他的行动中来，愿意帮助呼吁，离目标就会更近一步。

但他没想到，居然一个参与的人都没有。

他的那些老领导、老同事、老朋友、老部下，他们都以各种理由拒绝他。他们讲的这些理由，听起来似乎都很有道理。不过，李秉明白，这些都不是问题的核心。核心就一个字：怕。

怕啥呢？当官的，仕途可能就因此结束了。退休了的，可能再也享受不到各种福利了。还有一些官员，退休前，可能存在各种各样的问题。但因为已经退休，安全着陆，就没人再注意到他们。如果这时候站出来反对，那么他们那些被遗忘的问题，可能很快就被揪出来，这不是搬起石头砸自己的脚吗？前些时，李秉莫名其妙被人告，说他从年轻时就开始积攒的文化考察基金，是贪污来的。虽然最终查证是诬告，但也说明一个问题，如果那个人有问题呢，不就倒霉了吗？

李秉沮丧到了极点。

不过，李秉晓得，他这种沮丧一点儿也不能在施西西、喜旺，以及他的老伴面前暴露出来。他是团队灵魂，他必须给予大家信心。

何况，他们也正经历着沮丧。

施西西告诉他，那家原本答应发表关于蜀山铜矿项目问题的外省地方报纸，突然又不发了。施西西说，因为那报纸的老总，把排好的版送给严道县看，接着文章就撤版了。

施西西愤怒地说，本以为那家报纸是想发这种文章，原来发稿是假，目的是排出版面，找严道县讹钱。这家报纸太无耻了！

其实这种情况，李秉以前当领导的时候，倒是司空见惯的。一些媒体，常常就利用他们占领的喉舌资源，搞这种不正当交易。

李秉压住自己的怒火，轻言细语安慰施西西，让她别放弃，继续找。李秉说："西西啊，你要相信这个世界，良知是永远存在的！"

喜旺也在沮丧中。

喜旺告诉李秉，他对蜀山的文化考察，依然一无所获。蜀山实在是被人为破坏得太严重了，再加上搞铜矿项目，造成了多处垮山。可以说，现在山上几乎找不到什么值得考察的遗迹遗址。喜旺垂头丧气，说："李先生，我没有看到任何东西，也不能瞎编啊……"

李秉心情非常沉痛。喜旺说的是对的，蜀山这座文化名山，除了留下众多的传说故事外，那些历史上留下来的遗迹遗址，在近些年，大都被人工抹掉了。要让喜旺写出一份有根有据的考察报告，难度确实很大。李秉觉得他有很多话想和喜旺说，但在电话里，一时又说不清，只得依然笑着鼓励喜旺，让他不要失去信心，继续寻找。"踏破铁鞋无觅处，得来全不费工夫"，也许，结果往往就在不经意之间。

李秉还特别担心成老师。

他担心成老师的脚，不晓得是真的没问题，还是成老师安慰他的；不晓得那些村民，会不会再去骚扰成老师。不过每次给成老师打电话，成老师都非常乐观。她甚至对李秉开玩笑道："村民们咋会来骚扰我？他们指名道姓说'恶魔'是你，没说是我。你下山，我没和'恶魔'在一起了，这叫'迷途知返'，村民们应该来表扬我才对呀，咋还会来骚扰我呢？"

很快，李秉就晓得，成老师的话，确实是安慰他的。

喜旺在电话里告诉他，实际情况刚好与成老师说的相反。不是没事，而是有很多事。每天都会有一拨又一拨的村民到他们房前找李秉。他们敲打院门，甚至谩骂。李秉的房前，简直就像赶场一样。虽说警察来干涉过几次，但并没啥效果。警察一来，村民们就跑了；警察一走，村民们又来了。捉迷藏一样。

有一天早上，院门外传来雷鸣般的砸门声。成老师吓了一跳，赶紧出去看。真是吓人，连墙上的泥土都在簌簌地往下掉。

/ 第十八章 恶魔降临

"发生啥事了？"李秉担心地问道。

"李先生，您别担心。砸门的是饼儿的老汉儿贾喜庆和饼儿的娘柳金花。我老爷晓得后，及时赶过去，几烟杆打在喜庆的屁股上。喜庆吃不住痛，就跑了。我老爷没打柳金花，不过她也吓得逃跑了。"

"老成呢？他们伤到她没有？"

"没事没事，他们虽然张牙舞爪，但还不敢伤害成老师。"

李秉松了一口气，又问："贾喜庆和柳金花来我家做啥？不是说柳金花跑了，多年没音讯了吗？咋又回来了？还有那个喜庆，他不是去外面打工，一直不回来吗？是不是袁幺娘遇难，他们回来看啊？"

"他们才不关心他们的娘呢！"喜旺愤怒地说，"他们回来后，根本就没去看过他们的娘一眼。从一见面，他们就抓扯，就吵架，吵得鸡飞狗跳！"

"他们吵啥？"

"他们想争夺饼儿的抚养权……"

"争夺饼儿的抚养权？他们不是都不要饼儿了吗？突然之间，饼儿咋又成香饽饽了？"

"还不是袁幺娘遇害后，政府补助加上各方捐赠，有一笔钱。这笔钱记在饼儿的名下。他们争夺饼儿，也就是争夺那一笔钱啰……"

李秉叹口气，又问："那他们咋又跑到我家门前来吵闹呢？"

"李先生，他们到您家来，也是为了搞钱。"

"搞钱？我家满地是钱么？"李秉笑了。

"唉，这两个人，实在是太不要脸了！"喜旺骂道，"他们先说您是恶魔，是您搞垮了蜀山，压死了袁幺娘，要成老师赔钱。后来，晓得这个话对成老师不起作用后，他们又说出了更无耻的话。"

"他们说了啥？"

"唉，这件事，我都羞于启齿啊……"喜旺顿了一下，还是把话说了出来，"那个喜庆，竟然说饼儿是您和柳金花生的娃儿，要您出抚养费！"

"啊？"李秉气了半天才笑着问，"喜旺，你不是说那柳金花也在吗？喜庆那样侮辱柳金花，难道柳金花就听凭他侮辱？"

"柳金花也诬陷您，说饼儿真是您的娃儿呢……很明显，他们两人是合谋骗您钱财的。"

李秉问："成老师呢？她没气着吧？"

"没有没有，"喜旺道，"成老师可幽默了，她听了后哈哈大笑，说咱们老李确实长得很帅，很多女娃儿都喜欢他。但是我们老李眼光高着呢，可不是啥人他都瞧得上的……"

"这个老成！"李秉笑起来，"她竟然这样说，那柳金花咋受得了她这个话？"

"柳金花脸皮厚着呢，"喜旺道，"柳金花不以为耻，反而还说李先生您想赖是赖不掉的。她说，那天李先生您把饼儿揽在怀里，表示要照顾他，这就证明，饼儿是您的娃儿。如果不是您的娃儿，您咋可能说那个话？柳金花和贾喜庆，真是无耻到了极点，他们还把饼儿往成老师身上推，说要把这娃儿交给成老师，他们不管了。"

"饼儿也在？他们竟然当着饼儿那样说？"

"是啊，我看到饼儿满脸通红，拉着长长的鼻涕，手在脸上直抹，把鼻涕眼泪抹了一脸……好在这时候，我老爷来了，挥起烟杆一顿好打，就把他们打跑了。"

李秉问："喜旺，是不是这时候，那公安局长陶高又来了？"

"咦，李先生，您咋猜得这么准？陶局长还真就来了。"

"来了以后，陶局长是不是就对老成说，这山上住着太不安全，让老成赶紧下山？"

"对对对，一模一样的话。李先生，您真是神啊！您咋就猜到陶局长会说这样的话？"喜旺大为惊奇。

李秉没有解释，他只是笑道："呵呵，这话要是以前对老成说，老成肯定就信了。现在对老成说，那是一点用处都没有。"

"正是正是，成老师只对陶局长说了一句，蜀山是她和您的大本营，你们是不会离开的。说完成老师就再也没理过陶高了。"

第十九章　重返蜀山

正当李秉一筹莫展的时候，省环保厅的阮厅长亲自给他打电话来了，问他还在省城没有。阮厅长说，他要亲自登门拜访。

这个阮厅长，在李秉担任省环保厅副厅长的时候，他还是办公室主任。不到十年，这小伙子就当到了厅长。

当然了，说起来，这阮厅长能有今天，与他李秉当年的培养和提携是分不开的。因为当年李秉正好分管办公室，在培养和提拔这小伙子上，确实费了不少心思。

这次回省城来，他也去拜访过阮厅长。但不凑巧，阮厅长不在。他的秘书告诉李秉，阮厅长去外省考察去了。不过很快，阮厅长就从省外打来电话，询问他的身体情况、饮食情况、行走情况、住宿情况。

李秉心里有点不痛快，阮厅长把他当成啥了？那种退休后向原单位要这要那的糟老头子？李秉正想向阮厅长说明他的目的，可是阮厅长随即就向他道歉说，他马上要参加一个会，没有时间了。阮厅长表示，等他一回来后，立刻就专程登门拜访。

看来，这应该就是阮厅长所说的"专程登门拜访"了。

李秉虽然是阮厅长的老领导，可他一向没有老领导那种倚老卖老的架子。他明白，阮厅长的时间很宝贵，咋可能让阮厅长登门拜访呢？他得摆正自己的位置，主动上门汇报工作。

当然了，他表现得这么谦虚，还有一个想法，是他希望能获得阮厅长的支持。当他在经受到一连串拒绝和打击后，他明白，阮厅长的支持，很可能是他最大的也是最后的希望。

一见到阮厅长，阮厅长就告诉他，自己刚从外省回来，就被省委书记商书记叫到办公室了。阮厅长说："李厅长，商书记告诉我，你现在住在蜀山。哎呀，都怪我太官僚了，连商书记都晓得你住在蜀山，我居然一点儿也不清楚。李厅长，我检讨，我要向你做深刻检讨！"

李秉也没在意，问道："商书记咋晓得我住在蜀山呢？"

"唉，李厅长，我正要向你报告这件事呢。"阮厅长叹口气，"前不久，有人诬陷你，说你在任的时候贪污公款……"

"这事不是查清了吗？"李秉皱皱眉。

"是查清了,所以说是诬陷嘛。"阮厅长道,"这坏人啊,他就不晓得消停。你看,这次又有人诬陷你,而且还诬告到了商书记那里去。说你退休后,不安心养老,而是跑到蜀山去,煽动群众破坏省上的重点项目落户,完全不像个老干部、老党员的做派!"

阮厅长接着义正词严地说:"李厅长,你看,这是不是蓄意造谣嘛!你老人家是我的老领导,你的行事作风我还不清楚么?你党性原则是最强的,咋会去做那种与省委唱对台戏的事情!"

李秉呆了。阮厅长这么说,那就表明,他是绝对不会支持李秉的做法了。李秉还是不想放弃,毕竟这阮厅长是他一手提拔起来的,当时他认定了阮厅长是个正直可靠的人,更何况他是环保厅长,应该不会对蜀山被破坏坐视不管吧。

"阮厅长,我在蜀山呆了不短的时间,对这个项目,对蜀山,都有很深的了解。我觉得……"

李秉刚说到这里,阮厅长的手机突然铃声大作。阮厅长赶紧站起来,走到屋子一角,声音柔软地说:"商书记……"

李秉听不见商书记给阮厅长说了些啥,李秉只看见阮厅长全身僵硬,脸绷得又干又紧,还掏出帕子,不断擦头上的汗。

电话打完,阮厅长走回椅子上坐下,垂头丧气了一会儿,才抬起头来,嘴角扯一扯,扯出一丝微笑。感觉他张嘴要说话,却又叹口气,把原本张开的嘴又合拢。

李秉不忍看了,忙问:"阮厅长,商书记又给你安排了啥工作啊?看你好艰难的样子……"

"唉,没啥,不说也罢……"阮厅长忽又把腰一挺,拍拍胸脯,"李厅长,我是你一手提拔起来的。没有你的提拔,也就没有我的今天。不管怎样,我都不会伤害你!有天大的事,我都必须扛着,责无旁贷地帮你扛着!"

"究竟是啥事啊?"李秉听得不是滋味,"阮厅长,是不是我反对铜矿项目落户蜀山的事情,给你添麻烦了?你放心,有啥事,让他们找我好了,我自己对自己的行为负责。再说了,我都退休快十年了,也不是环保厅的在职员工,他们咋找得到你头上呢?"

"不,我一定要帮你扛着!你无非就是对省重点项目发了点不同意见嘛,这虽说是个错误,但也不是把天捅个窟窿那么大的错误嘛。大不了,商书记撤我的职。再说了，就算撤职，那也没啥。我是当年李厅长你一手提拔起来的，就算为你丢了，也是值得的！"

李秉简直不晓得该说啥了。

对于一个官员来说，仕途自然是最重要的东西。人家阮厅长不惜把最重要的东西放弃，来为他李秉承担责任。这一份回报，这一份义气，他李秉是不是应该激动得老泪纵横呢？

你一个老同志、老领导，却要让曾经的部下，以丢官的代价来帮你承担责任，你却不知悔改，一意孤行"错"下去，你这样做，对得起人家的一番情义吗？

李秉不晓得他是如何从阮厅长办公室走出来的，等他意识到这个问题的时候，他已经在省环保厅大门外面的路旁了。

李秉情绪低落，在车水马龙灯光闪烁的路旁走着。公路上的汽车，井然有序地穿过街道。红灯亮起的时候，这些车都停下来；绿灯亮起的时候，这些车又按照既定的方向，继续往前行驶。

这些车都有自己的目标和方向，并且有明确的运行轨道。可是，李秉的目标和方向在哪里呢？他该按照怎样的轨道走呢？

李秉想到了酒。工作了几十年，喝了大半生酒。早就检查出身体有毛病，不能喝酒了。但是因为工作需要，一直没办法戒。直到退休那天，他才发誓余生一滴酒也不再沾。而他也说到做到，果然此后再也没喝过一次酒。难道这一次，他要改掉他退休时，做出的那个决定吗？

不过，李秉最终还是没有去喝酒。李秉觉得，他不能改变自己。

连续好几天，李秉都只是漫无目的地在街上走着。他来来回回地走，他在思考他的方向。他觉得走着思考方向，显然比用喝酒麻痹方向，要更好一些。

这天，李秉正在苦苦思索的时候，有人兴冲冲在后面喊他："李先生！李先生！"

施西西跑了过来。施西西蹦得像只小鹿，满脸都是春天的鲜亮。

李秉忙问："西西，看你这么高兴，是不是你的稿子找到发表的地方了？"

"嘿，不是，没找到。"

"没找到啊……"李秉有些失望。

"没找到，但发生一件大事了！李先生，这几天你上网没有？看报纸没有？"

"都没有呢……啥大事啊？"

"省委商书记调走了！"

"啊……"

唐朗在精神病院究竟待了多长时间，连他自己也搞不清楚了。

他不被允许使用手机，也没电视和报纸看。起初，他老婆楚秀到精神病院来，吵着要和他离婚，向他下了最后通牒。这最后通牒的时间，就成了他记忆时间的方式。

但后来，楚秀不和他离婚了，也不来精神病院了。这样，他就失去了对时间的感受。他的时间里，就只有白天和晚上。但是这白天和晚上，又都是重复单调的，三十天和一天，没有啥区别。自然而然，他就把时间给忘了。

他在精神病院里已经没啥可做，他也不晓得该做啥。

最初，他非常生气，一直嚷着自己精神正常，没有病，想出去。可他一嚷没病，医生就来给他打针。他也不晓得打的是啥针，反正每次打了以后，他便昏昏欲睡，再也没有力气大喊大叫了。

这样反复多次以后，他发现，他反抗的力气变得越来越小，反抗的欲望也没有先前那么强烈了。

当他不再反抗嘶吼的时候，医生也不来给他打针了。

不但不再打针，一日三餐的安排，也变得比以前好多了。待遇也比以前好多了，除了用手机，除了看电视、看报纸，除了让他出院，其他要求，基本都会满足。

这种感觉，不像来治病，倒像是来疗养的。

唐朗常常自己想着想着，就忍不住笑起来，笑得眼泪直流。

一个人都笑得眼泪直流了，他算不算精神病患者呢？

也就在这时候，他想他应该和楚秀离婚了。尽管楚秀不再向他提这个，但是，他晓得，他该主动提出来了。

唐朗流着泪，给楚秀写了一封信。他连续写了好几次。写好几次的原因，不是他写不好，而是每次稿纸都被泪水打湿了不少。他不想把有泪痕的信寄给楚秀，他不想让楚秀发现这一点。

等他眼中终于没有眼泪,终于写好,请医生帮他投递的时候,医生拍拍他的肩膀,笑着对他说:"唐书记,你不用写信了。你看,杨书记都来看你了!"

他已经完全忘了自己曾经是"唐书记",他也不晓得"杨书记"是哪个。当医生这样说的时候,他甚至转过身去,想看看究竟是一个怎样的"书记"。

医生小心翼翼地提醒他:"唐书记,杨书记在这里呢。"

唐朗只得又转过身来,才看见他的旁边站着几个人,县政府的杨县长也在。唐朗赶紧招呼道:"杨县长。"

杨县长只是笑笑,微微点点头。站在一旁的秘书小隋立马冷脸纠正:"唐书记,咱们杨书记现在已经不是县长了,你要喊'杨书记'!"

"赵书记呢?"唐朗还有点发愣,很不恰当地问了这一句。

"赵书记调到其他县去了。现在咱们县只有杨书记。"

唐朗再愣,也晓得是咋回事了,忙大声喊:"杨书记!"

杨书记把唐朗上上下下扫了一个遍:"唐朗,看来你在这里的日子过得还不错嘛,都发福了。"

"托杨书记的福,这里吃得好,穿得好,耍得好,过的是疗养院一样的生活。人一开心,所以就发福啰。"唐朗嘿嘿一笑。

"看来,你是有点乐不思蜀了。"

唐朗还是嘿嘿一笑:"'乐不思蜀'这个词,虽然是贬义词,但大致可以代表我此时的心态……"

"唐朗!"杨书记突然脸色大变,"吃闲饭,晒太阳,也得有个度。你还有工作岗位呢,你还得去坚守你的工作岗位呢!"

唐朗呆了一下,脸发白又转红:"杨书记,您的意思,我可以回去上班了?"

杨书记点点头。

唐朗一下蹦起来:"太好了,谢谢杨书记,我马上就回去。"

随即他心里又有些发虚:"杨书记,我是不是现在就可以走了?"

"别着急嘛。"杨书记笑笑。

"我就晓得是哄我的嘛……"唐朗有些沮丧。

"不是哄你的,我的意思是,一会儿我和你一起上山去。"

"您和我上山去……做啥?"唐朗脑子一时转不过来。

"唐书记,杨书记是要亲自送你上山!你还不愿意啊?"小隋哼了一声。

"啊!"唐朗大吃一惊,赶紧摆手,"不用了不用了,杨书记您那么忙,不用送我了。再说了,您是杨书记……"

"正因为我是杨书记,我才送你。"杨书记打断唐朗,"唐朗,你想过没有,你咋回去?大家都晓得,你得的是'精神病'。我要不亲自送你回去,证明你的病好了,今天你咋展开工作?别废话了,赶紧跟我走!"

杨书记说完,就大踏步向前走去。

杨书记亲自把唐朗送上蜀山,并把住在蜀山的各大局局长,蜀山乡党委、乡政府干部召集起来,向大家宣布说,唐朗的病已经痊愈了,现在重新回到蜀山,主持蜀山乡的工作。杨书记特别强调:"听到没?我们必须统一口径,唐书记是病痊愈,返回工作岗位了。"

接着,杨书记宣布了两点:其一,取消蜀山铜矿项目,所有在山上负责老百姓思想工作的局长们,立刻撤回去;其二,蜀山今后的发展方向是旅游开发。

局长们兴奋不已,却又嗡嗡议论起来。

"你们议论啥?"杨书记扫了大家一眼,"你们是不是以为我当县委书记了,就立刻推翻前任县委书记的政策,重新搞一套?"

杨书记说得这么直接,局长们有些措手不及,赶紧笑着摇头否认。

杨书记又说了一句让局长们更加措手不及的话:"你们不用笑得那样意味深长。我告诉你们,赵书记其实是反对在蜀山搞铜矿项目的。"

局长们都是满脸惊愕的表情。

杨书记严肃起来:"我说这句话,是想告诉你们,我们要向赵书记学习,讲政治。不管心里有什么不同的看法,只要是上级的指示,就必须坚决执行。以前咱们蜀山搞铜矿项目,咱们要执行。现在不搞了,改为搞旅游开发,咱们也要坚决执行。明白了吗？"

明不明白，局长们都必须严肃地点头。

杨书记又问："我再问你们，蜀山现在搞旅游开发，有啥子困难？"

局长们都把脑壳埋下去，没人回答。其实不回答也正常，杨书记已经宣布局长们都撤回城里，这蜀山基本上就跟他们没啥关系了，管它有啥困难，何必多嘴多舌！

但这跟唐朗有关系，于是唐朗说："杨书记，困难肯定有，但我们会想办法克服的！"

杨书记笑笑："我现在不是让你表决心，我现在是让你找问题。"

唐朗挠挠头皮，他刚上山，晓得有啥问题呢。

杨书记哼一声："唐朗，以前你们搞项目，老百姓不支持。你想过老百姓为啥不支持吗？"

"老百姓认为搞铜矿项目会损毁蜀山。"

杨书记摇摇头："这可不是老百姓的想法。我不是说老百姓没这个觉悟，我只想说，绝大多数老百姓，都不会这么想问题。"

"老百姓想得到更多的征地拆迁补偿金。"

杨书记又摇摇头："老百姓想得到更多的补偿金没错，土地是他们的命根子，把土地卖了，相当于卖命，他们能不多要一点么？"

唐朗回答了两次，杨书记都摇头，他就不晓得该说啥子了。

陶高忍不住了，嘴角一扯："我看嘛，是老百姓太狡猾了，他们不断地和咱们耍心眼。"

杨书记不摇头了，他把眉头紧紧皱起来："你刚好说反了，不是老百姓和咱们耍心眼，恰恰是咱们和老百姓耍心眼！"

陶高本来想表现一下，没想到与杨书记的心思完全没对上号，闹了个没趣，不免有点脸红。

杨书记继续说："如果咱们想把蜀山的旅游开发搞起来，如果咱们想得到老百姓的支持，只有两个字——诚实！只要咱们对老百姓诚实，不和他们耍心眼，凡事都替老百姓考虑，老百姓肯定会支持咱们，旅游开发就肯定能够搞起来！"

唐朗意想不到地回到蜀山，而且还继续担任蜀山乡党委书记，让他兴奋了好一阵。

不过，还没容他好好高兴两天，蜀山就遇到了麻烦事。

村民们听说蜀山即将进行旅游开发，就开始轰轰烈烈修房子了，尤其是修农家乐。那些本来在外面打工的人，听到这个消息，也赶紧回来，把打工挣的钱，全都投资在修房建屋上。

其实这本来是一件好事，说明村民对在蜀山搞旅游开发很欢迎。但是，旅游开发还只是一个方向，投资商都还没有找到，整体规划更没出台，村民们这些做法，显然是一种盲目行动。

而且这样做，很可能会对蜀山造成新的破坏。村民们不但把村里到处都挖得黄土见天，还上山砍树，把本来就已经七零八落的荒山，简直砍成了光秃秃的一片。

事情有些突然，不过唐朗并没有慌乱。虽然贾有伦与平和都觉得这件事难办，但是唐朗立刻就想到了办法：擒贼先擒王。

这个"王"就是严庄。严庄是最早开始动工扩建农家乐的，架子扯得很大，他雇了上百个工人，搞得热火朝天。其他村民和他相比，其实只能算小敲小打。只要把严庄镇住，让严庄停工，阻止其他人就容易了。

唐朗把乡政府的干部组织起来，搞了一个庞大的队伍，去严庄的工地阻工。唐朗想的是，先说服。说不服了，就强行阻止。如果严庄敢动粗打人，那就立刻安排派出所把严庄抓起来。唐朗等的就是严庄动手。

不过，让唐朗没想到的是，他刚开口一说，严庄立刻满口答应停工。严庄说，虽然他扩建农家乐的用地，是办了手续的，合法的，但是为了配合唐朗的工作，他可以受点损失，立刻停工。他不但立刻停工，还会动员村里的村民们都停工。

在返乡的路上，唐朗还一直疑惑不解："这严庄，真的这么听招呼？让他停工就停工？"

跟着唐朗的贾有伦点点头："老严嘛，还是有点原则性的……"

唐朗不相信，不过还是很高兴。

接下来的几天，唐朗把乡干部分派到各地，劝说那些盲目施工的人。因为擒住"王"了，动员那些"贼"也就没废多少劲。村民们陆陆续续都停了下来。

这天，唐朗接到李秉的电话，李秉说想来拜访他，和他聊聊。

唐朗很高兴，连忙说："李先生，怎么能劳动你老人家？我来我来，我到你院里来。"

唐朗叫上平和，两人很快到了李秉家的院子。施西西和喜旺也在那里。

"唐书记，你终于回来了！"喜旺长长地舒了一口气。

施西西赞叹："唐书记，你为了救喜旺，把自己搞到疯人院去了。这件事，喜旺在我面前说过好多次，他觉得很对不起你呢。"

"这事和喜旺没关系，喜旺，你可千万别放在心上。"

施西西开玩笑："唐书记，你的'精神病'治好了吗？"

"你看我这样子，像不像个神经病？"

"当然不像，你是满血复活、英明神武的唐书记！"

说笑一阵，李秉招呼众人坐下，也夸唐朗："唐书记，你干得好啊，一上山来，就阻止了大家乱搭乱建。"

唐朗也很得意："嘿嘿，我自己都觉得惊讶啊。蜀山的老百姓，咋变得这么听招呼了呢？我去了一趟医院，有一种恍若隔世的感觉。"

"不管啥原因，总之是好事吧。"李秉笑了笑，"唐书记，我今天请你来，是要和你谈谈我对蜀山今后旅游开发的一些想法。我这些想法，是基于我曾经是一个老环保工作者，同时又是蜀山的一个新住民……"

"好啊，多承指教！多承指教！"

李秉继续说："这一次省上取消蜀山铜矿项目，对蜀山来说，是个极大的利好。蜀山的发展，终于走上正轨了。搞旅游开发，当然是好事情，保护蜀山的同时，又实现了蜀山的发展。不过，在这个节点上，有些东西，我觉得咱们一开始就需要深入思考。保护蜀山环境和促进蜀山发展，这两者是不是可以共生？有没有抵触的地方？如果这两者发生了抵触，哪个更重要？这两者之间有没有一个很好的平衡点？如果有，这个平衡点在哪里……"

李秉的话还没说完，院外忽然响起了一阵巨大的喧闹声。

透过院门，可以看到远处的田埂上，有很多村民拿着锄头扁担，极快地朝这边拥了过来。

众人面面相觑,不晓得发生了啥事。

"老李,是不是村民晓得你回来了,又来撵恶魔?"成老师有些紧张,吩咐喜旺,"喜旺,你快去把门关上。村民要是拥进院子里来,他们那锄头扁担一招呼,咱们都要拐脚走路了。"

喜旺冲过去,把门掀拢关上,插上门闩,扣上锁。

也就在这时候,门上爆发出一阵噼噼啪啪的撞击声。

"唐朗,你赶紧出来!你躲在屋里干啥?赶紧出来!"

"你以为你躲在里面我们就找不到你了?你休想躲,出来!"

"赶紧出来,再不出来,我们就撞门了!"

大家本以为村民是来撵李秉的,没想到是来找唐朗的。

"我出去看看。"

唐朗准备出去,平和拉住他:"唐书记,这些人来势汹汹,恐怕很危险啊,你别忙,让我先出去看看……"

喜旺也说:"唐书记,平书记,你们都别忙出去。我先出去问问他们,看看他们究竟想干啥?"

唐朗摇摇头:"他们找的是我,你出去没用。"

喜旺道:"唐书记,我是本村支部书记。这些人都是我的村民,我当然有责任管理他们了,你咋说我出去没用?"

施西西向喜旺一伸大拇指:"喜旺,你成熟了!"

被施西西肯定,喜旺更加高兴,像个视死如归的英雄,大踏步走到门前,猛打开门,走了出去。

门外是一大堆人,每人手里都拿着锄头、扁担、砍刀之类的农具。不过,农具现在在他们手里,发挥的,显然不是做农活的作用。

村民们都把目光集中在喜旺脸上。这让喜旺忽然想到了他老爷。喜旺老爷平常寡言少语,在喜旺娘面前,甚至有些唯唯诺诺。可当他站在村民面前的时候,他瘦弱倾斜的身材,一下就变得威严而正直。

这个想象让喜旺心里鼓荡不已，他轻轻咳一声，用他爷爷那种低沉而有穿透力的声音，微笑着说道："各位叔爷老辈婶娘家婆，你们这是要去干农活还是打架呀？要是干农活，就到地里去。要是想打架，手里的东西就拿错了。"

这种幽默和淡定，让喜旺自己都很满意。可没想到，他刚说完，就有村民粗鲁地问："喜旺，你挡在门口干啥？让一边去，我们要进去找唐朗！"

喜旺抬高声音："你们想干啥？你们忘了么，我是本村支部书记！有啥事，给我说，不能越级反映。"

"给你说，你做得了主？赶紧让开，别耽搁我们的时间。"说着，那人上前把喜旺往旁边一拨，仿佛拨一个碍事的小娃儿。

喜旺血往上涌，伸手拦住门，大声喊："你们想干啥？这是啥意思？不准进去！不准进去！"

没人听他的。喜旺单薄的身子，根本挡不住众人。很快，众人就洪水一样冲进李秉院里。喜旺被挤到一边，贴在门上。

唐朗没有慌，他一下站到一张桌子上，双手往腰上一叉，板脸喝道："你们找我干啥？"

"唐书记，我们今天来，是想说说铜厂的事。"站在人群前面的伍老大，显得彬彬有礼的样子，"蜀山现在已经不建铜厂了……"

"对，不建铜厂了，"唐朗把话题抢过来，作为乡党委书记，唐朗觉得他说话必需占据主导，"你们不是都反对在蜀山建铜厂吗？现在不建了，县上把工作组都撤回去了，项目也取消了，你们胜利了！晓得不，你们胜利了！高不高兴？"

"高兴是高兴，但是……"

"这是大家团结的结果！团结就是战斗力！留住绿水青山，就是金山银山！这是杨书记说的。你们正用实际行动，实现这杨书记的期望！"

后面有个人挤上来，把伍老大往后一掀："都说不到点了上，一边去！"

掀开伍老大的是贾喜庆。

贾喜庆站到一大群人前面，这让他有一种当领导的感觉。只见他双手叉腰，满脸凶狠："唐……朗，铜厂确实不建了，蜀山也保下来了，但是，咱们的钱呢？哪个来

/第十九章 重返蜀山/ 289

给？你答应给不？"

"你们啥子钱？哪个欠你们钱了？"唐朗很不高兴喜庆直呼他的名字。

"你想耍赖？你们乡政府先前不是承诺了，要赔偿我们征地拆迁款吗？这笔钱你们必须给！我们今天来，就是讨这个债的！"

平和看不下去了，上前讲理："喜庆，铜厂不建了，地自然就没征。没征，哪还有征地拆迁款？"

"白纸黑字，都签了字的，你们竟然不承认！你们还算是一级政府，如此不讲信用！不行，你们给也得给，不给也得给！"

喜庆说着就伸手去抓平和的衣襟。

平和也不躲，任他抓："不是我说你们。当初给你们征地拆迁款，你们不要，要闹事。现在没征地拆迁款了，你们又后悔。你们这是自作自受，怪哪个？"

喜庆急了，把平和推来推去："我不管，你们让我们签了字，就必须给！告诉你，你们今天不给，就别想走！"

唐朗一看事越闹越大，忙劝解道："别着急嘛，你们别着急嘛，蜀山马上要搞旅游开发了，只要旅游开发搞起来了，还怕挣不到钱么……"

"旅游开发，还不晓得猴年马月才搞得起来……"

"我们修房子就是搞旅游嘛，你们乡政府偏偏不让我们搞。现在又说旅游会搞起来。房屋都不准我们修，咋搞得起来……"

"征地拆迁款，签了字的都不作数。那个啥子'旅游开发'，还能算数么……"

众人把喜庆的话语权给他夺了，让喜庆很不爽。他把扁担在桌上拍两拍，很有派头地吼道："都把嘴闭上，听我说！我们是来干啥的？你们这样吵，我咋说话？都把嘴闭上！"

众人不开腔了，这让喜庆得意不已："咱们修房子，建农家乐，不就是在搞旅游么？他们乡政府偏偏不让咱们修。你们为啥不让咱们修，肯定就是搞不起来。怕到时候修起来了，不好下台。既然搞不起来，说明你们乡政府许诺的都是空头支票，和征地拆迁一样。你们要证明不是空头支票，就先把征地拆迁款给我们兑现！"

"对，立刻兑现！不兑现，就抓他们！"

"抓他们，抓！"

唐朗站在桌子上，再加上平和挡在他面前，众人够不着。不过，平和就倒霉了，许多双手在他身上捏，把他捏得皱巴巴的。

李秉忙上前劝说："都冷静一点，这样闹，能解决啥问题？放手吧。"

"兑现征地拆迁款，咱们就放手！"

"不兑现，就抓！"

李秉微微一笑："唉，你们也真是的。你们的土地没被征用，应该感到高兴才对嘛。土地可是宝贝啊，有了土地，咱们就可以利用它发财致富。要是把土地卖了，就算能卖出金山银山，也是坐吃山空，对不对？"

大家又觉得李秉说得好有道理，有人还不禁点点头。

还是喜庆头脑清醒，他始终记得自己的目标："大家别上当！咱们到手的钱为啥又失去了？都是因为这个老头到咱们蜀山来了。这个老头是恶魔，本来被赶下山了，现在又回来了。快，咱们连他一并抓住！"

"对，抓住这个恶魔，把他撵下蜀山！"

"抓住他，让他赔，让恶魔赔！"

又有无数只手向李秉伸过来。

"你们想干吗？都住手，不准碰我家老李！"成老师站起来，又站不稳，一屁股跌坐在椅子上。

喜旺和施西西也冲过去，挡住那些伸向李秉的手。那些手抓不住李秉，就往喜旺身上抓，往施西西身上抓。一双手抓在施西西身上，施西西劈手就"啪"地给了那人一耳光："你想干啥？把你的狗爪子拿开！"

这一声太响亮，一下惊动了众人。大家转头一看，发现那耍流氓的竟然是喜庆。

大家就都看着喜庆，意味深长地笑。

喜庆本来是这一帮人的带头大哥，一下成了大家嘲讽鄙夷的对象，着实有些尴尬。但喜庆脸皮厚，就算被耻笑，他也不会脸红，反而更起劲地吆喝："你们怕啥？一点小挫折就让你们怕成这样，有没有一点出息？快点动手，再迟了，恶魔真要跑了！"

众人正要往前拥，不过这时候，一阵摩托车的尖啸声由远及近，到了院门前。很快，严庄走进院子里来了。他的身后，跟着李师公。

严庄瞪着众人，半天不说话。这一瞪，竟把众人瞪得也不敢说话了。

众人都不说话了，严庄才说。严庄的声音很轻，但是大家都听得很清楚："你们闹啥闹？你们在这里闹翻天有啥用？不错，乡政府是和你们签了字，但他们没有要你们的地，这买卖就没做成。买卖没做成，咋可能给你们钱？赶紧回去，不准在这里瞎胡闹！"

不晓得村民们为啥那么听严庄的。严庄一发话，大家都低下头，有人摇头叹息，有人伤心落泪。

喜庆作为意见领袖，自然不可能和众人一般见识，只见他高声说："严主任，我们可以不闹。但是，我们现在没钱吃饭了。要不，你让我们到你的工地上干活，帮你修房子，还像以前那样。你付给我们工钱，我们有工作干，能挣钱，我们就不闹！"

"是啊，你的工资发得又高，对我们工人又好。这种工作，我们出去打工都找不到。可你只让我们干了几天，就停工了。我们没有饭吃，有啥办法？你让我们接着干，我们就不闹！"

"严主任，你答应让我们复工，我们就不闹！"

"复工！复工！"

"不让我们复工，我们就回去修自己的房子……"伍老大补了一句。

"别瞎说，说重点。"喜庆扯了伍老大一把，小声提醒他。

"这就是重点。"伍老大不服。

李师公也插进来说："你们完全是冤枉严主任了！又不是严主任不让你们干活。哪个不让你们干活，你们就找哪个嘛……"

众人一听，情绪又起来了，再次拥上前抓唐朗。

唐朗没注意，被村民一把从桌上扯了下来，趔趔趄趄跑了好几步。众人见唐朗这么好抓，都把手扯在他身上。西装革履的唐朗，也和平和一样，变得皱巴巴的。

喜旺拼命拨拉众人的手，又大声喊，搞得一身是汗，可一点效果也没有。

严庄双手往下按了按，就像开会时，让会场安静一样："都停手，你们这样抓着唐书记，太不像话了！"

"停手可以，严主任，你让唐书记同意我们复工，到你那里修房子！"

"对，同意我们复工，我们就停手。不同意，我们就问他要钱！"

"你们，你们这完全是瞎胡闹！"严庄一副气得吐血的样子，摇头叹息一阵，丧气地对唐朗说，"唐书记，这些人，太刁了，完全听不进招呼……要不，让我先把他们领回我的农家乐，寻点事给他们干着，再慢慢做他们的工作，如何？"

"不！打死我也绝不向他们妥协！"唐朗大叫。

"唐书记，答应他们。"李秉向唐朗点点头。

"是的，唐书记，先答应他们。"施西西也向唐朗点点头。

唐朗看看李秉，又看看施西西，不禁有些丧气："好吧，你们走吧……"

众人把唐朗与平和一丢，兴高采烈往院外走去。

严庄在后面丢一句："哼哼，你们这样胡闹，看我回去咋收拾你们！"

众人一走，喜旺率先叫起来："李先生，这些闹事的人，咋能让他们走？这不是助长他们的嚣张气焰吗？"

唐朗也不服气："不答应他们，他们难道还敢把我吃了？"

喜旺又恨恨地说："这明显就是严庄自编自导的一场戏，目的就是想让他那停工的农家乐重新复工。李先生，咱们要是答应他的要求，不就上当了吗？"

唐朗帮腔："晓得是阴谋，咱们还上当，他们还不把咱们当傻子？"

李秉笑了笑，说道："唐书记，你想过没有，你刚回来，如果就闹出个群体性事件，杨书记咋看你？"

唐朗一怔，答不上话来了。

施西西冷笑："唐书记，我是做媒体的，我倒喜欢你搞出这个群体性事件。那样的话，我可就有东西可写了。说不定还会上头条呢。"

唐朗沮丧极了："那咋办？难道就听凭严主任要挟？"

李秉道："办法总是有的。唐书记，我还是希望你能谨慎。毕竟现在搞的是旅游开发。如果搞好了，是可以让蜀山的发展走上正确道路的。所以，在这个关口，咱们都要冷静，避免像之前一样，戾气横生。"

第二十章 维护队

唐朗与平和离开李秉的院子后,唐朗依然耿耿于怀:"都是这个严庄,表面上在劝村民,背地里兴风作浪,太可恶了!"

平和叹口气:"唉,贾乡长一直认为严主任很有威信,也很有能力,一直很信任他。我看他这个人,确实花招不少。"

"严庄就是一个阴谋家!"

"唐书记,实在不行,就放开让那些人修吧……"

"咋可能?放开修,蜀山不就乱套了?"唐朗咬牙切齿,"一定要想个办法把这个严庄制服。只要把他制服了,村民群龙无首,就再也不会闹事了。"

平和说:"唐书记,要不,你给公安局的陶局长打个电话,问问他有啥办法制服严庄。"

"他能有啥办法?"

"你不晓得,那时候你还在医院里。县上各大局长入驻蜀山的时候,陶局长负责的是严庄、李师公、觉英这些人。大家本来预测陶局长的工作做起来肯定最麻烦,哪晓得,他那里竟然是最简单的。大多数时候,他都待在城里,不用上山来。严庄不但没闹事,连不满言论都没说过一句。"

"真的么?那他究竟有啥办法?"

"不晓得哇。当时很多人都想晓得这个答案,很多局长甚至请陶局长吃过饭,但是陶局长守口如瓶,让那些请他吃过饭的局长后悔不迭,骂他是人精……不过,我觉得你现在要是问他,他可能会把秘密告诉你。"

"他现在变大方了?"

"不是变大方了,是这些秘密对他没用了。工作组都撤了,他还拿那些秘密来做啥?"

唐朗觉得平和的话很有道理,于是拨通了陶高的电话。

电话刚一接通,陶高就满嘴讥刺加挖苦:"祝贺你啊唐书记,你都高升了,咋还来问我?"

"我高升啥?我不是还在蜀山当山大王吗?"唐朗一脸懵。

"县上一把手亲自把你从医院领出来,又亲自送你上山,这得有多重视啊。提拔为副县长,那还不是早晚的事。"

"提副县长,你可高看我了。我要能调回城里,就功德圆满了……"唐朗苦笑道,"再说了,那个副县长的位置,不是给你留着的吗?"

"留个屁!说不定我连这个公安局长都保不住了!"陶高突然气冲冲地粗声骂道。

"陶局长,咋了?"

"你还不晓得啊,咱们公安局刚调了个副局长来任常务,他原先是给杨书记当秘书的。杨书记把他调来,显然是来夺我权的嘛!"

"嘿嘿,夺你的权是理所当然的呀。"

"啥?唐朗你真没良心,竟然幸灾乐祸!"

"你都去当副县长了,难道还要霸着公安局长不放?"

"当副县长?一朝天子一朝臣,这个道理你又不是不懂。我以前是赵书记的秘书,那时候,姓杨的就看我不顺眼了,巴不得把我拿下。只不过有赵书记罩着,他不敢动手罢了。现在赵书记调走,他姓杨的成了一把手,不把我踢下台,已经是格外开恩了,还让我干副县长,做梦吧!"

唐朗没想到,一向稳重谨慎,最会揣摩领导心思的陶高,竟然会这样说话,一口一个"姓杨的",还直截了当在他唐朗面前说,毫不避讳。

唐朗虽然很吃惊,但他晓得,这个时候,他只能安慰陶高:"不会吧陶局长。咱们严道县副县长的竞争人选,原本就只有你和范武晨。如今,赵书记调到岷水县后,小高与范武晨也追随他去岷水县了。这样一来,没人和你竞争了,这个副县长的职位,还不就是你的囊中之物。"

"哼哼,赵书记在的时候,你说只有我和范武晨竞争,我同意。但现在严道县是姓杨的说了算,我连竞争资格都没了……"

唐朗笑道:"陶局长,你咋不和小高、范武晨那样,也随赵书记调走呢?"

"我咋调?我拖家带口的。再说了,年纪也不小了。人一上年纪,就懒……唉,我这一辈子,看来也就这么结束了……"

挂掉电话后,唐朗才想起来,还没问陶高怎么降服严庄呢。

唐朗心里一阵感伤。

但唐朗立刻就苦笑了一下，陶高不受杨书记重视，关自己啥事？自己感伤啥？杨书记对他唐朗是不错的呀！不只是亲自把他从精神病院放出来，还亲自送他上山，又把蜀山旅游开发的重任交到他手里。连陶高都说他受杨书记重用，他还感伤啥？

但唐朗就是有些感伤，心里又很不踏实。就算杨书记真的重用他，他也感到这一切似乎不是真的。对于他来说，根本没想过啥副县长的职位，能够调进城，一家三口在一起，他已经非常满足了。

他从精神病院出来后，曾回家过一次。那时候，儿子看着他，非常兴奋，对他说："老汉儿，你是英雄！"

晚上的时候，在被窝里，妻子楚秀和他有了一次许久没有过的激情，最后趴在他胸膛上说："老公，我理解你了，以后你就加油干吧，就算调不回来，我也不会埋怨。只要你努力，对得起杨书记对你的期望就行了。"

唐朗当时已经激情消退。他明白，楚秀之所以对他说这样的话，是笃定杨书记器重他，以后肯定还会重用他。也就是说，在妻子的眼里，自己是杨书记的人，迟早都会得到重用，出人头地。

唐朗心里不踏实，还因为刚一开始，工作就陷入僵局。要这么干下去，可就辜负杨书记对自己的期望了。

思来想去，唐朗还是决定找贾有伦商量商量。贾有伦虽然整天醉醺醺的，但在关键时刻，他总是会想到一些办法。

唐朗把贾有伦与平和找到他办公室。贾有伦满脸被酒精烧红，眯细的眼睛似睁非睁。唐朗把困难和问题说完，也没见他的眼睛有一点儿变化。他不但没发表意见，嘴里还像往常那样发出了轻微的鼾声。

唐朗不高兴了，粗声问："老贾，你说个意见啊。"

"这事嘛，我看还是只能依靠严主任……"

"你这不是废话吗？正是严庄带的头，还靠他！靠他带头抢搭乱建？"

"是啊，贾乡长，严庄公然带头违抗，靠不住了。"平和附和唐朗。

"靠不住也得靠他。咱们说话村民不听，只有严主任的话，在村民那里能起点作用。咱们不靠他，靠哪个？"

贾有伦反复不断地说严庄，让唐朗大为生气，忍不住拍了桌子："这事靠严庄，那事靠严庄，干脆咱们都下课，让严庄来当书记、乡长得了！"

贾有伦双手抱住肚子，一副不争不竞，爱听不听的样子。

平和退了一步，当和事佬："虽说咱们并不是一定要靠严庄，但我觉得咱们也最好别去招惹他，免得惹麻烦……"

唐朗叹口气："好，老平，就算我惹不起他，我躲。但问题是他带头抢搭乱建，我就是想躲，也躲不过啊。"

"唐书记，我们可以先不管他，先去清理其他抢搭乱建的村民，清理干净后，再来说严庄的事情，如何？"

唐朗虽然觉得这不是个好办法，但他也实在想不出办法。

贾有伦又睁开微眯的眼："我看嘛，咱们乡政府最好别亲自出马……"

唐朗把桌子猛一拍，彻底冒火了："老贾，你这是啥意思？你的意思是连一般的村民都不能动？"

"唐书记，你别激动，听我说嘛。"贾有伦笑笑，"你想啊，如果我们乡政府的干部现在下去干涉那些抢搭乱建的村民，他们问我们一句，你们为啥不让严庄先停下来？你说我们咋回答？"

唐朗一怔，问道："那你说咋办？"

"我的意思是，我们可以组建一个维护队，给他们发工资。这个维护队的人，全由村民组成，我们乡干部不参与。让村民自己管理自己，这样效果肯定要好得多。"

平和点点头："唐书记，我觉得贾乡长这个办法可行。"

唐朗也觉得这是个好主意，不仅对贾有伦刮目相看，同时又对自己刚才的冲动感到很不好意思，忙诚恳地问："老贾，你这主意是很不错，但是，让哪个来当维护队的队长呢？"

"有两个最合适的人选。"

"哪个？"

"觉英和伍老大。"

平和摇摇头："贾乡长，刚好是这两个人对严庄的意见最大，让他们来当维护队的队长，会不会出问题……"

没想到唐朗把桌子一拍："定了，就这两个人！觉英是队长，伍老大是副队长。"

觉英和伍老大听说让他们担任维护队的正副队长，高兴坏了，急急忙忙去找队员。找队员也不难，村里闲人很多，大家正找不着事做呢。很快，觉英和伍老大就组建了一个七八人的队伍。

为了搞得像模像样，他们还扯了一匹红布，用黄漆在上面刷出"维护队"三个字。把红布缝在一根竹竿上，做成一面旗帜。没有警棍，他们每人锯了一截短棍，插在腰间。腰间用一根皮带系住。觉英没有多余的皮带，就系了一根草绳。

维护队别着短棍，举着红旗，踏着不太齐整的步子，喊着稀稀拉拉的口号，开始了他们的维护执法。

不过，维护队第一天开展工作，就遇到了麻烦。

虽说有七八个人，虽说已经升格为"乡干部"，但是，觉英心里还是有些胆怯。万一去维护的时候，大家都不理睬他们，咋办？

必须要找一个突破口。

思来想去，觉英觉得，喜龙是个不错的突破口。

喜龙本来在县人民医院住院，那条腿整日高吊在架子上，放不下来，也不敢走。但后来工作组从蜀山撤下去了。接着，范武晨又随赵书记调走了。这样一来，就没人再来管喜龙了。

前些时，喜龙想把腿从架子上放下来，医生不让。但是范武晨一走，没人管喜龙后，医生就主动对喜龙说："你还是出院回去吧……"

喜龙很奇怪："我的腿不是挂在架子上，不能动吗？"

"你的腿已经好了。"医生说。

"昨天还不准我动，今天就好了。不是说伤筋动骨一百天吗？咋好得这么快？"

"医学奇迹！医学奇迹！"

医生笑着把喜龙的腿从架子上取下来，敲掉上面的石膏。喜龙摸了摸自己的腿，还真是好得非常快，皮肤表面一点疤痕都没有，简直像没有受伤一样。在地上走一走,虽然感觉脚板心有些发麻,似乎也没有其他异样。

因为可以回去了,喜龙心里非常高兴,很快回到家,到他种"鸡眼睛"的地里去了。

前几天,村民都在抢搭乱建。喜龙并没有动。他还是那样,小心翼翼侍弄着他的"鸡眼睛"苗。不过这几天,他忽然也提着一个篮子,篮子里装了一些石灰粉,到种"鸡眼睛"的地边空地上,和陈盛婆一起,拉着皮尺画框。

维护队一个队员告诉觉英,喜龙在地上画框。觉英一听,大为兴奋。毕竟喜龙刚从医院回来,腿上受过伤。虽然看起来他走路没啥问题了,但是新伤刚好,他肯定有顾忌。所以在喜龙这里找突破口,绝对是一个不错的选择。

觉英来到地边,看见喜龙和他奶奶还在画线,就走上前,咳嗽一声:"喜龙,你这是在干啥?"

喜龙埋着头画线,不搭理觉英。

陈盛婆有点害怕,忙解释:"觉英娃儿……"

伍老大喝一声:"啥觉英娃儿,人家现在是队长,你得称呼'楚队长'!"

陈盛婆赶紧赔笑:"楚队长,原谅我,我老婆子没文化,不懂呢。喜龙说,他要修一个……"

"修啥?早就说不准修了,你竟然还敢修!你这是犯法,懂不懂?拆了拆了,赶紧拆了,不准修!"觉英喊拆,其实喜龙才在画线呢,都不晓得拆啥。

"我们看见别人都在修,我们只不过……"

"别人修你也修?别人吃屎你也吃屎?"

喜龙早已忍不住,突然站起身来,朝觉英猛撞过去。觉英没注意,被喜龙一下撞倒在地,屁股坐在一块尖锐的石头上,痛得又跳起来,捧着屁股,龇牙咧嘴怪叫。

队员们看到觉英滑稽的样子,都忍不住笑起来。

觉英恼羞成怒,板起脸喝道:"笑啥笑?这人公然抗法,你们不上前执法,还笑。赶紧上前,给我绑了!"

没人敢上前。觉英把伍老大瞪一眼:"伍老大,你连一个拐子都制服不了,你还能制服哪个?"

伍老大本来不服觉英，但觉英是队长，他只是副队长，他也不能不听。于是，双眼一闭，埋头往喜龙撞去。喜龙也是没注意，一下就被撞了一个仰趴。众人见喜龙已经被撞倒在地，胆气也足了，纷纷上前，按住喜龙。

喜龙不屈服，挥拳朝众人乱打。

队员们自然不会让喜龙白打，都纷纷出手。有一些甚至把短棍取出来，朝喜龙身上招呼。喜龙虽然很拼命，无奈一个人哪里是七八个人的对手，很快，喜龙就被打得鼻青脸肿，满身是血。本来从医院出来的时候，好着的一条腿，这时候真的被打拐了。

觉英看见闯祸了，吓得自己先溜了。众人见觉英都溜了，也丢下喜龙，跑得无影无踪。红旗和短棍丢了一地。

只有陈盛婆守着瘫在地上的喜龙，长声吆吆地痛哭。

很快，唐朗就得到喜龙被打的消息。

而且，唐朗还得知，喜龙其实并不是像别人那样抢搭乱建，他只是想在地边修一个棚子，目的是用来看守他的"鸡眼睛"。

觉英既没有调查清楚，又出手打人，造成了很恶劣的影响。

觉英闯了祸。唐朗把觉英喊回来，严肃地批评了一顿。不过，他也清楚，虽然觉英搞错了，也不能对外这么说。因为如此一说，势必会降低维护队的威信。维护队的威信降低了，维护起来就困难了。

所以，唐朗说，觉英没错。不管是搭棚子还是建房子，性质都是一样的，都必须拆除。

唐朗如此处理，让觉英人受鼓舞，干起来更加卖力，又重新扎了一面旗帜，搞了几根短棒，到村里四处巡游，大声吆喝。

别说，效果还真有。那些抢搭乱建的，慑于维护队的威严，都不得不停下来，开始观望。

不过，正如贾有伦预先想到的那样，维护队也遇到了一个大难题。当他们在阻止村民抢搭乱建的时候，村民们都会问同一个问题："为啥不阻止严主任建房？"

觉英支吾说："过几天我们就去让严主任停工。"

村民们又问:"已经过了几天了,为啥还不去阻止严主任建房?"

觉英想继续支吾:"再过几天……"

"再过几天是几天?"村民们不客气了,"这都十多天了,你还在说几天。你们究竟敢不敢去动严主任?要是不敢动,就直接说你们欺软怕硬得了!"

"十多天也是几天!"

觉英语气上还在耍横,但已经没脸站在村民们的面前,支支吾吾地走了。

维护队员们个个觉得灰头土脸。伍老大忍不住了,叫道:"楚队长,咱们啥时候动严庄?"

"动严主任……你敢去动严主任?伍老大,你,你没发烧吧?"觉英挠了挠自己的猪鬃头。

"楚队长,我看你就是害怕严庄!"

"我怕他啥?"觉英嘴硬。

"你不怕他,为啥一直不去动他?"伍老大冷笑,"喔,我晓得了,喜庆回来后,抢了你的位置。这种情况,就像电视剧里的妃子被别的妃子抢了皇帝的宠幸一样。你不敢去碰那严庄,肯定是希望严庄厌倦了喜庆的时候,回心转意,重新宠幸你……"

觉英脑壳上的猪鬃毛往上直竖:"胡说八道,我才不稀罕呢。"

"不稀罕就走。有胆子,你就去动严庄。动了严庄,我们就承认你是一个男人。"

"走就走!"

李秉找到喜旺的时候,他正在一块平整的地里,垂着头,走来走去。

"喜旺,你在这里干啥?我让你到我家去一趟,你为啥不去?"

"我是没忙得赢……"喜旺眼神躲闪,不敢正眼看李秉。

李秉笑道:"喜旺,你是不是也想和其他村民一样修房子啊?"

喜旺辩解:"都是我娘让我干的……我跟我娘说过了,咱们又没钱,修也修不起来。可她非要我先平个地基出来再说……"

"如果有钱呢?你是不是就和其他村民一样,开始修了?"

"都是我娘……她说别人都在搞,咱们也不能落后……"

"喜旺,建房搞餐饮住宿,这也没啥不对。大家都想乘旅游的东风,把自家经济搞上去,想法都是非常好的……以前,我们一直说蜀山百姓堕落了,除了出去打工,就是整天在家里打牌,无所事事。现在有干事的劲头了,当然是一件好事。你作为村支书,自然应该成为致富带头人。所以你母亲让你修房,也没有错……"

"李先生,您觉得我也应该修房?"喜旺大惑不解。

"你说呢?你觉得该不该修?"李秉反问一句。

"我不晓得……我只是想,大家都在搞这个,万一旅游搞不起来,那不是白干了吗?就算旅游搞起来了,没人来咱们这里玩儿,修起来的房子空置着,也赚不到钱啊……"说到这里,喜旺笑起来,"唉,我这其实是瞎担心……"

"喜旺,你这不是瞎担心,你说到关键问题了。"李秉道,"蜀山打造旅游开发,肯定是能够搞起来的。但正如你说的,搞起来后,有没有人来耍,那就不是政府能管得了的。如果到时候大家都把房子修起来了,又都空着,这对原本贫穷的蜀山老百姓来说,不是雪上加霜吗?"

"那咋办?大家都在急不可待地修房,连唐书记都控制不了。"

"所以,喜旺,咱们现在最重要的,就是给蜀山增加旅游含金量。自然风光,自然是蜀山最重要的旅游资源。但是,蜀山的自然风光,近些年来,遭到了前所未有的破坏。很多大树古树被砍了,山体垮塌了。可以说,自然风光减分不少。除了自然风光外,还得增加蜀山的文化含金量。最初我让你搞文化考察,除了考虑以此保护蜀山外,当时其实已经预料到蜀山迟早要走旅游开发这条路。所以,我就是让你挖掘蜀山的文化内涵。这个文化内涵,对蜀山的旅游开发,是非常重要的。"

"可是,蜀山实在没有啥文化啊……"喜旺气馁地垂下头。

"蜀山不是没文化,反而是文化内涵非常丰富,关键是我们有没有发现的眼光。"李秉道,"我们要避免一种误区,似乎一说到文化,好像就是古人留下了啥遗迹遗址。如果没有遗迹遗址,好像就没有文化。其实根本不是这回事。文化,是存在于日常生活中,进入血液里的东西。"

喜旺看着李秉发呆。

李秉接着说:"举个例子,喜旺,你还记得你刚从大学回来的那天吗?当时你因为做了个动作,被很多村民当成菩萨。你记得你当时做的动作是啥吗?"

"做的是啥?"喜旺有些发懵。

"当时你大鼓着眼睛,整个黑眼球都在外面,周围露出了一圈眼白。就是这个鼓眼的动作,那些老头老太们把你当成菩萨了。"

"唉,丢脸啊……我当时也是太激动了,所以才做出这副丑样子……"喜旺满脸羞愧。

"但是那些老头老太们并不认为你这是丑样子,他们把你当菩萨了。"李秉正色道,"喜旺,我想说的就是,我深深地感觉到,这种瞪眼动作,很可能就是一种文化。不晓得你注意到没有,当黄昌婆,还有村里的老人们,虔诚地敬拜菩萨的时候,他们都会做这个瞪眼动作。"

"是啊是啊,我想起来了,他们确实经常做这个动作。他们为啥会做这个动作?有啥文化意义?"

"喜旺,咱们蜀山有一种传说,当年蜀王蚕丛氏曾经生活在平原地区,后来遭遇异族的残暴入侵,不得不举族迁移到这偏僻的蜀山。后来,蜀王蚕丛就埋在这蜀山上。不过,这只是一个传说,目前还找不到证据来证明,也没啥遗迹遗址。但是,这个瞪眼的动作,却已说明一切。史料记载,祖先蚕丛是纵目人。后来,古蜀国的那些巫师们,在祭祀祖先,敬拜神灵,甚至和敌人打仗的时候,都会做这个动作。他们做这个动作,正是他们崇拜蚕丛祖先的表现,也是一种图腾,或者说是一种文化传统。咱们蜀山百姓在敬拜神灵的时候,也做这个动作,这正说明这种仪式已经穿过历史的烟尘,流传至今。喜旺,你想想,这文化的力量有多么强大,咱们蜀山的文化底蕴又是多么深厚!"

"对对对,李先生,您说得太对了!咱们蜀山确实有文化,咱们蜀山的文化确实了不起!"喜旺激动得语无伦次,"李先生,我晓得咋做了,我有信心了!"

李秉望着这个满脸红晕的年轻人,微笑着点点头。

维护队走到吃喝耍农家乐旁。

一听到工地上打桩机单调而尖锐的撞击声，觉英就走不动了。他的身体一阵接一阵哆嗦，就像在配合打桩机敲击一样，非常有节奏。

伍老大在后面推他："楚队长，赶紧走啊。"

觉英反而把短棒夹在腋下，往旁边的一块大石头上一蹲："要不你们先去，我一会儿来……"

"你是队长，你不带头，我们咋去？"

"是啊，楚队长，你得承这个头啊。"

"你们先去，我一会儿来……你们先去处理，处理不好了，我再来处理。如果我和你们一起去，处理不好，就没有回旋的余地了。"

觉英越说，越觉得自己说得好有道理。

"我看你就是怕严庄！"伍老大哼了一声，"你这种人，不配当队长！"

"啥？我这队长是唐书记封的，你想夺权？"觉英傲慢地说，"你想夺权，你也得问问唐书记同不同意！"

"既然是唐书记封的，那你就带头，别当软蛋！"伍老大毫不示弱。

觉英被逼得无路可走了。但他又不敢真往前走，于是爬到大石头上，伸长脖子往工地上张望。

隔得太远，工地外又有护栏，就算觉英爬到大石头上，也是啥都看不见。但是打桩机的声音，却一下一下尖锐而沉闷地传来，震得地皮都在抖动。觉英在大石头上，有些站不稳了。

也不能老这么望下去，最终还是得做出一个决定……

觉英正卜不了台，忽然，他看见马月英往这边走来。马月英背个背篼，提个撮箕，埋着头，走得很急。

觉英有事干了，大声喊："月英，你要去哪儿？"

说着，从大石头上跳下来，朝马月英猛追过去。

马月英跑了两步，见觉英追得急，转身冲他喝道："觉英娃儿，你追我干啥？大家都在修房子，为啥我不能修？"

觉英才晓得马月英是去修房子，一时大为兴奋，忙把脑壳凑过去，做出为难的样子:"哎呀,月英啊,你说你跟我这关系,照理,我应该放你一马。可是呢,乡上有规矩,让我们严格执法,哪个也不放过……"

"啥叫哪个也不放过?"马月英指着觉英的鼻子骂道,"你觉英娃儿也只敢在我们这样的人面前横,有本事,你去把严庄的工地叫停!你只要敢去叫停严庄,我就不修。没这本事,就别在老娘面前叽叽歪歪!"

觉英本来是想说,如果她马月英想修的话,他可以帮她兜着。这样可以卖个人情给她。反正叫停又修,修着又叫停的也不在少数,只要在唐书记面前糊弄一下就可以了。没想到还没说到这件事上,马月英就叫起来,而且一下说到严庄那里去了,让他连个卖人情的机会也没有。

那些维护队员,都冲觉英笑,意味深长地说:"楚队长,人家月英嫂子说得对呢,你可以在我们面前下软蛋,不能在月英嫂子面前下软蛋啊……"

"哼哼,他一向就是下软蛋的人,难怪被人家看不起……"偏偏伍老大又补了一句。

"胡说,哪个下软蛋!"觉英被逼上梁山了,只好把胆子壮起来,"今天我就去动严主任,让他规规矩矩把工停了!"

伍老大高兴极了,手一挥:"兄弟们走起,跟楚队长去收拾严庄。"

觉英走着走着,又回过头来,催促队员们。其实,催促队员是假,主要目的,还是想看看马月英是不是在欣赏他雄赳赳气昂昂,带着一队人马的英雄气概。不过让他失望的是,马月英早就埋头走出很远了——这实在是有些美中不足。

觉英等人走进严庄修房子的工地时,起先并没有人注意到他们。毕竟严庄工地上的人很多,每天来来去去走进工地参观的人也不少。所以没人在意他们。尽管他们扛着红旗,扎着腰带,提着短棍,装束不凡。

觉英受到冷遇,心里不痛快。大家都拿眼睛瞧他,等待他下一步的行动。觉英把棒子一挥,走到那辆打桩机旁边,用棍子指着开打桩机的师傅,大声吆喝:"把机器关了,赶紧关了!听到没?不准再修了!"

开打桩机的师傅把脑壳从驾驶室里伸出来,大声问:"你说啥?听不见,声音太大了。"

"让你把机器关了,关了,不准再修了!"

开打桩机的师傅依然只是侧着耳朵问:"你说啥?机器弯了?你懂啥子,都是直来直去打的,咋会弯!"

维护队员们哄堂大笑。觉英火气上来了,跳过去,猴子一样往打桩机上爬。这一下,打桩机师傅不得不把机器停下来了。

正在工地上巡逻的喜庆发现了异样,指着这边大声嚷:"你们是干啥的?干啥的?进了工地,为啥不戴安全帽?你们这些土包子,没出过门,根本不晓得安全帽有多重要!我亲眼看见过,一块钢板从上面掉下来,下面那人没戴安全帽,脑壳被削掉一半……"

觉英从机器上跳下来,迎着喜庆走过去,挑衅地笑:"喜庆娃儿,神气了哇?不错,你见过世面。你见过世面,咋又回来给人家当看门狗?"

那些维护队员,成扇面围过来,棒子在手心一敲一敲。喜庆心里有些发毛:"你们,你们想干啥?"

"你们把工停了。"觉英斜着眼睛说。

"停了?那,那我去问问严主任,严主任说停就停……我,我只是帮忙的,我说了不算……"喜庆脚有些抖,一边说,一边往后退。

觉英一步跳到喜庆面前,挡住他的去路:"你怕了么?喜庆娃儿,你吆五喝六的样子,不是很神气吗?为啥又害怕了?原来你真是一只看门狗啊……"

喜庆更加害怕。他本来想求饶,但又觉得求饶实在没出息,于是把心一横,反唇相讥:"觉英娃儿,你说我是看门狗,哼,有人想当看门狗,人家严主任还不要呢……"

喜庆这话,戳到了觉英的痛处。觉英恼羞成怒,冲周围的维护队员大声吆喝:"你们还愣着干啥?打这条狗!给我打!"

维护队员正要动手,后面传来一个冷冷的声音:"觉英娃儿,你想打哪个?"

不晓得啥时候,严庄已经站在旁边,双手抱在胸前。他的眼睛看着其他地方,根本没看觉英。

"他想打我。严主任,觉英娃儿想让我们停工呢。"见严庄来了,喜庆立刻变得神气活现起来。

觉英看见严庄过来，一下慌了神："严，严主任，我们是维护队，乡上的维护队，是唐书记要求的。唐书记说了，不准抢搭乱建……"

"维护队？哦，好神气啊！觉英娃儿，你如今出息了，是乡干部了。了不起，了不起！"严庄干干地拍了两下掌。

"不，不是的，我们不算，我们只是暂时的、暂时的……"

"我看也不算。"严庄鼻孔哼一声，"别看你们这几天人五人六的样子，过了这两天，还不是又回到村里，该在哪儿蜷，还在哪儿蜷。"

觉英脸上红一阵白一阵，不敢再说话。

"楚队长，你还有没有啥指教？有就说，没有，请你们赶紧离开我的工地，别耽误了我的工期。"

觉英真的转身就要走。伍老大扯住觉英，悄悄地说："楚队长，不能就这么算了吧？"

觉英看见维护队员都拿眼睛盯着他，不好再走了，忙又说："严主任，唐书记要求不准抢搭乱建呢。请你们，请你们暂时不要建房吧……"

"哪个唐书记？"

严庄竟然明知故问，显然他没把唐书记放在眼里。不过，觉英还只能老老实实地回答："就是乡上的唐书记嘛……"

"你说的是唐朗？呵呵，你让他来找我。"

好大的口气！但是这话觉英不敢说，觉英还只能耐心解释："唐书记很忙的，他让我们来代他维护……"

"他忙，我就不忙？"严庄厌烦地挥挥手，赶苍蝇一样，"走走走，你们快点给我走！"

"听到没？严主任命令你们快点走。好狗不挡道，你们没长耳朵？"

伍老大忽然冲上前，毫不迟疑，当胸一拳，把喜庆打倒在地，嘴里高叫："我们在执法，我们代表乡上执法，喜庆娃儿你敢撵我们走？你撵我们走，你就是抗拒执法！"

喜庆被打倒在地，慌张地说："严主任，喜庆打我，喜庆竟然打我！"

但严庄并没有开腔，只是瞪了喜庆一眼，这时他的电话铃声响了起来。严庄赶紧拿出手机,走到一边接电话。

喜庆愣了一下,随即爬起来,扯开嗓子大喊:"来人啊,乡政府打人了!乡政府打人了!"

一瞬间,穿着制服的保安就噼噼啪啪跑过来,把维护队员们团团围住。喜庆得意地挥手,大声吆喝:"乡政府上门欺负人呢,你们说咋办?"

保安队员们一脸发懵,这个喜庆娃儿,还是队长呢,竟问我们咋办?你是队长你不晓得咋办?

却是伍老大先受不了了,挥着短棒,朝保安打去。这下保安不用喜庆命令了,纷纷上前,扭胳膊扯衣领,很快就把伍老大扯住,让他动弹不得。

喜庆这下晓得咋办了。毕竟看过不少香港电影,里面那些当老大的如何操作,他还是明白的。因此他大手一挥,恶狠狠地说:"揍!给我往死里揍!"

保安们与伍老大并没有深仇大恨,但这时候打个冷拳,占点便宜,也是一件愉快的事,所以,都把拳挥了起来,就听得一片噼噼啪啪的声音,血就喷出来了。

维护队员们吓住了,把棒子一丢,一阵风似的往外跑,很快就跑出一片铺天盖地的烟尘。

觉英也慢慢往外移动。喜庆发现了,手一指,叫道:"这人是叛徒,别让他跑了!"

两个一直没有机会打拳的保安来劲了,冲上前,猛扯觉英,把他的手反扭到背上,用劲压他脑壳,让他做出一副低头认罪的模样。

喜庆在觉英的猪鬃毛上轻轻扯一下,调戏道:"觉英娃儿,你要记住,一个人是不能忘本的。你本来是严主任的人,竟敢背叛严主任,带一帮泼皮流氓来拆严主任的台。哼哼,今天要是不让你长点记性,你都不晓得你是啥东西。"随即又大喊道:"揍,往死里揍!"

那两个保安双手扭住觉英,自然没多余的手"揍",更不可能"往死里揍",就抬头望喜庆。

喜庆没法,只得亲自动手。他也是看香港电影看得很入戏,上手就给觉英两耳光,又当胸两拳。觉英本来想骂两句,但痛得太厉害,顾着叫唤,就空不出嘴来骂了。

严庄已经打完电话走过来,看到场上的情形,生气地说:"你们这是在干吗?人家贾队长和伍副队长现在是乡干部,你们咋敢抓他们?放了,赶紧放了。"

喜庆讨好地说:"严主任,觉英娃儿背叛了你,我们正在帮他长记性呢。"

严庄严肃地说:"现在是新社会,又不是旧社会,哪有背叛这种说法?放了放了。人家是乡干部,赶紧放了。"

喜庆虽然有些舍不得,但还是挥了挥手。保安队员松开手,觉英、伍老大爬起来。觉英虽然走得一瘸一拐的,但还是努力把腰挺得很直。乡干部嘛,哪能弓着腰走路。

第二十一章　打砸乡政府

喜旺往山上爬去，爬了很长一段路，终于看见了黄昌婆那个棚子。

黄昌婆的地里，扦插着一些桑树枝。这些桑树枝，有的发了芽，有的死了。又不完全是桑枝，还有一些是野桑枝。

喜旺悄悄叹口气。方圆百里内，几乎没有一个栽桑养蚕的。黄昌婆能找到几株桑树枝条，着实不易。

原本，如果蜀山不垮，黄昌婆的桑树还是不缺的。从包产到户开始，她就一直养蚕。那时候，村里养蚕的很多。后来，蚕茧没什么人收了，村里人便陆陆续续都不养蚕了，地里的桑树，也被砍光，连树兜一并挖起来，当了柴火。

不过黄昌婆一直没停止养蚕。桑树在她的地里，始终是郁郁葱葱的。

可惜一场垮山，长了几十年的桑树，也全部消失了……

棚子里一点声音也没有。

喜旺轻轻揭开挂在棚子前面的一片脏兮兮的塑料布，发现原来黄昌婆站在棚子里，面对几张竹笆，一直端端地站着。好长一段时间，一直都这样。

喜旺悄悄绕过去，走到竹笆后面。他看见，黄昌婆的两个眼球，几乎全凸在外面了。

喜旺晓得，这是黄昌婆在给蚕儿治病。就像喜旺小时候，黄昌婆给他治病那样。

要是以前，喜旺一定会迅速把目光挪开。但自从李秉给他讲了图腾文化后，他一下就对黄昌婆的这种"瞪眼术"产生了浓厚的兴趣。这一次，他不但不避开，反而主动走到黄昌婆前面，把目光和她对接上。

小时候，喜旺总能在黄昌婆的黑眼球里看到一些东西。而且到了最后，他一定能看见自己。可是现在，他和黄昌婆对视了半天，黄昌婆的眼中却空无一物。那两个收得很小的黑眼球，就像是把白眼球烧出的两个小洞一样，里面满是白灰。

怎么会这样？是黄昌婆的瞪眼术失灵了，还是自己不能在黄昌婆的黑眼球中看到自己了？

喜旺冲黄昌婆大喊："三奶奶，你看见我了吗？我是喜旺，你在干啥？"

黄昌婆浑身一震，"噌"的一下，那鼓凸出来的眼球，顿时缩了回去。

缩回去后，黄昌婆见是喜旺，赶紧跪在地上："喜旺菩萨，请原谅我的不敬。我不是故意要冒犯你,真不是故意的……"

喜旺把黄昌婆拉起来,尴尬地说:"三奶奶,我不是故意挡住你给蚕治病呢。我是有些不舒服,想起小时候你给我治病的事情,想让你再给我治一治呢。"

黄昌婆脸上掠过一丝羞涩的笑:"喜旺菩萨,你可别取笑我。你现在是菩萨了,法力高强,我还要靠你给我治病呢……"

喜旺道:"三奶奶,你别说我是菩萨,我真不是啥菩萨。你懂得的比我多多了。你这瞪眼治病的方法,就很了不起,我可不会呢。"

黄昌婆眼睛亮了亮,又有点忧伤:"唉,这门手艺,还是我奶奶传给我的,可惜我没学好……"

"你奶奶?你说的是'金梭子'吧?"

"我奶奶,大家是叫她'金梭子'!"黄昌婆骄傲地说。

"你奶奶那时候也用这种办法给娃儿治病?"

"我奶奶才不给娃儿治病呢,她是'金梭子',又不是医生,咋会给娃儿治病?她只给蚕儿治病。"黄昌婆惭愧地摇摇头,"我呢,也是因为没有蚕儿可治,一时心痒,才给你们这些娃儿治病的。我奶奶要是晓得我不务正业,还不晓得要咋骂我……"

喜旺道:"三奶奶,你奶奶用瞪眼术,真的能把蚕儿的病治好?"

"当然能治好!"黄昌婆得意地说,"我小时候,亲眼看见过她给蚕儿治病的。我告诉你,不管蚕儿得的是啥病,有多重,我奶奶只要把眼睛一瞪,过不了一会儿,蚕儿就又活蹦乱跳的了!"

黄昌婆随即又神色黯淡地说:"唉,我实在是给我奶奶丢脸,她的这门手艺,我没学好……我试了好多次,都救不了我的蚕儿……"

喜旺安慰道:"三奶奶,你别气馁,以后多练练就熟练了。"

黄昌婆摇摇头:"以后更没有机会了,现在收蚕的越来越少了,连街上的鲍娃儿都说,别给他送去了,他不收了……"

喜旺问:"三奶奶,你会用蚕丝织锦吗?"

"小时候我跟着我奶奶学过。"

"你既然会织锦,为啥不自己缫丝织锦呢?"

"是啊是啊,我为啥不自己缫丝织锦?"黄昌婆更加气馁,"我没工具啊……我就是有工具,也没人帮我做啊……就是有人帮我做,织出来的锦也卖不出去啊……唉,我就是一个没用的老太婆,连气都喘不过来,还能干啥……"

"三奶奶,别担心,咱们蜀山不是要搞旅游吗?只要旅游搞起来了,外地到咱们这儿来玩的人多了,你织的锦就有人买了。只要能卖钱,大家看得见效益,愿意加入养蚕织锦的人,就多起来了。"

"咱们织的锦真能卖钱?"黄昌婆并不相信,"以前我就给喜欢婆娘说过。我说,咱们养蚕织锦吧。喜欢婆娘说,省城里织的锦都没人买,哪个跑到山上来买这种土货?"

"三奶奶,你这确实是土货,可它是不一般的土货。"喜旺热情地说,"你这织锦技术,可是'金梭子'传下来的。这个'金梭子',可是得到过老佛爷赏赐的黄马褂的,这能一般吗?还有,你养蚕从来不使用农药,而是用瞪眼术治蚕的病,这能一般吗?还有,你这瞪眼术,不仅仅是你奶奶传下来的,还是五千年前蚕丛王传下来的……"

"你说这门技术是蚕丛王菩萨传下来的?五千年?有那么久?"黄昌婆眼睛睁得大大的,"是了,蚕丛王菩萨都已经降临到你的身上,你说是的,就是的。"

喜旺抓住黄昌婆的手,紧紧捧住:"三奶奶,李先生告诉过我,这就是文化。也就是说,你不是一般的养蚕织锦,你的养蚕织锦里面,是有文化的。有文化,你就一定能赚钱!三奶奶,你继续练习用瞪眼术给你的蚕儿治病吧。将来旅游搞起来了,你养蚕织锦这个事,就可以做起来了。"

"喜旺菩萨,我不懂啥叫'文化',我老婆子也没文化。但你说的,肯定没错,我听你的!"

黄昌婆抬起衣袖擦眼睛,她激动得像个小姑娘。而且她嗓子里的那种鸡鸣声,这时似乎也小了很多。

唐朗刚合上眼,就被一阵巨大的吵闹声惊醒。

唐朗起初以为是天要亮了，鸟儿在吵。

山上的鸟，都是在天亮前就开始吵起来的。唐朗刚上山的那会儿，一点儿也不适应。都说鸟叫是天籁之音，可这天籁之音却让唐朗很难受。

唐朗正考虑是不是找个石头啥的，往窗外黑黢黢的树上丢去。可很快他就发觉不对。那不是鸟声，是人在吵。

唐朗开灯一看，才一点多，还是深夜呢。

唐朗赶紧把被子往外一踢，一翻身跳起，披上衣服往外冲。刚拉开门，钟成正好也冲进来。钟成的吨位太大，撞得唐朗噔噔噔往后退了好几步。

钟成有些不好意思，连连道歉，伸手拉唐朗。

"外面有啥事？"唐朗推开钟成的手，自己一骨碌翻起来。

"外面很多人在围攻乡政府呢……"

"围攻乡政府？为啥围攻啊？"

"说是觉英和伍老大打人，去吃喝耍打人……"

"他们去吃喝耍了？"唐朗吓了一跳。

"他们去吃喝耍了。"钟成点点头，"他们拿着棍棒一阵乱打，打伤了很多人。这些人不服，就来围攻乡政府了。刚才我看见，外面白茫茫一片。还以为是哪家死了人，都包着孝帕呢。后来才搞清楚，他们包的不是孝帕，是绷带，说都是被维护队打伤的……"

"天还这么黑，你看得见白茫茫一片？"

"我拿电筒照的。"钟成瞧着自己空空如也的手，"太吓人了，半夜三更的，脑壳上都包着白布，像鬼一样，我吓得把电筒都丢了。"

唐朗倒没在意钟成的手是不是空空如也，急忙问："觉英和伍老大为啥要打人？"

"不晓得哇，我也是听到外面的人在说。"

唐朗掏出电话，给觉英打。打了好一阵，觉英才接电话，声音含糊懒散："喂，哪个？人家都睡了呢……"

"我是唐朗！"唐朗没好气地吼，"觉英娃儿，我问你，你们维护队是不是去吃喝耍打了人？"

"我们打他们？哎呀呀，唐书记呢，我们哪里打得赢他们……"

钟成在一旁说："唐书记，外面的那些人，明显是贼喊捉贼。要不，我把派出所警察喊来，把他们通通抓起来！"

"别轻举妄动，这样做，会把事情闹大的。"

觉英不晓得唐朗在跟钟成说，还以为是跟自己说，赶紧保证："唐书记，你把心都妥妥地放回肚子里去，不会的，我绝对不会轻举妄动。"

随即，唐朗就听见觉英惊恐地喊："你们是哪个？半夜三更，你们要干啥子？"

"我们是哪个？"唐朗觉得觉英的话好奇怪，"我是唐朗，觉英你咋了？疯了？"

觉英又尖叫："你们是鬼么？脑壳上为啥都绑着绷带？"

钟成把脑壳伸过来，一听就叫起来："糟了，觉英娃儿真的疯了，他都说见鬼了……"

接着觉英变了声："你们别打，别打啊……我没打过你们，真的没打过啊……"

随即电话就挂断了。

唐朗拿着电话发愣。钟成说："觉英娃儿很可能被那些缠绷带的人给打了……唐书记，现在咋办？"

唐朗抬脚就往外走。不过他刚打开门，一个巨大的爆裂声就在耳边响起。紧接着，铺天盖地的玻璃碎渣，暴雨一样从天而降。

钟成赶紧把唐朗拉回来，关上门："唐书记，这些人太猖狂了！打觉英娃儿不说，还砸乡政府的窗玻璃！唐书记，赶紧喊警察吧！"

唐朗在脸上抹一把，就是一手血。原来，碎玻璃渣已经把他的脸划破了。唐朗火气上来了，顺嘴答："去喊！"

钟成一转身，就往外冲去。

他刚一开门，平和就从外面冲进来。饶是钟成的吨位大，毕竟他没注意，竟被平和撞倒在地。不待平和伸手拉，他一个倒栽葱翻过来，又往外冲。

钟成一冲出去，唐朗就冷静下来了，冲钟成喊："老钟，等一等，不忙喊警察。这时候警察来，恐怕会适得其反……"

只看见钟成打着电筒渐行渐远，丝毫没停顿，似乎根本就没听到唐朗反复喊他回来的声音。

平和愁眉苦脸地说："唐书记，不好了，贾乡长被抓了……"

"贾乡长被抓了？他是不是去劝说那些人别闹事，被他们抓？"

"不是，贾乡长因为喝了酒，尿胀了，迷迷糊糊起来解手，就被那些人抓起来了。我出来的时候，还听到贾乡长在向那些人解释，他是出来解手的，等他把那泡尿撒了再说。可是那些人就是不听，尿都不让他撒，扭着他的手就把他推走了。"

"他们把贾乡长抓到哪里去了？"

"不晓得哇，只看见一大片绑满绷带的脑壳。贾乡长一下就没入那一片白晃晃的脑壳中，看不见了。"

又一阵玻璃渣子掉在地上的沙沙声。

唐朗眉毛拧成个大疙瘩："这是些啥子人？他们究竟想干啥？"

"不晓得哇。所有的人，脑壳都被纱布绑得严严实实的，只露出一张嘴、一个鼻子、两个眼睛。他们说这些都是被维护队打了的。其实就算真的被维护队打了，也用不着包得这么夸张嘛。而且维护队就算打，也不可能打这么多人啊……我看啊，他们明显就是故意不想让人认出他们是哪个。"

唐朗拿起手机，在手机上按出杨书记的号码。但他又退出来，把手机重新揣进裤袋里。唐朗在屋子里转了两圈，拉开门，又往外走。

平和拦住他："唐书记，你不怕被打？"

"可是我们也不能躲在屋里不出去呀！他们围攻乡政府，究竟想干啥，总得有个说法嘛。"

唐朗冲出去，把一个电筒捏在手里，照在自己脸上，对着一片漆黑大声喊："乡亲们，你们看见了么？我是本乡党委书记唐朗。你们不要再扔石头了，有话好好说。有啥诉求，都给我讲。我能帮你们解决的，一定帮你们解决！"

门外安静了一小会儿，随即爆出一片哄笑声："唐书记，你把手举在头顶上，是在向我们投降么？"

唐朗这才发现他的姿势不太对，赶紧把手放下，从下面往上照自己脸，还开玩笑："咱们在打仗么？为啥要向你们投降？"

人群中有人不想开玩笑,把气氛往怒气冲冲上面拉:"不是打仗是啥?你们乡政府的维护队,打得我们满脸是血,太霸道了。你们必须给我们一个交代!"

唐朗晓得解释没用,忙软语说:"乡亲们,要不你们先回去睡觉,半夜三更的,你们不困么?等我们先把情况搞清楚。真发生了维护队打人的事,我们乡政府绝不姑息。"

"我们才不回去呢,你们必须马上解决!"

"你们想把我们先支开,休想!你们不解决,我们绝不走!"

唐朗压住怒火:"你们说解决,想咋解决嘛?"

"把打人凶手觉英和伍老大交出来,交给我们处理。然后再解散那个啥子维护队,以后都不准干涉我们修房子!"

你们不是抓了觉英吗?唐朗满心疑惑。不过,他也没时间去细想,继续柔声说:"如果你们想要我们答应你们的条件,你们就先把贾乡长放了吧。"

"为啥要放贾乡长?我们不放。"

"你们不放,我就没法答应你们。"

"为啥不放你就没法答应?"

"你们这是不懂。我告诉你们吧,我们是集体领导,不是我唐朗一个人说了算。你们不把贾乡长放回来,我们就没办法研究。没办法研究,就没办法答应你们的条件。"

唐朗绕了个圈子,把那些人绕进去了。只听得他们一片议论声响起:

"是这个道理啊,要不,咱们把贾乡长放了吧?"

"放了,咱们手里就没人质了,他们要反悔了咋办?"

"但不放,他们就没法开会。没法开会,就解散不了维护队啊。"

"哪个说需要开会?不都是头儿说了算吗?唐书记是头儿,他咋会说了不算?"

"也有这种可能嘛,你家里就不是你说了算,是你婆娘说了算。"

"你家里才是你婆娘说了算!"

唐朗见那些人议论的话题跑偏了,赶紧帮他们刹车:"说正事说正事,讨论清楚没有?究竟放不放贾乡长?"

"我们还是不敢放,我们不放心。"

"有啥不放心的?你们放了贾乡长,整个乡政府不还是被你们包围着?你们想砸哪扇窗，还不是就砸哪扇窗？你们想砸哪个，还不是就砸哪个？"

唐朗条理清楚，那些人一听，觉得确实是这个道理。于是，贾有伦从人群中被推了出来。

贾有伦刚被那些人放开身，爬起来就跑。人群中有人笑道："贾乡长你跑啥？怕我们再抓你？我们已经答应放了你，就不会抓了嘛，你咋还怕成那个样子？"

"我不是怕，我是尿要漏在裤裆里了……"

众人一阵哄笑。唐朗也笑："乡亲们，你们最好先回去。你们要是不放心，就在外面等着。等贾乡长把尿撒了，我们就开会。你们放心，我们很快会给你们答复的。只是你们先放下石头，不要再扔了，砸坏了东西，是要赔的。"

"好，我们等着。"

"我们不怕你们跑，跑得了和尚，跑不了庙……"

却在这时，远处传来一片噼噼啪啪的脚步声。就有电筒光往那边照，就看见原来是一队警察往这边跑来。本来已经安静的人群，一下炸开了锅。

"不好，我们上当了，他们把警察喊来了！"

"把警察喊来了？遭了，原来他们开会是假，目的是拖延时间，让警察来抓我们！"

就有人愤怒地叫起来："警察来了又咋样？砸！咱们砸！"

石头又从耳边呼呼飞过。砸在玻璃上的，一片玻璃渣子掉下来；砸在墙上的，一片灰土掉下来。整个乡政府战火纷飞，硝烟弥漫。

平和拉着唐朗和往屋里走。唐朗不走，往外冲，大声吆喝钟成："老钟，赶紧把人撤了，赶紧撤了！"又冲扔石头的人喊："你们冷静一点，警察不是来抓你们的。我马上喊他们回去，不会伤害你们。你们不要扔石头，现在是法治社会，砸坏了东西，是要赔的。想想你自个儿的家，有好多钱拿出来赔？"

尽管唐朗撕破嗓子地喊，但是警笛声、谩骂声、脚步声、玻璃碎裂声、尖叫声，响成一片。唐朗的声音，淹没在这一片声音的泥潭中了。

唐朗为了让他的声音冲破泥潭，能够清晰地到达那些人耳朵里，大步往前走去，完全忘了耳边呼呼飞落的石块和玻璃碎渣。就是石块和玻璃碎渣砸在他头上、脸上，他似乎也不觉得痛。

但是，唐朗毕竟是一具肉身，一具肉身怎么能抵挡得住石块和玻璃碎渣这种硬物的轮番冲击呢。很快，唐朗就倒在地上，人事不省了。

唐朗醒来的时候，发现众人正七手八脚把他往一辆小车上抬。他摸了下脑壳，脑壳上绑着一根大绷带。他看见众人面色凝重的样子，开玩笑："咋了？我咋突然变成砸乡政府的村民了？"

众人一下就笑起来。这一笑，气氛就轻松了。

唐朗发现身边还站着医生，高举个输液瓶。唐朗急了，一把拔掉针头，翻身坐起来："这也太夸张了吧？用得着输液么？"

医生赶紧捏住冒血的插针口："唐书记，你受的伤可不是一处两处，不赶紧消炎，要感染的。"

唐朗冒火："你们还站在这里干啥，赶紧出去劝走那些村民啊，要这么砸下去，咋得了！"

"用不着了，他们看见把你砸倒了，以为砸死你了，吓得都跑了。"平和苦笑。

唐朗松了口气，又开玩笑："早晓得砸晕我，村民们就可以撤退，你们就先给我一板砖了。"

这一次众人没笑，大家都苦着脸。

唐朗劝慰大家："算了算了，窗玻璃砸毁了，咱们找工人来重新安上就可以了，也没多大损失。这事咱们得保密，千万别让杨书记晓得了……"

"杨书记已经晓得了……"平和小声说。

唐朗大惊："杨书记咋晓得的？"

"我上报了……"钟成说。

唐朗大怒："老钟，你胆子不小啊，这么重大的事情，你竟敢擅作主张上报？"

平和道："老钟也真是，我当时就给你讲了，最好等唐书记醒了再说，可你非要上报不可。"

"这种违法犯罪行为，我职责所在，咋不上报？再说了，唐书记都被砸晕了，他们多可恶，我伤心呢，我愤怒呢，我咋不上报？"钟成义愤填膺。

唐朗怔了一下，叹口气："算了，上报了就上报了。老钟，你现在赶紧把你的警察带回去吧。"

"遵命！"钟成高兴地敬个礼，带着警察走了。

唐朗又对平和说："既然已经向杨书记汇报了，杨书记不了解真实情况，肯定很担心。我得连夜进城去，亲自向杨书记汇报一下。老平，我想让你开车送我，可又没人留下来收拾残局，咋办呢？"

"有我呢。"贾有伦摇摇摆摆地走过来，边走边摸肚子，"哎呀，这泡尿真把我胀惨了，胀惨了，现在舒服多了……"

唐朗顶了一句："老贾，你一泡尿撒了这么长时间？"

"是啊，你就可以想到，我这泡尿有多胀！"贾有伦振振有词。

平和一边开车，一边絮絮叨叨地埋怨唐朗："唐书记啊，你也真是。那些人拼命扔石块，多危险啊，你不往后退，为啥反而朝前走？你看你被砸成这样！还是你运气好，要是砸在要害部位，就危险了。"

"我得跟他们解释呢。"

"都是一群疯子，你解释有啥用？当时你就应该赶紧躲进屋，等那些人疯狂劲过了，自然就散了。"

"老平，你说的未尝没有道理。但杨书记送我上山来的时候，说过一句话。他说，咱们有啥办法让老百姓相信咱们？只有两个字：诚实。咱们只有诚实地说话，真诚地对待老百姓，才能让他们相信咱们，支持咱们的工作啊。"

两人进了城里，天还没亮。平和说："唐书记，要不你先回家里躺一会儿，等天亮了再去找杨书记。你也是好久没回去过，不如趁这个时机，回家看看嫂子。"

唐朗苦笑一下："老平，你看我这个样子，能回去吗？"

平和看看唐朗满脑壳的绷带，叹口气："唉，咱们就在车上睡会儿吧。"

平和说着，把座椅后背放下来，抱着手睡觉。

唐朗也把座椅后背放下来，抱着手睡觉。不过，他咋也睡不着，一时满脑子都是他的老婆娃儿。他们现在应该要起床了吧？小楚上初中，要赶去学校上早自习，一般都起得比较早。楚秀要给他做早餐，起得更早。

"小楚。"唐朗在心里轻轻地念着这个名字，心里一阵甜蜜，忍不住会心一笑。在没儿子的时候，唐朗都是喊楚秀为"小楚"。有了儿子后，儿子占去了"小楚"的名字，他称呼老婆，只能叫"老楚"了。

楚秀年纪轻轻就被称作"老楚"，想想这事，实在太残忍了。但事实上，这话并没有叫错。这些年来，楚秀一个人操持家务带娃儿，还要上班，累得实在够呛，面容也憔悴了不少，确实已经是"老楚"了。

这一刻，他是如此思念老婆娃儿。但回到城里，却不敢回去看看他们。唐朗心里一阵酸楚。

胡思乱想一阵，渐渐地天就亮了。唐朗看见平和发着均匀的鼾声，不忍吵醒他，一个人悄悄溜下车，往县政府大门走去。

他晓得，自己这个样子，必须赶紧进门。要是上班的人多了，大家都围着他看，得有多尴尬。

不过，唐朗刚到县政府大门口，穿着"特勤"制服的保安，立刻跑过来，把他拦住，皱眉问他："你要进去找哪个？"

唐朗老实地说："找杨书记。"

"被人打了去医院，讨药钱找打你的人。杨书记又不是医生，又没打过你，你找他有啥用？"

唐朗有点好笑，忙解释："兄弟，你误会了，我可不是上访的民工，我是蜀山乡的党委书记唐朗。我进去，是给杨书记汇报工作的。"

保安狐疑的目光把唐朗上下轰炸一通，嘴角扯起一丝冷笑："乡书记？你要是乡书记我就是县书记！"

不由分说，保安就赶鸭子般把唐朗往一边推。

唐朗挣扎着，但他精瘦的身子，哪里拧得过身材魁伟的保安的粗胳膊，三两下，他就被扫到边上了。

吵闹声把平和惊醒了，他赶紧冲下车跑过来。唐朗像看到救星一样，理直气壮说："好了好了，他可以证明，证明我是蜀山乡党委书记。"

平和点点头："对，唐书记确实是咱们蜀山乡党委书记！"

"你又是哪个？"

"我是蜀山乡党委副书记平和。"

"你这个乡副书记，又由哪个来证明？不会又由那个乡书记来证明吧？"保安怪笑。

"唐书记确实可以证明。"说完，平和才发现保安的话有陷阱，忙辩解，"这需要啥证明？我在蜀山干了几十年，这还有假？"

保安才懒得和这两个人说呢，一手拽唐朗，一手拽平和，又往外推。

平和比唐朗强壮点，但在保安强悍的推拽下，他也依然只能是"垃圾"一堆。

保安哼了一声，得意洋洋："晓得不，这里是县政府，想到这里来闹事，想多了！"

"哪个想到这里来闹事？"门口传来一个声音。

保安一看，原来是杨书记，赶紧小跑过去，点头哈腰，悄声说："杨书记，就这两个民工，他们想找您闹事呢！好在我及时发现，把他们轰到一边去了……"

杨书记不看保安，冲平和大声喊："平和，你和哪个在一起？"

"是我，杨书记，我是唐朗！"唐朗跑过来。

杨书记把唐朗上上下下扫了一通，哈哈笑道："唐朗，不怪这个保安兄弟把你拒之门外，你这副样子，确实让人生疑啊。"

保安见杨书记表扬他，立刻双脚并拢，更直地站在门口，更警惕地看着县政府门口来来去去的人。

走进大门后，杨书记关切地问："你要不要紧？需不需要去医院？"

"不要紧不要紧，"唐朗忙回答，"有些皮外伤，蜀山乡的医生已经给我包扎过了。只不过，乡卫生院医生技术差，又太夸张了，搞得我像刚从战场上下来样。"

唐朗的俏皮话，并没有让唐书记发笑，他轻声问道："群众都散了吧？"

"散了散了，昨晚他们看见我被砸晕后，都吓得溜掉了。唉，要是晓得我被砸晕，他们就会解散，我就早点让他们砸了。"

这句俏皮话，依然没让杨书记发笑。杨书记低着头，大步往前走，似乎在沉思啥。

唐朗心里有些忐忑，没话找话问："杨书记，你这么早就来上班啊？"

"事多……"

杨书记显得相当疲惫。唐朗心里充满愧疚。

两人走进杨书记的办公室，杨书记指指沙发："你先坐一会儿，我把这些文件清理了再说。"

杨书记的办公桌上，一如既往地堆着小山一样的文件。他一份一份地拿下来，看了，签批了，愚公移山，让一座文件山渐渐矮下去，又让另一座文件山渐渐高起来。

差不多一个小时过去了，杨书记还没有和唐朗说话的意思。唐朗恨不得一把抱起一边的文件山，全放到另一边。当年学《愚公移山》那篇课文的时候，唐朗就觉得自己很不耐烦。这会儿在唐书记的办公室里，他再一次受到煎熬。最后他实在忍不住了，说道："杨书记，看您那么忙，我真不忍心打扰您。但是，我觉得我必须尽快把蜀山的情况向您汇报。您放心，蜀山的问题是有办法解决的……"

杨书记依然埋头看文件，不过他轻轻点了点头："好，你说吧。"

唐朗把晚上发生的事情简单讲了下，接着便把重点放在解决办法上。他说："杨书记，蜀山老百姓之所以爱闹事，是因为有人在背后指使。这个指使的人，就是复兴村村主任严庄。这个严庄啊，别人可能拿他没法，有个人，他一定拿严庄有办法。"

杨书记随口问道："哪个？拿严庄有办法的人是哪个？"

"陶高，公安局的陶高陶局长。"

杨书记顺手拿起桌上的话机，给县委办的梁主任打了个电话，让他通知陶高到他办公室来一下。

唐朗见自己一说陶高，杨书记就立刻通知他来，如此雷厉风行，让唐朗又兴奋又佩服。

很快，陶高就来到杨书记的办公室。看到脑壳绑得像个粽子的唐朗，陶高旁若无人地大笑起来："唐书记，你这是刚从伊拉克战场回来的么？"

唐朗怕惊扰了杨书记，小声地答："我是从蜀山下来的。"

陶高一屁股坐在沙发上，两脚一伸，夸张地开玩笑："是了是了，唐书记不是'蜀山剑侠'吗？看来，咱们唐书记啊，是在'峨眉斗剑'中，一招不慎受伤了……"

唐朗一本正经地纠正："不是'峨眉斗剑'，是'蜀山斗剑'。"

"唐书记，你这是第几次'蜀山斗剑'了？你这一生赢过没有？"

唐朗面不改色："将来肯定会赢的。"

杨书记抬起头，把笔往桌上一放，哈哈一笑："陶局长，'蜀山斗剑'可不能让唐朗当独行侠，你也得参与进去。"

"我？"陶高不明白杨书记的意思，"我剑法不行……"

"别谦虚了，你是大侠！"杨书记拉了把椅子坐在两人面前，"人家唐书记刚才向我郑重推荐了你。唐书记说了，你有杀手锏！"

陶高狐疑地看了唐朗一眼。

杨书记又说："县上决定成立'蜀山旅游开发指挥部'，和蜀山乡政府一起搞蜀山旅游开发。陶高，你来担任指挥部指挥长。原单位的工作，暂时由常务副局长负责。你今天就回去把工作移交了，最迟明天上山。"

杨书记如此急风暴雨般的决定，无论是陶高还是唐朗，都有些反应不过来。

杨书记的目光在两人脸上扫来扫去："你们是不是有话要说？是不是有不同意见？"

"没有……"两人虽然迟疑，但还是都这样回答。

"有也不行，有就请保留！"杨书记一挥手，"现在立刻回到你们自己的工作岗位去，我还有事，有问题电话汇报。"

陶高和唐朗被杨书记轰出办公室。

一走出来，陶高就瞪住唐朗骂："唐朗，你是个小人，你出卖了我！"

唐朗慌忙解释："陶局长，你误会了。我是说你对蜀山的严庄有办法，可以请出你这尊大神，把严庄镇住。只要镇住了严庄，蜀山的旅游开发就可以推进下去了。但我并没有说，让你离开公安局到山上去。"

"你这还不是让我离开公安局是啥？那姓杨的早就巴不得我离开，好把他安插进公安局的那个常务副局长转正，只是一直没有找到借口。好了，现在你给他递了个借口到他嘴里，他正好借坡下驴，把我撵出公安局，撵上山去。唐书记，你想升官当唐县长，也不能这样操作嘛！"

"真不是的，陶局长，你真的误会我了……"唐朗不晓得该咋解释，只得安慰陶高,"陶局长,杨书记让你上山当指挥长,是重用你呢。只要你干得好,那个副县长的职位,还是你的……"

"要是干不好呢?我是不是就可以光荣退休了?"陶高讽刺道。

"你哪会干不好?你只要把严庄摆平,工作还不立马就往前推进了。"

"哼哼,你都拿严庄没办法,我能有啥办法?再说了,就算真把旅游开发搞起来了,又有啥用?我不是那姓杨的人,我只是个堵炮眼的。"

说着,陶高再也不理唐朗,独自摇摇摆摆地走了。

第二十二章　产业

陶高上山后，唐朗本来请他把指挥部设在乡政府，没想到他却设在严庄的吃喝耍。不仅如此，陶高上山后，还立刻宣布：放开让村民随便修房。

这个决定，陶高根本没同乡政府商量过，就已经宣布出去了。

唐朗听到这个消息时，他第一感觉是：陶高这样做，明显是破罐子破摔，是故意要拆杨书记的台！

那天从杨书记办公室出来，唐朗就有些后悔，觉得自己实在不该给杨书记出那个主意。出那个主意，不但陶高不高兴，其实他自己也不高兴。本来杨书记让乡政府负责蜀山旅游开发，现在却多了一个指挥部。多出这个指挥部，明显就是杨书记对他唐朗不信任的表现。

而且现在看来，多出的这个指挥部，不是对蜀山旅游开发力量的加强，反而是添乱。

不过，即便唐朗发现这是添乱，也不能向杨书记汇报，因为原本陶高就是他向杨书记推荐的，现在如果向杨书记汇报说陶高不行，如此出尔反尔，让杨书记咋看他。

唐朗决定，直接去指挥部找陶高，阻止他的破坏行为。

唐朗到指挥部的时候，陶高正躺在靠椅上，一边跷着二郎腿抽烟，一边看手机。唐朗火了，吼起来："陶指挥长，你咋能放开让村民们抢修乱建呢？村民们乱搞一气，毫无规划，这不是对蜀山旅游开发的破坏吗？"

唐朗的话很冲，陶高却满不在乎："唐书记，你别担心，我们会派出专门的技术人员，对村民们进行指导，让他们建出的房屋，尽量适应旅游开发的需要……"

"陶指挥长，你不觉得所谓'指导'，其实是一句空话吗？你在蜀山干过，对这里的老百姓是很清楚的。他们对政府缺乏基本的信任，他们只相信自己的直觉。而他们的直觉是，严庄搞农家乐赚了钱，所以他们都一窝蜂搞农家乐。你想想，搞出那么多农家乐，到时候谁来消费？"

"不会的，他们要是不听我们的建议，一定要修农家乐的话，过不了多久，他们就晓得搞错了，很快就会停止建房的……"

"你一句他们会停止建房，他们就停止建房了？他们要不停止建房又咋办？"

"我说要停就要停，你回去躺着等结果吧。"

"等结果？等来的结果很可能就是村民们再次闹事！陶指挥长，如果村民们因此闹事了,你是不是要为此负责?"

陶高语气硬起来:"唐书记,你不让村民们建房,村民们就不闹事了?"

陶高毫不躲避地盯在唐朗头上缠的绷带上,话中充满挑衅意味。这让唐朗更生气,他咆哮道:"陶指挥长,你是不是打定主意,只要把村民按下去,让他们不闹事就行了?然后你就可以进城高升了?至于将来村民们能不能赚到钱,这些都与你没有关系,对吧?"

陶高也冒火了:"唐书记,这意思,你把蜀山的旅游搞得很好了是不是?你要搞得很好,又把我搞上山来干啥?"

两人你一句,我一句,眼睛越来越红,脖子越伸越长,头发直竖,唾沫乱飞,像两只啄得毛飞的公鸡。

很快,两人的吵架,就闹得整个农家乐的人都晓得了。人们拥过来,里三层外三层,堆在指挥部办公室外面,看大戏一样。

指挥部的其他干部想进去劝架。但人太多,挤得又密,他们找缝隙东钻一下,西钻一下,就是钻不进去。喊看热闹的村民们让一下,村民们又不让——生活太单调,好不容易有一场好戏看,哪能让它轻易就收场。

最后,还是唐朗自己看着没意思,从屋里出来了。

走到门口,过不去。唐朗怒了,我为了啥?还不为了你们,你们竟然来看笑话!唐朗把眼睛猛鼓起来,鼓得像黄昌婆的那种眼珠,冲村民大吼一声。

唐朗原本脑壳上绑着绷带,又把眼珠鼓出来。这样子实在太吓人,村民们果然被吓住了,身子后仰,压倒一大片。

唐朗踩在村民们身上走出去了。

唐朗和陶高吵架的事,很快就传到杨书记的耳朵里。杨书记把唐朗喊进城,指着他的鼻子,臭骂了一顿。

唐朗万分委屈:我这样做,还不是因为陶高在背后拆你杨书记的台,我拼命维护你杨书记,不见你一句好话,还被如此臭骂!

"陶高做出的决定,是我同意了的。"

杨书记见唐朗发愣，又说："陶高说，只有放开让村民们建房，才能让他们停止建房。"

"杨书记，你相信陶高说的鬼话？"

"唐朗，你咋了，陶高不是你推荐的吗？你咋反而不相信了？"

"我可能……我可能推荐错了。"唐朗终于把这句话说了出来。

"我看并没有错，我相信陶高有办法。"

唐朗垂下头。很显然，杨书记对陶高的信任，已经超过对他的信任了。

"唐朗，你不要有情绪，你要和陶高好好商量，多想办法，尽快把蜀山的旅游开发向前推进……"

为了帮助黄昌婆把养蚕织锦搞起来，喜旺给县农业局副局长白土打了个电话，请他帮黄昌婆联系一批桑苗。

白土一接到电话，就高兴地说："喜旺，咱们想到一块儿去了。你不来找我，我也已经在考虑了。黄婆婆养蚕织锦这个事，一定不能断。"

白土又叹息一声："唉，可惜蜀山搞养蚕织锦的，实在太少了，就黄昌婆一个人，而且她还是个年过古稀的老太婆。我说这事不能断，可她要是去世了，不断也没办法了……"

白土说到这里，又急切地说："喜旺，你要多动员一些人来搞这件事。你是村支书，这也是你的责任。只要大家都加入进来，养蚕织锦，就会成为你们村的一个产业，而且是一个很有文化特色的产业。这个产业，对你们蜀山的旅游开发，意义是很大的。"

最后，白土神往地说："喜旺，我马上就退休了。退休以后，我也会像李先生一样，搬到你们蜀山来住。那时候，我就跟着你们一起干……"

挂了电话后，喜旺好一阵兴奋。搞养蚕织锦产业，他只是有一个朦胧的想法，而且他也心存疑虑，不晓得这事是不是干得起来，没想到农业局副局长竟然和他想到一块儿去了，还那样支持他。

喜旺又和李秉谈了一下，李秉也认为这是一个不错的主意。李秉告诉喜旺，别怕没人参加，重要的是要先干起来。只要有一个人干起来，就会有第二个人参与进来。只要有第二个人参与进来，就会有第三个、第四个人参与进来。慢慢地，就会有一群人、一村人。

李秉说，只要能动员一个，就朝成功靠近了一步。

白土和李秉的话，让喜旺深受鼓舞。说干就干，思来想去，喜旺决定从他娘入手。

喜旺一回家，便去找他娘。

没想到，他娘也在找他。

马月英一见喜旺，就冒起火来："你又跑到哪儿去了？你究竟整天在忙些啥？你没看见所有人都在修房吗？以前你说上面不准修，你阻止我修。你是村书记，我支持你。可现在已经放开随便修了，你还疲沓慢沓，将来钱都给人家赚去了，我们连洗脚水都没得喝了！"

喜旺也不生气，笑道："娘，咱们要修啥房子？"

马月英瞪了喜旺一眼："你还没搞明白哦？修农家乐啊！大家都在修，别人有劳力有钱，可以修大房子；咱们没劳力没钱，就修小的，搭个棚子，卖豆花饭嘛。"马月英又鼓励喜旺说："你晓得我豆花做得很好的，卖豆花饭，肯定有人来吃的。"

喜旺说："娘，晓得你的豆花饭好吃。但是，别说旅游都还没搞起来，就算搞起来了，又有多少人到咱们这里来耍呢？就算来的人多，大家都搞农家乐，究竟又有多少人到咱们这里来吃豆花饭呢？"

"有几个算几个嘛。我们要是不搞，这钱就给别人赚去了！"

喜旺晓得，这样讲，是说不服他娘的。于是，他换了一种方式："娘，我这个村支书，你支不支持我？希不希望我在村里有威信？"

"你是我儿，我咋不支持你，咋不想你在村里有威信。"

"但是，娘啊，你想过没有，如果严主任搞农家乐，我也跟在他屁股后面跑，搞农家乐，而且还搭个棚子，你说村里人咋看我？我在村里说话，还有没有人听？"

马月英一怔，这倒是她没想到的。她赶紧点点头："是啊是啊，喜旺你好歹是个村书记，确实不该跟在严庄屁股后面跑。你是村里的一把手，又读了那么多书。要是严庄干啥你也干啥，确实会被人笑话。"

但是她又忧愁地说："可咱家不搞农家乐，又搞啥呢？"

"不是咱家搞啥，是咱村里搞啥！"喜旺一本正经地纠正，"我是村支书，我要考虑的问题，不只是咱家的问题，而是全村的问题！"

"好好好，你是村书记，你应该考虑全村的问题。那你说，全村人应该修啥？"

"全村人不是应该修啥，而是不修。不能在农家乐这条独木桥上挤，而是要搞产业。"

"产业是啥？"

对"产业是啥"这个问题，其实喜旺自己也搞不懂。不过搞不懂，并不影响他给他娘讲产业："娘，咱们全村人应该搞的产业是'养蚕织锦'。现在，咱村只有黄三奶奶一个人在养蚕，而且她还没有织锦。咱们要把这个产业搞起来。只要搞起来了，就一定能赚大钱。"

"全村人搞你黄三奶奶搞的那个？"马月英满脸鄙夷，"喜旺，你说你要带领全村人干事业，我一百个支持你。但是，你也选点有用的事业来干呀。你黄三奶奶养了一辈子蚕，不但穷得叮当响，自己还落了一身病。她喉咙里那个鸡叫声，五里远的人都听得见。你说村里人哪个愿意干这个？"

喜旺发现这样还是说不服他娘，又再换一种说法："娘，搞养蚕织锦产业，可不仅仅是我一个人的主意，县农业局的白局长，还有李先生，都认为这是一个好主意，他们都积极支持我呢！"

马月英将信将疑："白局长和李先生真的支持你搞这个？"

"他们当然支持我。他们还说了，他们会动用他们的关系，帮我们把这个产业搞起来。"

"他们咋会支持你搞这个？这有啥意思？你黄三奶奶现在养的蚕，以前街上的鲍娃儿还在收，现在连鲍娃儿都不要了。你说咱们全村人来搞，咋搞得起来？李先生和白局长咋会说这个话？"

贾队长扛着一捆泡柴从外面走了进来。听到喜旺说这事，他丢下泡柴，把烟杆塞进嘴里，吧嗒几下，说："喜旺，要说搞养蚕，我倒是觉得可能搞对了。喜旺娘，你是没见过你黄三娘家的光景。别说你,那时候我都还只是个娃儿。那时候,你黄三娘家的'黄绸行',有上百台织机。每天到她家门前卖蚕的,要排一里长的队。从她家挑出来的锦缎,城里要压断半条街。那种阵势,临近三个县,没一家人能比得了……"

"老爷,我要让咱们村把这种辉煌振兴起来!我要让蜀锦重返蜀山!我要让蜀山产生又一个'黄绸行'!"喜旺热烈地说。

"喜旺,你想当地主?"贾队长嘿嘿笑。

喜旺晓得他老爷在开玩笑,也笑:"老爷,那个时代早就过去了。现在的人,不是怕当地主,是怕当不了地主,是怕没钱丢脸。"

贾队长不开腔了,吧嗒了好一阵,才忧伤地说:"喜旺啊,要是在咱蜀山,能够把'黄绸行'重新搞起来,重现那时候的辉煌,你就对得起蜀山了。可是,现在要搞这个太难了……你看看,咱蜀山的人,差不多都走光了。留在村里的,都是些老弱病残、妇女儿童。而且这些人,不是打牌就是掷骰,哪个有心思搞这个……"

"老爷,别担心,不怕人少,积少成多。咱们先搞,只要搞起来了,慢慢地,人就多了。大家看见咱们能赚钱,就会跟着搞,就会搞出一条产业链,'黄绸行'那样的盛景,就会在蜀山重现了!"

"我认为可行,喜旺说得有道理,一定能搞起来的。"马月英可以反对喜旺,但是如果别人也反对,她会立马就坚定地站在喜旺一边,"喜旺,我们听你的。我和你老爷率先加入到你的队伍,跟你一起搞。"

马月英已经替贾队长做主了。当然了,只要马月英做了主,贾队长都会无条件地服从。

喜旺劝动了他娘和他老爷后,一时信心十足。他锁定了下一个目标:喜龙。

喜龙是村里唯一不愿意跟着修农家乐的人。他一如既往搞他的"鸡眼睛"。尽管之前经受了多次挫折,"鸡眼睛"苗栽了又毁,但他依然初心不改,又爬到蜀山上,重新寻找"鸡眼睛"苗,带回家种在地里。

喜旺到喜龙地边时,喜龙正蹲在地里,搓出最柔软的泥巴,栽他的宝贝苗子。

喜旺笑道："喜龙，你这样搞，恐怕不行啊。'鸡眼睛'都是长在蜀山顶上的，海拔高，气候寒冷。咱们这里的气候，要温和得多。种'鸡眼睛'，不太适宜啊。"

喜龙瞟了喜旺一眼，冷冷地说："这一片，不是已经成活了吗？"

喜旺继续耐心地劝说："就算成活了，能结果吗？我听说你以前种过野生毛梨，结果挂的果都掉了？这就是气候不适应的缘故。你这'鸡眼睛'，能不能结果，还真是个问题。"

"多谢领导关心！"喜龙直起腰，斜眼盯喜旺，"贾书记，我发现你越来越像个领导了……"

喜龙用手臂在额头上擦了一把汗，手上的泥巴无意中在额头上画了一捺，随着他说话而抽动，显得很滑稽。

喜旺晓得，因为邓娟的事，喜龙一直对他有意见。不过，他假装不晓得，他必须在喜龙心中唤回他们小时候的那种友谊。

喜旺扯起衣袖，给喜龙擦泥巴。喜龙躲了一下，就任随喜旺了。

喜旺擦干净后，动情地说："喜龙，你这话可太见外了。咱们是从小长大的好兄弟，小时候曾说过，咱们有福同享有难同当。今天和你说话的，不是啥贾书记，而是你的兄弟。我是希望咱们兄弟能够站在一起，干出一番大事业来。"

"你想干啥事业？"喜龙虽然语气还是很冷，但也不好再表现出咄咄逼人的样子。

"搞养蚕织锦，在蜀山重建一个'黄绸行'。"

"重建一个'黄绸行'？贾书记，话是不是说得大了点，能实现吗？"

"一点都不大，完全能实现。"喜旺分析，"第一，我们蜀山要搞旅游，有广阔的市场。第二，李先生和白局长都会支持我们，给我们提供帮助。第三，也是最重要的一点，我们有黄三奶奶这块金字招牌。黄三奶奶是'金梭子'的传人，她手上有一件清廷御赐的黄马褂。只要咱们提到这一点，所有的人都会对咱们的养蚕织锦给予特别关注。"

"得了吧，贾书记，看你吹得天花乱坠的，你晓不晓得，连黄三奶奶自己都放弃养蚕了，她还是啥金字招牌？"

"黄三奶奶放弃养蚕了？咋可能？"喜旺摇摇头，"我告诉你，黄三奶奶就是放弃了生命，都不可能放弃养蚕！"

喜龙嗤笑一声："贾书记，你也别太官僚了。有调查，才有发言权。昨天我就看见她家在画地基修农家乐呢，她咋可能还养蚕？"

"不可能不可能，严庄本来就不高兴众人修农家乐，因为这是在和他抢生意。涂三姑是严庄的管家，她一切都听严庄的，咋会得罪严庄？再说了，修房子，也得有个男人在家。涂三姑不过一女流之辈，黄三奶奶也只是个老人，他们想修，也没那个能力啊。"

"贾书记，所以说你官僚嘛。喜欢都回来了，你还不晓得。"

"喜欢咋会回来？涂三姑不是说，只要没挣够结婚欠下的钱，就不准他回来吗？喜欢挣够了？"

"喜欢脑壳笨，又不会说话，他咋能挣够？我看啊，肯定是涂三姑看到大家都在修农家乐，着急了，才把他喊回来的。"

"涂三姑不在严庄的农家乐当管家了？"

"涂三姑给严庄当管家，虽说体面光鲜，毕竟是给人家打工，哪有自己当老板好？再说了，她也不见得就体面光鲜……"喜龙冷笑一声，随即朝喜旺挥挥手，"贾书记，我实在没时间陪你扯这些烂麻破网，我得干活了，你走吧。"

喜旺还是不甘心："喜龙，你不愿意和我一起搞养蚕织锦？"

喜龙意味深长地说："对不起，我也想自己当老板啊……"

喜旺灰头土脸地往回走，他决定去黄昌婆家看看是咋回事。

如果连黄昌婆都不养蚕了，搞养蚕织锦产业，希望确实很渺茫。

还没到黄昌婆家，喜旺就看见唐朗怒气冲冲地从黄昌婆家出来。唐朗脑壳上的绷带已经拆了，不过还有一块狗皮膏药贴在脸上。

唐朗看见喜旺，立刻叫起来："喜旺，你这几天跑到哪儿去了？你是复兴村支部书记，你咋搞不清楚你的角色定位？"

"唐书记，我这几天……"喜旺满腹委屈，一时竟不晓得说啥。

"你这几天应该干的，是劝大家别一窝蜂搞农家乐！"

喜旺急了:"唐书记,我这几天正在劝大家,让大家跟着黄三奶奶搞养蚕织锦呢……"

"你咋劝的?那黄昌婆都在修农家乐呢!我刚才就是去她家,劝他们别搞。哪晓得涂三姑根本不听,还当着我的面,吆喝黄昌婆和贾喜欢赶紧出去找人来帮忙……你说连黄昌婆自己都不养蚕了,哪个还会跟着她搞你说的啥养蚕织锦?"

喜旺小声地埋怨:"其实,根本就不该放开让大家随便搞……唐书记,指挥部这种荒唐的决定,你为啥不阻止?"

一说到这个问题,唐朗就一肚子的气。但有啥办法?连杨书记都被陶高蒙蔽了。说实在话,唐朗从一开始就不相信陶高说的,放开让村民们建房,村民们就会停手不建。咋可能?完全不符合逻辑!事实是,直到现在,村民们依然打了鸡血一样,拼命抢搭乱建。不仅如此,许多在外面打工的,都被家人喊回来了。村里找不到帮工的人,就把外村、外乡、外县的亲戚朋友找来。一时之间,复兴村热闹得像当年大炼钢铁时候的样子。

唐朗有气,但他也顾全大局,尽管心里不满,也不能把这个不满暴露在喜旺面前。他大声喝道:"别抱怨了,抱怨有啥用?你现在就去劝那些村民们,让他们赶紧停手。你是本地人,又是村支书,你说的话,比我还管用。无论如何,你要让村民停下手来!"

喜旺只得把养蚕织锦的事放下,按唐朗说的,去劝大家。

不过,喜旺连续干了三天,却一无所获,没人听他的。

第四天,有人被喜旺劝烦了,冒起火来:"你劝我们不修,为啥你家却在修?你这样干,无非是想阻止我们修,你家好吃独食!"

"没有啊,我家早就没修了……"

"修没修,你自己回去看。"那人不屑和喜旺多说。

喜旺回家,果然看见他娘又在那里挖地基。喜旺也冒火了:"娘,不是说好了不修,跟着黄三奶奶搞养蚕织锦吗?你咋又开始了?"

"喜旺,不是我不听你的话。你黄三奶奶都不养蚕,改修农家乐了,我们跟着哪个干？"马月英理直气壮。

转了一大圈，又转回来了，源头还是黄昌婆。

本来那天喜旺就是要去找黄昌婆的，因为见唐朗没有劝动黄昌婆，喜旺觉得可能自己也没希望，就没去。现在看来，除了劝说黄昌婆，实在找不到任何突破口了。

同时喜旺又疑惑，黄昌婆应该是绝对不会放弃养蚕的呀，咋突然就变了？

喜旺来到黄昌婆家。那时候，黄昌婆正背着个背篼，提着一个篮子，往外走。篮子冒着腾腾的热气，上面盖一张白帕子，看不见里面是啥。喜旺问："三奶奶，你要去哪里？"

"喜旺菩萨，我给你三哥三嫂送饭呢……"黄昌婆低眉垂目，站得笔直。

"喜欢哥他们在做啥？"

"他们在修房子。他们说修农家乐，将来开食堂挣钱呢。"

喜旺又问："三奶奶，听说你不养蚕了啊？"

"喜旺菩萨，我是，我是忙不过来啊……我每天要给你三哥三嫂做饭。要是没人给他们做饭，他们就会饿肚子啊……"

喜旺生气了，拿出"菩萨"的威风："三奶奶，你是咋了？以前我让你别养蚕，你躲躲藏藏都要养。现在我让你搞养蚕织锦，像你奶奶'金梭子'那样，重建'黄绸行'，你反而又不养了，还跟着三哥三嫂搞农家乐。三奶奶，你是故意和我对着干啊？"

黄昌婆吓得把篮子一丢，跪在地上，连连磕头："喜旺菩萨，我不是故意和你对着干，实在是我要不做饭，你三哥三嫂就得饿肚子。我不能看着他们饿肚子啊……"

见黄昌婆跪在地上，喜旺心中不忍，赶紧蹲下来，把黄昌婆扶起来，轻言细语："三奶奶，你养了几十年蚕，忽然就丢了，你舍得啊？"

"舍不得……"黄昌婆三个字一出，竟掉下泪来。

喜旺紧紧抓住黄昌婆的臂膀："三奶奶，既然舍不得，你就养啊，为啥不养了？"

"你三嫂不让我养啊……"黄昌婆叹口气。

"三嫂以前也说过不让你养，你却还偷偷地养。为啥现在就那么听她的话了？"

"现在不一样了……"

"有啥不一样？"

黄昌婆又叹口气："喜旺菩萨，你是菩萨，我给你说真心话。以前你三嫂不料理家，把你三哥撵出去打工，她整天待在吃喝耍，而且大家还拿风言风语说她。现在她懂事了，把你三哥喊回来，她也不在吃喝耍了。当时她就说了一条，她可以回来，还可以把你三哥喊回来，但我不能养蚕了……我是舍不得，但是你三嫂如果能够持家，愿意让你三哥回来，他们住在一起，免得两人扯散了，我就是舍不得，我也要支持她啊……我活不了几年了，这个家早迟要交给你三哥三嫂。他们现在这个样子做事情，我看着高兴呢……"

喜旺心里就有些悲凉。黄昌婆实在不容易，看得出，她依然舍不得丢掉一生坚守的事业。但是，在她看来，如果能够让她孙儿和孙媳妇恩恩爱爱地在一起，就算放弃了，她也愿意。

喜旺垂头丧气地来到乡政府，走进唐朗的办公室。

唐朗放下手中的笔，问："喜旺，工作有没有进展？"

"没啥进展，没人愿意停工……"

喜旺摇摇头，又说："唐书记，这样搞下去不行啊。一边允许村民们随便建，一边又去劝他们别建，这不是一件很滑稽的事吗？"

"喜旺，你说得对，我也是这样想的。我现在正在给杨书记写信，我要告诉杨书记，绝对不能相信陶高，必须马上停止这种愚蠢的做法！"

这时，一阵滚雷般的摩托车声从门外传来。严庄冲进唐朗的办公室，揭下安全帽，往唐朗的办公桌上一扔，高喊："唐书记，你作为蜀山乡的党委书记、一把手、领航人，你看到村民们在蜀山四处抢搭乱建，你难道不着急？"

唐朗始料未及，这是严庄说出来的话么？唐朗嗤笑一声："严主任，我没听懂你说的是啥意思啊，你不是也在这样搞么？"

"你说我也在抢搭乱建？"严庄一点儿也不避讳，"我可不是抢搭乱建！唐书记，你忘了么？我建房，是为了安定那些闹事的村民。再说了，我建房，是有审批手续的，咋叫抢搭乱建？"

唐朗把双手往胸前一抄："严主任，我是想阻止村民们，可我没这个能力啊。蜀山民风彪悍，又有人在后面煽阴风点鬼火，工作不好做啊……"

严庄拍胸脯："唐书记，你办不到，就把这个任务交给我。你只要同意让我去做村民的工作，我保证一周之内，让所有村民都停止抢搭乱建！"

唐朗大为惊讶："严主任，你真的能一周之内搞定这件事？"

"你觉得我严庄是说着好玩的吗？"严庄不屑地说。

唐朗显然还是不信。不过，最终他还是同意了："好吧，严主任，这件事就交给你了。"

严庄又说："唐书记，我还有个请求，你把乡政府的维护队借给我用一用吧。"

"这没问题，维护队全力配合你。"

"不是配合我，而是你得把他们完全交给我。对外也不能说是乡政府的维护队，而只能说是我严庄的维护队。"

"为啥？"

"道理很简单，说是乡政府的维护队，就哪里也维护不下来。说是我严庄的维护队，大家就不敢不听。明白了吧？"

这话唐朗虽然听起来不舒服，但他也晓得，说的确实是事实，于是说道："说是你的维护队也可以，不过，你不能让维护队随便打人。"

"不打，绝对不打。"严庄拿起安全帽，夹在胳肢窝下，大步出去了。

村民砸乡政府的那天晚上。觉英也被人砸了一顿。

虽然那些人脑壳上都缠满白绷带，觉英认不出来，但他感觉，这件事肯定与严庄有关。

觉英被砸了也就砸了，虽然他报了警，警察也来做了调查取证，但因为砸他的人脑壳上都绑着绷带，而那天晚上，脑壳上绑绷带的人实在太多，不好查，所以报警也是白报。

觉英不仅被白打了，他"乡干部"的身份也丢了。因为不久后，指挥部就宣布让村民们随便建房。既然让村民们随便建房，那维护队也就没有存在价值了。觉英"维护队长"的职位，也就丢了。

/ 第二十二章 产业 /

觉英愤恨不已。先是失去了严主任的信任,接着又失去乡政府的信任。忙活了一场,最后竟然两手空空。

正当觉英恨天恨地唉声叹气的时候,忽听得喜庆在他屋旁喊:"觉英娃儿,严主任让你马上去见他!"

听到是喜庆的声音,觉英气不打一处来。正是这个喜庆,夺了他在严主任那里的位置,他恨不得把喜庆暴打一顿。

喜庆正蹲在觉英屋旁的一块大石头上,伸长脖子朝屋里张望。看见觉英满脸阴沉地冲出来,他预感到情况不妙,拔腿就跑,跑到远远的地方才停下来。

觉英见喜庆害怕自己,心里不免窃喜,板起脸吼道:"你跑啥?怕我吃了你?"

"哪个怕你!我是事情忙呢……"喜庆说不怕,眼神却躲躲闪闪的。

觉英神气起来:"严主任喊我去,我就去呀?有啥事,你叫他来找我!"

"反正话我已经传到了,去不去,你自己拿主意。"喜庆匆匆说了一句就跑了。

喜庆跑后,觉英心里才有些发慌。

严庄让他去干啥?会不会收拾他?以前自己有"乡干部"的身份,又是"维护队队长",自然不怕严庄。现在啥都不是了,严庄还不是想咋收拾他就咋收拾。上次挨一顿黑打,就是证明。

觉英心里咚咚咚地猛跳起来。

犹豫了半天,觉英还是不敢不去见严庄。

到达吃喝耍,推开严庄大客厅的门,觉英就怔住了。严庄威严地坐在大客厅中央,不紧不慢地呷着茶。严庄的两边,一边站着喜庆,另一边站着李师公。同时,身后还站着八个穿制服的保镖。

觉英顿时心慌意乱。虽然严庄身旁还坐着一个人,但喜旺根本来不及看,就脚软手软地跑过去,一下跪倒在严庄面前,一边磕头,一边抽自己耳光,痛哭流涕地忏悔:"严主任,你大人不记小人过啊!我是一时犯糊涂,利欲熏心,见利忘义,狗屎不如,你原谅我吧,以后我再也不敢了,再也不敢了!"

严主任慢悠悠地呷着茶,一直没开腔。

觉英更加心慌。他晓得,光靠这样做,是无法打动严庄的,必须加强力度,于是抓起严庄茶几上一只陶瓷烟灰缸，高高举起来，朝自己脑壳上砸。

不过觉英砸得非常有技巧，烟灰缸只在脑壳上轻轻擦了一下，就掉到地上，摔得粉碎。虽说觉英其实并没受到啥影响，但觉英这样做，却也搞出了惊天动地的声响。

严庄不高兴了："觉英娃儿，你为啥摔坏我的烟灰缸？"

"我不是摔烟灰缸，我是摔自己呢……"

"你为啥要摔自己？"

"我对不起你严主任，我背叛了你，现在来给你道歉呢……"

"你哪里背叛了我？"

"我去投奔了唐书记，当了乡政府的维护队队长。严主任，我这是一时糊涂，你原谅我，以后我再也不敢了。"

"你这娃儿太奇怪了，又不是旧社会，哪有'背叛'这样的说法。"严庄转头朝旁边的人笑道："唐书记，你看这个娃儿，是不是脑壳出毛病了，竟然说出这样的话！"

唐书记？觉英忙转头看，发现旁边那人果然是唐朗。

唐朗一脸怒容，指着觉英的鼻子大骂："楚觉英，你也是乡政府维护队的队长，你这样跪在地上，摇尾乞怜，像啥样子？"

觉英虽然也觉得不太像话，但他狡辩道："唐书记，我都不是维护队队长了嘛……"

"哪个说你不是维护队队长了？你还是的。从今天起，维护队恢复工作。"

"真的么？太好了！"

觉英一下就从地上爬起来，站得直直的，两眼放光。既然又是维护队队长，自然不需要再向严庄点头哈腰，也用不再向他道歉了。于是他走过去，大大咧咧地坐在沙发上。

"不过，以后你们对外不能说是乡政府的维护队，只能说是你们村自建的维护队，一切都要听严主任的安排。"

天老爷，你能不能一次性把话说完啊……觉英吓得赶紧又站起来——既然是严主任的维护队，他哪还有资格坐？

唐朗看到觉英那样的表现，感觉实在太丢脸，啥话也没说，站起来，大步往门外走去。

第二十三章　返乡

严庄出面处理抢搭乱建的问题，村民们果然很快停工了。

严庄的办法，说起来其实很简单：一方面，动员村民们把钱入股他的农家乐。严庄告诉大家，入股以后，既可以到他的农家乐来工作，领工资，年底又可以分红。另一方面，严庄又让觉英提着大棒，带着维护队员去阻止。哪个要是不听，觉英的维护队员上前就一通猛砸。反正这个维护队不代表乡上，而是村上自发组织的。砸了也就砸了，砸了以后，哪个也不敢开腔。

村民们受严庄分红的诱惑，又被维护队大棒敲打，谁也扛不住。最后，除了涂三姑、伍老大、喜旺等少数几家没有加入严庄的农家乐外，绝大多数，都停止了建房，加入进去。

觉英见自己的维护工作卓有成效，非常兴奋。同时他也深深地体会到，和跟着严庄干比较起来，一个"乡干部"的身份，实在是太没有价值了。兴奋异常的觉英，自告奋勇地对严庄说："严主任，涂三姑、伍老大、喜旺这三家人还没有加入咱们的农家乐呢，要不要我再去收拾一下？"

"这三户人你都别去动。"

"为啥呢？"

严庄瞪觉英一眼："我说别动你就别动，不该问的别问，还需要我帮你长记性吗？"

"不需要不需要，我晓得了。"觉英红着脸退到一边。

严庄不让觉英动这几户，他是有打算的。伍老大不用动，喜旺不能动，至于涂三姑，他要亲自去找她。

这天，涂三姑和贾喜欢正在山下一块平整的地上忙忙碌碌挖地基。涂三姑挥锄挖出两撮箕泥巴，喜欢就挑起这两撮箕泥巴，倒到旁边比较矮的地方。

喜欢再一次走回来的时候，从温水瓶里倒出一杯水，端过来递给涂三姑："渴不渴？喝口水。"

"不渴。"

喜欢又从篮子里拿出一块毛巾，递给涂三姑："看你，都出了一身的汗，擦擦吧。"

涂三姑冲喜欢骂道："腻腻歪歪地干啥？还不赶紧干活！才干这么一点，好久才

/第二十三章 返乡/ 343

能完工？"

喜欢缩回手，红着脸哂笑："不急嘛，咱们慢慢干嘛……"

"慢慢干？能慢慢干吗？"

这时候，那个震聋人耳朵的摩托车声，在山头公路上轰然响起。两人抬头看时，严庄已劈腿单脚撑在地上。不过他并没有下车，他两手扶在把手上，一副随时要走的样子。

"喜欢，你啥时候回来的？你也是，回来也不过来说一声。说一声，我给你接风洗尘嘛。"

喜欢低头笑道："我刚回来呢……"

涂三姑冲严庄大叫："严主任，喜欢是回来一段时间了，但是他忙呢。他在建农家乐，忙不过来。"

严庄嘻嘻笑："喜欢婆娘，乡上不是说，不准修农家乐了吗？咋你们还敢修？"

喜欢头垂得更低，不敢开腔。

涂三姑则昂头叫道："严主任，为啥你可以修，我们就不可以？你这叫'只许州官放火，不许百姓点灯'！"

"你们咋能跟我比？我的地基是早就批了放在那里的，合法。你们没批，违法！你们也晓得，我已经派维护队去把那些违法乱建的人，都叫停了。你们呢，因为你喜欢婆娘是我的管家，所以我并没有让维护队来。"

"你咋不把维护队喊来呢？喊他们来打我呀，我等着呢！"涂三姑气势汹汹地吼。

"三姑，你别这样和严主任说话……"喜欢低声劝说。

"喜欢婆娘，你别这么横，我真把维护队叫来了，你以为你免得过？"严庄冷笑。

"就是就是，三姑，咱们得感谢严主任呢……"

"喊来呀！喊来呀！"涂三姑尖叫。

严庄从摩托车上下来，两手交叉在胸前，柔声说："三姑，你总是误解我！你晓得我为啥不派维护队来么？因为我在帮你想办法。政府不准抢搭乱建，之所以有一段时间又默许，是因为法不责众。大家都在搞，政府也没办法。但是现在大家都停工，加入到我的农家乐了，你要是还不停手，政府肯定会制裁你的。所以，我就是在想办法帮你！"

严庄说话的时候，已经把喜欢撇到了一边，但是喜欢似乎并没有听出来，反而急迫而讨好地问："严主任，你真的愿意帮我们么？"

严庄还是不和喜欢说，话语中只有涂三姑一个人："三姑，我只要你点个头。你只要说一声同意，你这个房子，就算在我的名下，表明是我修的。只要表明是我严庄修的，别人就不会干涉你修房子了。因为我是有审批手续的。就算没有，我后补也搞得定。你也不用在这里一锄一锄地挖。你跟我到农家乐去，还是当我的管家。我那么大一个家业，需要你来管。你今天跟我走，我明天就开几台挖掘机来，再派个建筑队，用不了一个月，就把房子给你立起来了。我不要你出一分钱，房子修好后，你可以随便住，随便用。好不好？"

涂三姑盯着喜欢，大声问："喜欢，你怕不怕政府来查封？你有没有本事把这个房子修起来？"

喜欢发了一会儿呆，垂下头，嗫嚅着说："三姑，要不我们还是先停工，等政府政策允许修的时候，我们再修吧……"

"等政府允许修的时候，我们就只有喝人家的洗脚水了！"涂三姑哼一声，又问道，"喜欢，我最后问你一句，你是不是没有本事把这个房子修起来？"

喜欢红着脸，半晌后，还是那一句："修得起来……不过暂时还是不修了，等一等吧……"

涂三姑抬脚就朝严庄走去。走到半山腰，涂三姑转过身来，对喜欢喊："喜欢，你别埋怨我。你修不好，人家严主任修得好，我只有同意严主任来帮我修……"

喜欢依然只是垂着头，不开腔。

严庄一步跨坐到摩托车上，给涂三姑一扬脸："坐上来，三姑。"

涂三姑顺从地坐到严庄的摩托车上。

"搂住我的腰，三姑。"

涂三姑顺从地搂住严庄的腰。

严庄轰隆轰隆踩了几脚油门，却又把油门关上，转头问喜欢："喜欢，我的吃喝耍目前缺一个在门口站岗的保安，你想不想去应聘这个岗位？"

涂三姑在严庄肩膀上拍了一下:"喜欢得在家里看着修房子!"

"好好好。"严庄好脾气地再踩开油门,一道长长的灰尘在路上升起,久久不散。

喜欢忽地蹲在地上,两手抱头,嘴里发出呜咽声。

黄昌婆刚好在这时把饭送到地头,看到这一幕,手里的篮子一下就掉到地上了,同时嘴里传出悠长的鸡鸣声。

喜旺回到家,发现他娘和他老爷都坐在屋檐口下。

他老爷靠在一根柱头上,拿着长烟杆,嘴里烟雾缭绕。他娘坐在另一个地方,面前放着一盆衣服,衣服上都是沾满黑污垢的肥皂泡。他娘双手垂在盆里,但手并没有动,就像忘了她在洗衣服一样。盆里那些黑色的肥皂泡,一个个破灭,发出一片喑哑的沙沙声。

喜旺不敢和他们说话,偷偷往自己的房间走去。

不过,他娘已经发现了他,冲他喊:"喜旺,你过来。"

喜旺只得走过去,也坐到一个凳子上。

"喜旺,你说说,大家都在入股吃喝耍,咱们该咋办?"

"咱们不是说好了,搞养蚕织锦吗?为啥又要入股吃喝耍?"喜旺小心谨慎地回答。

"是说好了,那不是没人愿意搞吗,连你黄三奶奶都不搞了,咱们自己咋搞得起来?"

喜旺呆了一下,轻轻说:"娘,你有钱入股吗?"

马月英低垂下头,又进入了先前的发呆状态。

这时候,贾队长把烟杆取下来,唱起了山歌。

> 命里只有八合米,
> 走遍天下不满升。

贾队长的声音升到空中,又一片片轻飘飘地掉下来,满地白霜,世界一片宁静。

屋外一阵咚咚的脚步声,打破了屋里的宁静。一个中年男子背着个牛仔包,又提着个鼓鼓囊囊的大蛇皮口袋，笑着大步走了进来。这行头，就像先前喜旺准备出去打工时那样。

喜旺和马月英都觉得好奇怪，几乎同时问："你是哪个？"

那人嘻嘻笑："咋了？你们连我都不认识了？"

贾队长低喊一声："有德，是你吗？你终于回来了？"

"是我啊，老汉儿，我回来了。"

贾有德把蛇皮口袋和牛仔包往地上一扔，一屁股仰躺在靠椅上，长伸了腿，擦了一把额头上的汗，喊道："喜旺，给我倒一杯水来，渴死了！"

喜旺转身往屋里走，马月英突然大喝："不准去！"

随即，马月英抓起地上的蛇皮口袋，猛地向院坝里扔去，吓得那里的几只鸡飞跳起来，四散奔逃。

"你是哪个？我们不认识你，快滚开！"

贾有德只得站起来，挠着头皮，走过去把蛇皮口袋捡起来。那里刚好有只鸡拉了一泡热腾腾的鸡粪，蛇皮口袋扔过去，不偏不倚，正好打在鸡粪上，又往前滑了一段，鸡粪也就在蛇皮口袋上画出了浓墨重彩的一笔。

贾有德从旁边扯了一把草，一下一下擦蛇皮口袋上的鸡粪，对那只刚拉了粪的鸡怒骂道："不早不迟，就在这一刻拉粪。你这是要拉完了，好下锅么？"他又拿脚在地上一顿，吓得那几只惊魂未定的鸡扑扇着翅膀往远处飞逃。

马月英见贾有德居然敢吓唬她的鸡，更是气不打一处来，大骂："你回来干啥？出去了八年，连个电话都不往家里打！家里人死了你都不管，为啥现在又要回来？你回来干啥？"

贾队长也看不惯了，吼了一句："有德，你好好给喜旺娘解释。"

"唉，一言难尽……"贾有德深深地叹口气，咳嗽几下，又对喜旺说，"喜旺，我这嗓子都干得说不出话来了，叫你给我端点水来，你到现在还不去端。"

鸡是马月英养大的，喜旺也是马月英养大的。这贾有德埋怨了鸡，又埋怨喜旺。马月英那个气呀！只见她抓起盆里湿漉漉的衣服，就愤怒地往贾有德扔去。贾有德想躲，但他在这一瞬间发现旁边也有一坨鸡粪，抬起的脚不想踩下去，想调整一下角

/ 第二十三章 返乡 /

度。也就在这当口,马月英扔过来的湿衣服,不偏不倚,盖在他脸上。

贾有德抓下脸上的衣服,在脸上抹一把,抹出了满手的黑水。这下,他不能不表示生气了:"干啥干啥?咋把这么脏的衣服扔到我脸上?太没家教了!"

贾队长提起烟杆,没头没脑朝贾有德打去:"你娃儿还敢横,还敢冲喜旺娘横!八年来,喜旺娘又当老汉儿又当娘,一个人负责一大家人的活,还挣钱供喜旺读到大学。你呢?八年没问候一声,一回来就冲自己婆娘耍威风。你还是不是男人?这些年,你究竟在外面干了些啥?你要不说清楚,看我不打死你!"

贾有德抱着脑壳就跑,边跑边求饶:"老汉儿,你别打了,我说,我说就是了嘛……"

喜旺手里端着一杯茶,看他老爷追打他老汉儿,忙劝道:"老爷,你就让我老汉儿说说,他这些年是咋回事吧。"

贾队长停了手,走回凳子旁坐下来,把烟杆塞进嘴里,气哼哼地抽烟。

喜旺把茶递过去,不看他老汉儿:"老汉儿,你快说嘛。"

贾有德一屁股坐在躺椅上,接过杯子,放到嘴边猛喝一口,随即全喷出来:"这啥怪味?这也叫茶……"

喜旺见他老爷和娘的脸色又不好了,怕他们动手,忙喝住他老汉儿:"老汉儿,别说茶,赶紧说正题。"

贾有德才讲起了他的经历:"唉,你们不晓得,我这几年,日子过得可惨了。我去深圳,在一个工地上搬砖。后来,一块砖从天而降,不偏不倚砸到我脑壳上,顿时把我拍晕了。包工头把我送去医院,等我醒来后,就啥也不晓得了。我不晓得我叫啥名字,不晓得我是哪里人,不晓得我在干啥,不晓得我从哪里来到哪里去。医生说,这叫失忆。我出院后,也不晓得要到哪里去,不晓得,自然就回不到原先的那个工地了,也就拿不到工钱了。然后我就东走西逛找活干。找不到的时候,就讨口。唉,你们不晓得,我真是太惨了,完全过的是叫花子的生活。也不晓得这样过了好多年,直到后来,我遇到了咱们村李师公的老婆兰花。她喊我的名字,我才晓得我叫'有德'。兰花不断帮我回忆,我才慢慢把过去的事情回忆起来,才晓得你是我儿子。"他指着喜旺嘻嘻笑。"才晓得你是我老汉儿。"他指着贾队长嘻嘻笑。"才晓得你是我婆娘……"

贾有德还没来得及指马月英，马月英就啐他一口："哪个是你婆娘？哼，编得跟真的一样，你真行啊，比电视剧都会编了！"

"真的，我不是编的，我一点都没骗你，我要是骗你，我就……"贾有德自己先闭了嘴，笑道，"还是别乱诅咒了，回来是喜事，乱诅咒不吉利。"

喜旺望了望他老汉儿的脑壳："老汉儿，砖头拍到你哪里了？你给我看看。"

贾有德把脑壳往后仰："你看不到的，我受的是内伤，不然我咋会失忆？"

"老汉儿，如果是这样的话，那掉下来的一定不是砖头，说不定是木头。砖头的话，咋可能不砸伤皮肤呢？"

"对对对，喜旺你娃儿太聪明了！其实到现在我也不晓得掉下来的是啥。我不是失忆了吗？那包工头把我丢到医院就不管了。他晓得我失忆了，也记不得他，找不到他，所以最后连医药费都是我自己掏的。唉，喜旺啊，我真是惨啊，我要是没遭这个大难，说不定还能带一点钱回来。可现在，一分钱都没赚到，路费都没有，我是讨着口回来的啊……"

马月英用力搓着盆里的衣服，那些黑色泡沫，被她揉得噼噼啪啪爆响。

"就算我讨口，我还是记得你们，给你们买了礼物的呢。"贾有德拉开蛇皮口袋，从里面掏出一支钢笔，递给喜旺道："喜旺，你是读书人，这是给你的……不过，是不是迟了点啊，你现在都不读书了。"

喜旺满脸尴尬，不过还是接过来，在手里翻来覆去地看。

贾有德又从蛇皮口袋里拿出一条丝巾，走过去，试图给马月英戴在脖子上。马月英猛推他一把，端起木盆进屋去了。贾有德一摊手，一副很受伤的样子："唉，月英啊，你辜负了我一片深情啊……"

接着他又嬉皮笑脸对贾队长说："老汉儿，你是大人。一般情况下，都是大人给娃儿准备礼物，很少有娃儿给大人准备礼物的。再说了，你也不喜欢我浪费，所以我就没给你准备，帮你节约了。"

贾队长喝道："有德，我不要你给我买啥礼物。这些年来，你对不起喜旺娘。你现在回来了，就好好地待喜旺娘，弥补你的过失！"

贾队长说完后拿起一把锄头,一瘸一拐地上山去了。在他转过屋角的时候,喜旺看见他偷偷地抹了一下眼。

贾有德把丝巾揉成一团,胡乱塞进蛇皮口袋里,兴致勃勃地问喜旺:"喜旺,蜀山要搞旅游开发,你说咱家搞啥行当赚钱?"

"我想搞养蚕织锦……"

"嘿,那玩意儿咋能赚钱,别搞了别搞了。"

"能赚钱的,老汉儿,真的能赚钱。"喜旺说,"老汉儿,你回来就好了,我已经联系到了一批桑苗,过不了几天就会送来。你帮我栽一下。只要桑苗长起来,有桑叶给蚕吃,养蚕织锦就可以搞起来了。"

喜旺本来垂头丧气,但是他老汉儿回来,让他似乎看到了希望,变得积极而热情起来。

贾有德还是直摇头:"瞎搞,完全是瞎搞,根本就赚不到钱,我才不想帮你搞这种玩意儿呢。"

"那你想搞啥?你是不是挣了很多钱回来?"马月英端着清洗干净的衣服出来晾,冲贾有德骂。

"我没挣到钱。我脑壳失忆了,咋挣得到钱?"贾有德满不在乎,"挣不到钱,我也不搞这种东西。我去吃喝耍看看,那里在修房子,听说给的工资不低,我去那里打工……"

"不准去!"马月英把衣服一抖,"你儿是书记,是咱们村的一把手。你不帮你儿,却去帮二把手严庄。你都跑去严庄那里打工,不是证明你儿的能力比不上严庄吗?"

"可栽这个破桑树,明明就赚不到钱嘛……"贾有德小声嘀咕。

"赚不到钱你也必须去干,那是你儿子!"马月英拍板了,她的话不容置疑。

喜旺老汉儿、喜旺娘,还有他老爷都去帮他栽桑树,这让喜旺又有干劲了,他决定继续之前暂停下来的工作。

喜旺已经听说严庄把涂三姑喊回去,并派人来帮涂三姑修房子。不过,他还听说，喜欢并没有在工地上。

修的房子是涂三姑和喜欢的，喜欢却没在工地上，说明喜欢并不喜欢严庄帮他修房子。

其实，哪个又愿意呢？

喜旺来到喜欢家，看见喜欢正在屋里走来走去，从一根柱子走到另一根柱子，在一根柱子上砸一拳，叹一口气，又转过来，在另一根柱子上砸一拳，再叹一口气。

喜旺开玩笑："三哥，你这是在干啥？练拳击么？你要准备打哪个？"

喜欢看见是喜旺，眼中一下就噙满泪水："喜旺，你也来嘲笑我……"

喜旺明白过来，皱眉说："三哥，你是不是不愿意严庄帮你们修房子啊？要是不愿意，你就直说。你直说了，哪个还强迫帮你修不成？"

喜欢忽然蹲在地上，抱着脑壳呜咽："我没那个能力，我把房子修不起来……你三嫂说我要是没能力，就让严庄来修……你三嫂跟着严庄走了，我确实没能力……出去挣不到钱，回来也修不了房子，我好没用……"

喜旺生气了，抓住喜欢的衣领，把他从地上扯起来，叫道："喜欢，你就这么点出息！你不想让严庄帮你修房子，就拒绝他！你不想三嫂去严庄那里当管家，就把她喊回来！你这样一个人躲在家里，唉声叹气，像啥话嘛！"

喜欢依然低垂着头，身上软得像面条，似乎喜旺只要一放手，他就会委顿在地上："我喊不回来，你三嫂说我没出息，不跟我走……不怪你三嫂，我确实没出息……"

喜旺说："三哥，你要是一直这样下去，别说三嫂嫌弃你，我也嫌弃你了。你要振作，你得干一番事业出来。只有干出来一番事业了，三嫂才会对你刮目相看。明白吗？"

"干啥事业？我啥也干不了……"

"三哥，你干得了，我们一起来养蚕织锦吧。这是你家的祖传，你奶奶从她奶奶那里把这门手艺传下来了，你也要把你奶奶的这门手艺传下去。你只要干好这件事，三嫂就会尊敬你，她也就不会在严庄那里了。到时候，说不定她还会回来和你一起干呢。"

喜欢有点不信："喜旺，我也听我奶奶说过这事，她说你劝她和你一起干这个。这事真的能干成功吗？"

"三哥，你要相信我，你也要相信你自己。只要认真干，就一定能干成功！"

喜欢激动起来："好，喜旺，我相信你。你说能够干成功，我就跟着你干。你说吧，咱们现在要咋干？"

"我让县农业局的白局长准备了一批桑苗，咱们先把桑苗栽起来。"

喜旺终于动员了一个人参与进来，这让他的心里充满欢乐。在回家的路上，他甚至想哼一句山歌。他老爷贾队长是蜀山有名的山歌高手，可是他老爷哼的那个调，总是苦巴巴的，是一种哭腔。喜旺心里不服气，为啥是一种哭腔呢？为啥不可以笑着唱呢？

看看前后无人，喜旺模仿他老爷的调子，轻轻哼起来。

好看不过锦上花，
好耍不过养蚕宝。

不对，不是那个味儿。喜旺自己都觉得难听，就像那种半大的鸭公发出来的声音，嘶哑干涩，难听死了。咋会这样？

会不会是放不开，太小声了？喜旺放开嗓门，并严格按照他老爷那种发声的调门来唱。这次是哭腔了。可是，欢乐的歌词，唱成了哭腔，这实在有点怪异。

算了，不去想了，看来是自己驾驭不了这种东西。

下一户，喜旺选择了伍老大。

伍老大是全村除了喜欢外，唯一没入股吃喝耍的人。

喜旺到伍老大家，正准备进去，忽然听到伍老大和他老婆潘洁莲在吵架。

喜旺停了脚步，人家两口子吵架，他这时候进去，不太合适。

"伍老大，你赶紧停手，不要再修了。严主任已经跟我说了，你要是再修，不听招呼，他就会解雇我。"

"解雇好啊，我巴不得他解雇你。解雇了你，你就可以回来和我一起修房子，建自己的农家乐了。"

"跟你修房子？就你这个样子，把房子修得起来么？就算勉强搭个棚子，能挣钱么？就算能挣钱，你能让我像在吃喝耍那样，轻轻松松就能挣那么多钱么？伍老大，你脑壳清醒点好不好？别胡闹了，赶紧停手吧！"

"我胡闹？我告诉你，就算挣得不多，但我挣的那钱是干净的……"

"我的钱是脏的？伍老大，你娃儿就这点出息，没本事挣钱，嘴巴还那么恶毒！"

"我恶毒？我说的是事实。你要是不靠那种，就你这水平，你以为你真的能当上吃喝耍的副总管，真的能挣那些钱？"

"我靠哪种？你今天给我说清楚！"

"你真不害臊啊，还要人家说出来……"

"你必须说！你要是说不出来，我撕烂你的嘴！"

"你还敢撕烂我的嘴？看我咋收拾你这个娼妇！"

接着，便传来嘭嘭嘭的打击声，伍老大黄牛一样的吼叫声，以及潘洁莲撕心裂肺的哭嚷声。

喜旺赶紧跑进去，把伍老大紧紧抱住。伍老大鼓着两只眼睛，眼球上的红血丝像一条条曲曲弯弯的蚯蚓。

"伍老大，你不要这样，有话好好说，好好说嘛……"

"有啥好说的，除非她马上离开吃喝耍，回来跟我修房子！"伍老大被喜旺紧紧抱住，还在拼命往前挣扎。

"跟你修房子？你这种没出息的男人，连自己的嘴巴都填不饱，还让我跟你！我告诉你，我要和你离婚！"

潘洁莲说着，理了理头发，扯了扯衣服，大踏步走出去了。

"回来，赶紧给我回来……"

潘洁莲根本不理他，走得虎虎生风。

"他娘的！他娘的！"伍老大的嘴巴对着四周乱骂。

喜旺赶紧把伍老大放了。伍老大一脚把一块石头踢飞，又提起一把刀，猛砍在一块石头上。结果石头没砍开，倒把刀砍缺了一大块。

伍老大提起刀又要砍，喜旺抓住他的手臂："伍老大，你砍这块石头干啥？你就算把它砍开了，又有啥意义？你得干点有意义的事情。"

"有意义的事情就是砍人！"伍老大紧盯喜旺，"你别瞧不起我，我要砍一个人给你看！"

"哪个让你去砍人？"喜旺皱起眉头，"我说的有意义的事情，是咱们一起来搞养蚕织锦。这是一门很有前途的产业，只要搞起来了，咱们就能赚钱，咱们就能当老板，咱们就能……"

"养蚕织锦是啥东西？哪个搞过？"

"黄三奶奶搞过……"

"黄三奶奶？喜旺，你是来寻我开心的吧？就她那样子，每天养几竹笆死蚕，能卖啥钱？哪个来买？"

"伍老大，你别以为没人买。只要旅游搞起来了，来咱们蜀山的游客多了，你还愁卖不出去……"

觉英噼噼啪啪地跑进来，怪笑道："喜旺，你又在这里妖言惑众！"

"我啥子妖言惑众？我在做事业。觉英叔，你一天到晚到处胡说些啥？"喜旺拿出支部书记的威严。

"我才不是胡说呢。"觉英爆猛料，"你们肯定还不晓得，蜀山完了，旅游搞不成了！"

"咋就搞不成了？"

"听说那个老板本来要在蜀山投资的，忽然不来了。"

"为啥不来了？"

"赚不到钱嘛。赚不到钱，哪个还搞，钱多了烧的？"

觉英又幸灾乐祸地说："伍老大，你有没有钱投进吃喝耍？现在旅游搞不成了，你要有钱投进吃喝耍，可就全打水漂了。最好马上去找严庄，让他退股！"

"嘿嘿，我才不会投钱到吃喝耍呢，我有钱，就自己修房子。"伍老大比觉英更兴奋，把刀往旁边一扔，他觉得已经没有必要砍石头了，"是不是那些憨子，正在找严庄退钱啊？"

"当然了，他们都把农家乐包围起来了！"

喜旺见这两人高兴成这样子，深深地厌恶，心里却又忧愁不已，转身往外走。

觉英还不忘伸出脑壳挑逗喜旺的神经:"贾书记,我听大家在议论,说那个老板之所以不干了,是李秉在下烂药⋯⋯"

喜旺满腹狐疑,不过他不想问觉英,他径直往李秉家走去。

李秉家的院门敞开着,钥匙和锁挂在门上。

几只鸡在院门口刨着地上的灰土,刨两下,低头啄两下。又不真啄,看一看,又抬起脑壳来,哼唱一声,往前迈两步,再刨。

院门旁有只小黄狗,趴在地上眯眼睡觉。鸡刨起的灰土,扑到小黄狗的脸上。小黄狗用力摇摇脑壳,又眯眼睡觉,结果灰土又往脸上扑。小黄狗忍不住了,冲鸡愤怒地吼两声。鸡却满不在乎,还直起脖子,惊抓抓叫,一副很无辜的样子。

喜旺本来心急火燎的,看到这一切,他忽然就安静下来了。

李秉和成老师正在院旁的地里种菜。成老师系个围腰帕,蹲在地上。李秉则弓着腰,撅着屁股。清瘦的屁股,在裤子里露出棱角分明的线条。

喜旺轻轻地喊了一声:"李先生。"

李秉直起腰来,拍拍手上的泥,用手背擦擦额头上的汗,走过来。

当两人坐下来的时候,有一瞬间,喜旺觉得就这样在椅子上躺一躺,晒晒太阳,再喝喝茶,还真是一件十分惬意的事情。

不过,很快他就猛坐起来,急切地说:"李先生,蜀山的群众又在传您的谣言呢!"

"传啥谣言?"李秉笑眯眯地问。

"最近有一些老板,准备在蜀山投资旅游开发,忽然就撤资了。于是就有谣传,说是您说了蜀山的坏话,说您告诉老板,在蜀山搞旅游赚不了钱,所以那些老板撤资了。"

"我就生活在蜀山,我咋会说蜀山的坏话⋯⋯"

"我就说嘛!"喜旺长舒了一口气,"李先生,我这就去帮您辟谣。我要告诉那些传谣的人,李先生您是绝对不会做这种事的!"

喜旺转身就要走,不过李秉叫住他,笑道:"喜旺,你听我把话说完。我不会说蜀山的坏话,但我的确提醒过那些老板——凡是想来蜀山搞投资的,我都提醒过他们。"

喜旺小心地问:"李先生,您提醒他们啥?"

李秉严肃起来："喜旺，你不晓得，这些老板，好多其实并不是真心来蜀山投资旅游的。投资旅游，只是他们的一个幌子。他们的目的，是为了圈地，囤地产。甚至有一些，是冲着蜀山的铜矿来的。喜旺，你想啊，咱们费了多大劲，才把铜矿项目阻止下来啊。可转了半天，又变成搞铜矿了。你说，咱们能接受吗？"

喜旺有些丧气："李先生，难道就没有一个老板，是真心来蜀山，帮助咱们搞旅游开发的吗？"

"有见识有情怀的人，肯定是有的。但目前我看到的这些老板，都不具备这些条件。"

喜旺又问："李先生，您是咋提醒那些老板的？"

"我提醒他们，投资蜀山可以，最好老老实实地投资，不要动歪心思！"

"您提醒他们，他们就听您的了？"

"他们不敢不听。"李秉得意地笑道。

"为啥？"

"喜旺，你忘了西西吗？西西现在可是咱们省鼎鼎有名的独立报道人，甚至在全国都是小有名气的。我只需要告诉那些老板，当他们来蜀山搞旅游开发的时候，我会把施西西叫来跟踪报道采访。他们一听施西西的名字，就明白一切了。"

喜旺又小心说道："可是，李先生，老板这一撤资，对蜀山的影响可太大了……"

正说着，墙外忽然传来一阵激烈的喊叫声，似乎有人在大声质问李秉，为啥要"下烂药"，让老板撤资。

喜旺脸色一下就白了，他赶紧关上院门，插上门闩。

成老师走过来，嗔怪李秉："老李啊，你这个人，就是一辈子闲不下来。早就给你说过，让你别去管那些老板的事。想投资啥，都是人家的自由，你偏不听。你看，现在又惹火烧身了吧……"

李秉吩咐喜旺："喜旺，你把门打开，我出去跟他们解释一下。"

喜旺背靠着门，摇摇头："李先生，您别出去，太危险了！蜀山村民的做派，您是领教过的。您就算有一千个道理，在他们情绪激动的时候，也没办法和他们解释。

让我出去。我是村支书，我出去把他们劝走。"

喜旺不等李秉回答，就转身迅速打开门，冲出去，又迅速关上门。接着他挂上锁，把院门从外面反锁了。

众人很不满，纷纷指责喜旺。

"喜旺，你锁住院门干啥？快打开，我们要进去！"

"喜旺，你为啥要阻止我们进去？赶紧把门打开！"

喜旺笑着解释："李先生和成老师回省城去了，他们让我帮着照看一下。我照看完了，该锁门回去了……"

"喜旺，你骗我们，李秉肯定在里面。"

"喜旺，你让开。李秉下烂药，老板撤资走了，咱们蜀山旅游搞不成了，钱都白投了。我们要找他，要他负责！"

喜旺脑海中电石火光一闪，大声说："大家别着急，听我说。新的老板，已经找到了！"

"找到了？新的老板在哪里？"

"是啊，在哪里呢？让咱们看看。"

喜旺继续敷衍："还没有上山来，不过很快就会上山来的。"

"很快是多久？喜旺，你给我们说一个准确的时间。"

"一个星期，新的老板一个星期后就会上山来。"喜旺咬咬牙，说了一个日期，又强调道，"我是本村的支部书记，一把手。我告诉你们的信息，自然是最准确的，你们难道信不过我？"

村民们互相看了看，议论起来："喜旺的确是村书记，喜旺说的话，我们的确应该相信。"

"村书记算啥？你以为是那些年的村书记哦。现在的村书记，想的都是自个儿，哪个会考虑大家！"

"说得对，村书记根本不可靠，除非是菩萨。"

"喜旺就是菩萨嘛，他说的话，应该可信。"

"可信啥？他是假菩萨，你们又不是不晓得……"

喜旺本来不喜欢别人议论他曾经"出菩萨"的事，他觉得是一种耻辱，这时候他心里忽然一闪念，如果这会儿自己装扮成"菩萨"的样子，村民们不就会相信他的话，离开了吗？

随即喜旺又否定了这个想法。

不，绝对不能这样做。就算这种方法非常有效，自己也不能用。好歹自己是村支部书记，必须维护村支部书记的尊严。如果这个尊严守不住，将来又如何带着大家发展养蚕织锦的产业？

喜旺把胸膛挺起来，用力在上面拍："乡亲们，叔爷老辈们，我曾经出过'菩萨'，我现在依然可以采用'出菩萨'的方式，让你们相信我说的话是真的。不过，我不能这样做，因为这样做是骗你们的。我喜旺是村支部书记，我必须诚实，明白吗？你们现在相信我了吧？相信我没有骗你们了吧？"

村民们觉得喜旺说得有道理，不过还是有人不相信："现在这个社会，哪个说得清楚呢？"

"要是我骗了你们，你们想咋收拾我就咋收拾我，这下对了吧？"

这下村民们确实再也找不到话说了："好，这话可是你说的。我们就相信你一次，你说一个星期，就一个星期，我们看结果。"

"看结果就看结果！一个星期，绝对会有老板上山来的，你们放心好了。"

最后一个村民也离开后，喜旺才长舒了一口气。

但随即，他心里就沉甸甸的。一个星期内，真有老板来投资吗？自己真的没有骗村民们吗？

第二十四章　游街

一个星期差不多就要过去了。在这一个星期里，别说有老板上山来，就是开上山来的车都很少。吃喝耍闹成一团，大家都无心上班，顾客也就少了。

但是，最心慌的还是喜旺。如果一个星期后，仍然没有老板上山来，这便意味着，他喜旺真是撒了谎，骗了大家。如果大家确信喜旺在撒谎，喜旺将来说话，哪个还相信？

喜旺一颗心忽上忽下，荡悠了半天，他突然想到一个人——邓娟。

对呀，邓娟不就是一个老板吗？原先她投资铜矿项目，能拿出几十个亿。显然，她是不缺钱的。如果她愿意转而投资蜀山的旅游，那不是更好吗？

想到邓娟，喜旺才感到似乎有些不对劲。

邓娟回家，无意中被村民扔石头砸中后，开车返回城里，但很快又回来了。有人说，邓娟回来的时候，脑壳上缠着纱布。这说明她被砸的伤口并没有复原。伤口没有复原，她咋就回来了呢？

又有人说，那辆红色路虎把邓娟载回"小蜀山"后，就返回城里去了，以后就没有再开回来过。

还有人说，邓娟回"小蜀山"后，一步都没有出来过，不晓得她躲在屋里做啥？

以前，当村民们议论这个的时候，喜旺并没有在意。这时候，喜旺一下感到确实有些不对劲，邓娟是不是出啥事了？

喜旺心里不踏实。同时，他也觉得自己实在没信心一定能敲开邓娟的门，更没有信心让她拿钱出来投资。喜旺想到了喜龙，如果把喜龙叫上，一起去找邓娟，效果会不会更好呢？

喜旺来到喜龙的"鸡眼睛"苗地。这会儿，喜龙正提着一个大粪桶，给"鸡眼睛"苗浇粪。天气很热，喜龙额头上的汗珠大颗大颗往下滴。

喜旺想把话语搞得轻松点，开玩笑道："喜龙，你这可真是'锄禾日当午，汗滴禾下土'啊……"

喜龙瞟了喜旺一眼，直截了当地说："贾书记，你是不是又来劝我加入你那啥养蚕的队伍？"

"不是不是，我不是来劝你的。"喜旺见喜龙有抵触情绪，赶紧缓和语气，"我这几天也在想，说不定你的选择是对的。这种事，最终要靠实践来检验，对吧？"

喜旺肯定喜龙，喜龙的语气立刻就没那么硬了："喜旺，你说得对，很可能你们养蚕织锦走的是一条大路。只是我觉得可能有些不太适合我，我还是喜欢干这个。"

"是的是的，"喜旺再次肯定喜龙，"不管是养蚕织锦，还是种'鸡眼睛'，都有可能成功。当然了，这也需要把旅游搞起来，如果没老板来投资，旅游搞不起来，那样的话，不管做啥，都不可能成功了……"

喜龙一下直起腰："对了，前几天我听人说，老板撤资不搞了。后来我又听人说，你告诉大家，新的老板已经敲定，一个星期内就会上山来。喜旺，这一个星期就要到了，咋还没有人上山来呢？"

喜旺的语气沉了沉："喜龙，别人我不敢告诉他，对你我就说实话了。所谓新的老板，其实是我说来宽大家心的……"

"啊？"喜龙惊得粪瓢都掉地上了，"喜旺，你说假话？"

喜旺脸红了："不是我说假话，当时是没办法。你晓得的，咱们蜀山的人，性子野，我要不那样说，他们会把李先生的房子砸得稀巴烂。"

"但你把我的希望也砸得稀巴烂了呀！"喜龙哭丧着脸。

"喜龙，你别急，我今天来，就是找你想办法的。"

"我有啥办法……"

"喜龙，你想过没有？其实，咱们根本不需要找外人，咱们蜀山原本就有老板。"

"哪个老板？"

"邓娟呀！你不觉得邓娟就可以投资咱们蜀山的旅游开发吗？以前她投资铜矿，几十个亿都可以轻易拿出手，现在投资旅游开发，还不是小菜一碟。"

喜龙皱眉说："喜旺，我觉得有些不妙啊。自从上面取消铜矿项目后，邓娟就回蜀山了。回来后，她就一直躲在家里，始终没有出来过。以前，金秀婶可爱串门了，整天晃着那人金项链，叮叮当当逛东家串西家。可现在呢，几乎没看见金秀婶出来过。"

"你咋晓得她们没出来过啊？"

"因为担心邓娟，这几天我去找过她几次。可是，敲了几次门，她们都不给我开门……"

喜旺心里惭愧不已，自己对邓娟的情况，竟然一无所知。和喜龙比较起来，自己对邓娟的关心实在太少了。

喜旺说："走，咱们现在就去找邓娟。"

喜旺和喜龙来到牛金秀九层楼的"小蜀山"前。

楼房外面，有一圈高大的围墙。这面围墙的高度，绝不亚于故宫的围墙。甚至连颜色都和故宫非常相近，漆成了赭红色。围墙外面的墙根下，落满从院内掉出来的银杏叶子。这些银杏都又高又大，枝叶繁茂，显然是费了很大劲，才从别处拉到这里来的。

围墙上有两扇朱漆大铁门，紧紧闭着，里面寂然无声。

喜旺和喜龙站在门前，谁也不敢敲门。喜旺把耳朵贴在铁门上，想听听里面的动静。忽然，门里传来一阵低沉的狗吠，吓得喜旺后退两步，差点跌倒。

"邓娟家养了两条大狼狗。"喜龙小声地说。

显然，狼狗在院里关得太久了，一发现外面有人，就不停地狂吠。狼狗壮硕的身体，推得大铁门直晃动，爪子咔嚓咔嚓，在门上刮出尖锐的声音，腥热的唾沫从门缝飞出来，击在喜旺脸上，让喜旺忍不住一阵哆嗦。

门里传来牛金秀骂狗的声音，接着，又听见她低声问："哪个在门外？"

"是我们，金秀婶，我和喜龙，我们来看邓娟呢。"

"是喜旺啊！"牛金秀很兴奋，不过，很快又没了声音，过了很久，才语气低沉地说，"娟姑儿不让外人进来呢，喜旺，你们还是回去吧……"

"金秀婶，我们是外人吗？我和喜龙都是邓娟从小玩到大的好伙伴呀。"喜旺热切地说。

"对呀对呀，我们小时候可好了。"喜龙帮腔。

"那，你们等等，我再去问问娟姑儿……"牛金秀似乎也感到"从小玩到大"非比寻常，只听得她的脚步声噼里啪啦地离去，不过很快又听到她的脚步声噼里啪啦地回来，"喜旺，你们还是回去吧，娟姑儿说了，就算是你们，她也不想见……"

喜龙对喜旺叹道："喜旺，我说得没错吧，邓娟不会见我们的……"

喜旺不想放弃："金秀婶，请你再去跟邓娟说说，让我们进来和她聊聊吧。我们是亲密无间的好伙伴，有啥不开心的，和我们聊聊，心里可能就好多了。"

"唉，喜旺，你的话都对，我也想你们进来，劝劝那丫头。可是你也晓得，那丫头性子烈，她不同意，我也没办法啊……"

"没关系，她的性子，我们是晓得的，你只管开门就是了……"

还没说完，门忽地就打开了，竟是邓娟站在大门前。

邓娟脸上戴着一个大口罩，看不清楚她的表情。不过她的眼里却发出凛人的光。这种光让喜旺不敢直视，只好把目光转到一边。那一边是牛金秀，牛金秀低着头，脸色苍白，一副做错了的样子。

"邓娟，是我，我和喜旺，我们来看你呢……"喜龙讨好地笑。

邓娟没有笑，她还是一副凛人的冰冷目光。喜龙和她说话，但她的目光并不在喜龙身上，她的眼里只有喜旺："你一定要进来，无非是想看看我究竟变成啥样了，对不对？好呀，我满足你，我立刻就满足你的好奇心！"

邓娟不由分说，把大口罩摘了下来。

邓娟脸上有一块暗红的月牙形伤疤。这显然是上次她回村的时候，被村民们扔出来的石头无意间砸中的。其实，这块伤疤并不大，颜色也不很明显。如果不仔细看，根本就看不出来。

喜旺哈哈一笑："邓娟，你原来是担心这个啊？哈哈，一块小伤疤而已，有啥大不了的！你为啥这么在意啊……"

"是啊是啊，哪个又能保证不磕着碰着，"喜龙起劲地附和，"你小时候摔跟头，把手肘摔破了好大一块皮，也没见你这么在意过。"

"还不过瘾是不？还没有看见全部秘密是不？要看我的手肘是不？好，我马上就给你看！"

邓娟飞快地扯开袖子上扣得紧紧的一排纽扣，接着把袖子高挽起来。

邓娟这一挽，把喜旺吓得后退了一步。原来邓娟那条手臂，像是得了腐斑病的鱼一样，不但布满密密麻麻鱼鳞一样暗红的刀痕，还有一个个紫红的圆瘢，一看就是被烙伤的。

喜旺后退一步，才发现自己退错了，赶紧又跨回来。

但这种纠错，却成了错上加错，欲盖弥彰。邓娟狂笑起来："哈哈，你吓着了吧？害怕了吧？"

"没有害怕，我没有！"喜龙抢先表白，又狠狠瞪了喜旺一眼。

喜龙又生气地问邓娟："邓娟，究竟是哪个畜生干的？你告诉我，我去把他给宰了！"

"娟姑儿，你在干啥呀？"牛金秀惊叫一声，赶紧把邓娟的衣袖拉下来，遮住那些伤痕。

邓娟慢慢系上纽扣，冲喜旺厉声冷笑："贾书记，你的好奇心，已经得到满足了，你还站在这里干啥？"

喜旺一直没开腔。但他心里难过极了，各种念头纷乱地往他心里挤，挤得他有种要爆炸的感觉。不过，他晓得现在不能爆炸，他任何一种情绪表现，都会影响到邓娟的判断。最终，他控制住自己，轻轻摇摇头："邓娟，你说这些无关紧要的事来做啥？咱们应该着眼于当下的重要问题。"

"那你觉得啥才是重要问题？"

喜旺松了口气，看来，邓娟算是缓过来了。他微微一笑："邓娟，前些时，你回来投资铜矿项目的时候，大家都叫你邓总。可我从来没有这么叫过。我一直记得，我、你，还有喜龙，我们是从小到大的好伙伴。不管我们三人将来做了啥，取得了成功还是落难了，不管地位发生了怎样的变化，我都坚信，我们会一直是好朋友。我们都是蜀山养大的，我们的秉性是一样的，我们都晓得感恩蜀山。喜龙不出去打工，而在家里种毛梨、种'鸡眼睛'，并不是他出去赚不到钱，而是他觉得应该把力气用在蜀山上，把自己的家乡搞得漂亮一点……"

"对对对，喜旺说得对，我就是这样想的。"喜旺这么肯定自己，喜龙高兴得直点头。

"我呢，现在当了村支书。虽然我这个村支书，当得有些莫名其妙。但既然当了，我就会努力当好。邓娟你呢，在外面发了财，你首先想到的，也是咱们的蜀山。你搞铜矿项目投资，我晓得，你其实也是为了让蜀山的老百姓富起来。所以，我觉得我们真的是一路人……"

"别说得那么好听，"邓娟打断喜旺，"你不是明里支持暗中反对我搞铜矿吗？不是认为我在伤害蜀山吗？现在又来说这些漂亮话！"

"搞铜矿是好是坏，我们不在这里争论，"喜旺绕开话题，"我是说你的初心是好的。这一点，也是大家都肯定的。现在，铜矿项目被取消了，也只能说，你想回报蜀山的愿望，受到了一点小挫折。挫折谁没有遇到过啊。我之前想通过读书，跳出农门，脱掉农皮。但事实证明这条路行不通，所以我回来了。喜龙先前种野生毛梨，失败了，他改种'鸡眼睛'。蜀山垮塌，把他的'鸡眼睛'全毁了，这都是挫折。邓娟你搞铜矿，没搞得成，也是一种挫折。有挫折算啥，咱们转一个方向，初心不变，从头再来。"

"呵呵，你要我改个啥呢？"

"邓娟，咱们蜀山现在已经确立了要搞旅游开发。这是一件好事。不过，现在出现了困难。对咱们蜀山有兴趣的老板不少，但那些人的动机不纯，他们不是为咱们蜀山好，而是来圈地囤矿。来了以后，他们发现达不到目的，又走了。到现在为止，还没有确定的投资人。现在蜀山的老百姓，人心惶惶，情绪很不稳定……"

"哼，活该！"邓娟冷哼一声。

喜旺假装没听到："那天，蜀山的老百姓跑去李先生家里闹，说李先生'下烂药'，把老板撵走了。当时，我为了制止事端，撒了个谎，说老板已经确定了，一个星期就会到蜀山来。可明天一个星期就到了，老板却连个影子都没有。所以，我今天来，就是请你出面，救救我。如果你能投资，那再好不过。如果你不想投资，就假装说要投资，帮我渡过这个难关。你有那么大的资产，你的话，村民们都会相信。只要渡过这个难关，以后真的老板到来，那时候，不管是哪个投资，老百姓也不会再计较了。"

"呵呵，你的如意算盘倒是打得很不错啊。可惜，我没钱了，我也没兴趣。"邓娟说完，转身就往屋里走去。

"邓娟，你别走，你听我说，我的话还没说完呢……"

邓娟一步也没有停留。朱漆大门也随即在喜旺、喜龙面前"砰"一声关上，差点就把喜旺和喜龙的鼻子都碰破了。

这天一大早，喜旺被一阵巨大的吵闹声惊醒。

喜旺一翻身坐起来，发现村民们已经拥到他家的大门口了。他们手里拿着砍刀、木棍，撞得门窗噼噼啪啪直响。连那单薄的竹笆墙，也被村民们压得往里凸成了一张弓，就像随时都有可能绷断的样子。

喜旺赶紧冲下床，走到门口，对着外面大喊，请求大家不要挤。可外面吵成一片，挤成一片，没人听他的。

喜旺怕把门挤坏了，赶紧去开门。但他的手还没伸到门口，门"砰"的一声就被挤开了。一门口都是脑壳。那些脑壳伸出长长的、粗粗的脖子，像一颗颗粗大的蟒蛇头，喷着腥臭的唾沫星子，伸着冰凉的满是黏液的蛇信，直往他脸上舔来。

喜旺吓坏了，直往后退。可是，他往后退，那些蛇信就往前伸，对他紧追不放。他退不动了，身后是一堵墙，冰冷地把他顶住。那些猩红的舌头朝他逼过来，舌尖上全是沾着泡沫的腥臭黏液，那些黏液眼看就要滴在他的脸上了。

喜旺大声喊叫着、躲避着，但他无处可逃。喜旺吓得满脸大汗，绝望无比……也就在这时候，喜旺猛地从床上坐了起来。坐起来后他才发现，原来只是个梦。除了满脸大汗是真的，其他啥都没有。

窗外确实吵成一片，但并不是人声，而是鸟鸣。

喜旺坐在床头，一阵发呆，又一阵忧伤。这么好的鸟鸣，除了蜀山，还有什么地方可以听到？可为啥那些老板，都不愿意来蜀山投资呢？

吃过早饭，喜旺的老汉儿、老爷，依然在他娘的安排下，上山栽桑苗。

其实，要是没有喜旺娘逼着，喜旺老汉儿是并不愿意上山搞这件事的。

一天晚上，吃晚饭的时候，喜旺的老汉儿曾问："喜旺，听说没人愿意来蜀山投资了，真的么？"

当时喜旺斩钉截铁地告诉他老汉儿，旧老板是撤资了，但新老板已经找到了，一个星期后就会上山来。

他老汉儿有些不大相信："是不是哦……"

还没等他老汉儿把这种情绪完整地表达出来，他娘就冲他老汉儿一通吼："喜旺又不是你，他说的话，还能有假？"

喜旺晓得，这是他娘毫无原则支持他的表现。可恰恰是这种无原则的支持，让他心中非常惭愧。所以，当他看到他老汉儿、老爷被他娘撺上山栽桑苗的时候，他心里愈发地忐忑不安。

就在昨天，他给村民们订的一个星期的期限就到了。可是，依然没有任何老板要到蜀山来投资的迹象。没有老板来，今天他喜旺咋好意思出去见人呢？

不过，待在家里不出去，喜旺更加心慌。再说了，躲在家里不敢出去，喜旺还像个村支书么？

喜旺毅然跨出家门。

跨出了家门，喜旺却不晓得他要往哪里去。不知不觉，他就来到喜欢的地边。喜欢正在地里栽桑苗。喜欢的奶奶黄昌婆也在这里。喜欢挖窝，他奶奶就放苗；喜欢填土，他奶奶就浇水。

黄昌婆看见喜旺走过来，开心得脸上笑成了一朵花，那密密长长的皱纹，全成了花褶子："喜旺菩萨，感谢你送给我们这么多桑苗。"

要是旅游搞不成，给黄昌婆准备这么多桑苗，很可能就是害她。喜旺不晓得该咋回答，只得没话找话："三奶奶，你不要叫我菩萨……"

黄昌婆连连点头："对对对，看我老婆子这记性，又忘了。我不叫你菩萨，我只在心里叫你菩萨……"

喜欢在一旁好脾气地笑："奶奶，喜旺说不叫，就不叫嘛……"

"好，不叫，不叫。"黄昌婆发出脆脆的笑声。

喜旺发现，黄昌婆的喉咙里竟然没有那种鸡鸣声了。喜旺又仔细听了一会儿，没有，真的没有。很显然，黄昌婆喉咙里鸡鸣声的消失，与她现在搞养蚕织锦这件事，不无关系。

一想到这个，喜旺心中又添了一份忧愁。如果蜀山的旅游搞不成了，养蚕织锦也就搞不成了。养蚕织锦搞不成了，黄昌婆喉咙里的那个鸡鸣声，会不会又出现呢？

喜旺支吾两句，就赶紧离开了。他真害怕黄昌婆与喜欢提起旅游这件事。如果他们提起，他该咋回答？

走着走着，喜旺来到伍老大屋旁。

伍老大光着上半身，在挥锄挖地基，他臂膀上的汗珠，闪着耀眼的白光。

"伍老大，你还要修房子啊？"

"我为啥不修？"

喜旺讪讪地笑了笑。

伍老大受不住喜旺的笑，叫道："喜旺，你也瞧不起我？你觉得我也应该把钱入股严庄的农家乐？应该去帮严庄修房子对不对？我偏不，我偏要自己修！他严庄不是不准大家修吗？他有本事，就来阻止我？嘿嘿，我看他严庄根本就不敢来！全村人他都敢阻止，就是不敢阻止我！哈哈，他严庄怕我！"

原来伍老大一定要修农家乐，只是要和严庄赌一口气啊……

但是，严庄实力雄厚，就算没有老板上山来投资，严庄的农家乐，依然生意红火。可这对伍老大来说，那就是致命的了，难道伍老大不担心这点吗？

喜旺不敢再往下想，他又赶紧离开兴高采烈的伍老大，继续往前走。

喜旺晃晃荡荡，沿途碰到了好几个人。这些人对他都非常热情，称呼他为"贾书记"，把脸笑成一朵花。年老的，笑成花褶子；年轻的，笑成花瓣儿；小娃儿，笑成花骨朵儿。

奇怪啊，一个星期都过去了，没老板上山来，村民们不找他"背书"，为啥还如此兴高采烈？难道他们已经忘了他喜旺做出的一个星期的承诺？或者虽然没有忘，但已经完全不在乎了？

走着走着，喜旺来到吃喝耍扩建工程旁。

已经是中午，工地上的工人，都蹲在地上吃盒饭。

虽然旁边就是农家乐，回去吃饭也耽搁不了太多时间，但他们为了抢工期，显然连回去吃饭的时间都没有。

喜旺吓了一跳。他没想到自己竟然走到这里来了，赶紧埋下头，打算快步离开。

可是已经晚了，有人发现了他，在工地里喊了他一声。

喜旺只得停住脚步。这时候，喜庆手里捏着一个偌大的对讲机，摇摇摆摆地走了过来:"贾书记,来视察蜀山旅游开发建设现场么?"

"看看,看看……"喜旺本来只想含糊地应一声,没想到这么一来,还真有一种领导的派头。

"放心,贾书记,我们一定鼓足干劲,力争上游,多快好省搞好农家乐建设,绝不辜负贾书记对我们的殷切希望!"

"好,好……"

领导的派头越足,喜旺越心虚,越想快离开。

但喜庆兴趣盎然,不放他走:"贾书记,你看咱们这农家乐修得气派不?与城里最豪华的五星级宾馆,能不能比?"

"当然,当然……"

"贾书记,咱们的农家乐比城里的五星级宾馆还漂亮,你说老板要是上山来看见了,他是不是会很兴奋?"

"啥老板?"喜旺一下警惕起来,心里怦怦直跳。

"啥老板?到咱们蜀山来搞投资开发的老板呀!你不是说新老板一个星期就会上山来吗?"

喜庆意味深长地看着喜旺。喜旺觉得喜庆那目光,简直像两把锋利的刀。

喜旺转头看别处。别处都是蹲在地上吃盒饭的工人们。这会儿,工人们似乎都停止了吃饭,目光齐刷刷地射向他,一把一把都是刀,喜旺有一种万刀穿心的感觉。

喜旺一下崩溃了,赶紧道歉:"对不起,实在是对不起,老板没有上山来,我骗了你们,是我骗了你们……"

喜庆愣了一下,忽然哈哈一笑:"贾书记,你说一个星期,这还没到一个星期嘛……"

"没到一个星期?"喜旺也愣了,"昨天不就满一个星期了?"

"没有啊,算上今天,才五天,还有明天、后天呢……"随即喜庆的脸就阴沉下来,"啥意思?你的意思是,明后两天过了,也不会有老板上山来?你的意思是,你是骗我们的?"

喜旺不敢回答。他不安地转头四处看,发现不晓得啥时候,工地上所有的工人都放下饭盒，朝他围过来，把脑壳凑到他面前，眼睛都睁得铜铃一样，脸、脖子都粗红一片。

喜旺吓得往后退。但他无路可退，后脑勺一下就碰到人脸上了。喜旺只得又把脑壳往旁边挣，却又碰到了另一个人的脸。

喜旺转头找喜庆。喜庆的脑壳在脑壳们的外面，嘴巴对着对讲机，叽哩呱啦说着啥。喜旺想说点啥，但铺天盖地的吵骂声，已经喷射过来，把他淹没了。

"好啊，贾书记，你堂堂的书记，竟然说假话骗人！"

"我都把钱投到吃喝耍了，这是我的血汗钱啊，没有老板来，你是要我血本无归啊！"

"喜旺，你一向是个诚实的娃儿，咋突然骗起人来了？"

"他诚实？我早就看出他不诚实了！"

"喜旺，你为啥要骗我们啊？"

"你还没看出来么？他就是想保护那个李秉，怕我们去找那个李秉说聊斋。李秉给了他那么多钱，帮他家还债，他要回报人家呢！"

"他是李秉的孙子嘛……"

"这就是打胡乱说了，人家做过血缘鉴定的，人家没有血缘关系。"

"不管有没有，总之他是为了保护那个李秉才骗咱们的。"

喜庆的脑壳终于从一众脑壳中挤了进来。喜旺叫道："喜庆，让大家走开啊……"

"走开？往哪儿走？我们已经无路可走了！"喜庆不但不劝散人群，反而火上浇油，"叔爷老辈们，咱们已经无路可走了！咱们现在就抓住喜旺，去找李秉讨要说法。他李秉把老板都撵了，咱们要他还咱们老板。他要是还不了，咱们就不放喜旺！"

众人一拥而上，把喜旺抓起来，手反在背后，扯得喜旺弓起腰来。大家扯扯闹闹，往李秉家里走去。

有人觉得就这样推着扯着，还不太准确，于是把坐在屁股底下的报纸拿起来，折成一个尖尖帽，给喜旺戴在头上。

半路上，他们走过伍老大的屋旁。喜庆看见伍老大臂膀上的汗珠正熠熠闪光，忙喊道:"伍老大,你还修啥房子嘛,别修了!"

"为啥不修了?"伍老大傲然问道。

"都没有老板来投资,你还修来做啥?严主任的吃喝耍都不修了。"

"嘿嘿,他不修,我偏要修!"

喜庆嘲讽道:"伍老大,你的脑壳被门夹了?没有老板来,就意味着赚不到钱。赚不到钱,你还修来做啥?你的钱多得想用来打水漂么?"

伍老大才突然明白过来,自己傲然得毫无道理,不禁慌张起来:"没老板来?为啥没老板来?喜旺不是说一个星期后老板就会来吗?"

"喜旺骗人的呢,你被骗了!"

"骗人?喜旺为啥要骗人?"

"还不就是为了保护李秉。走走走,跟我们一起去找李秉,让他还我们的老板!"

"好好好,找李秉,让他还我们老板!"伍老大毫不迟疑地把锄头一丢,冲上来,还伸出手,把喜旺的腰往下压了压。

"还我们老板!"喜庆振臂高呼。

"还我们老板!"众人跟着振臂高呼。

一路上不断有人加入进来,队伍越来越庞大,人数越来越多。大家推着喜旺,兴高采烈,像过节一样。

众人又走过喜欢的桑树地。黄昌婆看见了,吓得脸都白了:"天神,你们要把喜旺推到哪儿去啊?"

"三奶奶,喜旺骗了我们,没有老板来投资,他说老板会来。我们推他去找李秉,让李秉还我们老板!"

"你们不要这样,以前你们的老汉儿、老爷斗争喜旺老爷,给喜旺老爷戴尖尖帽,扯着他游街,把他的腿都打残了,现在你们又斗争喜旺。你们这是作孽啊……"

"三奶奶,你老糊涂了。喜旺是骗了,我们在斗争骗子呢。"

"不要啊,不要作孽啊,赶紧放了喜旺,求你们了……"黄昌婆都跪下来了。

但是没人听黄昌婆的,大家押着喜旺,兴高采烈浩浩荡荡往前走。

"还我们老板!"喜庆振臂高呼。

"还我们老板!"众人跟着振臂高呼。

黄昌婆颤巍巍地站起来,却发现喜欢也跟在众人后面了,忙大喊道:"喜欢,你要到哪儿去?快回来!"

"奶奶,没人来投资,咱们的桑树就白种了。我也要去让李先生还我们老板。"

"回来,你不能去,回来……"黄昌婆的喉咙里忽然鸡声四起。她大声喊,但她喊出来的都不是她的声音,竟然全是鸡声。

"还我们老板!"喜庆振臂高呼。

"还我们老板!"众人跟着振臂高呼。

"还我们老板……"喜欢不敢把手举起来,但是他嘴里也弱弱地念叨起来。

震耳欲聋的呼喊声,惊动了正在地里管理"鸡眼睛"苗的喜龙。

当他终于搞清楚路上那个庞大的游行队伍想干啥的时候,一下就慌张了。他朝队伍跑了几步,想把喜旺解救出来。可他只跑了几步就停住了,那是一个黑压压的游行队伍,而他只有一个人,能把喜旺救出来吗?

喜龙想了想,朝喜旺家的桑苗地跑去。远远地,他就大声喊:"月英婶,月英婶,喜庆他们把喜旺抓起来了,脑壳上还带着一顶尖尖帽呢!"

马月英丢掉桑树苗就跑过来,抓住喜龙,满脸苍白。

马月英拔腿就往山下跑。贾队长大声喊:"喜旺娘,你别去,千万不要去啊!"

见喊不住马月英,他忙低声命令贾有德:"快,去把你婆娘拦住!"

贾有德跑过来,一把箍住马月英,箍得死死的。

马月英怒不可遏:"你箍住我干啥?你这没出息的东西,自己儿子受欺负,不敢出面,还阻止我!"

贾有德也不生气,嘻嘻笑:"不是我要箍住你,是老汉儿要我箍住你,你有意见,去跟老汉儿说。"

贾有德力气大,把马月英抱起来,转了个身,让她正对着贾队长。

马月英冲贾队长吼:"他老爷,你忘了那些人曾经给你戴尖尖帽,把你的腿打断的事么?现在你孙子又被他们戴尖尖帽呢!你为啥还要阻止我,你不怕他们把你孙子的腿也打断?"

"喜旺娘,你别担心,时代不一样了,谅他们也不敢动手。"贾队长笑了笑。

"就算他们不敢动手,那也是丢脸的事,你就忍心看你孙子丢脸?"

"不丢脸。他不是为个人,他是为公家的事,一点儿也不丢脸。"贾队长道,"喜旺要当好这个村书记,他就得经历这些。如果咱们去护他,为他撑腰,他就永远长不大……"

马月英把贾有德一甩,墩他一屁股:"你还箍着我干啥?"

贾有德没注意,被马月英墩倒在地上。

马月英挣脱贾有德,便往山下一通猛跑。贾队长不再说啥,只是轻轻地叹了口气,把烟杆塞进嘴里,默默地吸。

喜龙忽然明白过来,找马月英,其实是没啥用的。马月英就算去救喜旺,也起不到啥效果。这时候,他想到了邓娟。他觉得,就目前来说,邓娟可能是唯一可以把喜旺救出来的人。

但是想到邓娟,喜龙就生气。都是这个邓娟,要不是她拒绝,喜旺也不会有这样的遭遇。

喜龙怒气冲冲跑到邓娟家的"小蜀山"前。这一次,他不再像以往那样,小心地躲在一旁观察,而是径直冲到大门前,举起拳头,对着朱漆大铁门一通猛砸。

院里的狗狂吠起来。低沉的吼声,震得地面都有些抖动。喜龙毫不畏惧,继续砸。

牛金秀走了出来,把狗喝住。她打开门,看见是喜龙,不高兴地说:"喜龙,你咋了?你要把门砸烂啊?"

喜龙也不客气:"金秀婶,你让邓娟出来,我有话跟她说!"

牛金秀更不高兴了:"上次不是跟你说过了么,娟姑儿不想见任何人,你又来做啥?"

喜龙把手掌合成一个喇叭,冲屋里大喊:"邓娟,你是个自私鬼,你从来就只想到你自己,没有想过帮助别人!喜旺让你出面帮个忙,你不愿意,现在好了,喜旺被人家抓起来了!邓娟,以前你瞧不上我,我告诉你,现在我也瞧不上你了!你已经不是我心目中的那个好姑娘了,你变了,你大变了……"

牛金秀大吃一惊："喜龙,你干啥?你咋能这样说我家娟姑儿?闭嘴!赶紧闭嘴……"

不过,牛金秀突然就没再往下吼了,因为她看见喜龙已是满脸泪水。喜龙也不再吼,声音变成了呢喃:"你变了,邓娟,你为啥会变成这样?以前的邓娟到哪里去了?到哪里去了……"

喜龙垂下头,摇摇晃晃地离开了邓娟家,又拼命往前跑,一口气跑到李秉家院门前。

李秉院门前聚集了一大堆人,比先前他看到的人多了很多。马月英站在外围,一下一下地往里扑,想扑进去把喜旺救出来。但是,外面的人把她死死拦住,马月英像碰在墙上一样。

冲不进去,马月英就在外面破口大骂,骂一阵,又哭一阵。可村民们嘻嘻哈哈,听戏一样,对她的哭骂毫不在乎。

喜龙见没人注意他,猛钻进人群,一把扯下喜旺头上的尖尖帽,拉着他就往外拖。

"喜龙,你走开,不关你的事。喜旺骗了我们,我们要他负责。"喜庆冲过来,把喜龙推开。

喜龙叫道:"他骗你们啥了?老板愿不愿意来投资,又不是喜旺做得了主的。你们抓他干啥?有啥用?"

"我们要他赔我们老板!他既然骗了我们,他就必须给我们赔一个!"

"老板是喜旺的儿?让他赔一个,他就给你们赔一个?"马月英在外面大喊。

喜庆劝喜龙:"喜龙,你护着喜旺干啥?没有老板来,你那'鸡眼睛'不都白栽了?你是不是脑子坏了?"

"不管赚不赚钱,咱们都不能冤枉喜旺!"

这时候,喜旺摇摇头,对喜龙轻轻说:"喜龙,你走吧,他们没有冤枉我,确实是我骗了他们……"

"看吧,喜旺自己都这么说。喜龙,你多管闲事!"喜庆得意地猛推了喜龙一把。喜龙后退几步,刹不住脚,跌倒在地。

喜庆不再理喜龙,走到院门前,举起手要砸门。不过,他还没砸下去,门却已经自动从里面打开了。身材高大、满脸严肃的李秉,赫然出现在门口。旁边,成老师紧紧靠着他,对着众人怒目而视。

"你们在干啥?赶紧把喜旺放了!擅自限制别人人身自由,是犯法的。你们晓得不?"

"不犯法。他不是人,他是骗子。嘿嘿,你别不信,刚才他自己都承认是骗子了。"喜庆振振有词。

"他没承认,他不是骗子!"喜龙大声辩解,又冲喜旺喊:"喜旺,告诉他们,你不是骗子!你所做的一切,都是为他们好!"

喜旺依然只是低垂着脑壳说:"我是骗子,我确实骗了大家……"

喜龙恨得直跺脚。

喜庆更加得意:"李先生,喜旺当骗子,罪魁祸首是你。是你'下烂药'把老板撵走了。你得赔我们老板!"

成老师憋不住了:"你们怪老李!你们这些人,晓得老板为啥撤资走了吗?都是因为你们前期乱砍滥伐,现在又抢搭乱建,把蜀山搞得一塌糊涂。那些老板觉得蜀山没有开发价值了,所以来了又走了。都是你们自己造的孽,你们还好意思怪老李!"

场上一下安静了。大家都明白,成老师说的是对的。

但就算是对的,那又怎样?喜庆不喜欢这种安静,他大声叫道:"才不是呢,如果李先生不给老板'下烂药',老板就不会撤资!李先生,你敢说你没给老板下过'烂药'?"

"我是提醒过老板,但我下的不是'烂药'……"

"提醒就是'下烂药'!嘿嘿,你既然'下烂药'撵走了老板,你就必须把老板给我们还回来!"

"还回来!还回来!"村民们跟着此起彼伏地喊。

"不还回来,就把他抓起来!"

"对,把他抓起来,抓起来游街!"

便有村民上前,想抓李秉。

成老师猛地站到李秉面前,双臂在胸前一横:"我看你们谁敢抓?敢抓的就上前来!"

村民看了成老师那气势，果然谁都不敢上前。

"抓呀，你们咋不敢动手了？"喜庆有些气急败坏。

"要抓你抓，你咋不动手……"有人不满地嘀咕道。

喜庆确实不敢抓成老师。

当然了，他也不能示弱，不能说自己不敢抓，喜庆自有办法，他叫道："算了，我们不去抓他，我们就抓喜旺。我们抓喜旺去游街。李先生他要是不答应把老板给我们还回来，我们就一直推着喜旺游下去，一直游到县上去。"

众人都觉得这是个好主意。再说了，推着一个低头认罪的喜旺游街，实在是一件有趣的事情。于是众人呼呼喝喝，又往蜀山乡镇走去。

他们呼呼喝喝地走过人口密集的村庄。

他们呼呼喝喝地走过吃喝耍农家乐。

他们呼呼喝喝地走过村头。

一路欢声笑语，好不快活。有人觉得还不够热闹，从家里拿出一面锣、一副钹，提在手里，铛铛铛，咚锵咚锵。

不过，当众人从村头走上通往蜀山乡镇的公路时，一辆高大威猛的黑色路虎，拦在了路中间。路虎的旁边，站着那位蜀山人已经看见过很多次的鸡冠头司机。鸡冠头司机嘴里嚼着一根草，歪着脑壳看众人。鸡冠头司机的旁边，则是一身素白衣袂飘飘的邓娟。

邓娟并没有看吵成一片的众人，她似乎只对路旁的一朵小花感兴趣。

"邓总……"喜庆有些心虚。

这是一个曾经如雷贯耳的名字，当喜庆喊出这个名字的时候，所有人忽然都震住了，安静下来，停住脚步。

邓娟没有应答喜庆，只把手往旁边一伸。那个鸡冠头便迅速地掏出一支烟，放在邓娟伸出的兰花手指上，又低俯下头，殷勤地打火，为邓娟点上烟。

邓娟深深吸一口，悠悠吐出后，才抬了抬眼皮，轻轻问众人："你们这是把贾书记往哪儿推？"

喜庆往左看，左边的埋下头。喜庆又往右看，右边的也埋下头。喜庆终于明白，回答邓总的话,是一个艰巨的任务。这个任务,只能由他自己来完成。他不看邓娟,看别处,高叫道:"邓总,喜旺是骗子,我们要推他去游街……"

"他骗你们啥了?"邓娟轻轻吐出一个烟圈。

"他骗我们说,老板一个星期就会上山来投资……"

"一个星期了吗?"

"没到一个星期。但是,他今天亲口说了,就算一个星期过去了,也不会有人上山来,他是骗我们的!"

邓娟再吐一个烟圈,冷冷地说:"我不是已经在这里了吗?贾书记哪里骗你们了?"

"你……"喜庆一时没反应过来。

"对呀,我就是喜旺所说的老板,明白了吧?本来,我是要一个星期后再宣布这个决定的。你们如此心急,我也只好提前说了。"

"你不是,你不是回来了吗……"喜庆吭哧吭哧说出这句。

"我回来了又怎样?你是不是以为我回来了,就垮台了?喜庆,我告诉你,我就是垮台了,手上也有几十个亿。几十个亿,喜庆,这么多钱,你可能想都想不到有好大一堆!"

"大胆,竟敢诅咒我们邓总垮台,你真是有眼无珠!"高大威猛的鸡冠头司机走到喜庆面前,双手在胸前一抱,怒视着他。

喜庆的腿有些发软,往后退了一步。他显然被邓娟的气势给吓住了,赶紧说软话:"不敢,邓总,我说错了,错了……"

他身后的人也跟着哈腰,堆起讨好的笑。

"既然晓得错了,还抓着贾书记干啥?赶紧放了!"邓娟大声命令。

"你们还不放是不是?还不放,咱们邓总立刻宣布撤资!"鸡冠头司机威胁道。

"是是是,我们赶紧放,赶紧放。"喜庆回头吼众人,"你们还抓着贾书记干啥?还不赶紧放人!"

事实上,人们早就把喜旺放了,谁也没再抓着他。喜庆的话,有点马后炮的味道。

喜旺揉捏着发麻的胳膊,喃喃地叫了一声:"邓娟。"

"邓娟!"喜龙却是狂喜不已。

邓娟转过身，往路虎车走去。鸡冠头还像以前那样，抢先冲上前，打开车门，手护在门框上方。等邓娟上车后，他又快跑到另一边，打开驾驶室门。很快，路虎车轰起一道烟尘，消失在不清楚去向的远方。

在路虎车卷起的铺天烟尘中，村民们兴致勃勃地和喜旺讨论起来。他们向喜旺打听邓娟将在山上打造啥项目、啥时候开始实施，又夸赞喜旺这个书记当得好，能说动邓娟重新投资旅游，简直就是功在当代、利在千秋。

喜旺脑壳有些发懵。刚才他还是"囚徒"，被大家反剪着手，带着尖尖帽，狠压着腰。现在又被表扬是好领导，是大功臣。喜旺都不晓得自己究竟是一种啥角色了。

这时，唐朗与和平急匆匆跑来。离着大老远，唐朗就喊："喜旺呢？喜旺在哪儿？你们把喜旺抓到哪儿去了？"

喜旺从人群中走出来，村民们众星拱月一般围在他身边。

轮到唐朗发懵了，不是说喜旺被抓起来游街了吗？这唱的是哪一出啊？

第二十五章　文化专家

邓娟宣布将要投资蜀山旅游开发，让唐朗很是兴奋了一阵。

这实在是个大好的消息，不仅找到了投资人，还找到了本地投资人。本地人投资，其示范带头作用，是无可估量的。

唐朗第一时间向杨书记做了汇报。唐朗不抢功，他告诉杨书记，是喜旺动员的结果。杨书记也不管是哪个动员的，总之这是个让人兴奋的消息。他让唐朗约到邓娟，他要亲自和邓娟见一面。

可是，让唐朗没想到的是，此后便再也联系不上邓娟了。

打邓娟的电话，一直处在关机状态。他还专门去了一趟"小蜀山"，但牛金秀告诉他，邓娟自那天出去后，就再没回来过。

唐朗慌了。这边刚向杨书记报告找到投资人，那边投资人就联系不上了，这不明摆着跟杨书记撒谎吗？

联系不上邓娟这件事，他还不敢向更多的人打听。蜀山人的神经上都挂着风，一旦听说邓娟"失联"，他们可能立刻就会炸开锅，又有一番新动荡。

正当唐朗一筹莫展的时候，李秉给他打来电话，说想见他一面。

唐朗忙往李秉家跑去。

进了李秉院子，发现李秉已经泡好茶，坐在院里等他了。喜旺也在那里，陪李秉聊天喝茶。

李秉开门见山就问："唐书记，是不是正为找不到邓总而发愁啊？"

"是啊，李先生，你晓得邓总去哪儿了吗？杨书记还等着见她呢！"

李秉笑笑："我也不晓得啊……"

唐朗大失所望，情绪一下就低落了。

李秉又笑笑："来，不着急，先喝茶，先喝茶。"

唐朗端起茶，递到嘴边，一口就喝个精光。李秉又给他续了一杯，他再送到嘴边，又一口喝个精光。李秉第三次给他倒，他送到嘴边，正准备又喝一个精光的时候，李秉按住他的手："唐书记，一口吃不了个大胖子啊，何况是茶……"

唐朗不好意思地放下茶杯，但是他又搓手，似乎不把茶喝光，就不晓得该干啥。

李秉幽幽说道："唐书记，邓总如果愿意在蜀山投资，确实是个不错的选择，但是，咱们也不能把希望都寄托在她一个人身上啊……"

"可是，除了她，再没人说要来投资了啊……"唐朗丧气地说。

"唐书记，想过为啥没人来投资吗？"

因为来的人都被你撵走了啊！唐朗差点把村民的这句话吐了出来。当然了，唐朗不会这样说，他只是摇摇头："是啊，李先生，我正疑惑呢。咱们蜀山这么好的地方，为啥就没人来呢？"

李秉端起茶杯，呷一口："唐书记，我正想和你聊这个问题呢。咱们蜀山确实是一个有很深厚底蕴的地方，但是我觉得其实也存在很大问题。一个地方要发展旅游，无非是自然和文化两方面。咱们蜀山的自然风光当然是不错的，但也遭到了很大的破坏，尤其是长期不重视保护。'大跃进'那会儿，大量砍树炼钢。土地到户后，为了种庄稼，解决温饱，又大量开荒。后来发展经济，又大量卖竹树。这么一来，蜀山的林木都被砍得差不多了。再后来，村里人又都拥出去打工，没人对蜀山进行管理培植。你说，一座光秃秃的荒山，别人来看啥呀？所以，真要搞旅游开发，首先得把植被恢复起来，把树栽起来，让山绿起来……"

"不行啊，李先生。"唐朗打断李秉，"十年树木，这得要多长时间，才能把植被恢复起来啊。发展是不能停下来的，等不到那一天啊！"

"不等，我们一边恢复植被，一边发展产业。植被慢，产业是可以很快就搞起来的。喜旺最近就在为搞产业的事情……"

唐朗显然对李秉讲的"产业"没兴趣，不等他讲完，就问喜旺："喜旺，我听说，前段时间你在对蜀山进行文化考察，你考察得咋样了？你把考察报告给我，我拿去招商，我就不信没有老板来！"

喜旺摇摇头："我先前确实做了一段时间的考察，但惭愧得很，啥也没考察出来，因为蜀山实在没留下啥文化遗址……"

"没考察出来？是不是你能力有限啊？"

"我确实能力有限……"喜旺竟然低头承认了。

"我听说你的老师司马昔教授，是国内非常有名的考古专家和文化专家。"唐朗道，"喜旺，你去把司马教授请来，让他给咱蜀山搞一次文化考察，如何？"

"不行不行！"喜旺赶紧否定。

"咋不行？我看很合适。"唐朗打断喜旺，"我还听说，国内很多地方打造旅游开发，都是请他去考察设计的。如果他能来给咱们蜀山设计一下，搞个设计报告。到时候咱们拿着这个报告去招商，还怕没人来投资吗？"

"这，这……"

唐朗直接下命令："咱们得学杨书记，做事就要雷厉风行！你现在就回去收拾一下，明天一早就出发，争取尽快把司马昔教授请来。"

唐朗说完，拉着喜旺就走了。

李秉望着唐朗急匆匆的背影，摇摇头，轻轻叹了口气。

司马昔教授住在一个高档别墅小区，喜旺转了好几次车，又走了很多路，才来到这个小区外面。

这个高档别墅小区的门卫管理极为严格。尽管喜旺做了非常详尽的解释，门卫依然不允许他进去。门卫说，除非住在里面的业主出来把你接进去。门卫说，你打个电话，让他们出来接你。

这个电话喜旺打不了，他既没有手机，也不晓得司马昔教授的电话号码。林蝉应该也有电话，但他也不清楚。

喜旺急了，掏出身份证递给门卫："你看看，这个身份证上的照片是不是我？身份证是最有法律效力的证件！"

门卫只是笑笑，毕竟是别墅小区的门卫，有一副很好的脾气，一直非常有礼貌地和喜旺说话："对不起，先生，身份证在我们这样的地方，是没有用的。"

喜旺火了："你们这里不是中国的地盘？身份证是中国公民的标志，为啥在你们这里没用？"

门卫依然微笑着说："先生，我们这里确实是中国的地盘，身份证确实能够证明你是中国公民，但并不能证明你是这个小区的业主。我们这里唯一有效的凭证，就是业主的脸，或者是他们打的招呼。"

喜旺不服，反复不断地解释身份证的法律意义。渐渐地，优雅的保安也失去了耐心，冷冷说道："先生，你不用多说了。我这么跟你讲吧，如果有一条狗是这个小区里的，就算没有身份证，我们依然会凭它的脸，让它进去。"

"你的意思是，我连一条狗都不如？"喜旺咆哮起来，试图上前抓门卫的衣服。

喜旺这样做的代价是很大的。门卫们纷纷走过来，不由分说，就把喜旺架起来。当然了，优雅的他们是不会打喜旺的，他们只是把喜旺架了出去，放在路边。

喜旺又冲回去，再次上前抓门卫的衣服。门卫们当然不会让他得逞，扯起他。这次是扯他的四肢，就像扯一条垂死挣扎的狗。

能进小区的狗是有脸的，喜旺进不了小区，他连脸都没有。

喜旺摇摇晃晃又走进来。门卫又准备来扯他，喜旺忙说："你们别过来，我不进去，我站在这里等。"

门卫们见他果真不往里面走，也懒得和他说了。

喜旺在门前等了很长一段时间，从中午等到傍晚，依然没有看见司马昔教授和林蝉的身影。

门前倒是不断有人出出进进，都非常顺畅。过道那里有一扇小门，每个人只要从那里过，小门自动就缩了进去。那人走过后，小门又自动伸出来。喜旺虽然在这座城市上了几年大学，但那时候他基本上都窝在学校，很少出来。这样的情况，更是从来没见过。

这会不会是一种热感应？

喜旺瞅准门卫没注意，偷偷地往门口走去。

门卫很有敬业精神，非常及时地发现了喜旺的小动作，过来制止："先生，请你出来。"

一不做二不休，既然已经到门前了，索性就硬闯。喜旺加快速度，猛跑起来。

哪晓得那门并不是热感应，喜旺结结实实撞在门上，又弹回来，摔倒在地。不等他爬起来，门卫们已经走拢，用熟练的"扯死狗"动作，扯起他的四肢，又往路边捉。

这时候，小区的业主渐渐下班回来了，一时围过来一大堆人。

喜旺拿眼睛怒视那些围观的人，愤怒让他的眼球一下从眼眶中凸了出来。这样子实在太吓人，那些围观的人，赶紧转身离开。却在这时候，喜旺看见了人群中满头白发的司马昔教授。这一发现让他惊奇不已，心情一高兴，忙把眼珠收回眼眶，跳起来，抓住司马昔的衣袖，兴奋地叫道："司马教授，司马教授，真是您啊！"

但司马昔并不认识喜旺。他慌张甚至有些惊恐地扯喜旺的手，试图把他的手扯开："你是哪个？你抓住我干啥？"

"我是贾喜旺啊！司马教授，您把我忘了么？"

"贾喜旺是哪个？"司马昔还是一脸惊恐。

"我是……司马教授您忘了，我是您的学生，您的学生贾喜旺啊！"

"我有过你这样的学生？"

"您真的想不起我了？我是……我是林蝉的同学，读到大四的时候，退学了的那个……"

"哦，原来那个退学的就是你啊！"司马昔终于想起来了，瞥了喜旺一眼，"你到这里来做啥？"

"找您呢……我本来要进去找您的，门卫不让进。门卫还说……"

"找我干啥？"司马昔更加警惕。

"司马教授，我们县委书记派我来找您的！"喜旺害怕司马昔拒绝他，干脆往大里说。在他心中，县委书记就是天大的官了。

司马昔一愣，随即哈哈笑道："他们不允许你进去么？好好好，我带你进去。"

司马昔带着喜旺穿过门口时，训斥门卫："你们抓他干啥？他是我的一个学生。"

"司马教授，原来是你的学生啊，我们不晓得啊……"门卫承认错误，却又不忘揶揄一句，"下次你要再有这样的学生来，你就提前给我们打一声招呼吧。"

进小区后，顺着高高矮矮的坡道，司马昔兴致勃勃地向喜旺介绍他们这个高档别墅小区里，各种先进的现代化技术，各种高档的设施，以及那些价值上千万的独栋房屋。喜旺心里不是滋味，他默不作声，听着司马昔一路炫耀，一直走到他那座独栋别墅前。

推开院门，穿过花园，迈过门廊，推开客厅的大门。

打开门的一瞬间，喜旺的心怦怦直跳。不过，把客厅环视了一大圈，却并没有看见林蝉。只有一个清洁工，趴在桌子底下，双手抱着一张毛巾，用力地擦着地面。

喜旺有些轻松，问："司马教授，我的老同学林蝉呢？咋没看见？"

清洁工从桌下钻出来，满脸尴尬——原来并不是清洁工，竟然就是林蝉。喜旺心里一阵快活，一句俏皮话毫无来由地从嘴里蹦出来："司马教授，您为啥不找个清洁工来做清洁啊？女人像花一样，是要养的。您让我老同学到你家来，干清洁工的事，这可没养好啊……"

司马昔眉毛一挑，大笑道："喜旺，你好像很懂女人的样子啊？你有过几个女人啊？"

林蝉把围腰帕一解，也不看喜旺，上前挎住司马昔的胳膊："喜旺同学，你误会我先生了。我先生多次说要喊清洁工来做清洁，可是我嫌弃那些清洁工做得不干净，才自己做的。"

喜旺不想就此罢休，又问："上次你不是告诉我，你在跟着司马教授读研吗？难道你没读了？"

林蝉看了司马昔一眼，答道："是，我没读了。"

喜旺大喜，又冲司马昔说俏皮话："司马教授，林蝉读大学的时候，可是咱们班的高材生，同学们都说，她在跟着您读研，然后再读硕士，读博士，读博士后。可为啥突然就不读了，专门在屋里打扫清洁啊……这要是让同学们晓得了，大家肯定会为她鸣不平的，觉得司马教授您这是辜负了一代英才啊……"

林蝉哼一声："喜旺同学，你不能怪我家先生，是我自己不想读的。嘿，人读书为了啥？读出来不就还是要找一门工作吗？找工作不就是为了让自己日子过得好一点儿吗？我先生把吃的穿的全都给我包了，我何必还要辛苦受累去挣那个钱！"

司马昔拍拍林蝉绕在他臂弯里的手，笑道："蝉儿虽然说得俗气了一点，可事实也是如此。跟着我，她衣食住行各方面都不用愁，有必要去找工作吗？"

喜旺不由自主地往后退，一下退到沙发旁。没想到身子是软的，他一屁股就坐了下去，不过却只是坐在了红木沙发的扶手上。扶手击中喜旺的尾椎骨，疼痛火一样冲进脑袋里。

"喜旺，你没事吧？"司马昔似笑非笑。

"没事……"喜旺艰难地吐出这两个字。

司马昔又拍拍林蝉的手,微笑着说:"蝉儿,你去给咱们磨一点咖啡,我和喜旺说点事。"

"不用,我不口渴。"说完这句硬气话后,喜旺才发现他说错了。显然,咖啡不是用来解渴的。"司马教授,咱们说正事吧。我是我们县委书记杨书记让我来请您去我们蜀山,做文化考察的!"喜旺再次把"县委书记"强调了一遍。

司马昔笑笑:"喜旺,我记得你们县上曾打电话来问我,是不是我资助了你搞蜀山的文化考察?当时我还纳闷呢,我没资助过呀,这是咋回事?"

喜旺心里升起一股傲气:"呵呵,那是县上搞错了,是省上一位领导赞助我,让我搞蜀山文化考察的!"

"省上的领导?不错啊……"司马昔冲喜旺伸了伸大拇指,又意味深长地说,"喜旺,既然省上的领导都支持你搞蜀山文化考察,你搞就是了嘛,为啥你们县委书记又让你来请我?"

"还不是杨书记固执。"喜旺一傲气,连杨书记也不当回事了,"我已经告诉他,蜀山被破坏得太严重,山上几乎没有任何一项遗迹遗址,可他偏偏不信,想让司马教授您亲自前去证实一下。"

"你的意思是,请我去你们那里,就是为了证明一下你的结论?"司马昔嘴角扯起一丝笑。

喜旺有些得意:"其实不用证明。但既然他们一定要证明,司马教授您就证明一下吧。"

"证明一下……"司马昔哈哈一笑,"喜旺,不管你是来请我去搞蜀山文化考察,还是去证明一下你的结论。我告诉你,我都不会去。这件事不是针对你。既然是你们整个县的行为,那就请你们县委书记亲自来请我。我非常忙,找我给他们搞文化考察、旅游开发设计的,都排着队呢。就算你们县委书记亲自来,我也得看看我有没有时间。你懂了吧?好,今天咱们就聊到这里,我也不陪你了,我还得忙事情。"

说着,司马昔站起来,伸出冰冷瘦弱的手指,在喜旺的手上碰了一下。

喜旺想再说一点啥,但已经没机会了,他就这样糊里糊涂地被司马昔送出了门。

出门时，喜旺不自觉地抬头朝楼上瞟了一眼。林蝉似乎还在磨咖啡。

唐朗不但雷厉风行地安排喜旺进城请司马教授，又雷厉风行地把贾队长、严庄、李师公、觉英、喜龙、马月英、涂三姑、黄昌婆等人找来开会。

平和问唐朗："要不要请贾乡长和陶指挥长一起来开会？"

唐朗说："不叫他们。你赶紧去通知人，雷厉风行！"

很快，通知的人都来了。

这个会开得很特别，男女老幼，啥人都有。大家互相看了一眼来开会的人，都搞不清楚唐朗是啥意思。

觉英跑去坐在马月英身边，笑着看马月英，全然不顾贾队长也在座。马月英没理他，往旁边挪了挪。

平和向大家解释："唐书记说，咱们今天召集的，是村里的文化人开会……"

严庄插话道："既然是文化人开会，就应该把喜庆也叫来。喜庆在外面走南闯北那么多年，他见过的桥，比咱们这里很多人走过的路还多。他当然是很有文化的。"

喜龙扁扁嘴，哼了一声。

唐朗挥挥手："那就给他打个电话，通知他来吧。"

严庄说："李师公，你给喜庆打。"李师公掏出手机就大声武气打起来。

平和皱皱眉："李师公，你到外面去打。"

李师公出去后，唐朗咳一声："各位，大家都晓得，咱们蜀山要进行旅游开发。要进行旅游开发，就得要有文化。大家都摆一摆，咱们蜀山究竟有啥子文化？"

觉英因为坐在马月英身边，很兴奋，抢先说："唐书记，不是说邓总要投资吗？应该先问问她想咋搞啊。"

唐朗赶紧遮掩："邓总当然要投资。咱们开这个会，正是邓总让咱们开的。邓总说了，哪方面有文化，她就投资哪方面。所以今天特地把大家喊来，大家讨论一下咱们蜀山的文化。"

这时候，门一下被撞开了。喜庆大摇大摆地走了进来。仿佛他本来就在门外守着，李师公一喊，他就撞进来一样。

/ 第二十五章 文化专家 /

喜庆一进来，就喧宾夺主地问："唐书记，啥子叫文化？"

喜龙再一次扁扁嘴，哼了一声。

觉英偷偷瞧了严庄一眼，又转头看了看马月英，想和马月英做一个会心的微笑。可是马月英一直没看他，结果他这个会心的微笑没做成，让他十分遗憾。

唐朗见大家实在开不了腔，又点拨："你们不明白啥子叫文化，没关系。咱们不说文化，这样说吧，蜀山搞旅游，就是一个目的，要让外地人、城里人愿意来耍。你们说，咱们这儿有啥东西，能够吸引外地人、城里人掏钱来耍啊？"

"吃喝耍里耍的多得很，来就是了！"喜庆傲然地说。

贾队长则把烟杆从嘴里取出来，说道："咱们农村就是种庄稼。外地人、城里人又不会种庄稼，到咱们这里来做啥？"

"贾队长，你是没去外地看过，外地人可会种庄稼了。"喜庆又接话炫耀，"外地人的庄稼地，一望无际的白菜，一望无际的蓝莓，大棚种的，好多的大棚！"

"谁不晓得，那大棚种的，根本就不好吃……"喜龙顶他一句。

李师公不甘示弱，也接话："也不完全在大棚里，得看温度。像深圳这样的地方，本来天气就热，根本就不用大棚。满地都是香蕉，宽枝大叶，无边无际。"

涂三姑轻笑一声："李师公，你是做梦去的深圳？"

"胡说，兰花打电话给我讲的！"李师公理直气壮。

"兰花婶都六七年没回来过了，她还给你打电话？"

"她是我婆娘，咋会不给我打电话！"李师公气急败坏。

"真的是她打电话给你说的？"喜龙追问一句。

"当然是她打电话给我说的！"

喜龙冷哼一声："就算我从来没出去过，我也晓得，深圳到处都是工厂，根本不可能有地种香蕉……"

觉英也跟着嚷："对呀对呀，有德就在深圳干了八年。有德给我讲过，深圳除了工厂还是工厂，根本就找不到一块空地。月英，有德是不是这样说过？"

觉英认为这下马月英应该要理他了，没想到马月英还是不理，连头也不转一下。

李师公怒了："深圳大得很呢，有德在一个地方，兰花在另一个地方，有德咋晓得兰花看见了啥？"

"有德跟我说过，他们就住在一个地方。"觉英再转头看马月英，"月英，有德是不是说过，他和兰花住在同一个地方？"

马月英觉得她还是要应一声才好，不应一声，大家就会一直注意她："这倒是真的。有德很长一段时间失忆了，他要是没看见兰花，他甚至连自己姓啥都不晓得。"

"有德看见兰花，他才连自己姓啥都不晓得呢……"涂三姑悄悄说一声，和严庄做一个会心的笑。

唐朗赶紧拉住众人狂飙的话题："好了好了，大家不要扯这些。咱们蜀山的农业，还有咱们蜀山的自然风光，这些都不用说了，那是现实摆在那儿的。咱们还是来说文化……唉，你们不懂文化，我就再说得明白一点。文化就是古人留下来的东西，祖传的东西……"

"黄三娘家里的那件黄马褂，就是祖传的东西。"马月英兴奋地问黄昌婆，"老佛爷赏赐的呢，对不对啊黄三娘？"

黄昌婆很高兴，张开没牙的嘴笑。

"对，这个算。"唐朗说，"不过，黄马褂只是个小东西，我说的文化是古人留下来的一种大东西，大东西，你们懂不懂？"

"大东西么？我懂我懂，"马月英赶紧说，"我家喜旺说过，咱们蜀山有个'钱窝子'，就是很久以前有人在蜀山挖铜矿造过钱。那个人叫啥名字呢？叫啥名字呢？我一下想不起来了。"

"邓娟。"喜庆脱口而出。

"对，邓娟……不对，不是这个名字。"

"邓通，汉朝的，离现在两千多年了。"平和见大家实在说不到点子上，只得补一句。

"两千多年了，就算有，早就给垮山埋了，能找到啥东西？"觉英赶紧否定，否定得有点莫名其妙。

"何况那还是传说中的事情，就算真有'钱窝子'，很可能也不在咱们蜀山。"李师公这时候和觉英步调惊人的一致。

马月英想到喜旺确实也这么说过，也就不再开腔了。

唐朗继续启发："也不仅仅就一个'钱窝子'，咱们蜀山上，古人留下来的宝贝多着呢。你们再想想，还有啥？"

一直没说话的黄昌婆冒了一句："还有蚕丛王菩萨的庙呢，可惜给垮山埋了……"

"又搞封建迷信！"贾队长白了黄昌婆一眼。

马月英想到喜旺说的"养蚕织锦"的事，想到喜旺也特别提过蚕丛王，于是白了贾队长一眼："他老爷，也不能说这就是封建迷信。大家不是都在讲，当年蚕丛王死后，不就埋在蜀山上吗？那埋蚕丛王的墓，也算一种文化嘛。"

马月英一说话，贾队长只好不开腔了。

黄昌婆高兴起来："就是就是，蜀山老母放蚕丛王下山教大家养蚕织锦后，蚕丛王就回蜀山去，在那儿升天了……"

李师公不服："要说升天，我们祖师爷太上老君才真正是在蜀山上升天的！"

"你凭啥说太上老君是在蜀山上升天的？"涂三姑总是一副要逗乐李师公的架势。

"祖师爷升天的地方，是一块天坛，祖师爷就是坐在天坛上升天的。"李师公得意地炫耀，"你们仔细看，蜀山四四方方的，上面是平的。你们晓得为啥是这个样子吗？因为这是我们祖师爷摆的天坛！祖师爷就是在这样的天坛上升天的！"

"打胡乱说，"黄昌婆不服，"蜀山是平的，那是因为上面是蜀山老母的肚皮，蚕丛王菩萨就是从蜀山老母的肚皮里生出来的。太上老君一老头子，他咋可能坐在蜀山老母的肚皮上升天？"

众人哄然大笑。涂三姑边笑边逗李师公："李师公，你让你祖先坐在一个女人的肚皮上升天，是不是因为，你也想坐在女人的肚皮上啊？你是不是想干这件事，为你自己找理由啊？"

"胡说！胡说！"李师公满脸通红，把秃毛笔从左手换到右手，又从右手换到左手，"我从来没干过……不像有些人……"

严庄把脸一黑："李师公，你坐下，听唐书记讲话！"

李师公气得吹胡子瞪眼，但他也只能吹胡子瞪眼。

众人都拿眼睛看唐朗。唐朗听得入神，有些猝不及防，忙笑道："你们看我干啥，我听你们说呢。"

严庄说："我们没有啥可说的了，我们听你总结。"

要总结了？还没开始呢。

唐朗可不想跟着严庄的节奏踩。他不理严庄，继续问："文化这个东西，除了可以是古人留下来的大型遗迹遗址外，还可以是一种大家喜欢的活动方式。你们说说，你们平常都喜欢干啥？"

"喜欢干啥？"觉英眼珠骨碌一转，"大家都喜欢打麻将，麻将算不算一种文化？"

"这种封建糟粕的东西，也拿出来说！"贾队长气得连连吸烟，"我看嘛，所有的麻将馆都该封了，麻将桌都该砸烂。"

好多人的脸色都有些不自然。觉英嘴角扯了一下，有点偷偷乐的味道。不过表面上，他却很严肃："贾队长，你说是封建糟粕，可这个封建糟粕，大家都喜欢玩啊。"

涂三姑也说："贾队长，麻将这个东西，大家喜欢，又没碍着哪个，我觉得就没啥子。反而是有些东西，只有某一个人喜欢，但影响了别人，那才是应该砸烂，对不？"

涂三姑拿手在鼻子底下扇了几扇，连连咳嗽几声，又走到窗前，把窗户敞开。大家一下都明白了，涂三姑指的，是贾队长抽烟叶子烟这事。

马月英平时对贾队长呼来喝去，但是，当别人说贾队长的不是时，她又很不高兴，猛站起来："喜欢婆娘，他老爷咋个影响到你了？他把嘴巴凑到你鼻子底下了吗？你不喜欢别人抽烟，你敢保证，你的鼻子就没有凑到那种抽烟的人的嘴巴下面过？"

涂三姑猛地把脑壳转过来，一副要和马月英干架的样子。

严庄站起来，语气硬邦邦地对唐朗说道："唐书记，讨论完没有？我可忙着呢，耗不起。"他的手机音乐高声武气地响起来，就像有人晓得这时刻他要走，准时给他打来电话一样。

严庄对着手机嗯嗯啊啊一通说，把手机啪地一关，手一挥："涂三姑、李师公、喜庆，赶紧跟我走，有接待。"也不跟唐朗打招呼，就大步往门外走去。

觉英见严庄没喊他，脸上露出失望的神色，站起来要走，却又转头看了马月英一眼，笑嘻嘻地说："月英，你走不走？咱们一起走。"

贾队长骂道："觉英娃儿，你还敢胡说八道！"

觉英满不在乎："贾队长，我晓得有德回来了。但有德跟我说过了，我要是喜欢，他可以把月英让给我……"

"你说啥？"马月英猛地站起来。

贾书记把烟杆取出来，追打觉英。觉英蒙住他的猪鬃头，狂叫着，在贾队长的追打中往外跑去。

马月英身体有些发抖，木呆呆地也往外走。

"月英婶，你没事吧？"喜龙不放心，紧紧跟在马月英身边。

一下子，屋里开会的人，只剩下黄昌婆一个了。黄昌婆站起来，张着缺牙的嘴，不好意思地笑："唐书记，平书记，就只剩我老婆子一个人了，是不是该散会了？"

"不散会，还能干啥……"平和丧气地嘟囔。

可是唐朗却咬咬牙，摆摆手道："不散会，接着开。"

黄昌婆尴尬地笑笑："就我老婆子一个人了，还开啥？"

"因为只有你身上，才具有咱们蜀山最了不起的文化！"唐朗肯定地点点头。

第二十六章　豆花饭

喜旺从省城回来，向唐朗汇报了司马昔教授要求县委书记亲自去请他的要求后，便往家里赶去。

喜旺的心情很灰暗，有一种很深的挫败感。

不只是书没有读成功，当个村支部书记都这么难，就像在荆棘丛中走路，每一步都被荆棘刺得鲜血淋漓。这个世界上有太多坐享其成的官二代、富二代，他们的日子都过得风生水起，为何独独他的人生会如此艰难？

刚走到屋旁，就听见家里闹嚷成一片。喜旺吓了一跳，又发生了啥事啊？

院坝里，喜旺老爷正让他老汉儿跪在一堆碎瓦瓷上。而他的娘则坐在一旁，双手在围腰帕上绞来绞去，木着脸，没开腔。

喜龙站在他娘身边，小声地说着什么。

喜旺晓得，"跪碎瓦瓷"是乡下长辈惩治晚辈的"重刑"。若不是晚辈犯了十分严重的错误，长辈也不会这样做。由于碎瓦瓷的棱角非常锋利，常常在跪的时候，膝盖就会被割得鲜血淋漓。跪完后，几天都走不得路。

喜旺不晓得他老汉儿究竟犯了啥大错，他老爷竟然对他老汉儿施以这么重的惩罚。他老爷的表情非常严肃，坐在他老汉儿跟前的凳子上，极快地抽烟，手不停地哆嗦。

喜旺悄悄绕过去，来到喜龙身边。

喜龙叹口气："你老汉儿，唉……"

贾队长把烟杆从嘴里猛拔出来，指着贾有德，厉声问："你说，喜旺娘哪点对不起你？"

贾有德龇牙咧嘴，一会儿左膝吃不住痛，把身子往右边侧；一会儿又右膝吃不住痛，把身子往左边侧。但是这样侧来侧去，反而使两个膝盖都更加痛。更加痛，他就更加龇牙咧嘴。龇牙咧嘴，自然就没法回答贾队长的问话了。

贾队长训斥："你出去了八年，连电话都没打一个回来。喜旺娘一介女流，一个人在家里，又当老汉儿又当娘。为了养活一家人，为了挣钱供喜旺读书，起早贪黑，一天到晚，汗珠子就没干过。你摸着良心说，她容易吗？"

贾有德辩解："我又不是故意不打电话的，我不是被砖头拍失忆了吗……再说了，有人借钱给咱们，又有人帮咱们还，有好困难的嘛……"

"还这样说,你真是不要脸到家了!"贾队长提起烟杆,往贾有德头上一阵猛敲,痛得贾有德不得不举手护头。那烟杆却又打在他手上,痛又转移了。可是身体一挣扎,膝盖下的疼痛也加剧了。这样一来,贾有德整个身体都在痛,他凄声苦叫,像上杀场。

喜旺不忍了:"老爷……"

贾队长这才不打了。他的手依然颤抖着,嘴依然哆嗦着。过了很久,他才沉痛地说:"有德,我晓得你的小心思。今天当着喜旺、喜龙的面,我也不怕把这个话说出来。不错,为了喜旺读书,喜旺娘确实去向严庄借了不少钱。直到喜旺回来了,这个钱也没有还清。也许你会觉得,严庄愿意把钱借给喜旺娘,严庄就和喜旺娘有啥事情。我告诉你,喜旺娘和严庄,还真没有任何事情。严庄愿意把钱借给喜旺娘,那是因为喜旺娘经常给严庄当枪使。严庄让喜旺娘去阻路,喜旺娘就去阻路。一个女人,一个像喜旺娘这样有见识的女人,情愿披头散发躺在地上。她为了啥?为的就是不欠严庄的人情,为的就是能守住自己!有德啊,你真是太辜负你这么好的婆娘了……"

马月英大睁着眼,但她的眼泪却大颗大颗从眼中滚落下来,滴得胸襟泪迹斑斑。喜旺、喜龙都转过身去,悄悄擦眼睛。

贾有德望望这个,又望望那个,他觉得有些莫名其妙,忙解释:"老汉儿,你别说这个,我其实一点儿也不在乎。就算月英真和严主任有一腿,我也不在乎,真的……"

"王八蛋!"马月英忽然站起来。

不只是马月英生气,所有人都觉得贾有德这话实在不像个话。"老汉儿,你说的是啥呀!"

贾队长的烟杆再次朝贾有德猛敲而去。贾有德连续遭两次打击,受不住了,爬起来就跑。可是他没跑两步,就因为膝盖着不上力,跌了个大跟斗,却又不敢停留,爬起来再跑。贾队长喝道:"回来!赶紧给我回来!我告诉你,你今天要是敢再跑,我把你两条腿都打断!"

贾有德晓得他老汉儿说得到做得到,不敢再跑了,低头看膝盖。他膝盖的裤子磨破了,里面渗出血,这让他立刻变得理直气壮:"老汉儿,我的膝盖都出血了,你还不饶我！你是想让我死么？好，你想让我死，我就死给你看……"

贾有德说要死给贾队长看，却并没有进一步的行动。

不过，这句话已经打动了贾队长。他背过脸去，悲声说："你别给我说这个，有话，你去对喜旺娘讲……"

贾有德转过身，对马月英磕头："月英，你大人不记小人过，你就饶了我这次吧。我真的是说起来好耍的，哪晓得那个该死的觉英娃儿当真了，以为我真要把你让给他。我可满意你了，我对你可好了。你忘了么。那天我回来的时候，还给你买了条丝巾呢……"

马月英一句话没说，拉起围腰帕在脸上抹了一把，从屋角把一个背篼提起来，挎在背上，上山去了。

马月英走后，贾队长才命令道："还不滚起来！"又对喜旺说："喜旺，去找一点蜘蛛网膜来，给你老汉儿包伤口。"

联系不上邓娟，司马教授又不愿意来，唐朗急得像热锅上的蚂蚁。可是不早不迟，杨书记给他打电话来了。

唐朗的汗水咕噜咕噜往外冒。电话铃声一直在响，咋办呢？唐朗心一横，算了，还是老实交代，挨批就挨批吧。

哪晓得，唐朗白紧张了。当他把实情告诉杨书记后，杨书记非但没有批评他，还表扬："唐朗，你们的思路是对的。邓总这边，咱们继续联系。但是咱们也不能把所有的希望都寄托在邓总身上。还有，对蜀山进行文化考察，这确实是非常必要的。蜀山是一座文化名山，文化虽多，确实很不成型。你去请专家来提炼，这个点子非常好。司马昔教授是国内鼎鼎大名的专家，好多地方，想请他都请不去。不过，一旦请去了，他搞的文化考察，就一定能一炮打响！现在他既然点名要我去，那就说明非常有把握。咱们还迟疑啥？你立刻进城来，我们一起去省城，上门当面请他！"

喜旺刚从外面回来，他老汉儿把他往屋旁的柴堆后拉。

喜旺不解："老汉儿，你把我拉到这里来干啥？"

贾有德把手放在嘴边，嘘了一声："小声一点，别让你娘和你老爷听见了。"

"啥事啊老汉儿？"

"喜旺，你晓不晓得，你老师司马教授和他那个娇滴滴的小美女夫人，到咱们蜀山来进行文化考察了？"

"晓得，杨书记把他们请来的……"

"晓得你还不赶紧去把他们请到咱家来吃顿饭。要是迟了，咱们就吃大亏了！"

"吃啥大亏？"喜旺莫名其妙。

"你还不晓得么？大家都在争着请司马教授和你那娇滴滴的小美女师娘去家里吃饭呢……"

"为啥要争着请司马教授去家里吃饭？"

"唉，喜旺呀，还说你是村书记，你对村里的情况，一点儿也不清楚。大家为啥争着请司马教授和你那娇滴滴的小美女师娘去家里吃饭？因为大家都想让司马教授把蜀山的文化说到他家里去呢……"

"把蜀山的文化说到他家去？咋说去？"

"咋说去？我给你讲嘛，比如说，李师公想让司马教授把蜀山说成是太上老君升天的地方，涂三姑想让司马教授把蜀山说成是蚕丛王菩萨升天的地方，还有好多人都在这样搞，有些甚至想让司马教授把蜀山说成他们祖先升天的地方。你晓不晓得这有啥好处？只要把那个文化说到他家里，将来旅游搞起来，他就发大财了！"

喜旺皱皱眉："他们想让司马教授说啥，司马教授就说啥啊？司马教授是专家，没有根据的话，他咋会随便说？"

"咋不会？李师公、涂三姑，还有好多人都在讲，司马教授已经答应他们了！"贾有德抓住喜旺的肩膀猛摇，"喜旺，你去把司马教授请来吃顿饭，让司马教授把文化说到咱家来。你跟司马教授是师徒关系，你找他，一定比李师公、涂三姑找他管用啊。"

喜旺才不情愿呢，推辞道："我就算找他，又有啥用？又没有啥文化可以说到咱们家里来……"

"咋没有？我早就听人说过了，你在考察'钱窝子'。那'钱窝子'是邓娟造钱的地方……哦，好像不叫邓娟，叫啥呢？"

/ 第二十六章 豆花饭 / 397

"邓通。"

"对,就是这个名字,邓通。'钱窝子'是邓通造钱的地方,这是你先发现的。你只要让司马教授这样说,不就把文化说到咱们家里来了吗?"

喜旺连连摆手:"不行不行,蜀山的'钱窝子'只是传说,现在根本就找不到证据。更没有遗迹遗址这些东西。没有遗迹遗址,说蜀山有'钱窝子'就是个大谎话。且别说我不会撒这个谎,就算我撒了谎,司马教授也不会同意。"

"你没去请过他,没和他说过这个话,你咋晓得他不同意?"

"不会不会,司马教授是我老师,很正直的一个人,他咋会打胡乱说?我不去,去了也是白费劲!"

说着,喜旺就想走。贾有德急了:"喜旺,就算不说这个,你也把司马教授请到咱们家来吃一顿饭吧,毕竟他是你老师啊……"

"不行不行,更不能请他来。"

"为啥?为啥你连这点都不同意?你不同意,咱家还有啥出头之日?没有出头之日,我还回来干啥……"

贾有德突然蹲在地上,抱着脑壳呜呜哭。

喜旺以为这事就过去了。到晚上吃饭的时候,他老爷贾队长突然说:"喜旺,你应该去请司马教授到咱们家来吃顿饭,司马教授是你老师。尊敬老师,咱们不能连这点规矩都不懂。"

喜旺看了他老汉儿贾有德一眼。贾有德埋下头,装没看见,大口吃饭。

喜旺期期艾艾:"老爷,我,我是没读完就退学了,不好意思去请司马教授啊……"

"喜旺,一日为师,终身为师。"贾队长严肃地说道,"既然司马教授是你老师,不管你好不好意思,你都得尊敬他。请他来吃顿饭,那也是应该的。"

喜旺只是埋头吃饭,没开腔。

"请司马教授来家里吃饭,我也觉得应该。"马月英说,"喜旺,我看也不用不好意思。你确实没读完大学,但你现在是村书记,也不错了。你老爷干了一辈子革命工作,也不过就是个生产队长,你算是比你老爷更有出息嘛。"

贾队长满不在乎地嘿嘿笑。

"喜旺,你去把司马教授请来,我做豆花给他吃。咱们山上的泉水石磨豆花,他们城里人是很难吃到的。"

马月英盖棺论定的一句话,让喜旺晓得他已经没办法再推辞了。

晚上,喜旺上床以后,翻来覆去睡不着,脑海里乱成一团。他也说不清在想啥,各种念头纷纷往里面涌,又迅速退场,仿佛他的脑海是一个拥挤的集市。

喜旺在床上滚来滚去,每个地方都硌痛了,眼睛还是合不拢。最后他实在受不了了,打开灯,下床来,坐到桌前。

喜旺的手,不自觉就伸进抽屉里,摸出放在角落的那个戒指盒。那戒指盒表面的红绒已经掉了不少。红绒掉了,戒指盒变粗糙了。

抚摸了一阵粗糙的表皮,喜旺打开盒子,从里面拿出一卷头发。那是一卷柔顺光滑的头发,它丝绸一样的质地,让喜旺每次抚摸,都有一种触电的感觉。电流从指头出发,传遍全身,让他震颤眩晕。

但是这会儿,喜旺在抚摸的时候,却并不是那种触电的感觉,反而是一种刺痛,痛得他忍不住手往后一缩。他举起手指一看,指肚上竟然有一颗小血珠。

喜旺吮掉血,他感觉手指上似乎有根刺一样的东西。他把指头放在灯光前照了照,果然有一根细细的小刺嵌进肉里。

喜旺用力挤压肉皮,费了半天劲,才把那截小刺取出来。原来并不是小刺,而是一根毛发的尖端。

哪来的毛发?毛发的尖端咋会刺进肉里?喜旺把头发举起来,放在灯光下看。这一看,让他吓了一跳,原来那卷头发,不知啥时候已经长满了毛刺。就像他抓在手里的不是头发,而是一把刺条。

毛发咋会变成刺条?这可是从来没听说过的事。难道是毛发离开人的脑壳后,失去了营养?或者是因为反复抚摸,把它摸得裂开了?

喜旺有些失落,他把头发重新放进戒指盒,塞到抽屉的角落里。

想了想,他又把戒指盒拿出来,塞进裤袋里。

喜旺回到床上,打算重新睡觉。可这会儿,天已经亮了。

吃过早饭后,喜旺在他娘的催促下,离开家,去吃喝耍请司马教授。

从家里出来后,喜旺并没有立刻去吃喝耍。他绕了一弯子,来到邓娟的"小蜀山"前。

他听说邓娟已经回"小蜀山"了,他想宴请的时候,请邓娟作陪。这个念头让他兴奋不已,如果能请"邓总"到他家来作陪,他的底气自然会充足很多。

喜旺刚到"小蜀山"门前,就遇到了垂头丧气的喜龙。喜旺忙问:"喜龙,没找到邓娟啊?不是说邓娟已经回来了吗?"

"邓娟是回来了,但她还是不见我……"喜龙说,"其实,我只是想来感谢她。那天要不是她及时出现,你就被那些人推到镇上游街去了。但她就是不见我,她从来没把我当回事……"

喜旺拍拍胸脯:"走,咱们一起去找邓娟。"

喜龙追上来,小声问:"喜旺,你去见邓娟,也是想向她道谢吗?"

喜旺哈哈一笑:"我不是去向她道谢的,我是去请她做我女朋友的。"

"做女朋友?"喜龙吓了一跳,"邓娟不是已经有男人了吗?她咋做你女朋友?"

喜旺满不在乎:"我觉得她应该离婚了。以前她很少在家里,现在都在家里待了这么长时间了。而且她的情绪很糟糕,只有离婚了,她才会是这个样子。"

"她真的离婚了?"

喜旺忍不住逗喜龙:"肯定离了……哈哈,她既然离了,那我就有机会了,所以我要请她做我女朋友。"

过了一会儿,喜龙又问:"喜旺,你想让邓娟做你女朋友,是不是看上了她很有钱?"

喜旺继续逗:"邓娟确实很有钱。原先她搞铜矿项目,一次投资就是几十个亿。如此看来,他男人几百个亿是有的。她男人有几百个亿,就算和她离婚了,留几千万给她,那也不过是大腿上拔根汗毛,应该是情理之中的。我要是和她结合,有这几千万,我就一辈子吃穿不愁了。更何况,邓娟肯定不止几千万,她答应我们,要投资蜀山的旅游开发。没有几个亿几十个亿,她敢答应吗……"

喜龙的脸涨得通红:"喜旺,你想让邓娟做你女朋友,你爱她吗?"

喜旺吊儿郎当地说:"只要有钱就可以了,要爱来做啥?"

"你无耻!"喜龙突然"咚"一拳打在喜旺的胸脯上,把喜旺打倒在地。

"为啥打我?"

"为啥打你,难道你不晓得?"喜龙两眼喷火,"以前邓娟一直痴痴地爱你,你却对她满不在乎,伤透了她的心,她才离开你进城去,嫁了男人。虽然我从来没看见过她的男人,但那天她给我们看了她的手,可见她的男人有多可怕、多变态,她生活有多不幸福!喜旺,邓娟所有的不幸,都是你给她造成的,现在她好不容易离婚,脱离了苦海,你却为了钱,要她做你女朋友,要娶她。你是想把她又往火坑里推吗?"

喜旺不敢开玩笑了,忙解释:"我开玩笑的,你咋就当真了?我可没想过要追求邓娟……"

"喜旺,我并没有反对你追求邓娟。我只是提醒你,你要追求,你就认真一点,不能再伤害邓娟了!"

"我真没想过。"喜旺笑笑,"你倒是可以追求她,你去追求吧。"

"她瞧不上我的……"

喜龙说完这句话,吹着口哨,垂着头,离开了喜旺。他的口哨里满是忧伤的味道。

喜旺站在原地,好一阵发呆。

喜龙刚才的一番话,阻止了喜旺去找邓娟。他情绪低落地往吃喝耍走,忽然,他的肩膀被人猛拍了一下。转回头一看,竟是施西西。

喜旺脑海里一闪念:"学姐,我想请你当一次我的女朋友……"

施西西嘻嘻一笑:"我不是已经当过你女朋友了吗?咋又让我当?"

"啥时候当过?"喜旺想不起来。

"你忘了?不是在省城的一家咖啡厅吗?"施西西撇撇嘴,"喜旺,你这么不走心,连前女友都记不住,今后咋再找女友?"

"咖啡馆那次,那也算啊?"喜旺挠挠头皮。

"啥叫'那也算'？咋就不算了？"施西西做出一副急眼的样子，"你难道不想负责任？"

"我负啥责任？"喜旺哭笑不得。

施西西哈哈一笑："算了算了，不逗你了。喜旺，我问你，你想和你前女友破镜重圆，是不是你和现女友吹了？老实交代，你的现女友是哪个？"

"没有啊……"

"没有？那为啥要和我破镜重圆？你有啥企图？"

喜旺解释："学姐，是这样的，我要请我的老师司马教授吃一顿饭，想请你作陪。"

"你请司马教授吃饭，让我作陪，那也是应该的。虽然司马教授并没教过我，但好歹我是那所大学毕业的，司马教授也算是我的老师。学姐就可以了，为啥非要我以你女友的名义出席呢？"

"唉，咋跟你说呢？"喜旺扭捏半天，"实话告诉你吧，司马教授的夫人林蝉，原来是我的同班同学……"

"啊？"施西西瞪大眼，"喜旺，我问你，这个林蝉，原先是不是你的女朋友，后来抛弃你，嫁给你们的老师司马教授了？"

喜旺埋下头，没开腔。

"喜旺，我再问你，你大学没读完就退学了，是不是这个林蝉嫁给司马教授后，你为情所伤，才回来的？"

喜旺一下就蹲在地上，抱住头。

施西西一把扯起喜旺，又把自己袖子往上一提，双手叉腰："喜旺，你站起来。我答应做你女朋友。哼，我倒要看看，这个林蝉究竟有多漂亮，人家甩了你，你还对人家念念不忘。而我这个前女友，现在还爱着你，可你就把人家给忘了！"

施西西一通插科打诨，搞得喜旺哭笑不得："学姐，我真不是，我真不是把你忘了。我是，我是，唉……"

"不用多说了，我这人就是这么好脾气，你忘了我，我也要帮你！"施西西笑道，"既然我已经答应你，你咋还喊我'学姐'呢？"

"我喊你啥？"

"你得喊我亲爱的呀!"

喜旺又一阵脸红:"亲……我,我喊不出口啊……"

"我咋感觉自己成了淘宝用户?"施西西摆摆手,"算了算了,看来是没有福分让你喊亲爱的了,退而求其次,你就喊我西西吧。"

喜旺尴尬一阵,又说:"西西,你这次上山来,有啥任务?"

"我这次嘛,是你们杨书记主动邀请我到蜀山来采访报道的。"施西西兴奋地说,"杨书记告诉我,之所以邀请我,是因为我是自由撰稿人,没有组织,没有约束,报道会很真实。他说,他这样做,不只是为了宣传蜀山,更重要的是,让蜀山的旅游开发,一开始就全透明,接受整个社会的监督。"

喜旺听了也很激动:"西西,我虽然和杨书记没啥接触,但我感觉他和以前赵书记的风格很不一样啊。他是一个诚实的书记。由他来领导咱们蜀山的旅游开发,蜀山肯定是大有希望的。"

"哈,我也有这样的感觉。"施西西说,"不过,我不会做这样的评价。我是一个新闻工作者,我只会看见啥就写啥。"

头天晚上,马月英就吆喝喜旺一起磨豆浆。

喜旺心不在焉:"着啥急啊,明天中午才吃饭……"

马月英喝他一声:"不提前做好,明天手忙脚乱的,咋搞得赢?再说了,咱们是要磨豆花呢。"

喜旺明白,磨豆花确实是件麻烦事,有很复杂的工序。

豆子很硬,石磨一次不可能把硬豆子磨成浆。如果没有经过长时间浸泡,就得磨两次。第一次叫磨"水豆瓣",也就是磨出一些豆瓣碎片。磨完后,再加水重新磨一遍,这样磨出来的才叫"生豆浆"。

"你老汉儿呢?赶紧让他洗磨子呀。他现在回来了,这样的体力活该他来干了。"

贾有德不在房间里。喜旺站在屋檐口下,对着屋外连喊了几声,都没回应。喜旺只得进来对他娘说,找不到。

"这个混蛋,正需要他出力的时候,不晓得他跑到哪儿去了!"马月英愤怒地骂道。

贾队长本来在灶下烧火,赶紧一颠一倒跑过来,去抬石磨。石磨太重,他脸憋红了,也只是把粗重的石磨抬开一条小缝。

马月英在水缸边洗好黄豆,泡在水里端过来。看见贾队长在抬磨,她嚷道:"他老爷,你让开,哪个喊你来!"

马月英屁股甩过来,就没了贾队长的位置。贾队长只好让开,站在一边尴尬地看着马月英笑。

"喜旺,你发啥愣?赶紧过来帮我抬磨子。"

磨子终于洗干净,放回原处,马月英和喜旺开始磨豆浆。

磨豆浆是一项很枯燥的活。磨好一锅豆浆,差不多要花两个多小时。这两个多小时里,一直就那样不停地转圈。喜旺小时候计算过,如果两秒转一圈的话,磨好一锅豆浆,需要这样机械无趣地转四千圈。

马月英倒是兴致勃勃,还给喜旺摆起了龙门阵:"你晓得不?你兰花婶回来了。"

"嗯。"

"你兰花婶不是一个人回来的,还带了个叫杜鹃的小女孩。"

"嗯。"

"你兰花婶是七年前去深圳打工的,她生的这个杜鹃却才五岁。"

"嗯。"

"你嗯啥嗯,你究竟听懂我说的话没有?"马月英很不满。

"你说啥?"喜旺才回过神来。

"我说,你兰花婶带了一个私生子回来。"马月英直接揭开谜底,"你想啊,李师公在村里,你兰花婶一个人在外面打工,她那个小女孩是从哪里来的?呵呵,村里好多人都在笑话这件事呢,都说李师公戴了一顶绿帽子。我听他们在议论,说兰花一回来,就公开告诉李师公,这娃儿不是他的。他要是接受不了这娃儿,就和他离婚。喜旺,你说李师公接受得了这个娃儿不?"

"是个男人,恐怕都接受不了啊……"喜旺摇摇头。

"你错了,"马月英大笑,"李师公不但完全接受,还对兰花说,这个杜鹃就是他的。他让兰花把杜鹃的年龄说成是六岁,表明是兰花怀上杜鹃后,才出去打的工。"

"这样啊……这李师公倒是个奇人。"喜旺感叹。

"呵呵,李师公这是自欺欺人。大家都晓得,兰花婶跟了李师公十多年,连屁都没放一个。这一出去,一下就怀上了。说明啥?说明不能生育的是李师公。"

"兰花婶有没有说过,小杜鹃的生父是哪个?"

"她没有说,但她明确告诉李师公,不是他。不过,现在你兰花婶不会这么说了。李师公认这个娃儿后,你兰花婶现在逢人就说,这娃儿就是李师公的。"

"娘,你这话有毛病啊,"喜旺笑道,"既然兰花婶对别人说,这娃儿是李师公的,你们咋又晓得兰花婶先前给李师公说过,这娃不是他的呢?"

"你不晓得,这都是觉英娃儿那个二流子,偷听人家的壁脚话,偷听出来的……"

两人说说笑笑,时光果然过得很快,感觉并没过多久,生豆浆就磨好了。

马月英把生豆浆倒进锅,吆喝贾队长烧火,又吆喝喜旺磨岩盐。

这些岩盐,还是贾队长年轻时,从蜀山深处的绝壁上采来的。那时候的贾队长,腿脚好着呢。他曾经告诉过喜旺,那会儿他攀崖上树,像猴子一样灵活。马月英嫁到贾家后,贾队长就把这些岩盐交给她保管。马月英撇撇嘴,这就是你们贾家的传家宝啊?不过说归说,马月英还是把岩盐藏在碗柜角落里。只有重要客人来家里做客的时候,才使用这些岩盐。

用岩盐点出的豆花很香,不过做起来也很麻烦。要先把岩盐放在火里烧,烧成红水晶那样透亮的颜色后,才取出放在石碓里,拿石杵轻轻敲,细细磨。要磨得很细很细,磨成绵白糖那样的质地后,才融进水里当卤。

喜旺才磨了几下,马月英又吆喝起来,让他赶紧拿铁铲捞灰渣。

贾队长烧的是泡柴。这些泡柴会扬起很多灰渣。灰渣随着热烟冲上去,碰到上面的竹楼,又散开来,纷纷扬扬往下掉,有不少就掉进豆浆锅里。

马月英抱怨道:"你老汉儿在外面打了八年工,都不晓得干了些啥。村里在外打工的,别说八年,五年都可以回来立楼房了。你老汉儿干了八年,咱们还是住在这种低矮破烂的老屋里,灶上连一块挡板都没有,这么多灰往锅里掉!"

喜旺拿起一个锅盖,盖在灶上挡灰。马月英却又把锅盖揭下来:"你昏了?煮豆浆哪能盖锅盖？盖锅盖，豆浆就漫出来了。"

喜旺没有昏，他只是有些心不在焉。喜旺没话找话，帮他老汉儿辩解："娘，老汉儿说他失忆了嘛，他一个病人，没挣到钱，也很正常嘛。娘，咱们以后嘛，不看能不能在外面挣钱，要看能不能在家里挣钱。只有这种挣钱，才有意义。"

"喜旺，有出息！"贾队长赞了一句。贾队长一高兴，就幽幽地唱起了山歌：

　　从小立下拿云志，
　　敢上月殿摘桂枝。

马月英大为高兴："喜旺，你老汉儿是靠不住了，咱们家将来能不能翻身，就看你了！"

第二十七章　黄马褂

第二天，临近中午，一切准备就绪。

红白相间的腊肉、凉拌竹笋、烩蕨苔、山药汤，所有的这些食物，都散发着质朴的清香。尤其是昨晚已经做好的那一锅豆花，洁白平整地卧在锅底，像一整块安静温润的雪糕。

马月英从刀架上拿下一把刀，把它洗干净后，便准备开锅了。

豆花做得好不好，在开锅的那一刻就显示出来了。

很多豆花，看起来表面平平整整，但只要一开锅，刀往下一划，表面就会塌陷下去。也就是说，很可能下面全是一包水，或者一包渣。这样的话，豆花的成色就大受影响了。

马月英屏住呼吸，提起刀，运足气，从中开分。

在刀从锅沿陷入锅底的过程中，马月英一颗悬着的心已经踏实了。虽然还没有完全剖开，但是凭刀锋在豆花里的厚实感，她已经能够判断出，这豆花不老不嫩，质地细腻，刚刚好。

马月英兴奋不已，在画好第一条主线后，按照第一条主线的走向，连续不断地划了好几条平行线，把一锅圆形的豆花，切割成很多条状。接着，刀折过来，横着划，把条状的豆花，再切成方形。不过又不能切成很规整的方形，必须让方形带一定的棱角。这种有棱角的方形，舀起来，放在海碗里端上桌的时候，有一种锋利的霸气。

可是，当马月英的刀在结束最后一划，即将从锅里拿起来的时候，她不动了。一股若有若无的气味，钻进她的鼻孔里。

这是豆花发酸的气味。

马月英心里一阵慌乱，缩着鼻子使劲闻。好像又没有。马月英把刀提起来，凑到鼻孔底下闻。刀上的气息含糊不定。

马月英不放心，把鼻孔凑过去闻，当她的鼻尖差不多接触到豆花表面的时候，马月英终于确定，这豆花，确实已经酸了……

怎么会酸呢？要说天气，已经是深秋，暑气早已退却，不是容易发酸的天气啊。是煮豆浆的时候，里面掉了啥不洁净的东西吗？也不会呀，马月英不是一直在让喜旺捞灰渣吗？只要灰渣捞得干净，肯定就没问题。

"喜旺,昨天让你捞灰渣,你捞干净没有?"

"你说啥?"

看到喜旺木呆呆的样子,马月英一下子全明白了。她气得狠狠地骂了喜旺两句,拿起瓢,准备把这发酸的豆花舀起来倒掉。

不过,她的瓢刚伸进锅,灶房的门就被人推开了:"马阿姨,司马教授马上就来了。"

进门来的人是施西西。施西西这一声喊,吓得马月英手中的瓢,当一声砸在锅上,翻个跟头,瓢把手戳进豆花里。

"马阿姨,你咋了?"

喜旺却在这时恢复了精神。他从锅里捡起瓢,放在灶台上:"娘,你担心啥?别倒啊,这可是你刚研制出来的一道新菜呢!"

"新菜?"

以前,村里人做豆花,也经常会遇到豆花发酸的情况。不过大家都不以为意,酸了也吃,从来没人舀来倒掉过。只不过因为要招待司马教授,马月英才这么着急,他会吃这样的东西吗?

"放心吧娘,司马教授保证很满意,你去准备其他菜吧。"喜旺推开他娘,又招呼他老爷,"老爷,你添一些柴,咱们炖豆花。"又吩咐施西西,"西西,你把碗柜里的碗抱去洗一下,摆桌子。"

喜旺一转动,所有人的情绪都跟着鼓荡起来。贾队长一边添柴,一边又唱起了山歌:

> 白酒酿成迎宾客,
> 黄金散尽为收书。

"哇,《增广贤文》啊,老爷,你太帅了,我太爱你了!"施西西说着就上前搂了贾队长一下,窘得贾队长红着脸,嘿嘿笑。

很快,一桌丰盛的午餐就摆好了。除了放在四个方位的豆花有些怪味外,其余的菜品,倒是都挺不错的。

司马昔和夫人林蝉如约前来。

喜旺赶紧把施西西一只手塞进自己臂弯，夹着施西西往门外走去。施西西一愣，随即笑一笑，顺从地跟着喜旺走出去。

走在司马昔身边的林蝉一愣。这一愣被喜旺捕捉到了，他兴奋不已，做出骄傲的样子，介绍道："老师，这位姑娘叫施西西，您认识吧？她是我的学姐，曾经也是咱们大学毕业的，现在是我的女朋友！"

"西西嘛，我咋会不认识，她可是咱们省鼎鼎有名的大记者呢。"司马昔眉毛一挑，"嚓，喜旺，看不出来啊，咱们省里的美女大记者，都被你追到手了，有出息啊。"

"那是当然！"喜旺更加得意，又把施西西放在他臂弯里的手用力夹了夹。施西西不高兴了，躲在喜旺身后的另一只手，揪住喜旺的腰，使劲掐了一把，痛得喜旺忍不住想叫，不过他还是忍住了，没出声。

林蝉本来和司马昔有一定的距离，这时候也走上前，把司马昔的手臂挎住，胸脯紧紧贴到司马昔身上。

喜旺丢掉施西西，招呼道："老师，请上座。咱们这是八仙桌，这个是上八位。在咱们乡下，这个位置，是给德高望重的老辈子们坐的。"

司马昔看见贾队长一直站在一边，张着缺齿的嘴嘿嘿笑，忙指一指身边的位置，招呼道："来来来，老哥，你也是老辈子，你来这里坐。"

可喜旺却把贾队长拉到侧面的位置坐下："我老爷年纪是不小，但他是主人。按咱们这里的规矩，他只能坐在陪客的这个位置上。"

接着，喜旺走到林蝉面前，意味深长地说："小师娘，你年纪很轻，但你的辈分不低，来，你也请上座。"

林蝉冷冷一笑："呵呵，我是你师娘，这个位置，还真该我坐。"

她当仁不让端端正正坐到司马昔身边。

喜旺又招呼他娘："娘，你来坐这边侧位，我和西西坐下位。"

待众人坐定后，喜旺正要举杯，贾有德满头大汗地从门外冲进来，坐到马月英身边。马月英满脸阴云，不说话，却悄悄甩了贾有德一屁股。贾有德没注意，一下跌坐到地上。他不好意思地爬起来，不敢再坐在马月英身边了，只得走到贾队长身边坐下。

喜旺再次端起酒杯："老师、小师娘，寒舍简陋破烂，今天老师和小师娘不嫌弃，能光临寒舍，这是给我贾喜旺天大的面子。为了表达我心里的感激，这一杯酒，我先干为敬。"说完，一仰脖，把那杯酒倒进嘴里。

施西西扑哧一笑："师娘就师娘，干吗要在前面加一个'小'字？喜旺，你不服气么？"

"对不起，这确实是我的错。为了表达我的歉意，我再自罚一杯。"说着，喜旺又倒一杯，甩进自己嘴里。

马月英忍不住了："喜旺，你请你老师来吃饭，咋你老师还没开始喝，你已经先喝两杯了？"说着便敲碗沿，"司马教授，你请喝酒，喝酒！"

司马昔却并不喝，捏着酒杯，微笑道："喜旺，我司马教授的学生，可都没有平庸之辈。你今天请我喝酒，必然也有突出的成就。你讲一讲，你回村后，做了些啥？你讲得好，我就把这酒喝下去。"

马月英赶紧道歉："唉，对不起啊司马教授，我们喜旺没读完大学就退学了，他一直觉得对不起你，给你丢脸了。他都不敢去见你，是我们动员了他好久，他才来的呢。"

"是啊，这娃儿，性格犟，没完成学业，实在对不住司马教授……"贾队长也道歉。

喜旺把酒杯一放，挺直腰身，满不在乎地说道："娘，老爷，你们咋这么说？我贾喜旺虽然没读完大学，但并不后悔选择退学回家。我回到村里并不是就没出息了，对不？咱们蜀山贫穷落后了五千年，虽然遇到了改革开放，可咱蜀山还是老样子。它为啥是老样子？因为它在等一个人，等一个人来给它插上翅膀，带它飞翔。我认为我就是那个蜀山一直在等待，并能够给它插上翅膀的人！"

"好，说得好！"施西西大声叫好，把酒杯塞进喜旺手里，自己也端一杯，和喜旺一起举起敬司马昔，"司马教授，喜旺这么有志气，我提议，咱们为他干杯！师娘，也请你端起酒杯，为你同学了不起的理想抱负，干杯！假以时日，相信他一定能够和他的蜀山一起，一飞冲天的！"

大家都把杯子举起来，干了这一杯。

"吃菜吃菜，来，司马教授，吃菜！"马月英拿起筷子，指着放在桌子中间的那碗腊肉。

司马昔瞧了腊肉一眼，笑道："老腊肉。哈，我晓得，这可是山上待客的最好礼物。"

"司马教授，您也懂这个？"施西西眼睛一亮。

"我当然懂。"司马昔得意地说，"我可是当过知青的。虽然很短暂，但对这些还是比较清楚的。乡下食物短缺，腊肉豆花，是待客的最高礼节。"

喜旺呵呵一笑："老师，咱们乡下虽然食物短缺，但是，对待食物其实是很讲究的。比如这腊肉，除了做腊肉的过程很繁复以外，煮腊肉也不是随便就煮的。需要先用柏树或者香杉的叶子烧，然后再放进温水中浸泡，一般要泡十二个小时……"

"这个我晓得，"司马昔大笑，"腊肉皮上有残毛，而且腊肉皮很硬，放在火上烧，除了把残毛烧干净外，还有就是把皮烧软。这样，腊肉煮熟才好咬……"

"不不不，老师，烧腊肉可不是这么简单，这其实是一种文化。猪主要是吃草叶长成的，最后用叶子来烧，有回馈感恩的意思在中间。同时，用柏树、香杉这些树的叶子来烧，还有焚香祭奠的意义呢……"

有文化的司马教授一直不谈文化，文化不高的喜旺反而一直谈文化，这事儿有些怪异了。

林蝉听不下去了，挖苦道："不就是烧个肉吗？说得这么玄乎！经常吃熏制食品，本来就不利于健康，还拿熏制过的食品来烧，那就是毒上加毒了……"

"师娘，咱们老师可是文化人，你跟着咱们老师这么久，为何文化水平不高，反而降低了呀？"喜旺毫不示弱，针锋相对。

"喜旺，你枉自读了那么多书，咋能对客人这样说话！"贾队长不高兴了，沉下脸。

"哈哈，司马教授，来来来，请菜请菜！"施西西为了缓和气氛，赶紧拿起一双筷子，给司马昔夹菜。不过，她非常小心地避开敏感的腊肉，给司马昔夹了几块笋片。

喜旺就算被他老爷批评了，他还是要说："咱们再说磨豆花。那几乎就是经过非常复杂繁琐的程序，把大豆的精华提炼出来。老师，这种复杂繁琐的、充满仪式感的程序，是否就是一种文化？"

林蝉忽然闻到了啥，用筷子夹起一团豆花，放在鼻尖下，接着便皱皱鼻子，扁扁嘴："酸的。"

从林蝉抽鼻子开始，马月英就胆战心惊地看着她。等林蝉鄙夷地说出"酸的"两个字后，马月英夹在手上的菜，吓得一下又掉进碗里。

倒是喜旺镇定自若："嘿嘿，师娘这你就不懂了，这叫'酸豆花'，是咱们这里特有的一道菜。准确地说，是我娘才会做的一道菜……"

"还有'酸豆花'这么一说？"

"咋没有？豆花可以变成豆腐，可以变成豆腐脑，可以变成臭豆腐，可以变成豆腐乳，为啥就不可以变成酸豆花？牛奶都允许变成酸牛奶，豆花为啥就不允许变成酸豆花？"

"允许允许，"林蝉大笑，"贾书记，把豆花搞成酸豆花，是不是也包含了很深的文化意义？"

"那当然！"喜旺对林蝉的嘲笑毫不在意，"把豆花变成酸豆花，那是为了让吃的人记住劳动的酸涩和艰辛，文化意味深着呢！"

"那你可得多吃一点，好好记住，你娘、你老爷种庄稼很不容易。"林蝉夹了一大团豆花堆进喜旺碗里。

喜旺也不客气，挑起来，也不蘸酱，直接塞进嘴里，还津津有味地说："不错，这劳动的味道，确实非常美。"

施西西笑出声来。

喜旺不允许她笑，转头直瞪她："不对么？"

"很对很对……对是对，可是文化填不饱肚子，咱们还得吃饭才行。"

"是啊是啊，"马月英也松了一口气，把筷子虚悬在菜碗上空，往下直点，"来，司马教授，吃菜吃菜。"

贾有德忽然啪啪地拍起掌来。

贾有德的掌声很突兀，马月英瞪了他一眼，小声骂道："你发啥神经？"

贾有德不和马月英计较，笑嘻嘻地问司马昔："司马教授，您想在蜀山搞啥子文化呢？"

司马昔微微一笑："你觉得应该搞啥子文化？"

"我觉得嘛，我觉得最适合的，就是把蜀山说成是太上老君升天的地方！"

喜旺不解地看着他老汉儿。喜旺记得，前些天，他老汉儿才告诉他，要把蜀山说成是邓通造钱的地方。也是这个原因，才请司马昔吃饭的。可现在，他为啥忽然又变了呢？

喜旺其实也不赞同"蜀山是邓通造钱的地方"的说法，但是说成太上老君升天的地方，更不靠谱啊。喜旺怕司马昔笑话，忙说："老汉儿，你说蜀山是太上老君升天的地方，这话不对呢。其实你所说的太上老君，应该是春秋时期的老子李耳。李耳出函谷关后的去向，本身就是一个谜。就算他真是来咱们蜀山隐居起来了，在蜀山去世了。去世也就去世了，不可能升天啊。李耳被神话，是后世搞出来的，是道教创教的需要。老子李耳一个思想者，一个开创道家学派的知识分子，他咋会升天呢？"

"喜旺说得对。"施西西赞同道，"咱们国内有好多地方，都说他们那里有老子升天的场所，已经闹出很多笑话了。"

接着施西西问司马昔："司马教授，没有考古学上的证据，是不是不能判断蜀山是太上老君升天的地方？"

"当然，必须要有考古学证据的。没有证据，不能乱说。"司马昔肯定地点点头。

贾有德结结巴巴地说："要啥证据？祖先人就是这样说的，李师公也是这么说的……"

贾有德这话把马月英惹怒了："李师公放个屁，你也觉得是香的！你啥时候成李师公的徒孙了？你不懂就别瞎说，听喜旺的！"

贾有德心有不甘："太上老君升天的地方都不算，那蜀山是啥？"

喜旺道："蜀山现在最适合宣传的，是蚕桑蜀锦文化……"

"你的意思是说，蜀山是蚕丛王菩萨升天的地方？你不当李师公的徒孙，你当黄昌婆的徒孙？"

"喜旺本来就是他黄三奶奶的孙子，这有啥问题？"

喜旺笑道："老汉儿，我并没有说蜀山是蚕丛王升天的地方，更没有说蚕丛王是菩萨。但是，蚕丛王带领蜀地百姓，曾在蜀山活动……"

贾有德灵机一动："司马教授说了要有证据，你又有啥证据？"

喜旺没想到他老汉儿反戈一击，一时回答不上来，含糊道："也许目前还找不到考古学意义上的证据，但有时候，文化也并不是非要找考古学意义上的证据不可，它其实是进入日常生活中的东西。咱们蜀山有悠久的养蚕织锦的历史，还有很多从远古传下来的古老独特的养蚕织锦的习俗，而且养蚕织锦也取得过辉煌的成就……"

马月英支持儿子："对，喜旺的黄三奶奶，还有一件祖上传下来的老佛爷赏赐的黄马褂呢，这不是证据是啥？"

喜旺继续鸿篇大论："咱们搞文化考察的目的是啥？是发展蜀山的旅游。蜀山的旅游要发展起来，不是有个啥遗迹遗址就行了，关键是还要有产业支撑。我觉得我们搞养蚕织锦，是一项不错的产业。"喜旺得意地看司马昔，"老师，您觉得我这个想法怎样？"

"此处必须要有掌声！"施西西鼓起掌来。

马月英也跟着使劲鼓掌。

司马昔心不在焉地问了一句："黄马褂？蜀山真有黄马褂？"

司马昔夫妇离开后，喜旺也送施西西离开。

施西西拍拍喜旺的肩膀："喜旺，我这女朋友当得咋样？"

喜旺刚才在桌上吃饭时神采飞扬，可这会儿却像把力气用完了一样，垂头丧气，支吾一句："学姐，谢谢你……"

施西西道："喜旺，大学退学的那一节，你已经揭过去了。不过，你和那位林蝉姑娘的那一节，你也应该尽快揭过去。她现在已经是你的师娘了，你应该用一种更从容的姿态，来面对她。"

喜旺有些发呆，没有说话。

施西西怕喜旺伤心，赶紧转换话题："喜旺，不得不说，你今晚的表现太好了。想不到你有如此脱胎换骨的变化，对文化有如此深刻的理解，对蜀山的未来有如此深入的思考。你在风头上完全压倒了司马教授。单从今晚的表现来看，不知情的人要是见到了，肯定不会说司马教授是你的老师，反而还会说你是司马教授的老师呢。"

喜旺苦笑道："唉，学姐，我晓得，今晚我太张扬了。其实，我并不喜欢自己这种张扬的样子……"

"喜旺，我反而很高兴你能张扬，你缺少的就是霸气。"施西西说，"该你站出来的时候，你就要坚定地站出来，要有一种舍我其谁的气概。在艰难的条件下，你只有这样，才能干出一番事业。明白吗？"

喜旺若有所思："学姐，不是我不想霸气，其实我心里也是没底啊。你觉得我们搞养蚕织锦这个产业，方向选对没有？会不会成功？"

施西西道："喜旺，我在桌上已经表明我的态度了，我认为你的方向是对的，我完全支持你！我当时让大家给你鼓掌，不仅仅是因为我在扮演你的女朋友，需要挺你，其实我也是真心觉得你说得好啊！"

"谢谢你，学姐。"喜旺道，"虽说方向是对的，但我还是不确定村民们是否愿意和我一起搞……前期我已经做过一些动员，不过认同的人很少。村里很多人都把钱入股到吃喝耍里去了……"

"别灰心，喜旺。你要相信，你不是一个人在战斗，肯定会有很多人支持你的。"施西西道，"这样，咱们分头行动。这边，你去和乡上的唐书记汇报一下你的想法，取得他的支持。那边，我去找找你们县上的杨书记，和他谈谈这件事。杨书记是一个很开明、很有眼光的书记，我觉得他肯定也会支持的。"

马月英去黄昌婆家，她想让黄昌婆把她那祖传的黄马褂拿出来，送给司马教授看。

喜旺在桌上说的话，马月英虽然不是很明白，但是她听懂了一点，司马教授确定蜀山有啥"文化"，是要讲证据的。黄昌婆的黄马褂，就是喜旺说的那个"文化"的一个证据。只要把这个证据拿给司马教授看，他就一定会赞成喜旺所说的那个"文化"的。

马月英就是这样，只要是他儿子要干的事情，她就肯定积极支持。

马月英刚走进黄昌婆家，就看见涂三姑气鼓鼓地从里屋走出来。看见马月英，涂三姑没好气地嚷道："月英婶，你们都把黄马褂骗去了，还来做啥？"

马月英莫名其妙："哪个把黄马褂骗去了？"

涂三姑道："月英婶，明人不做暗事，骗去了就骗去了，为啥还要装模作样？"

马月英道："喜欢婆娘，明人当然不做暗事。我还没进门呢，你就说我骗，我骗哪个？"

"喜旺老汉儿不是刚把黄马褂拿去了吗？"

"喜旺老汉儿？他拿黄马褂去干啥？咳，我不晓得啊……"

"你不晓得才怪！"涂三姑根本不信，"呵呵，你们也够无耻的，那么多人来拿，我奶奶都不给。你们晓得我奶奶迷信，把喜旺当成个啥菩萨。喜旺说的话，她都会听。所以你们就扯喜旺的幌子，骗我奶奶！"

马月英满腹狐疑往家里走。她得问问贾有德，把黄马褂拿到哪里去了。

马月英到家时，贾有德正在躺椅上睡大觉，鼾声阵阵。马月英上前就一脚，把他踢醒过来。

贾有德站起来，从屋角拿起一根扁担往外走。马月英喊住他："你要去哪里？"

"我去挑粪浇桑苗。"贾有德一点儿也不停顿。

"站住！"马月英大喝。

"不行啊，桑苗都要干死了，我好着急啊。"

"我不回来你就不急。有胆子，你再多走一步！"

贾有德低垂下头，万分委屈的样子："连粪都不让浇……"

马月英走上前："我问你，你从黄三娘那里拿来的黄马褂呢？"

"啥黄马褂？我不晓得。"

"你还想撒谎？我告诉你，我刚从黄三娘家回来，啥事我都清楚。"

贾有德做出豁出去的样子："看来是骗不过你的，我就老实交代吧。那天请司马教授吃饭的时候，司马教授不是说过，想看看黄三娘的黄马褂吗？我想司马教授是喜旺的老师，他想看，那就必须给他看。所以我就去找黄三娘，让她给我，我送去给司马教授了。"

"你真的送给司马教授了？"

"当然送给他了！"贾有德斩钉截铁。

"哦……"马月英放下心来，转身要走。忽然觉得有些不对劲，她看见贾有德的眼珠在极快地转来转去，一下便断定他一定在撒谎，于是猛地上前，揪住贾有德的耳朵，拿话激他："你还想骗我？我告诉你，我刚从司马教授那儿回来。他说了，你根本没有送过啥黄马褂给他。说，你究竟给哪个了？"

有德吃不住痛，只好老实交代："我给李师公了……"

马月英怒道："又是李师公！他给了你啥好处？"

马月英把贾有德的耳朵更用力地扯，痛得贾有德尖声大叫。见贾有德还是不说，她又反手揪他另一只耳朵。

贾有德龇牙咧嘴讨饶："你放了我耳朵嘛……你这样扯着，我咋说话……"

马月英就把贾有德耳朵给放了。哪晓得，她刚一松手，贾有德转身就跑。无论马月英在后面咋大声喊，他都不停步。马月英追了几步，追不上，气得破口大骂。贾有德在这骂声中，逃得无影无踪。

马月英去找李师公。

兰花回来后，李师公的屋子明显整洁干净多了。屋檐下虽然还只是泥土地面，但上面已出现了清扫的痕迹。屋里的各种器物，也都收归到原位。院坝旁边，甚至还栽上一些西洋杜鹃——不过，这种长在城里的植物，似乎并不太适合在山野生长，显得有些发蔫。

门槛下的地面上，坐着一个小女孩，脸上乌黑，双手乌黑，手里还在玩着啥乌黑的东西。马月英走近一看，大吃一惊，原来小女孩玩的是一团鸡粪。她脸上、嘴角乱抹着的，也是鸡粪。

马月英惊叫一声，赶紧掏出纸给小女孩擦手。衣袖高挽的兰花听到声音，已从屋里跑出来，一把抱起小女孩，把鸡粪从她手上抠掉。

马月英递上手纸，笑道："兰花妹子，拿纸去给娃儿擦一擦。"

兰花接过去，抱怨道："杜鹃都在地上抓鸡粪吃了，你也不看一看！"

马月英这才发现，原来李师公躺卧在屋角下的躺椅上。因为他身上盖着一件蓑衣，马月英一开始并没有注意到他。

李师公把双手往上一举，伸个懒腰。蓑衣从他身上自然地滑落到地上，他也懒得去捡，反而冲兰花怒吼道："你这个瓜婆娘！刚才祖师爷太上老君本来招我上天开神仙会，你这一吼，把我从天上吼下来了。会没开得成不说，还差点落在地上摔死！"

兰花没开腔了，把掉在地上的蓑衣捡起来，挂在墙上，再抱起娃儿，进屋清洗去了。

马月英调侃道："李师公，看不出来啊，兰花出去了几年回来，你变得这么威风了！"

"我李师公一向威风！"李师公摸摸他的山羊胡，霸气地说。

马月英立刻揭短："才不是呢，兰花没出去之前，你可是一直抬不起头来的。哼，兰花喊你往东，你不敢往西的……"

"哼哼，我告诉你，将来我还会更威风！"

马月英看不得李师公张狂的样子："李师公，说，你为啥要骗喜旺他老汉儿的黄马褂？你赶紧给我拿出来！"

"我骗？哼哼哼，我用不着骗，他心甘情愿就交给我了。"

"他心甘情愿？他是憨的？把那么金贵的东西心甘情愿交给你！"马月英不信。

"你不信，我也没办法，你自个儿回去问他。"李师公歪着脑壳，一副爱信不信的样子。

马月英不想和李师公纠缠了："我管他是不是心甘情愿，你都必须还给我！"

李师公怪笑："没法了，还不给你了。"

"为啥？"

"严主任拿去了。你想要，去找严主任……"

喜旺向唐朗汇报在蜀山发展织锦产业的事。本来以为唐朗会毫不犹豫地支持他，没想到唐朗却说，县上的目标是搞旅游，不是搞产业。他还劝喜旺，把注意力转过来。

喜旺争辩："没有产业支撑，旅游咋发展得起来？"

唐朗道："喜旺，你说得没错，但你想过没有，发展你那个产业，没有个三年五年，能成规模吗？别的不说，就是把桑树栽起来，到可以采摘，至少也得一两年工夫。而且，就算把锦缎织出来了，还需要开拓市场。市场是那么容易开拓的么？如果咱们等到产业形成了，有规模了，再搞旅游，那又过了五六年了。发展是能够等的么？"

"那就等一等嘛……咱们蜀山都落后外面几十年了，就等个五六年，又有啥关系……"

"等不得。"唐朗摇摇头，"喜旺，你想想，蜀山老百姓为啥会回来？因为他们听说蜀山要搞旅游。现在突然说旅游暂时不搞了，先把产业搞起来再说，老百姓还不又打工去了。这样一来，你那产业又如何搞得起来？"

唐朗的话句句在理，喜旺找不到反驳的理由。不过，他还是不想放弃，又说："唐书记，就算不搞产业，咱们向司马教授建议一下，让他把蚕桑蜀锦文化作为宣传的重点，这个总可以吧？"

"不可以。"唐朗严肃地说，"喜旺，杨书记把司马教授送到山上来的时候，曾对我说过，在挖掘蜀山文化上，咱们可以给司马教授提建议，但是不能干涉他的工作。至于把哪种文化作为宣传的重点，等司马教授把考察报告提交给杨书记后，相信县上很快就会出结果。"

唐朗见喜旺情绪不好，拍拍他的肩膀，鼓励他："喜旺，你也别灰心，产业的事，慢慢来搞。当务之急，是要把旅游搞起来。县上一旦公布了结果，咱们的招商就有了'名片'。有名片，投资商很快就会找到的……不过，我还是希望邓总能够真正参与到蜀山的旅游投资上来，毕竟她是土生土长的蜀山人。所以，喜旺，你回去后，要多做邓总的工作，争取她把投资落到实处。"

喜旺尽管心有不甘，还是听从唐朗的安排，去找邓娟谈投资的事。

和上次一样，给喜旺开门的，依然是牛金秀。

喜旺笑着对牛金秀说："金秀婶，你去告诉邓娟，是我来找她。"

牛金秀摇摇头："喜旺，没用。娟姑儿专门交代过，尤其不想见你……"

"不会不会，"喜旺依然信心满满，"金秀婶，你想想，上次我被村民们抓起来游街，还不是她把我救出来的，她咋会不见我？"

"唉，你不晓得，就是那次回来之后，她就交代我，如果你来了，坚决不准你进来。"

见到喜旺很失望，牛金秀又心里不忍："喜旺，你来找娟姑儿，究竟有啥事啊？"

喜旺道："金秀婶，邓娟不是答应了要投资蜀山的旅游开发吗？我来问她准备得咋样，几时动工。"

牛金秀叹口气："唉，喜旺，你不是外人，虽然娟姑儿一直不让我说，但是我看她每天都把自己关起来不见人，我也为她难受……我索性告诉你实情……"

"究竟发生了啥事？"

"娟姑儿现在手上一分钱都没有了……"

"不会吧，"喜旺大吃一惊，"上次我被村民们推着游街的时候，她不是还说要投资吗？而且，她还有专职司机呢，那辆路虎车，不还是她的吗？"

"不是她的。上次为了救你，娟姑儿专门打电话给她朋友，借来用的。她的车原来是红色的，那次开回来的是黑色的嘛。包括那个司机，现在都已经是别人的司机了，临时借来的……"

"为啥会这样？邓娟的先生呢？"

"我也不清楚啊……娟姑儿究竟发生了啥事，她也不告诉我，只是对我说，她一分钱都没有了，也没地方去了，才回家的……"

牛金秀抬手擦眼泪。喜旺这才发现，牛金秀的胸前，确实没有那条粗粗的叮当作响的金项链了。

喜旺不晓得该说啥，手足无措的他，忽然碰到裤袋里一个硬邦邦的东西，伸手进去一摸，原来是那个戒指盒。喜旺把戒指盒抓在手里，不由分说，噔噔噔就往屋里走去。尽管牛金秀在后面喊他别去，他也不听，很快就进了楼道。

这栋"小蜀山"修得很高，但是却没有装电梯。喜旺爬了半天，累得喘气，才爬到最高的那层楼上，来到邓娟房门前。

喜旺本想轻轻敲门，但举起拳，他却用力砸了下去。本来以为就算砸门，也不一定把邓娟砸得出来。没想到，才砸了一下，门竟然就打开了。

邓娟的模样，也并非他想象的穿着睡衣头、发蓬乱的样子，反而妆容精致，穿戴齐整。

喜旺把戒指盒猛地向邓娟递过去。邓娟看了一眼，嘴角扯起一丝笑："你这是啥意思？送我的？"

"我要是现在送你，我就是无耻！"喜旺把戒指盒像玩弹珠一样，转来转去，"这个戒指盒，是那天我请司马教授和他年轻的夫人吃饭之前，揣在裤袋里的。本来，我是准备在吃饭那天，把它退回去的……"

"退回去？"

"结果吃饭的时候，我竟然把这件事搞忘了，后来我也一直没有想起来，它就这样待在我裤袋里。今天到你这儿来的时候，它硌着我，硌得我很不舒服，我才想起来。于是我发现，关于这个戒指盒的一切，我其实早就忘了。或者说，我早就不在意了。而当我不在意它的时候，它在我的裤袋里，就成了一个累赘。我不想要这个累赘，今天，我要把它丢掉，让你做一个见证！"

说着，喜旺顺手一抛，戒指盒划出一条红色的弧线，从窗口飞出去了。

邓娟轻轻问："就这么扔了，你不可惜？"

喜旺摇摇头："戒指盒里面本来应该装戒指，可是它装的是一撮斩断的头发。而且经过这许多时光后，这撮头发已经长满了毛刺。当我再把它拿在手里的时候，它就把我扎得鲜血淋漓。你说，这样的东西，我为啥要可惜呢？"

邓娟若有所思，良久又问："喜旺，你真的能放下那一切？"

喜旺点点头："邓娟，我曾经为了逃离这片贫瘠的土地，拼命读书。后来我如愿以偿考上大学。但是在读到大学四年级的时候，我放弃了，放弃了寒窗苦读十多年换来的一切。虽然我因此遭遇了众多让人难以承受的嘲讽、白眼、抱怨，以及撕心裂肺的痛处，但是我依然挺过来了，并找到了一条新的人生道路。也许这条路，不一定能成功，但它让我的心里很踏实，让我觉得我的双脚踩在了泥土上。今天，我又扔掉了这个戒指盒，这个原本就不属于我的东西，它一直压在我心上，让我气喘吁吁，沉痛不已。我把它扔掉了，我觉得我今后可以非常轻松地走路了。"

喜旺突然抓住邓娟的手，用力握住："邓娟，我们都把那些不属于我们的东西放下吧。你不要待在这座高楼里，这里没有泥土的气息。我们走下楼去，踩在泥土上，一起往前走，好不好？"

邓娟被喜旺紧紧握住手，脸有些发红，手也有些发抖。她轻轻地说："你握得太紧，你捏痛我了……你放手，让我喘口气……"

喜旺放松了一点，但他并没有放手，还那样握着："我不会放手的。邓娟，我们从小就是好伙伴，那时候我们就这样牵着手去读书。现在，我们也应该是好伙伴，应该牵着手，到泥土上去走，共同去做振兴蜀山的梦！"

邓娟觉得喜旺的手滚烫滚烫的，像一团火在烤她。她的眼里一下蓄满泪水。

第二十八章　养蚕织锦

让喜旺没有想到的是,他从邓娟的"小蜀山"回家,唐朗却来告诉他,杨书记支持他发展养蚕织锦产业。唐朗讲完后,问道:"喜旺,杨书记咋会晓得你要搞养蚕织锦产业?是你告诉他的吗?"

"杨书记?我哪敢去见他……"想了想,喜旺又说道,"可能是我学姐施西西告诉杨书记的。原先我跟我学姐说过这事,她说她要找杨书记谈一谈。"

"噢……"唐朗也不在意,"喜旺,虽然我个人觉得搞养蚕织锦产业,未必搞得起来,但既然杨书记也支持,我肯定服从杨书记的指示,支持你干。"

喜旺激动得直搓手。

"杨书记还说了,让你组织农户先搞,县上随后就研究,出台一个鼓励政策。"杨书记的指示,让唐朗雷厉风行,立刻就有了行动,"这样吧,喜旺,既然要干,咱们就大张旗鼓地干。先把村民召集起来,开个会。会上给大家讲这件事,鼓励大家积极参与,争取更多的人加入进来。"

会议决定在吃喝耍召开。

喜旺为了增强宣传效果,还特意让喜欢把黄昌婆请到现场。

开会那天,喜旺到吃喝耍时,发现吃喝耍农家乐的扩建工程,已经砌起了好几层楼。虽说还在修,但从占地面积和布局来看,已经相当霸气。

吃喝耍的院坝里,还修起了一个庞大的基座。像在修一个大型舞台,似乎又不像,舞台应该没有修在院坝正中央的。

正当喜旺百思不得其解的时候,穿着制服的喜庆走过来,冲喜旺嘻嘻大笑:"欢迎贾书记莅临指导!"

"喜庆你说啥,我哪敢指导……"喜旺不习惯这样的话。

喜庆也就是说笑而已,他当然也不相信喜旺能指导,干脆就反过去指导喜旺:"贾书记,你晓得严主任这是要修啥吗?"

"修啥?"

"修太上老君在蜀山升天的大型雕塑。我告诉你,现在正在修的,是一座蜀山的模型。蜀山模型修好后,就要在上面安放太上老君升天的塑像。"喜庆得意地说,"严主任说了,邓总的'小蜀山'有九层楼高,他建的这座塑像,至少要十层楼。总之，就是要比邓总的'小蜀山'高。要让咱们吃喝耍的这个雕塑，成为蜀山的地标性建筑。"

"严主任为啥要修这样一个建筑？"喜旺不解。

"贾书记，你是书记，你都不晓得哦？咱们蜀山现在重点宣传的是，咱们这里是太上老君升天的地方。严主任说了，既然蜀山是太上老君升天的地方，自然要有一个太上老君升天的标志性建筑物……"

喜旺严肃地说："司马教授不是还没有提交考察报告吗？哪个说蜀山重点宣传这个？"

"嘿嘿，你等着吧，宣布这个结论，还不就是迟早的事……"喜庆不屑再和喜旺说话，提着喇叭大声吆喝工匠们干活，别偷懒，哪个偷懒就扣哪个的钱！

喜旺心事重重地往会议室走去。他刚上台阶，就和从上面走下来的李师公撞了个满怀，两人都撞得摔倒在地。

原本喜旺和李师公应该是撞不上的，因为李师公的两眼望着天，又旁若无人地大踏步走，结果就撞成这样了。

喜旺从地上爬起来，仔细看李师公，发现李师公果然有理由趾高气扬。原来他的穿着，已是今非昔比，简直可以说是脱胎换骨。他身上是一件崭新的道袍，黑绸做的，闪着银亮的光。手腕上搭着的，也再不是之前的秃毛笔，而是一根真正的拂尘。拂尘雪白的银丝坠性很好地垂落着。脑壳上虽说依然只是那几根稀稀疏疏的头发，但插在头发髻上的，已不是半截筷子，而是包了金边的玉簪。

李师公从地上爬起来，用力拍着他的道袍。他用巨大的拍打声，彰显他的尊严，表达他的不满。不过喜旺不想理他，抬脚就往会议室走去。

会议室里空无一人。

最先来的，是喜旺的娘和老爷。马月英见还没人来，兴奋地问喜旺："喜旺，今天你第一次主持会议，心里紧张不？"

"有啥紧张的，我以前开的会多着了，从来没紧张过。"

贾队长一副过来人的语气，马月英不爱听："你那算啥，你那只是一个生产队的会，咱们喜旺今天开的是全村的会，规模不晓得比你那破会大好多倍！"

贾队长也不生气，依然很高兴地笑。

接着，喜龙来了。喜龙一来就嚷："喜旺，我地里的'鸡眼睛'发新芽了，我正忙着呢。要不是你主持开的会，我就不来了。"

喜旺一拱手："多谢支持！多谢支持！"

"嘿，你跟我这样说话！"喜龙在喜旺胸前擂了一拳。

"喜龙，你不懂。当年咱们黄稠行的少东家，用的就是这姿势。"说这话的，竟然是神采飞扬的黄昌婆。

喜旺赶紧过去把黄昌婆扶过来，在前排坐下，又搓搓手说："黄三奶奶，我其实是瞎蒙的。再说了，黄稠行的少东家，也应该喜欢来当，我哪敢随便用。"

"他不行。"

喜欢站在后面，憨憨地笑，也不生气。

又来了几个人。不过也就是几个人，偌大的会议室里，依然空荡荡的。

马月英不再兴奋了，她焦躁不安地看看喜旺，又望望会议室里那口大钟。喜旺抱着手望着窗外，不晓得他在想啥。

唐朗、贾有伦都来了。唐朗看见会议室里空荡荡的，不满地嚷："人呢人呢？咋没人呢？"

坐在下面的人不高兴了："唐书记，你这就不像话了。我们不是人，难道是空气？"

唐朗没心情开玩笑，嚷喜旺："喜旺，人都没来，你开啥子会？赶紧去招呼大家来开会呀！"

喜旺羞红脸，埋下头。

贾有伦摇摇头："喜旺去喊人，恐怕把人喊不来啊……"

唐朗焦躁："喜旺喊不来，让哪个去喊？老贾，要不你去喊。"

"我也喊不来……"

唐朗更不高兴了："你喊不来，那你为啥给喜旺泄气？老贾，你这不是拆台吗？"

贾有伦笑道："我喊不来，但是严主任喊得来。要开好这个会，还得让严主任去吆喝。"

"又是他！"唐朗一听就不高兴，但是他又不得不承认，贾有伦的话是对的。于是挥挥手,"好好好,老贾,那你就去给严庄说说,让他赶紧组织一下。"

还别说,贾有伦去后,只一会儿工夫,在吃喝耍打牌的村民,工地上做工的工人,都全部拥进会议室来了。很快,会议室就被挤得满满当当的。

喜旺虽然一开始觉得有些丢脸,但既然人来了,他就鼓足精神开会。

村民们闹闹嚷嚷,声音很大。喜旺把嘴巴紧紧贴着麦克风,又把喉咙里所有的声音都大声吼出来,尖锐的声音像一块生铁片,重重地敲在人们的耳鼓上,让大家都觉得很难受。讲话的人受不住,只得不讲,听喜旺讲。

喜旺压住众人,便把嘴巴离话筒稍远一些。这样一来,声音也柔和多了,顺畅多了。到了后来,他甚至激动起来,把黄昌婆从台下接到台上来,鼓动说:"我们的织锦产业一定能够搞起来,一定能够搞成功。为啥呢?因为我们有一个国宝级的人,她就是黄三奶奶!"

黄昌婆有些不好意思,但她还是笑得很开心。

不过,大家瞧黄昌婆的眼神,却并不是崇敬,反而是一种嘲讽:"黄三奶奶,你不养鸡,咋开始养蚕了?"

"黄三奶奶,你养蚕,就不怕被你喉咙里的那只阴鸡啄掉么?"

"黄三奶奶,你养蚕,把你喉咙里的那只阴鸡给喂肥了,它挤在你喉咙里出不来,该咋办?"

喜旺的脸一下就红了。因为村民们调侃黄昌婆的话,都是以前他"出菩萨"时说过的。

黄昌婆脸上的笑容也消失了,面色苍白地埋下头。

贾队长看不下去了,从人群中猛站起来,大声说:"你们这些娃儿,真是不晓得天高地厚。当年黄三娘家'黄稠行'出的蜀锦,可以压断半个严道县城。背蚕茧到'黄稠行'来卖的,要排一里多长的路。那个时候,你们这些娃娃,还不晓得在哪里摸炭呢!"

喜庆可不喜欢贾队长出风头。这一段时间,他在吃喝耍当监工,拿着一个扩音喇叭,存在感十足。因此,贾队长话音一落,他就语气傲然地说:"贾队长,你是没出去打过工,你不晓得现在外面的世界变化有多大。你那压断严道县城半条街算啥?到深圳城中随便指一家小铺子，它的分店，在全国各地都有。这些分店要是合起来，十个严道县城都不够压。"

另外一个在外面打过工的小伙子，也不想放过这个显摆的机会："对呀，卖蚕茧的排一里算啥？我打工的那家食品加工厂，每天往厂里送生猪的车，在公路上一辆挨一辆，要排十多里。"

那些没在外面打过工的婆婆、大娘，听他这么一说，都把嘴巴撮圆了，很配合地发出惊叹声。

而这种惊叹，无疑更加刺激了那些在外面见过世面的人，又有人站起来叫道："你们都是癞蛤蟆没见过簸箕大一块天！光棍节的时候，马云一个小时的营业额，就是几百个亿。这几百个亿要是一张接一张摆起来，别说十个严道县不够压，十个省城都不够压。"

贾队长满脸羞愧地低下头，他果然是世面见得太少了。

喜龙看不得那些人张狂的样子，为贾队长打抱不平："就算钱压断十个省城，那又算啥？你们见过黄马褂么？黄三奶奶家有老佛爷亲赐的黄马褂，你们见过么？"

马月英正急得不行，喜龙的话点醒了她，赶紧帮腔："文化，黄马褂就是文化！你们见过很多钱，你们见过文化么？"

"黄马褂在哪儿？我们没见过这种'文化'，拿出来看看。"喜庆晓得秘密，补了一句。

"对呀，说有这个东西，我们从来没见过，拿出来看看。"

严庄本来坐在一边，仰躺在一把椅子上，满不在乎地看手机。没想到喜庆这个愣头，竟然把这个话说出来。他赶紧站起来，从喜旺手中夺过话筒，喝道："干啥干啥？都是一拨没文化的人！都把嘴巴给我闭上！今天开会，也算在做工。做工就好好做，哪个再乱吼乱叫，我就扣哪个工钱！"

整个屋子立刻安静下来。严庄威严地把会场扫视了一圈，确定再无一人敢开腔后，才把话筒递给喜旺。

喜旺想继续讲，却不晓得该讲啥了，憋了半天，说出一句："我的话讲完了，下面请唐书记讲话。"

唐朗早就想讲了，把话筒抢过来，大声批评："你们太无组织纪律性了，人家贾书记讲个话，你们要叽叽喳喳插无次数嘴，像一林闹山的麻雀。你们这个样子，怎么搞旅游。将来人家外地的客人到咱们这里来，你们这样没素质，得不得罪人？丢不丢脸？"

又有人忍不住了，就算是唐书记，他也要插一嘴："那可不一定，我去过很多地方，那些地方的人的素质，也没比我们高到哪里去……"

"你真不想要工资了？"严庄转脸对涂三姑说："涂三姑，记下来。"

那人吓得赶紧闭嘴。

唐朗讲正题了："今天找大家来开会的目的，刚才贾书记已经讲了，就是希望在咱们蜀山发展养蚕织锦这个产业。这是一个很有前途的产业，县委杨书记也说了，会研究政策支持咱们干。他让咱们先干起来，有了规模以后，争取更大的支持。所以，今天咱们就是一个摸底报名。愿意干的，就过来签个字。咱们统计起来，县农业局的白局长已经给咱们准备了一些桑苗，他会无偿送咱们栽种。"

有人问："唐书记，桑树栽起来，白局长会派人来帮我们养蚕织锦吗？"

唐朗怒了："干脆让白局长直接把钱发到你手上算了，你啥也不用干！"

又有人说："唐书记，白局长帮咱们解决了桑苗问题，但是咱们也需要资金啊。咱们的资金，都投资到吃喝耍了……"

"那有啥关系？你的资金，我立马就退给你。"严庄站起来大声表态，"大家都听着，想跟着喜旺干的，我立马就退股给他，今天就退。该分的红利，到今天截止，一分不少都给他。"

"不不不，"那人赶紧摆手，"严主任，我是说起好耍的，我不退，我不退！"

"想退就退嘛，不要抹不过情面嘛。"严庄反而笑着劝他，"咱们得积极支持贾书记。我是没有闲钱，我要是有闲钱，我也会跟着搞。"

"对呀，严主任说得对，"唐朗晓得严庄在假打，但他将错就错，"把钱放进吃喝耍，当然是一个不错的选择。但是，咱们也不能一条道走到黑，要多选一些路嘛。贾书记提倡搞的这个产业，也很不错啊。既然严主任都表态了，愿意退的都退，那你们哪怕退一半出来，路就多了一条，对不对？"

喜旺也振作起来，大声疾呼："叔爷老辈们，你们要相信我，咱们选择的这条路，绝对是前途光明的。而且只有把产业做起来了，咱们蜀山才会有人气，也才会有人来消费餐饮啊！"

"两位领导说得好极了，"严庄嘿嘿笑，"想退钱的，赶紧表态。涂三姑，你做个登记。想退钱的，立马就退给他，不超过今天。"

涂三姑把笔和纸拿出来，拿眼睛四处扫射："有退钱的吗？有吗？"

一下子，整个会议室安静极了，大部分人把脑壳埋下去。剩下的人，则把脑壳转向窗外。

一个退钱的都没有。喜旺虽然很难受，他依然笑着说："我们回到刚才的议题吧。大家如果愿意参加进来的，请都到这里来登记一下。"

人群陆陆续续站起来，朝喜旺走过来。喜旺惊喜不已，赶紧把纸和笔摆放整齐，方便过来的村民签字。

但让喜旺没想到的是，那些村民其实只是走过来，从喜旺身边走过去，根本就没人签字。不但没人签字，连看都没人看他一眼。

喜龙大声喊："你们别走啊，喜旺说得不错啊。我告诉你们，我本来想搞自己的'鸡眼睛'，不参与别人的事情的。现在听了喜旺的讲解，我都改变主意了。以后，我都不栽'鸡眼睛'了；栽了的，我也要把它们全部拔了。我现在要跟着喜旺搞养蚕织锦。听我说，哎呀，你们咋还在走啊？等等，等等啊……"

喜龙跑到门口，试图把拥出会议室的人群拦下来。可是没有一个人听他的。人们毫不费力掀开他的双手，轻轻松松就过去了。

严庄也大声劝："你们咋就走了呢？再考虑一下啊。你们难道不相信我会退钱吗？我严庄说话，啥时候骗过你们……哎呀，你们不要走啊，你们这样走了，别人咋看我严庄？明白的人，晓得你们是自己不想退钱；不明白的人，还以为我严庄在后面指使你们这样干呢……哎呀，你们为啥走得这么干脆？你们不要这么干脆嘛，你们哪怕停下脚步，站在原地思考一分钟再做决定，人家也不会说我严庄的不是；你们哪怕有三五个人留下来，也可以证明我严庄的清白……完了完了，我严庄再也没法证明清白了……"

除了喜龙、马月英、贾队长、黄昌婆、喜欢等少数几个人，再没人留下来，会议室一下又变得空空荡荡了。

严庄还在苦口婆心地劝说，还对着空空荡荡的会议室劝说，说得喜旺都有些过意不去了，反过来安慰一脸失落的严庄："严主任，这都是村民们自己做的选择，跟你没有关系的，你不必自责……"

严庄叹口气："唉，贾书记，还是你这种读过书受过教育的人深明大义。要是换上别人，就一定把罪过推到我身上，觉得今天这个结局，是我造成的了……贾书记，你也别灰心，你既然干，我相信你是肯定能干好的。我现在的钱都投资到建房上去了，没有余钱。不过你放心，等我的吃喝耍扩建完成，赚到钱后，我一定会转回来支持你！"

严庄出去后，马月英终于忍不住了，骂道："猫哭老鼠——假慈悲，今天我算是见识了！"

这时候，门口出现了一个白衣白裤、身材笔挺的老者，赫然就是李秉。

李秉微笑道："喜旺，我刚从省城回来，和省里生产蜀锦的厂家联系过了，他们表示，他们会全力支持你们搞养蚕织锦。缫丝机、织锦机这些，他们都会以最低的价格租给你们用，还可以免费为你们提供技术指导……"

白土也出现在门口。白土脚穿一双凉鞋，高挽着裤脚，背上斜挎一顶大草帽。李秉笑起来："白局长，你这是知青'上山下乡'么？"

白土嘿嘿笑道："李先生，我不是知青，我是退休老汉儿了。我现在是到蜀山来，跟你做伴的呢。要说'上山下乡'，嘿嘿，也说得过去。"

李秉打趣道："就算来和我做伴，也不用这样打扮吧。你这打扮，也太入乡随俗了。你一下就把我老人家比下去了，我老人家心里不服！"

白土笑着解释："李先生，我不是故意要这样。我是给喜旺载了一车桑苗过来，发给村民们栽。这样打扮，更方便做事嘛……"

回家的路上，喜旺对他老爷和他娘说，他想一个人走走。

马月英说："喜旺，娘陪你走。"

喜旺道："娘，你别陪我。我要思考一下咱们的产业接下来该咋搞。你陪在我身

/ 第二十八章 养蚕织锦 /

边,会打扰我的。"

"你真的只是想这些?没有想不通吧?"马月英不放心。

"有啥想不通的?"

"刚才……他们……你,你没有受到打击?"

"你看我这个样子,像是受了打击的吗?"喜旺大笑。

马月英看了又看,喜旺确实不像受了打击的样子,于是也高兴起来:"好好好,那你就慢慢想。你是村书记,你需要思考这样的大事。"又招呼贾队长:"他老爷,咱们赶紧走,你也别打扰喜旺,他是考虑大事的人。"

贾队长看了喜旺一眼,跟在马月英后面,往前走去。

不是一番寒彻骨,
哪来梅花碰鼻香。

远处传来贾队长幽韵婉转的山歌声。

等马月英和贾队长走得看不见了的时候,喜旺一下瘫倒在草地上。

他把一根草茎扯下来,放在嘴里咬。草茎非常苦,苦味一直钻到他的舌根下面,让他很难受。不过,就算是难受,他也不愿意吐掉。他晓得,这种苦涩的味道,只能他一个人默默承受。

太阳非常耀眼,像一把刺,朝他的眼睛直扎下来。喜旺记得小时候,他老爷曾对他说过,千万不要看太阳,太阳光会把眼睛扎瞎的。可是他偏不信,在野外的时候,就常常躺倒在草地上,对着太阳看。那时候他发现,太阳不但没把他的眼睛射瞎,反而过一段时间后,那刺眼的太阳,就不再刺眼了,而是变得像月亮那样清凉。

现在,喜旺想体验一下小时候的那种感觉。他强迫自己睁大眼睛,对着太阳看。

不过,他刚盯住太阳,视线忽然就被挡住了。出现在他眼前的,是喜龙那张担忧的脸:"喜旺,你没事吧?"

喜旺从地上翻身爬起来:"喜龙,你还没回去啊?我有啥事?好着呢。"

"喜旺,你就别装了,我晓得你的心情不好。"喜龙把手放在喜旺肩膀上,"我正是看出你的心情不好,才偷偷跟在你后面的。"

喜旺在喜龙胸口上擂了一拳,把他推开:"哈,你当间谍啊?"随即双手往裤袋里一插,做出满不在乎的样子,"你当间谍没用,我没干坏事,你从我这里侦察不到啥。走吧走吧,你还是去侦察别人吧……"

喜龙哼一声:"你别撵我,我在会上已经表过态了,要跟着你一起干下去。"

喜旺笑笑:"喜龙,谢谢你在村民们面前帮我说好话,给我这么大的面子……"

"我不是给你面子,喜旺,我是真的决定了,要跟你干。"

"你舍得你辛辛苦苦种的那些'鸡眼睛'?"

"我确实舍不得。但我晓得你这是大事业,我那'鸡眼睛'和你这大事业比起来,就是娃儿过家家的游戏。"

喜旺眼里一时热辣辣的。他抬头看了一会儿天,才埋下头来,接着,又满脸忧郁地对喜龙说:"喜龙,你进来开会的时候,看见严庄在门口搞的那个雕塑没有?"

"看见了。听说蜀山要宣传成太上老君升天的地方,所以严庄才建那个塑像的。"

"喜龙,你明不明白,如果蜀山宣传成太上老君升天的地方,那咱们搞养蚕织锦产业,成功的可能性将更加小……"

"我明白。"

"明白你还说不搞'鸡眼睛',要和我一起搞养蚕织锦?"

"正因为明白,我才更应该支持你,更想和你一起干啊。"

"为啥?"

"我们是兄弟嘛。"

喜旺终于控制不住,泪水哗啦啦从眼眶里涌出来。

喜龙把脑壳转到一边:"喜旺,我听说严庄之所以笃定蜀山要搞成太上老君升天的地方,是因为他把黄三奶奶的黄马褂骗去,送给司马教授,司马教授向他做了这个承诺。"

喜龙又恨恨地说:"喜旺,这事咱们不能就这样算了。黄马褂既然是黄三奶奶的,咱们去跟喜欢说,让他找严庄把黄马褂要回来。只要把黄马褂要回来,司马教授就不可能偏袒严庄了。"

"这事能成吗?"

/第二十八章 养蚕织锦/

"成不成,咱们去试一试就晓得了。总之,咱们不能坐以待毙。哪怕只有一分希望,咱们也要做一百分的努力!"

喜旺和喜龙找到喜欢的时候,他正在地里,挖掉那些刚栽下去的桑苗。喜旺大惊:"喜欢,桑苗刚定根发芽,你为啥又挖起来?"

喜欢不敢看喜旺:"喜旺,正想给你说呢,我以后不搞养蚕织锦了,对不起啊……"

喜旺心里难受:"那你以后做啥?又出去打工?"

喜欢摇摇头:"不打工,三姑让我去吃喝耍上班,她已经给我找好了工作,让我去守大门……"

喜龙一听就炸了:"喜欢,你就这么点出息!你还好意思去吃喝耍守大门!你婆娘和人家……你在外面守大门,放哨啊!"

喜旺赶紧在喜龙背上捏了他一把。

喜龙在脸上抹了一把:"好,喜欢,这事咱就不说了。人各有志,我和喜旺不强求你。不过,有一件事,你必须去做。严庄把你奶奶的黄马褂骗去贿赂司马教授了。那是你家祖传的宝物,你必须去把它拿回来!你要不去拿回来,你将来死了,有啥脸去见你的列祖列宗?"

"我咋拿得回来……这是三姑……"喜欢眼神闪烁,支吾了半天,"喜龙,这事不怪我,是喜旺的老汉儿从我奶奶那儿拿去的。当时三姑找我奶奶要过好几次,都没要到。后来喜旺的老汉儿去要,就要到了。而且喜旺的老汉儿能要到,还是打起喜旺的名义。所以说,这个责任,应该由喜旺和他老汉儿来负。"

喜欢如释重负地走开了。他跑得很快,连放在地里的锄头也忘了拿,就像发现了啥危险东西,落荒而逃一样。

喜龙看喜旺:"喜旺,喜欢说的是真的?"

"是真的。"

"真是你老汉儿把黄马褂从黄三奶奶那里骗来,交给严庄的?"

"我老汉儿拿来交给李师公,李师公交给严庄的。"

"你老汉儿为啥要把黄马褂交给李师公？"

"不晓得哇……唉，我老汉儿这几天，也不晓得跑到哪儿去了，连晚上都没回来睡……我娘说，要是他回来，就把他攆出去！我忙事情，也没来得及去寻他。"

"我晓得你老汉儿在哪里，"喜龙一下想起来，"今天我在吃喝耍看见过你老汉儿……对了对了，肯定是你老汉儿想去吃喝耍，所以找李师公去求严庄。然后李师公就让你老汉儿去找黄三奶奶拿黄马褂。肯定是这样的。"

如果是这样的话，意味着，连亲老汉儿也不再和他喜旺一起搞养蚕织锦，而是背叛他，去投奔严庄了……

喜龙道："喜旺，你别担心，我去吃喝耍找一找你老汉儿，我去把他劝回来。只要你老汉儿回来了，你就可以理直气壮地去找李师公要黄马褂了！"

喜龙在吃喝耍转了半天，都没有找到贾有德。

因为是想把贾有德劝走，所以喜龙也不敢问别人。问别人，必然打草惊蛇。

喜龙寻过吃喝耍的那些客房、餐厅、娱乐室和电子游戏厅，继续往里面走。喜龙从来没有到过这些地方，他没想到，吃喝耍还有这么多房屋，往里还有这么宽。

前面到了一个狭窄的通道。通道的外面，饼儿正拿着个电子游戏机，精神亢奋地打着。电子游戏机里发着各种各样尖利的怪叫，同时饼儿的嘴巴也发出时高时低的怪叫，和游戏机的声音天然地配在一起。

自从袁幺娘不幸遇难，喜庆回来后，饼儿就再也没去上过学了。他和喜庆一起，整天在吃喝耍鬼混。

喜龙走过去，想问问饼儿。可是，他刚把手放在饼儿头上摸了摸，饼儿忽地就跳起来，满脸惊惶地盯了喜龙一眼，接着飞跑过那个狭窄的通道，冲进里屋去了。

喜龙刚想穿过通道，进去看看贾有德是不是在里面。这时，从里屋走出两个保安，拦在喜龙面前，威严地喝道："你是哪个，不准进去，请你赶紧离开。"

保安都是从外地找的人，他们并不认识喜龙。喜龙不好给保安说他想找贾有德，只得支吾道："这里不是农家乐么？还有不能让人去的地方？"

"当然有！"保安又提高了声音，"上级领导在里面开会呢，闲杂人等，哪儿凉快哪儿去！"

保安不由分说就把喜龙推出来。接着，两人叉开双腿，双手背在身后，面色冷峻，一左一右紧紧挡住那个窄窄的通道口。

喜龙很不高兴，但也不想和保安争执，转头走了。

转了半天，还是毫无线索。

喜龙尿胀了，他按照指示牌，到农家乐边缘的那个洗手间上厕所。没想到，刚一进厕所，就看见贾有德拿着个拖把，正专心致志地拖地。

喜龙一时气不打一处来。这个贾有德，不支持自己儿子搞产业，却跑到严庄的农家乐来扫厕所！

喜龙黑着脸，抓住贾有德的胳膊就往外拉，一直把他拉到一丛竹林背后。贾有德跌跌撞撞半天，终于站稳脚跟，生气地说道："喜龙，你疯了么，你把我拉到这里来干啥？"

"你才疯了！"喜龙冲贾有德骂，"我说大爷，你自己想想，你究竟在干啥？喜旺作为村书记，现在正组织大家搞产业呢。好多人不愿意加入，一些原本加入了的，又纷纷退出去了。可以说，喜旺现在是最需要支持的时候。而你倒好，作为喜旺的亲老汉儿，竟然也背弃他！你背弃他，干点有出息的事情，倒也让人想得通，为啥却跑来帮严庄扫厕所？"

"厕所总得要有人扫啊，喜龙，你不能搞这种职业歧视啊……"贾有德嬉皮笑脸地回答。

"厕所是要人扫，但严庄的厕所不该你来扫，你是喜旺的老汉儿！"

"喜旺的老汉儿有啥了不起？是不是当了喜旺的老汉儿，躺在家里就有人按月送钱来？不是的话，不扫厕所，我拿啥子来吃饭？"贾有德理直气壮。

喜龙晓得贾有德说得不对，但究竟哪里不对，他也说不清楚，干脆不和他辩论，又拉他的衣袖，往外拖。

贾有德的力气没喜龙大，虽然身子极力往后仰，脚使劲在地上蹬，依然被喜龙拖着往前滑动。无可奈何的贾有德忽然急中生智："喜龙，严主任来了。你放了我，我给严主任打个招呼就回去。"

喜龙把贾有德放了，转头看，四下里却都没人。再回头，贾有德早已跑得无影无踪了。喜龙气得大骂:"大爷,还说你是老辈子,竟然采用这种哄骗人的方式逃跑,你还像个老辈子的样子吗?"

喜龙没能劝回贾有德。他把情况告诉喜旺后,两人一时枯站着,都不晓得该咋办。喜龙说:"喜旺,别灰心。黄马褂要不回来,咱们就不要了。咱们去县里上访,找杨书记告严庄,说他贿赂司马教授,让司马教授的文化调查偏向他那边。我听说杨书记是个好书记,我们向他揭发这事,他肯定会很重视的。"

喜旺摇摇头:"喜龙,这样不太好啊。我是村里的支部书记,我咋能当上访户……"

"喜旺,你是不是官瘾特别大,特别在乎你这个啥子破村书记啊?"喜龙鄙夷地说。

"我没有官瘾……"喜旺红了脸。

"你一个破村书记有啥了不起,你号召大家搞产业,有几个人听你的?连你老汉儿都是,情愿给严庄扫厕所,也不跟你干,你还有啥得意的?"

"我没有,你误解我了……"

"没有,没有咱们就去上访。要是养蚕织锦搞不起来,你还有啥子脸?"

喜旺咬咬牙:"好,我听你的,去上访!"

喜龙想了想,又说:"不行,就我们两个小伙子去上访,起不到作用。咱们走到县政府门口,人家还以为咱们是到县政府门口耍的呢。保安过来,把咱们往旁边一推,咱们就一点办法也没有了。最好能喊一个老人家去。我听人说,保安是不敢对老人家动手的。要不,把你老爷喊去吧。"

喜旺摇摇头:"不行,我老爷是老革命,他咋会跟我们一起去?别说跟咱们一起去,他要是晓得这个事,可能咱们也去不成了。"

喜龙眼珠一转:"要不,咱们把黄三奶奶喊去。这件黄马褂本来就是黄三奶奶的,她去更合适。黄二奶奶也很听你的话,你去叫她,她肯定不会推辞。"

喜旺迟疑道:"黄三奶奶都七十多的人了,咱们还拉她上访。这样做,对不起她啊……再说了,正因为黄三奶奶很信任我,我更不能利用她。利用她,太无耻了吧……"

"咋叫利用她，咱们是去帮她要回黄马褂呢。"

"黄马褂本来是我爹给她骗去的……"

"问题是她不出面，你去拿得回来不？"

喜旺和喜龙争论着，声音越来越大，谁也说不服谁。不过这时，身后传来一个声音："你们别争了，我跟你们一起去。"

两人忙转头，竟是黄昌婆。

黄昌婆咧着一张缺齿的大嘴巴，脸上的皱纹水一样流畅清亮，闪着碎银般的光芒。

第二十九章　卧底

三人赶客车进城。本来准备一进城就去县政府的，但黄昌婆晕车实在太厉害，吐得一塌糊涂，本来已经不喘了，突然又喘起来。喜旺和喜龙没办法，只得找了一家旅店先住下来。

为了节约开支，祖孙三人挤在一间房里。喜旺和喜龙几乎被黄昌婆喉咙里的鸡声吵得一夜没合眼。等那鸡声终于累了的时候，天也差不多亮了。

三人赶紧起床，来到县政府大门前。

时间还早，上班的人不多。两个身材魁梧的保安一左一右，笔直地站在大门两边，显示出一种强悍的威严。

喜龙推了推喜旺和黄昌婆，示意两人朝前走。喜旺和黄昌婆却都有些胆怯。喜龙不高兴了："来都来了，难道咱们还要打退堂鼓？"

三人来到门口，把事先写在一张大纸的控告信拿出来，正准备铺在地上。保安过来了："干啥干啥？要讨工钱去找包工头，要问药钱去找医院，要打官司去找法院，这里是县政府，到这里来干啥？"

喜龙本来很勇敢，没想到一到这里他也慌了。一慌张，就把话兜底说了出来："我们是来上访的。"

保安大惊："你们还敢上访？你们胆子也够大的！哪个村的，说！找你们村的书记来，把你们领回去！"

黄昌婆见他们问"村书记"，忙得意地指指喜旺："同志，他就是村书记，他就是村书记！"

"他是村支书？"保安鄙夷地瞟了喜旺一眼，"你们咋不说他是县委书记呢？说一个村支书出来，你们不嫌小？"

"他真是村书记啊……"

保安不想再废话，威严地问道："你们究竟是来干啥的？说！"

喜龙再次因为心慌说出真话："我们是来要黄马褂的。"

黄昌婆又附和："对头，我们是来要黄马褂的。"

"要黄马褂？这里是皇宫啊？"保安大笑，笑了以后又骂，"他娘的，一大早，就遇到疯子了！"

两个保安不由分说，一人架喜旺，一人架喜龙，把他们架到一边。

黄昌婆见没人理她，也跟在喜龙和喜旺身后走。

喜龙忙扭头喊："黄三奶奶，你别跟着我们走！你到门前，把控告信铺在地上，跪在上面。快呀！"

黄昌婆明白过来，忙跑过去，把控告信铺在地上，跪在上面。

保安返回来时，黄昌婆手脚麻利，已铺好控告信，跪在上面了。

喜旺说："喜龙，黄三奶奶七十多的人了，咱们让她跪在地上，合适么？赶紧喊她起来吧，别跪出毛病了。"

喜龙骂道："喜旺，你妇人之仁！这个时候，最重要的就是咬牙坚持。你让黄三奶奶起来，就前功尽弃了。你我要是跪在那里，保安提死狗一样就把我们提走了。黄三奶奶跪在那里，保安碰都不敢碰她一下。"

喜龙还真说对了，保安确实不敢动黄三奶奶，只是低头劝她："老人家，你赶紧起来吧。地上又凉又硬，你这么大年纪了，跪在上面，不怕跪出毛病啊？看你，都在喘呢，你这样跪着，会加重你的哮喘的。"

但黄三奶奶是聪明人，她明白保安关心她身体只是借口。她稳稳地跪在地上，埋着头，就是不起来。跪到最后累了，她干脆坐在腿上。只要她不起来，保安就拿她没办法。

县政府门口陆陆续续来了许多人，大家凑在一堆，看那封控告信。

控告信的内容其实只有一句话：杨书记，还我黄马褂！后面连续三个惊叹号。

这是喜旺和喜龙反复商量后确定的内容。为了增加逼真效果，喜龙还建议，是不是再在上面洒一些红墨水。不过喜旺觉得这样太过惊悚。折中的办法，是在那一行字和惊叹号外面，画了一个红色的边。

保安见劝不走黄昌婆，转变策略，试图趁黄昌婆不注意，把控告信揭走。黄昌婆慌了，脑袋往保安身上撞，保安只得往后退。

趁这个当口，黄昌婆把控告信往自己屁股下一塞，死死压住。这样，保安就毫无办法了。

保安拿黄昌婆没法，就去驱赶围观的群众。群众被赶走，又围拢来。因为他们看见控告信上写着"杨书记",又写着"黄马褂",他们觉得这事太有趣了。杨书记和黄马褂之间有啥关系呢?看这意思,好像是杨书记抢了哪个的黄马褂。堂堂杨书记,竟然强抢人家的黄马褂!

喜旺有些担心:"喜龙,这样搞,会不会把事态扩大啊?"

"把事态扩大才好啊。要是不扩大事态,咋会引起杨书记的注意?"喜龙满不在乎。

"这事态已经够大了,杨书记应该来了吧?要不咱们赶紧看看,人群中有没有杨书记。找到的话,主动找他说说这个事。"

"杨书记什么样子?你是见过的,我可没见过。"

"我是见过,但我就见过一面,早忘了……"

"忘了?那就没办法了,只能等杨书记自己找上门来了。"喜龙幸灾乐祸地说。

"不行啊,杨书记要是不在,这么闹下去,要出大事的……"喜旺说,"要不,咱们随便找一个当大官的,跟他反映一下,兴许他就能把问题转给杨书记了。"

"哪种人像当大官的呢?"

"我也不晓得……肚子大一点的,脑壳昂得高一点的那种,肯定更像。"

两人踮着脚尖,四处张望。可看来看去,似乎都不像。

这时候,有人在喜旺肩上拍了一下,笑道:"贾书记,看我像不像当大官的样子?"

喜旺转头一看,那个人又瘦又黑。喜旺摇摇头:"你别闹,你不像!"

不过,喜旺忽然想到一个问题,这县城,他人生地不熟的,咋会有人晓得他是"贾书记"呢?

喜旺转头再看,一下就想起来了,不禁惊喜地喊:"杨书记!"

杨书记把手往胸前一抱,朝门口的黄昌婆努努嘴:"贾书记,咋回事?我啥时候欠你们黄马褂了?"

喜旺赶紧解释:"杨书记,不是的,不是这样的……"

杨书记摆摆手:"你们先去把那老婆婆扶起来,跟我到我的办公室去。"

喜旺和喜龙走过去,扶起黄昌婆。

杨书记掏出手机,打了一个电话。

黄昌婆走了,留在那里看热闹的人,也只得依依不舍地离开了。之所以依依不舍，是因为他们本来觉得这应该是一场大戏，哪晓得大幕刚拉开，忽然就撤幕，戏转到内场去演了，心里实在不甘。

进了办公室，喜旺三人挤在沙发上。杨书记一边给三人泡茶，一边埋怨喜旺："贾书记，你这是干的啥？把一个老人家搞到县政府大门口来跪着，你不为老人家的身体着想啊？"

喜旺满脸通红："杨书记，杨书记，你听我解释……"

杨书记摆摆手，又掏出手机打电话："梁主任，送上来没有？"

县委办梁主任快步走了进来。他手里拿着个包裹，走到屋子中央，打开包裹，把里面的一件东西取出来，递给黄昌婆。

黄昌婆惊喜地喊道："我的黄马褂！"

喜欢和喜龙都没见过黄马褂，不免接过来，颠来倒去，好一番欣赏。

喜旺想到一个问题：黄马褂咋会真在杨书记手里？

本来他们只是在纸上写着玩的，没想到黄马褂真在杨书记手里。难道严庄不是拿来贿赂司马教授，而是贿赂杨书记？对呀，贿赂杨书记，不是更直截了当吗？如果严庄真的拿黄马褂贿赂杨书记，他喜旺这样搞，可就有点揭发的味道了。

喜旺觉得很不好意思，结结巴巴地解释："杨书记，我们不是故意问你要黄马褂的……我们不晓得黄马褂原来在你这里，我们以为……"

"你们以为严庄用黄马褂贿赂司马教授，让司马教授帮他说话？"

"是啊是啊，难道不是吗？"喜龙大为惊奇，"咦，杨书记，你咋啥都晓得啊？"

"你们说对了。这件黄马褂，确实是严庄贿赂司马教授的。但是司马教授是一个有良知的、坚持严肃学术的学者。他告诉我，他确实很喜欢这件黄马褂，但是绝对不会因此背叛自己的良知，背叛自己的学术。所以，收到黄马褂后，他立刻就把黄马褂转给我们县政府了。"

"太好了，"喜龙高兴地说，"严庄的阴谋不能得逞了！"

"对对对，这样一来，咱们蜀山就可以集中打造蚕桑蜀锦文化了，咱们的织锦产业，也可以迅速发展起来了。"喜旺也惊喜不已。

杨书记摆摆手："蜀山究竟该怎么宣传，该以什么为重点来打造，司马教授已经把报告提交给县委县政府了。这个报告写得非常好，县委县政府将开专题会，就这个问题进行反复讨论、考量，同时，还将向市上、省上请示。总之，咱们一定会做出正确的，真正能推动蜀山旅游快速发展的选择！喜旺，你们从现在开始，就把心妥妥地放在肚子里，一门心思在家里搞你们的产业。你们准备搞的养蚕织锦非常好，我很高兴。你们好好干，县委县政府一定会创造一切条件，支持你们做大产业的。"

三人都觉得，杨书记的话果然非同凡响。尽管他并没有承诺会在蜀山宣传蚕桑蜀锦文化，但这不就是一种肯定性的表态吗？

一片灿烂的光芒从天而降，这不是灯光，这是明媚的阳光。

黄昌婆把黄马褂折叠好，想揣进怀里。

其实，这件黄马褂，从她奶奶去世交给她那天起，她就一直揣在自己怀里。当然，也不是普通的揣，她是把它缝进了一件棉袄里。那些年破"四旧"，那些根红苗正的年轻人，让她交出黄马褂，甚至为此还把她关在水牢里十多天，她都没有暴露过。

没有人会想到，她会把黄马褂缝进棉袄里。造反派想不到，涂三姑也想不到。涂三姑已经不止一次到她房间找过黄马褂了，她翻遍每一个角落，每一件衣服。但是，涂三姑也没有怀疑过，秘密竟然藏在棉袄里。

要不是贾有德来找她，她肯定还好好地藏着这件宝物。

杨书记笑道："黄婆婆，现在你还不能把这件黄马褂带走，我们还有用处。这样吧，为了让你放心，我们给你写一张借条。用完后，我们一定完璧归赵。"

杨书记拿过一张纸，刷刷刷写好借条，递到黄昌婆面前。

黄昌婆有些舍不得，迟疑地接过纸条，迟疑地把黄马褂递出去。

喜旺见黄昌婆难受，鼓足勇气问道："杨书记，能告诉我们，你们拿这个黄马褂去做啥吗？"

"不能告诉你们，但肯定是拿去办一件大事的。"杨书记神秘地说，"我可以告诉你们的是，这件大事，与蜀山的发展有重大关系！"

"啥大事？"

喜龙还在问，喜旺赶紧碰了碰他，在他耳边说："你想想啊，拿黄马褂去办一件与蜀山发展有重大关系的事，除了与养蚕织锦产业有关，还会是啥？"

"对对对！"喜龙恍然大悟，也赶紧碰碰黄昌婆："三奶奶，放心好了，放心好了，真的是好事，大好事呢！"

杨书记又说："喜旺，我最后再提一点要求，今天的事情，你们回去后，一个字也不准透露。否则，咱们的大事就办不成了！明白吗？切记切记！"

喜旺等人欢天喜地回到蜀山。他和喜龙、黄昌婆按照杨书记讲的，闷起脑壳，在自己的地里苦干起来。

一天，喜旺和他娘、他老爷正在地里栽桑苗，突然，喜龙从远处冲过来，大声喊："喜旺！喜旺！"

喜旺应了他好几声，喜龙却还一直"喜旺喜旺"喊个不停。

马月英不耐烦了："喜龙，你耳朵聋了？咱们喜旺答应你好几声了，你还喊啥！"

喜龙跑到跟前，笑得满脸开花："月英婶，我没疯，我高兴着呢！"

"你高兴啥子？你捡到金元宝了？"

"捡到金元宝算啥！"喜龙一副视金钱如粪土的样子。

"那是啥？看你这关子卖的，你急死个人！"

喜龙抓起放在一旁的水壶，猛灌一气，嘿嘿笑："月英婶，别着急嘛，让我享受一下人生嘛。"

马月英啐他一口："你要享受人生，你就去吃喝耍。去那里，你想咋享受就咋享受。别来这里搅和，咱们还得干活呢。"

"嘿嘿，去不了了，吃喝耍被封了，严庄被抓起来了，里面的人全散伙了。我就是想去享受，都不行啊……"

众人大吃一惊。"啥？啥？"马月英说了半天，说出来的，还就只有一个"啥"字。最后还是喜旺帮她把话补充完整："为啥？"

"我也不晓得为啥，整个蜀山都在议论，说法很多，不晓得哪个说的是真的，搞不清楚……"

"他们说了些啥？"马月英抓着喜龙的肩膀猛摇。

"别摇，月英婶，别摇，听我说嘛。"

喜龙抖开马月英的手，他又开始慢条斯理了。必须要慢条斯理，才能表达他激动的心情："说法确实很多，但是，所有这些说法中，我认为只有一种说法是正确的，就是严庄偷偷开地下赌场。我为啥说这个说法是正确的呢？上次我去找……"说到这里，喜龙看了喜旺一眼，赶紧打住，他晓得，不能提喜旺老汉儿，"反正我去吃喝耍，走到里面，我看见那里有一条很窄的通道。饼儿坐在那个通道口打游戏，看见我来，拔腿就往里面跑。不一会儿，就有两个保安出来，拦住我，不准我进去。我问为啥不准我进去，保安说上级领导在里面开一个重要的会。当时我就怀疑，啥子上级领导，会跑到严庄的农家乐来开会？严庄是厉害，可也没有那么大的面子，把上级领导搞到他的农家乐来开会嘛！里面肯定有蹊跷，有蹊跷……"

马月英听不下去了，打断喜龙："你啰里啰唆说这么多，究竟有没有啥真凭实据证明严庄开地下赌场？"

"有啊，警察从吃喝耍搜了好多赌博机出来呢……"

"嘿，既然搜了好多赌博机出来，这件事肯定是真的，你直接说不就完了，为啥先还要啰里啰唆分析半天。"马月英总是一万个瞧不上喜龙的样子。

"我不给你分析，你就看不明白嘛。"

"看不明白？哪个看不明白？我早就看出来了。吃喝耍里经常停着很多气派的车。停这些车，说明很多有钱人到吃喝耍来了。有钱人到吃喝耍来干啥？你以为光是来吃吃喝喝么？肯定是来赌钱的！"

喜龙见马月英总是不服他，不免起了要与马月英决一胜负的想法："月英婶，你以为这次抓严庄，就是因为严庄开设地下赌场么？才不是呢，还有其他原因。我告诉你，不只是严庄被抓了，不只是严庄的跟班喜庆被抓了，觉英、李师公，还有钟成都被抓起来了，你晓得为啥不？"

"他们也被抓了？"

"是啊，觉英、李师公、钟成这些人被抓，月英婶，你晓得又是为了啥子不？"

"为了，为了……"马月英憋红脸，终于还是说不出原因，"管他是为啥子，反正这些人都不是好东西，都该被抓！"

"是不是与以前搞假古币有关？"喜旺问。

"对,大家的议论中,就有很多人这样说。"喜龙转头笑马月英:"月英婶,你想不出来吧?还是喜旺才想得出来。"

哪晓得马月英不但不生气,还高兴地说:"咱们喜旺就是聪明,一下就想到了,读过书就是不一样。"

"读过书"这个话,一下刺激了喜龙,他很不服气地问喜旺:"喜旺,那你说,严庄设地下赌场,还搞假古币,这个事,是哪个查出来的?"

"喜旺,你说!"马月英一副要喜旺和喜龙比拼一番的样子。

哪晓得喜旺一点儿也不体谅马月英的苦心,一开始就认怂:"不晓得啊,是哪个查出来的?"

"不晓得?喜旺,不应该啊,你读过书,那么聪明,咋会不晓得?"喜龙一副幸灾乐祸的样子。

喜旺没注意到喜龙的幸灾乐祸,他思索道:"这件事确实有些奇怪,搞假古币,是前些时候的事情了。当时县公安局还抓了钟成和觉英,不过很快就把他们放了。既然放了,就说明当时没有找到充足的证据。这次又抓起来,说明证据肯定充足了。那么,究竟又找到啥证据呢?又是哪个查到证据的呢?"

"月英嫂,你晓得不?"喜龙专门挑马月英问。他当然晓得马月英回答不上来,正准备揭晓答案,后面有个声音说:"是陶指挥长查到的。"

原来是唐朗。喜旺不信:"陶指挥长已经不是公安局长了,他咋会还查这个?"

唐朗说:"唉,看来我是错怪陶指挥长了……当初陶指挥长上山来的时候,我其实对他是很有意见的。我觉得杨书记任命他为指挥长,完全是个失误。陶指挥长上山来,不但没能促进蜀山旅游工作的开展,还给杨书记拆台。因为他上山来后,啥都不干,整天就躺在吃喝耍睡大觉……没想到他这样做,是来放烟雾弹的,是为了故意麻痹严庄。杨书记安排他上山来,主要也不是搞旅游,而是查这个地方恶霸。找到充足证据后,把他一锅端。杨书记这一招,真是大手笔!"

"确实,太大手笔了!"喜旺也由衷感叹。

"哎哟哟,真是很厉害!"马月英也跟着感叹。

　　　　我正在城楼观山景，

　　　　耳听得城外乱纷纷。

　　贾队长忽然唱起来。喜龙也忘了先前的不爽，笑得跳脚："哎呀，大老爷，你咋不唱山歌，改唱川戏了？"

　　　　旌旗招展空翻影，

　　　　却原来是司马发来的兵……

　　众人笑闹一阵，唐朗忽然说到正事："喜旺，快，再去召集全村人开一个会，动员大家参加你的产业！"

　　马月英嘟囔道："唐书记，不行啊，咱们喜旺不是才开了会，大家都不愿意参加吗？丢了大脸，刚把脸捡起来戴上去呢，现在又去开会。如果还是没人参加，脸丢在地上摔碎了，就捡不起来了。"

　　"不会的，这次不会了。"唐朗笑道。

　　"为啥现在不会呢？"

　　"嘿，喜旺，你想过没有？严庄被抓起来后，那些投资到严庄农家乐里的村民都慌了。他们对未来充满恐惧，不晓得接下来该咋办。所以喜旺啊，我觉得这对你来说，正是一个好机会。你在这时把他们争取过来，既可以解除村民们的困惑，又可以壮大你养蚕织锦产业这个队伍啊。"

　　"对呀对呀，唐书记说得太对了！喜旺，你赶紧去开会，赶紧去！"马月英高兴得双手乱舞。

　　喜旺还没有开腔，喜龙又高兴地问："唐书记，咱们蜀山，接下来是不是就该宣传蚕桑蜀锦文化了？"

　　马月英又抢着回答："那当然了，严庄被抓，他们搞的啥子太上老君升天，就升不成了。蜀山肯定就要宣传我们这个文化了嘛。唐书记，你说是不是？"

　　唐朗笑："我不好表态，毕竟县上没发通知，我作为本乡党委书记，这个时候表态,是不对的。"

马月英偏要刨根问底:"唐书记,我们假设吧,假设你现在不是乡书记,你谈谈你的看法呢。"

"我确实对县上会搞啥文化,有一个自己的看法。但是,嘿嘿,你那个假设是不成立的。因为就是乡党委书记,所以我还是不能说。哈哈……"唐朗大笑着走了。

马月英急了:"唐书记,你还没说呢,咋就走了呢?"

喜龙道:"月英婶,唐书记来吩咐喜旺去开会,就已经表达他的观点了,你还用问么?"

"对对对,喜龙,你这次说对了!"马月英终于表扬了喜龙一次。

随即,她就吆喝喜旺:"喜旺,你赶紧去通知开会吧。你要通知不过来,喜龙、我,还有你老爷都可以去帮你通知。"

喜旺却一点儿也不激动,反而摇摇头:"娘,这个会我肯定要组织开。但现在不行,现在我得去见一个人。"

"你要去见哪个?"

"涂三姑。"

"涂三姑?"

"对,涂三姑。严庄被抓走了,吃喝耍一下陷入了瘫痪。吃喝耍是吸纳了全村人资金,相当于是一个股份制企业。这也就不是严庄一个人的事了,而是全村人的事。所以,我想去找涂三姑,让她承头把大家组织起来,继续把吃喝耍经营下去。那些扩建工程,也得继续建下去。涂三姑是吃喝耍的管家,她得来承头……"

"你疯了?"马月英暴怒了,"咱们的养蚕织锦一直搞不起来,没有人支持。好不容易逮着这个好机会,可以让大家都加入进来,你却反过去帮别人!"

"是啊,喜旺,现在不是讲仁慈的时候。你现在不抓住这个机会,以后可能就再也找不到机会了!"喜龙也急了。

喜旺解释道:"可是,我们也不能趁火打劫啊……"

"虾爬戴眼镜——假装鱼先生!"马月英骂道,"连唐书记都让你赶紧开会,你难道比唐书记还了不得?"

/第二十九章 卧底/

"不是的，娘。"喜旺道，"我不想让村民们觉得是走投无路了，才加入咱们。我希望他们能自觉自愿，把养蚕织锦当成一番事业来做，这样他们才会坚持做下去，才会干得好。"

贾队长说话了："你们别再多说了，喜旺是对的。喜旺是咱们村的书记，不是养蚕织锦这一小拨人的书记，更不是咱们家的书记，他这样做，顾全大局，没错。"

"书记又咋样？哪个把他当书记？"马月英辩解。

"以前没人把他当书记，是他没有拿出书记的做派。他现在拿出书记的做派，处事公平，处处为大家考虑，大家自然就把他当书记了。"

喜旺看了众人一眼，笑笑："你们放心，就算我支持涂三姑搞农家乐，我对咱们的产业，还是有信心的。再说了，你们刚才不是说，咱们蜀山马上就要宣传蚕桑蜀锦文化了吗？只要宣传这个，咱们的产业，还会搞不起来么？"

喜旺刚走到伍老大屋旁，就看见伍老大的婆娘潘洁莲哭号着，披头散发地从屋里跑出来。伍老大手里提着一根竹竿，在后面猛追。那根竹竿一头已经打破，在伍老大手里发出咔嚓咔嚓的摩擦声。伍老大骂一句，便将竹竿朝潘洁莲的方向猛拍一下。不过，竹竿其实并没有拍在潘洁莲身上，而是拍在她身后的地上。裂开的竹竿，咔嚓咔嚓中，突然又发出一声尖锐的爆响，吓得潘洁莲一阵阵惊叫。

伍老大似乎越拍越起劲，同时，伍老大嘴里的谩骂声，简直像唱歌一样，有腔有调，有板有眼。两人就这样一前一后，直冲过来。

喜旺赶紧抓住伍老大的竹竿："伍老大，你在搞啥子？哪有这样追打自己婆娘的？"

"她哪里是我的婆娘，她是严庄的婆娘！"伍老大得意地说，"我才不要这样的婆娘呢，我要把她撵了！"

喜旺劝道："你咋能撵嫂子？你要把嫂子撵到哪里去？"

"严庄进监狱了，她也应该跟着进监狱嘛。"伍老大幸灾乐祸。

潘洁莲忍不住了，骂道："你还是男人吗？有这样说自己婆娘的吗？"

"你不是我婆娘，我才没有你这样的婆娘呢！你不是想一直待在吃喝耍不回来吗？你现在回来干啥？哼哼，吃喝耍垮台了，你没地方去了，就回来赖在家里。有本事你别回来呀！"

潘洁莲就是不走，一直低头站在那里。伍老大回头往家里走，潘洁莲也跟在他身后。伍老大很不高兴，又回头拍竹竿。而潘洁莲也跟着跳脚，尖声大叫，就像配合伍老大演戏一样。

喜旺忙说："伍老大，你不能这样说话。严庄被抓起来了，但是吃喝耍却不能垮，大家的股份都在里面呢。我正要去找涂三姑，让她承头把吃喝耍接着搞下去呢。"

伍老大很不高兴："喜旺，你傻的么？吃喝耍垮了就垮了，你还把它盘活干啥？垮了正好让大家跟着你搞养蚕织锦嘛！"

潘洁莲立刻不跟伍老大了，转回身跟喜旺："喜旺，你干得好。走，我跟你一起去找涂三姑，让她一定要把这个头承起来。"

喜旺说："嫂子，你还是跟伍老大回去吧，我一个人去就可以了。"

潘洁莲很不屑："我才不跟他回去。他不是不要婆娘了吗？他不要我，我还不想要他呢。"

"你不跟我回去就算了，有本事，你永远别回来！"伍老大又抡起竹竿猛拍。潘洁莲这次不配合他了，不跳也不叫，干脆不理他，只推了喜旺一把，鼻孔里哼一声："走，喜旺，咱们别理这个窝囊废！"

两人来到涂三姑家。那时候，喜欢正在屋檐下忙碌着。

不过，他的忙碌都是瞎忙，只见他一会儿把扫帚捡起来，并没有扫地，却又把扫帚放下。一会儿又去拿锄头，扛在肩上，似乎想出去，又把锄头放回原处。接着又坐在凳子上，随即又站起来。站起来也不知道自己要做哈，随即又坐下。

喜旺笑了："喜欢，你在丁啥呢？"

喜欢先没注意，惊得一屁股坐在凳子边上，把凳子坐翻，整个人都跌在地上。潘洁莲大笑不已。喜欢爬起来，拍屁股上的灰，却又怕弄出声响似的，只轻轻摸了摸，又压低声音："喜旺，小声一点，你三嫂在家……"

喜旺说："我就是来看三嫂的呢，三嫂在哪儿？"

喜欢说："她在床上睡着……要不，你等一段时间再来……"

喜旺摇摇头："我就是想现在见她……她既然睡着，就让她先睡会儿。我在这里等，等她起来……"

屋里传来涂三姑的声音："哪个在睡？大白天的，咋可能睡！"

接着，涂三姑从里屋走出来。她穿得齐齐整整，虽然没有化妆，但头发依然一丝不苟地绾在头上。

涂三姑看见潘洁莲，不屑地哼了一声。

喜旺笑道："三嫂，没睡就好，我正要和你说事呢……"

涂三姑拉下嘴角："贾书记，你是不是看见吃喝耍垮了，来动员我加入你当蚕妇？"

喜旺不在乎涂三姑的冷嘲热讽："三嫂，咱们可不是当蚕妇。咱们这是文化，是产业。"

"不管你是啥，不管你那文化、那产业有多了不得，可我，没兴趣！"涂三姑满脸高傲，"我告诉你，我已经准备好了，明天就进城去。"

"你进城去做啥？"

"你以为我是废物么？哼，我告诉你，好歹我在吃喝耍当了多年的管家，我有管理经验。我这样的人才，只要进城去，那些高档餐馆，还不争着请我去帮他们经营！"

"我相信。"喜旺认真地点点头。

潘洁莲问："三姑，你真的舍得离开吃喝耍？"

"我看舍不得的是你吧……"涂三姑鄙夷地说，"咱们凭本事吃饭，不靠人家养着。有些人可就完蛋了，没人养了，不晓得以后拿啥子来吃饭……"

潘洁莲脸红一阵白一阵，开不得腔。

喜旺说："三嫂，你误会我了。我今天来，不是劝你加入我们产业……"

"别假了！"涂三姑打断喜旺的话，"严庄倒霉了，严庄的农家乐垮了，现在正是你贾书记收复失地的时候。这一点，大家都看出来了。山中无老虎，猴子充霸王。你要收复失地你就去收，只是你别太得意，不用到我面前来显摆。得意就会忘形，人生有三起三落不到老，哪个又能保证，他永远不会失势呢？"

"三姑……"喜欢喊了一句。

"闭上你的臭嘴！"涂三姑冲喜欢怒喝，"你是不是也得意了？觉得自己跟着贾书记混，跟对人了？我告诉你，我不当狗！我就算倒霉了，倒在地上了，也要堂堂正正地站起来，昂首挺胸往前走！"

"三姑……"喜欢又喊一句。

喜旺赶紧说明来意："哈，三嫂，你真的误会我了。我今天来，真的不是劝你加入我们的产业，而是劝你赶紧承头把吃喝耍搞起来。现在严主任不在了，吃喝耍也停业了。那么多员工，一下都没工作了，他们心里慌着呢。再说，大家在吃喝耍投了那么多股份，大家都是股东。现在吃喝耍正差一个总经理来帮助大家运营。三嫂你经验丰富，又有能力，这个总经理的工作，除了你，没有第二个人干得下来。你别进城去了，就在吃喝耍，把这个总经理当好吧。"

涂三姑瞪大眼："你说的是真的还是假的？"

"三嫂，看你说的。我啥时候跑到你这儿来瞎缠闹过？"

涂三姑依然不信："你为啥不趁机动员大家加入你的产业？你这样做，让人无法理解！"

"我正准备动员大家开会，召集大家加入进来呢……"

"你原来是来戏弄我的！"涂三姑勃然大怒，伸手往外一指，"你赶紧给我滚出去，滚出去！"

"三姑……"喜欢再喊一句。

"三嫂三嫂，你别着急，听我说嘛，"喜旺道，"咱们要讲诚信，有一就说一，不能搞阴谋诡计。我是准备开这个会，我是要动员大家和我一起搞产业，这也是我一直以来想要做的一件事。但是，我希望大家能自觉自愿加入，积极主动来做。所以，我还想请三嫂和我一起去开这个会。咱们在会上向大家说明，愿意加入我这边的，欢迎。不愿意加入我这边，想继续搞农家乐的，你就承头带着大家干。总之，都要自觉自愿，都要认认真真做事。"

涂三姑低头想了一会儿，轻轻说："我听你的，你安排吧……"接着，又补充一句，"喜旺，你是好人！"

"三姑！"喜欢最后喊一句。

"好啊好啊，涂总你带着我们干，我们就有希望了！"潘洁莲拍手叫好。

涂三姑瞟了潘洁莲一眼："你也想在吃喝耍干？"

"当然了，我以前不是一直在吃喝耍吗？"

"你也有股份在吃喝耍？"

"我……"潘洁莲一时语塞，"以前严主任给我说过，我入干股……"

"严主任给你表的态，你去找严主任！现在吃喝耍是股份制企业，只有实际投入了资金的人，才叫股东。你去监狱里找严主任吧……"

涂三姑说完，哼一声，大踏步往吃喝耍走去。潘洁莲愣了一会儿，跟着追了出去，一边追一边喊："涂总，你不能丢下我啊，你要是丢了我，天下之大，没有我去的地方了……"

第三十章　邓通故里

喜旺的会开得很成功。

因为是双保险，原本躁动不安的村民们，很快就安定下来了。大多数人选择继续留在吃喝耍。也有不少人，尤其是当他们晓得，涂三姑是喜旺邀请出来承头的以后，感动于喜旺的做法，从农家乐撤出来，加入到喜旺养蚕织锦的行列中。

当然了，除了认可喜旺的人品，村民们也对养蚕织锦的前景有了信心。大家私下里都在议论，县上把严庄、李师公抓起来，肯定不会再宣传太上老君了，肯定就是宣传蚕丛了，宣传蜀山是蚕丛故里了。这样一来，养蚕织锦肯定是搞得起来的了。

突然之间有这么多人加入，喜旺高兴坏了。不过他很快就镇定下来，他晓得这只是个开始，艰巨的任务还在后面。

首先就是厂房问题。要修厂房，就需要资金。对于喜旺来说，最缺乏的就是资金。本来李秉给他讲过，李秉积攒下来的蜀山文化考察基金，喜旺可以随便支取使用。但喜旺觉得，无论如何，他都不好意思再向李秉提这个了。李秉帮他还的债，他至今还欠着呢，哪还有脸皮再向他开口？

思来想去，喜旺觉得，最好的办法，还是先把家里腾一些房间出来，改造成厂房。将来赚钱了，有那个能力了，再慢慢考虑修正式的厂房。

喜旺的这个主意，得到喜龙的积极支持。喜龙说，他家也可以拿出来修厂房。喜龙说："我家里就我和我奶奶。实在不行，我搬到我奶奶的房间里住，这样还可以多腾几间屋子出来。"

喜旺摇摇头："那咋行，你一个大小伙子，咋能和奶奶睡一个房间？"

"这有啥关系，她是我奶奶嘛。"喜龙满不在乎。

喜旺当然不能让喜龙这么做，他得先把自己屋子拿出来搞。

喜旺认为，他家里腾出一些屋子，并不是难事。而且，他老汉儿回来后，就没和他娘住在一起。这太不正常，现在正好以腾出房间为借口，让他们住在一起，如此可以一举两得。

喜旺回家的时候，他娘马月英正一动不动地坐在庭前的矮椅子上。

喜旺不敢直接和他娘说，假装自言自语："老汉儿呢，老汉儿咋还没回来呢？奇怪了，吃喝耍都歇业好多天了。涂三姑要承头干，但还没开张呢。老汉儿不可能还在那里啊，他到哪儿去了呢？"

马月英没理他，还是木呆呆地坐着。

喜旺干脆直接说："娘，我回来是想和你商量一件事。咱们现在搞产业，急需建厂房。不然的话，李先生就算把机器给咱们送过来，也没地方安放。可是，咱们手里又没有钱。所以我和喜龙商量，咱们从自己家腾一些房间出来，先暂时当厂房用。我和你商量的就是，可不可以让老汉儿搬到你房间里，和你一起住？这样就有房间摆放机器了……"

"把他房间里的那些破铜烂铁全扔出去！房间不就空出来了，还搬啥？"马月英一句话就封了口。

喜旺忙赔笑："娘，我老汉出去就不回来，也不和家里通个气，这肯定是不对的。但现在他既然已经回来了，说明他晓得错了。娘，你就不要再说他了嘛，给他一次改过自新的机会嘛……"

"喜旺，你还认为是我对不起他么？你自己去调查一下，看看他自己究竟干了些啥？干了些啥？"马月英的泪水忽然像决了堤一样从眼中飞迸出来。她拉起围腰帕蒙住脸，猛跑进屋，倒在床上，长声吆吆地痛哭起来。

"你回来做啥？你要是永远不回来，我们就当你死在外面了，眼不见心不烦。你为啥要回来？你回来不是帮我们，是给我们带来更大的灾难！你为啥不死在外面？为啥不死在外面啊……"

喜旺蒙了。他不晓得究竟发生了啥事。听他娘哭骂的口气，似乎他老汉儿做了一件极严重的错事。

这时候，贾队长提着一把大砍刀，黑着脸冲进来，看见喜旺，便大声问："喜旺，你老汉儿回来过没有？"

"没有啊……"喜旺忙问，"老爷，我老汉儿咋了？"

"我要砍了这王八蛋！"贾队长恶狠狠地骂道。

喜旺看他老爷的眼神，不像是说着玩的，吓得不轻："老爷，我老汉儿究竟咋了？你快说嘛！"

"唉……"贾队长还未说话，先叹息起来，一时之间，他也是满脸泪水，"你老汉儿不学好，在外面有人了……"

马月英在屋里长一声短一声地哭着，喜旺没有听明白他老爷的话："有人？有啥人？"

"有野婆娘……"贾队长艰难地回答，"村里人都在议论呢，说兰花是你老汉儿的野婆娘……还说兰花的那个小女孩杜鹃，就是你老汉儿的种……"

喜旺的脑壳里像冲进了一团火，烧得他两眼发黑，全身冒烟。

"喜旺，你没事吧？"贾队长没料到喜旺的反应会那么大，他紧紧抓住了喜旺的手。

过了好一会儿，喜旺终于做出一个笑的样子，反过来安慰他老爷："没事的，老爷……可能不会是真的，是别人传的谣言……"

贾队长摇摇头："喜旺，肯定是真的……不是真的，你老汉儿咋不敢落屋……喜旺，你老汉儿摆了这么大一个烂摊子，咋收拾啊……"

贾队长一向很有主见，但这会儿却慌张地哀叫起来。

这时候，屋外传来一声响亮的喊声："大爷！"

兰花从外面走进来，手里拉着那小女孩儿杜鹃。

杜鹃不肯走，死死地抱在一根柱头上，哭喊："娘，别让我去，我不去，我要回家，我要回家……"

"你家在哪儿？"

"在深圳，我要回深圳……"

"深圳哪里是你的家？不是。"

兰花使劲扯，但杜鹃把柱头抱得太紧，咋也扯不下来。兰花冒火了，去抠杜鹃的手，抠开后，把杜鹃提起来，提得杜鹃一双脚都离了地面。

喜旺不忍："兰花婶，你这样会伤了孩子的……"

兰花把小杜鹃丢在地上，从口袋里掏出一张纸，递给贾队长："大爷，这是你儿子贾有德写的，你看看。"

贾队长接过纸条一看，一下就蹲了下去，脑壳埋在两膝之间。

"大爷，你也不用伤心，我也是没办法了。白底黑字，贾有德按了手印的，我要按上面说的来。"

喜旺把那张纸拿过看。只一眼,他也呆了。原来,纸上是贾有德把家里的房子送给兰花的一个"赠与协议"。协议上说,杜鹃是他的女儿,他应该把这个房产送给杜鹃。下面是贾有德的落款和手印。

喜旺扯一扯嘴角,笑了笑。他没想到,他居然还能笑起来,而且笑声还能那么平静:"兰花婶,这个破房子,送给你也没啥。但问题是,送给你了,我们住哪里呢?"

"喜旺,你的话有道理。但你们没住的地方,也不能霸占着我女儿的房产呀。我女儿一无所有,将来她没了老汉儿没了娘,日子咋过呢?"

喜旺又说:"兰花婶,你考虑你女儿的将来,这也无可厚非。我们考虑我们的生活,这同样也无可厚非啊。再说了,本来我还打算把屋子腾出来,放机器养蚕织锦呢……"

"你说的也是事实,我完全理解。"兰花深表同情,"喜旺,要不这样,杜鹃既然是你老汉儿的女儿,也就是你的妹妹。干脆我把她放在你家里,你们老汉儿现在也不晓得跑到哪儿去了,他既然不管他女儿,我也管不了那么多,我还得求生活呢。我现在就把杜鹃交给你,你照看好你妹妹,我要再出去打工……"

"娘,你要去哪儿?我要回深圳去!你带我回深圳去!"杜鹃害怕地扯住她娘的衣服。

兰花又抠杜鹃的手,可这次,咋也抠不开了。兰花劈手就给杜鹃一耳光,大骂着让她放手。杜鹃咬着牙,也不哭了,随便她娘打,就是不放手。

兰花没法了,只得哄道:"杜鹃,你在哥哥这里耍一下,听哥哥的话,娘出去一会儿,很快就回来。"

"你骗人,我才不信呢,我要跟你走!"

兰花举手又要打。喜旺过去抱住杜鹃。但杜鹃对喜旺又踢又打,还在他手上咬了一口。

马月英从屋里冲出来,披头散发,冲兰花破口大骂:"娼妇,有你这样不要脸的人么?生个野种,自己不养,甩给别人!"

兰花勃然大怒,叉腰和马月英对骂:"你骂哪个是娼妇?你这种没人要被男人抛弃的黄脸婆，你敢骂我！"

马月英扑过去，扯住兰花的头发。兰花也毫不示弱，反手扯住马月英的头发。两人扯倒在地上，一忽儿马月英在上面，一忽儿兰花又在上面。

喜旺试图把两人拖开，却又不晓得该从哪里下手。杜鹃大哭着，跑过去拉她娘的手，却一下就被翻滚的两人踢倒在地。喜旺把杜鹃抱过来，她又冲过去，朝她娘身上扑。

贾队长忽然一跤栽倒在地，嘴角渗出了血丝。

喜旺惊叫："娘，兰花婶，你们别再打了，我老爷咋了？我老爷咋了？"

两人停手，爬起来，把贾队长从地上扶起来。贾队长嘴角歪斜，嘴里不能说话，细细的血丝从嘴角流下来，红蚯蚓一样。

喜旺大哭："老爷，你咋了？你别吓我！老爷你咋了？"

喜旺的哭喊惊动了不少人，大家拥进来，七手八脚把贾队长扶到椅子上坐下来。

"看来像是脑充血……"

"别动他，脑充血的人千万动不得……"

"赶紧往医院送！哪个有车？哪个有车？"

"本来严主任家里有一辆车的……"

"说啥严主任！还有哪个有？还有哪个有？"

"邓娟有一辆，但是她家的院坝里，好久没见过那辆车呢……"

"咋没有，上次不是还开回来了，说她要投资旅游吗？还是那个鸡冠头司机，她的专职司机……"

"不对，上次开回来的是黑色路虎，她的车本来是红色路虎……"

"帮我喊邓娟，帮我喊邓娟，让她快把车开来！"喜旺着急地大喊。

"可能她和严主任一样，已经没车了……"

"你们喊她，她有！你们喊她赶紧把车开来！"

便有人跑去喊邓娟。

过了好一会儿，那辆黑色路虎车冲过来，在旁边的公路上使劲摁喇叭。还是那个鸡冠头司机，他冲进来大喊："赶紧把人送上车，邓总让我来接的，赶紧！"

在鸡冠头司机的帮助下，贾队长很快被送到县医院。经检查，果然是脑出血，而且要立刻交钱做手术，越快越好。

但是到哪里去找钱呢？喜旺哀求："医生，你先给我老爷做手术吧，我还有一座房子。虽然破，好歹它是房子啊！"

马月英嘟囔道："那房子已经是别人的了⋯⋯"

医生嗤笑一声："是啊，都是别人的了，还担保啥？"

马月英发现她说了一句不该说的话，恨不得抽自己两嘴巴，也赶紧哀求："医生，我说错了，我说错了。那娼妇拿不去的，那王八蛋签的协议是无效的！"

医生被马月英说烦了，瞪了马月英一眼："反反复复唠叨啥？就算那房子还是你的，你们那种乡下的土房子，能值几个钱？再说了，咱们医院是要收现钱的，哪有拿房子来担保的？别多说了，赶紧回去筹钱吧。没有钱，入不了院⋯⋯"

喜旺控制不住了，怒吼道："你说的啥话？医院是救死扶伤的，你们是医生，这是你们的天职！为啥病人来了不给治？为啥要看着病人痛苦地死去？"

医生白了喜旺一眼，耸耸肩，一副不予计较的样子，埋头写病历。

喜旺更加生气，巴掌在桌面上啪啪啪地拍。很快，病房外就围了一大群人。不一会儿，华院长又带着一帮人进来了。

看见华院长，喜旺一下又充满希望："华院长，我是蜀山乡复兴村的支部书记贾喜旺。我爷爷出事了，请赶紧给我爷爷做手术吧，回头我们就把钱凑起来，送到医院来。你相信我，我们肯定会有办法的⋯⋯"

马月英也赔笑求情："是啊是啊，华院长，我们喜旺是村书记呢。求你了华院长，求你给他老爷治病吧。我们喜旺真是村书记呢⋯⋯"

华院长身后的医生互相看了一眼，都偷笑了一下。华院长没笑，一本正经地说："我相信你们喜旺是'村书记'，但这有啥用呢？医院的制度，没有钱就不能入院。这个制度，又不是我制定的。就算是我的亲人，也得按制度来办⋯⋯"

马月英又说："咱家还有房子呢。真的，那房子是我们的，不是那娼妇的，真的不骗你们⋯⋯"

先前那个医生显然是想在院长面前表现一下，说："我早就告诉他们了，咱们医院不接受抵押，何况，还是乡下那种破房子……"

"哪个说我的房子是破房子？我的房子，九层楼高，九九八十一个房间，人称'小蜀山'，造价少说也有几百万。用'小蜀山'来抵押，给咱们老爷治病，你们还动不动手术？"

华院长转头一看，赫然便是全县最有钱的富豪之一——邓娟，忙弓腰笑道："邓总，原来是你老爷啊！哎呀，既然是你的老爷，你打个电话就是了，用得着你亲自跑这一趟！"

"那咋行？你没有亲眼看见我邓总本尊，万一你院长大人以为是哪个冒充邓总，来讹诈你们医院咋办？或者虽然你听出是我邓总的电话，但是以为我邓总破产没钱了咋办？"

邓娟把她耳朵上的金耳环、脖子上的金项链晃得叮叮当当响，在华院长面前，晃出一片让人眼花缭乱的金光。

"邓总说笑话了，说笑话了……"华院长尴尬地说一句，急忙招呼医生，"你们赶紧安排做手术，赶紧！这个病千万别耽误，一耽误，病情很可能就不能逆转！明白不？赶紧，赶紧做手术！"

尘埃落定，围在门外的观众都没了兴趣，纷纷散了。医生跑动起来，跑出一片白色旋风……

手术终于做完了。

医生说，手术还算是比较成功，但是有没有后遗症，不敢保证。因为脑出血病人很难完全康复，或多或少，都会受点影响，关键还是要靠后期康复锻炼。

喜旺的心总算稍微安定了一点。直到这时候，他才想到有些不对，悄悄问邓娟道："邓娟，你不是说，你已经，已经……你哪来的钱，帮我老爷交入院费？"

"你想说我已经一无所有了对吧？"邓娟满不在乎，从口袋里拿出一张卡，向喜旺扬了扬，"我是没钱了，但我邓总的信用还在。明白吗？我邓总的信用还是值钱的……"

"你是透支信用卡么？"喜旺过意不去，"邓娟，你放心，我会想办法还你钱的，我不会让你的信用受到影响的……"

邓娟笑道："不担心不担心，我们肯定会有钱的。我现在也准备加入你们，和你们一起搞产业。只要攒钱了，咱们就可以让信用延续了。"

喜旺高兴得跳起来："邓娟，你真的愿意加入我们？太好了！"

"当然是真的。我听喜龙说，你们不是正为没有厂房发愁吗？我把我的'小蜀山'拿出来当厂房。'小蜀山'有九九八十一间房，其实，我和我娘住三四间就够了。剩下的，可以全部拿出来。这样够了吧？"

"啊？你要把'小蜀山'拿出来当厂房？"喜旺又惊又喜，半天才说了一句，"邓娟，谢谢你……"

"唉，谢我啥？"邓娟温软地说，"我是你的哥们儿呢。我，你，还有喜龙，我们是从小就在一起的哥们儿，应该继续我们小时候的友谊，结伴闯天下，对不对？"

"对，说得对，我们永远是哥们儿，我们一起闯天下！"

这话是喜龙说的。喜龙正好也赶来看贾队长，听到邓娟这么说，兴奋不已，冲进来，把手掌往邓娟、喜旺面前一伸。喜旺、邓娟都把手伸了出去，三只手紧紧地握在了一起。

贾队长在医院里住了大半个月，终于要出院了。

正如医生说的，脑出血是很容易落下后遗症的，贾队长也落下了后遗症。他有半边身体不太灵活。而且很不幸的是，他不太灵活的那条腿，恰恰是他仅有的那条好腿。这样一来，贾队长两条腿都不太方便。要是不挂拐杖，他就没法走路了。

除了腿不方便，贾队长说话也不再利索。一句话在嘴里，打转了半天也不一定说得出来。说出来了，也不一定说得完整。至于以前爱唱的山歌，就更没法唱了。

出院的时候，贾队长一直在说一句话，喜旺一直没听明白。没听明白，怕他老爷多心，喜旺就不停地点头，表示他听明白了。回到家，坐到椅子上了，贾队长还在说那句话。喜旺才有些疑惑，又仔细听了一阵，才反应过来。原来贾队长说的是："我完全成一个废人了……"

喜旺才发现他点头点错了，赶紧蹲下来，握住他老爷的手："老爷，不许你说这个话！你不是废人，你还是贾队长，你还是那个在村上一说话就没人敢开腔的贾队长！"

贾队长艰难地摇摇头，他抬起那只唯一能动的手，擦了擦眼角。贾队长以前很少当着喜旺的面擦眼泪，但这段时间，他已经擦过好几回了。

喜旺伤心极了。不过，他晓得，他不能把那种伤心流露出来，他要表现出乐观的样子，于是大笑："老爷，你咋会不高兴呢？你看，你孙子已经成长起来了。你以前是队长，可你孙子现在是书记，这叫'青出于蓝而胜于蓝'。你孙子不但是书记，还要带着大家搞产业呢。老爷，我告诉你，你孙子的队伍现在越来越壮大了，连鼎鼎大名的邓总，都要跟着你孙子干呢。邓总可是咱们县的首富，她都要跟着你孙子干，你说你孙子厉不厉害？老爷，你孙子成长起来了，难道你不为你孙子感到高兴吗？"

贾队长费劲地点了点头，嘴角一扯，终于露出一丝笑容。

喜旺像大人对娃儿说话那样，严肃地说："老爷，咱们现在都在做一件极艰难的事情。我搞产业，虽然有邓总的加盟，但并不表示就会一帆风顺，甚至还可能极尽艰辛。你呢，医生也说了，能不能恢复，关键看后期的锻炼。所以，老爷，咱们现在做个约定，以后咱们都要百倍努力，做好自己的事情，绝对不能中途放弃！好不好？"

喜龙忽然猛冲进来，满脸苍白，大声叫："喜旺，完了，喜旺，完了完了……"

喜旺赶紧朝喜龙递个眼色。喜龙醒悟过来，把话收住。喜旺轻轻对他老爷说："老爷，你先坐一会儿，我去和喜龙商量个事。"

贾队长很担心："咋，咋……"

喜旺捏捏他老爷的手："没事，当然没事！老爷，我刚才不是说过了吗？就算遇到再大的挫折，我们也决不放弃！"

贾队长紧皱着眉，但还是点了点头。

喜旺和喜龙来到屋角，喜龙又开始念叨："完了完了……"

"啥完了？发生啥事了？"

"咱们养蚕织锦搞不成了！"喜龙愁眉苦脸，"喜旺，你听说没有？县上已经公布了，咱们蜀山的旅游，既不宣传太上老君，也不宣传蚕丛……"

"那宣传啥呢？"

"宣传邓通……"

"宣传邓通？宣传邓通啥？"

"就是宣传'钱窝子'呀,说邓通在钱窝子造钱,说这是个重大发现!"

"不可能!"喜旺断然否定,"邓通在钱窝子造钱,只是个传说。就算他曾经在那里造过,从汉朝到现在,经过两千年的山体变动,铜矿又被不断盗采,又因环境破坏,多次滑坡,就算有遗迹遗址,也已经被毁得干干净净。这一点,我早就搞过详细考察,真的啥也没有了。"

"说是已经找到证据了……"

"找到了?在哪里?"

"说是从严庄、李师公、觉英这些人屋里搜出来的,有很多古钱,还有一些当年邓通造钱的工具。"

"开玩笑吧。"喜旺笑起来,"这件事县上不是早就得出结论,说那些都是假古币吗?那些造假古币的工具,也是现在的东西,咋会又成了遗迹遗址?"

"我也不晓得是咋回事,大家都在这么说。"喜龙也疑惑了,"会不会那些人说错了?要不,我们去问问唐书记吧,唐书记肯定晓得真实情况。"

两人匆匆来到乡政府。

唐朗办公室的门紧闭着。喜旺喊了两声,里面都没人回应。反而旁边贾有伦的办公室里,隐约传出鼾声。

喜龙走过去,一把推开贾有伦办公室的门。贾有伦正靠在椅背上打瞌睡,脖子仿佛断了一样,脑壳耷拉在一边,满脸酡红,嘴角还流着涎水。

喜龙也不客气,直接就把贾有伦摇醒。

贾有伦不高兴了,在嘴角擦一把,猛地站起来。

喜旺以为贾有伦要冒火,赶紧把喜龙往身后拉。没想到贾有伦并没有冒火,反而长伸了个懒腰,嘴里呜里哇啦着,也不晓得他在说啥。

喜龙问贾有伦钱窝子的事,贾有伦一说话就清醒了,赶紧摆手:"这事你们去问唐书记,我不清楚。"

喜龙不满:"你是一乡之长,不找你找哪个?"

"一乡之长是二把手,你们去找一把手。一把手在他办公室里。"

喜龙讽刺道:"贾乡长,你都当了十多年二把手了,你还是努力一下,争取当回一把手吧。"

"不要不要,还是二把手好,还是二把手好……"

喜旺和喜龙又重新来到唐朗办公室的门前。喜旺把耳朵贴在门上,听了一会儿,摇摇头:"没声音呢,贾乡长会不会是骗我们的?"

"不会吧,老贾这个人,确实没啥本事,但也从来不说瞎话。"

喜旺轻轻敲了敲门。

"砸啥子?砸门干啥?"屋里传来唐朗怒气勃勃的声音。

"我这也叫砸门?"喜旺苦笑一下,忙应道,"唐书记,是我和喜龙。"

好一会儿,唐朗才打开门。

喜龙一进去,就焦急地问:"唐书记,我听人说,蜀山要宣传邓通,说钱窝子是邓通造钱的地方。这是不是真的呀?"

唐朗不看喜龙,也不看喜旺,只在一边整理他的办公桌:"是的,县上已经决定了。"

"不行啊,县上要是这样决定,我们的产业,咋干得起来?"喜龙道,"再说了,这是假的嘛。古币是假的,造古币的机器是假的,全都是严庄他们伪造的呢!"

唐朗收拾桌子的手有些迟疑,又过了一会儿,才说:"可司马教授认为,那些东西不是假古币,是真古币呀。司马教授是专家,县上肯定要听专家的啊……"

喜旺大惊:"司马教授说是真的?这咋可能?"

"司马教授就是这样说的……"唐朗道,"司马教授认为,这是国内近些年来最伟大的考古发现。这个考古发现一旦发布,必将震惊世界。明天严道县要召开一场新闻发布会,国内各大报的记者,包括中央的、省上的记者,都被邀请来参加了。他们会在同一时间,向全世界推出这一重磅消息。发布会后,就会到蜀山来搞旅游开发启动仪式。"

"完了完了,这下咱们的产业,彻底完了……"

"唐书记,不对,这肯定不对!"喜旺激动起来,"就算我没有司马教授权威,就算我说的话不起作用,但是,在蜀山上宣传邓通,让蜀山与邓通的形象挂上钩,也不对啊……邓通何许人也？他是汉文帝的男宠、嬖臣，是'吮痈舐痔之辈'，是一个'假男人'。咱们堂堂的蜀地母山，却用一个这样的人作为形象大使，这不是悲哀吗？"

"就是就是，喜旺说得对。这样搞，不是在侮辱蜀山吗？不是在往蜀山脑壳上扣屎盆子吗？这个道理，连我这种没文化的人都懂得，难道杨书记还不懂？"

"不是杨书记不懂，杨书记也是没办法啊……"唐朗解释道，"你们想啊，蜀山无论是宣传太上老君升天的地方，还是宣传蚕丛出生的地方，都引不起世人的注意。引不起注意，就没人来耍。而宣传是邓通造钱的地方，这里有一个'钱窝子'，来'钱窝子'耍的人，都会发大财。这宣传多响亮，多扯眼球啊。蜀山搞旅游，如果没有这样扯眼球的东西，咋会发展得起来？"

喜旺怔怔地问唐朗："唐书记，这是杨书记讲的？"

"是杨书记讲的。"

"唐书记，你的看法呢？"

唐朗没开腔，只是默默地收拾办公桌。

这时候，喜旺和喜龙才发现，原来唐朗差不多已经把办公室都收拾干净了，书柜里的书和文件都收进了两个大箱子里。

"唐书记，你这是……你调走了么？"

"是的，杨书记已经告诉我了。等蜀山旅游开发的启动仪式结束后，县上就发调令，我就可以走了。"

"你要到哪儿去？"

"我调回城里。"

"恭喜你啊唐书记，你一直想调回城，这个愿望终于实现了。"喜旺对唐朗干巴巴地说道。

"唉，我也是没办法，你晓得的……"

喜旺顿了一会，又说："唐书记，你在调走之前，我有个请求，不晓得该不该讲。"

"你说吧。"

"唐书记，我想请你和我们一起去县里，向杨书记汇报一下。宣传邓通，宣传'钱窝子'，确实比较扯眼球，但这是假的啊，是一个骗局啊。用一个骗局搞旅游，恐怕不行啊。"

"喜旺，去了没用的……"

"不管有没有用，咱们也得试一试。"

"不能去啊……"

"晓得你为啥不愿意去！"喜龙怒冲冲地吼道，"你不想去，无非是害怕把杨书记得罪了，你调不成了！哼哼，为了调动，唐书记，你竟然睁着眼睛说瞎话！"

唐朗的脸红一阵白一阵，他眼神躲闪，不敢看喜龙："喜龙，还有一个情况你不了解。答应投资蜀山旅游的老板，指名道姓宣传'蜀山是邓通造钱的地方'，要是不宣传这个，他就不搞了。"

"哪个老板这么怪异？为啥子一定要宣传邓通？"

"不晓得哇……"

"借口，明显是借口！"喜龙完全不相信唐朗了，"唐书记，为了调动，你的谎话还真是一句接一句啊！"

这时候，门打开了，平和出现在门口。

奇怪的是，平和的头型忽然就不是平的了，而是中间高耸起来，成了鸡冠头的模样。而且，他的声音也变得非常强硬："喜龙，你怎么能这样对唐书记说话？你说县上的决定不对，不该宣传邓通，说邓通没有留下遗迹遗址。你想宣传蚕丛，蚕丛就有遗迹遗址吗？"

"你……"喜龙一时语塞，竟答不上来。喜旺觉得奇怪，平和平常都老实巴交的样子，咋突然问出这样硬气的话？

还没等喜旺想个明白，平和又说："喜龙，你一定要县上宣传蚕丛，无非是想推广你们的养蚕织锦罢了。你们这样做，想过别人吗？那些不愿意搞养蚕织锦的，就不发展了？再说了，你们搞养蚕织锦，就一定能够成功？"

"你……"喜龙再次瞠目结舌，转头看唐朗。

唐朗埋下头，低声说："喜龙，你别问我，你和平书记说。我调走了，平书记将担任蜀山乡的党委书记。"

喜龙脸上露出讥笑："平书记，我终于晓得你为啥这样说了。恭喜你啊，你终于把压在脑壳上，压了你十年的那个'副'字去掉了。可喜可贺，可喜可贺啊……"

喜龙大步往门外走去。

喜旺也觉得他没有必要再待在这里了。尽管平和连喊了他几声，但他并没有回应平和，而是像喜龙那样，大步往外走。

喜龙一走出乡政府，就抓住喜旺的胳膊大叫："喜旺，这都是一群骗子！走，咱们明天进城去。他们不是要搞啥子发布会吗？咱们去把这个骗局说给记者听，让记者在全国报道，看他们咋下台！"

喜旺摇摇头："不行啊，喜龙，咱们不能这么搞。咱们蜀山人这样闹，已经闹了很长时间了，也闹得很不像样子了。再这么闹下去，蜀山不只是发展不起来，迟早要被咱们折腾完的……"

"不闹咋办？不闹，蜀山完得更快。咱们的产业，更干不起来！"

"也许平书记说的是对的，蚕丛也没在蜀山留下啥遗迹遗址，咱们让县上宣传蚕丛，其实也不是很有道理……"

"你糊涂！喜旺，你真是个怂包，平和一句话，就让你改变了。你难道不明白他那样说，是为了阻止我们闹事，好让他能够顺利当上乡书记吗？"

第三十一章　发布会

第二天一大早，喜旺心里很不踏实，他决定去看看李秉。每次束手无策的时候，他第一时间想到的，就是李秉。

刚走到李秉院门外，就听到院子里传来娃儿的读书声。好奇怪，咋会有娃儿的读书声呢？是李先生的孙子吧？不对，还没放假，他的孙子应该还在省城里读书啊。

喜旺推开院门，发现竟然是饼儿。饼儿穿得新崭崭的，拿着一本书，正靠在桌上满脸通红地大声朗读。

看见喜旺进来了，饼儿不好意思地把书放到桌子底下，额头靠在桌沿上往下看，声音也变得又细又低，仿佛嗓子一下被谁捏住了一样。

李秉从屋里走出来，笑盈盈地说道："饼儿，咋的了？把书拿到桌上来，坐端正读。"

饼儿扭捏了半天，才把书拿到桌面上，声音渐渐放开，变得正常了。

李秉露出满意的微笑，悄悄向喜旺招招手，两人走进客厅。喜旺问："李先生，饼儿咋会在你这里？"

"唉，这娃儿实在可怜。"李秉叹口气道，"他老汉儿喜庆不是和严庄一起被抓起来了吗？她妈柳金花上次把钱分去以后，就再也没有回来过。饼儿这娃儿，一下就成了孤儿。我和老成见没人要，就把他领到家里来了。不过这娃儿，实在是太皮了……"看见成老师端茶出来，李秉又补充了一句，"好在老成有办法……"

成老师笑着抱怨："你这人啊，又要把娃儿领回家来，又想不到办法。"

"不是有你这位优秀的小学教师吗？有你在，我怕啥？"

"少贫嘴！"成老师忽又做了个噤声的动作，侧耳听了一会儿，小声说，"这娃儿又没读了，你们先聊，我出去看看。"

成老师一出去，喜旺就深深地叹了口气。

李秉笑道："喜旺，你是不是在为蜀山准备宣传邓通焦心啊？"

"李先生，你已经晓得了？"

"晓得了。"

"那咋办呢？这样搞，咱们蜀山可真要毁了！"

李秉又笑了笑，意味深长地说道："喜旺，说毁了也算毁了，说没毁也没毁，毁没毁，关键在于你啊。"

"李先生，我没听明白……"

"喜旺，上面要做啥决定，咱们实在管不着。其实，也不用管。咱们最重要的，是要做好自己的事情。你觉得养蚕织锦好，你就坚持不懈地搞下去……"

"可是蜀山如果宣传邓通，不宣传蚕丛，咱们养蚕织锦这件事，就被遮蔽了呀。"

"未必。"李秉道，"宣传只是一个导向。你也可以有自己的导向，你只要做得好，能够把大家带动起来一起做，你的导向就成功了。蜀山的将来，可能就是另一番模样了。明白吗？"

喜旺陷入了深深的思索之中。

这时，外面传来喜欢呼喊喜旺的声音。喜旺和李秉走出去一看，喜欢正在院子里给成老师解释着啥，却似乎又解释不清楚，干脆伸长脖子喊喜旺。

"喜欢叔，我去帮你喊。"饼儿丢了书就往里跑。他刚转身，就一头撞在从屋里出来的喜旺怀里。饼儿见进去不成了，又怕人识破他想溜进去玩的阴谋，讪讪地说："不用喊，喜旺叔就出来了……"

喜欢叫道："不好了，喜旺，喜龙闹事去了！"

"喜龙闹啥事了？"

"进城去闹事了。他说有个啥发布会，有很多记者，他要去跟记者说这是骗局，他要去闹一场。"

"这个喜龙，让他别去闹，他偏不听！"喜旺很生气。

"喜旺，咱们也进城去吧，咱们去劝住他。"

李秉微笑着向喜旺点点头。

饼儿也在嚷："喜旺叔，喜欢叔，我也要和你们一起进城去。"

"你不能去。"成老师道，"你要去也可以，把我给你布置的那些内容学好了，我送你进城念书。那时候你就可以天天待在城里了。"

喜旺和喜欢没有车，去找邓娟。邓娟二话没说，掏出电话，就给她城里的朋友打。

打完电话，邓娟带着喜旺和喜欢，到"小蜀山"每个房间里都走了一趟。邓娟详细地介绍了各个房间用作厂房时，各自的功能，以及设备的各种摆放，讲得喜旺瞠目结舌："邓娟，没想到，你刚刚才决定和我们一起搞，就对养蚕织锦的各个流程这么清楚，安排得这么精细，简直就是专家级别的。邓娟，我再一次对你刮目相看！"

喜欢道："人家邓娟以前是老板，见的世面比咱们大多了。"

喜旺惭愧地说："邓娟，你这么专业，又这么敬业，以后干脆还是你来承头干算了，我们都跟着你干！"

"哈，喜旺，承头这个事，你可别推。你晓得的，你要不承这个头，我也不会搞这个。"邓娟说完，忽然感到她的话好像有问题，忙又换了个话题，"有些事，还只能你出面才搞得定呢。"

喜旺心里也升起一股豪气："好，不推了，还是我来承这个头。"

很快，鸡冠头司机就把黑色路虎开到，载上三人，一阵风似的朝城里冲去。

进城后，四人打听到，县上为了增加宣传效果，让全县人都晓得这一重大喜讯，发布会安排在广场上举行。不过，为了避免群众吵闹，发布会的周围拉了一条红线。许多警察站在红线前，拦住群众，不准他们进去。同时，为了让台上台下大家说的话，互相都能听清楚，无论是台上的官员，还是台下的记者，每个人都戴了个耳麦。

声音通过大喇叭播出来。震耳欲聋的声音，像一阵阵的滚雷，那些从广场上走过的人，就算不想听，声音也会强行钻进他耳朵里。

喜旺的目光在围观的人群里扫了一圈，没有找到喜龙。这时候，他发现邓娟的目光，死死盯在台上，满脸苍白，身体还一阵阵发抖。

喜旺顺着邓娟的目光往台上看。主席台上，除了杨书记，还有司马昔和陶高等人。此外，杨书记身边，还坐着一个奇怪的人。那人涂着口红，扑着眼影，描着眉线，烫着红发——喜旺一下就想起来了，这个"阴阳人"，他曾在省城里见到，当时，他和邓娟坐在那辆红色的路虎车上。

喜旺终于明白邓娟为什么脸色苍白了。他一把握住邓娟的手，轻轻问道："邓娟，咱们要不要离开这里？"

邓娟机械地转过头来看着喜旺，半天才回过神来。回过神来后，她一下把手从喜旺的掌心抽出来，笑了一下，接着又笑了一下，接着她便笑得很顺畅了，还反问喜旺:"离开?喜龙找到了?"

"没有呢。"

"没有咱们就继续找吧,为啥要离开?"邓娟镇定自若地分析,"人太多,咱们这样转来转去瞎找,不一定找得到。既然这里拉着一条红线,喜龙想闹事,肯定会越过红线上前去。咱们只要守在这里就行了。他要不越过红线,咱们就不管他。他要是越过红线,咱们就迅速冲上去,把他给拖走。这样,他就闹不成了。"

众人都觉得邓娟的这个方法不错。喜旺心里也暗暗地舒了一口气。

会议已经开始了,主持人杨书记介绍参加发布会的嘉宾。他介绍了坐在他左边的司马昔。他说今天的发布会,主要由司马教授来发布。接着,他又介绍了坐在他右边的文汉董事长。介绍文汉董事长的时候,他抑制不住兴奋地又多说了几句。他说,文汉董事长是蜀山旅游开发整体打造的投资人。他说,蜀山首期投资20亿,总投资100亿!

周围观众掌声雷动,下面记者的照相机咔嚓咔嚓响,镁光灯噼啪噼啪闪。

文汉站起来,微笑着向下面挥手。他挥手的时候,掌声更热烈。但是他开口说"谢谢"的时候,大家一下又被他雄浑彪悍的男声给惊住了。一个女人的装扮,发出的却是男人的声音。观众愣了大约有两三秒钟,接着便响起了比刚才高一倍的掌声和尖叫声。

很快就轮到司马昔进行新闻发布了。大约是刚才风头被文汉抢去了,司马昔毫不客气地夺过麦克风,让麦克风紧紧地贴在自己的嘴唇上。这样,尽管他发不出文汉那样彪悍的男声,但从喇叭里传出的声音,也足以惊破人耳。

众人正感到耳朵撞得受不住的时候,喜欢忽然喊道:"看到没?喜龙!"

果然,喜龙在前面的人群里,冲里面大喊大叫。看得出,他在使全力喊。不过,大家都听不清楚他在说啥,因为他的声音,完全被司马昔的声音给盖住了。

喜龙一步跨过红线,冲了进去。很快就有两个警察冲上前,把他揪住。喜龙拼命挣扎喊叫,面红耳赤。警察强壮的手臂,不但捏住了他的身体,似乎也捏住了他的声音。

喜旺等人正想也冲进去。这时,一个记者从座位上站起来,快步走到警察面前,和警察交流着什么。喜旺高兴地说:"好了,西西出面,她肯定能把喜龙救出来,咱们不用进去了。"

施西西和警察说了一阵，又把采访话筒递到喜龙嘴边，似乎想让他说。不过很快，警察就挡在喜龙和施西西之间，把那话筒别开，又非常迅速地推着喜龙，往人群外走去。

施西西紧紧跟在警察后面，摄像头一直对着警察的后背。

喜旺一挥手："走！"

邓娟拦住他："不行啊，你们一跨进这条红线，警察就会把你们当肇事者抓起来。你们不但救不了喜龙，自身也难保了。"

喜旺道："那么多记者在场，难道警察不怕记者们报道这事？"

"你们不过是一帮'肇事者'，警察维护会场秩序，抓肇事者而已。"

"那咋办……"

"你们跟我来，我带你们进去。"

邓娟跨过红线往里走。一个警察上前，想阻挡邓娟。邓娟冷冷地说："看清楚，我是蜀山的投资人之一邓总！你们敢拦我？"

邓娟是严道县名人，警察仔细一看，果然是她，不好拦了。

喜旺、喜欢跟上来。警察又来拦他们。邓娟喝道："他们都是我的助手！"

就这样，三人大摇大摆走到喜龙身边。邓娟对抓住喜龙的警察说："我是邓总，蜀山旅游开发的投资人之一。这位小伙子是我的一个助手，你们放了他，我带他走。"

喜旺向施西西眨眨眼。施西西明白过来，理直气壮地说："对，她是邓总，严道县实力最雄厚的老板！"

警察有些犹豫，但慑于邓娟的名头，他们又不能不放："我们可以把他交给你们。但你们要赶紧带他离开这里，不准再在这里闹事。"

邓娟向喜龙一扬头："跟我走。"

不过，邓娟刚迈步，县委办梁主任就跑上前，拦住她。梁主任满脸堆笑："邓总，文董请您到主席台上去。"

邓娟忽然有些脸红。不过她很快就变得正常了，转过身，看着主席台上的文汉一挑眉，轻哼了一声。接着，她把一只手插进喜旺的臂弯里，紧紧靠在他身上。

喜旺愣了一下，不过他似乎也明白过来，不再躲避，夹着邓娟那只手往前走。他毕竟不习惯，整个身体都是僵的，和邓娟的步伐不太一致，走得磕磕绊绊。

施西西冲到前面，把摄像头对准喜旺和邓娟，嘻嘻笑着采访："贾书记，请问你是怎么把全县第一美女加第一首富的邓总追到手的？能给我们透露一下你成功的秘诀？"

喜旺更加不好意思，满脸通红。

邓娟拐他一下，不满地说："咋了，把我这样的美女加首富追到手，还不愿意？"接着不请自答，"主动投怀递抱啊……"

"哇！"施西西惊呼，"请问贾书记，是因为你帅得没法收拾，才让咱们县第一美女加首富主动投怀递抱的吗？"

喜旺更加尴尬，直挠头皮。

邓娟抓住喜旺的手，猛扯一下："他这个人啊，一点儿也不帅。不过倒还是有个优点，就是直。你看他，脑壳直腿直身子直，连胳膊都直得像一截木头。"

两人一路调笑，带着喜龙，很快从人群中穿出来，到了广场外面。

"你们还有心情说笑话！咱们蜀山就要被这些人搞烂了，你们也不着急！"喜龙紧紧抓住喜旺的双手，大叫，"喜旺，这样不行，我一个人的力量太弱小了，一进去他们就把我抓起来了。咱们回去组织大家一起下山来，反对县上胡搞。人一多，县上就害怕了！"

施西西忙问："喜龙，你说啥？你说哪个胡搞？"

"还有哪个，就是坐在台上的那些人！"喜龙气愤地说，"他们在合伙造假，合伙骗人！他们先是欺骗了我们，现在又欺骗全县人民，接下来又会借你们这些记者的口，欺骗全国人民，欺骗全世界人民！"

"咋回事？喜龙，你慢慢说，究竟咋回事？"

喜龙把事情的来龙去脉一五一十说了一遍。施西西一听，一下就炸了："如此说来，我也被骗了！杨书记让我写了那么多篇关于蜀山的报道，我竟然没发现，竟然也在帮造假推波助澜！"施西西气得直敲自己脑壳，"唉，我还经常为自己是一个自由记者而得意，经常为自己敢于说真话，报道事实，揭示真相而得意。没想到我自己就被骗了，然后我也跟着去骗全世界！"

喜龙鼓动道："施记者，以前你是不晓得真相。现在你晓得了，也为时不晚啊。

你现在就写报道，揭露这个骗局，还蜀山清白。你是大记者，你如果站出来揭露他们的阴谋，看他们还敢不敢玷污蜀山！"

"施记者确实很厉害，她要出来揭露这件事，大家肯定会相信。"喜欢也跟着点头。

"好，我今天就写，明天就见报。我要让我的这个报道，和那些宣布在蜀山发现邓通造钱遗迹遗址的报道，在同一天出现！"施西西挥舞着拳头。

"学姐，你听我说。"喜旺抓住施西西那只挥舞的手，把那手按了下去，"学姐，我请你不要发表这个报道，千万不要这样做！"

"为啥？"施西西不解。

"为啥？"喜龙、喜欢也不解。

"学姐、喜龙、喜欢，你们听我说。"喜旺双手往下按了按，用一种低沉缓慢的声音说，"你们想想，咱们蜀山前前后后闹腾了多长时间？这样闹下去，啥时候是个头！我不想再闹了，我也不想让咱们蜀山人闹了。就算现在蜀山宣传邓通，很荒唐。但是，至少不再像以前那样乱成一团，大家可以静下心来，安静地做一些事情了。他们搞他们的邓通，我们搞我们的养蚕织锦。各干各的，互不影响，你们说好不好啊？"

喜龙摇摇头："喜旺，你不是也说，蜀山要是宣传邓通，咱们的产业要搞起来，就很难吗？"

"是很难。但只要不泄气，坚持搞下去，也未必没有希望。"喜旺平静地说。

这时候，邓娟说道："我同意喜旺的说法。我们各干各的。到了将来，蜀山究竟是邓通的故里，还是邓娟的、喜旺的、喜龙的、喜欢的故里，那还说不定呢，哼！"

"还是我施西西的故里！"施西西拍掌赞叹，"喜旺、邓总，按照我的性格，按照记者的职业操守，这件事我是绝对不能不报道的。但是，你们既然这么说，可见你们对蜀山有强烈的责任心。我也在蜀山待过很长时间，也算是半个蜀山人，不能没有这个责任心。好，这件事我同意你们的意见，不报道了……"

"施记者，你要报道。"邓娟笑盈盈地说。

"咋又要报道呢？"

"报道咱们的喜旺书记！"邓娟道，"报道喜旺书记顾全大局，带着咱们蜀山老百姓发展养蚕织锦产业啊……"

喜旺摇摇头道："邓娟，西西，我正想告诉你们，我要辞掉这个村支部书记了……"

喜旺回家后，去了唐朗的办公室。

唐朗已经把办公室全部收拾干净，只剩下一张空空的办公桌。唐朗坐在办公桌前，双手靠在上面发呆。

不过，说他是发呆，他的手指头又不断地互相绞来绞去，一会儿左手指把右手指捏住，一会儿右手指又把左手指捏住。

喜旺把辞职申请放在唐朗的办公桌上，唐朗拿着看了好一会儿，才抬起头来问："喜旺，你辞职，是不是因为蜀山的旅游开发，最终没有宣传蚕丛，你心里不高兴啊？"

喜旺摇摇头："唐书记，在蜀山宣传一个子虚乌有的邓通，我肯定是有意见的。我有意见，再让我带着大家宣传这个，肯定干不好。做人要讲诚信，这话好像是杨书记说的吧？既然我不那么想，却让我做，我能做得好吗？所以，我才提出辞职。"

唐朗又左手指与右手指互相绞了一阵，最后叹口气："喜旺，这件事我不敢做主。开完启动会后，我就要离开了。这段时间，我就是维持，维持蜀山不出事。将来蜀山是平书记来当乡党委书记。同不同意你辞职，由他说了算。你等等，我去喊他过来。"

唐朗走出门，不一会儿，平和就出现在门口。

"喜旺，唐书记当书记的时候，你就捧场，我当书记了，你就拆台，为啥？"平和昂着他新式的鸡冠头脑壳，双手背在身后，威严地问。

"平书记，你误会了。"喜旺解释，"刚才我已经跟唐书记讲过，我这样做，是因为……"

平和打断他："你撂摊子不干，那你说说，哪个来收拾残局？"

"我觉得涂三姑最合适。"喜旺显然是经过深思熟虑，做好充分准备的，"平书记，你也看到了，严庄犯法被抓起来后，本来吃喝耍一下就瘫痪了。但涂三姑站起来，承头带着大家把吃喝耍继续干了下去，而且干得非常好，比严庄还干得好。你说，她这样的人，还会干不好这个村支部书记吗？"

平和偏着脑壳想了一会儿，点点头："好吧。你要不想干，我也不勉强。不过，你毕竟是村里的'老书记'，将来，你一定要支持涂三姑的工作啊。"

"那是当然。"

喜旺辞职后，他感到一身轻松。在回家的路上，他又想起他老爷经常唱的那种山歌。

上次他按照他老爷唱山歌的方式唱过两句，没有成功。这时候，他忽然又有了想唱一唱的冲动。同时他也想检验一下，过了这么长时间，他是不是依然唱不出他老爷那个味儿。

> 好看不过锦上花，
> 好耍不过养蚕宝。

喜旺发现，他还是像上次那样，唱得很难听。

不过，他不管了，换了一种腔调，把声音完全放开，用力吼出去。

这一吼，他发现，他的声音竟然可以那样高亢嘹亮，气韵充足，而且听起来也非常悦耳。

这山歌不是他老爷贾队长唱的那种哭腔，竟然也可以这么好听，难道山歌还可以有别的唱法？

喜旺这样想着，不知不觉就回到了家。

回家后，他的心情有些沉重。他看见她娘还那样木呆呆地坐在屋檐口下，还是他出去时看到的那个样子。

喜旺心里咚咚直跳，他的娘会不会出啥毛病了？他轻手轻脚走过去，抬了个凳子坐在娘身边，准备和娘谈一谈。他笑一笑，故作轻松地说："娘，做饭了吗？我饿了……"

马月英忽然紧抓住喜旺的手，紧张地问："喜旺，听说你把村书记辞了，是真的么？"

喜旺晓得，他娘是非常在乎他当这个"村书记"的。这个"村书记"给他娘带来了巨大的荣耀。可是现在，他却把这个"村书记"辞了。这对他娘来说，该是多么大的打击啊……喜旺觉得他特别对不起他娘！他娘供他读大学，他大学没读完就辍学了；他娘一直守在这个家里，等他老汉儿回来，可他老汉儿竟在外面和别人有了娃儿；他娘最在乎他的"村书记"，可他又把"村书记"辞了……

喜旺不敢看他娘，低下头，慌乱地说："娘，你听我说……其实，我是想，我只是……"

不过，让喜旺没想到的是，马月英说出来的却是另外一番话："喜旺，你不用解释了。不管你做啥，当娘的永远支持你！"

"娘！"喜旺又惊又喜。

马月英长叹一口气，如释重负地说道："喜旺，你既然把村书记辞了，这件事我也决定了。"

"啥事？"

"跟你老汉儿离婚。"

喜旺呆呆地看着他娘，他娘此时的脸色非常平静，甚至可以说满是愉悦。这时候，喜旺又听到他老爷唱山歌的声音。

　　而今迈步从头越，
　　重整行装再出发。

贾队长拄着拐杖站在屋角，笑盈盈地看着喜旺和马月英。虽然他说话的声音不是太清晰，但是唱山歌的那个感觉，却还是以前那种味道。

喜旺大笑道："老爷，我也会唱，但不是你这个味儿。"说完，喜旺就用他在路上唱过的腔调，大声地唱起来。

　　而今迈步从头越，
　　重整行装再出发。

马月英拍手赞道："他老爷,你别不服气。你虽然唱了一辈子山歌,可我觉得喜旺的这两嗓子,就是比你唱得好听!"

贾队长还是像以前那样,嘿嘿笑着,把烟杆塞进嘴里,嘭嘭吸烟。

环绕在"小蜀山"四周的围墙已经被全部推倒,那两扇朱漆铁门,也被运走,送进了炼铁炉。李秉从省城送来的机器,安放在"小蜀山"的各个房间。黄昌婆原先养蚕的那些竹笆,也被她洗干净,拿到"小蜀山",摆在用竹竿绑起来的架子上。

黄昌婆从一间屋子走到另一间屋子,不停地走来走去,她喉咙里再也没有发出过那种鸡鸣声。她一直在笑,因为嘴巴里没有牙齿,嘴唇一直弯弯地往上挑着。这时候,她又站在门口,侧着脑壳,入神地听起来。

喜龙拿了一根绑架子的竹竿走过来,看见黄昌婆,笑着打趣:"三奶奶,你在听啥?"

黄昌婆道:"我听到蚕宝宝在吃桑叶呢。"

"蚕宝宝吃桑叶?"喜龙笑起来,"这不是还在绑蚕架吗?哪来的蚕宝宝?"

"真的,沙沙沙沙,像是春雨洒在桑叶上的那种声音呢。"

邓娟把一块竹笆拿过来,笑道:"喜龙,你听不见,那是你耳朵不灵。"

"好好好,三奶奶耳聪目明!"喜龙也不计较,笑着进屋去了。

伍老大从外面跑进来,大声喊:"黄三奶奶,黄三奶奶,唐书记正在找你呢。"

屋里的人都听见了,但黄昌婆却没听见。直到伍老大走到她身边,摇晃她的肩膀,她才大声问:"你说啥?"

伍老大道:"三奶奶,明天县上要在村里开'邓通故里'打造启动大会,唐书记让你去参加呢。"

"我不去!我不去!"黄昌婆赶紧摆手。

"要去啊,唐书记说了,是县上的杨书记点名要你参加的。说是还要在会上还你一样东西呢,你不能不去啊。"伍老大急了。

"我不去!我不去!"黄昌婆还是这么说。

喜龙跑过来,嚷伍老大:"去干啥?不去!他们要搞啥启动仪式,咱们也搞启动仪式。"他朝屋里大声喊，"喜旺，明天我们也搞个启动仪式，和他们比一比。"

喜旺从屋里走出来，邓娟也说："喜旺，我觉得喜龙这个主意不错。明天我们也搞个启动仪式。"

喜欢憨憨地说："三姑是书记，她肯定得参加那边的启动仪式。喜旺，我可以参加这边。"

喜旺笑笑，问黄昌婆："三奶奶，你还记得吗？你奶奶'金梭子'他们那时候，每年养蚕之前，是不是会搞一个仪式？"

黄昌婆点点头："是的，要搞呢，要敬拜蚕丛王菩萨呢。"

喜龙高兴地说："对呀，既然祖先人都要搞，我们当然也要搞啰。快搞快搞，我们现在就去做准备！"

喜旺把众人都看了一眼："大家听我说，我们要搞，但不是明天搞。为啥不是明天搞呢？因为我们的桑叶还没有长起来，我们的蚕房也还没有准备好。当所有这些都准备好以后，咱们肯定是要搞启动仪式。"

第三十二章　开篇——"瞪眼"仪式

"邓通故里"旅游开发启动仪式,在吃喝耍举行。

邓娟、喜龙、喜欢都不愿意去参加。喜旺则陪着黄昌婆去了。

会场设在严庄曾经筑过的那个雕塑旁。严庄刚修起了一个基座,就被抓了,那个雕塑自然也就没有完成。

不过,让喜旺奇怪的是,现在那个基座上,却已经安放了一尊非常高大的雕塑。只是那雕塑用一块巨大的红布遮挡住,看不清楚雕的是啥。

严庄已经被抓了,咋还有个雕塑?这个雕塑是从哪里搞来放在上面的?为啥又要蒙一匹红布?

主席台上,除了坐着杨书记和投资商文汉外,还坐着陶高、平和、贾有伦等人。唐朗并没有坐在台上。贾有伦依然满脸酡红,一副醉醺醺的样子。

喜旺现在已经晓得,陶高升为副县长,指挥部也撤回县上了。蜀山的旅游开发,今后主要由平和来负责实施。

会议开始。前面都是领导讲话,具体哪些人讲,讲了些啥,喜旺一概没注意。他一直在想,那个基座上的雕塑究竟是啥?

喜旺忽然听到杨书记提到黄昌婆,赶紧对黄昌婆说:"三奶奶,杨书记是不是喊你上台?"

"没有呢。"

果然没有。杨书记只是把黄昌婆的那件黄马褂拿出来,对着台下讲:"乡亲们,你们认识这件东西吗?这可是一个宝贝,是黄婆婆家祖传的宝物,还是前清御赐的,很值钱的……"

台下的村民们一阵窃窃私语。他们从来没看见过黄马褂是啥样,都伸长脖子往台上看。有的甚至站起来,踮起脚尖看。

唐朗从人群中站起来,挥舞着手,给大家做手势,让大家安静。但是大家似乎并不听他的,依然闹成一团。唐朗没办法,只好走过去,按在那些站起来的人的脑壳上,把他们按回座位。

"可是,这么值钱的一个东西,严庄竟然把它骗去,送给司马教授。你们晓得严庄为啥要送给司马教授吗?他贿赂司马教授呢!"

下面的人又发出一阵更大的嗡嗡声。有人小声问，咋了？司马教授竟然受贿，他被抓起来了？

"司马教授才不会被他贿赂呢！司马教授拿到黄马褂后，当即交给县委。司马教授是品德高尚的高级知识分子，岂能被这种黑恶势力所污染！"

人群议论纷纷，脸上挂着各种各样的笑，发表着对这件事的看法。这议论声，甚至超过了台上杨书记的讲话声。

唐朗又给大家做手势，示意大家保持安静。他急得脸上都出汗了，可是大家还是不听他的。最后唐朗灵机一动，举起双手用力地鼓起掌来，同时嘴里大声吆喝："鼓掌！鼓掌！"

村民们受这一鼓动，也跟着唐朗一阵噼里啪啦乱拍，议论声果然就被压下去了。

"乡亲们，你们晓得严庄为啥要贿赂司马教授吗？我告诉你们，他完全是为了个人私利，想让司马教授帮他宣传迷信活动，说蜀山是那啥，是太上老君升天的地方。只要司马教授做出这个判断，他就可以利用迷信赚钱呢！但是，司马教授是有良知的知识分子，他当然不会因为严庄的贿赂胡说一通。他做出的判断是有科学依据的，是有利于蜀山发展的，所以，才有今天蜀山发展的正确道路，才有今天蜀山发展的大好形势！"

"鼓掌！鼓掌！"唐朗不给村民们议论的机会，直接鼓动。

"今天，我把这件宝贝带来了，现场还给它的主人黄婆婆，物归原主。我们为啥要这样做？很简单，我们就是要通过这种方式，向蜀山的老百姓表明，政府搞旅游开发，必须讲诚信，必须实实在在为老百姓办事，必须诚诚恳恳为老百姓造福。乡亲们，让我们从现在开始，心往一处想，劲往一处使，为打造蜀山美好幸福的明天而努力奋斗！"

"鼓掌！鼓掌！鼓掌！鼓掌！"唐朗不但双手大力拍，双脚也跟着跳。

村民们热血沸腾，一时之间，吆喝要爆发出一阵山呼海啸般的拍掌欢呼声，和惊天动地的跺脚迈步声。

不过，当黄昌婆把黄马褂从台上拿下来时，台下的队形又乱了。人们拥过来，围着黄昌婆，要近距离看看黄马褂是啥样，亲手摸摸黄马褂是啥感觉。

唐朗不好鼓动鼓掌了，因为杨书记已经没讲话了。他只得拼命地把人群往座位上推。但是推过去一拨，另一拨又拥过来。唐朗的西装领带都不在原先的位置了，汗水顺着头发往下滴……

　　喜旺对黄昌婆说："三奶奶，没咱们的事了，咱们回去吧。"

　　黄昌婆把黄马褂揣进怀中，紧紧跟在喜旺身后。

　　村民们看不见黄马褂了，只好没趣地回到座位上。

　　喜旺和黄昌婆走到吃喝耍门口时，忽然听到后面陶高大喊着什么。回头一看，只见那匹巨大的红布，已被杨书记和文汉从雕塑上扯了下来。

　　那尊雕塑，虽然不是太上老君，不过依然是个古人。这古人是哪个呢？喜旺一时想不起来。倒是黄昌婆喃喃说道："奇怪啊，咋把牛金秀家娟姑儿的像塑在这里了呢？"

　　"娟姑儿？三奶奶，你说的是邓娟啊？"

　　"是啊，娟姑儿还活着呢，咋就给她塑一尊像在这里？给活人塑像，不吉利啊……"

　　那是个古代男人的塑像，只是因为留着长发，黄昌婆分不清男女。不过，喜旺也觉得黄昌婆的感觉是对的，那尊塑像的样子，的确很像邓娟。

　　半年过后，桑枝纷纷从地里拔节而起，像一根根旗杆。旗杆上，扯起了一排排宽阔圆润的桑叶。整个桑地，看起来就像出征前的战阵。夏天的风，这里推一下，那里揉一把，桑枝们就在地里此起彼伏，群情激昂。

　　桑地的旁边，放了一张供桌。桌上摆着一些苹果、馒头等供品。供品的前面，放着一个香炉。

　　当众人站在供桌前，点上香烛，对着蜀山的方向，拜了三拜后，便进入了仪式最重要的一个环节——肃穆瞪眼。

　　邓娟说："三奶奶，把两个眼珠从眼眶里凸出来，太难看了……别说我们做不来，就是做得来，我也不想把自己搞得这么丑啊……"

　　喜龙附和："是很丑，别人看见，还以为咱们的眼珠被打爆了呢。"

黄昌婆严肃地说："喜龙、娟姑儿，祖祖辈辈都是这样做的呢！我小时候，就经常看见我奶奶这样做。咱们现在是在拜蚕丛王菩萨，要不这样做，菩萨会很不高兴的……"

"以前，我奶奶每年养蚕前，确实都是这样拜菩萨的……"喜欢帮他奶奶说话。

"拜菩萨嘛，是该这样搞。但咱们现在不是拜菩萨，是拜蜀山呢。"邓娟笑道，"蜀山可没让咱们这样搞。再说了，蜀山要是看见咱们搞出这个丑样子，说不定都没眼睛看咱们了……"

喜龙再附和："我也认为蜀山肯定不喜欢看。"

黄昌婆摇摇头："如果是拜蜀山，更应该虔诚啊。蜀山老母是蚕丛王菩萨的娘，要是把蜀山老母得罪了，蚕丛王菩萨更不高兴了。"

喜龙不耐烦了："哎呀，一会儿蚕丛王菩萨，一会儿蜀山老母，咱们还是别管神仙的世界，把人间的事情先做好吧！"

喜旺见众人各持己见，争论不休，忙说道："喜龙、邓娟，你们不想做这个瞪眼的动作，对神仙的事情没有兴趣，这我理解。三奶奶，你说养蚕之前必须祭拜菩萨，否则他们不会保佑咱们，这我也理解。要不，这样吧，喜龙、邓娟，你们也不用对着菩萨瞪眼，你们就对着我瞪眼就可以了。为什么呢？因为我曾出过菩萨，菩萨在我身上待过。你们对着我瞪眼，就相当于对着菩萨瞪眼。只要咱们的目光拧在一起，拧成一股绳，咱们就算把这个仪式完美地做完了，你们说好不好？"

喜旺想出的这个折中的办法，众人都觉得很有道理，于是都点头同意。

"瞪眼"的仪式就这样举行了。众人在默默的注视中，所有人的眼睛都慢慢地凸了出来。邓娟和喜龙本来是很讨厌眼珠凸出来的，但是当他们的眼珠凸出来后，他们却并没有挣扎。他们脸上微笑着，他们的表情有一种非常愉悦的平和。

这是真正的平和。

喜旺想起来，前不久他和黄昌婆对视的时候，虽然眼珠也凸了出来。但他并没有在黄昌婆的黑眼球里看见自己。他小时候能看到，后来很长一段时间却看不到了。

不过这时，当他再看黄昌婆的黑眼球时，他却清清楚楚地又看见了自己。而且，他不但在黄昌婆的眼里看见了自己，在邓娟、喜龙、喜欢的眼里，也看见了自己——

那不是小时候的自己，是一个已经长大的自己，就像睡在黄昌婆、邓娟、喜龙、喜欢眼里的少年，一觉醒过来，就长大了一样。

"我终于在你们眼中看到我自己了。"喜旺喊了起来。

后记

40多年前的改革开放初期，中国乡村热闹过一阵，解决了中国数千年来都未曾彻底解决的温饱问题。中国乡村所取得的成就，引起了世界的瞩目，赢得了世界的尊重。包括《平凡的世界》等长篇小说，就是对那个重要时期真实而深刻的反映。

不过，随着中国工业化、城市化进程的快速推进，中国乡村变得停滞不前。村里的青壮劳力，成群结队地拥进工厂和城市。缺少打理的乡村，问题堆积如山。破败与沉寂，让人触目惊心。

为了实现全面小康，近年来，国家提出了乡村振兴战略。中国的乡村，尤其是一些偏远贫困的乡村，也因此迎来了第二次重大变革。长篇小说《重返蜀山》，就是在这样的背景下展开的乡村叙事。它以向《平凡的世界》诚意致敬的姿势，力图展现新时期中国乡村第二次重大变革的真实画卷。

在《重返蜀山》里，这场变革并不像是一场有计划、有步骤的行动，虽然我们在工业化和城镇化推进中，已经获得了宝贵的经验。但是这些经验，对于当下乡村的振兴，能起的作用似乎并不大。一切都显得仓促慌乱，而又急不可待。这种急不可待，有来自政府的，也有来自当地村民的。甚至大家重返蜀山的目的，并不一定是要给乡村找一条出路，而是仅仅出于个人的人生际遇和情感导向。

比如本书的主人公喜旺，虽然考上重点大学，跳出了农门，但因为面临就业无望、尊严被践踏、情感被无视等各种复杂原因，最后逃回他出生的乡村。他在整个乡村复兴行动中，一直被别人推着往前走。这让他的路线显得曲折艰难，甚至有些荒诞。本书的另一个重要人物邓娟，走出了乡村，在付出惨重代价而发财后，她带着钱财回到了乡村。她虽然有振兴乡村的雄心壮志，但在当地政府急功近利的推波助澜下，她把乡村引向一条并不是振兴，反而有可能是破坏的路。还有各种各样的人物，他们因为各自不同的情感诉求，给乡村振兴这条大船，施加了来自不同方向的力，让这条大船变得步履维艰，徘徊不前。

不过，在这场变革的洪流中，却也有非常多的自觉者，有退休官员，有基层老干部，有报社记者，有蜀锦传人，或许他们并没有站在最险要的弄潮位置，但是他们对于矫正大船的方向，起到了非常重要的作用。而乡村新一代的年轻人，在经历了重重迷雾后，最终也找到了向前奋进的方向，和韧性十足的动力。

本书展现了工业投入、旅游开发等在乡村振兴中的各种尝试。不过，本书无意对这些尝试进行褒贬评判，也并没有试图为乡村振兴之路寻找标准答案。作为一部小说，本书所要做的，是传递这个伟大历史时期的时代形象、时代情感和时代声音，以期达到现实主义文学在新时期的时代高度。